한국연구재단 학술명저번역총서 동양편 608

이 책은 (재)한국연구재단의 지원으로 학고방출판사에서 출간, 유통합니다.

첫 번째 서문

내가 ≪송시화집일(宋詩話輯佚)≫을 편찬할 때, 처음부터 ≪송시화고(宋詩話考)≫를 쓸 생각이 있었던 까닭에 집일한 각 책에 제요(提要)를 달지 않았었다. 후에 ≪연경학보(燕京學報)≫, ≪문학년보(文學年報)≫ 등의 학회지에 송시화와 관련한 몇 편의 논문을 나누어 발표하면서 ≪송시화고≫에 대한 규모가 이미 대체적이나마 대략 갖추어지게 되었다. 그러나 논문과 저술은 그 성격이 확연히 다른 까닭에 다시 정리하여 다음의 세 권으로 분류하였다.

현재에도 전해지고 있는 것은 상권(上卷)에 넣었으며, 부분적으로 전해지거나 혹은 본래는 책이 없었으나 다른 사람에 의해 모아져서 책으로 된 것은 중권(中卷)에 넣었다. 이름은 있지만 책이 없는 것, 혹은 조목은 알지만 문장이 없는 것, 남아 있는 문장은 있으나 책으로 편집되지 못한 것 등은 모두 하권(下卷)에 넣었다. 상권과 하권은 모두 대략 시간순으로 정리하되 따로 분류를 하지는 않았다. 중권(中卷)은 저술과 편집 두 유형으로 구분하였으며, 역시 시간순으로 정리하였다. 송인의 시화와 관련한 저작으로서, 현재 채집할 수 있는 것들은 거의가 갖추어져 있다. 기타 시격(詩格), 시례(詩例), 구도(句圖) 및 상징적인 시평(詩評)이나 그저 초학자들의 과거 응시용으로 제공되었던 저작들은 모두 논하지 않았다. 이전의 여러 글에서 이미 상세히 말하였으므로 다시 덧붙여 말하지는 않겠다.

1971년 2월 곽소우(郭紹虞) 씀.

서문 두 번째

내가 이 원고를 쓸 때는 사인방(四人幇)이 날뛰며 전횡하던 시기였다. 내 스스로도 이러한 저작이 시의적절하지 않다고 여겼기 때문에 본디 출판하려는 생각도 하지 않았다. 그래서 이 원고를 문언체(文言體)로 바꾸어 쓰고, 아울러 직접 필사하여 옛 모습을 남겨 제본한 후 책으로 만들어 도서관에 수고본(手稿本)으로 소장하게 하려 하였다. 닳아빠진 빗자루라도 자신에게는 소중한 것이라, 이렇게 하기로 정하고 나니 마음이 매우 흡족하였다.

내게 이 원고가 있는 것을 안 중화서국에서 인쇄하여 출판할 것을 제의하였고, 아울러 내가 옛날에 편찬했던 ≪송시화집일(宋詩話輯佚)≫도 재출판을 하게 되었다. 이에 나는 최근에 찾은 일문(佚文)들과 시화에 대한 연구논문 뒤에 부록으로 실었던 것들을 추려서 ≪송시화집일≫에 집어넣었다. 이전에는 저작이 있어도 책으로 출판할 수 없었는데, 지금은 자료적인 성격으로 모은 것조차 재출판할 수 있게 되었으니, 이 얼마나 기쁘고 감격스러운 일인가? 사인방이 제거되지 않아 마음이 편치는 않으나, 나는 이 찬란한 신시대에 새로운 시기의 총체적인 임무를 실현하는데 있어 내 자신의 미약한 힘이나마 공헌할 수 있게 되기를 바란다. 교감 작업은 모두 장범(蔣凡) 선생이 협조해 주셨으니, 이에 특히 감사의 말씀을 드린다.

이렇게 출판을 하게 되었지만 나는 지금도 아직 처음에 썼던 그 필사본을 가지고 있다. 이는 사인방이 전횡하던 그때에 나의 어찌할 수 없었던 심정이 담겨져 있는 것이므로, 다만 그것을 기념하는 의미로 가지고 있는 것이다.

1978년 4월 20일 곽소우(郭紹虞) 다시 씀.

역주자 서문

중국의 '시화(詩話)'는 고전문학이론 및 비평의 한 유형이다. 송대(宋代) 구양수(歐陽修)의 ≪육일시화(六一詩話)≫에서 비롯된 후 청말(淸末)에 이르기까지 다양한 형식과 내용의 시화가 쓰여 왔다. 구양수가 ≪육일시화(六一詩話)≫ 권수(卷首)에서 '내가 물러나 여음(汝陰)에 살면서 모아 한담거리로 삼았다.(居士退居汝陰而集以資閑談也)'라 한 것과 같이, 시화는 처음부터 근엄하고 격식을 갖춘 문장과는 다소 거리가 있었으며, 시와 관련하여 주제나 범위의 제한 없이 자신의 생각이나 견해를 자유롭게 써 내려가는 수필체의 문장이었다. 시화의 내용은 북송(北宋) 허의(許顗)가 ≪언주시화(彦周詩話)≫에서 '시화란 구법을 변별하고 고금을 갖추며 성덕을 기술하고 기이한 일을 기록하며 오류를 바로잡는 것이다.(詩話者, 辨句法, 備古今, 記聖德, 錄異事, 正訛誤也)'라 한 것처럼, 시의 구법을 분석하거나 구의 연원을 밝히는 작품비평에서부터 작시의 배경이나 시인의 생활 속에 숨겨진 일화들을 기록하는 잡기류, 글자의 오류를 바로잡는 교감류에 이르기까지 그 포괄범위가 매우 광범위하다. 그러나 그 내용의 성격에 따라 크게 분류하면 작품론, 작가론, 비평론 등에 해당하는 '논시(論詩)'와 시의 배경설화, 시인의 일화 등에 해당하는 '기사(記事)'의 두 유형으로 분류할 수 있다. 청(淸) 장학성(章學誠) 또한 ≪문사통의(文史通義)·시화(詩話)≫에서 시화의 내용을 '시의 글에 대해 논하는 것(論詩及辭)'과 '시의 일에 대해 논하는 것(論詩及事)'로 구분한 바 있다.

시화는 발생 초기부터 '논시(論詩)'와 '기사(記事)'의 두 가지 내용의 결합으로 이루어져 왔는데, 송 초기의 시화는 대부분 '기사'와 관련한 내용이 주를 이루고 있었다. 그러나 북송 후기부터 남송을 거쳐 명대에 이르는 동안 '기사'라는 자료적 성격보다는 '논시'라는 이론적 성격에 보다 치중되었다. 아울러 청대에 들어와서는 '기사'의 범위가 시와 직접적인 연관이 있는 것으로만 제한되어 나머지 것들은 잡기류에 불과하다고 평가절하 되기도 하였다. 이는 ≪사고전서(四庫全書)·집부(集部)·시문평류(詩文評類)≫의 제요(提要)를 통해서도 분명하게 드러난다. ≪사고전서·집부·시문평류≫에는 총149종의 시화가 수록되어 있는데, 이중 송 시화로는 32종이 수록되어 있다. ≪사고전서총목제요(四庫全書總目提要)≫에서는 이들 송 시화들에 대해 대체로 부정적으로 평가하고 있는데, 그 주된 근거는 '기사'의 내용이 주를 이루고 '논시'적인 측면이 미약하다는 것이었다. 그러나 이와 같은 평가는 다만 학문연구에 있어 이론화와 전문화를 추구했던 당시의 학술연구 분위기에 기인한 것으로, 시화의 본질적 성격을 간과한 채 다양한 심미 가치의 기준을 인정하지 않은 편협한 시각이라 하겠다.

후대의 학문경향으로 '기사'의 전통이 상대적으로 덜 중시되었으나, 그것의 가치는 결코 적다고 할 수 없다. '기사'의 내용들은 시인의 관련 일화나 특정 작품의 창작 배경을 알게 해 줌으로써 시인과 작품에 대한 이해도를 높이게 할 뿐 아니라, 시와 관련된 지식이나 정보를 보다 세밀하면서도 흥미롭게 제시하고 있어 시에 대한 관심과 재미를 불러일으키는 역할을 한다. 따라서 시화의 성격을 규정하고 시화의 전형을 확립했던 송 시화에 대한 전반적이고 총체적인 이해는 이후 명청(明淸) 시화의 유형과 범주를 확립하고 그 속에 담긴 시학 이론 및 비평론 등을 이해하는 데에도 많은 도움이 되며, 나아가 명청대 각 시화들 간의 이론 및 체제상의 계승 관계를 파악하고 명청대 시작품 자체에 대한 이해의 폭을 넓히는 데에 있어서도 매우 유효하다.

송시화(宋詩話)는 단행본으로 이루어진 것들도 있지만, 후대인들에 의해 수집 정리되었거나 다른 서적들 속에 부분적으로 남아 있는 것이 더욱 많다. 이번에 번역된 곽소우(郭紹虞)의 ≪송시화고(宋詩話考)≫는 현전하는 시화를 비롯하여 부분적인 내용이 전해지고 있는 시화까지 총139종의 송시화를 망라하면서, 작자에 대한 간단한 소개와 해당 시화를 개괄하면서 판본과 서지사항 등을 소개하고 있다. 그러나 단순히 시화를 소개하는 데에서 그치지 않고 시화의 논지에 대해 문학비평가로서의 반론과 평가도 덧붙이고 있으니, 송시화의 전모를 이해하는데 좋은 길잡이라 할 수 있다.

이외 저자의 또 다른 저작인 ≪송시화집일(宋詩話輯佚考)≫(중화서국(中華書局), 1980)에는 일실된 36종의 송시화가 같은 방식으로 수집 정리되어 있다. 이 외에 오문치(吳文治)가 편찬한 ≪송시화전편(宋詩話全編)≫(봉황출판사(鳳凰出版社), 1998) 10책에는 총 562종의 송시화가 수록되어 있는데, 그 중 170여종은 독립된 책으로 되어 있는 것이며, 나머지는 390여종은 본래 시화의 형태가 아니었으나 후대인이 시화로 엮은 것을 포함시킨 것이다. 그러나 본 ≪송시화고≫에 비해 내용이 지나치게 상세하고 전문적이며 소소한 것들까지도 모두 다루고 있어, 송시화를 개괄하기에는 부적합하다는 한계가 있다.

≪송시화고≫에서는 상중하 세 권으로 나누어, 상권에서는 현재 전하고 있는 것을, 중권에서는 부분적으로 전해지거나 혹은 본래는 해당 시화가 없었으나 다른 사람에 의해 편집된 것을, 마지막 하권에서는 그 외 이름만 전하고 책이 없거나 조목만 알지만 문장은 전하지 않는 것 등으로 구분하고 있다. 여기서 소개된 시화들은 작가론 및 작품론의 형식을 띄기도 하고, 문학의 본질적 이론문제를 다루기도 하였으며, 전문적으로 시 창작론만을 말하기도 하고 시인과 관련된 일화(逸話)나 일사(逸事)를 싣고 있는 등 '시화'의 다양한 면모를 총괄적으로 보여주고 있다.

본 ≪송사화고(宋詩話考)≫ 번역은 다음과 같은 원칙에 따라 번역을 진행하였다.

첫째, 문장의 직역보다는 매끄러운 우리말 번역과 정확한 의미의 전달에 보다 집중하였다. 본 도서는 문언문, 즉 한문으로 되어 있다. 따라서 직역을 위주로 할 경우 문장이 매우 딱딱해질 뿐만 아니라 의미의 전달도 분명하지 않게 될 우려가 있다. 이에 본 번역에서는 한문용어를 옮김에 있어서는 우리말의 의미에 보다 자연스러운 표현을 채택하고, 문장을 번역함에 있어서는 가능한 한 원작자의 문장 흐름을 최대한 살리면서 우리말의 의미 분절에 따라 적절하게 문장을 자르거나 때로는 이어서 번역하였다.

둘째, 가능한 상세하고 친절하게 주석을 달아서 문장에 대한 이해뿐만 아니라 관련한 일반 상식들을 넓히는데 도움이 되도록 하였다. 이를 위해 문상 속에서 언급된 연도나 인명, 지명, 작품명, 개념 및 용어, 전고 등에 대해 주석을 통해 상세한 설명을 하였다.

셋째, 번역문의 표기는 국한문 병용 원칙을 지켜 한문에 익숙하지 못한 독자에게 편리함을 제공하도록 하며, 원문에서 인용하고 있는 시구나 인용 원문은 번역문 속에 원문을 함께 표기함으로써 대조하여 읽어가면서 원문 해독력을 증진시킬 수 있도록 하였다.

넷째, ≪송시화고≫ 원문의 첫 부분에는 해당 작자에 대한 간략한 소개가 실려 있는데, 원문의 소개가 지나치게 소략할 경우 본 번역에서는 따로 작자에 대한 보다 상세한 개인 약전(略傳)을 덧붙였다. 이는 작자의 생애에 대한 소개가 시화 저작의 배경과 내용을 이해하는 데 많은 도움이 되기 때문이며, 이를 통해 자연스럽게 송대 시인과 작자들을 접하여 문학사적인 지식도 함께 갖출 수 있도록 하기 위해서였다.

다섯째, 시화의 특성상 시의 한두 구 만을 인용한다든지 또는 일부분의 내용을 취하여 의론을 전개하는 경우들이 많은데, 이에 대해 본 번역에서는 따로 주를 달아 인용된 시구의 작자와 제목을 찾아 밝히고 해당 시화의 관련 내용을 요약하여 소개함으로써 전후의 맥락을 이해할 수 있도록 하였다.

이와 같은 번역의 원칙과 중점을 바탕으로 역주자들은 다만 이 책의 번역뿐 아니라 이 번역본을 통해 중국문학이론의 중요한 개념과 용어, 유파, 시대적 변천 등까지도 이해할 수 있도록 많은 노력을 기울였다. 그러나 번역이 완료된 지금, 과연 이와 같은 소기의 목적이 충분히 달성되었는지 번역이나 주석에서 역자들이 미처 확인하지 못한 오류는 없는지 걱정이 앞서는 것이 사실이다. 이 점에 대해서는 추후 지속적으로 수정 보완할 것을 다짐하면서 독자들의 애정 어린 질정을 기다린다.

2014. 1. 28.

역주자 일동

목 차

1 원문에는 '대상야화(對牀夜話)'라 되어 있으나 정정하였다.

중권의 상(中卷之上)

중권의 하(中卷之下)

하권(下卷)

乾隆元年十二月十五日奉
敕
臣陳枚孫祜金昆戴洪程志道恭畫

상권(上卷)

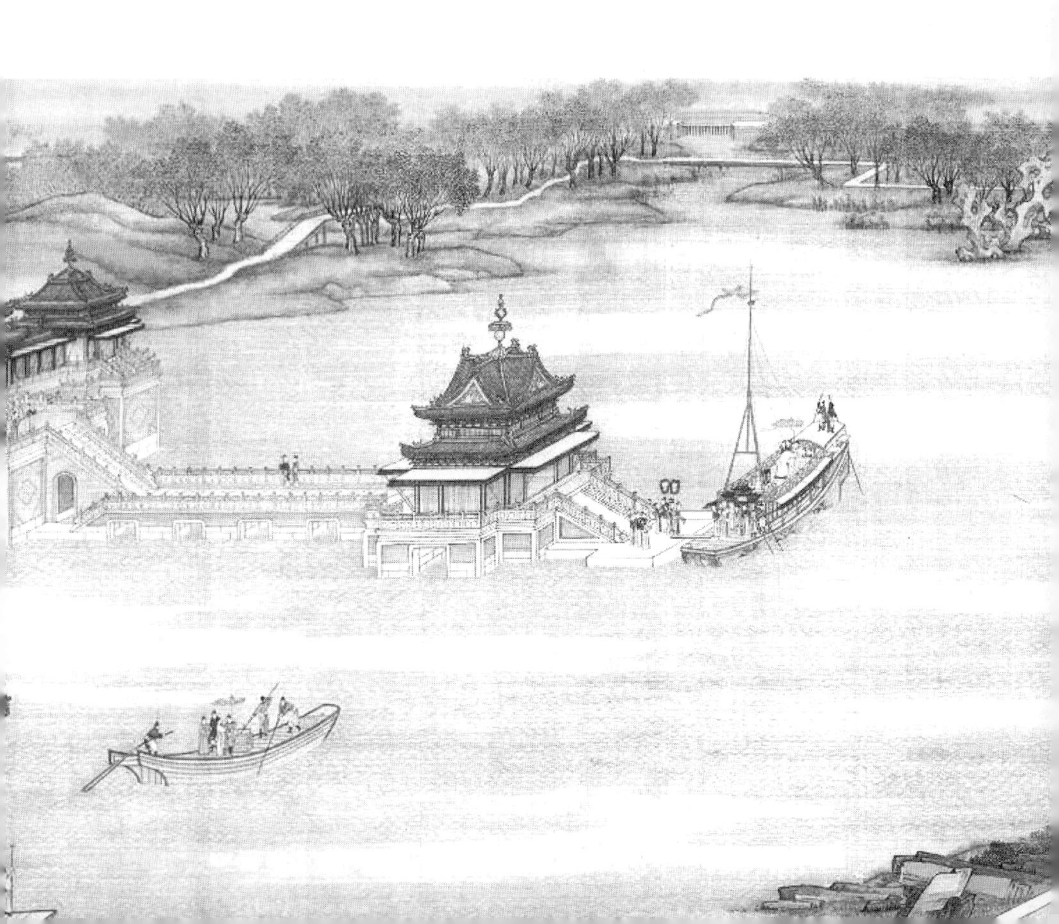

육일시화(六一詩話)

1권, 구양수(歐陽修) 지음, 보존되어 있음. ≪부록(附錄)≫ 1권 부록,
일본인 근등원수(近藤元粹) 편집.

구양수(歐陽修, 1007~1072)는 길주(吉州) 여릉(廬陵, 지금의 강서성(江西省) 길안시(吉安市)) 사람으로, 자는 영숙(永叔)이고 호는 취옹(醉翁)이며 만년에는 스스로를 육일거사(六一居士)라 불렀다. 시호는 문충(文忠)이며, 구양관(歐陽觀)의 아들이다. 인종(仁宗) 천성(天聖) 8년(1030)에 진사에 급제하여 서경추관(西京推官)에 임명되었으며 매요신(梅堯臣), 윤슈(尹洙) 등과 교유하였다. 북송(北宋) 경우(景祐, 1034~1037) 연간에 관각교감(館閣校勘)으로 있을 때 글을 써 범중엄(范仲淹)을 변호하다 이릉령(夷陵令)으로 폄적되었으며, 경력(慶歷, 1041~1048) 연간에 지간원(知諫院)으로 부름 받아 우정언(右正言), 지제고(知制誥) 등을 거치면서 범중엄 등이 주도한 신정(新政)을 도왔다. 신정이 실패한 후, 상소를 올려 범중엄의 파면을 반대하다가 저주(滁州), 양주(揚州), 영주(潁州) 등지로 폄적되었다. 이후 다시 한림학사(翰林學士)로 임명되었으며, 가우(嘉祐) 2년(1057)에 지공헌(知貢獻)이 되어, 고문을 제창하고 '태학체(太學體)'를 배척하여 당시의 문풍을 일변시켰다. 신종이 즉위한 후에는 왕안석의 신법에 반대하며 벼슬을 그만 두었다. 시(詩)와 사(詞), 문(文)의 각 분야에 능하였으며, 당시 고문운동(古文運動)의 영수로서 후인들에 의해 당송팔대가의 한 사람으로 꼽히기도 하였다. 사학(史學)에도 능하여 송기(宋祁) 등과 더불어 ≪신당서(新唐書)≫를 편찬하였고 홀로 ≪신오대사(新五代史)≫를 편찬하였다. 저서로 ≪육일거사집(六一居士集)≫ 50권, ≪표주서계사륙집(表奏書啓四六集)≫ 7권, ≪주의집(奏議集)≫ 18권, ≪집고록발미(集古錄跋尾)≫ 10권, ≪구양문충공전집(歐陽文忠公全集)≫ 153권 등이 있다.

구양수(1007~1072)의 자(字)는 영숙(永叔)이고 자호(自號)는 육일거사(六一居士)이며, 여릉(廬陵, 지금의 강서성(江西省) 길안시(吉安市)) 사람이다. 천성(天聖, 1022~1063) 연간에 진사(進士)가 되어, 관직이 추밀부사(樞密副使), 참지정사(參知政事)에 이르렀다. 시호(諡號)는 문충(文忠)이며 ≪송사(宋史)≫ 319권에 전(傳)이 있다.

이 책의 앞부분에는 〈자제(自題)〉가 한 줄 있는데, "내가 물러나 여음(汝陰, 지금의 안휘성(安徽省) 부양시(阜陽市))에 살면서, 모아 한담거리로 삼았다.(居士退居汝陰, 而集以資閑談也)"라 하였으니, 이 책은 희녕(熙寧) 4년(1071)에 구양수가 관직에서 물러난 이후에 지은 것이다. ≪사고전서총

목제요(四庫全書總目提要)≫에서 이를 그의 만년의 마지막 글이라 말하고 있는데, 옳은 말이다.

시화(詩話)라는 체제는 구양수에게서 시작되었다. 구양수 이전에도 시를 논한 저작들이 없었던 것은 아니었다. 즉, 필기체로 쓰인 것으로 반약동(潘若同)의 ≪군각아언(郡閣雅言)≫[1]과 같은 부류가 있었으며 이후에 편집된 시화들은 이를 자주 인용하였다. 이러한 부류의 책들은 비록 구양수 이전에도 있었으나, 조공무(晁公武)가 ≪군재독서지(郡齋讀書志)≫에서 "대부분 세상의 숨은 이야기나 철학적인 것, 기이한 일이나 아름다운 말들이다.(多及野逸賢哲異事佳言)"라 말한 것에서 알 수 있듯이 순수하게 시를 논한 글들은 아니었다. 따라서 ≪송사(宋史)·예문지(藝文志)≫에서는 이것들을 '소설류(小說類)'에 분류해 넣고 '문사류(文史類)'에는 분류하지 않았던 것이다. 따라서 '시화(詩話)'라는 명칭은 분명 구양수에서부터 시작되었으며, 시화의 체제 또한 그가 처음으로 만들었다고 할 수 있다.

시화가 구양수에게서 처음 시작되었기 때문에, 이 책은 본래 '시화(詩話)'라고만 불렀으며, '육일시화(六一詩話)'니 '육일거사시화(六一居士詩話)'니, 혹은 '구양시화(歐陽詩話)', '구양영숙시화(歐陽永叔詩話)', '구양문충공시화(歐陽文忠公詩話)' 등의 명칭은 없었다. 특별한 명칭이 붙여진 것은 모두 후세 사람들에게 의한 것으로, 호칭상의 편의에 따른 것이었다. 조익(趙翼)은 ≪구북시화(甌北詩話)≫에서 구양수가 소순흠(蘇舜欽)과 매요신(梅堯臣) 두 사람에게 주는 시를 인용하면서 이것이 그의 ≪귀전

1 【원주】 ≪송사(宋史)·예문지(藝文志)≫에는 반약충(潘若沖)이 ≪군각아담(郡閣雅談)≫을 지었다고 되어있다.
반약동은 생졸년 미상이며 송 태종 때 군수(郡守)와 찬선대부(贊善大夫)를 지낸 적이 있다. 그가 지은 ≪군각아언(郡閣雅言)≫은 ≪군각잡언(郡閣雜言)≫, ≪군재아언(郡齋雅言)≫이라고도 한다. 당말과 오대의 여러 이야기를 모은 것으로, 특히 시단과 작가의 이야기 등이 실려 있다. 지금 원서는 일실되었다.

시화(歸田詩話)≫ 속에 실려 있다고 말하였다. 그러나 이는 그럴듯한 말로 사실을 혼동하게 한 것이라 할 수 있다. 구양수에게 ≪귀전록(歸田錄)≫이 있었다는 사실만으로 어찌 ≪귀전시화≫와 ≪귀전록≫을 함부로 합쳐 같은 책으로 여겼단 말인가?[2]

이 책은 ≪구양수전집(歐陽修全集)≫본, ≪백천학해(百川學海)≫본, ≪설부(說郛)≫본, 명각(明刻) ≪송시화오종(宋詩話五種)≫본, ≪진체비서(津逮秘書)≫본, ≪역대시화(歷代詩話)≫본, ≪형설헌총서(螢雪軒叢書)≫본이 있다. ≪천경당서목(千頃堂書目)≫에 의하면 ≪고금휘설(古今彙說)≫본도 있는데 보이지 않는다. 각 본들은 모두 1권으로 되어 있는데, ≪강서통지(江西通志)·예문략(藝文略)≫ 시문평류(詩文評類)에는 6권으로 되어 있다. 아울러 "≪군재독서지≫에는 ≪구공시화≫ 1권으로 되어 있고 ≪직재서록해제≫ 또한 1권으로 되어 있는데, 지금 ≪사고목록≫을 따른다.(謹案≪郡齋讀書志≫作≪歐公詩話≫一卷, ≪書錄解題≫亦作一卷, 今從≪四庫目錄≫)"라 하였다. 그러나 사실 ≪사고전서총목≫에도 1권으로 되어 있고 6권이라 하지 않았다.

장방기(張邦基)의 ≪묵장만록(墨莊漫錄)≫[3] 권8에서는 "구양수에게 ≪잡서(雜書)≫ 1권이 있는데 ≪구양문충공집(歐陽文忠公集)≫에는 실려 있지 않으며 모두 아홉 가지의 일로 이루어져 있다.(歐陽文忠公有雜書一卷, 不載於集中, 凡九事)"라 하였다. 아울러 그 권 앞의 자제(自題) 한 줄에서 "가을 장마는 그치지 않고 공무는 약간 한가하다. 대숲 소리 스산하니 수심이 방울져 떨어지는 소리가 들리는 듯하다. 책상 위의 옛날 종이 몇 폭을 돌아보며 손 가는 대로 정리하였다. 추밀원 동청에서.(秋霖不止, 文

---

2 ≪귀전시화≫는 명나라 구우(瞿佑)가 지은 것이고, ≪귀전록≫은 구양수의 필기(筆記)이다.

3 ≪묵장만록≫은 북송의 장방기가 지은 것이다. 장방기의 생졸년은 미상이다. 이 책은 모두 10권으로, ≪사고전서≫에는 자부 잡가류(雜家類)에 실려 있다. 잡다한 일을 비롯하여 고증에 관한 내용이 대부분이고, 특히 시문의 평론과 그와 관련된 내용이 있어 문학사의 중요자료가 된다.

書頗稀. 叢竹蕭蕭, 似聽愁滴. 顧見案上故紙數幅, 信手學書, 樞密院東廳)"라 일렀다고 하였다.

지금 그 책에서 언급하고 있는 것을 보면, 구승(九僧)[4] 시의 '말은 항복한 땅 위를 달리고, 독수리는 전쟁 끝난 구름 위를 나네.(馬放降來地, 雕盤戰後雲)'[5]와 '봄은 계령 밖에서 자라고, 사람은 해문 서쪽에 있네.(春生桂嶺外, 人在海門西)'[6] 등의 좋은 구를 논한 것과 '초가집 달 아래 닭 울음소리, 판교의 서리 위에 사람 발자국.(鷄聲茅店月, 人跡板橋霜)',[7] '들녘 못엔 봄물이 가득하고, 꽃 핀 제방엔 석양이 더디구나.(野塘春水滿, 花塢夕陽遲)'[8]라는 두 언의 빼어남을 논한 것, 가도(賈島) 〈스님에 곡하여(哭僧)〉 시의 '좌선하던 몸은 태워 없애 버렸네.(焚却坐禪身)'를 살아 있는 스님을 태운 것이라며 기롱했던[9] 이 몇 가지 것들은 모두 ≪육일시화≫에서도 보인다. 따라서 시화는 퇴거한 후에 옛 글을 정리하여 만든 것이므로, ≪잡서≫ 1권은 즉 ≪육일시화≫의 전신인 것이다.

이 책은 ≪잡서≫가 그 전신이었던 까닭에 찬술한 목적도 처음부터 엄정하지는 않았다. 따라서 ≪송사고궐서목(宋四庫闕書目)≫에서 이것을 소설류에 넣은 것도 이유가 없는 것은 아니었다. 후대의 시화가 '설부(說部)'[10]와 구분하기 어려운 것 또한 이 책이 선구가 되기 때문이

---

4 구승(九僧)은 송초의 아홉 스님을 가리킨다. ≪육일시화≫에 따르면 일찍이 ≪구승시집(九僧詩集)≫이 있었으나 당시에는 이미 실전(失傳)되었고, 이름 또한 혜숭(惠崇)을 제외한 나머지는 모른다고 하였다. 후에 사마광(司馬光)이 혜숭(惠崇)과 희주(希晝), 보섬(保暹), 문조(文兆), 행조(行肇), 간장(簡長), 유봉(惟鳳), 우소(宇昭), 회고(懷古)의 시를 모아 ≪구승시집≫을 다시 편찬하였다.

5 이 시의 제목은 〈변경에서 왕태위에게 주다(塞上贈王太尉)〉로, ≪송시기사(宋詩紀事)≫에서는 우소(宇昭)의 작품으로 되어 있다.

6 이 시의 제목은 〈광남전운 진학사를 그리워하며(懷廣南轉運陳學士)〉로, ≪송시기사(宋詩紀事)≫에서는 희주(希晝)의 작품으로 되어 있다.

7 이 시의 제목은 온정균(溫庭筠)의 〈상산에서 새벽길 떠나며(商山早行)〉이다.

8 이 시의 제목은 엄유(嚴維)의 〈유원외가 보내온 것에 대해 수창하여(酬劉員外見寄)〉이다.

9 가도(賈島)의 〈스님에 곡하여(哭僧)〉 시에서 '도를 행하던 모습은 그림으로 남겨두고, 좌선하던 몸은 태워 없애 버렸네(寫留行道影, 焚却坐禪身)'라 했던 것을 말한 것이다.

었다. 일본 사람 근등원수(近藤元粹)는 구양수의 ≪시필(試筆)≫과 ≪귀전록(歸田錄)≫ 두 책에서 논시(論詩)와 관련한 말들을 뽑아 이 책의 부록을 만들어 ≪형설헌총서(螢雪軒叢書)≫로 간행하였으니, 시화(詩話)와 필기(筆記)[11]가 본디 구별하기 어려운 것이었음을 가히 알 수 있다.

이 책에서 논의하고 있는 것에 대해 후인들이 자주 문제 삼는 것이 몇 가지가 있기는 하지만, 모두가 중요한 것은 아니다. 예를 들어 구승(九僧)의 시가 전하지 않는 것은 아니라는 사실은 사마광이 ≪속시화(續詩話)≫에서 이를 이미 보충하여 바로 잡았으며, 또한 왕사정(王士禎)의 ≪잠미문(蠶尾文)≫과 장종태(張宗泰)의 ≪노암소학집(魯巖所學集)≫[12]에서도 다시 진기(陳起)의 ≪고승시선(高僧詩選)≫[13]에 근거하여 그 오류를 바로 잡았다. 그러나 이것은 기억이 분명하지 않은 것이었으므로, 탓할 것은 아니다. 그 외 장계(張繼) 시의 이른바 한밤중의 종에 관한 일과[14] '바람 따스하여 새소리는 부서지네.(風暖鳥聲碎)'라는 시가[15] 주박(周朴)의 시인지 두순학(杜荀鶴)의 시인지 하는 것은 사소한 문제일 뿐 아니라 전체적인 뜻과는 관련이 없으며, 구양수의 일시적인 착오라 여겨진다. 더구나 이러한 문제들은 본디 정설이 없는 까닭에 극력

---

10 설부는 소설(小說)이나 소문, 자질구레한 이야기와 관련된 저작을 의미한다.

11 필기란 소설의 한 체재로, 가장 간단하고 가장 초보적인 양식으로 어떠한 이야기를 서술한 것을 이른다.

12 ≪노함소학집≫은 청대 장서가인 장종태(1776-1852)가 지은 것으로, 모두 15권이다. 주로 서문과 발문의 목록을 실어놓았다.

13 이 책의 원 제목은 ≪성송고승시선(聖宋高僧詩選)≫이다. 전집(前集)에 ≪구승시집(九僧詩集)≫에 의거하여 희주(希晝) 등 9명의 시를 실어놓았다.

14 장계(張繼) 〈풍교에서 밤에 정박하여(楓橋夜泊)〉 시의 '고소성 밖 한산사, 한 밤중의 종소리가 객의 배에 이르네(姑蘇城外寒山寺, 夜半鐘聲到客船)'에 대해 밤중에 한산사에서 종을 치는 지의 여부가 논란이 된 것을 말한 것으로, 구양수는 이에 대해 ≪육일시화≫에서 '좋은 구를 탐구하느라 이치가 통하지 않았으니, 또한 말의 병폐이다.(貪求好句, 而理有不通, 亦語病也)'라 비판한 바 있다.

15 이 시의 제목은 〈춘궁의 원망(春宮怨)〉으로, 판본에 따라 주박(周朴) 혹은 두순학(杜荀鶴)의 작품으로 다르게 전하고 있다.

비난할 수도 없는 것이다.

이 책에서 논시에 대한 내용은 대부분 매우 적절하다. 허인방(許印芳)은 ≪시법췌편(詩法萃編)≫에서 그 '그리기 어려운 경치를 그렸다.(寫難寫之景)'나 '다하지 않는 뜻을 담고 있다.(含不盡之意)' 등의 말들을 뽑아 '문장의 비요(秘要)를 얻었다'고 말하였으니, 이 글은 비록 구양수가 심혈을 기울인 것은 아니었지만 취할 만한 좋은 내용들이 있음을 알 수 있다. 책에서는 정곡(鄭谷, 848~911)[16]과 주박(周朴, ?~878)[17] 두 사람의 시를 들어 만당(晩唐)의 두 가지 상이한 시풍을 설명하고 있으니, 문학사를 연구하는 사람은 반드시 이러한 부분에 주의하여야 할 것이다.

책에서는 백거이체(白居易體)[18]와 정곡체(鄭谷體)[19]에 대해 모두 그다지 만족해하지 않고 있다. 주박(周朴)이 단련하고 정련한 것에 대해서 칭찬을 하고 있으며, 두보시의 '몸 가벼이 새 한 마리 지나가네.(身輕一鳥過)'[20]에서의 '과(過)'자를 다른 사람들이 다다르기 어려운 경지라 여겼으니, 그가 시를 논함에 얕고 천박하기만 한 것에 반대하였음을 알 수

---

16 정곡(鄭谷)은 당나라 의춘(宜春, 지금의 강서성(江西省) 의춘시(宜春市)) 사람으로, 자는 수우(守愚)이다. 광계(光啓) 3년(887)에 진사에 급제했고 건녕(乾寧) 연간(894~897)에 벼슬이 도관랑중(都官郎中)에 이르렀다. 정곡의 아버지는 영주자사(永州刺史)였는데, 사공도(司空圖)와 같은 집에 살았다. 사공도가 정곡을 보고는 예사롭지 않다고 생각하고 꼭 한 시대의 문단을 이끌 사람이 될 것이라고 말했다. 당나라 말기에 그의 시가 명성이 자자해서 사람들이 많이 전해 읊었고 그를 '정도관(鄭都官)'이라 불렀다. 문집이 있었으나 일실되었다.

17 주박(周朴)은 당나라 장락(長樂, 지금의 복건성(福建省) 장락시(長樂市)) 사람으로, 자는 견소(見素) 혹은 태박(太朴)이다. 시에 뛰어났으나 공명에 뜻이 없어 숭산(嵩山)에 은거하였다. 시승(詩僧)인 관휴(貫休), 방간(方干), 이빈(李頻)과 교유하였다.

18 백거이(白居易, 772-846)는 중당(中唐)의 시인으로, 작품 구성은 논리적이며 주제는 보편적이어서 '유려평이(流麗平易)'하다고 평해진다. 그의 시는 구어체를 활용한 평이하고 통속적인 것이 특징이다.

19 정곡은 벼슬길이 평탄하여 초기에는 영물시 등으로 사대부의 청고하며 한적함을 표현하였고, 나중에 당말 혼란함을 겪으며 비량한 정조가 생기게 되었다. 그의 시는 대부분 청완명려(淸婉明麗)하고 통속적이며 알기 쉬운 특성이 있다.

20 이 구절은 두보의 〈도위 채희로가 농우로 귀환하는 것을 전송하고 그 편에 서기 고적에게 부쳐(送蔡希魯都尉還隴右因寄高三十五書記)〉에 나온다.

있다. 그러나 구양수는 비록 조탁을 버리지는 않았지만 자연스러움으로 돌아가는 것이 중요하다고 여겼다. 책에서 특별히 매요신의 '뜻은 새롭고 말은 빼어나다.(意新語工)'는 말을 높인 의도가 여기에 있다.

송인들이 시를 논할 때에는 항상 예술성에 치우치면서도 또한 자연스러움을 숭상했는데, 이러한 의론은 사실 구양수에게서부터 시작된 것이었다. 구양수는 시에 있어 서곤체(西崑體)[21]의 장점을 버리지 않으면서도 이백과 두보의 호방한 풍격을 주장하였으니, 그가 한 시대의 시풍을 형성하게 된 것도 까닭이 없는 것은 아니었다.

종합하자면, 구양수는 학문에 깊은 바탕이 있었다. 따라서 이 책에서는 비록 수필의 체제를 사용하여 체계적이지는 않지만, 세밀히 살펴보면 어렵지 않게 그 전모를 엿볼 수 있으니, 심혈을 기울인 글이 아니라 하여 이를 경솔히 여겨서는 안 될 것이다. 즉 그는 한유(韓愈)의 시를 논하며 용운(用韻)에 뛰어났다고 하였으니, 이 또한 보통 사람들이 이를 수 있는 경지가 아니다.

21 서곤체(西崑體)는 송나라 초기의 시인집단이 구사했던 시의 격식이다. 송나라 초기에는 아직 새 시대에 알맞은 새 문학이 생기지 않았으며, 주로 당대(唐代) 문학의 모방을 일삼았다. 특히 감상적이고 유미적인 만당(晩唐)의 풍격을 모방하였는데, 그 중에서도 이상은(李商隱)을 종주로 삼았다. 대표시인으로는 양억(楊億), 유균(劉筠), 전유연(錢惟演), 정위(丁謂), 장영(張詠) 등이 있다. 이들의 시를 모아 ≪서곤수창집(西崑酬唱集)≫ 2권을 만들었다.

온공속시화(溫公續詩話)

1권, 사마광(司馬光) 지음, 보존되어 있음.

곽소우는 사마광(司馬光)의 생년을 1018년이라 하였으나, 사마광은 1019년 11월 17일에 태어났다. 사마광은 섬주(陝州, 지금의 산서성(山西省) 하현(夏縣)) 사람으로, 자는 군실(君實)이고 호는 우부(迂夫)이며 만년의 호는 우수(迂叟)이다. 속수향(涑水鄕) 사람이라 세칭 속수선생(涑水先生)이라고도 하며, 죽은 뒤 온국공(溫國公)에 봉해져서 사마온공(司馬溫公)이라고도 한다. 보원(寶元) 원년(1038)에 진사가 되었고, 1067년 신종(神宗)이 즉위하자 한림학사(翰林學士), 어사중승(御史中丞)을 역임하였다. 왕안석(王安石)이 발탁되어 신법(新法)을 단행하자, 이에 반대하여 관직을 사퇴하고 고향으로 갔으며, 그동안 ≪자치통감(資治通鑑)≫을 썼다. 신종이 죽고 철종(哲宗)이 즉위하자 다시 조정으로 가서 '원우(元祐)의 재상(宰相)'이 되었다. 그는 신법을 폐지하고 구법(舊法)으로 대체하여 구법당(舊法黨)의 영수 역할을 하였다. 사후에 신법당이 세력을 얻자 '원우당적(元祐黨籍)'에 올라 냉대를 받았다. 저서로 ≪자치통감(資治通鑑)≫, ≪속수기문(涑水紀聞)≫, ≪사마문정공집(司馬文正公集)≫ 등이 있다.

사마광(1018~1086)의 자(字)는 군실(君實)이고 호(號)는 우수(迂叟)이며, 섬주(陝州, 지금의 산서성(山西省) 하현(夏縣)) 사람이다. 보원(寶元) 연간 초(1038)에 진사에 급제하였고, 철종(哲宗) 때 관직이 상서좌복야(尙書左僕射)에 이르렀다. ≪송사(宋史)≫ 336권에 전(傳)이 있다.

그는 원우(元祐) 원년(1086)에 죽었는데, 구양수(歐陽修, 1007~1072) 보다 14년 뒤이다. 그의 〈자제(自題)〉에서 이르기를, "≪시화≫에 누락된 것이 있다. 내가 구양수 선생의 문장의 명성에는 비록 미치지 못하지만 사실을 기록한다는 것은 마찬가지이므로, 감히 그 책을 이어 쓴다.(≪詩話≫尙有遺者, 歐陽公文章名聲雖不可及, 然記事一也, 故敢續書之)"라 하였다. 그러므로 이 책은 응당 희녕(熙寧) 연간(1068~1077)과 원풍(元豐) 연간(1078~1085) 사이에 지어진 것이다. ≪사고전서총목제요(四庫全書總目提要)≫에서는 이르기를, "사마광의 ≪전가집(傳家集)≫[1]에는 잡저(雜著)가 모두 실려 있는데, 이 책은 수록되어 있지 않다. …아마도 문집이 엮어진 후에 완성되었을 것이다.(光≪傳家集≫中具載雜著, 乃不錄此書,….或成於編集之後)"라 하였으니, 이 또한 이 책이 늦게 나온 것이라는 증거이다.

이 책의 판본으로는 ≪백천학해(百川學海)≫본, 명각(明刻) ≪송시화오종(宋詩話五種)≫본, ≪진체비서(津逮秘書)≫본, ≪역대시화(歷代詩話)≫본, ≪형설헌총서(螢雪軒叢書)≫본이 있고, 또 ≪설부(說郛)≫본이 있는데 완전하지는 못하다. 지금 세상에 전하는 각 판본은 대체로 모두 ≪백천학해≫본에서 나온 것이다. 이 책은 원래 ≪속시화(續詩話)≫라 칭하였으므로 이후에 판각된 것들도 여러 이칭이 있게 되었다. ≪백천학해(百川學海)≫에서는 ≪사마온공시화(司馬溫公詩話)≫라 하였고, ≪송사고궐서목(宋四庫闕書目)≫에서는 ≪사마광시화(司馬光詩話)≫라 하였으며, ≪통지(通志)·예문략(藝文略)≫에서는 ≪사마군실시화(司馬君實詩話)≫라 하였다. 또한 ≪시화총귀(詩話總龜)≫에서는 ≪사마태사시화(司馬太師詩話)≫라 인용하였으며, ≪초계어은총화(苕溪漁隱叢話)≫에서는 ≪우수시화(迂叟詩話)≫라 인용하였으니, 대체로 구양수의 ≪육일시화(六一詩話)≫와 같은 예인 것이다. 다만 오함분(伍涵芬)의 ≪설시락취(說詩樂趣)≫에서 서목을 채용하면서 '사마광의 ≪낙양시화(洛陽詩話)≫'라 한 것은 근거가 없는 것이다. 장종숙(張宗橚)의 ≪사림기사(詞林紀事)≫에 인용된 것을 보면, 권3에서는 ≪온공시화(溫公詩話)≫라 하였다가 또 ≪우수시화(迂叟詩話)≫라고도 하고 혹은 다시 ≪온수시화(溫叟詩話)≫라고 하는 등 임의로 명칭을 정하고 앞뒤가 맞지 않으니, 이는 검토를 제대로 하지 않은 것이다. ≪송사(宋史)·예문지(藝文志)≫ 문사류(文史類)에는 사마광의 ≪속시화≫ 1권이 있는데 다시 또 ≪사마광시화≫ 1권이 있어 같은 책이

1 이 책은 사마광이 모은 시문집으로 80권으로 되어 있다.

중복해서 나오는데, 이 역시 면밀한 검토를 거치지 않은 것이다.

또한 이 책을 지은 의도는 본래 구양수와 마찬가지로 일을 기록하는 데 중점을 두었으므로, '속(續)'이라고 말한 것이다. 예를 들어 '혜숭시(惠崇詩)' 조목, '구승시집(九僧詩集)' 조목은 모두 ≪육일시화≫의 '국조의 승려(國朝浮圖)' 조목을 이은 것이고, '과거장의 정시시(科場程試詩)' 조목은 ≪육일시화≫의 '과거장용 부(自科場用賦)' 조목을 이은 것이며, '왕신이 궁사를 짓다.(王紳作宮詞)' 조목은 ≪육일시화≫의 '왕건의 궁사(王建宮詞)' 조목을 이은 것이고, '매요신의 죽음(梅聖兪之卒)' 조목은 ≪육일시화≫의 '정곡의 시명(鄭谷詩名)' 조목을 이은 것이다.

이뿐만이 아니다. 매요신(梅堯臣)은 말년에 도관(都官) 벼슬을 지냈는데[2] 유원보(劉原父)가 희롱하여 말하기를, 매요신의 벼슬이 분명 여기서 그칠 것이니 옛날에 정도관(鄭都官)이 있었다면 지금은 매도관(梅都官)이 있을 것이라고 했었다. 이에 매요신은 자못 심기가 불편해 하였는데 얼마 안 있어 병이 들어 죽었다. 구양수의 시화에서는 "내가 매요신의 시에 서문을 써 ≪완릉집≫을 만들었는데, 요즘 사람이 이를 매도관의 시라 불렀다. 한 마디 희롱했던 말이 나중에 과연 그렇게 되어버렸으니, 이에 한탄스럽다.(余爲序其詩爲≪宛陵集≫, 而今人但謂之梅都官詩, 一言之謔, 後遂果然, 斯可歎也)"라 하였다. 이는 희롱했던 말이 실제가 되어버렸다는 뜻이 담겨져 있는 듯하다. 지금 ≪속시화≫ 속의 '매요신의 죽음(梅聖兪之卒)' 조목에도 역시 심문통(沈文通)이 한흠성(韓欽聖)에 대해 "그 다음은 한흠성이다.(次及欽聖)"라고 희롱하였으며 며칠 지나지 않아 한흠성이 병이 들어 죽은 일이 기재되어 있다. 이에 대해 사마광은 "이는 비록 시와는 관련 없는 일이기는 하지만, 그가 매요신과 동시대인이고 사건도 서로 비슷하므로 덧붙여 둔다.(此雖無預時事,[3] 以其

2 매요신은 상서도관원외랑(尙書都官員外郎)을 지낸 적이 있어 그를 '매도관(梅都官)'이라 불렀다.
3 【원주】 시(時)는 마땅히 시(詩)어야 한다.

與聖兪同時, 事又相類, 故附之)"라 하였으니, 사마광이 구양수의 뒤를 이었다고 한 것은 바로 이러한 종류를 가리켜 말한 것이다. ≪사고전서총목제요(四庫全書總目提要)≫에서는 "다만 매요신의 병사에 관한 조목은 시와 관계가 없는데도 이 책에 실려 있으니 이해할 수 없다.(惟梅堯臣病死一條與詩無涉, 乃載之此書則不可解)"라 하였는데, 이러한 뜻을 이해하지 못했기 때문에 이해할 수 없다고 한 것이다. 그 외 '포고안(鮑孤雁)'[4] 조목은 ≪육일시화≫에서 말한 '매하돈(梅河豚)'[5]과 비슷하고, '위야(魏野)' 조목에서 그의 부친의 〈행색(行色)〉시에 대해 묘사하기 어려운 경치를 그려낼 수 있었다고 서술한 것 또한 ≪육일시화≫에서 서술하고 있는 매요신의 논시의 취지와 비슷하다. 따라서 사마광이 "구양수의 시화에 누락된 것이 있다.(詩話尙有遺)"고 말한 것은 대체로 이러한 의미였음을 알 수 있다.

≪사고전서총목제요(四庫全書總目提要)≫에서는 이 책을 논하면서 다음과 같이 말하고 있다.

> 사마광은 덕행과 공업이 당시에 뛰어났고 시문의 말단에 구애되지 않은 사람이었으나, 여러 시를 품평할 때에는 극히 정밀하였다. 예를 들어 임포의 '맑은 물 얕은 곳에 성긴 그림자 비껴있고, 달이 뜬 황혼에는 그윽한 향기 뿜어내네.'[6], 위야의 '언덕에서 헤어지며 노 젓는 소리, 마을과 이별하며 저 멀리 산 몇 점.'[7], 한기의 '아침 화초더미에 꽃 지는데 나비는 어지러이 날고, 봄 텃밭에 비 흠뻑 내리니 우물가 한가롭네.', 경선지의 '풀빛은 말을 타고 산책하는 땅을 열고 퉁소소리는 엿을 파는 따뜻한 날을 불어 오네.'[8], 구준(寇準)의 〈강남춘(江南春)〉시, 진요좌(陳堯佐)의 〈오강(吳江)〉시, 창당(暢當)과

4 포고안은 북송 시인인 포당(鮑當)의 별호이다.
5 매하돈은 북송 시인인 매요신(梅堯臣)을 가리킨다.
6 이 시의 제목은 〈산 동산에 작은 매화(山園小梅)〉이다.
7 이 시의 제목은 〈보제원에 제하여(題普濟院)〉이다.
8 이 시는 본래 송기(宋祁)의 작품으로 알려져 있는데, 제목은 〈한식에 한가로울 때 지음(寒食假中作)〉이다.

왕지환(王之渙)의 〈관작루(鸛雀樓)〉시와 그의 부친의 〈행색(行色)〉 시 등이 음송되어 전해진 것은 모두가 사마광에게서 비로소 나오게 된 것이다. 사마광이 위야(魏野)의 시에서 '약(藥)'자를 잘못 고친 것을 논한 것과 두보(杜甫)의 '나라는 깨졌어도 산하는 그대로다.'[9]시에 대해 말하며 더욱 솜씨 좋게 이치를 풀이한 것은 다른 시화가 따라갈 수 있는 바가 아니다.(光德行功業冠絶一代, 非斤斤於詞章之末者, 而品第諸詩乃極精密, 如林逋之'疎影横斜水清淺, 暗香浮動月黄昏', 魏野之'數聲離岸櫓, 幾點別州山', 韓琦之'花去曉叢蝴蝶亂, 雨餘春圃桔槹閒'[10], 耿仙芝之'草色引開盤馬地, 簫聲吹暖賣餳天'[11], 寇準之〈江南春〉詩, 陳堯佐之〈吳江〉詩, 暢當・王之渙之〈鸛雀樓〉詩, 及其父〈行色〉詩, 相沿傳誦, 皆自光始表出之. 其論魏野詩誤改'藥'字, 及說杜甫'國破山河在'一首, 尤妙中理解, 非他詩話所及)[12]

이 논의는 정밀하고 상세하므로, 모두 실어둔다.

이 책에는 잘못 기재된 것이 있는데, 예를 들어 청주(青州)의 유개(劉槪) 조목에서는 "유개는 관직을 버리고 야원산에 은거하였다.(槪棄官隱居野原山)"라 하였는데, '야원(野原)'은 마땅히 '야원(冶原)'이라 해야 한다. 야원(冶原)에는 야천(冶泉)이 있는데, 혹자는 구야자(歐冶子)[13]가 칼을 주조했던 곳이라 한다. 왕사정(王士禛)은 ≪지북우담(池北偶談)≫과 ≪어양시화(漁洋詩話)≫에서 모두 사마광이 고증을 하지 않은 과오를 지적하였다. 그러나 내가 왕벽지(王闢之)의 ≪민수연담록(澠水燕談錄)≫ 권4를 살펴보니, 왕벽지가 일찍부터 다음과 같이 말하고 있었다.

청주의 남쪽에 야원(冶原)이 있는데, 옛날에 구야자가 칼을 주조하던 곳이다. 부정공(富鄭公)이 청주에서 수령을 하고 있을 때, 유개가 그 곳에서 오

9 이 시의 제목은 두보의 〈춘망(春望)〉이다.

10 【원주】 ≪속시화≫에는 '호접(蝴蝶)'이 '봉접(蜂蝶)'으로 되어 있다. 또한 ≪어은총서≫ 전집 권27에는 '풍정효지호접료(風定曉枝蝴蝶鬧)'라 인용되어 있다.

11 【원주】 ≪속시화≫에는 '천수단무조마지, 담운미우양화천(淺水短蕪調馬地, 淡雲微雨養花天)'이라 되어 있다.

12 ≪사고전서총목제요(四庫全書總目提要)≫ 〈집부(集部) 48・시문평류(詩文評類) 1〉에 실려 있다.

13 구야자(歐冶子)는 춘추 말엽에서 전국 초기의 월(越)나라 사람이다. 고대 검을 주조했던 사람으로, 용천보검(龍泉寶劍)의 창시자이다.

래 머물고자 하는 것을 알고는 그를 위해 야천(冶泉)에 집을 지어주었다. ≪사마온공시화≫에 유개의 시 '독서가 사람을 40년이나 그르치니 몇 번이나 취하여 난간 잡고 두드렸던가.(讀書誤人四十年, 幾回醉把欄干拍)'가[14] 실려 있는데, …

이는 왕벽지가 이미 그 잘못을 알고 있었다는 것으로, 왕사정이 처음은 아니었던 것이다.

사마광이 시를 논한 것은 ≪속시화≫ 외에 ≪초계어은총화(苕溪漁隱叢話)≫의 인용에도 보이며 ≪사마문정공일록(司馬文正公日錄)≫에도 몇 조목이 있다. 만약 근등원수(近藤元粹)가 ≪육일시화부록(六一詩話附錄)≫을 만들었던 예를 원용한다면, 이 몇 조목과 문집 중의 논시(論詩)와 관련한 말들 역시 모두 부록으로 넣을 수 있을 것이다. 또한 ≪초계어은총화≫에 인용된 ≪우수시화≫에는 지금 판본의 ≪속시화≫에는 없는 것들이 있으니, 지금 판본은 후대 사람들의 취사선택을 거친 것으로 그 온전한 모습은 아니지 않겠는가? 따라서 그 글들을 여기 뒤에 붙여 계속해서 상고하는 데 참고로 삼는다.

당나라 개원·천보 연간에 곡강 주변에는 전각과 집이 있었는데, 안사의 난을 거치면서 그 일대가 모두 부서졌다. 당 문종은 두보의 "강변의 궁전에 그 많던 문이 다 닫혔는데, 가는 버들과 새 부들은 누구를 위해 푸르른가."[15] 시를 보고는 자운루와 낙하정을 지어 절기 때마다 연회를 베풀어 주고, 여러 관리들을 양 언덕에 있는 정자와 건물로 불러들였다. 송 태종은 서쪽 교외에 금명지를 파고 못 가운데에 정자를 두어 물놀이 하는 것을 구경하였는데, 일반 사람들이 머무르며 유람할 만한 곳은 없었다. 만약 양 언덕에 당나라 때와 같이 정자와 건물을 만들었더라면 당나라 때 곡강의 번성함을 뛰어 넘었을 것이다.(唐曲江, 開元天寶中旁有殿宇, 安史亂後, 其地盡廢[16]. 文宗

14 이 시의 제목은 〈관사의 서쪽 집에서 쓰다(府舍西軒作)〉이다.
15 이 시의 제목은 〈강변에서 슬퍼하며(哀江頭)〉이다.
16 ≪춘명퇴조록≫ 원문에는 '진이폐(盡圮廢)'라 되어 있다.

覽杜甫詩云: "江頭宮殿鎖千門, 細柳新蒲爲誰綠", 因建紫雲樓·落霞亭, 歲時賜宴, 又詔百司於兩岸建亭館. 太宗於西郊鑿金明池, 池中有臺榭以閱水戲[17], 而士人游觀無存泊之所. 若兩岸如唐制設亭館[18], 卽踰曲江之盛也) ≪초계어은총화(苕溪漁隱叢話)≫ 전집(前集) 권13.[19]

≪주례≫에 있는 '사계절마다 나라의 불을 바꾼다.'라는 것은[20] 봄에는 느릅나무와 버드나무의 불을, 여름에는 대추나무와 살구나무의 불을, 늦여름에는 뽕나무와 산뽕나무의 불을, 가을에는 떡갈나무와 졸참나무의 불을, 겨울에는 홰나무와 박달나무의 불을 취하는 것을 말한다. 그러나 당나라 때에는 다만 청명절에 느릅나무와 버드나무의 불을 취하여 가까운 신하와 외척에게 하사하였다. 본조(本朝, 송(宋)을 가리킨다-역자주)에서는 이를 따라 다만 재상과 외척, 고관, 절찰삼사사, 지개봉부, 추밀직학사, 환관에게 하사하였고 모두가 후하게 상을 받았으니, 이는 일반적인 하사의 예가 아닌 것이다.(周禮四時變國火, 謂春取楡柳之火, 夏取棗杏之火, 季夏取桑柘之火, 秋取柞楢之火, 冬取槐檀之火, 而唐時唯淸明取楡柳之火, 以賜近臣戚里. 本朝因之, 唯賜輔臣·戚里·帥臣·節察三司使·知開封府·樞密直學士·中使, 皆得厚贈, 非常賜例也) ≪초계어은총화(苕溪漁隱叢話)≫ 전집(前集) 권23.

송나라 태조 개보(開寶) 9년(976)에 나라 안팎으로 별다른 일이 없어, 비로소 조칙을 내려 순가일[21]에 일을 쉬도록 하였다. 그러나 재상만은 순가일에도 여전히 후전에서 왕을 대면하고 왕의 안부를 묻고 퇴조하였다. 지도(至道) 3년(997) 3월 29일은 순가일이었는데, 이날 태종은 재상과 대면하고 저녁에 붕어하였다. 이 일을 두고 이남양(李南陽)은 〈영희만사(永熙挽詞)〉에서 "아침에 옥궤에 기대어 하신 말씀이 여전히 남아 있건만, 저녁에 황금 끈으로 묶은 문서를 펼쳐보는 일은 이미 틀려버렸네."라고 읊었으니, 당시 뛰어난 작품이라 칭송되었다. 진종 때에 이르러서야 비로소 순가일에 재상이 들어가지 않았다. 보원 연간(1038~1039)에는 서하의 사건이 막 일어나 쉬는

17 ≪춘명퇴조록≫ 원문에는 '중유대사이열수희(中有臺榭以閱水戲)'라 되어 있다.

18 ≪춘명퇴조록≫ 원문에는 '약량안여당제설정(若兩岸如唐制設亭)'라 되어 있다.

19 【원주】 이는 또한 송민구(宋敏求)의 ≪춘명퇴조록(春明退朝錄)≫에도 보인다.

20 옛날 가정에서는 절기마다 불씨를 바꾸었는데, 불씨를 오래 두고 바꾸지 않으면 불꽃에 양기(陽氣)가 지나쳐 돌림병의 원인이 될 수 있다고 여겼기 때문이었다. 이를 '변국화(變國火)'라 하였으며, 새 불씨는 나라에서 직접 지핀 국화(國火)를 각 가정으로 내려 보냈다. ≪주례(周禮)·사관(司爟)≫ 참고.

21 순가일(旬假日)은 열흘에 한 번 쉬는 것을 말한다.

날에도 정무를 보았으며, 경력 연간(1041~1048) 초에는 다시 옛날과 같아졌다.(太祖以開寶九年, 中外無事, 始詔旬假日不坐, 然其日輔臣猶對于後殿, 問聖體而退. 至道三年三月二十九日旬假, 是日太宗猶對輔臣, 至夕, 帝崩. 李南陽永熙挽詞曰: "朝憑玉几言猶在, 暮啓金縢事已非." 時稱佳作. 至眞宗朝時, 旬假輔臣始不入. 寶元中, 西事方興, 假日視事. 慶曆初乃如舊) ≪초계어은총화(苕溪漁隱叢話)≫ 전집(前集) 권25.

중산시화(中山詩話)

1권, 유반(劉攽) 지음, 보존되어 있음.

유반(劉攽, 1022~1088)은 북송 임강(臨江, 지금의 강서성(江西省) 신여현(新余縣)) 사람으로, 자는 공부(貢父)이고 호는 공비(公非)이다. 북송(北宋) 인종(仁宗) 경력(慶曆) 6년(1046)에 그의 형 유창(劉敞)과 함께 나란히 진사에 합격하여 20년간 주현(州縣)을 다스리다가 국자감직강(國子監直講)이 되었다. 신종(神宗) 초, 희녕(熙寧) 연간에 판상서고공(判尙書考功)과 동지태상예원(同知太常禮院)을 지냈고, 희녕(熙寧) 4년(1071)에 통판태주(通判泰州)를 지냈다. 이어 희녕(熙寧) 8년(1075)에 조주(曹州)를 다스리고 희녕(熙寧) 10년(1077)에 개봉부추관(開封府推官)이 되었다. 원풍(元豐) 원년(1078)에 경동전운사(京東轉運使)가 되었고, 철종(哲宗) 원우(元祐) 원년(1086)에 채주(蔡州)를 다스릴 때 소식(蘇軾) 등이 상소를 올려 중서사인(中書舍人)에 발탁되었다. 일찍이 왕안석(王安石)에게 글을 보내 신법(新法)의 불편함을 지적하였으며, 사학에 조예가 깊어 사마광(司馬光)과 함께 ≪자치통감(資治通鑒)≫을 편수하였는데 ≪사기(史記)≫, ≪전한서(前漢書)≫, ≪후한서(後漢書)≫ 등 주로 한사(漢史) 부분을 맡았다. 평생 많은 저술을 남겼으나 거의 산실되었고, 지금 전하는 것으로는 ≪맹자외서(孟子外書)≫ 4편, ≪동한서간오(東漢書刊誤)≫ 4권, ≪한관의(漢官儀)≫ 3권, ≪팽성집(彭城集)≫ 40권, ≪중산시화(中山詩話)≫ 1권 등이 있다.

유반(1022~1088)의 자(字)는 공보(貢父)이고 임강(臨江, 지금의 강서성(江西省) 신여현(新余縣)) 사람이다. 경력(慶曆) 6년(1046)에 진사가 되었으며, 관직은 중서사인(中書舍人)에 이르렀다. 사후에 제자들이 사적으로 시호(諡號)[1]를 올려 공비선생(公非先生)이라 하였다. ≪송사(宋史)≫ 319권에 그의 형 유창(劉敞, 1019~1068)[2]의 전(傳)에 함께 기록되어 있다. ≪직재

1 사시(私諡)라는 것은 문장과 도덕이 뛰어난 선비이긴 하나 지위가 없어서 나라에서 시호(諡號)를 내리지 않을 때, 일가나 친척, 고향 사람 또는 제자들이 올리던 시호를 말한다.

2 유창(劉敞, 1019~1068)은 북송 임강(臨江, 지금의 강서성(江西省) 신여현(新余縣)) 사람으로, 자는 원보(原父)이고 호는 공시(公是)이다. 경력(慶曆) 6년(1046)에 진사가 되었으며, 판남경어사대(判南京御史臺)로 관직을 마쳤다. 박학하였고 특히 ≪춘추≫학에 뛰어났는데, 전주(傳注)에 구애되지 않았다. 저서로 ≪춘추권형(春秋權衡)≫, ≪칠경소전(七經小傳)≫, ≪공시집(公是集)≫이 있다.

서록해제(直齋書錄解題)≫에 ≪팽성집(彭城集)≫ 60권이 있다고 하였는데, 지금 40권이 남아 있다.

유반은 박학과 해학으로 명성이 있었는데, 이 책에 실려 있는 것도 대부분 고증(考證)과 관련된 것이며 또한 우스갯말들이 섞여 있어 이론(理論)과 관련된 것은 비교적 적다. 이 책이 쓰여진 것은 희녕(熙寧, 1068~1077), 원우(元祐, 1086~1093) 연간으로 여겨지는데, 지금 전해지는 시화 중에서 ≪육일시화≫와 ≪온공속시화≫를 제외하고는 이 책이 가장 오래된 것이므로 기사(記事)와 한담(閑談)을 위주로 하는 습속에서 벗어나지 못한 것이 당연하다.

유반이 비록 박학으로 칭송을 받았지만 이 책에 실려 있는 것에는 잘못된 것이 많다. 예를 들면 "조참(曹參)이 일찍이 공조(功曹)[3]를 지냈는데, 두보의 시에서 '공조는 다시 소하(蕭何)를 탄식하지 않네.'라 말한 것은 잘못된 것이다.(曹參嘗爲功曹, 而杜詩云'功曹無復歎蕭何', 誤矣)"라고 한 것이다. 이것은 두보의 시 〈삼가 마파주에 부쳐 이별하다.(奉寄別馬巴州)〉에서 '공업은 마침내 마원(馬援) 복파장군에게 돌아갔으니, 공조의 직책은 더 이상 한나라 소하(蕭何)와 같지 않다네.(勳業終歸馬伏波, 功曹非復漢蕭何)'라 한 것을 말한 것이다. 이 책에서 '다시 탄식하지 않는다(無復歎)'로 되어 있는 것은 분명 후인들이 옮겨 쓰는 과정에서 잘못된 것이지, 원 저작에서의 오류는 아니다.

다만 유반은 '공조(功曹)'는 마땅히 조참을 가리키는 것이며 소하를 가리키는 것으로 보아서는 안 된다고 여겼던 것이다. 그러나 당시 사람들도 유반의 이러한 견해에 비판하는 의론이 많았다. ≪왕직방시화(王直方詩話)≫에서는 강자재(江子載)의 말을 인용하여 "≪고조기≫의 '소하를 주리(主吏)로 삼았다'에 맹강이 '주리(主吏)는 공조이다'라 주를 달

3 공조참군(功曹參軍)의 직책을 말한다. 정칠품하(正七品下)에 속하는 말단직이다.

았다.(≪高祖紀≫'何爲主吏', 孟康曰, 主吏功曹也)"라 하였으며, 오가(吳可)는 ≪장해시화(藏海詩話)≫에서 "공조의 직책이 더 이상 한나라 소하와 같지 않다는 말은 다만 한서(漢書)의 주(注)에만 보일 뿐 아니라, ≪삼국지≫에서도 '공조가 되어서는 마땅히 소하와 같아야 한다.'라 말하고 있다.(功曹非復漢蕭何, 不特見漢書注, 兼≪三國志≫云, 爲功曹當如蕭何也)"라 하였다. 조금 뒤에 조공무(晁公武)와 동시대 사람인 왕응진(汪應辰)은 자신의 ≪문정집(文定集)≫ 중의 〈유공보시화 발문(跋劉貢父詩話)〉에서 역시 그 오류를 말하였으며, 조공무(晁公武)의 ≪군재독서지(郡齋讀書志)≫ 또한 이와 같았다. 강자재(江子載)와 오가(吳可)의 설은 모두가 조공무(晁公武)보다 앞선 것인데, ≪사고전서총목제요(四庫全書總目提要)≫에서는 다만 "조공무에 의해서 규명되었다.(爲晁所糾)"라고만 하였으니, 왜 그렇게 했는지는 알 수가 없다.

또한 백거이의 시 '돈을 꾸는 것은 이른 아침에는 안 된다네.(請錢不早朝)'를 논하며 "청(請)을 평성(平聲)으로 보았는데, 이는 당나라 사람의 말이다.(請作平聲, 唐人語也)"라 하였는데, ≪왕직방시화(王直方詩話)≫에서 역시 강자재의 말을 인용하여 "안사고 주의 한서(漢書)에서 청(請)은 '재(才)'와 '성(性)'의 반절로 발음하기도 하고 그렇지 않기도 한다. 당대에 혹 청(請)을 평성으로 보았다면, 잘못이다.(顔師古注漢書, 請或音才性反, 或不音. 唐或以'請'作平聲, 誤矣)"라 하였으니, 이는 모두가 송인의 설인 것이다.[4] 이후로도 도목(都穆)의 ≪남호시화(南濠詩話)≫, 오건(吳騫)의 ≪배경루시화(拜經樓詩話)≫, 장종남(張宗柟)이 편집한 왕사정(王士禎)의 ≪대경당시화(帶經堂詩話)≫ 및 ≪사고전서총목제요(四庫全書總目提要)≫ 등의 책

4 '청(請)'은 상성(上聲) 자로 측성(仄聲)에 해당한다. 따라서 백거이의 이 시구는 평측의 배치가 '측평측측평(仄平仄仄平)'이 되어 '평평측측평(平平仄仄平)'의 규율에 어긋난다. 사실 매구의 첫 번째 글자는 반드시 평측법을 따를 필요가 없는데, 유반은 평측법에 맞추어 당대에는 '청(請)'이 평성(平聲)이었다고 말한 것이다.

에서도 이를 많이 거론하였다.

이 책은 ≪군재독서지(郡齋讀書志)≫와 ≪문헌통고(文獻通考)≫에는 3권으로 되어 있으며, ≪송사고궐서목(宋四庫闕書目)≫에는 2권으로, ≪직재서록해제≫ 및 ≪통지(通志)≫에는 또한 1권으로 되어 있다. 지금 세상에 통행되는 판본으로는 전집본으로 ≪백천학해(百川學海)≫본과 ≪설부(說郛)≫본, 명각(明刻) ≪송시화오종(宋詩話五種)≫본, ≪진체비서(津逮秘書)≫본, ≪역대시화(歷代詩話)≫본, ≪형설헌총서(螢雪軒叢書)≫본이 있는데, 모두가 1권으로 되어 있으며 2권이나 3권으로 되어 있는 것은 없다. 다만 전증(錢曾)의 ≪술고당장서목(述古堂藏書目)≫에는 3권본으로 되어 있는데, 아마도 전초본(傳鈔本)으로서 판각본은 아닐 것이다.

이 책의 권질이 많거나 혹은 적거나 하니, 당시 기록되어 전하는 것에도 이미 다른 판본이 있었던 것은 아닐까 생각된다. 이심전(李心傳)의 ≪구문증오(舊聞證誤)≫와 하문(何汶)의 ≪죽장시화(竹莊詩話)≫에서 인용된 것은 지금 판본의 ≪중산시화≫에는 없는 것들이다. 지금 판본의 시화 중에서도 글이 상세하거나 혹은 소략한 차이가 있다. ≪황조사실류원(皇朝事實類苑)≫에 인용된 '조경순이 화평하고 단아하며 돈후함(刁景純愷悌敦厚)' 조목은 지금 전하는 판본과 비교했을 때 글이 보다 상세하다. 지금 ≪황조사실유원≫ 책은 비록 보기 드물지만, ≪송인일사휘편(宋人軼事彙編)≫ 권9에 인용된 것은 이 책에 근거하고 있으니, 각 판본마다 내용이 많고 적은 것이 있을 뿐 아니라 글 또한 상세하고 소략한 것이 있음을 알 수 있다. 지금 ≪구문증오(舊聞證誤)≫와 ≪죽장시화(竹莊詩話)≫에서 인용된 문장을 뒤에 기록하여 참고로 삼는다.

건덕 3년(965) 봄에 촉을 평정하니, 촉의 궁인들 중 궁궐로 들어온 이들이 있었다. 송 태조가 거울 뒤에 "건덕 4년에 만들다"라 한 것을 보고는 크게 놀라 도씨와 두씨 두 재상에게 물었다. 두 사람이 말하기를 "촉의 임금이 일찍이 이와 같이 부른 적이 있었습니다. 거울은 필시 촉에서 만든 것입니다"라 하였다. 태조가 말하기를 "재상을 삼으려면 반드시 독서인이어야 하겠다."라 하였으니, 이로부터 유신들을 크게 중용하였다.(乾德三年春平蜀, 蜀宮人有入掖庭者, 太祖覽其鏡背云, "乾德四年鑄." 上大驚, 以問陶竇二內相. 二人曰, "蜀少主嘗有此號, 鑑必蜀中所鑄." 上曰, "作宰相須是讀書人." 自是大重儒臣) ≪구문증오(舊聞證誤)≫

해주 사람 이신언이 일찍이 꿈에 한 수궁(水宮)에 이르러, 궁녀가 공놀이하는 것을 보았다. 산양의 채승이 전(傳)을 썼는데, 그 일을 매우 상세히 서술하였다. 〈포구곡(拋毬曲)〉 십여 결이 있는데, 말이 모두가 맑고 아름답다. 지금 다만 두 결만 기록한다.(海州士人李愼言嘗夢至一處水殿中, 觀宮女戲毬. 山陽蔡繩爲之傳, 叙其事甚詳, 有拋毬曲十餘闋, 詞皆淸麗, 今獨記二闋) ≪죽장시화(竹莊詩話)≫

시병오사(詩病五事)

1권, 소철(蘇轍) 지음, 보존되어 있음.

소철(蘇轍, 1039~1112)은 미주(眉州) 미산(眉山, 지금의 사천성(四川省) 미산시(眉山市)) 사람으로, 자는 자유(子由)이고 시호(謚號)는 문정(文定)이다. 가우(嘉祐) 2년(1057)에 열아홉 살의 나이로 형 소식(蘇軾)과 함께 진사(進士)가 되었으나 직언으로 인해 형보다 낮은 상주군사추관(常州軍事推官)을 제수받았다. 신종(神宗) 때에 왕안석(王安石)의 신법(新法)에 반대하다가 하남추관(河南推官)으로 좌천되었고, 철종(哲宗)이 즉위한 후 비서성교서랑(秘書省校書郎)이 되었다. 원우(元祐) 9년(1094)에 우사관(右司諫)이 되었고 어사중승(御史中丞), 상서우승(尙書右丞), 문하시랑(門下侍郎) 등을 역임했다. 후에 철종(哲宗)의 노여움을 사서 지여주(知汝州)로 좌천되었고, 다시 뇌주(雷州)로 폄적되었다. 휘종(徽宗)이 즉위한 후 영주(永州)와 악주(岳州)로 옮겨갔다가 태중대부(太中大夫)로 복귀한 후, 허주(許州)에 거주하며 스스로를 영빈유로(潁濱遺老)라 불렀다. 당송팔대가(唐宋八大家)의 한 사람으로, 부친 소순(蘇洵), 형 소식(蘇軾)과 더불어 '삼소(三蘇)'라 칭해졌으며, 특히 책론(策論)에 뛰어난 것으로 평가된다. 저서로 ≪난성집(欒城集)≫ 50권과 ≪난성후집(欒城後集)≫ 24권, ≪난성삼집(欒城三集)≫ 10권, ≪난성응조집(欒城應詔集)≫ 12권 등이 있다.

소철(1039~1112)의 자(字)는 자유(子由)이고, 미산(眉山, 지금의 사천성(四川省) 미산시(眉山市)) 사람이다. 자호(自號)는 영빈유로(潁濱遺老)이며, 상서우승(尙書右丞)과 문하시랑(門下侍郎)을 두루 지냈다. ≪송사(宋史)≫ 339권에 전(傳)이 있다.

≪시병오사(詩病五事)≫는 다만 다섯 조목으로, ≪난성삼집(欒城三集)≫ 권8에 실려 있다. ≪난성삼집≫은 소철이 정화(政和) 원년(1111)에 편집한 것으로, 이때는 이미 만년(晩年)이었다. 그러나 스스로 "남은 원고를 모아 종류별로 따랐다.(收拾遺稿以類相從)"라 하였으니, 이 다섯 조목을 쓴 때가 반드시 만년이었던 것은 아니었을 것이다. 그러나 이른 시기에 쓴 것이 아님은 단언할 수 있다.

이것은 수필식의 단편인 까닭에 따로 떼어 책으로 만들 수는 없었다. ≪초계어은총화(苕溪漁隱叢話)≫에서는 그 문장을 인용하면서 다만 "소철이 이르기를(蘇子由云)"이라고만 하였으니, 송대에도 서명(書名)으로 되어 있지 않았음을 알 수 있다. 도종의(陶宗儀)부터 ≪설부(說郛)≫에 편집해 넣었고 이에 ≪사천통지(四川通志)·경적지(經籍志)≫ 시문평류에서도 이를 저록하였으나, 이것을 편명을 삼지는 않았다. 일본 사람 근등원수(近藤元粹)는 ≪설부(說郛)≫본에 근거하여 ≪형설헌총서(螢雪軒叢書)≫ 속에 편집해 넣었다.

이 다섯 조목은 비록 저작을 이루지는 못했으나, 송인(宋人)의 논시(論詩)의 기풍 속에서 따로 기치를 세우며 우뚝 서있다. 대개 송인들이 시를 이야기 할 때는 내력을 중시하여 고증에 치우치거나, 풍격을 숭상하여 선가(禪家)의 기봉(機鋒)[1]으로 흘렀는데, 결국은 모두가 예술기교를 강조한 것으로, 사상내용에 무게를 둔 것은 드물었다. 시화가 처음 생겨났을 때에는 이야기들을 모아 한담거리로 삼는 것이 더 많았는데, 소철은 이 짧은 몇 조목 속에서도 홀로 사상내용에 관한 것을 주로 담았으니 가히 우뚝 서 홀로 걸어간 사람이라 말하지 않을 수 없다. 물론 지금 보자면, 그가 말한 사상내용은 많은 문제가 있다. 따라서 내가 이렇게 말하는 것은 유가적인 시교(詩敎)의 물결을 다시금 일으키고자 해서가 아니다. 다만 후대 사람들이 이 다섯 조목에 대해 자주 공격하기에 대신해서 방어해주고 싶은 것일 뿐이다.

그의 두보(杜甫)와 이백(李白)에 대한 평가나 맹교(孟郊) 시에 대한 평가는 모두가 사상내용을 평가의 기준으로 삼고 있다. 즉 예술표현에 대해 말하면서도 매번 ≪시경(詩經)≫에다 절충하고 있다. 예를 들어 두보를 높이고 백거이(白居易)를 낮춘다든지, 한유(韓愈)의 〈원화성덕시(元和聖德詩)〉[2]의 잘못을 논한다든지 하는 것은 기실 여전히 사상내용

1 불교의 용어로, 고승(高僧)이 설법할 때 언행과 기물로써 교리를 암시하여 깨닫게 하는 비결을 말한다.

을 중심으로 하고 있는 것이다. 따라서 전진굉(錢振鍠)의 ≪시화(詩話)≫ 상권에서는 이를 "도리에 어긋나고 망령되다.(狂悖庸妄)"라 이르며 "시를 알지 못한다.(不知詩)"고 말하였던 것이다. 특히 이백을 논한 한 조목에 대해서는 더욱 불만을 나타내었으니, 1조목에서 "무릇 이백의 시를 논한 것으로 족한데, 어찌 그 화려한 것을 문제 삼아 좋고 나쁨을 따진단 말인가?(夫論太白詩足矣, 何必問其華實, 論其好義不好義哉)"라 하였고, 2조목에서는 "시에는 일종의 시의 이치가 있는 것이니, 일반적인 이치로 이를 묶을 수는 없다. 시의 이치야 시인만이 아는 것이고 이백만이 아는 것인데, 망령되고 무지한 소철이 어찌 이러한 이치를 족히 알 수 있겠는가?(詩自有一種詩理, 不可以常理繩之, 詩理惟詩人知之, 惟太白知之, 庸妄無知之蘇轍烏足知此理)"라 하였다. 3조목에서는 "다만 이백만 낮게 본 것이 아니라 두보까지 무고함을 당하였다.(非特小視太白, 幷子美亦被所誣矣)"라 하고, 마지막 조목에서는 "이는 모두가 이백의 천부적인 자질이 높아 미칠 수 없고 세상 사람들이 따라 배울 수가 없는 까닭에, 무엇인지도 모르면서 그저 통렬히 비판한 것일 뿐이다. 소철의 뜻에 따른다면 장차 천하 만세의 시인들이 모두 분개하여 죽지 않겠는가?(是皆以太白天才高不可及, 世人不能學步, 故不知爲何物, 惟有痛詆之而已. 充蘇轍之意, 不將天下萬世詩人一齊氣死不止也)"라 하였다.

이와 같은 말은 지나치게 치우친 것으로, 소철이 이백을 논한 것에 비해 더욱 '통렬히 비판한' 것이다. 나는 문예란 일정한 정치적인 역할을 해야 한다고 여기니, 이는 결코 변하거나 깨질 수 없는 진리인 것이다. 소철의 의론이 당시의 정치적인 역할 때문이었다고 말하는 것은 있을 수 있으나, 만약 도리에 어긋나고 망령되어 하나라도 취할

2 〈원화성덕시〉는 고문(古文)의 구조나 기법으로 일년 동안 일어난 여러 나랏일을 서술하고 있다. 더불어 당 헌종의 성덕에 대해서도 가송하고 있는데, 4언의 형식과 서사적인 내용이 어우러진 독특한 작품이다.

것이 없다고 여긴다면 어찌 그럴 수가 있겠는가! 안타까운 점은 소철의 사상이 지나치게 보수적이어서 백성들의 빈부조차도 하늘과 땅이 주재하는 것으로 여겼다는 것이다. 그는 "주현에는 그 크고 작음에 따라 모두 부유한 백성이 있으니, 이는 이치의 형세가 반드시 이른 것으로, 이른 바 '사물이 같지 않는 것은 사물의 본성이다'[3]라는 것이다. … 부유한 백성으로 하여금 그 부유함에 안주하면서도 전횡하지 않게 하고, 가난한 백성으로 하여금 그 가난함에 안주하면서도 결핍되지 않게 하여, 부유한 자와 가난한 자가 서로 오래도록 믿을 수 있게 할 수 있으면 천하가 안정되게 된다.(州縣之間, 隨其大小, 皆有富民, 此理勢之所必至, 所謂物之不齊, 物之情也 … 能使富民安其富而不橫, 貧民安其貧而不匱, 貧富相恃, 以爲長久, 而天下定矣)"라 하였으니,[4] 이는 완고하고 보수적이며 고집스러운 의론인 것이다. 그러나 전진굉(錢振鍠)은 이를 그릇되다 여기지 않았으니, 그 역시 사리분별을 잘 하지는 못했던 것이다. 이후 장계의 ≪세한당시화(歲寒堂詩話)≫나 황철(黃徹)의 ≪공계시화(䂬溪詩話)≫는 그의 영향을 받아 견해를 펴낸 것들이다.

종합하자면, 사람의 사상은 시대에 따라 다를 수 있으며 사람의 시문 또한 시대에 따라 변화할 수 있다. 그러나 시문 속에 그 사상이 반영되는 것은 다를 수 없으며, 시문의 평가에 있어 사상내용이 첫 번째 표준이 되어야 하는 것 또한 다를 수 없다. 만약 시의 이치와 일반적인 이치는 다르다는 말로 오로지 예술만을 중시하면서, 도리어 사상을 중시하는 것을 도리에 어긋난 것이라 여긴다면, 이는 극단으로 치닫는 것이니, 이 또한 도리에 어긋나는 것이다.

---

3 이 말은 ≪맹자(孟子)·등문공상(滕文公上)≫에 나온다.

4 ≪난성삼집(欒城三集)≫ 권8, ≪시병오사(詩病五事)≫의 제5조목에서 보인다.

임한은거시화(臨漢隱居詩話)

1권, 위태(魏泰) 지음, 보존되어 있음.

위태(魏泰, ?~?)는 북송 양양(襄陽, 지금의 호북성(湖北省) 양양현(襄陽縣)) 사람으로, 자는 도보(道輔)이다. 세족 출신으로, 누나 위씨(魏氏)는 북송의 저명한 사인(詞人)이고, 누나의 남편인 증포(曾布)는 관직이 승상에까지 이르렀다. 여러 책을 두루 보았지만 관직에 나가려하지 않았다. 성격이 해학적이어서 조야의 재미있는 이야기를 하기 좋아하였다. 휘종(徽宗) 숭관(崇觀) 연간(1102~1110)에 장돈(章惇)이 그의 재주를 칭찬하여 관직을 주려 하였지만 거절하였다. 말년에는 집에 거하며 매형의 세도에 의지하여 고향에서 전횡하니 고향 사람들이 그를 미워하였다. 그는 다른 사람의 이름을 빌어 책을 쓰기 좋아하여, 무인(武人)인 장사정(張師正)의 이름을 빌어 ≪지괴집(志怪集)≫, ≪괄이지(括異志)≫, ≪권유록(倦遊錄)≫을 지었고, 매요신(梅堯臣)의 이름을 빌어 ≪벽운하(碧雲騢)≫를 지었다. 자신의 이름으로는 ≪임한은거집(臨漢隱居集)≫ 20권, ≪임한은거시화(臨漢隱居詩話)≫ 1권, ≪동헌필록(東軒筆錄)≫ 15권이 있다.

위태(?~?)의 자는 도보(道輔)이고, 양양(襄陽, 지금의 호북성(湖北省) 양양현(襄陽縣)) 사람이며, 호는 계상장인(溪上丈人)이다. 위태는 증포(曾布, 1036~1107)[1]의 부인의 동생으로, 그 세력을 믿고 행동한 것 때문에 고향 사람들에게 미움을 받았으니, 그의 사람됨은 특히 취할 만한 것이 없다.

≪반자진시화(潘子眞詩話)≫에서 이르기를, "위태는 젊어서 서충민(徐忠愍) 및 황정견(黃庭堅)과 교우하였고 여러 책을 두루 보았으며, 특히 조야에서 좋아할 만한 일을 잘 이야기하여 종일토록 그치지 않았다. (道輔少與徐忠愍及山谷老人友善, 博及群書, 尤能談朝野可喜事, 亹亹終日)"라 하였다.

1 증포(曾布, 1036~1107)는 북송 남풍(南豐, 지금의 강서성(江西省) 남풍현(南豐縣)) 사람으로, 자는 자선(子宣)이다. 증공(曾鞏)의 동생이다. 진사에 급제한 후 여러 지방관을 역임하였다. 희녕(熙寧) 2년(1069)에 왕안석(王安石)의 추천을 받아 신법 시행을 주관하였다. 주요 사적은 ≪송사(宋史)≫ 권471 〈간신전(奸臣傳)〉에 있다.

위태가 지은 책을 살펴보면, ≪동헌필록(東軒筆錄)≫은 믿을 수 없는 내용이 많지는 않다. 포정박(鮑廷博)은 이 책의 발문에서 위태가 지은 ≪지괴집(志怪集)≫, ≪괄이지(括異志)≫, ≪권유록(倦遊錄)≫ 등은 모두 무인인 장사정(張師正)[2]에 기탁하여 스스로 서문을 쓴 것이며, 최후에는 다시 매요신(梅堯臣)의 이름을 빌어 ≪벽운하(碧雲騢)≫를 지어서 범중엄(范仲淹)을 비판하는 데에까지 이르렀다고 하였으니, 그 거짓을 행하고 앞사람을 무함(誣陷)하는 것이 이와 같았다. 따라서 반자진이 말한 '조야에서 좋아할 만한 일을 잘 이야기했다'는 것은 거의가 입에서 나오는 대로 지껄인 망언 따위였을 뿐이다. ≪사고전서총목제요(四庫全書總目提要)≫에서는 이 책을 지은 것이 희녕당(熙寧黨, 신법당)을 옹호하고 원우당(元祐黨, 구법당)을 억압하기 위해서라 하였으니,[3] 식견이 없는 말이 아니다. 다만 위태는 문장에 능하였으며 따라서 그의 책은 송인의 시화 가운데 전하는 판본이 유독 많았으니, 아마도 이른바 '사람 때문에 말까지 없앨 수는 없는'[4] 그런 경우가 아니었겠는가?

이 책은 여러 판본이 있는데, ≪지부족재총서(知不足齋叢書)≫본, ≪용위비서(龍威秘書)≫본, ≪칠자시화(七子詩話)≫본, ≪호북선정유서(湖北先正遺書)≫본, ≪고금설부(古今說部)≫본, ≪형설헌총서(螢雪軒叢書)≫본은 모두 완전한 판본이다. 그 외 ≪설부(說郛)≫본, ≪고금시화(古今詩話)≫본, ≪역대시화(歷代詩話)≫본, ≪기진재총서(奇晉齋叢書)≫본, ≪학해류편(學海類編)≫본 등은 모두 빠진 것들이 있다. 지금 전하는 각 판본 중에는

---

2 장사정(張師正, 1017~1077?)은 송나라 양국(襄國, 지금의 형태시(邢台市)) 사람으로, 이름은 사정(思政)이고 자는 불의(不疑)이다. 갑과(甲科)로 발탁되어 태상박사(太常博士)가 되었다. 희녕(熙寧) 연간에 진주수(辰州帥), 정주수(鼎州帥)를 역임하였다. 그는 40년간 벼슬살이를 하면서 보고 들은 것을 모아 ≪괄이지(括異志)≫ 10권을 썼으며, 위태(魏泰)가 서문을 썼다.

3 ≪사고전서총목제요(四庫全書總目提要)≫ 〈집부(集部) 9·시문평류(詩文評類)〉 ≪임한은거시화(臨漢隱居詩話)≫ 조목에 실려 있다.

4 이 말은 ≪논어(論語)·위령공(衛靈公)≫에 나온다. "군자는 말로 사람을 천거하지도 않고, 사람 때문에 말을 없애지도 않는다.(君子不以言擧人, 不以人廢言)"

≪지부족재총서≫본이 가장 완벽하다.

위태는 시를 논할 때 '여미(餘味)'[5]에 중점을 두었으니, 이는 ≪석림시화(石林詩話)≫와 유사하다. 예를 들어 "시란 일을 서술하여 정을 기탁하는 것이니, 사실은 상세함을 귀히 여기고 정은 은근함을 귀히 여긴다. 만약 왕성한 기운을 직접적으로 서술한다면 더욱 여미가 없어져 버리니 사람을 감동시키는 것도 얕게 된다.(詩者述事以寄情, 事貴詳, 情貴隱. 如將盛氣直述, 更無餘味, 則感人也淺)"라 하였다. 또한 "무릇 시를 쓸 때에는 마땅히 그것을 담아내되 근원은 다하지 않아, 그것을 씹으면 맛이 더욱 길게 남아야 한다. 구양수(歐陽修)의 시의 경우 재주와 힘이 민첩하고 호매하여 시구 역시 맑고 굳세지만, 그 여미가 부족한 것이 한스러울 따름이다.(凡爲詩當使挹之而源不窮, 咀之而味愈長. 至如永叔之詩, 才力敏邁, 句亦清健, 但恨其少餘味耳)"라 하였다. 아울러 "시는 부드러우면서 은근함을 느끼는 것이 주가 되니, 호방함을 드러내어 성난 기운이 펼쳐지게 되는 것에 있지 않다.(詩主優柔感諷, 不在逞豪放而致怒張也)"라 하였다.

이와 같은 여러 견해들은 당시 소식(蘇軾)과 황정견(黃庭堅)의 병폐를 지적한 것이다. 그의 논시의 종지(宗旨)가 본래부터 이러한 것이었을까? 혹 소식과 황정견에 대적하기 위해 의도적으로 부드러우면서 은근함을 느끼는 것이 주가 되어야 한다는 것으로 그들을 공격했던 것은 아니었을까? 위태가 비록 소인(小人)이기는 하지만, 그의 말에 취할 만한 것이 없지는 않다. 책에서는 심괄(沈括)[6]과 여혜경(呂惠卿)[7]의 시에 대한 논의가 같지 않음을 논하면서, 스스로 자신의 평시(評詩)가 매번

5 여미(餘味)란 작품을 읽고 난 후에 드는 여운이 남는 맛을 이른다. 말 너머의 뜻, 즉 '언외지의(言外之意)'나 맛 외의 맛, 즉 '미외지미(味外之味)'와도 상통한다.

6 심괄(沈括, 1031~1095)은 북송 전당(錢塘) 사람으로, 자는 존중(存中)이고 호는 몽계장인(夢溪丈人)이다. 저서로 ≪몽계필담(夢溪筆談)≫ 26권이 있다.

7 여혜경(呂惠卿, 1032~1111)은 북송 천주(泉州) 진강(晋江) 사람으로, 자는 길보(吉甫)이다. 정치가이자 개혁가이다.

심괄과 합치된다고 말하고 있다. 또한 왕안석(王安石)의 시에 대한 논의와도 역시 억지로 같다고는 할 수 없는 부분이 있음을 말하고 있는데, 이는 아마도 위태가 왕안석이나 여혜경과 입장이 달랐기 때문에 그 문호(門戶)의 사사로운 견해들을 하나로 통합하고자 했던 말인 듯하다.

≪사고전서총목제요(四庫全書總目提要)≫에서는 이 책에 대해 "왕유의 시에서 전도된 글자를 상고하였는데 또한 가히 취할 만한 것이 꽤 있다.(考王維詩中顚倒之字亦頗有可採)"라 하였다. 그러나 장종태의 ≪노암소학집(魯巖所學集)≫에 있는 〈임한은거시화 발문(跋臨漢隱居詩話)〉을 살펴보면, "책에는 다만 맹호연이 한림원에 들어가 왕유를 방문한 내용만 있을 뿐, 그 외 왕유를 언급한 것은 단 한마디도 없다.(書祇有孟浩然入翰苑訪王維一語, 其餘無一語及王維)"라 하였으니, ≪사고전서총목제요≫가 잘못 본 것이다. 왕무(王楙)의 ≪야객총서(野客叢書)≫에 인용된 ≪한고시화(漢皐詩話)≫에 '글자가 전도되어도 쓸 수 있다(字顚倒可用)' 한 조목이 있는데, 아마도 ≪임한(臨漢)≫과 ≪한고(漢皐)≫라는 이름이 서로 혼동되기가 쉬운 까닭에 ≪사고전서총목제요≫의 편찬자가 우연히 이를 살피지 못하였고, 마침내 이로 인해 잘못 기록한 것인 듯하다. 왕무의 ≪야객총서≫와 장종태의 〈임한은거시화 발문〉은 모두 위태의 이 책에 대해 오류를 바로잡고 있으니, 참고할 만하다.

≪임한은거시화≫와 ≪동헌필록(東軒筆錄)≫은 비록 다른 두 책이지만, 내용상 이 둘에 함께 보이는 조목들이 많다. 예를 들어 소순흠(蘇舜欽)이, 시를 쓰는 것은 매요신에게 비교되고 글자를 쓰는 것은 주월조(周越條)에게 비교되는 것을 스스로 탄식한 조목과 구양수(歐陽修)가 즉석에서 〈안태위가 서원에서 눈을 축하하는 노래(晏太尉西園賀雪歌)〉를 지은 조목, 왕안석과 함께 시를 평한 조목은 모두 ≪동헌필록≫ 권12에 보인다. 양찰(楊察)이 신주(信州) 수령으로 폄적되자 전별연에서 시

를 지은 조목과 밀옹옹(蜜翁翁)이 당백백(糖伯伯)을 대면한 조목은 모두 ≪동헌필록≫ 권15에 보인다. 이 또한 이 책이 위태가 말년에 지은 것임을 알 수 있게 해 주니, 그 스스로가 젊어서 지은 ≪동헌필록≫에 실질을 잃은 부분이 많았음을 후회해서 특별히 몇 조목을 수록하여 이전의 허물을 덮으려 했던 것은 아니었을까?

냉재야화(冷齋夜話)

10권, 승려 혜홍(惠洪) 지음, 보존되어 있음.

혜홍(惠洪, 1071~?)은 북송 균주(筠州, 지금의 강서성(江西省) 고안시(高安市)) 사람으로, 자는 각범(覺範)이다. 14세에 양친이 죽자 불교에 의탁하였다. 당시 문인과 많이 교유하였다. 그의 시풍은 굳세면서도 시원하였고 기세도 빼어났다. ≪냉재야화(冷齋夜話)≫ 10권은 당시 문단의 상황, 작가의 에피소드, 시문 평론을 기술하고 있는데, 소식과 황정견의 관점을 많이 인용하였다. 저서로 ≪천주금련(天廚禁臠)≫ 3권이 있는데, 당송 시인의 시를 법식으로 삼아 시격을 논한 것이다.

혜홍(1071~?)은 일명 덕홍(德洪)이고 자는 각범(覺範)이며, 세간에는 홍각범(洪覺範)이라 부르기도 한다. 그는 시와 문장에 능하였으며, 소식(蘇軾, 1037~1101)[1]·황정견(黃庭堅, 1045~1115)[2]과 세속을 초월한 교우관계를 맺었다. ≪석문문자선(石門文字禪)≫ 30권이 있는데, 그 안에 있는 〈적음자서(寂音自序)〉에 그의 생애가 매우 상세하게 기술되어 있다. 〈적음자서〉에는 "본래 강서 균주 신창 유씨의 아들이다.(本江西筠州新昌喩氏之子)"라 하였는데, 세간에서는 매번 팽씨(彭氏)의 아들이라고 하여 어느 것

1 소식(蘇軾, 1037~1101)은 북송 미주(眉州) 미산(眉山, 지금의 사천성(四川省) 미산시(眉山市)) 사람으로, 자는 자첨(子瞻) 혹은 화중(和仲)이고 호는 동파거사(東坡居士)이며 시호(諡號)는 문충(文忠)이다. 북송의 저명한 문학가이자 서화가, 산문가이며 시인이다. 호방사파(豪放詞派)의 대표 인물로, 아버지 소순(蘇洵), 동생 소철(蘇轍) 등과 함께 이름을 떨쳐 세칭 '삼소(三蘇)'라 불렸다. 저서로 ≪동파칠집(東坡七集)≫, ≪동파악부(東坡樂府)≫ 등이 있다.

2 황정견(黃庭堅, 1045~1115)은 북송 홍주(洪州) 분녕(分寧, 지금의 강서성(江西省) 수수현(修水縣)) 사람으로, 자는 노직(魯直)이고 호는 부옹(涪翁) 또는 산곡도인(山谷道人)이다. 시인으로서의 명성이 높았으며, 스승인 소식(蘇軾)과 나란히 송대를 대표하는 시인이자 강서시파(江西詩派)의 시조로 꼽히는 인물이다. 그의 시는 학식에 의한 전고(典故)와 수련을 거듭한 조사(措辭)를 특색으로 한다. 저서로 ≪예장황선생문집(豫章黃先生文集)≫ 등이 있다.

이 옳은지 알 수가 없다. 〈적음자서〉에 선화(宣和) 5년(1123)에 53세라고 한 것에 근거하여 추산해 보면, 그가 태어난 해는 마땅히 희녕(熙寧) 4년(1071)이며, ≪군재독서지(郡齋讀書志)≫에서 그가 "건염 연간(1127~1130) 중에 사망하였다.(建炎中卒)"라 하였으니 그가 사망한 해는 1127년에서 1130년 사이가 될 것이다.

이 책은 ≪군재독서지≫에 6권으로 되어 있는데, "숭녕(崇寧, 1102~1106)·대관(大觀, 1107~1110) 연간 사이의 당시 여러 가지 일을 기록하였다.(崇觀間記一時雜事)"라 하였으니, 이 책은 1102년에서 1110년 사이에 쓰인 것이다. 매우 잡다한 일을 논하고 있으면서도 오직 시만 다루지 않았으니 본디 필기와 시화의 중간에 있다고 하겠다. 따라서 여러 저록에서는 대부분 이를 시문평류(詩文評類)가 아닌 소설류(小說類)로 분류하였고 ≪사고전서총목제요(四庫全書總目提要)≫에서도 잡가류(雜家類)로 분류하였다. 지금 ≪형설헌총서(螢雪軒叢書)≫에 이 책이 있으므로 덧붙여 논술하기로 한다.

≪사고전서총목제요≫에서 "이 책은 보고 들은 것을 잡다하게 기록하였는데, 시를 논한 것이 전체의 8할 정도를 차지한다. 시를 논한 것 가운데 원우 연간(1086~1093)의 사람들을 인용한 것이 8할 정도이며 그 중 황정견이 특히 많다. 아마도 혜홍이 황정견과 면식이 있어서 그를 중시했을 것이다.(是書雜記見聞而論詩者居十之八, 論詩之中, 稱引元祐諸人者又十之八, 而黃庭堅語尤多. 蓋惠洪猶及識庭堅, 故引以爲重)"[3]라 하였는데, 그 말은 매우 타당하다. 다만 "시를 논한 것이 전체의 8할을 차지한다."라 한 것에 대해 말한다면, 일을 논한 것은 많으나 문사(文辭)를 논한 것은 적으며, 또한 일을 논한 것도 명성을 구하는 데 지나치게 급급하여 가탁하고 위조한 흔적이 남아 있게 되었다. 따라서 당시에도 이를 낮게

3 ≪사고전서총목제요(四庫全書總目提要)≫ 〈자부(子部) 30·잡가류(雜家類) 4〉 ≪냉재야화≫에 실려 있다.

평가하였다. 진선(陳善)의 ≪문슬신화(捫蝨新話)≫ 권8에 '≪냉재야화≫는 허황되고 망령하다.(≪冷齋夜話≫誕妄)'는 조목이 있으며, 조공무(晁公武)의 ≪군재독서지(郡齋讀書志)≫에도 "과장되고 허황된 말이 많아 믿을 수 없다.(多誇誕, 人莫之信)"라는 말이 있으니, 이 책이 어떠한지 가히 알 수 있다. ≪사고전서총목제요≫에서도 이러한 점에 대해 매우 많이 열거하고 있는데, 아마도 혜홍은 공경(公卿)의 가문과 교유하기를 좋아하였고 승려들 가운데 유가의 도와 가까웠던 사람이었던 까닭에 다른 사람들의 말을 빙자하여 중시를 받고자 했었던 것이라 여겨진다. 따라서 그 서술들은 당연히 대부분 믿을 수가 없는 것들이다. 하물며 이 책은 후대 사람에 의해 베끼어 전해지면서 고치고 끼워 넣은 오류가 더욱 많았으니 더 말할 나위도 없다.

책에서 문사를 논한 것 중, 예를 들어 이상은(李商隱, 812~858)[4]의 시를 문장의 재앙이라 칭한 것에 대해서는 ≪허언주시화(許彥周詩話)≫에서 이미 그 잘못을 논하였다. 또한 두보(杜甫) 〈북정(北征)〉 시의 "하나라와 은나라가 쇠할 때 스스로 포사와 달기[5]를 죽였단 말 듣지 못하였네.(不聞夏商衰, 中自誅褒妲)"를 인용하며, 명황(明皇, 현종)이 하늘을 두려워하고 잘못을 후회하여 양귀비에게 죽음을 내린 것이라 말하면서 유우석(劉禹錫)의 〈마외(馬嵬)〉 시와 백거이(白居易)의 〈장한가(長恨歌)〉를 잘못된 것이라 여겼는데,[6] 전진굉(錢振鍠)의 ≪시화(詩話)≫에서는 그가 "분

4 이상은(李商隱, 812~858)은 당나라 시인으로 조적(祖籍)은 회주(懷州) 하내(河內, 지금의 하남성(河南省) 심양시(沁陽市))이나, 하남(河南) 형양(滎陽, 지금의 하남성(河南省) 정주시(鄭州市))에서 태어났다. 자는 의산(義山)이고 호는 옥계생(玉溪生) 혹은 번남생(樊南生)이다. 그의 시 작품은 문학적 가치가 매우 높아 두목(杜牧)과 함께 '소이두(小李杜)'라 칭해지기도 하고, 온정균(溫庭筠)과 함께 '온이(溫李)'로 칭해지기도 한다. 동시대 사람이었던 단성식(段成式)·온정균과 풍격이 비슷하였고, 그들 모두가 가족 내에서 항렬이 16이라 '삼십육체(三十六體)'라 불리기도 한다. 개성(開成) 3년(847)에 진사에 급제하였고, 홍농위(弘農尉), 동천절도사판관(東川節度使判官) 등을 역임하였다. 저서로 ≪이의산시집(李義山詩集)≫이 있다.

5 포사(褒姒)는 주나라 유왕(幽王)의 애첩이고, 달기(妲己)는 은나라 마지막 왕 주왕(紂王)의 비로, 중국 역사상 가장 음란하고 잔인한 여인으로 알려져 있다.

별하여 아는 것이 전혀 없다.(全無分曉)"고 말하였다. 그러나 전진굉은 그의 오류는 알았지만 이 조목이 ≪임한은거시화(臨漢隱居詩話)≫에서 그대로 답습한 것이었음은 알지 못했다.

이외에도 '관사에서 밤에 한유(韓愈)의 시를 이야기하다.(館中夜談韓退之詩)' 조목이 있는데, 이 역시 위태(魏泰)의 말에 근거하여 더욱 발전시킨 것이다. 책에서는 오직 반죽(斑竹)[7]에 관한 논의에서만 비로소 위태의 말을 인용한 것이라 분명하게 말하고 있다. 따라서 이 책은 일을 논하는 부분은 거짓으로 꾸며낸 단점이 있고, 문사를 논하는 부분에서는 표절의 잘못이 있다.

혜홍은 이외에 ≪천주금련(天廚禁臠)≫ 3권이 있어, 시격(詩格)에 대해 전문적으로 논하였다. 그러나 ≪초계어은총화(苕溪漁隱叢話)≫에서는 "시를 이와 같이 논하는 것은 시를 아는 자가 아니다.(論詩若此, 非知詩者)"라 하였고, ≪창랑시화(滄浪詩話)≫에서도 "≪천주금련≫은 가장 해가 되는 것이다.(≪天廚禁臠≫最害事)"라 하였으니, 송나라 사람들도 이미 그것을 병폐로 여겼던 것이다. 이 책의 체례는 일반적인 시화와는 다르므로 논술하지 않겠다.

---

6 혜홍은 두보가 현종이 하늘이 두려워 그간의 잘못된 행실에 대해 후회를 하며 양귀비를 죽인 것이라 여겼고, 유우석과 백거이는 관군의 압박에 못 이겨 양귀비를 죽인 것으로 썼으므로, 옳지 않다고 본 것이다.

7 반죽은 중국의 호남성(湖南省) 등지에서 나는 대나무의 일종으로, 대의 표피에 반점이 있다. 이 반죽은 요(堯)임금의 두 딸 아황(娥皇)과 여영(女英)의 눈물이 떨어져 생겼다는 전설이 있는 바, 이 용어는 애달프거나 한스러운 시상(詩想)을 표현하는데 많이 쓰이게 되었다.

후산시화(後山詩話)

1권, 진사도(陳師道) 지음, 보존되어 있음.

진사도(陳師道, 1053~1101)는 북송 인종(仁宗) 황우(皇祐) 5년(1053)에 태어나 송조가 남도하기 전인 휘종(徽宗) 원년(1101)에 세상을 떠났다. 왕안석의 신정(新政)에 반대하여 과거에 응시하지 않다가, 원우(元祐) 연간에 구법당(舊法黨)이 집권하게 되자 추천을 통해 서주교수(徐州教授)에 임명되었고 이어 영주교수(潁州教授)로 옮겼다. 철종(哲宗)이 친정(親政)을 시작한 소성(紹聖) 원년에 원우구당(元祐舊黨)에 연루되어 관직에서 파면되었다가 이후 감해릉주세(監海陵酒稅), 팽택현령(彭澤縣令)에 임명되었으나 모두 나아가지 않았다. 휘종 건중정국(建中靖國) 원년(1101)에 비서성정자(秘書省正字)라는 낮은 관직에 임명되었고, 이해 겨울 세상을 떠났다. 본문에서는 그가 소성(紹聖) 초에 비서성정자를 지냈다고 하였으나 잘못된 것이다. 그는 비록 평생 곤궁하게 살았고 관직 또한 높지 않았으나, 권세가들에게 아첨하지 않았으며 강서시파(江西詩派)의 일원으로서 황정견(黃庭堅) 다음으로 커다란 영향력이 있었다. 현재 약 670여수의 시가 전하고 있으며, 저서로 ≪후산시주(後山詩注)≫ 12권, ≪후산선생집(後山先生集)≫ 20권, ≪후산시화(後山詩話)≫, ≪후산담총(後山談叢)≫ 등이 있다.

진사도(1053~1101)의 자(字)는 이상(履常) 또는 무기(無己)이고, 호는 후산거사(後山居士)이며, 팽성(彭城, 지금의 강소성(江蘇省) 서주시(徐州市)) 사람이다. 원우(元祐) 연간(1086~1093) 중반에 소식(蘇軾, 1037~1101)[1]과 부요유(傅堯兪)[2], 손각(孫覺)[3]의 추천으로 서주교수(徐州教授)에 임명되었고, 소성(紹

1 소식(蘇軾, 1037~1101)은 북송 미주(眉州) 미산(眉山, 지금의 사천성(四川省) 미산시(眉山市)) 사람으로, 자는 자첨(子瞻) 혹은 화중(和仲)이고 호는 동파거사(東坡居士)이며 시호(諡號)는 문충(文忠)이다. 북송의 저명한 문학가이자 서화가, 산문가이며 시인이다. 호방사파(豪放詞派)의 대표 인물로, 아버지 소순(蘇洵), 동생 소철(蘇轍) 등과 함께 이름을 떨쳐 세칭 '삼소(三蘇)'라 불렸다. 저서로 ≪동파칠집(東坡七集)≫, ≪동파악부(東坡樂府)≫ 등이 있다.

2 부요유(傅堯兪)는 북송 단주(單州) 수성(須城, 지금의 산동성(山東省) 동평현(東平縣)) 사람으로, 자는 흠지(欽之)이며 시호는 헌동(獻簡)이다. 20세도 안 되어 진사가 되어 신식현(新息縣)의 지현(知縣)으로 임명되었으며, 인종(仁宗) 가우(嘉佑) 말에 감찰어사(監察御史)가 되었다. 이후 시어사(侍御史), 사인(舍人), 우사간(右司諫) 등을 역임하였고, 철종(哲宗)이 즉위한 후에 급사중(給事中)으로 발탁되어 원우 4년(1089) 시어중승(御史中丞), 이부상서(吏部尚書), 중서시랑(中書侍郎)을 지냈다. 저서로 ≪부헌간집(傅獻簡集)≫ 7권이 있다 하나 전하지 않고 ≪초

聖) 연간(1094~1097) 초에 비서성정자(秘書省正字)를 지냈다. ≪송사(宋史)≫ 444권 〈문원(文苑)〉에 전(傳)이 있다.

이 책은 전집본 외에도 ≪백천학해(百川學海)≫본, ≪패해(稗海)≫본, 명각(明刻) ≪송시화오종(宋詩話五種)≫본, ≪진체비서(津逮秘書)≫본, ≪역대시화(歷代詩話)≫본, ≪형설헌총서(螢雪軒叢書)≫본, ≪설부(說郛)≫본이 있는데, 각 판본 중 ≪적원총서(適園叢書)≫ 중의 ≪후산전집(後山全集)≫이 비교적 우수하다.

이 책은 송대에 이미 의탁된 것이라 많은 의심을 받았다. 호자(胡仔)의 ≪초계어은총화(苕溪漁隱叢話)≫에서는 비록 진사도의 말이라 칭하며 인용하고는 있지만, 두보(杜甫)의 시 '토란은 싹도 없고 산에는 눈이 가득하네(黃獨無苗山雪盛)'[4]와 '지빠귀 날아가며 마치 사람이 말하는 듯하더니, 임금 곁에 참언하는 이가 있구나.(過時如發口, 君側有讒人)'[5]에 대한 조목과 '위응물이 시를 짓고 난 다음에 〈귤 삼백 알〉이라 제목을 달려 하였다.(韋蘇州書後欲題三百顆)'는 조목, '이백의 시를 평하면 황제가 동정호의 들에서 음악을 연주하는 것과 같다.(評李白詩如黃帝張樂於洞庭之野)'고 한 네 조목에 대해서는 모두 황정견의 ≪예장집(豫章集)≫에도 보인다며 후인들이 잘못 편입시킨 것으로 의심하였다.[6]

당집(草堂集)≫ 1권만 전한다. ≪송사(宋史)≫ 권341에 전(傳)이 있다.

3 손각(孫覺, 1028~1090)은 북송 고우(高郵, 지금의 강소성(江蘇省) 고우시(高郵市)) 사람으로, 자(字)는 신로(莘老)이다. 20세에 호원(胡瑗)을 사사하였으며, 황우(皇佑) 원년(1049)에 진사에 급제하여 합비주부(合肥主簿)에 임명되었고 우정언(右正言)에 여러 번 발탁되었다. 일찍부터 왕안석이 그의 재능을 아끼어 함께 하고자 하였으나 응하지 않았으며, 오히려 왕안석의 신정에 반대하다 광덕지군(廣德知軍)으로 좌천되었다. 철종 즉위 후 우간의대부(右諫議大夫)로 발탁되었고 이부시랑(吏部侍郎)에 이르렀다. 저서로 ≪주역전(周易傳)≫ 1권, ≪서해(書解)≫ 10권, ≪서의구술(書義口述)≫ 1권, ≪문집(文集)≫ 40권, ≪기실잡고(記室雜稿≫ 3권, ≪주의(奏議)≫ 1권 등이 있다.

4 이 시의 제목은 〈긴 자루가 달린 가래(長鑱)〉이다.

5 이 시의 제목은 〈지빠귀(百舌)〉이다.

6 호자(胡仔) ≪초계어은총화(苕溪漁隱叢話)≫ 전집(前集) 권6에 실려 있다.

그보다 조금 뒤에 육유(陸游)는 ≪위남문집(渭南文集)≫의 〈후산시화 발문(後山詩話跋)〉에서 "≪담총(談叢)≫과 ≪시화(詩話)≫는 모두가 의심스럽다. ≪담총≫은 젊었을 때 쓴 것일 수도 있겠으나, ≪시화≫는 결단코 진사도가 쓴 것이 아니다.(≪談叢≫≪詩話≫皆可疑. ≪談叢≫尙恐少時所作, ≪詩話≫決非也)"라 하였다. 이는 호자(胡仔)에 비해 한 걸음 더 나아간 것이었지만, 그 의심되는 부분을 구체적으로 들지는 않았다.

그 후에 방회(方回)는 ≪동강집(桐江集)≫ 권3 〈후산시화 발문을 읽고(讀後山詩話跋)〉에서 다음의 네 가지를 열거하였다. 첫째, 송 태조의 시에 대해 깊숙한 맛이 없고 허약하다 하였는데, 진사도는 이와 같은 말을 하지 않았으며 또한 이러한 말을 좋아하지도 않았다.[7] 둘째, 황정견은 어려서 고아가 되었는데 진사도는 황우(皇祐) 5년(1053)에 태어나 황정견보다 여덟 살이나 어렸으므로 틀림없이 그의 부친을 알지 못하였다. 그러나 이 책에는 "지금 황어르신께서(黃亞父)"라는 말이 있다. 셋째, 황정견의 "물고기 사다 버들가지에 꿰어 고양이를 맞이하러 가네.(買魚穿柳聘銜蟬)"[8]라는 시를 인용하고 그 다음에 "비록 우스갯소리지만 재미는 있다.(雖滑稽而有味)"라 하였는데, 이는 진사도의 말이 아니다. 넷째, 오승(吳僧)의 〈백탑원(白塔院)〉[9] 시를 평하며, "강에 이르니 오의 땅은 다하고, 강 언덕 너머 월의 산은 많구나.(到江吳地盡, 隔岸越山多)"라는 구절은 땅의 경계를 구분해서 한 말이라고 하였다. 그러나 ≪후산집(後山集)≫의 〈전당에 우거하며(錢塘寓居)〉 시에서 "말과 소리는 땅에 따라 변하나니, 오와 월의 말소리는 강으로 나누어진다네.(聲言隨地改, 吳越到江分)"라 하였다. 이상을 근거로 방회는 이 ≪시화≫가 진사도가 쓴 것이 아님을 단언하였다.

7 현전하는 ≪후산시화(後山詩話)≫에는 이와 관련한 내용이 실려 있지 않다.
8 이 시의 제목은 〈고양이를 구하며(乞猫)〉이다.
9 이 시의 원제목은 〈전당의 백탑원(錢塘白塔院)〉이다.

청대에 ≪사고전서(四庫全書)≫를 편찬할 때, ≪제요(提要)≫를 쓴 사람이 다시금 의심스러운 점 두 가지를 들었다. 첫째, 이 책에는 소식, 황정견, 진관 모두에 대해 불만스러운 말이 있으니, 진사도의 말과는 다르다. 둘째, 소식의 사(詞)는 마치 교방(教坊)의 뇌대사(雷大使)의 춤과 같아 천하의 빼어남은 다하였으나 결코 진정한 아름다움은 아니라고 하였다. 그런데 채조(蔡條)의 ≪철위산총담(鐵圍山叢談)≫에는 뇌만경(雷萬慶)이 선화(宣和) 연간(1119~1125)에 춤을 잘 추어 교방에 들어갔다고 하였다. 소식은 건중정국(建中靖國) 원년(1101) 6월에 세상을 떠났고 진사도 또한 그해 11월에 세상을 떠났으니, 어찌 선화 연간에 뇌대사가 있을 줄을 미리 알고 이를 비유로 삼을 수 있었겠는가?

내 생각에, 방회가 말한 진사도가 황정견보다 여덟 살이 어려 필시 그 부친을 알지 못했다는 것과 ≪제요≫에서 말한 뇌대사의 일은 하나는 진사도가 보지 못한 것이요, 하나는 진사도가 미리 알 수 없었던 것이다. 이 두 가지 증거는 가장 확실하고 명백하여 뒤집을 수 없는 것이다.

다만 ≪후산집(後山集)≫ 20권은 그의 문인인 팽성(彭城) 사람 위연(魏衍)이 편찬한 것으로, "≪시화≫와 ≪담총≫은 각기 따로 모았다.(≪詩話≫≪談叢≫各自爲集)"라 말하고 있으니, 진사도에게 일찍이 ≪시화≫라는 저작이 있었다는 것은 의심할 여지가 없다. 호자의 ≪초계어은총화≫에서도 이 책을 자주 인용하고 있으니, 이 책이 북송 말엽에 이미 비교적 널리 유전되었으리라는 것도 의심할 여지가 없다. 육유 또한 〈후산시화 발문〉에서 "생각건대, 진사도에게 ≪시화≫가 있었으나 없어져 버렸고, 거짓된 사람이 그 이름을 훔쳐 이 책을 지었다.(意者後山嘗有詩話而亡之, 妄人竊其名爲此書耳)"라 하였으니, 이 말이 사실과 가까운 듯하다.

진사도는 소식과 황정견의 영향을 깊이 받았는데 책에서는 이들에 대해 불만스러운 말을 많이 하고 있다. 내가 보기에 이것이 사람들이 가장 의심스럽게 여기는 부분이다. 그러나 진사도는 시에서 "사람들은 나의 말이 황정견의 말보다 낫다 말하니, 밤중의 화톳불도 흔들림 없이 지키고 있으면 아침 햇빛과 같아지겠지.(人言我語勝黃語, 扶堅夜燎齊朝光)"라 하며[10] 자신의 자질에 대해 어느 정도 자부심을 나타내었으니, 혹 당시 위태(魏泰, ?~?)[11]나 섭몽득(葉夢得, 1077~1148)[12]의 무리들이 그의 이러한 약점을 이용하여 소식과 황정견을 공격하고자 ≪후산시화≫의 말로 기탁했을지도 모를 일이다. 따라서 이 책은 '후산(後山)'이라는 이름을 이용하여 문호(門戶)의 사사로운 견해를 드러내려 한 자가 지은 것이다. ≪초계어은총화≫ 전집(全集) 권51에서는 다음과 같이 ≪후산시화≫의 말을 인용하고 있다.

> 조보지(晁補之)가 말하기를 '소식의 사(詞)는 정감이 떨어지니 이러한 경지를 경험해보지 않아서이다.'라 하였는데, 나는 그렇지 않다고 여긴다. 송옥은 무산의 신녀를 알지 못하였어도 부를 쓸 수 있었으니, 어찌 꼭 경험해보아야만 알 수 있단 말인가! 나는 다른 글에 대해서는 남들에 미치지 못하지만 사에 있어서만큼은 진관(秦觀)이나 황정견(黃庭堅)에 뒤지지 않는다고 여긴다.(晁無咎言, 眉山公之詞短於情, 蓋不更此境也. 余謂不然, 宋玉初不識巫山神女而能賦之, 豈待更而知也. 余他文未能及人, 獨於詞自謂不減秦七黃九)

10 이 시의 제목은 〈위연 황예가 나를 면려하며 지은 시에 화답하여(答魏衍黃預勉予作詩)〉이다.

11 위태(魏泰, ?~?)는 북송 양양(襄陽, 지금의 호북성(湖北省) 양양현(襄陽縣)) 사람으로, 자는 도보(道輔)이다. 많은 책을 두루 보았지만 벼슬에 나갈 생각이 없었다. 항간의 재미난 이야기를 좋아하여 ≪지괴집(志怪集)≫, ≪괄이지(括異志)≫ 등을 썼고, 그 외 저서로 ≪임한은거집(臨漢隱居集)≫ 등이 있다.

12 섭몽득(葉夢得, 1077~1148)은 북송 소주(蘇州) 오현(吳縣, 지금의 강소성(江蘇省) 소주시(蘇州市) 지역) 사람으로, 자는 소온(少蘊)이고 호는 석림(石林)이다. 소성(紹聖) 4년(1097)에 진사가 되었으며, 소부상서(戶部尙書), 상서좌승(尙書左丞) 등의 관직을 지내다가 지복주겸복건안무사(知福州兼福建按撫使)로 관직 생활을 마쳤다. 평생 동안 학문에 집중하였으며, 특히 사(詞)에 능하였다, 저서로 ≪건강집(建康集)≫, ≪석림사(石林詞)≫, ≪석림시화(石林詩話)≫ 등이 있다.

이 말은 지금의 시화에서는 보이지 않지만, 자부하고 있는 것이 그와 꼭 같다. 육유는 ≪위남문집(渭南文集)≫ 권28 〈후산거사 장단구 발문(跋後山居士長短句)〉에서 “진사도의 시는 천하에 뛰어난데, 그 여력으로 글을 썼으니 이 또한 빼어나야 마땅할 것이다. 그러나 정작 보면 그렇지 않으니 정말 모를 일이다.(陳無己詩妙天下, 以其餘作辭, 宜其工矣. 顧乃不然, 殆未易曉也)”라 하였다. 이것이 곧 당시 사람들의 공통된 평가였으니, 그가 그렇게 자부할 정도는 아니었다.

결론적으로 진사도에게 시화가 분명 있기는 하였으나 책으로 완성되지는 못하였고, 그의 사람됨 또한 자부심에서 벗어나지 못하였던 까닭에 쉽게 다른 사람들에게 의탁되게 되었던 것이다. 생각건대 원고(原稿)가 간행되지 않았는데 다른 사람이 이를 얻어다 덧붙였고 마침내 사실과 어긋나게 되어 사람들의 의심을 받게 된 것이다. 당시 여러 사람들의 시화에는 모두 일정한 명칭이 있었는데, 이 책만은 ≪진무기시화(陳無己詩話)≫라 하기도 하고 ≪후산거사시화(後山居士詩話)≫라고도 하는 등 명칭이 여러 가지였으니, 진사도가 직접 편찬한 것이 아니었기 때문이다.

이 책의 권수는 ≪직재서록해제(直齋書錄解題)≫와 ≪문헌통고(文獻通考)≫에 모두 2권으로 되어 있으며 방회가 본 것 또한 2권본인데, ≪송사(宋史)·예문지(藝文志)≫ 자부(子部) 소설류(小說類)에는 1권본으로 되어 있다. 지금 ≪적원총서(適園叢書)≫ 본에는 2권으로 되어 있는데 그 내용은 1권본과 동일하니, 다만 나누어지고 합쳐져 있는 차이만 있을 뿐이다. 종합하자면 이 책은 진사도가 직접 편찬한 것이 아니며 후인들에 의해 끼워 넣어지고 섞이게 된 흔적이 있어, 비록 유전되기는 하였으나 잘못된 부분이 매우 많다. 다음에서 송인(宋人)들이 지적했던 특히 두드러진 오류들을 소개함으로써 독자의 이해를 돕는다.

첫째, ‘망부석(望夫石)’ 조목에서 “다만 몽득이 말하기를(唯夢得云)”은

‘몽득(夢得)’ 앞에 ‘유(劉)’자가 빠져 있다. 마땅히 호자(胡仔)의 ≪초계어은총화≫ 전집 및 오증(吳曾)의 ≪능개재만록(能改齋漫錄)≫에 근거하여 보충해 넣어야 한다. 또한 “황숙도(黃叔度)” 역시 호자와 오증의 인용문에 근거하여 ‘도(度)’를 ‘달(達)’로 바꾸어야 한다.

둘째, ‘무인이 경궁을 나감(武人出慶宮)’ 조목은 ≪초계어은총화≫ 전집에 근거하여 “무재인[13]이 경수궁을 나왔는데 미색이 후궁 중에 으뜸이었다.(武才人出慶壽宮, 色冠後庭)”로 바꾸어야 뜻이 비로소 분명해진다. 또한 “시를 지어 〈요대제일층〉이라 불렀다.(爲作詩, 號瑤臺第一層)”라 한 것도 ‘시(詩)’를 ‘사(詞)’로 바꾸어야 한다.

셋째, ‘왕안석 시에서 이르기를(荊公詩云)’ 조목은 각 판본에서 이 조목과 앞의 조목이 합해져 있는데, 잘못된 것이다. 글에서는 “왕안석의 문체는 여러 번 변하였는데 만년의 시는 더욱 고심하였다. 따라서 말에 신중하지 않을 수 없었음을 알 수 있다.(公文體數變, 暮年詩益苦, 故知言不可不愼也)”라 하였는데, 몇몇 말의 의미가 분명하지 않다. ≪초계어은총화≫ 전집에 “왕안석은 평생에 문체가 여러 번 바뀌었는데, 만년에 시는 더욱 공교해졌으며 뜻을 담는 것은 더욱 고심하였다. 따라서 말에 삼가지 않을 수 없었다.(公平生文體數變, 暮年詩益工, 用意益苦, 故言不可不謹也)”라 하였으니, 이것에 따라 바꾸어야 한다.

넷째, ‘상서랑 장선(尙書郎張先)’ 조목에서 “세칭 그를 장삼영이라 한다.(世稱誦之張三影)”라 하였는데, 뜻이 분명하지 않다. 혹 ‘지(之)’를 ‘운(云)’으로 바꾸기도 하지만, 역시 좋은 것은 아니다. 마땅히 ≪초계어은총화≫에서 “세상 사람들이 그것을 칭찬하고 낭송하며 ‘장삼영’이라

13 당 고종(高宗)의 비(妃)인 무측천(武則天)을 가리킨다. 태종(太宗) 때 후궁으로 입궁하여 4품 재인(才人)에 봉해졌던 까닭에 이와 같이 부른 것이다. 태종의 사후 관례에 따라 궁 밖으로 나갔다가 고종의 후궁으로 다시 입궁하여 2품 소의(昭儀)에 봉해졌으며, 왕황후(王皇后)와 소숙비(蕭淑妃) 등을 내쫓고 황후(皇后)에 책봉되었다.

불렀다.(世稱誦之, 號張三影)"라 한 것을 따라야 한다.[14]

다섯째, '한유가 존호표를 올리다.(韓退之上尊號表)' 조목의 "증자하사표(曾子賀赦表)"[15]구는 ≪초계어은총화≫ 전집에는 '자(子)' 아래에 '고(固)'자가 있다.

여섯째, '세설운(世說韻)' 조목의 "증공과 진소유의 시는 사와 같다.(曾子開秦少游詩如詞)"구는 빠진 글자가 너무 많다. 마땅히 ≪초계어은총화≫ 전집에 근거하여 "증공(曾鞏)은 운문에 부족하고 황정견(黃庭堅)은 산문에 부족하며 소식(蘇軾)의 사는 시와 같고 진관(秦觀)의 시는 사와 같다.(曾子固短於韻語, 黃魯直短於散語, 蘇子瞻詞如詩, 秦少游詩如詞)"라 하여야 한다. 또한 이 조목은 뒤 조목과 합해져서는 안 된다.

일곱째, '미산의 장공이 서땅을 지키다.(眉山長公守徐)' 조목의 "유학일언(有學一焉)"구에서, '일(一)'은 ≪초계어은총화≫ 전집에 따라 '하(下)'가 되어야 한다.

여덟째, '나는 다경루에 오른다.(余登多景樓)' 조목의 '백오(白烏)'는 모두 ≪초계어은총화≫ 전집에 따라 '백조(白鳥)'가 되어야 한다.

아홉째, '주반룡(周盤龍)' 조목의 "부절을 가지고 태원에서 출병하다.(建節出師太原)"에서 '사(師)'는 ≪초계어은총화≫ 전집에 따라 '수(帥)'가 되어야 한다.

열째, '왕유(王游)' 조목의 '유(游)'는 ≪초계어은총화≫ 전집에 따라 '항(沆)'[16]이 되어야 한다.

이상의 열 가지 예들은 지금 판본에서 찾을 수 있는 오류들이다.

---

14 장선의 사에서 영(影)자가 들어간 '구름 헤치고 달빛 내려와 꽃 그림자를 희롱하네(雲破月來花弄影)', '주렴 장막에 꽃 그림자 말리네(簾幕捲花影)', '떨어지는 가벼운 버들솜은 그림자도 없네(墮輕絮無影)' 세 구절을 가리킨 것이다.

15 하사표란 왕명으로 죄수를 놓아줄 때 하례를 올리는 글이다.

16 항(沆)은 떼배(뗏목처럼 통나무를 엮어 만든 배), 혹은 배를 타고 건너다라는 뜻이다.

다만 이 책에서 인용하고 있는 왕유의 시 "하늘 궁전의 궐문이 열리고, 천하의 백관들이 황제를 배알하네.(九天宮殿開閶闔, 萬國衣冠拜冕旒)"는[17] 다른 판본에 "하늘의 궐문은 궁전을 열고(九天閶闔開宮殿)"라 되어 있는 것과 다르니, 진사도가 옛 판본에서 이와 같은 것을 보았는지는 모르겠다.

옛 사람들이 이 책의 오류를 바로 잡은 것으로, ≪사고전서총목제요(四庫全書總目提要)≫에서 말한 것 외에 ≪초계어은총화≫ 전집 36권 및 후집 26권, ≪능개재만록(能改齋漫錄)≫ 8권 및 ≪정재시화(艇齋詩話)≫와 ≪호남유로집(滹南遺老集)≫ 중의 〈문변(文辨)〉과 〈시화(詩話)〉권을 참고할 만하다. 또한 최근에 포강청(浦江淸)[18]이 쓴 〈화예부인궁사고증(花蕊夫人宮詞考證)〉에서는 비록 이 책의 오류를 규명하지는 않았으나 결론은 정반대이니 역시 참고할 만하다.

진사도에게 시화가 있었지만 의탁한 자들이 빼고 더하면서 진짜와 가짜가 뒤섞이게 되었기 때문에 시를 논함에 있어서도 상호 모순된 부분이 있게 되었다. 예를 들어 "서툴지언정 교묘해서는 안 되며, 투박할지언정 화미해서는 안 되며, 거칠지언정 약해서는 안 되며, 편벽될지언정 속되어서는 안 되나니, 시와 문장이 모두 그렇다.(寧拙毋巧, 寧朴毋華, 寧粗毋弱, 寧僻毋俗, 詩文皆然)"라 한 것이다. 또한 "황정견의 시와 한유의 문장은 의식적인 공교(工巧)함이 있는데, 두보는 이러한 공교함이 없다. 그러므로 배우는 자들이 황정견과 한유만을 앞세울 뿐 그들을 통해 두보를 앞세우지 않는다면, 보잘 것 없고 천근한 것에 빠지게 된

17 이 시의 제목은 〈가사인의 '이른 아침 대명궁'에 화답하여(和賈舍人早朝大明宮之作)〉이다.

18 포강청(浦江淸, 1904~1957)은 강소성(江蘇省) 송강(松江) 사람이다. 청화대학(淸華大學) 및 북경대학(北京大學) 교수를 역임하였다. ≪포강청문록(浦江淸文錄)≫을 비롯하여 〈팔선고(八仙考)〉, 〈화예부인궁사고증(花蕊夫人宮詞考證)〉 등이 있다. 여기서 거론한 〈화예부인궁사고증〉은 ≪개명서점이십주년기념문집(開明書店二十周年紀念文集)≫(중화서국(中華書局), 1985)에 수록되어 있다.

다.(黃詩韓文, 有意故有工, 左杜則無工矣. 然學者先黃韓, 不由黃韓而先左杜, 則失之拙易矣)"라 하였는데, 이는 강서시파(江西詩派)의 주된 시학이론이다. 그러나 "시는 좋고자 의도하면 좋을 수가 없다. 왕안석은 공교하고 소식은 참신하며 황정견은 기이하지만, 두보의 시는 기이함과 평이함, 공교함과 천근함, 참신함과 진부함을 갖추었으니 좋지 않은 것이 없다.(詩欲其好則不能好矣. 王介甫以工, 蘇子瞻以新, 黃魯直以奇, 而子美之詩奇常工易新陳莫不好也)"라 한 것은 마치 강서시파의 폐해를 알고 이를 바로잡으려 한 것처럼 여겨진다. 황정견의 시를 평하여 "기이함이 지나치니, 두보가 사물과 결합되어 기이한 것만 못하다.(過於出奇, 不如杜之遇物而奇)"라 한 것과 양웅(揚雄)의 문장을 평하여 "기이함을 좋아하였으나 끝내 기이할 수 없었다.(好奇而卒不能奇)"라 한 것들은 모두가 강서시파의 병폐를 지적한 것이니, 다만 강서시파의 시학이론과 합치되지 않을 뿐더러 강하고 특출하여 유독 뛰어나는 진사도 시의 풍격과도 맞지 않는다.

이와 같은 의론들이 모두 의탁자가 쓴 것인지는 알 수 없다. 그러나 중요한 것은 이 책에 진짜와 가짜가 섞여 있고 옥석이 함께 있으니 독자들이 식견을 가지고 이를 구분해야 한다는 것이다. 왕문고(王文誥)[19]의 ≪소해식여(蘇海識餘)≫ 권2의 사신행(査愼行) 주에서는 ≪진무기시화(陳無己詩話)≫의 오류를 인용하며 "다만 이 책의 흠이 될 뿐 아니라 진사도에게도 원통할 일이다.(不獨疵累本集, 卽無己亦寃也)"라 하였으니, 이 책을 읽는 사람이라면 이와 같은 사실을 알고 있어야만 한다.

이 책은 비록 수필식의 체제로 이루어져 있지만, 이전의 여러 시화들과는 다른 점이 있다. 첫째, 논의의 대상이 시에만 한정되지 않고 고문(古文)과 사륙문(四六文)까지 미치어 문학비평의 범위를 넓혔으며,

---

19 왕문고(王文誥, 1764~?)는 청대 학자이자 화가, 시인이다. 자는 순생(純生)이고 호는 견대(見大)이며 인화(仁和, 지금의 절강성 항주) 사람이다. 시에 뛰어나고 사학(史學)에도 조예가 있었다. ≪소문충공시편주집성(蘇文忠公詩編注集成)≫, ≪운산당집(韻山堂集)≫ 등이 있다.

이후 ≪성재시화(誠齋詩話)≫ 등의 선구가 되었다. 둘째, 시를 이야기함에 일을 논하는 것에만 치우치지 않았고 문사(文辭)를 논할 때에도 구절만 따오지 않았다. 또한 ≪창랑시화(滄浪詩話)≫나 ≪대상야어(對牀夜語)≫[20] 등 여러 책들의 기원이 되어, 시화라고 하는 것이 이야기류에서 문학비평으로 접어들게 하였다. 따라서 그 의미가 매우 크므로 의탁한 것이라는 이유로 폄하할 필요는 없다. ≪송사(宋史)·예문지(藝文志)≫에서 이 책을 자부(子部)의 소설류(小說類)에 넣은 것은 잘못된 것이다.

이 책 역시 지금 판본에는 수록되어 있지 않는 일문(逸文)이 있는데, 예를 들어 앞서 조보지(晁補之)가 사에 대해 논한 말은 ≪초계어은총화≫의 인용문에는 보이지만 지금 판본에는 없다. 또 양신(楊愼)의 ≪승암시화(升庵詩話)≫에 인용된 한 조목 또한 지금 전하는 각 판본에는 보이지 않으니, 다음에 덧붙여 보충한다.

> 포조(鮑照)의 〈행로난〉은 장려하고 호방하여 강의 둑이 터져 흐르는 것과 같으니, 시 중에는 견줄 만한 것이 없다. 대체로 가의의 〈과진론〉과 같다.(鮑明遠〈行路難〉壯麗豪放, 若決江河, 詩中不可比擬, 大似賈誼〈過秦論〉) ≪승암시화(升庵詩話)≫ 권1.

20 원문에는 '대상야화(對牀夜話)'라 되어 있어 바로 잡았다.

서청시화(西淸詩話)

3권, 채조(蔡絛) 지음, 보존되어 있음. 수초본이 있음.

채조(蔡絛, ?~?)는 북송 선유(仙游, 지금의 복건성(福建省) 선유현(仙遊縣)) 사람으로, 자는 약지(約之)이고 호는 백납거사(百衲居士)이다. 채경(蔡京)의 둘째 아들로, 정확한 생졸년은 알려져 있지 않다. 휘종(徽宗) 선화(宣和) 7년(1125)에 진사(進士)가 되었으나 얼마 되지 않아 중신들의 탄핵을 받아 파면되었고, 이듬해인 흠종(欽宗) 정강(靖康) 원년(1126)에 소주(邵州)로 유배되었다가 백주(白州)로 옮겼다. 고종(高宗) 소흥(紹興) 말엽까지 생존했던 것으로 여겨진다. 저서로 ≪서청시화(西淸詩話)≫ 3권, ≪철위산총담(鐵圍山叢談)≫ 6권이 있으며, ≪송사(宋史)≫ 권472에 전(傳)이 있다.

채조(?~?)는 채경(蔡京)[1]의 아들로, 자(字)는 약지(約之)이며 무위자(無爲子)라고도 부른다. 이 책에 대한 기록은 ≪직재서록해제(直齋書錄解題)≫에 처음 보이는데, "무위자가 썼다.(題無爲子撰)"라 되어 있다. 내 생각에 ≪문헌통고(文獻通考)≫에는 '위(爲)'자가 '명(名)'자로 되어 있으니, 채조가 자신의 이름을 숨기고자 '무명자(無名子)'라 한 것으로 보인다. 그 후에 ≪만권당서목(萬卷堂書目)≫에는 '채척(蔡滌)'이 쓴 것이라 하였는데 이는 '척(滌)'과 '조(絛)'의 자형이 유사한 것으로 인한 오류이다. ≪근고당서목(近古堂書目)≫에는 진진손(陳振孫)[2]이 쓴 것이라 되어 있으니 더

1 채경(蔡京, 1047~1126)은 북송 선유(仙游, 지금의 복건성(福建省) 선유현(仙遊縣)) 사람으로, 자는 부장(符長)이다. 탐욕으로 악명이 높았다. 희녕(熙寧) 3년(1070)에 장원으로 진사에 급제하였고, 처음에 지방관이 되었다가 후에 중서사인(中書舍人)으로 임명되었다. 숭녕(崇寧) 원년(1102)에 우복야겸문하시랑(右僕射兼門下侍郎)이 되었고 후에 관직이 태사(太師)에 이르렀으며, 전후로 네 차례에 걸쳐 17년 간 재상을 지냈다. 북송 말엽에 태학생 진동(陳東)이 상서하여 '육적(六賊)의 우두머리'라 탄핵하였으며, 흠종(欽宗)이 즉위한 후에 영남(嶺南)으로 유배되어 가다가 담주(潭州, 지금의 호남성(湖南省) 장사시(長沙市))에서 죽었다. 저서로 ≪동도사략(東都事略)≫ 101권이 있으며, ≪송사≫ 권472에 전(傳)이 있다.

욱 잘못된 것이다.

증민행(曾敏行)[3]의 ≪독성잡지(獨醒雜志)≫ 권2에서는 "채조가 휘유각 대제로 있을 때 ≪서청시화≫ 1편을 지어 원우 연간(1086~1094) 사람들의 시와 사를 다수 수록하였다. 얼마 후 신료들이 채조가 사사로이 문장을 지으면서 오로지 소식과 황정견을 근본으로 삼아 천하의 학술을 그릇되게 하였다고 논박하여 마침내 관직에서 물러나게 되었다.(絛爲徽猷閣待制時作≪西淸詩話≫一編, 多載元祐諸公詩詞, 未幾, 臣寮論列, 以爲絛所爲私文, 專以蘇軾黃庭堅爲本, 有誤天下學術, 遂落職勒停)"라 하였는데, 오증(吳曾)의 ≪능개재만록(能改齋漫錄)≫ 권12에도 이와 같은 말이 있다. 이는 그가 소식과 황정견의 위세가 쇠퇴한 후에도 아버지 채경(蔡京)과 같은 편에 서지 않고 홀로 원우(元祐)의 학술을 숭상한 것이니, 가히 우뚝 서 홀로 길을 간 사람이라 할 수 있다. 그러나 채조가 편찬한 ≪국사후보(國史後補)≫에서는 많은 부분 그의 아버지를 변호하고 있으며, ≪북정기실(北征紀實)≫에서 또한 그 죄를 동관(童貫)[4]에게 돌림으로써 아버지를 미

---

2 진진손(陳振孫, 1186?~1262?)은 남송 호주(湖州) 안길(安吉, 지금의 절강성(浙江省) 호주시(湖州市)) 사람으로, 자(字)는 백옥(伯玉)이고 호(號)는 직재(直齋)이다. 남송의 저명한 장서가이자 목록학자로, 가정(嘉定, 1208~1224) 말년 무렵 강서남성(江西南城)의 현관(縣官)을 지내면서부터 도서를 수집하기 시작하였으며, 이후 절강(浙江) 지역에서 두 차례 지방관을 지냈다. 이종(理宗) 가희(嘉熙) 2년(1238)에 임안(臨安)으로 와 국자감사업(國子監司業)을 지내며 ≪직재서록해제(直齋書錄解題)≫를 지었다.

3 증민행(曾敏行, 1118~1175)은 남송 길주(吉州) 길수(吉水, 지금의 강서성(江西省) 길수현(吉水縣)) 사람으로, 자(字)는 달신(達臣)이고 호(號)는 촉성도인(獨醒道人) 또는 부운거사(浮雲居士), 귀우노인(歸愚老人)이다. 호전(胡銓), 양만리(楊萬里), 사악(謝諤) 등과 교유하였으며 관직에 나아가지 않고 평생을 학문에 전념하였다. 효종(孝宗) 순희(淳熙) 2년(1175)에 죽었다. 저서로 ≪독성잡지(獨醒雜志)≫ 10권이 있다.

4 동관(童貫, 1054~1126)은 북송 개봉(開封, 지금의 하남성(河南省) 개봉시(開封市)) 사람으로, 자(字)는 도부(道夫) 또는 도보(道輔)이다. 북송의 환관이자 권신으로 이른바 '육적(六賊)'의 하나이다. 채경(蔡京)이 재상이 되도록 도와 채경의 추천으로 서북감군(西北監軍)이 되었고, 영추밀원사(領樞密院事)를 맡아 20년 동안 병권을 장악하며 막강한 권력을 누려 당시 사람들이 채경과 그를 각각 '공상(公相)'과 '온상(媼相)'이라 불렀다. 중국 역사상 병권을 장악한 최대의 환관이자 가장 높은 지위에 오른 환관이며, 또한 유일하게 왕으로 책봉된 환관이기도 하다.

화시키고 있다. 따라서 이 책 역시 그의 아버지의 시와 시에 대한 논의를 많이 인용하고 있으며, 소식과 황정견의 시에 대하여 은근히 많이 비판하였다. 심지어는 사실을 바꾸어 버린 곳도 있어 '호필시(扈蹕詩)'[5] 조목에서는 소식의 시구를 바꾸고 또한 그릇된 평가까지 하고 있으니, 이에 대해서는 진엄초(陳嚴肖)가 ≪경계시화(庚溪詩話)≫에서 이미 밝혀 바로잡은 바 있다. ≪직재서록해제≫를 살펴보면 "혹자는 채조가 그 문객(門客)을 시켜 이를 쓰게 한 것이라고도 한다.(或謂蔡絛使其客爲之)"라 말하고 있다. 따라서 이 책에 원우 연간 사람들의 시와 사가 많이 실려 있는 것은 아마도 그 문객이 지은 것이기 때문일 것이다.

이 책은 본래 3권이 있었으니 ≪직재서록해제≫와 ≪문헌통고·경적고≫ 및 ≪송사·예문지≫에 보인다. 명대에 이르기까지 이 책은 그다지 많이 유전되지는 않은 듯하다. ≪담생당서목(澹生堂書目)≫ 시문평류에는 5권으로 되어 있는데, 이는 잘못된 듯하며, ≪만권당서목(萬卷堂書目)≫ 잡문류에는 1권으로 되어 있는데, 이는 발췌본인 듯싶다. 이외 여러 저록에 보이는 것들은 대부분 수초본(手抄本)이니, 예를 들어 ≪술고당서목(述古堂書目)≫, ≪근고당서목(近古堂書目)≫ 및 ≪급고각진장비본서목(汲古閣珍藏秘本書目)≫, ≪계창위서목(季滄葦書目)≫이 모두 그러하다. 나는 이전에 이 책의 수초본을 구했으나 찾지 못했다가 건국 후에 복단대학 도서관에서 처음으로 이 책을 보게 되었다. 그러나 이 3권의 수초본 또한 의심스러운 부분이 없지 않으니, 필시 원본은 아닌 듯하다. 내가 ≪송시화집일(宋詩話輯佚)≫을 편찬할 때에는 이 책을 보지 못했었다. 따라서 다만 ≪유설(類說)≫본과 ≪설부(說郛)≫본에만 근거하였을 뿐이며, 이외 ≪초계어은총화≫, ≪죽장시화(竹莊詩話)≫, ≪시림광기(詩林廣記)≫, ≪능개재만록(能改齋漫錄)≫, ≪산곡시주(山谷詩注)≫,

5 호필이란 황제가 출행하는 것을 좇아 어느 곳에 이르는 것을 이른다.

≪송시기사(宋詩紀事)≫, ≪전당시화속편(全唐詩話續編)≫, ≪두공부시화(杜工部詩話)≫, ≪전오대시(全五代詩)≫, ≪역대시화≫ 등의 책에서 112조목을 얻었으나, 역시 완전히 갖추어진 것은 아니었다. 그러나 나는 여기에서도 이미 그 의심스러운 점을 밝힌 바 있다.

첫째, 채조에게는 ≪백납시평(百衲詩評)≫이 있었는데, 이는 호자(胡仔)의 ≪초계어은총화≫ 후집 권33에 보인다. 호자는 또한 말하기를 "≪서청시화≫는 채조가 쓴 것으로, 이미 일찍이 세상에 유행하였다. 내가 옛 기록에서 채조가 쓴 ≪시평(詩評)≫을 얻어 지금 여기에 열거한다.(≪西淸詩話≫, 蔡百衲絛所撰也, 已嘗行於世矣. 余舊錄得百衲所作≪詩評≫, 今列於此)"라 하였으니, 즉 호자가 본 ≪서청시화≫에는 본래 ≪백납시평≫이 없었던 것이다. 그러나 채정손(蔡正孫)의 ≪시림광기≫ 권3에 인용된 ≪서청시화≫에는 "황정견의 시는 오묘하게 길에서 벗어나고 말은 귀신과 같아 한 점의 속된 기운도 없다. 아쉬운 것은 고아함에만 힘써서 하나같이 조동종(曹洞宗)[6]에서 참선하는 것 같아 오히려 깊고 아득한 동굴 속으로 떨어져 버린 것이다.(山谷詩妙脫蹊逕, 言侔鬼神, 無一點塵俗氣. 所恨務高, 一似參曹洞下禪, 尙墮在玄妙窟裏)"라는 말이 있으니, 채정손이 본 판본은 이미 ≪백납시평≫ 속의 말이 채록된 것으로, 호자가 본 판본과는 다르다.

둘째, 오경욱(吳景旭)의 ≪역대시화≫에서 이 책을 인용한 부분은 대개가 채거후(蔡居厚)의 ≪채관부시화(蔡寬夫詩話)≫ 속의 말이니, 이렇게까지 똑같을 수는 없는 것이다. 만약 호자가 보았던 판본 역시 이와 같았다고 한다면, 그 또한 일찍부터 이것을 의심하였을 것이다.

이 두 가지는 내가 옛날에 의심했던 것으로, ≪송시화집일≫에서

6 조동종(曹洞宗)이란 불교의 선종오가(禪宗五家) 중의 하나. 육조(六祖) 혜능(慧能)의 호인 '조계(曹溪)'와 5대 제자 양가(良價)의 호인 '동산(洞山)'에서 한 글자씩을 취한 것으로, 선종(禪宗)을 가리키는 것이라 보기도 한다.

이미 언급한 바 있다. ≪금옥시화(金玉詩話)≫와 내용이 같은 것은 더욱 많다. 그러나 ≪금옥시화≫는 채거후 이후의 사람들이 편집한 것으로 여겨진다. 옛 사람들은 ≪금옥시화≫ 역시 채조가 편찬한 것으로 여겼기 때문에 이 두 책에 중복되어 나타나는 것에 대해 이상하게 생각하지 않았다. 또한 '중운(重韻)' 한 조목은 ≪금옥시화≫에만 보이고 이 조목에 "숙부 문정공을 바탕으로 한다.(質之叔父文正)"는 말이 있는데, 다른 책에서는 인용된 것이 보이지 않고 ≪서청시화≫에는 이 조목이 있는 것에 대해서도 역시 의심을 품지 않았다. 내가 수초본을 보니 정말 이 조목이 그 속에 있었다. 그러나 채조가 생존했을 당시에는 채거후에게 '문정(文正)'이라는 시호가 없었다. 따라서 이처럼 유사하거나 표절한 것이라 의심되는 부분들은 만약 채조의 문객이 쓴 것이 아니라면, 그 책이 일찍이 일실되어 버려 후인들이 다른 책들에서 베껴 3권으로 만들어 사람들을 속인 것이다. 내가 수초본을 의심하는 것은 이 때문이다.

책에서는 "시를 쓸 때 전고를 사용하는 것은 선가(禪家)의 말과 같아야 하니, 물속에 소금이 녹아 있어 물을 마셔야만 짠 맛을 알 수 있는 것과 같이 해야 한다.(作詩用事要如禪家語, 水中着鹽, 飮水乃知鹽味)"라 하였다. 또한 "시인은 마땅히 시정(詩情)을 지극히 하여야 하니, 위로 드러내었다가 아래로 누르기도 하며, 기세는 높고 드넓어 날렵한 자구가 종이에서 넘쳐나야만 한다.(詩家要當有情致, 抑揚高下, 使氣宏撥, 快字凌紙)"라 하고, "두보와 이백은 역경과 고난을 당하여 유랑하며 어려움을 겪었으니, 뜻은 낮고자 하였으나 그 말은 높지 않을 수 없었다. 나은(羅隱)[7]

7 나은(羅隱, 833~909)은 당대(唐代) 신성(新城, 지금의 절강성(浙江省) 부양시(富陽市)) 사람으로, 자(字)는 소간(昭諫)이다. 대중(大中) 13년(859)에 처음으로 진사과에 응시하였으나 7년 동안 급제하지 못하였고, 함통(咸通) 8년(867)에 ≪참서(讒書)≫를 써서 더욱 통치자들의 미움을 받게 되었다. 그 후로 몇 번 과거에 응시하였으나 모두 급제하지 못하였고 마침내 총 십여 차례에 걸친 도전을 접고 낙향하였다. 황소(黃巢)의 난이 일어나자 구화산(九華山)으로 피신

과 관휴(貫休)[8]의 경우는 최고가 되는 것에 뜻을 두어 웅장함과 기이함을 과장하여 드러내었으니, 말은 높고자 하였으나 그 뜻은 낮지 않을 수 없었다.(少陵太白當險阻艱難, 遊離困躓, 意欲卑而語未嘗不高. 至於羅隱貫休得意於偏霸, 誇雄逞奇, 語欲高而意未嘗卑)"라 하였다. 이와 같은 견해는 모두가 독창적인 것으로서 다른 사람들을 모방하지 않은 것이니, 이 때문에 시를 논하는 이들의 존중을 받을 수 있었던 것이다.

하여 은거하였으며, 55세 때인 광계(光啓) 3년(887)에 귀향하여 오월왕(吳越王) 전류(錢鏐)에게로 들어가 전당령(錢塘令), 사훈낭중(司勛郎中), 급사중(給事中) 등을 지냈다. 후량(後梁) 개평(開平) 3년(909)에 77세로 죽었다.

8 관휴(貫休, 832~912)는 당나라 무주(婺州) 난계(蘭溪, 지금의 절강성(浙江省) 난계시(蘭溪市)) 사람으로, 속성(俗姓)은 강(姜)이고 자는 덕은(德隱)이다. 시승(詩僧)으로 서예에도 뛰어났다. 저서로 ≪선월집(禪月集)≫ 25권과 ≪보유(補遺)≫ 1권이 있다.

시총(詩總)

10권, 완열(阮閱) 지음, 일실됨. 증편본이 있어 ≪시화총귀(詩話總龜)≫로 명칭은 바뀌었지만 여전히 완열의 이름을 사용함. 최후에 전후집으로 나누었으며 각 50권씩임.

완열(阮閱, ?~?)은 북송 서성(舒城, 지금의 안휘성(安徽省) 육안시(六安市)) 사람으로, 자는 굉휴(宏休)이며 호는 산옹(散翁)이다. 북송 말엽에 생존하였으나 생졸년은 분명하지 않다. 원풍(元豐) 연간(1078~1085)에 진사가 되었으며, 선화(宣和) 연간(1119~1125)과 건염(建炎) 연간(1127~1130)에 각각 지침주(知郴州)와 지원주(知袁州)를 지냈다. 저서로 ≪송국집(松菊集)≫이 있었으나 지금은 전하지 않으며, ≪침강백영(郴江百咏)≫ 1권과 ≪시화총귀(詩話總龜)≫ 98권 등이 있다.

완열(?~?)의 원명(原名)은 미성(美成)이며, 자(字)는 굉휴(宏休)이다. 자호(自號)는 산옹(散翁) 또는 송국도인(松菊道人)이며, 서성(舒城, 지금의 안휘성(安徽省) 육안시(六安市)) 사람이다. ≪방여승람(方輿勝覽)≫에는 '열(閱)'자가 '굉(閎)'자로 되어 있는데, 옮겨 쓰는 과정에서 잘못된 듯하다. 명대 월창도인간본(月窓道人刊本)에는 '완일열(阮一閱)'로 잘못되어 있는데, ≪만권당서목(萬卷堂書目)≫이나 ≪담생당서목(澹生堂書目)≫ 등과 같은 여러 저록들에서도 고증을 생략한 채 이를 따르고 있다. 오함분(伍涵芬)의 ≪설시락취(說詩樂趣)≫에 인용된 서목에도 이 책이 있는데, '명서모씨(明舒某氏)'가 지은 것으로 되어 있으니 매우 잘못된 것이다.

완열은 원풍(元豐) 연간(1078~1085)에 진사가 되어 지소현(知巢縣)을 지냈으며, 선화(宣和) 연간(1119~1125)에 지침주(知郴州)를, 건염(建炎) 원년(1127)에 중봉대부(中奉大夫)로서 지원주(知袁州)를 지냈다. 처음에 부임하였을 때 송사(訟事)가 매우 많았는데, 완열이 "본분에 따르라(依本分)"라는 세 글자를 써서 성의 네 벽에 방을 붙이자 백성들이 교화되었고 이에 서쪽 청사에 "송사가 없음(無訟)"이라는 방을 붙이게 되었다. 시를 읊기 좋아하여 당시 '완절구(阮絶句)'라 불렸으며, 후에 관직에서 물러나 의춘(宜春)에서 살았다. 저서로 ≪총귀선생송국집(總龜先生松菊集)≫ 5권, ≪침강백영(郴江百詠)≫ 2권, ≪시총(詩總)≫ 10권, ≪소령군완호부사(巢令君阮戶部詞)≫ 1권이 있다. 그의 사는 ≪사고전서≫에 수록되어 있지 않고 다른 저록에도 거의 보이지 않으며, 오직 ≪벽송루장서지(皕宋樓藏書志)≫에만 있다.

'시화(詩話)'라는 체제가 시를 논하는 하나의 효과적인 방편이 됨에 따라 시화의 작자는 갈수록 많아졌다. 또한 작자가 많아짐에 따라 이들을 하나로 모아 편찬한 것들도 적지 않았으니, ≪당송명현시화(唐宋名賢詩話)≫나 ≪고금시화(古今詩話)≫ 같은 류의 책들이 계속하여 생겨났다. 그러나 이러한 류의 책들은 다만 일괄하여 살펴볼 수만 있었고 검색하는 데에는 불편하였으니, 이에 완열의 ≪시총≫이 나오게 되었다. 완열의 책은 문목을 나누고 유형별로 구분하는 방법을 사용했던 까닭에, 시화에서 채록하는 것 외에 소설이나 필기류의 글들까지 더하여 그 재료가 매우 다양했음에도 불구하고 난삽함이 느껴지지 않는다. 따라서 독자들의 수요에 부합하여 당시에 유행할 수 있었다.

그 〈자서(自序)〉에서 이르기를, "내가 옛날에 사대부들과 교유하며 고금의 시구를 들었는데 인구에 회자되는 것임에도 대부분 전체 작품이나 누가 쓴 작품인지 보지 못하였다. 선화(宣和) 계묘년(1123) 봄에 침강(郴江)으로 부임하여 그 곳에 소장되어 있는 여러 사람들의 소사와 별전, 잡기, 야록을 가져다 읽었는데 마침내 이전에 보지 못한 것들을 모두 보게 되었다. 이 해 가을에 1,400여 건의 이야기와 2,400여 수의 시를 얻어 46개의 문목으로 나누어 분류하였고 …보기에 편리하게 하였으니, 이름을 ≪시총≫이라 하였다.(余昔與士大夫遊, 聞古今詩句, 膾炙人口,

多未見全本及誰氏所作也. 宣和癸卯春, 來官郴江, 因取所藏諸家小史別傳雜記野錄讀之, 遂盡見前所未見者. 至癸卯秋, 得一千四百餘事, 共二千四百餘詩, 分四十六門而類之, … 以便觀閱, 故名詩總)"라 하였다. 대개 완열 이전에 ≪고금시화≫와 같은 류의 책들은 출처를 달지 않았고 검색이 불편하였으며 또한 독자들의 학습에도 불편하여, 유사한 제재들을 서로 모아서 시를 지을 때 참고로 삼을 수 없었다. 지금 완열이 편찬한 것은 이러한 몇 가지 폐단들을 바로 잡은 것이었으니 자연히 일시에 쉽게 유행하게 되었다.

이 책은 10권으로 편찬되어 46문목으로 나눈 뒤 각기 유형별로 모았는데, 이것이 ≪시총≫이 처음 편찬되거나 간행되었을 때의 모습이었다. 다만 완열의 〈자서〉에 또한 "소나무 창 아래 대나무 책상에서 때때로 말았다 펼치며 한가로운 시간을 보내고 있으니 세상에 유행되는 것을 바라지 않는다.(松窗竹几, 時卷舒之, 以銷閑日, 不願行於時也)"라는 말이 있으니, 아마도 이 판본은 이미 편집되었으나 아직 간행되지는 않았던 듯하다. 호자(胡仔)는 ≪초계어은총화(苕溪漁隱叢話)≫ 전집의 서문에서 "소흥 병진년(1136)에 내가 듣기에 … 완열이 예전에 침주를 다스릴 때 일찍이 ≪시총≫을 편찬하였는데, 매우 상세히 잘 갖추어져 있다 하였다. 공무가 바빠 알고 있는 사람에게서 빌려다 볼 겨를이 없었는데, 13년 후 내가 초수에 머물 때 친구 홍경원이 맏아들 홍언장에게서 이 책을 얻어다 전해주었다.(紹興丙辰, 余…聞舒城阮閱昔爲郴江守, 嘗編詩總頗爲詳備. 行役忽忽, 不暇從知識間借觀. 後十三年, 余居苕水, 友生洪慶遠從宗子彦章, 獲傳此集)"라 하였다. 이 글에서도 역시 '간행본'이라 분명히 말하고 있지 않으니, ≪시총≫은 초기에는 전초본이었던 듯하다.

이 책이 간행된 것은 분명 소흥(紹興) 연간(1131~1164)으로, 이때 이름이 ≪시화총귀(詩話總龜)≫로 바뀌었다. 그러나 이 간행본은 전후로 3종의 다른 판본이 있었던 듯하며, 적어도 2종의 다른 판본이 있었다. 하나는 소흥 신유년(1141) 완열의 자서가 있는 것으로, ≪천록림랑서목

(天祿琳琅書目)≫에 보인다. 내 생각에 신유년은 소흥 11년이니 완열의 시대는 이미 남송으로 접어들었으며, 만약 이때에 중편하여 판각했다면 나이가 팔순에 이르렀으므로 혹 가능성이 있을 수 있다. 그러나 이 서문이 선화 계묘년(1123)의 서문과 같은 것인지는 알 수 없다. 결론적으로 이 중편한 판본은 결코 ≪천록림랑서목≫에 저록된 것이 아니며, 호자(胡仔)가 이 판본을 보지 못하였다는 것 또한 단언할 수 있다. 따라서 이것은 다만 이런 서문이 있다는 것으로 간행본이 있다고 단정한 것일 뿐이다.

이외 두 간행본의 경우, 하나는 완열의 서문이 빠져 있다. 이것은 호자가 ≪초계어은총화≫에서 "옛 서문을 바꾸고 그 성명은 빼 버리고 ≪소황문시설≫을 약간 더하여 ≪시화총귀≫라 바꾸어 부름으로써 세상을 속이고 이름을 훔친 것이다.(易其舊序, 去其姓名, 略加以蘇黃門詩說, 更號曰詩話總龜以欺世盜名)"라 말한 민중간본(閩中刊本)이다. ≪초계어은총화≫ 권36에서는 다시 "지금의 ≪시화총귀≫에는 이 서문이 실려 있지 않아, 여기에 기록한다.(今總龜不載此序, 故錄於此)"라 하였으니, 호자가 말한 '옛 서문을 바꾸었다'나 '이 서문이 실려 있지 않다'는 것은 완열의 이름이 있는 원서(原序)가 실려 있지 않으며 '산옹(散翁)의 서문' 또한 없음을 지적한 것임을 알 수 있다. 그렇지 않았다면 '산옹'이 완열의 호였으니, 호자가 틀림없이 이를 알았을 것이다. 이른 바 '옛 서문을 바꾸었다'는 것은 세상을 속이고 이름을 훔친 자들이 서문을 썼음을 지적한 것이다. ≪시총≫이 전초본이었던 까닭에 표절한 사람들이 쉽게 농간을 부릴 수 있었던 것이다. 따라서 호자가 '그 성명을 빼 버렸다'라 말한 것은 다만 서문만을 지적하여 말한 것이 아님을 알 수 있으니, 책 전체에 완열의 이름이 실려 있지 않은데 그 내용을 보면 대체로 비슷하면서 다만 ≪소황문시설≫을 더한 것만 약간 달랐던 까닭에 이처럼 격분하여 말했던 것이다.

다른 하나는 산옹의 서문이 있는 판본이다. 그렇다면 산옹의 서문을 다시 한 번 분석해 보자. 그 서문에서는 다음과 같이 말하고 있다.

> "무진년 봄 내가 민천에서 관직생활을 하였는데, 책 시장에서 여러 사람들의 시화와 소소한 역사들이 실려 있는, 희귀한 책을 얻어 나의 책에서 없는 것을 보충하였다. … 편집하고 분류하여 모아서 한 집(集)으로 만들었으니, 도합 2,400여 수의 시를 49문목으로 나누었다. … 어느 날 박식한 사람에게 이를 보여주니 흥분하여 말하기를, '이 책이 매우 뛰어나니, 어찌 상천유(商踐猷)[1]의 고사를 활용하여 총귀(總龜)라 이름 붙이지 않을 수 있겠습니까? 이것이 아니면 그에 걸 맞는 이름을 찾을 수 없습니다.'라 하였다. 나는 그가 나의 글을 잘 알아주는 것에 기뻐하며 마침내 이 이름으로 책머리를 달았다. 본래부터 감추고 싶지 않았기에 이를 호사가들에게 이야깃거리로 주어 세상 사람들과 함께 하고자 한다. … 소흥 신사년 하지에 산옹이 서문을 쓰다.(戊辰春, 余宦遊閩川, 因得書市諸家詩話與夫小史僻書, 補余書之所無者 … 編而類之, 裒爲一集, 共二千四百餘詩, 分爲四十九門 … 一日示之博物, 亢聲曰, 奇哉斯書, 胡不用商踐猷故事, 以總龜目之呼. 否則未見其稱也. 余善其知言, 遂以斯名冠於篇首. 旣而不欲秘藏, 乃授諸好事者攻木以行, 與天下共之. … 紹興辛巳長至日散翁序)"

따라서 이 책은 완열이 수정 편찬한 판본인 것으로 여겨진다. 그러나 내가 보기에는 여전히 의심스러운 점이 있다.

첫째, 완열의 사적이 비록 분명하지는 않으나 관직을 그만둔 지 얼마 되지 않아 다시 민천에서 관직을 지냈다는 것은 들어본 적이 없다. 설령 그 서문에서 말한 바와 같이 '나의 책에서 없는 것을 보충했다'고 한다면, 이른바 '모아서 한 집으로 만들었다'는 것은 응당 후집(後集)일 터인데 후집이라 칭하지 않은 것은 무엇 때문인가? 아마도 이 때는 ≪초계어은총화≫의 후집이 아직 출판되지 않은 때이라 모방하

---

1 상천유(商踐猷, ?~?)는 은천유(殷踐猷)로 당(唐) 개원(開元) 연간(713~741)에 생존하였으며, 생졸년은 분명하지 않다. 개원 9년(721)에 궁궐 내고의 서적을 정리 편찬하여 사부(四部) 이백 권을 간행하였으며, 박학다식하여 '오총귀(五總龜)'라 불렸다.

여 따를만한 것이 없어서였을 것이다. 후집이라 칭하지 않았으니 보충한 내용들은 원 책의 각 부문 속으로 들어가야 마땅하다. 그러나 서문에서는 다시 '도합 2,400여 시'라 말하며 원책의 서문에서 말한 수와 같으니 이 또한 어찌된 일인가? 결국 보충하여 더한 것이 많지 않아 부득불 산옹의 서문을 위조하여 사람들을 속인 것이다. 원 책은 46문목으로 나누었는데, 지금 서문에서는 49문목으로 나누었다고 말하고 있다. 어찌 보충한 것이 다만 세 문목에 불과하며, 또한 이 세 문목에서 보충했다고 한 것이 여전히 원 책의 서문에서 말한 2,400여 수의 범위 속에 있을 수 있단 말인가? 이 또한 이치상 이해할 수 없는 것이다. 아마도 이 책은 민중간본의 번각본(翻刻本)으로, 완열의 원책과 본디 커다란 차이가 없었던 것이니, 따라서 부득불 민천에서의 관직생활을 날조해내어 사람들을 속인 것이다.

둘째, ≪시총≫이 책으로 된 것은 선화 계묘년으로, 계묘년은 북송 휘종 선화 5년(1123)이다. 이후 소흥 신사년, 즉 남송 고종 소흥 31년(1161)까지는 40여년의 차이가 난다. 완열이 40세 때에 침강에서 관직생활을 하였고 또한 80여세까지 고령을 누릴 수 있었다고 한다면, 이 책을 수정 편찬할 수 있었을 것이다. 그러나 사실은 결단코 이와 다르다. 완열은 원풍(元豐) 연간(1078~1085)에 진사가 되었는데, 만약 그가 원풍의 마지막 해인 8년(1085)에 진사가 되었다고 한다면 당시에 겨우 20세였고 선화 계묘년에 침강에서 관직생활을 할 때와는 37~38년의 차이가 난다. 이때에 완열은 이미 육순에 접어들었으니, 어찌 소흥 신사년에 이러한 서문을 쓸 수 있단 말인가?

셋째, 호자의 ≪초계어은총화≫ 전집은 소흥 무진년에 만들어졌으니, 즉 소흥 18년(1148)이다. 이때 호자는 이미 민중간본을 보고 그 잘못을 비판하였는데, 산옹의 서문이 소흥 31년(1161)에 쓰였으니, 호자가 본 것은 결코 이 판본이 아님을 알 수 있다. 그러나 산옹의 서문에서는 "무진년 봄 내가 민천에서 관직생활을 하였다"라 하였으니, ≪초계어은총화≫를 보고 난 후에 이와 같은 사실을 날조해내어 거짓을 감추려 했었음을 말해준다. 그렇지 않다면 시기가 이처럼 딱 맞아 떨어질 수가 없다. 내 생각에 민중에서 간행한 것이 전후로 두 본이 있었던 듯하다. 하나는 소흥 무진년 이전으로, 이것이 호자가 본 판본이다. 여기에는 완열의 서문이 없고 완열의 이름도 없었다. 따라서 호자가 이를 비판한 것이다. 다른 하나는 소흥 신사년으로, ≪초계어은총화≫ 전집이 완성된 후이다. 이때에 서적상들은 호자의 비판을 보고 산옹이라는 호를 사용해 서문을 지어내서 이전의 잘못을 가리고자 하였으나, 가리려 하면 오히려 더욱 드러나게 되는 것임을 알지 못하였으니 '나쁜 마음을 쓸수록 더욱 꼬여만 가는(心勞日拙)' 격이라 할 수 있다. 따라서 이 서문은 비록 완열이 지은 것은 아니지만, 완열의 이름이 사라지지 않은 것은 호자의 비평 덕이라 말하지 않을 수 없다. 이것이 ≪시총≫의 제2, 제3, 제4차의 면모이다. 이 이후로는 마침내 ≪시화총귀≫라는 이름을 사용하게 되었으며, 다시는 ≪시총≫이라 부르지 않았다.

호자가 본 판본은 ≪시총≫의 원작과 차이가 크지 않았으며, 산옹의 서가 있는 판본은 비록 중간에 더해지고 문목도 많이 나누어졌지만, 모두가 후집이 있다는 말을 하지 않았다. 나중에야 전집을 증보한 것이 있게 되었으며, 또 이어서 후집이 있게 되었다. 대체로 완열의 책은 간혹 변증한 말들이 있기는 하지만 그 수가 많지는 않았으며, 또한 유명한 사람이나 대선비들의 저술을 모아 임의로 더하거나 줄이지는 못하고 다만 분류하고 총괄한 것이었을 뿐이었다. 이와 같은 일은 그다지 어려운 것이 아니었으며 후인들이 그 뒤를 잇는 것 또한 손쉬운 것이었다. 게다가 ≪초계어은총화≫ 후집이 간행된 후에는 호자의 저작을 모방하여 후집을 보충 편집하는 것이 더더욱 피할 수 없게 되었다. 이것이 ≪시화총귀≫ 후집에서 ≪초계어은총화≫의 설을 많이 인용하고, 인용된 서목 중에 또한 ≪삼산노인어록(三山老人語錄)≫이 있게 된 까닭이다. 완열의 〈시총자서(詩總自序)〉에 "세상의 책이 여기에서 다한 것이 아니니, 후에 이를 얻은 자가 있으면 마땅히 뒤를 이어야 할 것이다.(世間書固未盡於此, 後有得之者當續焉)"라는 말이 이미 있는 것으로 보아, 이 책을 바탕으로 하여 더하고 넓히는 것은 본디 완열이 기뻐할만한 것이었다.

호자는 〈초계어은총화전집 서문〉에서 ≪시총≫에 대해 말하며 "이 ≪시총≫이 편찬뒤 것은 선화 계묘년으로, 이때는 원우 연간의 문장이 금지되어 쓸 수 없었던 까닭에 완열이 이를 빼버렸던 것이다.(編此詩總, 乃宣和癸卯, 是時元祐文章禁而勿用, 故阮因以略之)"라 하였으니, 즉 금지가 완화된 후에 더해지고 넓어지는 것은 일의 형세상 필연적인 것이었다. ≪초계어은총화≫가 그 시작을 열었고 ≪송사·예문지≫에서도 ≪원우시화≫라는 저작이 있다고 말하고 있으니, ≪시화총귀≫ 후집의 편찬은 당시의 수요에 따른 것이었을 뿐이다. 하물며 이후 저작들이 날로 늘어나, '세상의 책이 진실로 여기에서 다한 것이 아닌(世間書固有未盡於此)' 다음에랴! 따라서 ≪시화총귀≫ 후집의 편찬은 응당 ≪초계어은총화≫ 후집이 만들어지고 난 다음인 것이다. ≪초계어은총화≫가 이미 유행하였고 ≪시화총귀≫는 그 외형이 다소 조잡하였기 때문에 다만 처음으로 시 짓는 것을 배우는 자들의 참고용으로만 제공되었다. 게다가 권질까지 너무 많아 서적상들 역시 판각해보았자 별 이득이 없었던 까닭에 판각본이 비교적 희귀하고 정련본 또한 드물게 되었던 것이다.

지금 추측해서 알 수 있는 것으로 대략 몇 종이 있는데, 그 중 하나는 완열이 지은 10권본의 옛 모습을 보존하면서 다만 후집을 보충한 것이다. ≪야시원장서목(也是園藏書目)≫ 시문평류에 "≪시화총귀≫ 전집 10권, 후집 50권(≪詩話總龜≫前集十卷, 後集五十卷)"이라 하였는데, 이 전초본(傳鈔本)이 이에 해당된다. 두 번째는 원 책을 증보하되 여전히 완열이 지은 것이라 쓰고 10권을 48권으로 만든 것이다. ≪만권당서목(萬卷堂書目)≫ 잡문류에 "≪시화총귀≫ 48권, 주에 완일열이라 함(≪詩話總龜≫四十八卷, 注云阮一閱)"이라 한 것이 이에 해당된다. 이 두 종은 모두 전초본으로, 후집의 편찬자는 그 이름이 나타나 있지 않다. 전초한 사람이 빼버린 것인지, 아니면 편찬자 자신이 세상을 속이고 이름을 훔쳤다는 말을 듣고 싶지 않아 스스로 빼버린 것인지는 모르겠다. 따라서 후집의 편찬자가 누구인지는 알기 어렵다. 그러나 이는 잘못됨을 바로 잡는 정도가 지나친 것이라 할 수 있으니, 비록 다른 사람의 업적을 빼앗아서도 안 되지만 자신의 공로를 없애버려서도 안 되는 것이다. 사실에 따라 올바름을 구한다면 이름을 넣지 않을 수가 없는 것이다.

간행본 또한 두 종이 있다. 하나는 건도(乾道) 5년(1169)의 간행본으로, '화양(華陽)의 은거한 늙은이(華陽逸老)'의 서문이 있다. 다른 하나는 소정(紹定) 2년(1229)의 간행본으로, 저두남인걸(褚斗南仁傑)의 집록본이다. 이 두 책은 모두 방회(方回) ≪동강집(桐江集)≫ 권7의 〈시화총귀고(詩話總龜考)〉에 보인다. 저두남본은 전후집이 연이어 모두 70권으로 간행되었으며, 완굉휴의 옛 서문을 고쳤다. 그러나 "밤이 폭발해 양탄자를 태워 망가뜨리고, 고양이가 튀어 올라 솥에 부딪혀 뒤엎었다.(栗爆燒氈破, 貓跳觸鼎翻)"등의 여섯 연은 그대로 사용하고 있으니, 저두남본의 서문은 앞서 인용한 산옹의 서문과 거의 같다. 방회는 이 판본을 평하여 "중간에서 자르고 취한 것이 옳지 않다.(中間去取不當)"라 하였으니, 집록한 자의 부족한 학식과 꼼꼼하고 신중하지 않은 일처리가 그 원인이었다. 방회의 이러한 비평이 있으면서 이 70권본은 다시 전해지지 않았으며 장서가의 저록에도 보이지 않게 되었다. 그러나 ≪시화총귀≫가 명각본(明刻本)의 정형(定型)이 된 데에는 마땅히 저두남의 공이 있다고 할 것이다. 이것이 ≪시총≫의 제5, 제6, 제7, 제8차의 증보 수정된 면모이다.

명대 간행본으로는 2종이 있다. 하나는 전집 48권과 후집 50권으로, 명(明)의 종친 월창도인(月窓道人) 간행본이다. 또 하나는 전집과 후집 모두 50권으로, ≪천록림랑서목≫에 저록된 판본이다. 이 두 본은 모두 전초본에서 나온 것이며 모두가 ≪백가시화총귀(百家詩話總龜)≫라는 명칭이 있으니, 전초본이 이때까지도 이미 정형이 있어 ≪시총≫의 마지막 간행본이 되었음을 알 수 있다. 이것이 즉 제9차와 제10차 간행의 면모이다. 이에 대해 다음에서 나누어 서술하기로 한다.

≪천록림랑서목≫에 저록된 판본을 나는 보지 못하였다. ≪천록림랑서목≫에서는 다만 "명판본이다.(明板)"라 말하고, 또한 "이 책은 명의 종친 월창도인이 간행한 판본이 있는데, 어긋나고 잘못된 것이 특히 심하다. 그러나 이 판본은 손으로 적은 것이 매우 뛰어나다.(是書明宗室月窗道人曾有刊本, 譌舛特甚, 此本抄手極工)"라 말하고 있다. 아마도 여기에서 말한 '손으로 적은 것'이란 손으로 적어 판각한 것을 말한 것으로, 이 책이 전초본임을 가리키는 것은 아니다. 그러나 이 책이 전초본에서 나온 것임을 의심할 수 없다. 이 책의 제요에 따르면, "전집 50권은 45문목으로 나누었으며, 후집 50권은 60문목으로 나누었다.(前集五十卷, 分四十五門, 後集五十卷, 分六十門)"라 하며 아울러 그 조목을 열거하고 있다. 지금 월창도인본과 대조해보면 큰 차이가 없으니, 두 책이 하나의 근원에서 나왔으며 다만 손으로 적은 것의 정밀하고 거친 차이만 있음을 알 수 있다. 또한 "앞에 소흥 신유년 완열의 자서가 있다.(前有紹興辛酉閱自序)"라 말하고 있는데, 신유년은 소흥 11년(1141)으로 이 서문이 ≪초계어은총화≫에 실린 선화 5년(1123)의 서문과 차이가 있는지는 모르겠다. 또 소흥 신사년(1161) 산옹의 이름으로 되어 있는

서문과 관계가 있는지에 대해서도 이 책을 얻어 하나하나 대조해 볼 수 없어 아쉽다.

월창도인간본은 상무인서관(商務印書館)에서 영인하여 세상에 퍼뜨렸고 ≪사부총간(四部叢刊)≫에도 편입되어, 이 때문에 이 판본이 특히 유명하고 가장 널리 전해지게 되었다. 전집에서 문목을 나눈 목록을 살펴보면, '기증(寄贈) 상'은 있으나 '중'과 '하'가 없다. 무전손(繆荃孫)의 ≪예풍당문만존(藝風堂文漫存)≫ 권5 〈시화총귀 발문(詩話總龜跋)〉에 따르면, "월창도인 간본은 98권에서 그치니 전집 중에 〈기증〉 중과 하의 두 권이 빠져있다. … 월창도인이 얻었던 옛 초본이 불완전한 것이어서 간행할 때 이 두 권이 빠졌음을 알 수 있다.(月窗道人刊本止九十八卷, 前集中缺寄贈中下兩卷…. 可知月窗道人所得之舊鈔本乃不完全之本, 故刊行時亦缺此二卷)"라 하였다. 이 말을 믿는다면 이 판본의 전집은 본래 50권이었던 것으로 ≪천록림랑서목≫에 저록된 판본과 하나의 근원에서 나왔다는 증거가 될 수 있다. 다만 이 책에서는 완열을 '완일열(阮一閱)'이라 칭하고 있으니, 고증을 잘못한 듯하다.

이 책에는 이역(李易)의 서문과 가정(嘉靖) 갑진년(1544) 장가수(張嘉秀)의 서문, 가정(嘉靖) 을사년(1545) 정광(程珖)의 발문이 있다. 이역의 서문에서 "완열의 옛 책이 자못 잡다하여 회백왕께서 체계를 잡고 이를 묶었으니, 모은 편차는 이치가 있으며 어지러운 것들이 묶여 있어 가히 찾아볼 수 있었다.(阮子舊集頗雜, 王條而約之, 彙次有義, 棼結可尋)"라 하고, 정광의 발문에도 "월창 전하께서 나를 맞이하여 잘못되고 틀린 것을 교정하고 중복되고 쓸데없는 것을 잘라 내었다.(月窓殿下延珖校讐訛舛, 芟剔重冗)"라는 말이 있으니, 즉 매 권에서 전초본과 비교하여 빠진 부분이 있는 것은 정광 등이 잘라낸 결과인 것이다. 다만 고의로 천착하여 고친 부분이 있는지는 모르겠으나, ≪천록림랑서목≫에 저록된 판본을 얻어 하나하나 세밀히 밝힐 수 없는 것이 아쉽다. 이 책에는 완열의 서문이 실려 있지 않는데, 고의로 이를 빼버린 것인지 아니면 원본에서 누락되어 있었던 것인지는 알 수 없다.

장가수의 서문에 따르면 월창도인은 고황제(高皇帝)의 육세손이라 하고, 이역의 서문에서는 회백왕(淮伯王)이라 칭하고 있다. ≪명사(明史)・제왕세표(諸王世表)≫를 살펴보면 회왕(淮王)에 봉해진 이는 인종(仁宗) 아들의 후손이다. ≪시화총귀≫는 가정(嘉靖) 23년(1544), 24년(1545)간에 간행되었는데, 내 생각에 회헌왕(淮憲王) 주후도(朱厚燾)가 가정 18년(1539)에 책봉되고 42년(1563)에 죽었으니 시대가 서로 맞는다. 또한 백왕(伯王)이라 칭해졌으니, 응당 인종의 서칠사(庶七子) 회정왕(淮靖王) 주첨오(朱瞻墺)의 직계이다. 따라서 월창도인은 회헌왕(淮憲王) 주후도(朱厚燾)를 일컬은 것이다.

무전손의 〈시화총귀 발문〉에서는 "또 명초본 하나를 얻었는데, 전집은 50권으로 문목의 분류는 월창본과 같다. 후집은 50권으로 〈어연〉 한 문목이 많고 〈효법〉, 〈절후〉, 〈영물〉 세 문목이 적다. 월창본에서 빠진 것을 온전하게 보충하였으나, ≪철경록≫을 인용한 것은 분명 후인들이 끼워 넣은 것이다. 문목의 분류가 뒤바뀌어 있고 편차가 다르니 또한 서로 득실이 있다.(又得一明鈔本, 前五十卷, 門類與月窗本同. 後五十卷, 多御宴一門, 少傚法節侯詠物三門. 月窗本缺者全行補足, 惟引及≪輟耕錄≫決是後人羼入, 門類之顚倒, 編次之互異, 亦互有得失)"라 하였다. 이는 또한 원명대의 사람들이 증보한 흔적이 있는 것으로, 또 다른 하나의 면모를 이루고 있다 하겠다.

집제가노두시평(集諸家老杜詩評)

5권, 방심도(方深道) 편집, 수초본이 있음.
속1권, 방순도(方醇道) 편집, 찾을 수 없음, 일실됨.

방심도(方深道, ?~?)는 북송 보전(莆田, 지금의 복건성(福建省) 보전시(莆田市)) 사람이다. 생졸년은 분명하지 않다. 선화(宣和) 6년(1124)에 진사가 되었다. 방차팽(方次彭)의 셋째 아들로, 방안도(方安道), 방원도(方原道)가 형제이다. 방순도(方醇道)와 혼동하여 쓰기도 하는데, 방순도는 방차팽의 조카로, 방심도와는 종형제 사이이다. 저서로 ≪유집두보시사(類集杜甫詩史)≫ 30권, ≪집제가노두시평(集諸家老杜詩評)≫ 5권, ≪필봉집(筆峰集)≫ 5권 등이 있다.

방심도(?~?)는 보전(莆田, 지금의 복건성(福建省) 보전시(莆田市)) 사람으로, 선화(宣和) 6년(1124) 진사가 되었고 방차팽(方次彭)[1]의 아들이다. 봉의랑(奉議郎)과 지천주진강현(知泉州晉江縣)을 지냈다. 방도심(方道深)이라 되어 있기도 하나, 잘못된 것이다. ≪사고전서존목(四庫全書存目)≫에는 ≪노두시평(老杜詩評)≫으로 되어 있고 '집제가(集諸家)' 세 글자가 없다. 아울러 "구본에는 원나라 사람이라 쓰여 있는데, 이 책이 진진손(陳振孫)의 ≪직재서록해제(直齋書錄解題)≫에 보이는 것을 보면 분명 송나라 사람이며, 원나라 사람이라 한 것은 잘못이다. 이 책은 두보시를 평론한 여러 사람의 말을 모은 것으로 별다른 새로운 의의는 없다.(舊本題曰元人, 案是編見陳振孫≪書錄解題≫, 確爲宋人. 題元人者誤也. 其書皆彙輯諸家評論杜詩之語, 別無新義)"라 하였다. 따라서 이 책은 시화를 편집한 것이다. 시화

1 방차팽(方次彭, ?~?)은 북송 보전(莆田, 지금의 복건성(福建省) 보전시(莆田市)) 사람으로, 생졸년은 분명하지 않다. 자는 공술(公述)이다. 관직은 조청랑(朝請郎)에까지 이르렀다. 저서로 ≪고재시집(高齋詩集)≫이 있다.

가운데 전적으로 한 사람에 대하여 여러 사람들의 시평을 모아 편집한 것으로는 이 책이 가장 이르다. ≪근고당서목(近古堂書目)≫ 시화류에 ≪제가노두시화(諸家老杜詩話)≫가 있는데 지은이와 권수가 나타나 있지 않지만, 아마도 이 책인 듯하다.

또한 ≪복건통지(福建通志)·경적지(經籍志)≫에 "≪집제가노두시평≫ 1권, 방순도 지음(≪集諸家老杜詩評≫一卷, 方醇道撰)"이라 저록한 것은 다만 속편본에 대해서만 말한 것이다. 그러나 진진손의 ≪직재서록해제≫에 "≪제가노두시평≫ 5권, 속1권, 보전 방심도 편집(≪諸家老杜詩評≫五卷, 續一卷, 莆田方深道集)"이라 한 것은 정집의 편찬자만 기록하고 속집의 편찬자는 세밀히 상고하지 않은 것이다. ≪송사·예문지≫에서 "방도순의 ≪집제가노두시평≫ 5권, 방전의 ≪속노두시평≫ 5권(集方道醇≪集諸家老杜詩評≫五卷, 方銓≪續老杜詩評≫五卷)"이라 한 것은 편자의 이름자가 뒤바뀌어 섞였을 뿐 아니라 속집의 권수 또한 다르다.

이와 같이 기록이 제각각이라 어느 것이 옳은지 확정할 수가 없을 듯하다. 그러나 ≪복건통지·경적지≫에 또 "순도의 자는 온수로, ≪필봉집≫ 5권, ≪유집두보시사≫ 30권, ≪집제가노두시평≫ 1권이 있다. 방심도와 함께 부친 방차팽의 양리전에 덧붙여져 있다.(醇道字溫叟, 有≪筆峰集≫五卷, ≪類集杜甫詩史≫三十卷, ≪集諸家老杜詩評≫一卷, 與方深道竝附父次彭良吏傳)"라 하였으니, 방심도와 방순도는 형제의 항렬이며 정집과 속집은 두 사람이 나누어 편찬한 것에서 나온 것임을 알 수 있다. 진진손이 이를 한 사람으로 합친 것은 잘못된 것이다.

방순도가 지은 ≪유집두보시사(類集杜甫詩史)≫ 30권의 경우, ≪송사·예문지≫에서는 별집류에 저록하였다. 또한 중간본(重刊本) ≪흥화부지(興化府志)·예문지(藝文志)≫에서는 방순도가 편집한 속집을 ≪두릉시평(杜陵詩評)≫이라 하면서 속집이라 하지 않았다. 따라서 방순도가 자기가 편집한 1권을 방심도가 편집한 5권과 함께 이른바 ≪유집두보시사≫

속에 모두 넣어 간행하였고, 여기에다 수집의 범위를 넓혀 본사와 관련이 있는 것들을 모두 섞어 넣었기 때문에 그 책에 '유집(類集)'이라는 이름을 붙이게 되었으며, 마침내 시화(詩話)의 성격이었던 책이 주석과 풀이를 붙인 별집(別集)의 성격으로 변하게 된 것이라 여겨진다. 여기에서 말한 ≪두릉시평≫은 자신의 견해를 섞어 넣어 그 뒤에다 붙인 것이라 보아도 무방하니, 마침내 편집본이자 저작본이기도 한 책을 만들어 그 뒤에다 붙여 간행하였다. 이것이 방순도의 속집 1권이 하나의 책이면서 두 개의 이름이 있게 된 이유이다.

옛 사람들의 평론을 부류에 따라 모으는 것은 뒤지며 검색하는 수고를 덜어주므로 공부하는 이들에게는 필요한 것일지도 모르겠다. 그러나 주석이 달린 별집의 형태로 고쳐서 만든다면 이치상 반드시 올바른 원문을 넣어야 하는데, 권질이 많을 뿐 아니라 그 주석에도 새로운 뜻이 하나도 없다면 도리어 사람들에게 비난을 받고 버려지게 된다. 이 책이 널리 전해지지 않은 것은 거의 이 때문이 아니겠는가? ≪송사≫에서는 제대로 살피지 않고 속집을 정집이라 여겼고 마침내 방전이 편집한 것을 속집으로 여겼으니, 방심도가 편집한 사실이 묻힌 채 사라지게 되었다. ≪송사≫는 다른 역사서에 비해 잘못된 부분이 많은데, 이 역시 그 중 하나이다.

≪사고전서총목제요≫의 ≪초당시화(草堂詩話)≫ 조목을 보면 방도순과 방도심 및 방전의 저작에 대해 언급하고 있는데, "지금 오직 방도심의 책만 ≪영락대전≫에 보이며, 나머지는 모두 전하지 않는다. 그러나 방도심의 책은 자질구레하고 쓸모없이 잡되어 채록할 만한 것이 없다.(今有方道深書見於≪永樂大典≫中, 餘皆不傳. 然道深書瑣碎冗雜, 無可採錄)"라 하였다. 따라서 내가 본 초본(鈔本)은 응당 ≪영락대전≫에서 초록된 것이다. ≪사고전서총목제요≫를 보면 여기에서 다시 '도순(道醇)', '도심(道深)'이라 칭하고 있는데 지금의 전초본에 '방심도(方深道)'라 되어

있는 것과 왜 다른 것인가? 이것이 하나의 의문이다. 더욱 의아한 것은 ≪사고전서존목제요≫에서는 다시 '방심도(方深道)'라 분명히 되어 있다는 점이다. 이것과 저것이 서로 다르니 또 어찌된 일인가? 이것이 또 하나의 의문이다.

내 생각에 ≪사고전서총목제요≫를 지은 자는 다만 ≪송사·예문지≫만 근거로 삼고 ≪영락대전≫의 판본은 세밀히 고찰할 겨를이 없었던 까닭에 ≪송사≫의 오류를 답습한 채 바로 잡지 못한 듯하다. ≪사고전서존목제요≫를 지은 자 또한 다만 ≪영락대전≫만을 근거로 했던 까닭에 '심도(深道)'라 하고 '도심(道深)'이라 하지 않았던 것이다. 두 제요가 차이가 나는 까닭은 아마도 이 때문일 것이다. 이제 ≪영락대전≫과 ≪복건통지≫ 등 여러 책에 기재된 것에 근거하여 마땅히 '심도(深道)'와 '순도(醇道)'라 쓰는 것으로 바로 잡아야 한다.

이러한 찬집류(纂輯類)의 책은 쓸만한 새로운 의의가 없었으므로, 산일된 것도 당연하다. 그러나 방순도와 방전이 집록한 것만 전해지지 않은 것은 내가 앞서 추측하였듯이 원인이 없는 것이 아니다. ≪초계어은총화≫가 유독 전해지게 된 것은 찬집(纂輯)과 찬술(撰述)을 모두 중시했기 때문이었다. '시화(詩話)'라고 하는 것은 본디 장학성(章學誠)이 말한 것처럼 "사람이 누구나 할 수 있는 글(人盡可能之筆)"[1]이다. 만약 찬집만 한다면 이는 더더욱 누구나 할 수 있는 것이기 때문에, 전해지지 않는 것이 당연하다. 그런데 초본 ≪제가노두시평≫을 보면 ≪왕직방시화(王直方詩話)≫를 ≪귀수시문발원(歸叟詩文發源)≫이라 칭하고 있다. 아마도 왕직방의 저서가 전후로 두 개의 간본이 전하고 있었던 듯하니, 그 처음에는 다만 '시화'라고만 불렀다가 이후에 문장을 논한 말들이 더해지면서 비로소 ≪시문발원≫이라 제목을 바꾼 것이 아니었을까?

---

1 장학성, ≪문사통의(文史通義)≫ 5에 실려 있다.

석림시화(石林詩話)

5권, 섭몽득(葉夢得) 지음, 보존되어 있음.

섭몽득(葉夢得, 1077~1148)은 북송 소주(蘇州) 오현(吳縣, 지금의 강소성(江蘇省) 소주시(蘇州市) 지역) 사람으로, 자는 소온(少蘊)이며 호는 석림거사(石林居士)이다. 문인세가 출신으로, 북송 말과 남송 초에 걸쳐 생존하였다. 종조부(從祖父)는 북송의 명신 섭청신(葉淸臣)이며, 고조부(高祖父) 섭참(葉參)은 함평(咸平) 4년(1001) 진사가 되어 광록경(光祿卿)을 지냈다. 어머니는 '소문사학사(蘇門四學士)' 중의 하나인 조보지(晁補之)의 여동생이다. 소성(紹聖) 4년(1097) 진사가 되어 단도위(丹徒尉)에 임명되었으며, 휘종(徽宗) 때 한림학사(翰林學士)를 지냈다. 남송 고종(高宗) 건염(建炎) 2년(1128)에 호부상서(戶部尙書)에 임명되었고 상서좌승(尙書左丞)으로 옮겼다. 소흥(紹興) 원년(1131)에 강동안무대사(江東安撫大使) 겸지건강부(兼知建康府)를 지냈고, 소흥 8년(1138)에 강동안무제치대사(江東安撫置大使) 겸지건강부(兼知建康府), 행궁유수(行宮留守)를 지내며 사로(四路)의 조계(漕計)를 총괄하였다. 소흥 12년(1142) 지복주(知福州)로 옮겼다. 만년에는 호주(湖州) 변산(弁山)의 석림곡(石林谷)에 은거하며 스스로를 석림거사라 하였다. 소흥 18년(1148) 향년 72세로 죽었으며, 사후에 검교소보(檢校少保)에 추증되었다. 평생 저작이 매우 많아, ≪석림시화≫ 3권 외에도 현재 ≪춘추전(春秋傳)≫ 20권, ≪춘추고(春秋考)≫ 16권, ≪석림주의(石林奏議)≫ 15권, ≪석림연어(石林燕語)≫ 10권, ≪석림가훈(石林家訓)≫ 1권 등 총 10여종이 전한다.

섭몽득(1077~1148)의 자는 소온(少蘊)이며, 오현(吳縣, 지금의 강소성(江蘇省) 소주시(蘇州市)) 사람이다. 소성(紹聖) 4년(1097)에 진사가 되었으며, 만년에 오흥(吳興, 지금의 절강성(浙江省) 오흥현(吳興縣))의 변산(弁山)에서 은거하며 스스로 석림거사(石林居士)라 불렀다. 소흥 18년(1148)에 죽었다. ≪송사≫ 445권에 전(傳)이 있다.

섭몽득의 저서는 매우 많은데, 수필류에 속하는 것으로는 ≪석림시화≫ 외에 ≪석림연어(石林燕語)≫, ≪피서록화(避暑錄話)≫ 등이 있다. ≪송사≫를 살펴보면 옛날의 말과 사건에 대해 박식하고 담론이 유창하여 막힘이 없었다고 하니, 대개 위태(魏泰)[1]와 같은 인물로서 그의 장점이 이런 것이었던 듯하다.

이 책이 지어진 시기는 서문이 없어 고증할 수 없다. 저봉춘(褚逢椿)의 서문이 있는 섭정관(葉廷琯)의 교각본(校刻本)에서는 "섭몽득은 소흥 연간에 죽었고 이 책에는 남도(南渡) 후의 인물이 없으므로, 마땅히 정강(靖康, 1126) 이전에 지어진 것이다. 역사서에서는 그가 채경(蔡京)에 의해 등용되었다고 하였는데, 시화에서는 소식과 황정견을 추존하는 데 온 힘을 쏟고 있으니, 어찌 원우당인(元祐黨人)의 비가 아직 세워지지 않았을 때의 말이 아니겠는가?(少溫公卒於紹興年間, 而是書不及南渡後人, 當作於靖康以前. 史言公因蔡京見用, 乃詩話推尊蘇黃, 不遺餘力, 豈猶黨人碑未立時之說耶)"라 하였다. 내 생각에 이와 같은 설 역시 일리가 있다. 원우당인의 비가 비록 숭녕(崇寧) 원년(1102)에 세워졌지만, 원우학술을 금지한 때는 선화(宣和) 5년(1123)이었다. 이때는 섭몽득이 이미 47세로, 시문을 이야기하다 우연히 언급하여 자연스럽게 들어가게 되었을 가능성이 있다.

다른 하나의 설은 섭몽득이 만년에 지은 것으로 보는 것이다. ≪사고전서총목제요≫에서는 "시를 논하며 왕안석을 추숭한 것이 한두 군데가 아니라 많다. 그러나 구양수와 소식의 시에 대해서는 그 안에 높이거나 낮추는 것이 모두 있으니, 대개 섭몽득은 소술여당(紹述餘黨)[2]이었기 때문에 공론(公論)이 크게 밝아진 이후에 은밀히 원우당인들을 낮춘 것이다.(論詩追崇王安石者不一而足, 而於歐陽修蘇軾詩皆有所抑揚於其間, 蓋夢得本紹述餘黨, 故於公論大明之後, 尙陰抑元祐諸人)"라 하였으니, 책이 만들어진

---

1 위태(魏泰, ?~?)는 북송 양양(襄陽, 지금의 호북성(湖北省) 양양현(襄陽縣)) 사람으로, 자는 도보(道輔)이다. 많은 책을 두루 보았지만 벼슬에 나갈 생각이 없었다. 향간의 재미난 이야기를 좋아하여 ≪지괴집(志怪集)≫, ≪괄이지(括異志)≫ 등을 썼고, 그 외 저서로 ≪임한은거집(臨漢隱居集)≫ 등이 있다.

2 철종(哲宗)이 친정(親政)을 시작하면서 다시 집권한 소성(紹聖) 연간의 신법당을 가리키는 것으로, 당시의 신법당은 신종(神宗) 희녕(熙寧), 원풍(元豐) 연간에 신법당에 의해 추진되었다가 원우(元祐) 연간에 철폐되었던 개혁정책을 계승한다는 뜻을 표방하였다.

시기를 건염(建炎) 연간 초기(1127~1128)로 말하고 있는 듯하다. 이때는 양만리나 육유 등은 아직 어렸기 때문에 언급하지 않았다. 또한 ≪사고서목(四庫書目)≫의 ≪암하방언(巖下放言)≫의 제요에서는 "섭몽득이 늙어 전원으로 돌아가 불가와 도가에 심취하였다.(夢得老而歸田, 耽心二氏)"라 하였으니, 시화 속에 선(禪)으로 시(詩)를 비유하는 설이 있는 것은 만년에 본 것일 수도 있다.

이에 근거하여 판단해보면 ≪사고전서총목제요≫의 설이 더욱 타당한 듯하니, 결론적으로 섭몽득이 이 책을 쓴 것은 원우학술의 금지가 극심했을 때는 아니었음을 단언할 수 있다. 그가 원우당인들을 극력 추존했다고 하는 것은 사실과 결코 합치되지는 않으나, 의도적으로 은밀히 폄하하였다고 말하는 것 또한 그렇지 않다. 객관적으로 보면 책에서 논의한 바는 오히려 공정한 편이니, 꼭 당쟁의 각도에서만 볼 필요는 없는 것이다.

섭몽득은 조단우(晁端友)[3]의 외손자이며 조보지(晁補之)[4]의 생질로, 원우당인들의 이야기에 대해 비교적 잘 알고 있었다. 그러나 채경(蔡京)을 가까이 하여 관직을 얻었고 그의 사위인 장충(章冲)이 장돈(章惇, 1035~1106)[5]의 손자였던 까닭에 당쟁이 격렬해졌을 때 소술여당으로 들어

3 조단우(晁端友, 1029~1075)는 북송 제주(濟州) 거야(鉅野, 지금의 산동성(山東省) 거야현(鉅野縣)) 사람으로, 단유(端有)라 하기도 한다. 자는 군성(君成) 혹은 군성(君誠)이다. 시사(詩詞)에 뛰어나며 소식(蘇軾)과 교분이 있었다.

4 조보지(晁補之, 1053~1110)는 북송 제주(濟州) 거야(鉅野, 지금의 산동성(山東省) 거야현(鉅野縣)) 사람으로, 자는 무구(無咎)이고 호는 귀래자(歸來子)이다. 황정견(黃庭堅), 진관(秦觀), 장뢰(張耒)와 함께 '소문사학사(蘇門四學士)' 중의 한 사람이다.

5 장돈(章惇, 1035~1106)은 북송 건주(建州) 포성(浦城, 지금의 복건성(福建省) 포성현(浦城縣)) 사람으로 소주(蘇州)에서 살았다. 자는 자후(子厚)이다. 가우(嘉祐) 4년(1059)에 진사가 되었다. 희녕(熙寧) 초에 왕안석이 정권을 잡자 편수삼사조례관(編修三司條例官)으로 발탁되었다. 원풍(元豊) 2년(1079)에 참지정사(參知政事)가 되었다가, 일에 연루되어 지채주(知蔡州)로 쫓겨났다. 철종(哲宗)이 즉위하여 고태후(高太后)가 정사를 맡게 되면서 지추밀원사(知樞密院事)에 제수되었다. 사마광(司馬光)과 대립하며 면역법(免役法)을 폐지할 수 없음을 힘써 변론하다가 유지(劉摯), 소식(蘇軾) 등의 탄핵을 받아 지여주(知汝州)로 쫓겨났다. 철종이 친히 정사를 맡게 된

가지 않을 수 없었다. 그의 시화에서 문동(文同)[6]을 논한 조목을 보면 문동이 "사람됨이 조용하고 깊으며 아득히 초연하여 세상일에 얽매이지 않았고 … 희녕(熙寧) 연간 초에 당시의 의론이 이미 하나같지 않아 사대부들이 좋아하고 미워하는 것이 분분하였는데, 문동은 관각(館閣)에 있으면서 어느 한 곳을 향하거나 등을 돌리는 일이 없었다.(爲人靖深超遠, 不攖世故 … 熙寧初時論旣不一, 士大夫好惡紛然, 同在館閣, 未嘗有所向背)"라 하며, 문동의 행동을 매우 찬양하고 있는 듯하다. 즉 섭몽득의 사람됨은 둘 다 가능한 중간에서 있으려 하였으나, 시기적으로 문동처럼 초연한 태도를 취할 수 없었던 까닭에, 결국 바람 가는 대로 배기 움직여 소술여당이 되었던 것일 뿐이다.

이 책은 진진손(陳振孫)의 ≪직재서록해제(直齋書錄解題)≫ 문사류(文史類)에 1권으로 되어 있으며, ≪진체비서(津逮秘書)≫본 역시 이를 따라 1권으로 되어 있다. 좌규(左圭)의 ≪백천학해(百川學海)≫부터 3권으로 나누어졌고, 이에 ≪역대시화(歷代詩話)≫, ≪형설헌총서(螢雪軒叢書)≫ 등이 모두 3권으로 되어 있다. 그 내용의 차이는 크지 않으며 다만 나누고 합친 것만 다를 뿐이다. 지금 ≪사고전서(四庫全書)≫에 수록되어 있는 것은 다시 1권으로 합쳐진 것이다. 이것은 비록 큰 문제는 아니지만, 이 책 판본의 원류에 대해 말한다면 1권과 3권의 구분에서 송대에 판각된 판본의 차이를 엿볼 수 있다. ≪진체비서≫본의 모진(毛晉)의 발문에서는 "오흥의 상인으로부터 시화 열 권을 샀는데, ≪석림시

후 상서좌복야겸문하시랑(尙書左僕射兼門下侍郞)이 되자 채변(蔡卞), 채경(蔡京) 등을 인용하여 '소술(紹述)'의 이론을 제창하여 청묘법(靑苗法)과 면역법(免役法) 등을 모두 회복시켰다. 원우(元祐) 당인(黨人)을 배척하였으며, 원수를 갚고자 하였는데, 연루된 자가 매우 많았다. 철종이 죽자 휘종(徽宗)을 세우는 것을 힘써 저지하였다. 휘종이 즉위한 후 폄직되었다.

6 문동(文同, 1018~1079)은 북송 재주(梓州) 재동군(梓潼郡) 영태현(永泰縣) 사람으로, 자는 여가(與可)이고, 호는 금강도인(錦江道人), 소소선생(笑笑先生)이다. 시문과 글씨, 죽화(竹畵)에 뛰어났으며, 인품이 운치가 있고 고결하여 사마광, 소식 등의 존경을 받았다.

화≫가 그 하나이다.(從吳興賈人購得詩話十卷, ≪石林≫其一也)"라 하였다. 내 생각에 이 판본은 응당 ≪직재서록해제≫에서 말한 1권본이고, ≪백천학해≫의 3권본은 아마도 다른 판본일 것이다. 따라서 섭덕휘(葉德輝)가 〈중간 석림시화 서문(重刊石林詩話序)〉에서 "송판본 ≪백천학해≫는 드물게 보인다. 우연히 보게 된 것은 명대 전복의 서문이 있는 각본과 석산 화씨의 활자본이었는데, 두 판본 모두 모진의 각본과 다른 곳이 동일하였다.(宋本≪百川學海≫亦希見. 偶有見者, 明時有錢福序刻本, 錫山華氏活字本, 兩本與毛刻異處均同)"라 하였으니, 1권본과 3권본이 내용상에도 약간 다른 부분이 있었으며 다만 나누고 합친 차이만 있었던 것은 아님을 알 수 있다.

섭덕휘(葉德輝)는 또한 "≪초계어은총화(苕溪漁隱叢話)≫ 전후집에 실린 80여 조목을 단행본으로 간행된 여러 판본과 비교해 보면, 여섯 조목이 적으며 그 자구도 증감되거나 다른 것이 많다. 아마도 송대에 본래 두 개의 판각본이 있었으며, ≪초계어은총화≫에서 근거한 것은 ≪직재서록해제≫에 보이는 1권본이거나 혹은 주휘의 ≪청파잡지≫에 말한 지양각본인 듯하다.(≪叢話≫前後集所載八十餘條, 較之單刻諸本僅少六條, 其字句多有增改同異. 疑宋時原有兩刻, 彼所據或≪直齋書錄解題≫所見之一卷本, 抑或周煇≪淸波雜志≫所稱池陽刻本)"라 하였는데, 이 말이 매우 타당하다. 내 생각에 이 책은 송대에 이미 두 판본이 있었고 간행 시기에 차이가 있었을 것이다. 처음에 간행된 1권본은 원우학술을 금지하기 이전에 간행된 것으로 보이는데, 소식과 황정견을 언급하고 있는 까닭에 인쇄가 금지됐거나 혹은 스스로 인판을 훼손시켜 버렸을 가능성이 있다. 원우학술의 금지가 완화되었을 때에야 3권본으로 약간 수정되었다는 것이 사리에 맞다. 이것이 두 판본이 대체적으로 같으면서도 어구나 문자에 있어 간혹 차이가 있는 이유이다. 이렇게 추론해보면 이 책의 시대 역시 해결될 수 있다.

1권본과 3권본의 구분에 대해 섭정관(葉廷琯)과 섭덕휘(葉德輝) 두 사람 모두 일찍이 간략하게 언급하였지만, 두 사람 모두 2권본이 있다는 말은 하지 않았다. 마단림(馬端臨)의 ≪문헌통고(文獻通考)·경적고(經籍考)≫ 문사류에 "≪석림시화≫ 2권, 진진손이 말하기를 섭몽득이 지었다고 함.(≪石林詩話≫二卷, 陳氏曰, 葉夢得撰)"이라 되어 있으니, 이는 ≪직재서록해제≫를 근거로 삼은 듯하다. 이후 ≪절강통지(浙江通志)·경적지(經籍志)≫ 문사류에도 2권으로 되어 있으며, 아울러 "≪직재서록해제≫에 근거함.(據≪書錄解題≫)"이라 하였다. 다른 판본의 ≪직재서록해제≫에 2권으로 되어 있는 것이 있는지, 또는 ≪문헌통고≫의 저록에 오류가 있었는데 이를 ≪절강통지≫에서 고치지 않고 그대로 따른 것인지 알 수 없다.

명대 진계유(陳繼儒)의 ≪태평청화(太平淸話)≫에서는 섭몽득의 저서에 대해 논하며 역시 시화 2권을 언급하고 있으니, 명인이 본 것에도 2권본이 있었던 듯하다. 만약 다른 판본의 ≪직재서록해제≫에 2권으로 되어 있는 것이 있다면, 송대에 이 책은 1권본과 3권본 외에 2권본이 또 있었다는 말이다. 혹시 2권본이 주휘(周煇)가 말한 지양각본(池陽刻本)인지는 모르겠다. 지금 ≪초계어은총화≫와 ≪시인옥설≫ 두 책에 인용된 것을 살펴보면 문사가 대체로 동일한데, ≪진체비서≫본이나 ≪백천학해≫본과는 약간 차이가 있다. 생각건대 호자(胡仔)가 근거한 것은 또 다른 판본으로, ≪시인옥설≫은 ≪초계어은총화≫에서 채록하였던 까닭에 대체로 동일했었던 듯하다. 만약 이와 같은 추론이 크게 잘못되지 않았다면, 이 책은 송대에 이미 여러 판본이 있었고 자구도 당연히 차이가 있었던 것이다. 섭몽득은 북송과 남송 사이에 있었던 대단한 작가였던 까닭에 한 책이 여러 번 간행되었을 가능성 또한 있다.

송 이후 판본으로는 원나라 도종의(陶宗儀)의 ≪설부(說郛)≫본이 있는데, 역시 3권으로 되어 있다. 지금 판본에는 절록한 것이 많다. 또 원나라 진인자(陳仁子) 간본에는 ≪섭선생시화(葉先生詩話)≫로 되어 있는데, 역시 3권이다. 진인자는 호가 고우(古迂)이며, 다릉(茶陵, 지금의 호남성(湖南省) 다릉현(茶陵縣)) 사람으로, 원 성종(成宗) 때의 사람이다. 판각본은 보이지 않으며, 상숙(常熟) 구용(瞿鏞)의 철금동검루(鐵琴銅劍樓)에 초본이 있다. 섭득휘의 ≪해원독서지(郘園讀書志)≫ 권16에서 "진인자 간본을 베껴 썼는데, 한 면이 10행이며 한 행이 7자로 표제에 '섭선생시화'라 되어 있다. 권상 아래에 '석림 섭몽득 소온이 지음'이라는 한 행이 있으며, 또 '고우 진인자 동보가 교정함'이라는 한 행이 있다. 권중과 권하도 같다. 나는 상숙의 철금동검루에서 베꼈는데 그 원본 역시 초본으로, 판각본이 아니었다.(影寫元陳仁子刊本, 半葉十行, 行十七字, 標題'葉先生詩話', 卷上下列'石林葉夢得少蘊述'一行, 又'古迂陳仁子同備校正'一行, 中下卷同. 余鈔自常熟鐵琴銅劍樓, 其原本亦出影鈔, 非刻本也)"라 하였으니, 판각본은 거의 볼 수가 없었던 것이다. 1958년 상해 중화서국에서 문물보관위원회에 소장되어 있는 원각본을 빌려 영인하여 비로소 이 책의 면모를 볼 수 있게 되었는데, 선후의 배열순서가 전해지는 각 판본들과 다른 것이 많다. 따라서 진인자가 근거한 것은 응당 다른 판본이며, 이 또한 이 책이 송대에 이미 여러 판본이 있었다는 증거가 될 수 있다.

명 이래의 판각본으로는 석산(錫山) 화정(華珵)의 중각(重刻) ≪백천학해≫본과 전복(錢福)의 서문이 있는 중각(重刻) ≪백천학해≫본이 있다. 두 판본 모두 명 효종(孝宗) 홍치(弘治) 연간(1488~1505)에 나왔는데, 행의 격식과 자구 또한 같다. 섭득휘가 ≪석림시화≫를 교정할 때 이것에 근거하였다. 또한 명각(明刻) 흑구본(黑口本)이 있는데, 시화들을 하나로 모아 간행한 것 중의 하나이다. 첫 행의 표제에 "시화권구(詩話卷九)"로 되어 있으며, 아래쪽 가장자리에 "즉석림(卽石林)"이라 주석이 되어 있다. 판심(版心)[7] 상하가 모두 흑구(黑口)[8]이며 중간에 "시화권구(詩話卷

九)" 네 글자가 있다. 섭득휘의 ≪해원독서지≫ 권16 〈석림시화교기(石林詩話校記)〉에 "모진(毛晉)의 급고각(汲古閣) 각본과 비교해보면 자구가 같은 것이 많으니, 모진의 판본에서 나온 것인 듯하다.(以毛氏汲古閣刻本相校, 字句多相同, 似卽毛本所從出)"라 하였으니, 모진의 〈석림시화 발문〉에서 말한 "오홍의 상인으로부터 시화 열 권을 샀다.(從吳興賈人購得詩話十卷)"는 것은 응당 흑구본일 것이다. 지금 전하는 판본은 모진의 ≪진체비서≫본이 가장 이른 것이다. 하문환(何文煥)의 ≪역대시화≫본은 대체로 ≪진체비서≫본에 근거하였으나 ≪설부≫본도 본 듯하니, 권을 나눈 것이 이와는 다르며 글자도 간혹 차이가 있다. 일본 사람 근등원수(近藤元粹)의 ≪형설헌총서≫에서 간행한 것 또한 이 두 판본에서 벗어나지 않는다. 여타 ≪고금시화≫본과 고룡진(顧龍振)의 ≪시학지남(詩學指南)≫본과 같은 것들은 모두가 발췌본이라 근거로 삼기에는 부족하다.

이외에 도광(道光) 연간(1821~1850) 섭정관(葉廷琯)이 만든 단행본이 있다. 그는 섭몽득의 후손으로서 섭몽득의 저작을 편집 교정하면서 이 책까지 이르게 되었다. ≪진체비서≫본은 당시에 빠지고 섞인 것이 많았기 때문에 ≪지부족재총서(知不足齋叢書)≫에서 ≪임한은거시화(臨漢隱居詩話)≫를 교정한 예를 본받아, 호자의 ≪초계어은총화≫와 위경지의 ≪시인옥설≫ 두 책을 취하여 인용된 제 조목을 상호 비교하였으며, 다시 ≪역대시화≫본과 ≪송시기사≫에 인용된 것으로 상호 교감하여 가장 나은 것을 골라 따랐다. 아울러 ≪습유(拾遺)≫ 몇몇 조목을 덧붙이고, 옛 사람들이 이 책에 대해 보충하고 바로 잡은 말들을 모

7 판심(版心)이란 옛날 책에서, 책장의 가운데를 접어서 양면으로 나눌 때에 그 접힌 가운데 부분을 이른다.

8 흑구(黑口)란 판심(版心)의 위쪽과 아래쪽에 있는 검은 선. 굵은 것은 대흑구(大黑口), 관흑구(寬黑口), 조흑구(粗黑口)라 하고, 가는 것은 소흑구(小黑口), 세흑구(細黑口), 선흑구(線黑口)라 한다.

아 ≪부록(附錄)≫ 몇몇 조목으로 삼았으니, 모두가 이 책의 독자에게 참고자료가 되기에 충분하였다. 세칭 무화암본(楙花盦本)이다.

광서(光緖) 연간(1875~1908)에 섭덕휘(葉德輝)는 명각본 ≪백천학해≫를 얻어, 이 ≪백천학해≫본을 위주로 ≪진체비서≫ 이하 각 판본의 이문탈자를 주에서 교정하고 기록하였는데, ≪초계어은총화≫와 ≪시인옥설≫에 실려 있는 것은 그 문장 전부를 기록하였다. 무화암본에서 모았던 ≪습유≫와 ≪부록≫을 붙이는 것 외에 다시 ≪습유보(拾遺補)≫와 ≪부록보유(附錄補遺)≫를 모아 덧붙이고, 아울러 여러 판본들의 서문과 발문을 모아 그 원류를 분명하게 함으로써 참고와 검색에 편리하게 하였다. 이 책은 섭석림유서본(葉石林遺書本) 또는 관고당중간본(觀古堂重刊本)이라 부를 수 있으니, ≪석림시화≫는 이 판본이 가장 우수한 것이라 할 것이다.

시화는 수필과 같은 특성이 있어 일반 저술과는 다르지만, 이미 책으로 이루어지고 난 다음에는 교감을 하지 않을 수 없다. 그렇지 않으면 '노(魯)'자가 '어(魚)'자로, '해(亥)'자가 '시(豕)'자로 되어 사람들을 오인하게 하는 경우가 적지 않다. 지금 판본 ≪석림시화≫의 '지화・가우연간(至和嘉祐間)' 조목에서는 당시의 과거 시험 감독관을 열거하며 "당시 범진(范鎭), 왕규(王珪), 매지(梅摯) 등이 함께 일했으며 매요신(梅堯臣)이 참상관이었는데, 시험이 시작되기 전에 서로 시를 주고받은 것이 매우 많았다. 구양수(歐陽修)의 '고요하기가 용맹한 군사들이 나뭇가지를 물고 있는 듯하며, 글을 쓰니 봄누에가 이파리 갉아 먹는 소리가 나는구나.'[9]가 가장 뛰어났으며, 매요신의 '만 개미들 싸울 때 봄의 태양은 따스하고, 다섯 별 밝은 곳에 밤의 집은 그윽하도다.'[10] 역시 제공들의 칭송을 받았다.(時范景仁, 王禹玉, 梅公儀等同事, 而梅聖俞爲參詳官, 未引試前, 唱酬

9 이 시의 제목은 〈예부 공원에서 진사시를 보다.(禮部貢院閱進士試)〉이다.

10 이 시의 제목은 〈기예를 비교하며 왕우옥내한에게 화답하다.(較藝和王禹玉內翰)〉이다.

詩極多. 文忠, 無譁戰士銜枚勇, 下筆春蠶食葉聲, 最爲警策. 聖俞有, 萬蟻戰時春日暖, 五星明處夜堂深, 亦爲諸公所稱)"라 하였는데, 왕문고(王文誥)의 ≪소시편주집성총안(蘇詩編注集成總案)≫ 권1에서 "다섯 별은 다섯 감독관을 가리키는데, 한 사람이 빠져 있다. 즉 이 구절은 글을 쓰면서 전혀 주의를 기울이지 않은 것이니, 어찌 기록될 만한 좋은 구절이라 할 수 있겠는가?(五星, 指五主司也. 落去一人則此句作意毫無着落, 尙何警句之足錄)"라 하였다.

내 생각에 섭정관의 무화암본은 ≪초계어은총화≫에 근거하여 교정한 것으로, 범진(范鎭), 왕규(王珪), 매지(梅摯), 한강(韓絳) 네 사람을 들면서 '등(等)'자를 사용하지 않았으니, 구양수와 함께 다섯 감독관이 된다. 결국 이 책은 원서가 잘못된 것이 아니며, 왕문고가 지적한 것은 다만 지금 전하는 각 판본에 근거하여 말한 것일 뿐임을 알 수 있다. 이에 시화 역시 교감이 없어서는 안 됨을 알 수 있다. 또한 매요신의 "만 개미들 싸울 때 봄의 태양은 따스하다.(萬蟻戰時春日暖)"는 구절은 ≪초계어은총화≫에 "봄날 낮은 길다.(春晝永)"로 되어 있는데, ≪초계어은총화≫에서 인용한 것이 옳은 것이다.

송인의 시화는 일문(佚文)이 많은 까닭에 섭정관은 이 책에 ≪습유(拾遺)≫를 편집하였으며, 섭덕휘는 여기에 다시 보충하였다. 수집하는 일이란 바다 밑에서 바늘을 찾는 것만큼이나 어려운 일이어서 어느 때는 여러 책을 모두 뒤져서도 하나도 얻는 것이 없는가 하면, 또한 인용한 사람의 잘못된 표기로 인해 얻어도 버려지곤 한다. 섭정관의 ≪취망록(吹網錄)≫에 실린 〈석림시화 발문(石林詩話跋)〉에 "안읍 갈씨가 교각한 장선의 ≪안륙집≫의 부록 ≪호록≫에 장선의 '부평초 부서진 곳에 산 그림자 보이고, 고깃배 돌아갈 때 풀 소리 들리네.'[11]라는 한 연이 인용되어 있는데, 협주에 '≪석림시화≫에는 노 소리로 잘못되

11 이 시의 제목은 〈산 그림자 노 소리(山影棹聲)〉이다.

어 있다. …(石林詩話, 誤作棹聲)'라 하며 바로 잡고 있다. 지금 이 조목은 비교하여 보충할 수 있는 것이 없다.(他若安邑葛氏校刻張先≪安陸集≫後附≪湖錄≫所引子野'浮萍破處見山影, 野艇歸時聞草聲'一聯, 夾註辨正≪石林詩話≫誤作'棹聲'云云, 今此條亦無從校補也)"라 하였으니, 이는 즉 채록할 수 있는 일문(佚文)이 없는 것이다. 임서(林紓)의 ≪한류문연구법(韓柳文研究法)≫에서 "≪석림시화≫에서 '유종원의 모든 문장은 더욱 굴원과 송옥을 답습하지 않았다'고 말한 구절은 … (≪石林詩話≫謂'柳州諸賦更不蹈襲屈宋'一句)"이라 하였는데, 지금 이 말은 시화에 보이지 않는다. 임서가 무엇에 근거했는지 알 수 없으니, 필시 인용자의 잘못된 표기에서 기인한 것일 것이다.

시화를 교감하여 간행하면서 ≪부록≫을 함께 편집하면 독자들에게 매우 편리하다. 그러나 이러한 작업은 공력은 많이 소요되면서도 온전히 갖추어지기는 매우 어렵다. 이 책의 부록은 비록 섭정관과 섭덕휘 두 사람에 의해 수집되고 또 증보되었지만, 여전히 누락된 부분이 있다. 내가 아는 바로는 왕사정(王士禎)의 ≪지북우담(池北偶談)≫, 강신영(姜宸英)의 〈담원제발(湛園題跋)〉, 조익(趙翼)의 ≪구북시화(甌北詩話)≫, 이양년(李良年)의 ≪사가변증(詞家辨證)≫, 마위(馬位)의 ≪추창수필(秋窗隨筆)≫, 마성익(馬星翼)의 ≪동천시화(東泉詩話)≫ 등에도 모두 이 책에 대해 언급한 부분이 있으며, 또한 몇몇 조목을 보충하여 수집할 수 있다. 그러나 아마도 모든 책을 다 찾을 수는 없을 것이다.

이 책의 논시의 종지(宗旨)는 대체로 엄우(嚴羽)[12]와 유사하다. 예를

12 엄우(嚴羽, ?~?)는 남송 소무(邵武, 지금의 복건성(福建省) 소무시(邵武市)) 사람으로, 자는 의경(儀卿) 또는 단구(丹邱)이고 호는 창랑포객(滄浪逋客)이다. 엄인(嚴仁), 엄참(嚴參)과 함께 이름을 날려 '삼엄(三嚴)'으로 불렸다. 관직에 뜻을 두지 않고 일생 동안 은자(隱者)로서 지조를 지켜 각지를 유람하며 많은 승려, 도사들과 교유하였다. 논시(論詩)에 뛰어났고, 성당(盛唐)을 높이 평가하면서 송시의 산문화와 의론화에는 반대했다. 저서로 ≪창랑집(滄浪集)≫, ≪창랑시화(滄浪詩話)≫가 있다.

들어 "선종에서 구름을 논하는 세 가지 말이 있다. 그 첫째는 '물결을 따라 흘러가는' 구이고, 둘째는 '뭇 흐름을 끊어버리는' 구이며, 셋째는 '하늘과 땅을 뒤덮는' 구이다.(禪宗論雲間有三種語, 其一爲隨波逐浪句, 其二爲截斷衆流句, 其三爲函蓋乾坤句)"라 하고, "두보의 시 역시 이러한 세 가지 말이 있으나, 그 선후는 같지 않다.(老杜詩亦有此三種語, 但先後不同)"라 한 것은 엄우의 '선으로 시를 비유하는(以禪喩詩)' 것에서 나온 것이다.

구양수의 시에 대해 "오로지 기를 위주로 하였으니, 율시에서 그 뜻이 이르는 곳에서는 비록 말에 조리가 없어도 다시 따지지 않았다. 그러나 배우는 자들은 왕왕 그 경쾌하고 직설적인 것에 빠져 모든 정력을 쏟아 붓느라 다른 여지가 없었다.(專以氣格爲主, 律詩意所到處, 雖語有不倫亦不復問, 而學之者往往傾困倒廩無復餘地)"라 하고, 또한 "장편이 가장 어렵나니, 위진 이전의 시는 10운이 넘는 것이 없었다. 대개 사람들로 하여금 자신의 생각으로 작자의 의도를 미루어 짐작하게 하였으니, 애초부터 일의 서술에만 치우치는 것을 빼어난 것으로 여기지 않았던 것이다.(長篇最難, 魏晉以前詩無過十韻者, 蓋常使人以意逆志, 初不以序事傾盡爲工)"라 하였으니, 이는 즉 엄우가 말한 "문자로 시를 쓰고, 재주와 학식으로 시를 쓰고, 의론으로 시를 쓴다.(以文字爲詩, 以才學爲詩, 以議論爲詩)"는 뜻이다.

또한 "연못에 봄풀이 자란다.(池塘生春草)"[13]는 구에 대해 "이 말이 빼어난 것은 일부러 의도하지 않은 것에 있다. 홀연 경관과 마주하여 이를 빌어와 문장을 이루고, 깎거나 다듬지를 않았으니 보통 사람들이 이를 수 있는 것이 아니다. 시인들의 묘처는 마땅히 이것을 근본으로 삼아야 하니, 고심하여 생각하고 힘들게 말하는 자는 왕왕 깨닫지 못하는 바이다.(此語之工, 正在無所用意, 猝然與景相遇, 借以成章不假繩削, 故

13 사령운(謝靈運)의 〈연못 위 누대에 올라(登池上樓)〉의 한 구절이다.

非常情之所能到. 詩家妙處當須以此爲根本, 而思苦言艱者, 往往不悟)"라 하였다. 또 한 "고금에 시를 논한 자는 많았다. 나는 유독 탕혜휴(湯惠休)가 사령운(謝靈運)을 '아침 해에 빛나는 연꽃'이라 칭하고, 심약(沈約)이 왕균(王筠)을 '손에서 미끄러져 나가는 탄환'이라 칭한 것을 좋아하나니, 두 말이 그 사람들에 가장 합당하기 때문이다. '아침 해에 빛나는 연꽃'은 인력으로 할 수 있는 것이 아니며 또한 맑고 선명하며 화사하고 오묘하다는 뜻이니, 자연스럽게 조물주의 오묘함이 드러난다. 사령운의 모든 시들은 이에 합당한 것으로 보아도 거의 틀림없다. '손에서 미끄러져 나가는 탄환'은 비록 쉽게 글을 써내려가 멈추거나 막힘이 없는 것이지만 그 지극히 둥글어 빠른 속도로 손에서 나가는 것은 왕균 역시 능히 다할 수 없었다. 그러나 시를 지으며 이러한 경지까지 살핀다고 한다면 또 무슨 나머지 일이 있겠는가? 한유가 〈장적에게 주는 시〉에서 '그대의 시는 모습이 다양하니, 봄 하늘에 자욱한 구름이라네.'라 하고, 사공도가 대숙륜의 말을 기록하며 '시인의 말은 남전에 햇빛이 따스하여 좋은 옥에서 연기가 피어나는 것과 같다.'라 한 것은 형상의 묘사가 은미하면서 오묘한 것이다. 그러나 배우는 자들은 그 말을 음미할 수 없다.(古人論詩多矣, 吾獨愛湯惠休稱謝靈運爲初日芙蕖, 沈約稱王筠爲彈丸脫手, 兩語最當人意. 初日芙蕖, 非人力所能爲, 而精彩華麗之意, 自然見於造化之妙, 靈運諸詩可以當此者亦無幾. 彈丸脫手, 雖是輸寫便利, 動無留碍, 然其精圓快速, 發之在手, 筠亦未能盡也. 然作詩審到此地, 豈復更有餘事! 韓退之〈贈張籍〉云 : '君詩多態度, 靄靄春空雲.' 司空圖記戴叔倫語云 : '詩人之詞, 如藍田日暖, 良玉生烟.' 亦是形似之微妙者, 但學者不能味其言耳)"라 하였다. 이와 같은 말들은 엄우가 말한 "이론의 길을 걷지 않고 말의 통발에 빠지지 않았다.(不涉理路, 不落言筌)", "투철하고 영롱한 것은 끌어 모아서 될 수 없다.(透徹玲瓏不可湊泊)"와 그 의미가 같다.

또한 "칠언은 기상이 웅혼하여 구에 힘이 있으되 은근하여 언외의 뜻을 잃지 않는다. 두보의 '금강의 봄 색은 천지에 찾아들고, 옥루의 뜬 구름은 고금에 변화하네.', '오경에 북소리 호각소리 비장하고, 삼협에 강에 어린 별그림자 아른거리네.' 등과 같은 구절 이후로, 다시는 이를 잇는 자가 없는 것이 안타깝다.(七言難於氣象雄渾, 句中有力, 而紆徐不失言外之意, 自老杜'錦江春色來天地, 玉壘浮雲變古今', 與'五更鼓角聲悲壯, 三峽星河影動搖'等句之後, 嘗恨無復繼者)"라 하고, 인하여 한유의 시를 논하며 "필력은 매우 걸출하나, 매번 고심한 뜻과 말을 모두 다하였다.(筆力最爲傑出, 然每苦意與語俱盡)"라 하였다. 이 또한 엄우가 말한 "소식과 황정견 등의 시는 미불(米芾)[14]의 글자와 같아 필력이 굳세고 강건하지만, 끝내 자로(子路)가 아직 공자를 섬기지 않던 때의 기상이 있다. 성당의 여러 사람들의 시는 안진경(顔眞卿)[15]의 글씨와 같아, 기력이 웅장하면서도 또한 기상이 혼후(渾厚)하다.(坡谷諸公之詩如米元章之字, 雖筆力勁健, 終有子路未事夫子時氣象. 盛唐諸公之詩如顔魯公書, 旣氣力雄壯又氣象渾厚)"라 한 뜻과 같다.

이러한 여러 설들에 모두 섭몽득의 논시의 주된 요지가 담겨 있다. 이러한 요지를 밝혀보면 섭몽득의 논시가 왕안석을 추숭하고 구양수와 소식을 폄하했던 것이 이유가 있으며, ≪사고전서총목제요≫에서 말한 것처럼 다만 문호(門戶)의 사사로운 관점에서 나온 것이 아님을 알 수 있다. 더구나 섭몽득은 왕안석을 늘 추숭만 하지는 않았다. 예를 들어 "왕안석은 어려서부터 의기(意氣)로써 자부하였던 까닭에, 시어(詩語)가 오직 그것만을 지향하였고 더 이상 함축되는 것이 없었다.

---

14 미불(米芾, 1051~1107)은 북송 양양(襄陽, 지금의 호북성(湖北省) 양양현(襄陽縣)) 사람으로, 조적(祖籍)은 태원(太原, 지금의 산서성(山西省) 태원시(太原市))이다. 자는 원장(元章)이고 호는 양양거사(襄陽居士) 또는 해악산인(海岳山人)이다. 서법가이자 화가로, 교서랑(校書郞), 서화박사(書畵博士), 예부원외랑(禮部員外郎) 등을 역임하였다. 서화뿐만 아니라 시문에도 능하였으며, 특히 고미술품 감별에 뛰어났다. 소식(蘇軾), 황정견(黃庭堅), 채양(蔡襄)과 함께 북송사대서법가(北宋四大書法家)로 꼽힌다.

15 안진경(顔眞卿, 709~784)은 당 경조(京兆), 장안(長安, 지금의 섬서성(陝西省) 서안시(西安市)) 사람으로, 자는 청신(淸臣)이다. 서법가로, 특히 해서에 뛰어나 '안체(顔體)'의 창시자로 유명하다. 조맹부(趙孟頫), 유공권(柳公權), 구양순(歐陽詢)과 함께 해서사대가(楷書四大家)로 꼽힌다.

후에 송민구(宋敏求)[16]에게서 당인의 시집을 모두 빌려 두루 살펴보고 그 핵심을 취하여, 만년에 비로소 깊고 부드러우며 급박하지 않은 정취를 다하게 되었다.(王荊公少以意氣自許, 故詩語惟其所向, 不復更爲涵蓄. 後從宋次道盡假唐人詩集, 博觀而約取, 晩年始盡深婉不迫之趣)"라 한 것에서 그가 왕안석을 추숭한 것이 깊고 부드러우며 급박하지 않은 정취에 있었던 것이었음을 알 수 있으니, 이는 그의 논시의 종지와도 합치되는 것이다. 일본 사람 근등원수(近藤元粹)는 ≪사고전서총목제요≫의 말에 찬동하여 이 책에 대해 많은 비판을 하였는데, 이는 보는 사람에 따라 시비가 다른 것일 뿐이다.

16 송민구(宋敏求, 1019~1079)는 북송 조주(趙州) 평극(平棘, 지금의 하북성(河北省) 조현(趙縣)) 사람으로, 자는 차도(次道)이다. 관직은 사관수찬(史館修撰)에 이르렀으며, 용도각직학사(龍圖閣直學士)를 여러 번 지냈다. 문학가이자 역사가로, 집안이 부유하여 많은 장서를 소장하였던 까닭에 독서를 좋아하는 사대부들이 모두 그 옆에 세 들어 살아 집값이 급등하였다는 일화가 전한다.

허언주시화(許彦周詩話)

1권, 허의(許顗) 지음, 보존되어 있음.

허의(許顗, ?~?)의 생졸년은 미상이며, 북송 말과 남송 초에 걸쳐 생존한 것으로 추정된다. 남송 고종(高宗) 소흥(紹興) 연간에 영주군사판관(永州軍事判官)을 지냈으며, 소흥 18년(1148)에 하기(何麒)와 양화암(陽華巖)을 유람했던 기록이 있다. ≪팔경실금석보정(八瓊室金石補正)≫ 권106과 권113에 사적이 보인다.

허의(?~?)의 자는 언주(彦周)이고 양읍(襄邑, 지금의 하남성(河南省) 휴현(睢縣)) 사람이다. 모진(毛晉)의 발문과 ≪사고전서총목제요(四庫全書總目提要)≫에서 모두 그 생졸년이 미상이라 하였다. ≪사고전서총목제요≫에서는 다시 책에서 "선화 계묘년(1123)에 나는 숭산을 유람하였다.(宣和癸卯予遊崇山)"는 말이 있는 것에 근거하여 "아래로 건염 원년(1127)까지 겨우 3년의 차이가 나니 응당 이미 남송 시기로 들어갔을 것이다.(下距建炎元年僅三年, 當已入南宋)"라 하였다. 실제로 이 책의 ≪백천학해(百川學海)≫본에서는 첫 절에 서문을 달아 "건염 무신년(1128) 유월 초하루에 양읍의 허의가 쓰다.(建炎戊申六月初吉日襄邑許顗撰)"라고 분명히 말하고 있어, 허의가 남송대로 들어간 것은 의심할 여지가 없으니 어찌 반드시 고증을 해보아야만 알 수 있겠는가?

책에서는 "백부께서 희녕 연간(1068~1077)에 왕안석에 의해 천거되었으며, 끝까지 몸을 굽혀 부귀현달을 얻지 않으셨다. 그러나 또한 사마광(司馬光), 여해(呂海), 여대방(呂大防), 범순인(范純仁) 등에게도 인정받으셨다.(伯父在熙寧間爲荊公薦, 竟不委曲得貴達, 然亦爲司馬溫公呂獻可呂微中范堯夫諸

公所知)"라 하고, 또 "계부 중산께서 양주에 계실 때 동파선생을 모셨다.(季父仲山在揚州時事東坡先生)"라 하였다. ≪사고전서총목제요≫에서는 그가 혜홍(惠洪)과 면담했던 말에 근거하여 그가 원우(元祐)의 학술을 법도로 삼았다고 하였으니, 역시 믿을 만한 것이다. 육심원(陸心源)의 ≪의고당속발(儀顧堂續跋)≫ 권14에는 ≪석문문자선(石門文字禪)≫에 근거하여 혜홍과 허의가 창화한 시가 실려 있는데, 이것으로 인해 그가 일찍이 선교랑(宣敎郎)[1]을 지냈으며 중년에 출가하였음을 알 수 있다. 이 역시 허의의 생졸을 고증했던 옛 사람들이 발견하지 못한 것이다.

총서 가운데 이 책이 있는 것으로, ≪백천학해(百川學海)≫본, ≪설부(說郛)≫본, ≪패해(稗海)≫본, ≪진체비서(津逮秘書)≫본, ≪역대시화(歷代詩話)≫본, ≪형설헌총서(螢雪軒叢書)≫본이 있으며, 모두 1권으로 되어 있다. 초횡(焦竑)의 ≪국사경적지(國史經籍志)≫에는 2권으로 되어 있는데, 근거한 바를 알 수 없다. 아마도 글자의 오류인 듯하다.

허의는 〈자서(自序)〉에서 "시화란 구법을 변별하고 고금을 갖추며 성덕을 기술하고 기이한 일을 기록하며 오류를 바로 잡는 것이다. 기롱과 풍자를 담고 있거나 지나친 증오를 드러내고 있는 것, 오류를 헐뜯는 것들은 모두 취하지 않았다.(詩話者, 辨句法, 備古今, 紀盛德, 錄異事, 正訛誤也; 若含譏諷, 著過惡, 誚紕繆, 皆所不取)"라 하였으니, 송인의 시화 중에 그 저술의 종지를 스스로 서술하고 있는 것은 이것이 처음이다. 이후로 시화의 성질이 점차 엄정하게 된 것은 아마도 이 때문이었을 것이다. ≪사고전서총목제요≫에서는 "신기하고 괴이하며 몽환적인 것을 섞어 소설류에 가까워지는 것을 면치 못했다.(雜以神怪夢幻, 不免體近小說)"라며 이를 비판하고 있다. 이는 아마도 허의가 말한 "기이한 일을 기록한다.(錄異事)"는 취지 때문일 텐데, 비록 이 책의 흠인 듯 보여도

1 선교랑은 송대 관직명으로 적공랑(迪功郎)의 별칭이다.

잡되고 실없는 우스갯말이 많은 ≪중산시화(中山詩話)≫에 비하면 정말 적다고 하겠다.

≪사고전서총목제요≫에서는 또한 허의의 논시에 대해 지나치게 천착하고 있다고 하였는데, 이는 그 잘못을 정확하게 지적한 것이다. 나는 허의가 본래 시에 뛰어나지는 않았다고 여긴다. 그 책에서 "시에는 역량이 있으니, 그것은 활을 쏘는 힘과 같은 것이다. … 역량이 미치지 못하는 곳은 아주 짧은 거리라도 강하게 할 수 없다.(詩有力量, 猶如弓之斸力. … 力不及處, 分寸不可强)"라 하였으니, 아마도 허의 자신이 이를 분명하게 알았기 때문이었을 것이다. 다만 당시의 풍습에 영향을 받고 집안에 시에 능한 이들이 많아 일찍이 전배와 어른들의 의론들을 들었던 까닭에, 때로는 그저 옛 사람들의 견해나 주워 모으고 자신만의 견해가 없으면서도 때로는 하나를 들어 셋을 돌아보게 하기도 하였으니, 전혀 아는 것이 없는 이는 아니었던 듯하다. 이 책에 뛰어난 면과 부족한 면이 함께 보이는 것은 이 때문일 것이다. 그가 두목(杜牧)의 〈적벽(赤壁)〉 시를 비판했던 것의 오류는 유잠(游潛)의 ≪몽초시화(夢蕉詩話)≫에서 밝혔으며, 한무제(漢武帝) 시의 "서서 홀로 바라보네(立而望之偏)" 구를 논한 것의 오류는 하맹춘(何孟春)의 ≪여동서록(餘冬序錄)≫에서 논하였으니, ≪사고전서총목제요≫에서 말한 것도 근거가 있는 것이다.

이외 왕사정(王士禎)의 ≪분감여화(分甘餘話)≫에서는 그가 장적(張籍)과 왕건(王建)의 악부궁사(樂府宮詞)가 이백과 두보를 따라갈 수 없었던 까닭은 기세가 뛰어나지 않았기 때문이라 한 것에 대해, 격조가 높지 않은 것이 그 이유임을 알지 못한 것이라고 하였다. 마위(馬位)의 ≪추창수필(秋窗隨筆)≫에서는 그가 고시(古詩) "산에 올라 교등을 캔다.(上山採交藤)"에서 '교등은 자식을 낳고 싶어 하게 만든다.'라 하고 위풍(衛風) "작약을 드린다.(贈之以芍藥)"에서[2] '작약은 어혈을 없애주고 자식을 낳고 싫어 하지 않게 만든다.'라 한 것에 대해 그 설이 모두가 지나치게 천착한 잘못이 있다고 하였다. 아울러 시인이 사물을 묘사함에 다만 순간의 감정을 표현할 뿐 반드시 깊은 뜻을 기탁하는 것은 아니라는 것을 알 지 못하였다고 하였다. 마성익(馬星翼)의 ≪동천시화(東泉詩話)≫에서는 그가 왕중의(王仲嶷)의 "백발은 천계초를 시들게 하고, 단사는 지정초를 자라게 하네(白髮衰天癸,[3] 丹砂養地丁)"를 활구(活句)[4]로 여긴 것에 대해 이와 같이 단어만 모아서 어찌 활구가 될 수 있겠는가라고 하였다. 그러나 허의는 위응물의 시 "낙엽은 빈산에 가득하니, 어디에서 떠난 자취를 찾으리.(落葉滿空山, 何處尋行迹)" 두 구를 들어 소식이 차운한 "암자에 있는 사람에게 말을 부치니, 하늘로 날아가 아무런 흔적도 없구나.(寄語庵中人, 飛空本無迹)"와 비교하며 워낙 절창이라 화답하기가 어려웠던 까닭에 원작에는 미치지 못하였다고 하였으니, 운의 격조가 높은 것을 허의 또한 모르지는 않았다.

또한 허의는 "무릇 시를 짓는 자가 옛날의 사실만을 채워 넣는 것을 '귀신의 명부를 적는다'라 이르고 또한 '죽은 시신들을 쌓아 놓는다'고 이른다.(凡作詩者正爾塡實, 謂之點鬼簿, 亦謂之堆垛死屍)"라 하고, 또한 전소도(錢昭度)가 지은 신공(申公) 여이간(呂夷簡)[5]의 생일시 "반계가 다시 여(신)공을 얻었으며, 유악이 다시 (여)신공을 낳으셨네.(磻溪重得呂, 維嶽再生申)"에 대해 "당시의 격률이 여기에까지 이르렀다.(當時詩格律止此)"고 하였으니, 단어만 모아놓은 구를 허의도 활구로 인정하지 않았던 것이다. 허의는 또한 두보의 〈여인행(麗人行)〉에서 "괵국과 진국이라는

2 이 구는 실제로는 정풍(鄭風) 〈진유(溱洧)〉의 한 구절이다.

3 원문에는 '쇠(衰)'자가 '복(復)'자로 잘못되어 있다.

4 활구란 시문 가운데 뛰어나게 생동감이 느껴지는 글귀를 이른다.

5 여이간(呂夷簡, 978~1040)은 북송 수주(壽州, 지금의 안휘성(安徽省) 봉대현(鳳臺縣)) 사람으로, 자는 탄부(坦夫)이다. 이름난 재상이다. 인종(仁宗)을 보좌하여 국내외 문제를 처리하고 경제를 발전시켰다.

대국을 하사받았네.(賜名大國虢與秦)"라 하고 마지막에 "앞에 가까이 가지 말라, 승상께서 노하신다.(愼莫近前丞相嗔)"라 한 것에 대해 "괵국부인과 진국부인이 양국충과 무슨 일이 있기에 앞에 가까이 가면 노한다는 말인가? 소식은 두보가 사마천과 같다고 하였으니, 두보를 잘 안 것이다.(虢國秦國何預國忠事而近前卽嗔耶? 東坡言老杜似司馬遷, 蓋深知之)"라 하였으니, 차대(借代)[6]의 수법을 사용하여 그 말을 완곡하게 표현하는 것은 허의 또한 인정하였던 바로서, 두목(杜牧)을 논했던 것과 같은 완고함에는 이르지 않았다. 허의는 맹교(孟郊)와 가도(賈島), 원진(元稹), 백거이(白居易)에 대해 논하며 "도를 논하는 것은 엄정하여야 하며, 사람을 취하는 것은 너그러워야 한다.(論道當嚴, 取人當恕)"라 하며 스스로 그 모순된 논리를 설명하고 있다. 따라서 앞서 말했던 여러 문제들은 자신만의 견해가 없었던 병폐에서 나온 것이 아니라 도를 논하고 사람을 논하는데 있어 관점이 달랐던 것에서 연유한 것이니, 비록 약간의 차이가 있다 해도 문제가 되지 않는 것은 이 때문이다.

만약 이 책에서의 논시가 도를 논하고 사람을 논함에 있어 그 평가의 기준이 다르다고 한다면, 그 논시의 종지는 더욱 헤아리기 어렵게 된다. 따라서 후인들이 한 부분만을 들어 이렇다 저렇다 하는 것은 허의가 용인할 수 없는 것이다. 허의는 스스로 일찍이 혜홍(惠洪)과 시를 논하였고 이단숙(李端叔)과 고수실(高秀實)은 모두 아버지의 친구라 하였으니, 그 논시의 종지는 소식과 황정견에 근본을 두면서 황정견에 더욱 가까웠음을 알 수 있다. 예를 들어 "시를 지음에 반드시 천근하고 비루한 기운을 없애야 한다.(作詩須除淺易鄙陋之氣)"라 한 것은 소식과 황정견의 '속됨을 없앤다.(去俗)'는 견해이다. 소식의 시에서 "사람이 마르면 살찌울 수 있지만, 선비가 속되면 치유할 수 없다.(人瘦尚加

---

6 차대(借代)란 A사물과 B사물이 서로 비슷하지는 않지만 서로 뗄 수 없는 관계에 있을 때 B사물의 명칭으로 A사물을 대신하는 것을 말한다.

肥, 士俗不可醫)"라 하였고, 황정견은 조카 황가(黃榎)를 가르치며 "선비가 세상에 나면 온갖 것이 가능하나 오직 속되어서는 안 된다.(士生於世, 可以百爲, 唯不可俗)"라는 말이 있었다. 이와 같은 견해들은 진정 교훈으로 삼을 수는 없으나 당시 사대부들 사이에서는 널리 유행하였고, 따라서 강서시인들의 작시에 "차라리 편벽될지언정 속되어서는 안 된다.(寧僻勿俗)"[7]는 의론이 있게 된 것이다. 그는 한유(韓愈)의 "새롭고 기이한 말을 펼쳐 놓는다.(橫空盤硬語)"[8]는 두 구를 설명하며 "많은 전고를 사용하면서도 의미가 합치되는 것이 가장 어렵다.(殺縛事實, 與意義合, 最爲難能)"라 말하고 있는데, 완전히 강서시인의 시법이다.

또한 황정견(黃庭堅)이 곽상정(郭祥正)[9]에게 농담하며 "그대는 시를 쓰느라 많은 기력을 써버렸으니 무엇을 하시겠는가?(公做詩費許多氣力做甚)"라 했던 말을 인용한 것 또한 강서시인들의 논시 견해에서 나온 것이다.

이상은(李商隱)[10]을 추존한 것에 있어서는 혜홍의 견해와 달라 강서시법과는 상충되는 것 같다. 그러나 "당대의 이상은의 시와 본조의 황정견의 시를 숙독하면 천근하고 비루한 기운을 없앨 수 있다.(熟讀唐李義山詩與本朝黃魯直詩, 可以去淺易鄙陋之氣)"라 한 것은, 주변(朱弁)이 ≪풍월

---

7 이 말은 진사도(陳師道)의 ≪후산시화(後山詩話)≫에 나온다.

8 이 시의 제목은 〈선비를 천거하며(薦士)〉이다.

9 곽상정(郭祥正, 1035~1113)은 북송 당도(當塗, 지금의 안휘성(安徽省) 당도현(當塗縣)) 사람으로, 자는 공보(功父)이고 호는 사공산인(謝公山人) 또는 장남랑사(漳南浪士)이다. 황우(皇祐) 5년(1053) 진사가 되어 비서각교리(秘書閣校理), 태자중사(太子中舍), 조청대부(朝請大夫) 등을 지냈으며, 왕안석을 반대하다 벼슬을 버리고 은거하였다. 일생 동안 1,400여 수의 시를 썼으며, 저서로 ≪청산집(青山集)≫ 30권이 있다.

10 이상은(李商隱, 812~858)은 당나라 시인으로 조적(祖籍)은 회주(懷州) 하내(河內, 지금의 하남성(河南省) 심양시(沁陽市))이나, 하남(河南) 형양(滎陽, 지금의 하남성(河南省) 정주시(鄭州市))에서 태어났다. 자는 의산(義山)이고 호는 옥계생(玉溪生) 혹은 번남생(樊南生)이다. 그의 시 작품은 문학적 가치가 매우 높아 두목(杜牧)과 함께 '소이두(小李杜)'라 칭해지기도 하고, 온정균(溫庭筠)과 함께 '온이(溫李)'로 칭해지기도 한다. 동시대 사람이었던 단성식(段成式), 온정균과 풍격이 비슷하였고, 그들 모두가 가족 내에서 항렬이 16이라 '삼십육체(三十六體)'라 불리기도 한다. 개성(開成) 3년(847)에 진사에 급제하였고, 홍농위(弘農尉), 동천절도사판관(東川節度使判官) 등을 역임하였다. 저서로 ≪이의산시집(李義山詩集)≫이 있다.

당시화(風月堂詩話)≫에서 "황정견은 서곤체(西崑體)[11]로 학습하여 두보의 혼성(渾成)의 경지에 이르렀다.(黃庭堅用崑體工夫而造老杜渾成之地)"라 한 것과 같으니 강서시법과 서로 어긋나는 것이 아니다. 혜홍이 서곤시와 강서시를 엄격하게 구분한데 반해 허의는 이 둘이 힘을 기울인 부분에 유사함이 있음을 깨닫고 이를 융합하고 관통시켜 서로에 구애됨이 없었으므로 이것은 따르고 저것은 내칠 필요가 없었던 것이다. 여본중(呂本中)의 ≪자미시화(紫微詩話)≫에도 이상은을 추존하는 말이 있으니, 이는 당시의 기풍이 그러했던 것이지 허의가 몰라서 그러했던 것이겠는가? 허의는 옛 사람들의 논시에 대해 항상 '감히 비판하지 않으면서도 추종하지도 않는(不敢議亦不敢從)' 태도를 취하였으니, 그의 논시에 시비가 분명하지 않은 것이 있음을 알 수 있다. 이 또한 그가 개성이 강하지 않고 평소의 태도가 이와 같았던 것에서 비롯한 것이다.

또한 허의의 시는 ≪송시기사(宋詩紀事)≫에 모아져 있는 것 외에 많이 보이지는 않으나, 그 사람됨이 박문강기(博聞彊記) 했던 탓에 시를 지을 때 편벽된 전고를 찾아내어 기이함을 드러내는 것을 좋아하였다. 예를 들어 책에서 대장경을 이용하여 까치를 '추니(芻尼)'라 부르려 했던 일을 스스로 기술하고 〈칠석시(七夕詩)〉를 '니(尼)'운으로 압운하였다. 이 또한 교훈이 될 수는 없으나 그가 당시 시단의 기풍에 많은 영향을 받았다는 것을 보여준다. 두보의 시 "만리의 명옥자여, 어느 때 월지를 떠날 것인가? 기이한 꽃은 변방에 피고 그윽한 덩굴은 맑은 연못을 두르고 있구나. 한나라 사신의 참공이 도착하니 신농씨도 마침내 알지 못하였네. 이슬이 덮고 비가 때리니 꽃망울을 터뜨리며 점

11 서곤체(西崑體)는 송나라 초기의 시인집단이 구사했던 시의 격식이다. 송나라 초기에는 아직 새 시대에 알맞은 새 문학이 생기지 않았으며, 주로 당대(唐代) 문학의 모방을 일삼았다. 특히 감상적이고 유미적인 만당(晩唐)의 풍격을 모방하였는데, 그 중에서도 특히 이상은(李商隱)을 종주로 삼았다. 대표시인으로는 양억(楊億), 유균(劉筠), 전유연(錢惟演), 정위(丁謂), 장영(張詠) 등이 있다. 이들의 시를 모아 ≪서곤수창집(西崑酬唱集)≫ 2권을 만들었다.

점 퍼져 가는구나.(萬里明玉子, 何時別月支. 異花開絶域, 幽蔓匝淸池. 漢使慚空到, 神農竟不知. 露飜兼雨打, 開坼漸離披)"[12]를 설명하면서 "이 시에서 어떤 사물을 가리키는 것인지 모르겠다. 장건(張騫)의 참공이 도착했다는 것은 ≪본초강목(本草綱目)≫에도 실려 있지 않는데, 분명 포도(葡萄)는 아닐 것이다.(不曉此詩指何物, 張騫慚空到, 又≪本草≫不收, 定非葡萄也)"라 하였다. 이는 모르는 것을 억지로 안다고 하지 않은 것이니, 두보의 시에 억지 해석을 갖다 붙이는 주석가들보다는 낫다. '명옥자(明玉子)'는 지금의 각 판본에는 '융왕자(戎王子)'로 되어 있으니, 허의가 본 것은 응당 다른 근거가 있는 것이다. 이 역시 두보시를 교감하는 자가 반드시 알아야 할 것이다.

12 이 시의 제목은 〈광문관박사 정잠(鄭潛)이 하장군의 산림에 노니는 것을 모시고(陪鄭廣文遊何將軍山林)〉이다.

자미시화(紫微詩話)

1권, 여본중(呂本中) 지음, 보존되어 있음.

여본중(呂本中, 1084~1145)은 북송 수주(壽州, 지금의 안휘성(安徽省) 수현(壽縣)) 사람으로, 원명은 대중(大中)이고 자는 거인(居仁)이며 세칭 동래선생(東萊先生)이라 한다. 휘종(徽宗) 선화(宣和) 6년(1124)에 추밀원편수관(樞密院編修官)이 되었고 후에 직방원외랑(職方員外郎)으로 옮겼다. 고종(高宗) 소흥(紹興) 6년(1136)에 진사(進士)를 하사받고 중서사인(中書舍人), 권직학사원(權直學士院)을 지냈으며, 진회(秦檜)에 반대하여 파직되었다. 강서시파(江西詩派)의 유명한 시인으로, 황정견(黃庭堅)과 진사도(陳師道)의 영향을 깊이 받았고 또한 이백(李白)과 소식(蘇軾)을 학습하여 강서시파의 시풍을 계승 발전시켰다. 저서로 ≪동래시집(東來詩集)≫, ≪자미시화(紫微詩話)≫, ≪강서시사종파도(江西詩社宗派圖)≫와 후인이 편찬한 ≪자미사(紫微詞)≫가 있다.

여본중(1084~1145)의 자는 거인(居仁)이고 여호문(呂好問)[1]의 아들이다. ≪송사(宋史)≫ 376권에 전(傳)이 있다. 그 선조는 본래 내주(萊州) 사람으로, 소흥(紹興) 8년(1138)에 중서사인(中書舍人)을 역임하고 권직학사원(權直學士院)을 지냈던 까닭에 시인들은 여자미(呂紫微)라 부르고 그가 지은 시화도 '자미'라 불렀다.[2] 후인들이 혹은 ≪동래여자미시화(東萊呂紫微詩話)≫라 하기도 하고 혹은 ≪동래시화(東萊詩話)≫라 하기도 한 것은 당시에 본래 정해진 명칭이 없었기 때문이었다.

이 책이 총집 중에 보이는 것으로는 ≪백천학해(百川學海)≫본, 명 홍치(弘治) 연간(1488~1505)에 풍충(馮忠)이 간행한 ≪송시화오종(宋詩話五種)≫본, ≪설부(說郛)≫본, ≪진체비서(津逮秘書)≫본, ≪역대시화(歷代詩話)≫

1 여호문(呂好問, 1064~1131)은 북송 수주(壽州, 지금의 안휘성(安徽省) 수현(壽縣)) 사람으로, 자는 순도(舜徒)이고 여공저(呂公著)의 손자요 여희철(呂希哲)의 아들이다. ≪송사(宋史)≫권 362에 전이 있다.

2 중서성을 자미성(紫薇省)이라고도 부른다.

본, 《형설헌총서(螢雪軒叢書)》본이 있다. 이러한 판본들은 분량이 많고 적은 것이 다 같지 않은데, 《설부》본은 발췌본이며 나머지는 모두 온전한 판본이다. 그러나 《백천학해》본에 있는 "종숙이신 여대유(呂大有)의 젊었을 때의 시에서 '범저는 재략으로 양후의 등을 쳤고, 채택은 이를 듣고 다시 진나라로 들어갔도다.'라 하였는데, 왕안석이 득의한 시보다 못하지 않다.(從叔大有少時詩云: '范雎才拊穰侯背, 蔡澤聞之又入秦', 不減王荊公得意詩也)"라는 한 조목은 《진체비서》본과 《역대시화》본에는 없다. 다만 《형설헌총서》본은 《백천학해》본에서 나왔던 까닭에 이 조목이 있으니, 이것이 가장 완전한 판본이다.

이 책에서 서술하고 있는 것은 대부분 소소한 일들로서, 경전의 뜻과 관련한 잡문들 역시 간혹 들어 있기는 하지만 논시에 관한 내용은 그다지 많지 않다. 이는 송인시화의 기풍이 그러했던 것으로, 여본중은 이미 《동몽훈(童蒙訓)》에서 자신의 논시의 주지를 서술하였던 까닭에 여기에서는 다시 거듭해서 말하지 않은 것이 아니겠는가? 일본 사람 근등원수(近藤元粹)는 "강서시파의 시는 왕왕 어렵고 껄끄러워 볼만한 것이 못되니, 그 시화 역시 달리 특별한 것이 없다.(江西派之詩往往艱澀不足觀, 故詩話亦無異樣出色處)"라 하였는데, 이는 여본중의 찬술취지를 알지 못한 것으로, 논시가 많지 않은 것이 이 책의 단점이 될 수는 없다.

사실 소소한 일들 속에서도 논시의 주지를 볼 수 없는 것은 아니다. 예를 들어 책에서 조충지(晁冲之)에게 답하는 말로 "다만 오래도록 보면 정묘한 곳이다.(只熟便是精妙處)"라 하였는데, 이 말은 비록 순간의 우스갯말이지만 중요한 것은 그가 〈시사종파도 서문(詩社宗派圖序)〉에서 말한 '활법(活法)'[3]이라고 하는 것이 이것이니, 서로 참고하여 비교

3 활법은 여본중이 시법(詩法)에 관해 논하면서 제시한 일종의 시 창작 이론이다. 그는 "시를 배우려면 당연히 활법을 알아야 한다. 이른바 활법이란 규모와 원칙이 갖추어진 것이지만, 능히 이 규모와 원칙에서 벗어날 수 있어야 한다. 그리고 변화를 헤아릴 수 없지만, 규모와 원

해 본다면 진실로 취할 것이 없는 것도 아니다. 책에는 증속(曾續)이 여본중에게 주었던 시가 실려 있는데, "여씨 집안의 세 재상이 나라를 흥성시켰으니, 은택이 지금에 흘러 뛰어난 자손이 있게 되었도다. 세상의 공업이 중도에 쇠미해지니 누가 헤아려 다스리리, 재능을 모아 시편 속에 넣었구나.(呂家三相盛天朝, 流澤於今有鳳尾. 世業中微誰料理, 卻收才具入風騷)"[4]라 하였으니, 진실로 여본중에 대한 정평(定評)이다. 여본중의 가학의 연원은 '중원문헌(中原文獻)'이라는 이름이 있었는데, 원우(元祐)의 여러 사람들과 만나게 되면서 이들과 강습하며 점차 동화되게 되었고, 숨은 일화나 일사들이 그에 의해 전해지게 되었다. 이 책에 기록된 것에 집안의 옛이야기나 여러 강서시인들의 소소한 일들이 많은 것은 이 때문이 아니겠는가?

≪사고전서총목제요(四庫全書總目提要)≫에서는 이 책에서 장재(張載)[5]와 정이(程頤)[6]의 시를 함께 수록하고 있으며 또한 이상은(李商隱)의 시를 극찬하고 있는 것을 이유로 그 논시가 하나의 격을 주로 하지 않

칙에서 벗어나지 않는 것이다. 이 도(道)는 정해진 법도가 있으면서 없으며, 없으면서도 있는 것이다. 이 법을 안다면 함께 활법에 대해 말할 수 있을 것이다."라 하였다. 즉 시를 창작하는 데 있어 일정한 법도가 있지만, 동시에 법도의 구속을 받으면 안 된다는 것이다.

4 이 시의 제목은 〈공에게 주는 시(贈公詩)〉이다.

5 장재(張載, 1020~1077)는 북송 대량(大梁, 지금의 하남성(河南省) 개봉시(開封市)) 사람으로, 후에 봉상(鳳翔) 미현(郿縣, 지금의 섬서성(陝西省) 미현(郿縣)) 횡거진(橫渠鎭)에 거주하였다. 자는 자후(子厚)이고 횡거선생(橫渠先生)이라 불렸다. 정호(程顥)와 정이(程頤)의 외숙이다. 이학(理學)의 창시자 중의 하나로 주돈이(朱敦頤), 소옹(邵雍), 정호, 정이와 함께 '북송오자(北宋五子)'로 불린다. 저서로 ≪횡거역설(橫渠易說)≫, ≪정몽(正蒙)≫, ≪경학리굴(經學理窟)≫ 등이 있으며, 모두 ≪장자전서(張子全書)≫ 안에 들어 있다.

6 정이(程頤, 1033~1107)는 북송 낙양(洛陽, 지금의 하남성(河南省) 낙양시(洛陽市)) 사람으로, 자는 정숙(正叔)이고 호는 이천(伊川)이며 정숙선생(正叔先生)이라 불렸다. 24세에 태학(太學)에 나갔고, 형 정호(程顥, 1032~1085)와 함께 이정(二程)으로 불리었다. 정치적으로 왕안석(王安石)의 신법에 반대하였고, 학문적으로는 우주본체를 이(理)로 보아 궁리(窮理)를 주장했다. 후에 남송의 주희(朱熹)에 의해 계승되어 후대에 정주학(程朱學)으로 불리었다. 저서로 ≪역전(易傳)≫, ≪춘추전(春秋傳)≫이 있고 후대 사람들이 정호의 저술과 합하여 간행한 ≪이정전서(二程全書)≫가 있다.

으며 일관된 견해가 없다고 하였는데, 또한 식견이 없는 말이 아니다. 그가 쓴 ≪동몽훈≫을 보면 이학과 시문을 함께 논하면서도 낙촉당쟁(洛蜀黨爭)[7]에 대한 견해가 전혀 없다. 이 책에서 장재와 정이의 시를 인용한 것 역시 이와 같은 것이니 이상한 것은 아니다. 이상은의 시를 높인 것 또한 주변(朱弁)이 "황정견은 서곤체(西崑體)[8]로 학습하였다.(黃庭堅用崑體工夫)"라 한 말과 합치되는 것이다. 서곤시와 강서시는 그 연원의 시작과 그 변화의 끝이 바로 여기에서 구분되어야 하니, 이러한 까닭에 이 책의 논시에 대해 하나의 격을 주로 하고 일관된 견해가 있다고 말하는 것도 가능한 것이다.

7 북송(北宋) 철종(哲宗) 원우(元祐) 연간(1086~1093)에 조정에는 낙촉삭삼당(洛蜀朔三黨), 즉 정이(程頤), 주광정(朱光庭), 가이(賈易)를 중심으로 한 낙당(洛黨)과 소식(蘇軾), 여도(呂陶), 상관균(上官均)을 중심으로 한 촉당(蜀黨), 유지(劉摯), 양도(梁燾), 왕암(王巖)를 중심으로 한 삭당(朔黨)이 있었는데, 이를 원우삼당(元祐三黨)이라고도 한다. 이중 낙당과 촉당간의 투쟁이 가장 격렬하였던 까닭에 이를 낙촉당쟁(洛蜀黨爭)이라 불렀다.

8 서곤체(西崑體)는 송나라 초기의 시인집단이 구사했던 시의 격식으로, 감상적이고 유미적인 만당(晩唐)의 풍격을 모방하였는데, 그 중에서도 특히 이상은(李商隱)을 종주로 삼았다.

당자서문록(唐子西文錄)

1권, 당경(唐庚) 지음, 강행보(强行父) 기록함, 보존되어 있음.

당경(唐庚, 1069~1120)은 북송 미주(眉州, 지금의 사천성(四川省) 미산시(眉山市)) 사람으로, 자는 자서(子西)이고, 사람들이 노국선생(魯國先生)이라 불렀다. 소성(紹聖) 원년(1094)에 진사에 급제하였고 지낭중현(知閬中縣), 종자박사(宗子博士), 경기로제거상평(京畿路提擧常平) 등을 역임하였다. 그를 천거하였던 장상영이 재상에서 물러나자 그에 연루되어 혜주(惠州)에 폄적되었다. 정화(政和) 7년(1117)에 승의랑(承議郞)으로 복직되어 수도로 돌아왔다. 얼마 후 촉(蜀)으로 돌아오는 길에 죽었다. 그의 시문은 정밀하고 공교로워 '소동파(小東坡)'라는 명칭이 있다. 그가 죽은 후 동생이 문집을 엮었으나 망일되었다.

당경(1069~1120)의 자는 자서(子西)이며, 미주(眉州, 지금의 사천성(四川省) 미산시(眉山市)) 사람이다. 소성(紹聖) 연간(1094~1097)에 진사가 되어 종학박사(宗學博士)가 되었으며, 장상영(張商英)이 그 재주를 추천하여 제거경기상평(提擧京畿常平)에 임명되었다. 후에 장상영이 〈내전행(內前行)〉을 쓴 것에 연좌되어 혜주(惠州, 지금의 광동성(廣東省) 혜주시(惠州市) 혜양구(惠陽區))로 폄적되었으며, 대관(大觀) 5년(1111) 사면되어 돌아왔다. 얼마 후 촉(蜀)으로 돌아가다 도중에 죽었다. ≪송사(宋史)≫ 443권 〈문원(文苑)〉에 전(傳)이 있다.

강행보(1091~1157)[1]의 자는 유안(幼安)이며, 여항(餘杭, 지금의 절강성(浙江省)

1 강행보(强行父, 1091~1157)는 북송 여항(餘杭, 지금의 절강성(浙江省) 항주시(杭州市)) 사람으로, 자는 유안(幼安)이다. 목주통판(睦州通判), 선주통판(宣州通判)을 지냈다. 일찍이 당경(唐庚)과 함께 경사(京師)에 머물면서 날마다 그와 교유하였고, 돌아가서는 당경이 시문(詩文)을 구술한 말들을 기록하였다. 당경이 세상을 떠나자 이를 바탕으로 ≪당자서문록(唐子西文

항주시(杭州市) 여항구(餘杭區)) 사람이다. 증협(曾協)의 ≪운장집(雲莊集)≫ 권5에 〈우중산대부 제거태주숭도관 강공의 행장(右中散大夫提擧台州崇道館江公行狀)〉이 있는데, 그가 전후로 목주(睦州)와 선주(宣州)의 통판을 지냈음을 알 수 있다. 행장에서는 강행보에 대해 "소흥 27년(1157) 2월 13일에 죽으니, 향년 67세이다.(以紹興二十有七年二月十有三日薨, 享年六十有七)"라 하였다. 이에 근거해 추산해보면 강행보는 철종 원우(元祐) 6년(1091)에 태어났으며 당경과 만났을 때는 30세로서, 목주에서 통판을 지낸 이후였다.

이 책은 당경이 시문에 대해 논한 말을 강행보가 기록한 것이다. 왕약허(王若虛)의 ≪호남시화(滹南詩話)≫ 권2에서는 이 책을 평론하며 ≪당자서어록(唐子西語錄)≫이라 칭하고 있으니, 이것으로부터 어록이 시화와 통하게 되었다. 범계수(范季隨)의 ≪능양선생실중어(陵陽先生室中語)≫를 살펴보면 ≪초계어은총화(苕溪漁隱叢話)≫를 자주 인용하고 있는데, 이것 또한 같은 성질의 책이다. 시대로서 말한다면 ≪능양선생실중어≫가 ≪당자서문록≫보다 앞선다. 그러나 ≪능양선생실중어≫는 비록 논시의 말이 많음에도 후인들이 시화로 여기지 않았던 반면, ≪당자서문록≫은 하문환(何文煥)이 ≪역대시화(歷代詩話)≫ 속에 편입시켰으며 일본 사람 근등원수(近藤元粹)도 ≪형설헌총서(螢雪軒叢書)≫ 속에 편집해 넣었으니, 시화와 어록의 구분은 이것으로 표준을 삼을 수 있다.

강행보는 서문에서 "선화 원년(1119)에 나는 전당에서 관직을 그만두고 도성으로 가 미산 당선생과 성 동쪽의 경덕승사에서 함께 살았다. … 날마다 그를 따라 교유하였고 물러나서는 그가 문장에 대해 논한 말을 기록하였는데 몇 장을 얻어 고향으로 돌아왔다. 기해년(즉 선화 원년이다) 9월 13일부터 이듬해 정월 6일까지 함께 있다 헤어졌다.(宣和元

錄)≫을 완성하였다.

年, 行父自錢塘罷官如京師, 眉山唐先生同寓于城東景德僧舍…日從之游, 退而記其論文之語, 得數紙以歸. 自己亥(宣和元年)九月十三日盡明年正月六日而別)"라 하였다. 즉 이것은 수개월 동안 문예에 대해 이야기했던 기록인 것이다.

≪사고전서총목제요(四庫全書總目提要)≫에서는 "당경에 대해 고찰해 보면 … 혜주로 폄적되었다가 대관(大觀) 5년에 사면되어 북으로 돌아오는 도중에 죽었다. 대관 5년은 즉 정화(政和) 원년 신묘년(1111)으로, 선화 원년 기해년(1119)은 당경이 죽은 지 9년이 지난 시점인데, 어찌 도성에서 함께 살 수 있단 말인가? 그 설이 매우 의심스럽다.(考庚 … 貶惠州, 大觀五年會赦北歸道卒. 大觀五年卽政和元年辛卯, 下距宣和元年己亥, 庚沒九年矣, 安得同寓京師, 其說殊爲可疑)"[2]라 하였다. ≪송사(宋史)·당경전(唐庚傳)≫을 보면, "장상영은 재상에서 파직되었고 당경 역시 연좌되어 폄적되어 혜주에 안치되었다. 사면되어서는 승의랑제거상청태평궁에 복관되었고, 촉으로 돌아가다 도중에 병들어 죽었다. 향년 51세이다.(商英罷相, 庚亦坐貶, 安置惠州, 會赦, 復官承議郎提擧上淸太平宮, 歸蜀, 道病卒, 年五十一)"라 하였다. 이는 즉 사면될 때부터로 촉으로 돌아갈 때까지 중간에 어느 정도의 시간이 있었다는 것으로, 강행보가 서문에서 말한 것과 딱 맞아 떨어진다.

강행보는 서문에서 "선생께서는 북으로 돌아와 조정으로 돌아가 궁사를 청하여 얻으셨고, 노남으로 돌아가던 도중 봉상에서 돌아가셨다. 향년 51세이다.(先生北歸還朝, 得請宮祠歸瀘南, 道卒於鳳翔, 年五十一)"라고 분명하게 말하고 있으니, ≪송사≫와 완전히 일치하며 오히려 더욱 상세하다. 강행보는 또, "선생께서는 일찍이 나의 〈겨울 객사에서〉 시에 차운하셨고 … 또 〈유별〉 시에 차운하셨는데…, 아마도 이때 절필하신 듯하다. 모은 것에 이것이 빠져 있어 함께 기록하여 말해둔다.(先生嘗次

2 ≪사고전서총목제요·집부(集部) 50·시문평류존목(詩文評類存目)·당자서문록(唐子西文錄)≫에 실려 있다.

韻行父〈冬日旅舍詩〉…又次〈留別〉韻…, 蓋絶筆於是矣. 集者逸之, 故並記云)"라 하였다. 이는 당시의 사정을 기록한 것으로 역시 ≪송사≫에서 말한 것과 서로 어긋나지 않는다.

≪사고전서총목제요≫에서는 유극장(劉克莊)의 ≪후촌시화(後村詩話)≫에서 "당경의 시문은 모두 고상하였는데, 시뿐만이 아니었다. 그가 세상에 나온 것은 약간 늦었는데, 만약 소식의 문하에서 나왔다면 진관(秦觀)과 조보지(晁補之)의 아래에 있지 않았을 것이다.(子西詩文皆高, 不獨詩也. 其出稍晩, 使出東坡之門, 當不在秦晁之下)"라 한 말을 근거로 마침내 "이는 당경이 평생에 소식을 보지 못하였다는 말인데, 이 책에서는 소식에 대해 언급한 것이 여덟 조목이다. … 즉 소식과 잘 알고 있었다는 것인데, 유극장은 이와 같은 잘못에 대해 대응하고 있지 않으니 일 꾸미기 좋아하는 자들이 의탁하여 쓴 것이다.(是庚平生未見蘇軾, 而此書言及軾者凡八條 … 則與軾甚稔, 克莊不應如是之舛, 殆好事者依託爲之)"라 하였다. 이 말은 비록 이치에 맞는 듯하지만, 여전히 성립되기는 어렵다. 내 생각에 유극장이 말한 것은 다만 그가 소식의 문하에서 나오지 않은 것을 애석해 한 것일 뿐, 당경이 소식과 만나지 않았다는 것을 말한 것은 아니다. ≪사고전서총목제요≫에서 "일 꾸미기 좋아하는 자들이 의탁하여 쓴 것이다.(好事者依托爲之)"라 말한 것은 이 책이 뒤에 나왔고 유극장이 반드시 본 것은 아니라 말한 것 같은데, 이 또한 그렇지 않다.

주자지(周紫芝)의 ≪죽파시화(竹坡詩話)≫에 다음과 같은 말이 있다.

> 전당의 강유안이 나에게 말하기를, 몇 해 전에 도성으로 관직을 옮기어 박사 당경(唐庚)을 알게 되었는데 소식시의 절묘함은 두보 이래로 한 사람일 뿐이라고 하였다. 그가 일을 서술하는 것은 간략하고 핵심적이면서도 교묘함을 잃지 않았으니, 예를 들어 〈영외(嶺外)〉 시에서는 호랑이가 못에서 물을 마시는데 용이 꼬리로 호랑이를 잡아먹은 것을 서술하면서 열 글자로 다 말하였다. 시에서는 '비늘을 물에 잠그고 굶주린 용이 있어, 꼬리

로 쳐서 목마른 호랑이를 취하였네.(潛鱗有飢蛟, 掉尾取渴虎)'라 하였는데 다만 '갈(渴)'자를 씀으로써 물을 마시는 뜻을 드러내었고 또한 대구를 잇는 것이 매우 적절하니 다른 사람들은 다다를 수가 없다.(錢塘强幼安爲余言, 頃歲調官都下, 始識博士唐庚, 因論坡詩之妙, 子美以來一人而已. 其敍事簡當而不害其爲工. 如嶺外詩, 敍虎飮水潭上, 有蛟尾而食之, 以十字說盡. 云:'潛鱗有飢蛟, 掉尾取渴虎', 只著'渴'字, 便見飮水意, 且屬對親切, 他人不能到也)

이 말은 지금 ≪당자서문록(唐子西文錄)≫에도 보인다. ≪당자서문록≫은 소흥(紹興) 8년(1138)에 책으로 만들어졌으니, 이야기 나눈 때와는 20년이 떨어져 있다. 주자지가 기록한 것은 분명 강행보가 추록하기 이전이니, 강행보의 이 책은 분명 일 꾸미기 좋아하는 자들이 의탁하여 쓴 것이 아니다. ≪계창위서목(季滄葦書目)≫에 송 판본 시화 네 종이 있는데, 즉 ≪당경시화(唐庚詩話)≫, ≪죽파시화(竹坡詩話)≫, ≪허언주시화(許彦周詩話)≫, ≪여자미시화(呂紫微詩話)≫이다. ≪당자서문록≫을 ≪당경시화≫라 바꾸어 부른 것은 송대에도 이미 그러했으니, 유극장이 이를 보지 못했던 것은 아니었다. 하물며 ≪초계어은총화≫에서 일찍이 ≪당자서어록≫이라 인용하고 있으므로 이 책이 강행보가 추록한 것에서 나온 것임은 분명 의심할 수 없다.

그렇다면 당경과 소식의 관계는 과연 어떤 것인가? 시대로 말한다면 당경이 태어났을 때 소식은 이미 34세였다. ≪당자서문록≫ 중의 말에 따르면 당경이 18세 때 소식을 배알하였고 당시 소식은 이미 51세로, 세상을 떠나기 15년 전이었다. 소성(紹聖) 연간 이후로 소식은 혜주(惠州)와 담이(儋耳)에 있었기 때문에 다시 만날 기회가 없었으니, 따라서 유극장은 그가 소식의 문하에서 나오지 않은 것을 애석해 한 것이다. 이것은 사실에 근거한 판단으로 분명 중요한 요인에 속한다. 그러나 두 사람 사이에는 또한 합해질 수 없는 것이 있었다.

≪송사(宋史)·장상영전(張商英傳)≫을 살펴보면, "장상영은 원우대신

들이 자신을 기용하지 않는 것에 원한을 품고 그들을 극력 공격하였으며(商英積憾元祐大臣不用己, 極力攻之)" 또한 장상영은 "장돈을 상객으로 끌어들이고 아울러 그를 왕안석에게 추천한(章惇延爲上客, 並薦諸王安石)" 자였다. 당경은 이미 장상영 편에 섰던 까닭에 스스로 소식의 문하로 들어가기가 어려웠다. 그 재주를 논한다면 문채나 풍류가 소식과 비슷하여 사람들이 '작은 동파(小東坡)'라 불렀지만, 그 품성을 논한다면 기질이 같지 않아 아마도 소식이 그를 좋아하지 않았을 것이다. 이것이 하나의 원인으로, 관건은 소식에게 있었던 것이다.

또 ≪사고전서총목제요≫의 〈당자서집(唐子西集)〉에 따르면, "책 중에 시문은 〈동파가 혜주로 폄적됨을 듣고(聞東坡貶惠州)〉 1수와 〈왕관복을 전송하는 서문(送王觀復序)〉에서 '상남 지역에서 소식을 따랐다(徒蘇子於湘南)'라 한 1구 외에는 소식과 관련된 것이 단 한 글자도 없는데, 시에서는 은근히 빗대는 말을 깊이 쓰고 있으며 서문에서도 역시 불만을 표시하고 있다. … 거의 재주와 기질을 자부하여, 일어나 각을 세우고 뛰어남을 다투고자 하였으니 소식의 뒤를 좇아가려 했던 사람이 아니다.(集中詩文自聞東坡貶惠州一首及送王觀復序'從蘇子於湘南'一句外, 餘無一字及軾, 而詩中深著微詞, 序中亦頗示不滿 … 殆負其才氣, 欲起而角立爭雄, 非肯步趨蘇氏者)"라 하였다. 이것은 비록 〈제요〉를 쓴 사람이 추측한 말이지만 또 하나의 원인을 놓치지 않은 것이니, 이것의 관건은 당경에게 있는 것이다. 이것이 바로 당경과 소식이 서로 합해지기가 쉽지 않았던 원인인 것이다.

그러나 학술은 공기(公器)이니, 문장의 우열은 진실로 사적인 감정으로 그 높고 낮음을 나눌 수 없다. 즉 당경은 어렵고 힘든 시기에 있으면서도 평안하고 온화한 의론을 표방했으니, 그가 한 말은 당시의 시비에 대해 공정하게 판단한 것이었다. 강행보가 당경과 만나 이야기했던 때는 원우당인(元祐黨人)의 비가 이미 세워진 때였다. 따라서 당경이 굳이 소식을 빌어 자신을 높일 필요가 없었으며, 또한 당경은 원우학술(元祐學術)이 금지되기 전임에도 소식을 폄하함으로써 자신을 높이지도 않았다[3]. 그의 사람됨에 가히 취할 만한 점이 있는데, 어찌 이것 때문에 이 책의 진위를 의심할 수 있겠는가?

≪사고전서총목제요≫에서는 ≪당자서문록≫편에서 당경이 대관(大觀) 5년(1111)에 죽었다고 하였다. 그러나 다시 ≪당자서집≫편에서는 "책 중의 〈여씨권조명〉에 따르면 정화 정유년(1117)에 북으로 돌아왔다.(據集中〈黎氏權厝銘〉, 其北歸在政和丁酉)"라 하였으니, 즉 선화(宣和) 기해년(1119)과는 겨우 1년 정도 떨어져 있어 강행보가 당경과 도성에서 함께 살았을 가능성이 있다. 아마도 이 두 편의 제요는 한 사람에게서 나온 것이 아니어서 이와 같이 차이가 있게 된 것이다.

≪오례부시화(吳禮部詩話)≫에서는 당경의 시를 논하며 "세상 사람들은 말하기를 송대 시인 중 구율(句律)이 부드럽고 아름답기로는 반드시 진여의(陳與義)를 꼽아야 하고, 대장(對偶)이 빼어나고 절묘하기로는 반드시 육유(陸游)를 꼽아야 한다고 하는데, 지금 당경이 지은 것은 부드럽고 자연스러우며 옛날의 일과 옛날의 말을 사용하는 것이 융화되고 매우 온당하니 두 사람에 앞서서 이미 그들과 같은 사람이 있었던 것이다.(世稱宋詩人句律流麗必曰陳簡齋, 對偶工切必曰陸放翁, 今子西所作, 流布自然, 用故事故語融化深穩, 前乎二公, 已有若人矣)"라 하였다. 이는 과찬이 아니었으니 당경이 당시에 일시의 명성을 얻을 수 있었던 것도 우연이 아니었음을 알 수 있다. 강행보에게 이러한 인연이 있어서 이를 쉽게 지나쳐 버리지 않고 따라가 교유하였던 것이 다행스러운 일이다.

강행보가 서문에서 밝힌대로 선화 원년과 2년에 도성에서 함께 살

---

3 원우당인의 비가 세워진 것은 숭녕 원년(1102)이며, 원우학술이 금지된 것은 선화5년(1123)이다.

던 때 기록했던 옛 원고가 아니라 한 것에 따른다면, 이 책의 옛 원고는 아마도 전란 중에 이미 산일되어 버렸을 것이다. 이 책은 소흥 8년(1138)에 추록한 것으로, 모두 15조목으로 되어 있으며 당경 자신이 쓴 것이 아닌 까닭에 정해진 이름이 없다. ≪시기별집(詩記別集)≫ 권9에는 ≪당자서어록(唐子西語錄)≫으로 인용되고 있는데, 아마도 ≪초계어은총화≫의 옛 판본을 따른 것이다. ≪천경당서목(千頃堂書目)≫ 권15 유서류(類書類)에서는 사마태(司馬泰)의 ≪고금휘설(古今彙說)≫ 권25에 ≪당경문록(唐庚文錄)≫이 있고 권47에 ≪당자서시화(唐子西詩話)≫가 있다고 하였는데, 이는 시를 논한 것과 문장을 논한 것을 두 권으로 나눈 것으로, 분명 명대 사람이 나눈 것이다. ≪강운루서목(絳雲樓書目)≫, ≪야시원서목(也是園書目)≫, ≪술고당서목(述古堂書目)≫ 등에서는 모두 ≪당자서문록≫ 2권이라 칭하고 있으니, 전증(錢曾)[4]이 소장하고 있던 것과 지금 전하는 판본의 권수가 같지 않음을 알 수 있다. 문장을 논한 것과 시를 논한 것을 나누어 편집해서 결국 2권으로 나누어지게 된 것이 아니겠는가?

4 전증(錢曾, 1629~1701)은 청 우산(虞山, 지금의 강소성 상숙시(常熟市))사람으로, 자는 준왕(遵王)이며 호는 야시옹(也是翁), 술고주인(述古主人)이다. 부친 전예숙(錢裔肅)의 뒤를 이어 많은 고서들을 수집하였으며, 증조부 전겸익(錢謙益)의 강운루(絳雲樓)가 화재로 소실된 후 남은 책들을 모아 총 5,000종에 10만권에 달하는 고서들을 소장하였다. 술고당(述古堂), 야시원(也是園), 아비루(莪匪樓) 등의 서고가 있었다.

풍월당시화(風月堂詩話)

2권, 주변(朱弁) 지음, 보존되어 있음.

주변(朱弁)의 생몰연도는 1085년~1144년으로 보기도 한다. 북송 무원(婺源, 지금의 강서성(江西省) 무원현(婺源縣)) 사람으로, 자는 소장(少章)이고 호는 관여거사(觀如居士)이다. 주희(朱熹)의 작은할아버지이다. 태학생 출신으로, 건염(建炎) 연간에 자원하여 금나라의 사신으로 갔다가 구류되어 소흥(紹興) 13년(1143)에야 남쪽으로 돌아올 수 있었다. 그의 손자인 주희는 〈봉사직비각 주공행장(奉使直秘閣朱公行狀)〉을 썼다. 저서로 ≪곡유구문(曲洧舊聞)≫, ≪풍월당시화(風月堂詩話)≫가 있다.

주변(?~1148)의 자는 소장(小章)이고 호는 관여거사(觀如居士)이며, 휘주(徽州) 무원(婺源, 지금의 강서성(江西省) 무원현(婺源縣)) 사람이다. 건염(建炎) 연간(1127~1130) 초에 수무랑(修武郎)에 제수되었고 차(借) 길주단련사(吉州團練使) 부왕륜사(副王倫使)로 금(金)에 통문사로 갔다가 억류되었으나 절개를 굽히지 않았다. 17년 만인 소흥(紹興) 13년(1143)에야 비로소 홍호(洪皓)[1], 장소(張邵)와 함께 남쪽으로 돌아와 선교랑(宣敎郞)으로 바뀌었고 직비각(直秘閣)으로서 우신관(佑神觀)을 주관하다 죽었다. ≪송사≫ 373권에 전(傳)이 있다.

이 책은 ≪풍월루시화(風月樓詩話)≫로 되어 있는 것이 있는데, 칸의 줄이 남색으로 된 초본으로, 옛날 남경국학도서관에 소장되어 있었다. 이 책의 〈자서〉를 보면 "내가 동리에 있을 때, 거처의 동쪽 편 작

1 홍호(洪皓, 1088~1155)는 북송 요주(饒州) 파양(鄱陽, 지금의 강서성(江西省) 상요시(上饒市) 파양현(鄱陽縣)) 사람으로, 자는 광필(光弼)이다. 홍매(洪邁)의 아버지이다. 정화(政和) 5년(1115)에 진사가 되었으며, 태주녕해주부(台州寧海主簿), 수주록사참군(秀州錄事參軍) 등을 역임하였다. 시호는 충선(忠宣)이다. 문집 50권이 있었으나 일실되었다.

은 뜰의 서쪽 편에 기둥이 셋인 당(堂)이 있었다.(余在東里, 於所居之東, 小園之西, 有堂三楹)"라 하고 아울러 이 당이 풍월이라 이름 붙여지게 된 까닭을 말하고 있으니, '루(樓)'라고 쓴 것은 잘못된 것이다.

이 책은 2권이며 ≪보안당비급(寶顔堂秘笈)≫본과 ≪이경당장서칠종(詒經堂藏書七種)≫본이 있다. ≪야시원서목(也是園書目)≫과 ≪술고당서목(述古堂書目)≫에는 모두 3권으로 되어 있어 주변이 〈자서〉에서 말한 것과 일치하지 않는데, 아마도 글자의 잘못인 듯하다. 〈자서〉는 경신년에 쓰였는데, 이때는 소흥 10년(1140)이다. 또한 이르기를 "내가 사신의 일로 누하(濼河)에 억류된 지 여러 해가 지났다. 옛날에 풍월을 즐기던 이야기들을 돌이켜 생각하니 다만 열에 너다섯만 떠올랐다. …(予以使事羈絆濼河, 閱歷星紀, 追思曩游風月之談, 十僅省四五)"라 하였으니, 이 책은 금(金)에 있을 때 쓴 것이며, 여기에서 논하고 있는 내용은 송(宋)에 있을 때 담론하며 얻었던 것이다. 그는 여러 조씨(晁氏)들과 교유관계가 있었는데 숙용(叔用) 조충지(晁冲之)[2], 이도(以道) 조열지(晁說之)[3], 무구(無咎) 조보지(晁補之)[4]는 모두 비교적 널리 알려져 있는 사람이고 백우(伯宇)

2 조충지(晁冲之, ?~?)는 북송 제주(濟州) 거야(鉅野, 지금의 산동성(山東省) 거야현(鉅野縣)) 사람으로, 자는 숙용(叔用)이다. 생졸년 미상이다. 조씨 집안은 북송의 명문이고 문학세가(文學世家)였는데, 당쟁이 극렬할 때 형제들이 폄적을 당하자 양적(陽翟, 지금의 하남성(河南省) 우현(禹縣))에서 은거하며 자호를 구자(具茨)라 하였다. 일찍이 진사도에게 학문을 배웠으며, 평생 공명에 뜻이 없었다.

3 조열지(晁說之, 1059~1129)는 북송 제주(濟州) 거야(鉅野, 지금의 산동성(山東省) 거야현(鉅野縣)) 사람으로, 자는 이도(以道)이고 자호는 경우(景迂)이다. 여러 책을 두루 보고 시와 산수화에 능하였으며 육경에도 능통하였고 특히 역학에 정통하였다. 원풍(元豊) 5년(1082)에 진사에 급제하였고, 저작랑(著作郎), 비서감(秘書監), 중서사인(中書舍人) 등을 역임하였다. 저서로 ≪유언(儒言)≫, ≪경우생집(景迂生集)≫ 등이 있다.

4 조보지(晁補之, 1053~1110)는 북송 제주(濟州) 거야(鉅野, 지금의 산동성(山東省) 거야현(鉅野縣)) 사람으로, 자는 무구(無咎)이고 호는 귀래자(歸來子)이다. 황정견(黃庭堅), 진관(秦觀), 장뢰(張耒)와 함께 '소문사학사(蘇門四學士)' 중의 한 사람이다. 원풍(元豊) 2년(1079)에 진사에 급제하였고, 단주사호참군(澶州司戶參軍), 북경국자감교수(北京國子監教授), 비서성정자(秘書省正字), 교서랑(校書郎) 등을 지냈다. 소성(紹聖) 연간 초에 귀양을 가기도 하였지만 다시 이부원외랑(吏部員外郎), 예부랑중(禮部郎中) 등을 지냈고, 만년에 지사주(知泗州)를 지내

조재지(晁載之)[5], 계일(季一) 조관지(晁貫之)[6]는 그 이름이 비교적 생소하니, 그들의 알려지지 않은 이야기와 짧은 시구들이 그로 인해 전해지게 되었다. 이것은 풍월을 즐기는 이야기로서, 한 시기를 규명해줄 수 있는 문헌인 것이다.

이 책은 비록 풍월을 즐기는 이야기라고 쓰고는 있으나, 잡다한 일을 언급하지 않으며 또한 논시에 있어 독창적인 견해가 많다. 예를 들면 다음과 같다.

> 대저 구에 허사가 없이 반드시 전고를 빌리고, 말에 빈 글자가 없이 반드시 따를 것을 궁구하며, 덧대고 깁는 것에 얽매어 자르고 깎은 흔적을 드러내는 자와는 더불어 자연스러움의 정묘함을 논할 수 없다.(大抵句無虛辭, 必假故實, 語無空字, 必究所從, 拘攣補綴而露斧鑿痕迹者, 不可與論自然之妙也)

> 시인이 사물을 묘사하는 말은 많으나, 하나의 사물만을 가리켜 제목을 달아 시를 쓴 것은 없었다. 진송(晉宋) 이래로 비로소 명명하여 시를 썼으니, 짓고 읊는 것이 흥성하게 되었다. 모두가 시인이 사물을 묘사했던 말을 모방하였고 전고로써 서로 과시하는 것에 힘쓰지 않았다.(詩人體物之語多矣, 而未有指一物爲題而作詩者. 晉宋以來, 始命操觚而賦詠興焉. 皆倣詩人體物之語, 不務以故實相誇也)

> 글을 씀에 전고로써 서로 과시하는 것은 …안연지(顔延之)와 사령운(謝靈運) 이래에 비로소 있게 되었으니, 가히 학문을 드러낼 수는 있으나 시의 지극함은 아닌 것이다. …세상에서 두보를 좋아하는 자가 일찍이 사람들에게 말하기를, '이 두보의 말은 다른 사람들보다 뛰어나니 한 글자도 유래하지 않은 것이 없다'라 하였는데 …국풍(國風)과 아(雅)와 송(頌)은 누구를 본받

다 임지에서 죽었다.

5 조재지(晁載之, ?~?)는 북송 제주(濟州) 거야(鉅野, 지금의 산동성(山東省) 거야현(鉅野縣)) 사람으로, 자는 백우(伯宇)이다. 진사에 급제한 후 봉구승(封丘丞)을 지냈다. 황정견이 그를 조씨 가문의 가법을 지킬 수 있는 자라 칭찬하였으나 20세가 채 되지 않아 죽었다. 저서로 ≪봉구집(封丘集)≫ 20권이 있었으나 일실되었다.

6 조관지(晁貫之 ?~?))는 북송 제주(濟州) 거야(鉅野, 지금의 산동성(山東省) 거야현(鉅野縣)) 사람으로, 자는 계일(季一)이다. 조열지의 형제로 검토(檢討)를 지낸 적이 있다.

아 쓴 것인지 모르겠다. 이 두보의 구법이 절묘한 곳은 혼연하여 자연스럽게 이루어진 것인데 …요즈음의 시는 …말이 기괴함을 버리지 않고 전고를 뒤섞어 …거의 문장을 유희로 만들어버렸으니, 이는 다만 시에 있어 하나의 일에 불과할 따름이다.(篇章以故實相誇, …自顏謝以來乃始有之, 可以表學問而非詩之至也. …世之愛老杜者, 嘗謂人曰, 此老出語絶人, 無一字無來處. …不知國風雅頌, 祖述何人. 此老句法妙處渾然天成, …近體 …詞不遺奇, 雜以事實, …殆以文爲滑稽, 特詩中之一事耳)

책의 전체에 걸쳐 대체로 전고를 사용하지 않는 것을 높이고 있는데, 강서시인들이 두보시를 추존했던 논지와는 다르다. 책에서는 소식을 추존하는 말이 꽤 많아, "소식의 문장은 황주(黃州)에 이른 이후 다른 사람들이 그 경지에 이를 수 없었으며, 오직 황정견의 시만이 당시에 필적할 수 있었다. 만년에 해남도(海南島)를 지나면서는 비록 황정견이라도 그 뒤를 바라볼 뿐이었다.(東坡文章至黃州以後, 人莫能及, 唯黃魯直詩時可以抗衡, 晩年過海, 則雖魯直亦若瞠乎其後矣)"[7]라 하였다. 아울러 소식이 문장을 논한 말을 들어 "문장이 만족한 경지에 이르게 되면 저절로 넘쳐서 기괴하게 되는 법이다.(文至足之餘, 自溢爲奇怪)"라 하였는데, 이는 소식이 황정견보다 뛰어난 까닭은 자연스러우면서 기괴함에 힘쓰지 않았기 때문이라고 한 것이다. 그는 강서시를 논하며 "서곤체는 구율이 매우 엄정하여 자연스러운 태도가 없다. 황정견은 이러한 이치를 깊게 깨달아 홀로 서곤체로 학습하여 두보의 혼연천성(渾然天成)한 경지에 이르렀으니, … 이는 선가(禪家)에서 말하는 '한 단계 더 높아진다'는 것이다.(西崑體句律太嚴, 無自然態度, 黃魯直深悟此理, 乃獨用崑體工夫而造老杜渾成之地, … 此禪家所謂更高一着也)"[8]라 하였다. 이와 같은 말을 주변이 황정견에게서 취한 것이, 그가 비록 용사(用事)에 힘썼으나 귀결되는 바가 있어 혼성자연(渾成自然)을 주로 삼은 것이었음을 알려준다.

7 ≪풍월당시화≫ 권상(卷上)에 실려 있다.
8 ≪풍월당시화≫ 권하(卷下)에 실려 있다.

이러한 의론은 강서시인들 중에서도 유사한 것들이 있다. 예를 들어 진사도(陳師道)가 말한 '환골(換骨)'[9]이나 서부(徐俯)가 말한 '중적(中的)'[10], 여본중(呂本中)이 말한 '활법(活法)'의 의론들도 '한 단계 더 높아진다.(更高一着)'는 생각을 하지 않은 것은 아니다. 그러나 그 말들은 어렴풋하고 아리송하여 마치 뜬 구름을 잡는 것 같으니, 주변(朱弁)처럼 명확하고 분명하게 드러나지는 않는다.

이 책은 금(金)에 남겨져 있다가 도종(度宗) 때에야 비로소 강동(江東)에 전해졌으니, 왕약허(王若虛)의 ≪호남시화(滹南詩話)≫에서도 일찍이 이것을 인용하였다. 왕약허가 말한 '소황우열론(蘇黃優劣論)'은 이 영향을 깊이 받은 것이다. 다만 왕약허는 "서곤체로 학습해서는 반드시 두보의 혼성한 경지에 다다를 수 없으며, 두보의 경지에 이른 자는 서곤체의 학습을 하지 않았다.(用崑體工夫必不能達老杜之渾全, 而至老杜之地者, 亦無事乎崑體工夫)"라 여겼으니, 이는 한 귀퉁이만 본 짧은 소견으로, 주변의 '한 단계 더 높아진다.(更高一着)'는 의미에는 이르지 못한 것이다.

이 책은 북방에서 전해진 판본에서 나왔으며 자신의 손으로 교정한 것이 아니었던 까닭에 글자의 오탈을 피할 수가 없었다. 예를 들어 권하(卷下)에서 "왕안석이 관각(館閣)[11]에 있을 때 춘명방에 세 들어 살았는데 집주인인 송민구(宋敏求)[12]와 사이가 좋지 않았다. 전집과 후집에 이와 같은 류의 것들이 매우 많은데 왕왕 노래하는 자들이 있어도

9 환골은 옛사람의 시문(詩文)을 본떠서 어구를 만드는 것을 이른다.

10 서부의 ≪동호집(東湖集)≫이 없어 그 내용이 정확히 무엇인지는 알 수 없다.

11 관각(館閣)은 북송 이후 도서의 관리나 국사의 편찬을 담당했던 관서이다. 소문관(昭文館), 사관(史館), 집현원(集賢院) 등의 세 관과 비각(秘閣), 용도각(龍圖閣) 등을 두었다.

12 송민구(宋敏求, 1019~1079)는 북송 조주(趙州) 평극(平棘, 지금의 하북성(河北省) 조현(趙縣)) 사람으로, 자는 차도(次道)이다. 관직은 사관수찬(史館修撰)에 이르렀으며, 용도각직학사(龍圖閣直學士)를 여러 번 지냈다. 문학가이자 역사가로, 집안이 부유하여 많은 장서를 소장하였던 까닭에 독서를 좋아하는 사대부들이 모두 그 옆에 세 들어 살아 집값이 급등하였다는 일화가 전한다.

미칠 수 없었다.(王介甫在館閣時, 僦居春明坊, 與宋次道宅不聽順也, 前後集似此類者甚多, 往往有唱者不能逮也)"라 하였는데, 이 절은 문의가 연결되지 않으니 분명 빠지고 잘못된 부분이 있는 것이다. 책에 있는 함순(咸淳) 임신년(1273) 월관도인(月觀道人)의 발문에서는 이 책이 잘리고 뒤섞이며 빠지고 잘못되었다고 말하고 있으니, 바로 이러한 것들을 지적한 것이다.

장해시화(藏海詩話)

1권, 오가(吳可) 지음, 보존되어 있음.

오가(吳可, ?~?)는 북송 금릉(金陵, 지금의 강소성(江蘇省) 남경시(南京市)) 사람으로, 자는 사도(思道)이고 호는 장해거사(藏海居士)이다. 일설에는 구녕(甌寧, 지금의 복건성(福建省) 건구(建甌)) 사람이라 하기도 한다. 생졸년은 미상이다. 대관(大觀) 3년(1109)에 진사가 되어 변경(汴京)에서 벼슬을 시작하였고 단련사(團練使), 무절대부(武節大夫) 등의 관직을 지냈다. 선화(宣和) 연간 말에 사직하였다. 건염(建炎) 연간 이후에는 초(楚)와 예(豫) 등지를 돌아다녔다. 저서로 ≪장해거사집(藏海居士集)≫ 2권이 있다.

오가(?~?)는 관직 이력이 드러나 있지 않다. 따라서 ≪사고전서총목제요(四庫全書總目提要)≫의 ≪장해거사집(藏海居士集)≫에서 그의 생평에 대해 다음과 같이 매우 상세하게 고찰하고 있다.

> 오가의 사적은 고증할 것이 없으며 또한 어떠한 사람인지 알 수 없다. 책에 나타난 연월에 근거하면 응당 선화(宣和) 연간(1119~1125) 말에 살았을 것이다. 그의 시에 '오래된 도성에서 한 번 관직을 지냈다.'[1]는 구가 있고 또 '관직을 그만두고 소박함을 기른다.'[2]는 말이 있으니, 일찍이 변경에서 관직을 지냈으며 면직을 청하여 물러났음을 알 수 있다. 또한 '옛날에는 분녕(分寧, 지금의 강서성(江西省) 수수현(修水縣))에서 살았는데, 여러 해를 임여(臨汝, 지금의 하남성(河南省) 여주시(汝州市))에서 객이 되었다.'[3]와 '상강(湘江) 밖으로 오랑캐를 피해 여수(汝水) 가에서 유씨에게 의지하였다.'[4]는 구가 있으니, 그가 일

1 이 시의 제목은 〈마상원이 소장한, 조묵은이 그린 도연명 그림에 제한 네 수의 시(題馬上元所藏趙墨隱畵淵明四詩)〉이다.
2 이 시의 제목은 〈이사청을 보내며(送李四淸)〉이다.
3 이 시의 제목은 〈오수재가 손상서의 시를 보이며 속됨을 구하며 쓰다.(吳秀才出示孫尚書詩求鄙作)〉이다.

찍이 홍주(洪州)에 살았고 건염(建炎) 연간(1127~1130)이후에 초(楚, 지금의 호남성(湖南省) 호북성(湖北省) 일대)와 예(豫, 지금의 하남성(河南省) 일대) 사이에서 옮겨 살았음을 알 수 있다. 또 오가에게는 따로 ≪장해시화≫ 1권이 있는데, ≪영락대전≫에도 실려 있으며 한구(韓駒)[5]와 시를 논한 말이 많다. 시화 중에 '동덕민의 〈목필화(木筆花)〉' 한 조목이 있는데,[6] ≪용재삼필≫에 임천 동덕민의 〈호주에서 안노공의 사당에 쓴 시〉 한 편이 실려 있는 것을 보면, 동덕민은 홍매(洪邁)[7]와 동시대 사람이다. 따라서 오가는 북송의 유민으로서, 건도(乾道) 순희(淳熙) 연간(1174~1189)까지 생존했었다.(可事蹟無考, 亦不知何許人. 考集中年月, 當在宣和之末. 其詩有'一官老京師'句, 又有挂冠養拙之語, 知其嘗官於汴京, 復乞閒以去. 又有'往時家分寧, 比年客臨汝'及'避寇湘江外, 依劉汝水旁'句, 知其嘗居洪州. 建炎以後, 轉徙楚豫之間. 又可別有≪藏海詩話≫一卷, 亦載≪永樂大典≫中, 多與韓駒論詩之語. 中有'童德敏木筆詩'一條, 考≪容齋三筆≫載臨川童德敏〈湖州題顔魯公祠堂詩〉一篇, 其人與洪邁同時, 則可乃北宋遺老, 至乾道淳熙間尚在也)

그 후 ≪중찬복건통지(重纂福建通志)·경적지(經籍志)≫에서는 오가의 ≪장해거사집≫을 저록하면서, 역시 ≪사고전서총목제요≫에 근거하여 이어서 다음과 같이 고증하고 있다.

≪팔민통지≫ 이하 여러 지방지의 기록에 모두 대관(大觀) 3년(1109)에 구녕의 오가가 진사가 되었고 관직을 잃었다는 말이 있으니, 이는 "책에 나타난 연월에 근거하면 응당 선화(宣和) 연간(1119~1125) 말에 살았을 것이다."는 것을 가리키는 것이며, 대관 3년이 선화(宣和) 연간 말과 18년 정도 차이가 있으니, 그 시기가 올바른 것이다. 또한 "북송의 유로들은 건도(乾道, 1165~

---

4 이 시의 제목은 〈증중보가 임천군의 누각에 올라 일을 쓴 것에 차운하여(次韻曾中父登臨川郡樓書事)〉이다.

5 한구(韓駒, ?~1135)는 북송 선정(仙井, 지금의 사천성(四川省) 인수현(仁壽縣)) 사람으로, 자는 자창(子蒼) 호는 능양선생(陵陽先生)이다. 비서성정자(秘書省正字), 저작랑(著作郞), 중서사인겸권직학사원(中書舍人兼權直學士院) 등을 역임하였다. 저서로 ≪능양집(陵陽集)≫이 있다.

6 **【원주】** 이 조목은 지금 ≪시화≫에는 찾아볼 수 없다.

7 홍매(洪邁, 1123~1202)는 남송 요주(饒州) 파양(鄱陽, 지금의 강서성(江西省) 상요시(上饒市) 파양현(鄱陽縣)) 사람으로, 자는 경로(景盧)이고 호는 용재(容齋)이며, 홍호(洪皓)의 셋째 아들이다. 소흥(紹興) 15년(1145)에 진사가 된 이후 벼슬이 계속 올라 재상에 이르렀다. 방대한 독서력을 바탕으로 상당히 해박하였다. 저서로 ≪용재수필(容齋隨筆)≫, ≪이견지(夷堅志)≫, ≪사기법어(史記法語)≫ 등이 있다.

1173), 순희(淳熙, 1174~1189) 연간에 이르기까지 여전히 생존해 있었다."라 하였으니, 대관 3년은 순희 초와 67년 정도 차이가 있으므로 오가는 아마도 일찍이 과거에 급제하여 오랫동안 살았던 사람일 것이다. 비록 달리 증명할 수 있는 것은 없으나, 시대가 맞으니 응당 이 사람일 것이다.(案≪八閩通志≫以下諸志選擧類均有大觀三年(1109)進士甌寧吳可而軼其官階. 此云"考集中年月, 當在宣和之末", 大觀三年距宣和末凡十八年, 正其時也. 又謂"北宋遺老, 至乾道淳熙間尙在", 大觀三年距淳熙初凡六十七年, 可蓋早年登第而享高壽者, 雖他無可證, 而時代尙同, 當卽此人矣)

이 두 책은 오가의 생평을 고증하는 데 매우 성실히 공력을 들였으나, 이해할 수 없는 것이 두 가지 있다.

첫째, 여악(厲鶚)의 ≪송시기사(宋詩紀事)≫ 권41에 오가의 시가 저록되어 있고 소전(小傳)이 있는데, "오가의 자는 사도이고 금릉 사람이다. 선화 연간 말에 관직이 단련사에 이르렀으며, 무절대부로 강등되어 관직을 그만두었다. 시로 명성이 있었다.(可字思道, 金陵人, 宣和末官至團練使責授武節大夫致仕, 有詩名)"라 하였다. 이 문장은 지정(至正) 연간(1341~1368) ≪금릉지(金陵志)≫에 근거한 것이니, 오가의 사적은 고찰할 수 없는 것이 아니다. ≪공계시화(砮溪詩話)≫에 대한 ≪사고전서총목제요≫에서는 황도(黃燾)의 발문에 근거하여 ≪송시기사≫의 오류를 바로 잡고 있는데, ≪장해거사집≫에 대한 ≪사고전서총목제요≫에서는 도리어 ≪송시기사≫에도 오가의 사적이 없다고 하였으니 또한 어찌된 일인가?

둘째, 오가의 자호(字號)는 진실로 쉽게 알아낼 수 있는 것이 아니었는데, 일본 사람 서도현령(西島玄齡)[8]은 ≪신하만필(愼夏漫筆)≫에서 ≪묵장만록(墨莊漫錄)≫에 근거하여 오가의 자가 사도(思道)임을 알아내었고, 황주이(況周頤)의 ≪향동만필(香東漫筆)≫ 속에 오가가 학문을 좋아하는

8 ≪신하만필≫의 작자는 서도원령(西島元齡), 또는 서도란계(西島蘭溪)로 알려져 있다. 곽소우의 착오인 듯하다.

것을 황주이가 가상히 여긴 내용이 있음을 밝혔다. 무릇 일본 사람으로서 이와 같이 하기란 참으로 어려운 일이다. 그러나 ≪송시기사≫도 ≪묵장만록≫에 근거하여 오가의 시를 모아 놓고 있으니, 만약 ≪송시기사≫를 한 번 살펴보았다면 이처럼 에둘러서 돌아갔을 필요가 없었을 것이다. 또한 ≪사고전서총목제요≫에서는 ≪시인옥설(詩人玉屑)≫에 ≪장해시화≫가 채록되어 있지 않은 것은 알았으면서도, ≪시인옥설≫ 속에 '오가 사도(吳可思道)'라 하여 〈학시시(學詩詩)〉 3수가 실려 있는 것은 알지 못하였다. 오가의 자호를 알고자 했다면 바로 ≪시인옥설≫에서 찾았어야 할 터인데, ≪사고전서총목제요≫에서는 또한 이를 소홀히 하였으니 어찌된 일인가? 지금 ≪장해거사집≫ 속에는 이 시가 실려 있지 않으니, ≪사고전서총목제요≫를 고증하면서 마땅히 주의하여야 할 점이다.

정병(丁丙)의 ≪선본서실장서지(善本書室藏書志)≫에서는 다음과 같이 말하고 있다.

> 오가는 금릉(金陵) 사람으로, ≪복건통지(福建通志)≫에서는 오가를 구녕(甌寧) 사람으로 여긴 듯하다. 이 책을 살펴보면 '어려서 영천화(榮天和)을 따라 공부하였다.'라 하였고, 또 한 조목에서는 '원우(元祐) 연간에 영천화 선생께서는 금릉에서 객지생활을 하였는데, 청화시(淸化市)에 세 들어 살았다.'라 하였으니, 오가는 응당 금릉 사람일 것이다. 다음 문장에 다시 '나는 가족들을 데리고 오랑캐를 피해 남으로 달아났으며, 만 여리를 갔다가 돌아와 보니 소장하고 있던 책들이 모두 병란에 피해를 입었다.'라는 말이 있으니, 오가는 금릉에서 태어나 구녕에서 객지생활을 했던 사람이다.(可爲金陵人, ≪福建通志≫似以可爲甌寧人, 考是書云, '少從榮天和學', 又一條云, '元祐間榮天和先生客[9]金陵, 僦居淸化市'云云, 則加當爲金陵人. 下文再有'僕以携家南奔避寇, 往返萬餘里, 所藏書盡厄於兵火'云云, 則是生於金陵而客於甌寧者)

[9] 원문에는 '가(家)'로 되어 있으나 ≪복건통지(福建通志)≫에 따라 바로 잡았다.

동치(同治) 연간(1862~1873) ≪상강양현지(上江兩縣志)≫의 예문고(藝文考) 시문평류(詩文評類)에도 ≪장해시화≫ 1권이 저록되어 있는데, 그 ≪기구록(耆舊錄)≫에서도 오가가 금릉 사람이라고 말하며, 다음과 같이 말하고 있다.

> 시로써 소식과 유안세[10] 등에게 읽혀졌으며, 관직은 단련사에 이르렀다. 선화 연간 말에 관직을 그만두고 떠나가 신안에 기거하였으니, 시에 담긴 생각이 더욱 초탈하고 뛰어나게 되었다.(以詩爲蘇軾劉安世諸人鑑賞, 官至團練使, 宣和末掛冠去, 後寓新安詩思益超拔)

내 생각에 오가가 신안에 기거한 일은 나원(羅願)의 ≪신안지(新安志)≫에 있는 〈대언형에게 드림(贈戴彦衡)〉 시에 보이는데, 이것 또한 ≪사고전서총목제요≫에서의 부족함을 보충할 수 있다. ≪선본서실장서지≫에서 그가 금릉에서 태어났고 구녕에서 객지생활을 했었다고 속단해 버린 것은 사리에 맞지 않는다. 아마도 정병은 구녕에서 객지생활을 한 것을 오랑캐를 피해 남으로 달아났던 일로 여긴 듯한데, ≪복건통지≫에서 말한 것과 합치되지 않는다. 오가는 대관(大觀) 3년(1109)에 진사가 되었으며, 이때는 천하가 태평했던 때였으므로 오랑캐를 피해야 할 일이 없었다. 내 생각에 오가는 원적이 구녕(甌寧)이며 금릉(金陵)에서 태어난 것으로 여겨지니, 이렇게 보면 여러 설들이 모두 통하게 된다.

---

10 유안세(劉安世, 1048~1125)는 북송 위(魏, 지금의 하북성(河北省) 대명현(大名縣) 서북쪽) 사람으로, 자는 기지(器之)이고 호는 원성(元城)이다. 신종(神宗) 희녕(熙寧) 6년(1073)에 진사가 되었으나 관직에 나아가지 않았고, 사마광(司馬光)에게서 학문을 익히다 사마광의 추천으로 비서성정자(秘書省正字)를 지냈다. 이어 여공저(呂公著)의 추천으로 우정언(右正言)이 되었으며 좌간의대부(左諫議大夫), 추밀도승지(樞密都承旨) 등을 역임하였다. 장돈(章惇)의 전횡으로 영주(英州)로 폄적되었다가 휘종(徽宗)이 즉위한 후 사면되었다. 저서로 ≪진언집(盡言集)≫이 있다.

또한 손적(孫覿)이 쓴 〈왕언장 묘지명(汪彦章墓志銘)〉에 다음과 같이 말하고 있다.

> 환관 양사성(梁師成)[11]이 전횡할 때, 소인들이 무리로 붙어 다니며 그를 '숨은 재상'이라 하였다. 무인인 오가라는 이는 양사성이 시를 잘 쓴다고 인정하여 침실에까지 드나들 정도가 되었다. 공(왕언장)께서 부보랑(符寶郞)에서 파직됨에 오가가 공을 찾아가 양사성의 뜻을 전하며 말하기를, "존함을 오래전부터 들었습니다. 바라건대 천하게 여기지 않고 저를 찾아 주신다면 시종을 물리치고 두 손 맞잡고 기다리겠습니다."라 하였다. 공께서 사양하고 가지 않았다. 객이 말하기를, "우리들은 숨은 재상(隱相)의 문을 하늘에 있는 것처럼 바라보는데, 불러도 가지 않으니 어째서인가?"라 하였다. 공께서 말하기를, "나더러 오가의 무리와 한패가 되라는 것인가?"라 하였다.(大璫梁師成用事, 小人朋附, 目爲隱相. 武人吳可者, 師成許以能詩, 至出入臥內. 公罷符寶, 可過公致師成意, 曰, 聞名久矣, 幸不鄙過我, 禁從可拱而俟也. 公謝不往. 客曰, 吾曹望隱相之門如在天上, 召而不往, 何故. 公曰, 若使我與可輩爲伍耶)[12]

이는 즉 오가가 비록 시는 잘 썼지만 아첨을 일삼는 소인이었을 뿐임을 말한 것으로, 그의 책이 송대에도 그다지 알려지지 않은 것은 아마도 이 때문이 아니었겠는가?

이 책이 없어진 것은 이미 오래되었으며, 사고관(四庫館)에서 ≪영락대전≫ 안에서 편집해 낸 이후에 비로소 초본(鈔本)이 전하게 되었다. 또한 포정박(鮑廷博)이 ≪지부족재총서(知不足齋叢書)≫에 넣고, 이조원(李調元)이 ≪함해(函海)≫에 넣은 후에야 간행본이 있게 되었다. 이 후 번각본들은 대부분 이 두 판본에서 나온 것이다. 지금 전하고 있는 것으로는 ≪역대시화속편≫본, ≪형설헌총서≫본, ≪칠자시화(七子詩

11 양사성(梁師成, ?~1126)은 북송 말의 환관으로 이른바 '육적(六賊)' 중 하나이다. 휘종(徽宗)의 신임을 받아 권세를 누려 당시 사람들이 그를 '숨은 재상(隱相)'이라 불렀다. 흠종(欽宗)이 즉위한 후에 폄적되었고 가는 도중에 죽임을 당했다.

12 【원주】 ≪홍경거사집(鴻慶居士集)≫ 권34 〈송고현모각학사 좌대중대부 왕군묘지명(宋故顯謨閣學士左大中大夫汪君墓志銘)〉에 보인다.

話)≫본이 있으며, 허인방(許印芳)의 ≪시법췌편(詩法萃編)≫에 수록되어 있는 것은 발췌본으로, 완전한 판본이 아니다. 이 책의 각 판본은 모두가 1권으로 되어 있는데 조위의 ≪죽엄암전초서목≫에만 2권으로 되어 있으니, 옮겨 쓰는 과정에 잘못된 것인지, 아니면 조위가 얻은 것이 실제로 2권본이었는지는 알 수 없다. 만약 2권본이라 한다면 ≪영락대전≫에서 편집해 낸 것보다는 더욱 완전하였을 것이나, 그 책을 볼 수 없는 것이 애석하다.

≪사고전서총목제요≫에서는 "그의 논시는 항상 고의적으로 명확하지 않은 말을 사용하여, 마치 선가(禪家)의 공안(公案)과 같다.(其論詩每故作不了了語, 似乎禪家機鋒)"라 하였는데, 그 〈학시시(學詩詩)〉를 보면 정말로 그러하다. 대개 그의 논시는 대부분 소식(蘇軾)을 종주로 삼았으니, '흰 갈매기가 호탕한 물에 가라앉는다.(白鷗沒浩蕩)' 조목과 "젊어서는 화려했으나 나이 들어서는 평담함으로 들어간다.(少則華麗, 長入平淡)"는 설, "밖은 메말라도 안은 기름지다.(外枯中膏)"는 설들은 모두가 소식에게서 나온 것이다. 또한 책에서는 은연중에 소식의 설을 활용하는 것 외에도 자주 한구(韓駒)의 말을 인용하고 있다. 한구의 논시 또한 참선(參禪)의 설이 있으니, 그의 논시가 선가의 공안에 가까운 것 또한 그다지 이상한 것이 아니다.

이지의(李之儀)의 ≪고계제발(姑溪題跋)≫에 〈오사도시 발문(跋吳思道詩)〉이 있는데, 다음과 같이 말하고 있다.

> 소식이 일찍이 나에게 말하기를, '말을 만드는 것은 성취를 귀하게 여기니 성취를 이루게 되면 비로소 스스로 일가를 이룰 수 있게 된다. 마치 누에가 고치를 만드는 것처럼 틈을 남겨서는 안 되니, 오융(吳融)과 한악(韓偓)이 당말에 홀로 우뚝 서게 된 이유이다. 오사도의 시는 꾸짖으며 사람을 핍박하니 당시 사람들이 이를 계승하기가 쉽지 않았다. 나는 비록 그의 얼굴은 알지 못하지만 전하는 그의 시를 읊조려보면 감탄이 그치지 않는다.'

라 하였다.(東坡嘗謂余曰, 凡造語貴成就, 成就則方能自名一家. 如蠶作繭, 不留罅隙, 吳子華韓致光所以獨高於唐末也. 吳君詩咄咄逼人, 時人未易接武. 余雖不識其面, 呻吟所傳, 感歎不已)

이는 ≪장해시화(藏海詩話)≫에서 "당말 사람들의 시는 비록 그 격조는 높지 않으며 쇠약하고 비루한 기운이 있으나 말을 만드는 것에 있어서는 성취가 있었는데, 지금 사람들의 시는 대부분 말을 만드는 것에 성취가 없다.(唐末人詩雖格不高而有衰陋之氣, 然造語成就, 今人詩多造語不成)"라 한 것과 일치하는 것이다.

이지의는 또한 발문에서 "오가의 근체시는 수준이 당인을 뛰어넘는 것이 많다. 어찌 오융과 한악의 무리가 비슷할 수 있겠는가? 그 묘처는 대체로 깎고 다듬은 흔적이 없으면서도 글자마다 모두 내력이 있다는 데에 있다.(思道近詩度越唐人多矣. 豈融偓輩所能髣髴. 其妙處略無斧鑿痕, 而字字皆有來歷)"라 말하고 있다. 이 역시 ≪장해시화(藏海詩話)≫에서 "무릇 시는 대구를 씀에 빼어남을 추구하게 되면 반드시 기세가 약하게 된다. 차라리 대구가 빼어나지 않을지언정 기세를 약하게 해서는 안 된다.(凡詩切對求工必氣弱, 寧對不工, 不可使氣弱)"라 한 몇몇 말들과 서로 참고하여 비교할 수 있다.

대개 오가와 한구는 모두가 소식과 황정견에게서 영향을 받았으나 소식에 더욱 가까웠던 까닭에 강서시파의 장단점을 깊이 알았고, 소식과 황정견을 절충하여 동시에 서곤체의 농염(濃艶)한 폐단을 구할 수 있었다. 이것이 즉 오가가 말한 "두보를 근간으로 하여 소식과 황정견을 활용한다.(以杜爲體, 以蘇黃爲用)"는 것이다. 이지의는 또한 〈오사도 소사 발문(跋吳思道小詞)〉 한 조목에서 "생각이 드넓고 조예가 깊었으며 오로지 ≪화간집(花間集)≫에 실린 것을 표준으로 삼았다.(覃思精詣, 專以花間所集爲準)"라 말하고 있으니, 그가 사도 뛰어났었음을 알 수 있다. 무인임에도 이와 같을 수 있기란 그리 쉬운 것이 아니다.

세한당시화(歲寒堂詩話)

2권, 장계(張戒) 지음, 보존되어 있음.

장계(張戒, ?~?)는 북송 정평(正平, 지금의 산서성(山西省) 강현(絳縣)) 사람으로, 자는 정복(定復) 혹은 정부(定夫)이다. 1135년 조정(趙鼎)의 추천으로 국자감승(國子監丞)이 되고, 1138년 병부원외랑(兵部員外郎) 감찰어사(監察御史)가 되었다. 1157년에는 좌선교랑(佐宣教郎)이 되어 태주(台州) 숭도관(崇道觀)의 주관을 지냈다. 강서시파(江西詩派) 시인인 진여의(陳與義) 등과 교유했으나 강서시파의 형식주의적 경향에 대해서는 비판적인 태도를 보였다. 그는 문학이란 진실한 사상과 내용을 담고 있는 동시에 교육적인 면을 지녀야 한다고 주장했으며, 〈국풍(國風)〉, 〈이소(離騷)〉 등의 작품을 높이 평가하고 조식(曹植), 도연명(陶淵明), 이백(李白), 두보(杜甫) 등을 추앙했다. 저서로 ≪세한당시화(歲寒堂詩話)≫ 2권 등이 있다.

장계(?~?)는 정평(正平, 지금의 산서성(山西省) 강현(絳縣)) 사람으로,[1] 선화(宣和) 6년(1124) 진사가 되었다. 소흥(紹興) 5년(1135)에 조정(趙鼎)[2]의 추천으로 국자감승(國子監丞)에 제수되었다가, 조정이 파면되었을 때 함께 폄적되었다. 태주숭도관(台州崇道觀)의 주관(主管)으로 관직을 마쳤으며, ≪송사(宋史)·조정전(趙鼎傳)≫에 전(傳)이 붙어 있다. 전증(錢曾)의 ≪독서민구기(讀書敏求記)≫에는 '조계(趙戒)'로 잘못되어 있는데, 아마도 이 때문인 듯하다. ≪사고전서총목제요(四庫全書總目提要)≫에서는 다음과

1 **【원주】** ≪의고당제발(儀顧堂題跋)≫ 권13에서는 장계가 강군(絳郡) 사람이라 말하고 있는데, 강군과 정평(正平)은 사실 같은 지역이다.

2 조정(趙鼎, 1085~1147)은 북송 해주(解州) 문희(聞喜, 지금의 산서성 문희현(聞喜縣)) 사람으로, 자는 원진(元鎭)이고 호는 득전거사(得全居士)며, 시호는 충간(忠簡)이다. 휘종(徽宗) 숭녕(崇寧) 5년(1106) 진사(進士)가 되고, 대책(對策)을 올려 장돈(章惇)이 나라를 그르친 과오를 질타했다. 금나라와 화의하는 것을 반대하다가 진회(秦檜)의 미움을 사 조주(潮州)로 폄적(貶謫)되어 안치되었다. 후에 길양군(吉陽軍)으로 옮겨졌다가 곡기를 끊고 죽었다. 저서로 ≪득전집(得全集)≫, ≪충정덕문집(忠正德文集)≫이 있다.

같이 말하고 있다.

> 일을 논하는 것이 적절하고 곧아 고종에게 인정받았다. 그의 주장은 겉으로는 화친하면서 속으로는 준비를 하고 전투는 부득이한 경우에 하자는 것이었으니, 당시의 형세에 매우 적절한 것이었다. 따라서 회서(淮西)의 전투에서는 장준(張浚)과 조개(趙開)를 극력 탄핵하였고, 진회(秦檜)가 굴욕적으로 화친을 추구하는 것 또한 극력 저지하였다. 마침내 조정(趙鼎)과 함께 쫓겨나게 되었으니, 또한 곧고 강직한 선비였다.(論事切直, 爲高宗所知, 其言當以和爲表, 以備爲裏, 以戰爲不得已, 頗中時勢. 故淮西之戰, 則力核張浚趙開, 而秦檜欲屈己求和, 則又力沮. 卒與趙鼎並逐, 蓋亦鯁亮之士也)

이 책의 원본은 이미 없어졌으며, 옛날부터 존재했던 것은 다만 1권이었다. ≪담생당서목(澹生堂書目)≫과 ≪야시원서목(也是園書目)≫, ≪술고당서목(述古堂書目)≫, ≪가취당서목(佳趣堂書目)≫ 등 여러 서목에 있는 것이 모두 그러하니, 지금의 ≪설부(說郛)≫본인 것이다. 나머지 ≪학해류편(學海類編)≫본이나 ≪형설헌총서(螢雪軒叢書)≫본 같은 것은 또한 모두 온전한 것이 아니다. 다만 ≪무영전(武英殿)≫본만은 ≪영락대전(永樂大典)≫에 수록된 것을 근거로 하여 ≪설부≫본에 있는 각 조목을 더해 상하 2권으로 나눈 것이니, 비록 그 옛 모습을 완전히 복원한 것은 아니지만 대체적인 전모는 갖추었다고 할 수 있다. 정복보(丁福保)의 ≪역대시화속편(歷代詩話續編)≫에 수록된, 서북서국(西北書局)에서 간행한 ≪여지재총서(勵志齋叢書)≫본은 바로 이 판본을 근거로 한 것이다. 이외 단행본으로는 광동(廣東) 광아서국(廣雅書局) 간본과 복건(福建) 중각본, 강서서국(江西書局) 간본 및 광서(光緖) 연간의 여봉서옥(儷峯書屋) 간본이 있다.

≪사고전서총목제요≫에서는 이 책을 논하며 "고금의 시인들을 통틀어 논하면서 송의 소식과 황정견으로부터 위로 한위(漢魏)와 시경, 초사까지 거슬러 올라가 다섯 등급으로 나누었으니, 요지는 이백과

두보를 높이고 도연명과 완적을 추숭하는 데 있었다. 처음에는 시는 뜻을 담아야 한다는 '언지(言志)'의 의의를 밝혔으며 뒤에는 사악함이 없어야 한다는 '무사(無邪)'의 뜻으로 끝을 맺었으니, 가히 올바름에서 벗어나지 않은 것이라 할 수 있다.(通論古今詩人, 由宋蘇軾黃庭堅上溯漢魏風騷, 分爲五等, 大旨尊李杜而推陶阮. 始明言志之義, 而終之以無邪之旨, 可謂不詭於正者)"라 말하고 있으며, 반덕여(潘德輿)의 ≪양일재시화(養一齋詩話)≫에서도 "나는 송인의 시화 중에 엄우 외에는 다만 장계의 ≪세한당시화≫를 합당한 것으로 인정한다.(吾於宋人詩話, 嚴羽之外, 祇服張戒歲寒堂詩話爲中的)"라 말하고 있다.

이외 마성익(馬星翼)의 ≪동천시화(東泉詩話)≫에서 "그 커다란 의론은 드넓으나 이름이 알려지지 않은 것이 애석하다.(惜其大論是閎而姓名或隱)"라 하고, 장종태(張宗泰) ≪노암소학집(魯巖所學集)≫의 〈세한당시화 발문(跋歲寒堂詩話)〉에서도 "장계의 이름은 그다지 알려지지 않고 시 또한 많이 보이지 않으나, 그가 지닌 견해는 다른 여러 평시자들보다 훨씬 뛰어나다.(戒名不甚著, 詩亦不多見, 而其持論, 乃遠出諸家評詩者之上)"라 말하고 있다. 임창이(林昌彝)의 ≪해천금사록(海天琴思錄)≫에서도 "송인의 시화는 ≪세한당시화≫가 비교적 뛰어나니, 그 언사가 시의 요체를 숭상하였기 때문이다.(宋人詩話以歲寒堂爲較勝, 以其辭尙體要也)"라 하였으니, 이 책이 후인들에게 이와 같이 중시되었음을 알 수 있다. 비록 반덕여는 그가 조식(曹植) 시의 운격은 따라갈 수 없고 유우석(劉禹錫)은 운격이 높다고 말한 것에 대해 모두 온당한 평가가 아님을 비판하였고, 장종태 또한 그가 의도적으로 백거이(白居易)를 폄하하고 황정견(黃庭堅)을 헐뜯음으로써 타당함을 잃었다고 비판하기는 하였으나, 전체적으로 보면, 송인의 시화 중 진실로 추켜세우지 않을 수 없는 중요한 저작이다.

나는 일찍이 이 책에 대해 연구하면서 옛 사람들의 평에 미진함이 있음을 느꼈다. 장계 시론의 중요한 점은 남송시기, 소식과 황정견의 시학이론이 아직 영향을 미치고 있을 때 이에 대해 불만을 제기하였으며, 또한 이것으로 엄우(嚴羽)[3]의 선봉이 될 수 있었다는 것이다.

장계는 "소식과 황정견의 용사와 압운의 빼어남은 시인에게 있어 하나의 해악이 되었다.(蘇黃用事押韻之工, 乃詩人中一害)"라 하였으며, 또한 "소식은 의론으로 시를 썼고 황정견은 오로지 기이한 글자를 기워 넣기만 하였는데, 배우는 자들은 그 장점은 취하지 못하고 먼저 그 단점을 취하였으니, 시인의 뜻은 땅을 쓸어버린 것처럼 없어지게 되었다.(子瞻以議論爲詩, 魯直又專以補綴寄字, 學者未得其所長, 而先得其所短, 詩人之意掃地矣)"라 하였다. 이는 즉 엄우가 말한 "의론으로 시를 쓰고 재학으로 시를 쓰며, 문자로 시를 쓴다.(以議論爲詩, 以才學爲詩, 以文字爲詩)"는 뜻이다.

시가 소식과 황정견에게서 무너지게 되자, 이에 이를 변화시키고 구제할 방도를 제시하며 "그 시작이 그들을 배우는 것이면, 그 마지막엔들 어찌 그들을 넘어설 수 있겠는가?(其始也學之, 其終也豈能過之)"라 여기고, 또한 "후에 작자들이 나타나 반드시 이백, 두보와 우위를 다투고자 한다면, 마땅히 다시금 한위의 시로부터 나와야 할 것이다.(後有作者出, 必欲與李杜爭衡, 當復從漢魏詩中出爾)"라 여겼으니, 이는 변화가 다하면 다시 되돌아가는 격으로, 엄우가 말한 "옛날에서 법도를 취한다.(取法乎上)"는 뜻이다.

이는 모두 장계와 엄우의 논점이 같은 부분들이다. 그러나 이 두 사람의 공통점은 다만 이것 뿐이었으니, 그 귀결점은 같지 않았다. 대

---

3 엄우(嚴羽, ?~?)는 남송 소무(邵武, 지금의 복건성(福建省) 소무시(邵武市)) 사람으로, 자는 의경(儀卿) 또는 단구(丹邱)이고 호는 창랑포객(滄浪逋客)이다. 엄인(嚴仁), 엄참(嚴參)과 함께 이름을 날려 '삼엄(三嚴)'으로 불렸다. 관직에 뜻을 두지 않고 일생 동안 은자(隱者)로서 지조를 지켜 각지를 유람하며 많은 승려, 도사들과 교유하였다. 논시(論詩)에 뛰어났고, 성당(盛唐)을 높이 평가하면서 송시의 산문화와 의론화에는 반대했다. 저서로 ≪창랑집(滄浪集)≫, ≪창랑시화(滄浪詩話)≫가 있다.

개 소식과 황정견의 폐해는 형상사유(形象思維)가 드러나지 않아 그 시정(詩情)이 얕고 맛이 깊지 않은 것이니, 어떤 것은 웅변에 가까워 시 같지가 않거나, 어떤 것은 자구의 조탁에만 빼어나 기이하고 편벽된 것에 빠져든다. 장계와 엄우 모두 이러한 점을 알고 있었는데, 엄우는 '시의 맛(韻味)'을 중시하며 '선가의 깨달음(禪悟)'으로 나아갔으며, 장계는 '시의 정과 뜻(情志)'을 중시하며 '사악함이 없음(無邪)'으로 귀결되었다. 이것이 장계와 엄우가 나누어지게 되는 부분이다.

사실 시의 정과 뜻이 두터우면 시의 맛도 저절로 두터워지게 되니, 이 둘은 본래 상호관계에 있는 것이다. 시의 맛은 비록 그것이 분명하지는 않더라도 반드시 그 실체가 있어야 하는데, 만약 정과 뜻은 비록 천박하다면 시의 맛은 항상 공허한 것으로 흘러가버리게 된다. 반대로 시의 정과 뜻은 비록 그 실체가 있다 하더라도 반드시 그것을 직접적으로 드러내어서는 안 되는데, 만약 의경(意境)이 모호하다면 그 정과 뜻이 드러날 수가 없게 된다. 그러나 후세의 시인들은 그것들이 서로 통하는 것임을 보지 못하고, 그 중 하나에만 집착하여 문호를 세웠으니 장계와 엄우가 그 선례라 할 수 있다. 엄우가 왕사정(王士禎, 1634~1711)[4]의 선봉이라 한다면, 장계는 또한 심덕잠(沈德潛, 1673~1769)[5]의 선구라 할 수 있다.

---

4 왕사정(王士禎, 1634~1711)은 청나라 선성(新城, 지금의 산동성(山東省) 환태현(桓台縣)) 사람으로, 원래 이름은 사진(士禛)인데, 청나라 5대 황제 세종(世宗)의 휘 윤진(胤禛)을 피휘하여 사정으로 바꿨다. 자는 자진(子眞)이고 호는 완정(阮亭) 또는 어양산인(漁洋山人)이며 시호는 문간(文簡)이다. 아버지는 국자감(國子監)의 좨주(祭酒)였다. 1658년 진사가 되고, 이후 45년간 관리생활을 하여 벼슬이 형부상서(刑部尙書)에까지 오른 후 사직하고 향리로 돌아왔다. 만년에 전겸익(錢謙益)이 인정하였고, 주이존(朱彛尊)과 함께 '남주북왕(南朱北王)'이라 불리었다. 청조풍(淸朝風) 시의 확립자이자 그 대표적인 시인으로, 시설(詩說)에서는 신운설(神韻說)의 주창자였다. 신운이라 함은 평담(平淡)한 상태에서 완곡하고, 청명한 묘사 가운데 무한의 정서에 의탁하여 고담(枯淡)의 경지에 이르는 것을 뜻한다. 저서로 ≪대경당집(帶經堂集)≫ 92권, ≪어양산인정화록(漁洋山人精華錄)≫ 12권, ≪지북우담(池北偶談)≫ 26권, ≪거이록(居易錄)≫ 34권 등이 있다.

장계의 논시의 요지가 이와 같았으니, 백거이를 폄하하고 황정견을 헐뜯은 것은 지나친 처사가 아니었다. 그가 백거이에게 불만을 가진 것은 시의 정과 뜻이 지나치게 상세하여 경물의 묘사에서 이것이 다 드러나 버렸기 때문이다. 그 말들을 모아 약간 함축을 가한다 한들 시의 맛이 어찌 미칠 수 있겠는가? 그가 황정견에게 불만을 가진 것은 시운의 품격이 너무 높고 연마와 함축이 지나치게 심한 것이었으니, 바로 예술성을 지나치게 중시한 나머지 오히려 사상이 감추어지게 된 것이다. 즉 예술의 측면에서 말한다면, 지나치게 다듬고 꾸미며 함축과 비유로 시를 쓰는 태도여서, 이른바 '한유(韓愈)의 호방함이 두보(杜甫)의 웅혼함을 겸하기는 어려운' 격이다.

이에 근거해보면, 장계의 말은 시의 맛을 중시하지 않은 것이 아니었다. 따라서 조식의 시에 대해, 재주가 있으되 그 재주를 심하게 드러내지 않았고 기상이 있으되 그 기상을 심하게 부리지 않은 것으로 운격이 높다고 칭한 것은 문제가 되지 않는다. 반덕여가 온당치 않다고 비판한 것은 반덕여가 말한 운격이 장계가 말한 운격과 다른 것일 따름이다. 따라서 논시의 주지로 말한다면, 장계는 시의 정과 뜻을 중시하면서도 시의 맛을 버린 것은 아니었고, 시의 내용과 의경에 대해 함께 말한 것이다. 엄우의 경우는 시의 맛을 중시하면서 이에 겸하여

5 심덕잠(沈德潛, 1673~1769)은 청나라 장주(長洲, 지금의 강소성(江蘇省) 소주시(蘇州市)) 사람으로, 자는 확사(確士)이고 호는 귀우(歸愚)이다. 일찍부터 시명(詩名)은 높았으나 과거에는 실패만 거듭하였고, 건륭(乾隆) 4년(1739) 67세에 비로소 진사에 급제하였다. 그 후에는 건륭제의 총애를 받고 예부시랑(禮部侍郎)까지 승진하였으며, 1747년 고령 때문에 직을 그만두고 고향에 돌아가 여생을 시작과 저술로 보냈다. 청대 초기에 왕사정(王士禎)이 시에 신운설(神韻說)을 제창한 데 대하여, 그는 격조설(格調說)을 주창하였다. 이 시설(詩說)은 ≪예기(禮記)≫의 '온유돈후(溫柔敦厚)한 것은 시의 가르침이다.'라는 도덕적인 문학관에 기반을 두고 바른 골격 위에 음률의 조화를 찾는 것이다. 중국에서의 격조파는 성당(盛唐)의 시로 복고할 것을 목표로 한 명나라의 전칠자(前七子), 후칠자(後七子) 및 청나라 때의 심덕잠 일파를 뜻한다. 저서로 ≪심귀우시문전집(沈歸愚詩文全集)≫을 비롯하여 ≪고시원(古詩源)≫, ≪당시별재집(唐詩別裁集)≫, ≪명시별재집(明詩別裁集)≫ 등이 있다.

격조를 말하였으니, 오로지 시의 예술성과 의경에 대해 이른 것이다. 장계의 의론은 엄우를 포괄할 수 있다.

산호구시화(珊瑚鉤詩話)

3권, 장표신(張表臣) 지음, 보존되어 있음.

장표신(張表臣, ?~?)은 북송 사람으로 출생지와 생졸년 모두 미상이다. 대체로 북송말 전후에 활동했던 듯하다. 자는 정민(正民)이고, 우승의랑(右承議郎), 상주통판(常州通判)을 지냈다. 소흥(紹興) 연간에 사농승(司農丞)으로 죽었다. 저서로 ≪산호구시화(珊瑚鉤詩話)≫ 3권이 있다.

장표신(?~?)의 자(字)는 정민(正民)으로, 단부(單父, 지금의 산동성(山東省) 단현(單縣)) 사람이다.[1] 우승의랑(右承議郎), 상주통판(常州通判)을 지냈으며, 소흥(紹興) 연간(1131~1162)에 사농승(司農丞)을 지냈다. ≪국사경적지(國史經籍志)≫에는 '장원신(張遠臣)'으로 되어 있는데, 잘못된 것이다. 육심원(陸心源)의 ≪송시기사보유(宋詩紀事補遺)≫ 권31에 다음과 같이 말하고 있다.

≪설숭(說嵩)≫[2]에 따르면 장원신(張袁臣)이 화답한 시[3]가 있어, '잠시 숭산의 높은 서른여섯 봉우리에 은거하며, 구름에 올라타지 않고도 하늘 나는 용을 부리네. 흰 돌을 먹고 누런 돌을 구하며, 긴 소나무를 캐고 붉은 소나

1 【원주】 ≪사고전서총목제요(四庫全書總目提要)≫에서는 '출신을 알 수 없다.(里貫未詳)'고 하였으며, ≪송시기사(宋詩紀事)≫ 또한 언급하지 않고 있다. 여기서는 ≪의고당제발(儀顧堂題跋)≫ 권13에 근거하였다.

2 ≪설숭(說嵩)≫은 청나라 강희 연간에 활동한 경일진(景日昣)이 지은 것으로 숭산(嵩山)에 관한 책이다. 경일진의 자는 동양(東陽)이고 등봉(登封) 사람이다. 관직은 호부시랑(戶部侍郎)에까지 이르렀다.

3 이 시의 제목은 〈진념이 조열지에게 장송을 구한다고 한 시에 화답하여(和陳叔易就晁以道求長松)〉이다.

무에 기탁한다네.'라 말하고 있다. 이 시는 ≪산호구시화≫ 권1에 보이니, 장표신이 지은 것에서 나온 것임이 틀림없다. 또한 이 시는 진념(陳恬)이 장송을 구한 것[4]에 조열지가 답한 시에다가 화운한 것이니, 화답한시라 말한 것은 잘못이다.(據說嵩有張袁臣和詠之詩云, 暫隱嵩高六六峰, 未乘雲氣御飛龍, 自餐白石求黃石, 更採長松寄赤松, 孝此詩卽見詩話卷一, 其出表臣所撰無疑. 又此詩乃和晁說之答陳叔易求長松詩, 其云和詠之者亦誤也)

따라서 이것은 '표(表)'가 '원(袁)'으로 잘못되었고, 다시 '원(袁)'이 '원(遠)'으로 잘못된 것임을 알 수 있다.

이 책은 2권이며, 3권으로 나누어져 있는 것도 있다. 지금 ≪백천학해(百川學海)≫본은 2권이며, ≪역대시화(歷代詩話)≫본과 ≪형설헌총서(螢雪軒叢書)≫본은 모두 3권이다. ≪설부(說郛)≫본은 1권이나, 온전하지 않다. 주춘(周春)의 ≪모여총서(耄餘叢書)≫ 권7에서 "나는 ≪태평광휘≫에서 장표신의 ≪산호구시화≫ 3권을 베꼈다.(余從≪太平廣彙≫中抄得張表臣≪珊瑚鉤詩話≫三卷)"라 말하고 있는데, 이 책이 희귀한 책도 아님에도 주춘이 어찌하여 그처럼 귀중하게 다루었는지 모르겠다. ≪태평광휘≫가 희귀한 책으로서, 여기에서의 판본이 지금 전하는 판본과 혹 차이가 있어서는 아니었을까?

이 책의 이름은 두보시의 "문채[5]는 산호로 만든 갈고리와 같다.(文采珊瑚鉤)"[6]는 구절을 차용한 것으로, 그 자체로 자연스럽게 문채가 빛난다는 뜻이 이미 있다. 장표신은 북송 말에 태어나 조열지(晁說之) 등과 교유하였고, 남송에 들어와 진회(秦檜)의 아들 진희(秦熺)와 우애가 깊었다. 책을 보면 그는 매번 자신의 시를 싣기 좋아하고, 명사들과 기증한 시로써 자신을 드러내고자 하였다. 따라서 ≪사고전서총목제요≫

4 진념은 〈조열지가 숭산의 장송을 구한 것에 부쳐(寄晁以道求嵩山長松)〉란 시를 지었다.
5 문장에 표현된 전아함과 아름다움이 독자에게 기쁨을 주는데 이러한 색채와 풍격을 문채라 한다.
6 이 시의 제목은 〈곽급사를 모시고 동쪽 영추를 지나며 쓰다.(奉同郭給事湯東靈湫作)〉이다.

에서는 그의 도량이 얇고 천박하다 하였고 ≪선본서실장서지(善本書室藏書志)≫에서는 그가 명문귀족에 빌붙었다고 비판하였던 것이니, 진실로 근거가 없는 것이 아니다.

장수(張守)의 ≪비릉집(毗陵集)≫ 권11에 〈장표신시 권후에 제하여(題張表臣詩卷後)〉라는 문장 하나가 있는데, 다음과 같이 말하고 있다.

> 옛날의 문인들은 일에 기탁하여 말을 표현함으로써 그 의취(意趣)를 나타내고 그 문사의 화려함을 드러내었는데, 때로는 과장되어 실질을 잃곤 하였다. 장표신은 문사가 기세가 있으며 옛 연원을 잇고 있으니 그 유래가 심원하다. 소식이 도잠의 시에 화답함에 도장이 꿈에서 나타났으니, 이는 평소의 생각이 꿈으로 나타난 것이 아니겠는가? 그것이 기탁하여 한 말이 아님을 가히 알겠다.(古之文士, 多托事寄言, 以發其意趣, 騁其詞華, 乃或誇而失實. 張公子詞采遒茂, 師友淵源, 其來遠矣. 東坡追和淵明詩而發於夢寐, 樂令所謂因也耶? 其非寓言可知)

문장 중에 돌연 '과장되어 실질을 잃었다.(誇而失實)'는 말이 끼어들어가 있어 앞뒤가 이어지지 않으나, 장표신이라는 사람의 시가 과장되어 실질을 잃은 곳이 있음을 은근히 풍자하고 있다.

책에서는 원진과 백거이의 창화를 논하며 "시인의 호방한 기개는 대부분 자랑하고 과시하기를 좋아한다.(詩人豪氣例愛矜誇)"라 말하고 있으며, 또한 소식이 후진들을 발탁하고 이끌어 준 것을 논하면서는 그를 만나지 못한 것을 안타까워하고 있다. 따라서 장표신은 재주는 약간 있으되, 스스로를 드러내고자 하는데 조급한 사람인 것이다. 그의 사람됨이나 시에 대해서는 족히 취할 바가 없지만, 그의 논시(論詩)는 뛰어난 점이 없는 것은 아니다. 예를 들면 다음과 같다.

> 옛날의 성현들은 혹은 서로 옛 뜻을 이어 저술하고 혹은 서로 스승과 벗으로 삼았다. …학문에 뛰어난 자는 마땅히 먼저 힘을 기르며 그런 다음에야 글을 쓰나니, 문장의 법도를 이어 저술하지도 못하면서 뛰어 날아오르고자 한다면 대부분 탄식하며 낭패를 겪게 된다.(古之聖賢或相祖述, 或相師友. …

善學者當先量力, 然後措詞, 未能祖述憲章, 便欲超騰飛翥, 多見其嚄唶而狼狽矣)

시는 뜻을 주로 하나니, 또한 시에서는 구를 다듬어야 하며 구에서는 글자를 다듬어야 빼어남을 얻을 수 있다. 기세와 시운이 높고 심오한 것은 탁월하며, 격조와 힘이 굳건하고 호방한 것은 뛰어나나니, 원진은 가볍고 백거이는 속되며 맹교는 차갑고 가도는 메마른 것이 모두 그들의 병폐이다.(詩以意爲主, 又須篇中鍊句, 句中鍊字, 乃得工耳. 以氣韻淸高深眇者絶, 以格力雅健雄豪者勝, 元輕白俗, 郊寒島瘦, 皆其病也)

시는 함축되어 자연스럽게 이루어지는 것을 으뜸으로 여기며 잘게 부수고 깎아 새긴 것을 아래로 여기니, 양억의 서곤체와 같은 것은 좋지 않은 것은 아니나 도끼를 들어 깎고 다듬음이 지나치게 심하여, 이른바 '칠일 만에 혼돈이 죽어버린' 격이다.[7] 시는 평이하고 부드러운 것을 으뜸으로 여기며 괴이하고 험한 것을 아래로 여기니, 이하의 금낭(錦囊) 구와 같은 것은 독특하지 않은 것은 아니나 소의 머리와 뱀의 몸을 한 귀신들이 너무 많아, 이른바 '묘당에 펼치면 놀라게 되는' 격이다.[8] (篇章以含蓄天成爲上[9], 破碎雕鎪爲下, 如楊大年西崑體非不佳也, 而弄斤操斧太甚, 所謂七日而混沌死也. 以平夷恬淡爲上, 怪險蹶趨爲下, 如李長吉錦囊句非不奇也, 而牛鬼蛇神太甚, 所謂施諸廊廟則駭矣)

정밀한 것과 거친 것을 가리지 않을 수 없으니, 가리지 않으면 용과 뱀,

---

7 ≪장자(莊子)·응제왕(應帝王)≫에 "남해의 황제는 숙이고 북해의 황제는 홀이며, 중앙의 황제는 혼돈이다. 숙과 홀이 어느날 혼돈의 땅에서 만났는데, 혼돈이 그들을 매우 잘 대해주었다. 숙과 홀이 도모하여 혼돈의 은덕을 갚고자 말하기를, '사람들은 모두 일곱 개의 구멍이 있어 이것으로 보고 듣고 먹고 쉬는데, 이 사람만 홀로 없으니 시험 삼아 뚫어주자'라 하고, 하루에 한 구멍씩 뚫으니 칠일이 되어 혼돈이 죽었다.(南海之帝爲儵, 北海之帝爲忽, 中央之帝爲混沌. 儵與忽時相遇於渾沌之地, 渾沌待之甚善. 儵與忽謀報渾沌之德曰, 人皆有七竅, 以示聽食息, 此獨無有, 嘗試鑿之, 日鑿一竅, 七日而渾沌死)"라 하였다.

8 ≪신당서(新唐書)≫ 권201에 "개원 연간에 장열이 서견과 함께 근세의 문장에 대해 논하며 말하였다. 이교와 최융, 설직, 송지문의 문장은 좋은 금, 아름다운 옥과 같아 널리 펼치기에 불가함이 없다. 부가모의 문장은 홀로 솟은 봉우리, 깎아지른 절벽과 같아 만 인 높이로 솟아 짙은 구름이 무성히 피어나고 벼락과 우레가 함께 생겨나니, 진정 두려울 만하다. 만약 묘당에 펼치면 놀라게 될 것이다.(開元中, 說與徐堅論近世文章說曰, 李嶠, 崔融, 薛稷, 宋之問之文, 如良金美玉, 無施不可. 富嘉謨, 如孤峯絶岸, 壁立萬仞, 濃雲鬱興, 震雷俱發, 誠可畏也. 若施於廊廟駭矣)"라 하였다.

9 원문에는 '공(工)'으로 잘못되어 있어 바로 잡았다.

개구리, 지렁이가 왕왕 서로 섞이게 될 것이다. 나쁜 옥과 좋은 옥을 알지 않을 수 없으니, 알지 못하면 옥 술잔과 옥 제기에 또한 결함이 많게 될 것이다.(精麤不可不擇也, 不擇則龍蛇蛙蚓往往相雜矣. 瑕瑜不可不知也, 不知則瓊盃玉斝且多玷缺矣)

이와 같은 여러 조목들은 독특하면서도 영향관계가 모호한 말들인 듯하지만, 두보와 한유의 시문에 대한 비평에서는 수긍되는 말이 많다. 다만 책에서 자신의 작품에 대해 말하며, "나는 새를 쏘는 데 어찌 금탄환(金彈丸)을 허비할 것이며, 까치를 잡는 데 번거로이 야광주(夜光珠)를 사용하리. 곤오석으로 만든 칼로 옥을 자르느니 차라리 돼지를 죽일 것이며, 오랑캐 무찌르는데 어찌 양을 잡으리.(射飛何必捐金彈, 抵鵲虛煩用夜光. 切玉昆吾寧刺豕, 斷蛟干越豈刲羊)"라 하고, "청전핵[10]에 생각의 술을 빚나니, 잔은 벽우용[11]이 어울린다네. 줄곧 천 일동안을 취해야 하나니, 한 잔이라도 빈 채로 두어서는 아니되리.(釀憶青田核, 觴宜碧藕筩. 直須千日醉, 莫放一杯空)"라 하며, 또한 "옥을 캐려면 마땅히 산을 자르는 검을 구해야 하나니, 구슬을 찾으러 수정이라는 이름의 노비를 보낸다네.(采玉應求破山劍, 探珠仍遣水精奴)"라 한 것과 같은 것들은 모두가 먼저 고사를 말하고 후에 자신의 말을 든 것이니, 이와 같이 하지 않았다면 다른 사람들이 그 뜻을 이해하지 못했을 것이다. 이것이 진정 이른바 '잘게 부수고 깎아 새긴 것(破碎雕鎪)'이라 할 수 있으니, 어찌하여 장표신 자신이 말하고서 자신이 다시 그 전철을 밟고 있는지 알지 못하겠다.

---

10 청전핵(青田核)은 전설상 오손국(烏孫國)에서 난다는 과일의 씨를 가리킨다. 최표(崔豹)의 ≪고금주(古今注)·초목(草木)≫에 "오손국에 청전핵이 있는데 그 열매의 모양은 알 수 없다. 중국에 온 것은 다만 그 씨앗뿐이었다. 맑은 물을 담으면 술 맛이 나는데, 진하고 깊은 맛이 좋은 술 같았다. 씨앗의 크기는 여섯 되 표주박만하니, 속을 비우고 물을 담아두면 잠시 후에 술이 된다.(烏孫國有青田核, 莫測其樹實之形. 至中國者, 但得其核耳. 得清水, 則有酒味出, 如醇美好酒. 核大如六升瓠, 空之以盛水, 俄而成酒)"라 하였다.

11 벽우용(碧藕筩)은 푸른 연뿌리로 만든 통모양의 잔이다.

우고당시화(優古堂詩話)

1권, 각 판본에 오견(吳幵)이 지은 것으로 써 있음, 보존되어 있음.

오견(吳幵, ?~?)은 북송 저주(滁州, 지금의 안휘성 저주시(滁州市)) 사람으로, 자는 정중(正仲)이며 생졸년은 미상이다. 소성(紹聖) 4년(1097)에 굉사과(宏詞科)에 1등으로 급제하였으며, 정강(靖康) 연간 금(金)의 침입 때 주화파에 서서 금과의 중재역할을 맡았다. 휘종(徽宗)과 흠종(欽宗)이 금의 포로로 잡혀간 후 금의 뜻에 따라 장방창(張邦昌)을 거짓 황제로 내세워 고관을 지냈다. 남송 고종(高宗) 즉위 후 주전파 이강(李綱) 등의 탄핵을 받아 영주(永州)로 폄적되어 죽었다. 저서로 ≪우고당시화(優古堂詩話)≫, ≪만당집(漫堂集)≫ 등이 있다.

이 책은 송대에는 판각본이 없었고 다만 떠도는 전초본에 의해 전해지게 되었으니, 저자나 내용에 모두 문제가 있으나 진위를 판별할 수가 없다.

먼저 저자에 대해 말하면, 오견(吳幵)과 모견(毛幵)이라는 두 설이 있다. 오견(吳幵)의 자는 정중(正仲)이고, 저주(滁州, 지금의 안휘성(安徽省) 저주시(滁州市)) 사람이다. 소성(紹聖) 정축년(1097)에 굉사과(宏詞科)에 급제하였고, 정강(靖康) 연간(1126~1127)에 한림승지(翰林承旨)를 지냈다. 화친책으로 금(金)나라 사람들과 가까이 지냈으며, 건염(建炎) 연간(1127~1132) 이후에 관직에서 쫓겨나 귀양 가서 죽었다. 왕명청(王明淸)의 ≪휘주여화(揮麈餘話)≫ 권2에는 그가 막주(莫儔, 1089~1164)[1]와 더불어 "적지를 왕래

1 막주(莫儔, 1089~1164)는 북송 귀안(歸安, 지금의 절강성(浙江省) 호주시(湖州市)) 사람으로, 자는 수붕(壽朋)이다. 22세에 장원급제하였고, 벼슬에 오른 뒤로는 승사랑(承事郎), 교서랑(校書郎), 기거사인(起居舍人), 태상시소부(太常寺少卿) 등을 지냈다. 총신의 노여움을 사 탄핵되었다가 다시 광록시소경(光祿寺少卿), 국자사업(國子司業), 중서사인(中書舍人), 이부상서(吏部尙書), 한림학사(翰林學士), 지제고(知制誥) 등을 지냈다. 휘종(徽宗)과 흠종(欽宗)이 금나라의 포로가 되자 그는 금나라를 위해 전력을 다하였고 나중에 이 때문에 죄를 얻어 전

하며 의기양양하였다.(往來賊中, 洋洋自得)"라 하였으며, 또한 "진회가 낮은 관리로 있을 때, 오견은 한림원에 있으면서 일찍이 밀봉한 상소로 써 그를 천거하였으니, 그 상소는 그의 문집 속에 보인다. 거듭해서 칭찬하니 진회는 이로 인해 등용되게 되었다.(秦檜之爲小官時, 幵在禁林, 嘗封章薦之, 疏見其文集中, 稱道再三, 秦由此進用)"라 하였으니, 진회(秦檜, 1090~1155)[2]와 본디 같은 무리였다. 이 책이 송대에 그다지 널리 전해지지 않았던 것도 아마 이 때문이었을 것이다.

모견(毛幵)의 자는 평중(平仲)이고 삼구(三衢, 지금의 절강성(浙江省) 구현(衢縣)) 사람이다. 모우지(毛友之)의 아들로, 관직은 완릉(宛陵)과 동양(東陽) 두 주의 주졸(州倅)에 그쳤으며, ≪초은집(樵隱集)≫이 있다. 그의 시기는 오견보다 약간 뒤로서, 관직이 그다지 높지 않아 세상에 알려지지 않았다. 여러 사람들이 이 책을 저록하며 대부분 오견(吳幵)이 지은 것이라 하였는데,[3] 오직 상숙(常熟) 구용(瞿鏞)의 ≪철금동검루서목(鐵琴銅劍樓書目)≫ 시문평류(詩文評類)에 있는 구초본 ≪우고당시화≫ 1권에만 모견평중(毛幵平仲)이 지은 것으로 되어 있으니, 어느 것이 옳은 지 알 수 없다.

≪사고전서총목제요(四庫全書總目提要)≫에서는 비록 이 책을 오견이

주(全州)에 안치되었다. 저서로 ≪진일거사집(眞一居士集)≫, ≪내외제(內外制)≫ 등이 있다.

2 진회(秦檜, 1090~1155)는 북송 강녕(江寧, 지금의 강소성(江蘇省) 남경시(南京市)) 사람으로, 자는 회지(會之)이다. 1115년 진사시에 합격하고, 1131년 이후 24년간 재상의 자리에 있었다. 그 동안 남침을 거듭하는 금나라 군대에 대처하여, 철저한 항전을 주장하는 여론을 누르고, 1142년 회하(淮河)와 진령(秦嶺) 산맥을 잇는 선을 국경으로 하여, 금과 남송이 중국을 남북으로 나누어 영유하기로 합의하였다. 그 조건으로 송나라는 금나라에 대하여 신하의 예를 취하고 매해 선물을 바쳤다. 유능한 관리였으나 정권유지를 위해 '문자의 옥'을 일으켜 반대파를 억압하였으므로, 민족주의와 이상주의를 내세운 후세의 주자학파로부터는 특히 비난을 받았다. 그의 손에 옥사한 악비(岳飛)가 민족의 영웅으로 존경받는 데 반하여, 그에게는 간신이라는 낙인이 찍혔다.

3 **【원주】** 예찬(倪燦)의 ≪송사예문지보(宋史藝文志補)≫ 문사류(文史類)에도 오견이라 되어 있다. ≪속통지(續通志)≫, ≪속통고(續通考)≫도 그러하다.

지은 것이라 하고 있으나, 또한 "다만 권말에 양만리(楊萬里)에 대한 한 조목이 수록되어 있는데, 시대 차이가 멀어 서로 연결되지 않으니 아마도 옮겨 적는 과정에서 잘못되었거나 혹은 후세 사람이 슬쩍 끼워 넣은 것은 아니었을까?(惟卷末載楊萬里一條, 時代遠不相及. 疑傳寫有譌, 或後人有所竄亂歟)"라 하였으니, 시대 상으로 말한다면 응당 모견이 지은 것이 보는 것이 옳을 것이다. 아마도 당시에 옮겨 적은 이가 모견의 생평에 대해 잘 알지 못하여 오견이 지은 것으로 하였으며, 그 내용도 살피지 않은 채 여러 저록들에서 잘못된 것을 다시 잘못 전한 것이 아니겠는가? ≪사고전서총목제요≫가 근거한 것은 ≪절강채집유서총록(浙江採集遺書總錄)≫에서 나온 것이다. 이 ≪절강채집유서총록≫에 기술되어 있는 것은 오견이 지은 것으로 되어 있는 필사본으로서, 이 필사본은 명(明) 가정(嘉靖) 연간(1522~1566)에 여남(汝南)의 원표(袁表)가 교열한 것이다. ≪사고전서총목제요≫를 쓴 이 역시 이러한 의문점을 제기할 수만 있었을 뿐, 경솔하게 저자의 이름을 바꿀 수는 없었다. 그러나 이러한 의문점은 매우 중요한 것으로, 이 책이 결코 오견이 지은 것이 아님을 알 수 있게 해준다. 지금 전하는 ≪독화재총서(讀畫齋叢書)≫본 또한 청대 서씨(徐氏)가 소장한, 오견이 지은 것으로 되어 있는 구초본에서 나온 것이다. 이 구초본은 홍희(洪熙) 원년(1425) 봄 3월 6일 임자중(林子中)의 필사본에서 나온 것이니, 따라서 강희(康熙) 정유년(1717) 서준(徐駿)이 발문을 쓰며 "이 책이 기록된 지 이미 삼백년이 되었다.(錄此書已經三百年矣)"라는 말이 있게 된 것이다. 이 책은 고수(顧修)의 ≪독화재총서(讀畫齋叢書)≫를 통해 판각본이 전하게 되었고 다시 정복보(丁福保)의 ≪역대시화속편(歷代詩話續編)≫에서 이를 근거로 인쇄하게 되었으니, 이에 세상 사람들은 오견이 있는 줄만 알았지 모견에게서 나온 것임을 다시는 알지 못하였다. 지금 다행히 철금동검루 장서에 모견평중이 지은 것으로 되어 있는 전초본이 있어서, 비로소 지금 전하는 각 판본의 오류를 바로 잡을 수 있게 되었다.

그러나 내용을 보면, 모견 자신이 저술한 책은 아닌 듯하다. 서준의 발문에서도 이미 "다른 책들에서 잡다하게 보이며, 소략하고 빠진 것이 많다.(雜見他書, 且多疏脫)"라 하였으나 그 출처들을 분명하게 말하지는 않았다. 지금 '이십 팔자를 매개로 한다.(二十八字媒)' 조목은 ≪왕직방시화(王直方詩話)≫에 보이며, '시를 배우는 것은 선을 배우는 것과 같다.(學詩如學仙)' 조목은 ≪왕직방시화≫에서 반대림(潘大臨)[4]의 설을 인용하고 있는 것과 유사하다. '봄은 선생의 지팡이와 신발에 있다.(春在先生杖履中)' 조목 역시 ≪왕직방시화≫에서 진관(秦觀)의 〈유충애(兪充哀)〉 사(詞) 한 연을 인용하고 있는 것과 유사하다. 왕직방[5]과 반대림은 모두 오견 이전에 살았으니, 만약 이 책을 오견이 지은 것이라 한다면 오견이 표절한 것이다.

이외 '시로써 그 시인을 볼 수 있다.(詩可以觀人)' 조목과 '달팽이의 두 뿔(兩蝸角)' 조목은 모두 ≪고재시화(高齋詩話)≫에 보인다. ≪고재시화≫는 증조(曾慥)[6]가 지은 것으로, 증조와 오견은 거의 동시대 사람이다.

---

4 반대림(潘大臨, ?~?)은 북송 황강(黃岡, 지금의 호북성(湖北省) 황강시(黃岡市)) 사람으로, 원적은 절강(浙江)이었다. 자는 빈로(邠老) 혹은 군부(君孚)이고, 반경(潘鯁)의 아들이다. 생졸년은 미상이다. 동생 반대관(潘大觀)과 함께 시로 명성이 있었다. 시문에 능하고 서예를 잘하였다. 소식, 황정견, 장뢰(張耒)와 교유하였다. 저서로 ≪가산집(柯山集)≫ 2권이 있으나 일실되었다.

5 왕직방(王直方, 1069~1109)은 북송 변(汴, 지금의 하남성(河南省) 개봉시(開封市)) 사람으로, 자는 입지(立之)이고, 자호는 귀수(歸叟)이다. 생졸년은 분명하지 않은데, 본서에서 곽소우는 1069년~1109년으로 확정하고 있다. 승봉랑(承奉郎)에 보충되었으며 강서시파(江西詩派)의 한 사람으로서 시에 뛰어나 황정견(黃庭堅)의 칭송을 받기도 하였다. 저서로 ≪시화(詩話)≫와 ≪귀수집(歸叟集)≫이 있다.

6 증조(曾慥, ?~?)는 북송 진강(晉江, 지금의 복건성(福建省) 천주시(泉州市)) 사람으로, 자는 단백(端伯)이고, 호는 지유자(至遊子), 지유거사(至游居士)이다. 생졸년은 미상이다. 정강(靖康) 연간 초(1126)에 창부원외랑(倉部員外郎)을 역임하였다. 금나라가 수도를 함락시킨 후, 그는 금에 항복하고 사무관을 지냈다. 소흥(紹興) 9년(1139)에 진회(秦檜)가 권력을 잡자 호부원외랑(戶部員外郎)에 기용되었고 11년(1141)에 대부정경(大府正卿)에 발탁되었다. 얼마 후에 봉사(奉祠)로 비각수찬(秘閣修撰)에 제수되었고 제거홍주옥륭관(提擧洪州玉隆觀)을 지내며

오견이 감(贛, 지금의 강서성(江西省) 지역) 지역에 살고 있을 때, 진회는 그의 사위인 증조가 지건주(知虔州)로 있어 그를 비호하였으니, 두 사람은 필시 서로 아는 사이였음을 알 수 있다. 따라서 이는 오견과 증조가 평소 담론했던 것을 각자 기록한 것이라 할 수 있으니, 중복해서 나타날 수도 있는 것이다. 그러나 '하늘 북쪽 궁전의 중간(天北極殿中間)', '때때로 한 줄기 붉은 매화 향기를 보낸다.(時送紅梅一陣香)', '망부석(望夫石)', '배는 하늘 위에 앉아 있는 듯하고, 사람은 거울 가운데를 가는 듯하다.(船如天上坐, 人似鏡中行)', '양관도(陽關圖)', '하나의 뜻을 둘로 활용한다.(一意兩用)', '앵두를 준 것에 감사한 시, 차를 준 것에 감사한 시(謝惠含桃謝惠茶詩)', '꽃이 응당 사람을 비웃을 것이다.(花應解笑人)', '무궁한 일과 유한한 육신(無窮事有限身)', '기녀의 출가를 노래한 시(妓女出家)', '숙손통을 노래한 시(詠叔孫通詩)', '(소동파가) "옥아"를 "옥노"로 잘못 썼다.(以玉兒爲玉奴)', '태액지와 피향궁(太液披香)', '옆으로 드러눕다.(橫陳)', '농어 살찌니 사람들이 옥을 잘게 썰고, 귤 익으니 손님들이 금을 나누어 가진다.(鱸肥人膾玉, 柑熟客分金)', '음식을 싸가지고 간 사람은 자래가 아니다.(裹飯非子來)', '소는 겨울 까마귀와 함께 먼 마을을 지나간다.(牛帶寒鴉過遠村)', '포공과 악공(褒公鄂公)', '봄은 선생의 지팡이와 신발에 있다.(春在先生杖履中)', '황정견은 당인의 시를 취했다.(山谷取唐人)', '나는 새 바깥과 석양의 서쪽(鳥飛外夕陽西)', '밭을 갈 때는 비 오기를 바라고, 풀을 벨 때는 개기를 바란다.(耕田欲雨刈欲晴)', '절구(絶句)', '문 앞의 참새와 지붕 위의 까마귀, 선실전과 무릉(門雀屋烏宣室茂陵)', '한식날 바람이 세고 비가 많이 내린다.(寒食疾風甚雨)', '외로운 까치가 뜰 나뭇가지에서 지저귄다.(獨鵲裊庭柯)', '진주가 합포군에 돌아오다.(珠還合浦)', '"하낭(荷囊)"의 "하(荷)"는 "연꽃"이라는 뜻이 아니다.(荷囊非芰荷之荷)', '마음에 드는 것은 오로지 진회에 뜬 달

은봉(銀峰)에 은거하였다. 만년에 양생을 배우며 도교와 신선설을 믿었다. ≪집신선전(集神仙傳)≫을 편찬하였고, 저서로 ≪유설(類說)≫ 50권, ≪고재만록(高齋漫錄)≫ 1권 등이 있다.

이다.(可人惟有秦淮月)', '고요한 마음이 끝내 일어나지 않는다.(禪心竟不起)', '골짜기 입구에 해 아직 기울지 않았는데, 몇몇 봉우리에 저녁 어둠이 생겨난다.(谷口未斜日, 數峰生夕陰)', '여인을 읊을 때는 대부분 노래와 춤으로 칭찬을 삼는다.(詠婦人多以歌舞爲稱)', '물고기가 새끼를 낳고 사슴이 새끼를 이끈다.(魚遺子鹿引麛)', '꿈에서 꿈을 꾸어 몸 밖의 몸을 보다.(夢中夢身外身)' 등의 여러 조목들은 모두 ≪복재만록(復齋漫錄)≫에 보인다.

옛 사람들은 ≪복재만록≫을 왕후지(王厚之)가 지은 것으로 여겼다. 왕후지는 건도(乾道) 연간(1165~1173)에 진사가 되었고 그 시대가 오견보다 약간 뒤이니, 오견이 반대로 왕후지의 말을 베꼈을 리는 없다. 만약 왕후지가 오견의 설을 가져오면서 그의 이름을 없애 버린 것이라 한다면, 호자(胡仔)가 ≪초계어은총화(苕溪漁隱叢話)≫를 편찬할 때 여러 책들을 두루 모았으니 이치상 당연히 이를 알았을 것이다. 그러나 ≪초계어은총화≫에서 인용하고 있는 것을 살펴보면 ≪복재만록≫이나 ≪고재시화≫ 등의 책은 있어도 ≪우고당시화≫에 대해서는 언급하지 않고 있으니, 이는 또 어찌된 까닭인가? 이 모든 것이 ≪우고당시화≫가 오견이 지은 것이 아니라는 증거이다.

더욱이 의아한 것은 이 책이 오증(吳曾)의 ≪능개재만록(能改齋漫錄)≫ 권8에 실린 것과 거의 같다는 것이다. 오증[7]의 자는 호신(虎臣)이며 숭인(崇仁) 사람으로, 진회가 집권하고 있을 때 자신이 지은 책을 올려 관직을 얻었으니, 이 또한 권세 있는 간신에게 빌붙고 아첨하는 무리로서 다만 그 시대가 오견보다 약간 뒤이다. 송인들의 시화나 필기에 관련된 책들은 보통 다른 사람들의 설을 섞어 기록한 것이 많다. 따

---

7 오증(吳曾, ?~?)은 북송 숭인(崇仁, 지금의 강서성(江西省) 숭인현(崇仁縣)) 사람으로, 자가 호신(虎臣)이다. 소흥(紹興) 연간(1094~1097)에 자신이 지은 책을 바쳐 우적공랑(右迪功郎)이 되었다. 칙령소산정관(勅令所刪定官), 종정시주부(宗正寺主簿), 태상승(太常丞), 이부낭관(吏部郎官) 등을 지냈다. 저서로 ≪능개재만록(能改齋漫錄)≫, ≪환계문집(環溪文集)≫ 등이 있다.

라서 서로 돌려가며 베끼는 것이 결코 이상한 일은 아니지만, 그 전체를 수록하면서 오견의 이름을 빼 버렸다는 것은 있을 수 없는 일이다. 결국 이 책을 오견이 지은 것이라 확정하기에는 앞뒤가 맞지 않는 부분들이 많다. 혹 모견의 당시 시단의 분위기가 경쟁적으로 용사(用事)를 높이고 항상 출처를 가지고 서로 과시하였던 탓에, 당시 사람들의 의론을 모아 기록하여 잊어버렸을 때 사용하려 준비한 원고였는데 후세 사람들이 알지 못하고 그저 오견이 지은 것으로 해버렸는지도 모를 일이다. 왜냐하면 모견의 이름은 당시에는 알려져 있지 않아서 도리어 잘못되지 않은 것을 잘못된 것이라 여겼기 때문이다.

아니면 시적상들이 이익을 탐하여, ≪능개재만록≫이 완성된 후에 이 권을 초록하고는 오견의 이름에 의탁하여 사람들을 속였을 것이다. 오견이라는 위인에 대해서는 이미 당시에도 평가가 일치하지는 않았으나, 어느 정도 문장에서의 명성은 있었던 까닭에 서적상들이 이를 이용하여 그들의 간사함을 팔아먹기에 용이하였을 것이다. 이는 이 책이 오견도 짓지 않았고, 모견도 짓지 않았음을 의미한다. 시대가 너무 오래 전이라 지은이나 책이 모두 분명치 않아 상고하여 확정하기가 어려울 따름이다. 또한 ≪배림당서목(培林堂書目)≫에 오견의 ≪만당수필(漫堂隨筆)≫ 1권이 있는데, 지금 그 책은 보이지 않아 이 책과 어떤 관계인지는 알 수 없다.

이 책이 혹 ≪능개재만록≫에서 편집되어 나와 따로 간행된 것일 수도 있다는 사실은 이 책의 의론에 다른 특징적인 의미를 지니게 한다. 시에서 쓰인 전고와 그 출처에 대하여 집중적으로 고증하여 논시 저작을 만들어, '시화'에 새로운 면모를 갖추게 한 것이 바로 이 책 덕분이었으니 이를 통해 당시의 풍조를 알 수 있다. ≪사고전서총목제요≫에서 "환골탈태(換骨奪胎)[8]하고 번안출기(翻案出奇)[9]함에 작자는 반드시 그 근본한 바가 모두 없어서는 안 되지만, 실제로는 무심히 합쳐지는 경우 또한 많이 있다. 한 구, 한 글자마다 반드시 그 연원을 찾아 누구누구에게서 나왔다고 한다면, '각주구검(刻舟求劍)' 하는 것을 면치 못할 것이다.(奪胎換骨, 翻案出奇, 作者非必盡無所本, 實則無心闇合, 亦多有之. 必一句一字求其源出某某, 未免於求劍刻舟)"라 한 것은 진실로 옳은 말이다. 그러나 당시의 시풍 아래에서는 많은 저작들이 이러한 특징을 나타내었으니, 이를 비난할 수도 없다. 송인들은 두보시를 논하며 용자(用字)에 내력이 있다고 하였으니, 이와 같은 말은 진실로 폐단이 있는 것이다. 그러나 그 내력을 알 수 있으면 두보시에 대한 이해 또한 한 층 더 깊어질 수 있다.

≪육일시화(六一詩話)≫에서는 두보시의 "몸 가벼이 새 한 마리 지나가네(身輕一鳥過)"[10] 구에 대해 '과(過)'자가 사람들이 다다르기 어려운 것이라 여겼는데, 이는 내력을 따지지 않으면서 그 용자(用字)의 교묘함을 안 것이다. 지금 이 책에서는 장협(張協)의 시 "인생은 영해(瀛海)[11] 안에 있나니, 홀연하기가 새가 눈앞을 지나가는 것 같네(人生瀛海內, 忽如鳥過目)"[12]를 들어 '과(過)'자의 내력을 설명하고 있으니, 두보시에서 이른바 "문선의 이치를 자세히 잘 안다.(精熟文選理)"[13]라 했던 것의 하나의 증거이며, 두보시를 이해함에 있어 또 다른 깨우침이 있는 것이다. 최근 사람 이상(李詳)이 지은 ≪두시증선(杜詩證選)≫은 대체로 이

---

8 조구(造句)의 방법으로, 환골법(換骨法)과 탈태법(奪胎法)을 말한다. 환골법은 옛사람의 시문에서 의미를 빌려 와 자신의 표현으로 나타내는 것이며, 탈태법은 의미뿐만 아니라 표현까지도 함께 빌려 오는 것을 말한다.

9 원작을 변형시켜 자신만의 독특함을 드러내는 것을 이른다.

10 이 구절은 두보의 〈도위 채희로가 농우로 귀환하는 것을 전송하고 그 편에 서기 고적에게 부쳐(送蔡希魯都尉還隴右因寄高三十五書記)〉에 나온다.

11 전설상 중국 바깥의 구주(九州)를 둘러싸고 있다는 바다. ≪문선(文選)≫ 주에 따르면, 각 주(州)는 영해로 떨어져 있어 사람과 짐승이 왕래할 수 없으며, 그 바깥은 천지의 바깥이라 하였다.

12 이 시의 제목은 〈잡시(雜詩)〉이다.

13 이 시의 제목은 〈종무의 생일(宗武生日)〉이다.

러한 취지를 같이 하고 있다.

황정견의 시를 논하여 "당 주주(朱晝)의 〈진의로가 온 것을 기뻐하며〉 시에 '한 번 헤어짐에 천일이 되었나니, 하루에도 열두 번 생각했었네. 괴로운 마음은 한가한 때가 없었으니, 오늘에야 옥 같은 모습을 보게 되었구려.'라 하였으니, 황정견이 '오경에 꿈속 삼천리를 돌아가고, 하루에도 열두 번 그리운 이를 생각하네.'라 한 구절은 이것을 취했음을 알 수 있다.(唐朱晝,[14] 喜陳懿老至詩云, 一別一千日, 一日十二憶, 苦心無閒時,[15] 今日見玉色. 迺知山谷五更歸夢三千里, 一日思親十二時之句取此)"라 하였으니, 이는 황정견의 이른바 "환골탈태(換骨奪胎), 점철성금(點鐵成金)"의 하나의 증거이며, 구체적인 사례들 통해 보다 쉽게 이해시켜 준 것이다.

두보와 황정견의 시를 논하며 옛것을 따르는 데 치우쳐 있고 내력을 중시하고 있는 견해들은 종영(鍾嶸)이 "고금의 뛰어난 말은 대부분 보충하고 빌려온 것이 아니라, 모두 직접 찾아낸 것이다.(古今勝語多非補假, 皆由直尋)"[16]라 한 것과는 다르다. 따라서 자신이 이리저리 헤아려서 찾아내는 것과 근원을 찾아 구하는 것 또한 이른바 '말은 각자 타당함이 있는 것(言各有當)'이라 할 수 있다. 따라서 마땅히 이를 구분하여 말해야지 '각주구검(刻舟求劍)'이라며 이를 바로 병폐로 여겨서는 안 될 것이다.

---

14 원문에는 '송주(宋晝)'로 잘못되어 있어 바로 잡았다.
15 원문에는 '간시(間時)'로 잘못되어 있어 바로 잡았다.
16 이 말은 종영의 ≪시품(詩品)・서(序)≫에 있다.

공계시화(砮溪詩話)

10권, 황철(黃徹) 지음, 보존되어 있음.

황철(黃徹, 1093~1168)은 북송 보전(莆田, 지금의 복건성(福建省) 보전시(莆田市)) 사람으로, 자는 상명(常明)이고 호는 태갑(太甲)이며 만년(晩年)의 호는 공계거사(砮溪居士)이다. 선화(宣和) 연간에 진사가 되었고, 진계현승(辰溪縣丞), 원주군사판관(沅州軍事判官), 악주가어령(鄂州嘉魚令), 지평강현(知平江縣) 등을 역임하였다. 저서로 ≪공계시화(砮溪詩話)≫ 10권이 있다.

황철(1093~1168)[1]의 자(字)는 상명(常明)으로, 보전(莆田, 지금의 복건성(福建省) 보전시(莆田市)) 사람이다.[2] 선화(宣和) 6년(1124)에 진사가 되어[3] 진주 진계현승(辰州辰溪縣丞)에 제수되었고 얼마 후 현령으로 승진하였다. 5년간 재임하였다가 차원주군사판관(差沅州軍事判官)으로 등용되었다. 이어 마양현(麻陽縣)에 발탁되었다가 얼마 후 악주(鄂州)의 가어령(嘉魚令)으로 등용되었고, 다시 악주(岳州)의 평강(平江)을 대리로 다스리다가 반년 만에 즉진(卽眞)[4]하게 되었으나, 권세가를 미워하여 관직을 버리고 고향으로 돌아갔다.

1 【원주】 ≪설부(說郛)≫본에는 황미(黃微)로 되어 있고, ≪수초당서목(遂初堂書目)≫에는 ≪황미시화(黃微詩話)≫로 되어 있는데, 모두 잘못된 것이다.

2 【원주】 ≪팔민통지(八閩通志)≫에는 소무(邵武) 사람으로 되어 있는데, 잘못인 듯하다. 주이존(朱彝尊)의 발문에 "본가가 본래는 보전이나 소무에 입적한 사람이다.(殆家本莆田, 而占籍於邵武者)"라 하였다.

3 【원주】 ≪송시기사(宋詩紀事)≫에서는 ≪팔민통지≫에 근거하여 소흥(紹興) 15년에 진사가 되었다고 하였는데, 잘못이다. 여기서는 황철의 손자 황도(黃燾)의 발문에 기재된 양방필(楊邦弼)의 〈묘지(墓誌)〉에 근거하였다.

4 관리가 대리(代理)에서 정식으로 직무를 맡게 됨을 이른다.

이 책은 예로부터 ≪설부(說郛)≫본이 있었는데, 온전하지 않다. ≪천경당서목(千頃堂書目)≫ 권15에 사마태(司馬泰)의 ≪고금휘설(古今彙說)≫본이 있는데 보이지 않는다. 아마도 역시 온전한 것은 아닌 듯하다. 포정박(鮑廷博)의 지부족재(知不足齋)에 가태(嘉泰) 계해년(1203) 그의 손자 황도(黃燾)의 각본이 있었는데, 모두 10권으로 서문과 발문이 가장 온전하였다. 따라서 포정박은 이를 근거로 하여 ≪지부족재총서(知不足齋叢書)≫ 속에 넣어 간행하였다. 이외 ≪백천학해(百川學海)≫본, ≪무영전취진(武英殿聚珍)≫본, ≪칠자시화(七子詩話)≫본, ≪형설헌총서(螢雪軒叢書)≫본, ≪역대시화속편(歷代詩話續編)≫본 또한 모두 온전한 판본이나, 다만 서문과 발문이 간혹 온진히 갖추어져 있지 않다. ≪백천학해≫본 또한 비록 온전한 판본이나, 권9와 권10 말미의 몇 조목은 ≪지부족재≫본과 선후가 다르니 아마도 전록한 자의 오류인 듯하다. 이 책의 진준경(陳俊卿) 서문은 건도(乾道) 4년(1168)에 쓴 것인데, 당시 황철은 이미 세상을 떠났으므로 책이 완성된 시기는 응당 소흥(紹興) 연간(1131~1162) 장준(張浚)이 재상에서 파직된 이후일 것이다.

이 책이 다른 책에 인용된 것을 보면, 매번 ≪벽계시화(碧溪詩話)≫로 잘못되어 있다. 송인의 저작에 이미 이렇게 잘못되어 있어서 내가 전에 ≪송시화집일(宋詩話輯佚)≫을 편찬할 때는 그 잘못을 따랐고 고증하여 바로 잡지를 못했다.

황철의 자서에서는 다음과 같이 말하고 있다.

> 벼슬을 버리고 남으로 돌아와 흥화(興化)의 공계(蛩溪)에 살며 문 닫고는 사람 만나기를 그만두었다. … 평소 지내며 일이 없어 문장을 얻는 것으로 즐거움을 삼았으니, 때로 고금의 시집을 보며 한가한 시간을 보냈다. 따라서 마음의 소리가 이르는 바에, 임금과 어버이에 정성되고 형제와 친구들에게 도타우며 백성들의 기쁨과 근심에 감탄하고 풍간을 가까이하여 명분의 가르침을 보좌하는 것들이 있었다. 나와 함께 평소 오래전부터 함께 지내며 읽었던 것들을 번번이 망령된 생각으로 펼치고 파헤쳐서는 창과 벽

사이에 써두었다. … 바람과 눈을 조롱하고 풀과 나무를 희롱하며 비흥(比興)에 관여되지 않는 것들은 모두 빼어버렸다.(投印南歸, 自寓興化之碧溪, 閉門卻掃, … 平居無事, 得以文章爲娛, 時閱古今詩集, 因自遣適, 故凡心聲所底, 有誠於君親, 厚於兄弟朋友, 嗟念於黎元休戚及近諷諫而輔名教者, 與予平日舊遊所經歷者, 輒妄意鋪鑿, 疏之窗壁間. … 至於嘲風雪, 弄草木, 而無預於比興者皆略之)

봉건적인 관점에서 말한다면, 이 책의 지론은 올바르며 시화 중에서 드물게 보이는 것이다. 다만 지나치게 얽매여 융통성이 없는 것이 애석할 따름이다.

주변(朱弁)의 ≪풍월당시화(風月堂詩話)≫에 다음과 같은 한 조목이 있다.

태학생들은 비록 경전을 다루고 의미에 답하는 것에 능하나, 그 중에도 더불어 시에 대해 깊이 있게 말할 수 있는 자가 있다. 하루는 학생들과 함께 왕안석(王安石)의 〈왕소군의 노래(明妃曲)〉를 읽었는데 "한나라의 은덕은 얕고 오랑캐의 은덕은 깊나니, 인생의 즐거움은 서로 마음을 아는 것에 있다네.", "지척의 장문궁에 유폐된 아교(阿嬌)의 일을 모르는가, 인생의 실의에는 남과 북이 없구나."에 이르러 그 말을 읊으며 빼어나다 칭하였다.

목포일(木抱一)이라는 자가 있어 발끈하여 화내며 말하기를, "시는 감흥을 일으킬 수도 있고 원망을 할 수도 있다. 비록 풍자를 주로 한다 하더라도 올바름을 잃지 않는 것이 귀한 것이다. 만약 이 시에서의 뜻과 같다고 한다면, 이릉이 이역에서 구차하게 살아남은 것은 명분의 가르침을 어긴 것이 아니며, 한 무제가 그의 가족을 죽인 것은 형벌이 지나친 것이 된다. 왕안석이 이 시를 지었을 때 사마광(司馬光)이 이를 보고 싫어하여 〈별부(別賦)〉 두 편을 지었는데, 그 말은 근엄하며 그 의리는 올바르니 대개 그의 잘못을 바로 잡은 것이다. 제군들은 어찌하여 이를 가져다 읽지 않는 것인가?"라 하였다. 여러 사람들이 비록 마음으로는 그의 말에 탄복하였지만 감히 이에 화답하는 이가 없었다.(太學生雖以治經答義爲能, 其間甚有可與言詩者. 一日, 同舍生誦介甫明妃曲, 至漢恩自淺胡自深, 人生樂在相知心, 君不見咫尺長門閉阿嬌, 人生失意無南北. 詠其語, 稱工. 有木抱一者, 艴然不悅曰, 詩可以興, 可以怨, 雖以諷刺爲主, 然不失其正者, 乃可貴也. 若如此詩用意, 則李陵偷生異域不爲犯名教, 漢武誅其家爲濫刑矣. 當介甫賦詩時, 溫國文正公見而惡之, 爲別賦二篇, 其詞嚴, 其義正, 蓋矯其失也. 諸君曷不取而讀之乎. 衆雖心服其論, 而莫敢有和之者)

민족의 기개와 절의에서 말한다면, 목포일의 말이 이치가 없는 것이 아니다. 그러나 봉건도덕을 옹위하는 자가 입에 올릴 말은 아닌 것이다. 대체로 도학이 이미 흥성한 이후에는 풍교(風教)에 입각하여 시를 논하는 것이 마땅한 것이었으니, 저 목포일이라는 자는 다만 저작을 쓰지 않았을 따름이지 만약 그가 시화를 썼다면 역시 ≪공계시화≫와 같은 부류였을 것이다. 요즘 사람 중에 현실주의(現實主義)라는 것과 연결 지어 이 책을 높이는 이가 있는데, 봉건주의의 잔재에 미련을 가지고 이 두 가지를 하나로 섞은 것이니 더욱 잘못된 것이다.

노문초(盧文弨)의 ≪포경당문집(抱經堂文集)≫ 권14와 장종태(張宗泰)의 ≪노암소학집(魯巖所學集)≫ 권10에 이 책에 대한 발문이 실려 있고 엄건중(嚴建中)의 ≪약란시화(藥欄詩話)≫ 또한 이에 대해 논하고 있는데, 여기서 모두 문장의 도의에 얽매이고 지나치게 고지식하여 시인의 뜻을 얻지 못한 것을 병폐로 여기고 있으니 이 또한 이유가 없는 것도 아니다. 다만 황철은 청빈함과 강직함으로 권세가를 싫어해 관직을 버리고 돌아갔던 사람이었으므로, 아부하고 아첨하는 시는 더욱 혐오하면서 아첨하는 간사한 소인배들이 이를 입에 올리지 못하게 하였다. 그의 몸가짐과 처신이 이와 같았으니 봉건예교를 유지옹호하려 했던 것과는 구분하여 보아야 하며, 또한 고지식하고 융통성이 없다는 말로써 이를 소홀히 여겨서도 안 될 것이다. 책에서 두보를 높이고 이백을 낮추는 말은 이미 ≪시병오사(詩病五事)≫[5]에서 연유했지만, 그 영향과 여파가 더욱 확대되어서 두보를 맹자와 같다고까지 말하고 있다. 이는 진정 당시 도학자들의 경향이었으니, 이 책을 '도학자의 시화'라 부르는 것도 가능할 것이다.

또한 이 책의 자서에서는 "시화를 모은 것은 모두가 전인의 말에

5 ≪시병오사≫는 송나라 소철(蘇轍)가 지은 것으로, 시가의 본질은 '의리(義理)'이고, 시가의 도덕적 효능과 도를 구현해야함을 주장하고 있다.

기인하여 절충한 것으로, 감히 사사로이 스스로 쓰지는 않았다.(詩話之集皆因前人之語而折衷之, 不敢私自有作)"라 말하고 있다. 이는 비록 겸양의 말이지만 책에는 그대로 베꼈거나 유사한 것들이 진실로 적지 않으며, 그 중 ≪진보지시화(陳輔之詩話)≫와 ≪만수시화(漫叟詩話)≫에서 가져온 것이 특히 많다. 이외 권4에서 논한 '대나무 옮겨 심는 날(竹迷日)'[6] 한 조목과 권8에서 논한 '형제가 우애롭다.(兄弟友于)' 한 조목은 ≪예원자황(藝苑雌黃)≫과 대략 유사하며, 권4에서 논한 '살풍경(殺風景)' 한 조목은 ≪서청시화(西淸詩話)≫와 대략 유사하며, 권8의 '집집마다 가마우지를 기른다.(家家養烏鬼)' 한 조목은 ≪채관부시화(蔡寬夫詩話)≫와 대략 유사하다. 이와 같은 예는 매우 많이 들을 수 있다. 따라서 이 책은 스스로 지은 것 외에 옮겨 기록한 문장이 매우 많음을 알 수 있다. 옛 사람들은 이 책을 온전히 황철이 지은 것이라 여겼지만, 이는 깊이 살피지 못한 것이다.

이 책의 특징은 풍교(風敎)로 시를 논하는 것에 있으니, 이는 진실로 그러하다. "그러나 올바름을 지키는 것이 지나쳐, 구애되고 사로 잡혀 시인의 뜻을 얻지 못한 것 또한 때로 있다.(然以守正之過, 至拘執不得詩人之意者, 亦往往有之)"라 한 장종태(張宗泰)의 말은 그 병폐를 정확히 지적한 것이다. 대개 절개를 닦고 행실을 연마하는 것이 그의 장점이지만, 도학자의 견해에 구애돼 오직 봉건도덕적인 기준으로만 시를 논한 것은 통하기가 어렵다. 만약 이러한 관점으로 이 책을 높인다면, 이 또한 다만 봉건주의의 잔재를 미화하는 것이 될 따름이다.

이 책에 나타나는 또 하나의 특징은 다른 시화에서는 드물게 보이는 것이다. 그러나 세상 사람들은 이에 주의하지 못하고 오히려 그 찌꺼기만을 높이고 있으니 의아할 따름이다. 나는 송인의 시화가 당

---

6 죽미일은 음력 5월 13일로, 이 날 대나무를 옮겨 심으면 잘 산다 한다.

인의 논시 저작보다 뛰어난 것은 송인은 이론비평에 무게를 두고 있는 반면, 당인은 법식(法式)에 치우쳐 있기 때문이라고 생각한다. 이론비평에 무게를 두면 시를 배우는 자나 시를 잘 쓰는 자나 모두가 익히고 학습할 수가 있다. 법식에 치우친 것은 다만 초학자들에게만 편리하여 그저 시를 쓰는 초보적인 기초밖에 되지 못할 뿐이니, 아니면 승려나 시를 배우는 자들이 망령되이 그럴듯한 명목을 만들어 사람들을 속이는 것에 불과할 따름이다. 따라서 그러한 책들은 대부분 전해지지 않는다. 송인의 논시에도 이와 같은 유의 저작이 없는 것은 아니다. 그러나 주류가 되지는 않았으며, 당시 사람들 또한 이를 중시하지 않았다. 황철의 이 책은 시격(詩格)과 시례(詩例) 방면에 있어 다른 수법을 나타내어 어법과 수사의 규율을 만들어 내었으니, 창시자로서의 그의 공은 빠뜨릴 수 없는 것이다. 황철은 풍부한 학식으로 그 상통한 점을 통찰할 수 있었으며 또한, 그 숨겨진 의미도 찾아낼 수 있었으니, 좁은 길을 홀로 개척하여 나아간 사람으로서 일반적인 시격과 시례를 지은 사람들과는 비교할 수 없다.

유협(劉勰)의 ≪문심조룡(文心雕龍)≫이 그 단서를 열었고 유지기(劉知幾)의 ≪사통(史通)≫은 또한 이를 확장시켰다. 일본 사람 편조금강(遍照金剛)의 ≪문경비부론(文鏡秘府論)≫은 여러 설을 모아 강목을 세우고 확장시켜 거의 대체적인 규모를 갖추었으나, 정밀하고 거친 것이 섞여 있어 당인의 견해에서 완전히 벗어날 수는 없었다. 따라서 빈약한 기반에서 처음으로 시작한다는 것이 쉽지 않은 것임을 알 수 있다. 황철은 이를 이어 홀로 시학에서의 유례(類例)를 세우고 정밀한 논지와 뛰어난 식견을 드러내었으니, 이는 진실로 다른 사람들이 이르기 어려운 바이다. 얼마 후에 진규(陳騤)의 ≪문칙(文則)≫이 그 영향을 깊이 받았으나, 그 후로는 계승하는 사람이 없는 것이 아쉽다. 그래서 일부러 이러한 점을 들추어내는 것이니, 세상의 ≪공계시화≫를 읽은 이들과 함께 이에 대해 논의해 보기를 원한다.

지금 이 책을 보면, 권1의 '여러 역사서의 열전(諸史列傳)' 조목에서는 두보시의 명칭 변화의 예가 좌구명(左丘明)과 유사함을 논하고 있으며, '두보는 세상에서 시사라 부른다.(子美世號詩史)' 조목에서는 두보시의 서사(敍事)와 사필(史筆)이 삼엄하여 이에 이르기가 쉽지 않음을 논하고 있다.

권2의 '두보시 〈사람을 두려워하다〉에서 다음과 같이 말하였다.(老杜畏人有云)' 조목에서는 시인이 시문에서 유희삼아 한 것은 앞뒤가 서로 맞지 않는 예가 있음을 말하였다.

권3의 '≪빈객집(賓客集)≫' 조목에서는 사물의 다른 명칭을 이용해 대구를 삼은 예를 들고 있으며, '두보시 "열 번의 더위 겪은 민산의 칡"(老杜十暑岷山葛)' 조목에서는 세월을 표시하는 것에 있어서의 두보시의 참신한 예와 백거이의 직접적으로 서술하는 풍격을 말하고 있다. '산음의 들녘에 눈 내리나 흥이 나지 않는다.(山陰野雪興難乘)' 조목에서는 그 말을 안배하여 음률을 고려한 예를 들었으며, '위응물시 〈왕시어에게 드림〉(韋應物贈王侍御)'[7] 조목에서는 용사(用事)에 있어 일반적인 용례에 얽매이지 않은 예를 들었다. 아울러 '유우석시 〈주사군을 보내며〉(夢得送周使君)' 조목에서는 두 자로 하는 용사와 한 자로 하는 용사의 예를 들었다.

권4의 '두보시의 율시와 절구(杜詩四韻並絶句)' 조목에서는 두보시가 산문체와 유사한 예를 들었고, '옛 사람의 작시(故人作詩)' 조목에서는 시에서 경전과 사서의 전구(全句)를 인용한 예를 들었다. '율시에는 한 연으로 하나의 일을 연결하여 나타내는 것이 있다.(律詩有一對通用一事)' 조목에서는 하나의 일이 한 연에서 나누어 사용된 예를 들었고, '두보

7 원문에는 '이시어(李侍御)'로 잘못되어 있어 바로 잡았다.

시 “단청 칠이 다함에 도리어 세상의 무시를 받는다”(老杜塗窮反遭俗眼白)’[8] 조목에서는 고사를 뒤집어 사용한 예를 들었다. ‘두목시 “술 좋아한 미치광이 완적”(杜云嗜酒狂嫌阮)’ 조목에서는 고사를 융화시켜 해당 인물의 성을 구의 맨 끝에 둔 예를 들었고, ‘자신의 시를 고사로 삼는다.(用自己詩爲故事)’ 조목에서는 자신의 작품을 예로 삼은 것을 들었다. ‘왕안석시 “집 나서면 흔들려 소리 내는 천 줄기 옥”(臨川蕭蕭出屋千尋玉)’[9] 조목에서는 사물의 이름을 부르지 않고 비슷한 것으로 은유한 예를 들었다.

권5의 ‘장상영(張商英)이 일찍이 “산(山)”자로 화운하며 말했다.(張無盡嘗和山字云)’[10] 조목에서는 단어를 잘라 나누어 표현한 예를 들었고,[11] ‘≪장자≫의 문장에는 기이함과 변화가 많다.(莊子文多奇變)’ 조목에서는 문법을 전도시킨 예를 들었다.

권7의 ‘두보시는 경서의 말을 많이 사용하였다.(杜詩多用經書語)’ 조목에서는 두보시에서 경서의 말을 운용한 예를 들었고, ‘사물을 “개”로 센다.(數物以箇)’ 조목에서는 두보시에서 속어를 사용한 예를 들었다. ‘두보시에는 한 글자를 사용하며 수십 군데에서 바꾸지 않은 것이 있다.(杜詩有用一字凡數十處不易)’ 조목에서는 작자에게 자주 사용하는 글자가 있는 예를 들었다.

권10의 ‘이상은시(李商隱詩)’ 조목에서는 시에서 고사를 여러 번 사용한 예를 들었다.

이와 같은 인용들은 모두가 통하여 막힘이 없다. 비록 권2의 ‘이상

8 원문에는 ‘도궁(途窮)’으로 잘못되어 있어 바로 잡았다.
9 ≪임천집(臨川集)≫에는 ‘심(尋)’이 ‘간(竿)’으로 되어 있다. 대나무를 옥으로 비유하여 나타낸 것이다.
10 원문에는 ‘산자운(山字韻)’으로 잘못되어 있어 바로 잡았다.
11 의미상 단어 전체를 써야 함에도 일부분만을 잘라내어 잘못 쓴 것을 말한 것이다. ≪공계시화≫에서는 고유명사인 ‘중산보(仲山甫)’를 ‘중산(仲山)’으로 잘못 표현한 예를 들고 있다.

은이 회서비를 노래하다.(李商隱詠淮西碑)' 조목에서 두보와 소식의 시는 감히 천자의 합당함을 정면으로 비판하지는 않았다고 말한 것처럼 간혹 봉건적인 의식이 있기는 하지만, 전체적으로 말했을 때 분명 논시의 새로운 길을 열 수 있었다는 것은 부인할 수 없다.

이 책은 다만 논시의 새로운 길을 연 것만은 아니었으니, 만약 이러한 길이 이미 열리고 이를 따르는 자들이 날로 많아진다면, 고한어(古漢語)에서 어법수사학을 건립하는 일은 분명 매우 쉬운 일이 될 것이다. 나는 선비가 고서적을 연구하는 것이나 시인이나 문인이 시례(詩例)와 문례(文例)를 논하는 것 모두 어법수사의 기초를 마련하는 것으로 볼 수 있다고 생각한다. 무릇 법을 논하는 것을 먼저 하지 않고 예를 논하는 것을 먼저 한다면, 법은 예에서 나오게 되며 실천하기 쉽게 된다. 먼저 전문적으로 연구하기 보다는 서로 연결되어 통하는 것을 먼저 알아낸다면, 어법은 수사와 결합될 수 있을 뿐 아니라 어휘와도 결합될 수 있게 되어 자연스럽게 고한어의 특징을 전면적이고 정확하게 이해할 수 있게 된다. 이를 구어(口語)에 적용하는 것 또한 예외일 수 없다. 따라서 어휘의 예로부터 시작해 들어가 어법, 수사, 어휘의 세 가지를 결합시켜 고한어의 특징을 분명히 하는 것이 좋은 것이다.

고한어의 특징이 분명해진 연후에 외국의 학문을 받아들여 그 분류의 장점을 취하고 이를 활용한다면, 서양의 것을 중국식으로 활용하는 것이 되어 서양어의 기존의 개념규정에 속박되지 않을 것이다. 동시에 옛 사람들의 ≪고서의의거례(古書疑義擧例)≫[12], ≪경전석사(經傳釋

12 ≪고서의의거례(古書疑義擧例)≫는 7권으로 청나라 유월(兪樾, 1821-1906)이 지었다. 고대의 글이 후세와 많이 달라 읽기에 불편한 것에 기인하여 고서의 조구(造句)의 특징, 해석 방법, 언어 습관, 각종 오류의 원인 등을 정리하여 설명하였다. 진한(秦漢)의 고적을 읽는 데 필독서이다.

詞)≫[13] 및 ≪문칙(文則)≫[14]과 같은 유의 책들을 과학화하고 대중화한다면, 옛날의 것을 지금의 방식으로 활용하는 것이 되어 옛 찌꺼기를 껴안고 결함을 고수하는 것이 되지는 않을 것이니, 이것이 가장 근본적이면서 기초적인 첫걸음이 될 것이다. 그래서 ≪공계시화≫에 대해 논하면서 덧붙여 이를 언급하는 것이니, 세상의 어법수사를 연구하는 사람들이 한 번 주목해 보기를 심히 원하는 바이다.

13 ≪경전석사(經傳釋詞)≫는 경전과 고적에서 허사를 해석한 책으로, 청나라 왕인지(王引之)가 지었다.

14 ≪문칙(文則)≫은 2권으로 송나라 진규(陳騤, 1128~1203)가 지었다. 여러 작가의 문장의 체식을 열거하되, 대체로 경전을 법도로 삼아 법칙을 세우고자 하였다.

죽파시화(竹坡詩話)

1권, 주자지(周紫芝) 지음, 보존되어 있음.

주자지(周紫芝, 1081~?)는 남송 선성(宣城, 지금의 안휘성(安徽省) 선성시(宣城市)) 사람으로, 자는 소은(少隱)이고 호는 죽파거사(竹坡居士)이다. 소흥(紹興) 연간에 진사가 되었다. 소흥 15년(1145)에 예부와 병부의 가각문자(架閣文字)가 되었고, 소흥 17년(1147)에 우적공랑칙령소산정관(右迪功郎敕令所刪定官)이 되었다. 이후 추밀원편수관(樞密院編修官), 우사원외랑(右司員外郞)을 역임하였다. 소흥 21년(1151)에 외직으로 나가 지흥국군(知興國軍)이 되었다가 나중에 물러나 여산(廬山)에 은거하였다.

주자지(1081~?)의 자(字)는 소은(少隱)으로, 선성(宣城, 지금의 안휘성(安徽省) 선성시(宣城市)) 사람이다. 소흥(紹興) 연간(1131~1162)에 급제하여 추밀원편수관(樞密院編修官)를 지냈으며, 외직으로 나가 지흥국군(知興國軍)을 지냈다. 자호는 죽파거사(竹坡居士)이며, ≪태창제미집(太倉稊米集)≫ 70권이 있다.

이 책은 ≪수초당서목(遂初堂書目)≫에는 ≪주소은시화(周少隱詩話)≫로 되어 있는데, 다른 판본에는 ≪죽파노인시화(竹坡老人詩話)≫로 되어 있기도 한다. 각 판본은 대부분 1권으로 되어 있는데, 다만 ≪국사경적지(國史經籍志)≫와 ≪야시원서목(也是園書目)≫에 모두 3권으로 되어 있다. 근등원수(近藤元粹)의 ≪형설헌총서(螢雪軒叢書)≫본도 옛 필사본 ≪백천학해(百川學海)≫에 따라 3권으로 나누어져 있으나, 겨우 80조목인 것은 지금 전하는 여러 판본들과 같으며 다만 권수의 분합만 다를 뿐이다. 이 책에 대한 ≪송사(宋史)·예문지(藝文志)≫의 저록을 보면 이미 1권이라 되어 있으니, 당시에도 1권본만 있었던 듯하다. 또한 ≪이로당시화(二老堂詩話)≫를 보면 '금쇄갑(金鎖甲)' 조목에서 "주자지의 ≪죽파시화≫ 제1단에서 이르기를, 두보의 〈하장군의 산림을 노닐며〉 시는…(周紫芝≪竹坡詩話≫第一段云杜少陵遊何將軍山林詩)"이라 말하고, '탄파 두 글자(綻葩二字)' 조목에서 "주자지 시화의 끝 편에서 또한 말하기를, 오늘 ≪초국집≫을 교정하였다 …(紫芝末篇又云今日校≪譙國集≫)"라 말하고 있는데, 지금 ≪죽파시화≫의 처음과 끝 두 조목이 이것과 완전히 같다. 따라서 1권본과 3권본은 다만 분합의 차이에 불과하며 내용상의 완전함의 여부와는 상관이 없음을 알 수 있다. ≪사고전서총목제요(四庫全書總目提要)≫에서는 다음과 같이 말하고 있나.

> 주필대의 ≪이로당시화≫의 금쇄갑(金鎖甲)을 논변하는 조목에서 '주자지의 시화 100편'이라 하였는데, 이 판본에는 다만 80조만 남아 있다. 또한 산해경시 조목에서는 '≪죽파시화(竹坡詩話)≫ 제1권'이라 하였으니, 필시 제2권이 있을 것이다. 이 판본은 오직 1권만 남아 있으니 아마도 잔궐인 것이다.(周必大≪二老堂詩話≫辨金鎖甲一條稱'紫芝詩話百篇', 此本惟存八十條. 又山海經詩一條稱≪竹坡詩話≫第一卷, 則必有第二卷矣. 此本惟存一卷, 蓋殘闕也)

나는 잔궐의 여부는 권수의 많고 적음과는 관련이 없다고 생각한다. 다만 옛 사람들의 저작은 대부분 돌려가며 베낀 것에서 나왔던 까닭에 간혹 빠지는 것이 있는 것 또한 이상한 것은 아니다. 비곤(費袞)의 ≪양계만지(梁谿漫志)≫ 권4의 '무신이 소식에게 올려 아뢰다.(武臣獻東坡啓)' 조목에서 다음과 같이 말하고 있다.

> 소식이 정무군(定武軍, 지금의 하북성(河北省) 정주시(定州市) 지역)을 다스릴 때, 한 모습이 지극히 초라하고 비루한 무신이 장계를 가지고 와서 바쳤다. 소식이 이를 읽고는 매우 기뻐하며 말하기를, "뛰어난 문장이로다."라 하였다. 그가 물러나자 막부의 빈객 이지의(李之儀)[1]에게 보여주며 어느 부분이

1 이지의(李之儀, 1038~1117)는 북송 빈주(濱州) 무체(無棣, 지금의 산동성(山東省) 무체현(無

빼어난 구절인지를 물었다. 이지의가 말하기를, "'홀로 하나의 막부(一府)를 열어 서릉(徐陵)[2]과 유신(庾信)[3]을 막부 안에 모아들였고, 아울러 다섯 덕성(五材)[4]을 사용하여 손무(孫武)[5]와 오기(吳起)[6]를 막사 앞에 달리게 하였습니다.' 이것이 빼어난 구절입니다."라 하였다. 소식이 말하기를, "그대가 아니면 누가 이것을 알겠습니까?"라 하였다. 이지의가 웃으며 소식에게 말하기를, "이 사람의 이마를 보니 결코 자신의 말이 아니니, 다른 사람에게서 빌려온 것이 아니겠습니까?"라 하였다. 소식이 말하기를, "만약 과연 그러하다면, 진정 안목 또한 갖춘 것입니다."라 하였다. 곧바로 모두 그들을 불러 더불어 매우 즐겁게 이야기하니 막부 사람 모두가 놀라워하였다. 죽파노인 주자지가 이를 이지의에게서 듣고 그 일을 기록하였다.(東坡帥定武, 有武臣狀極樸陋, 以啓事來獻. 坡讀之, 甚喜曰, "奇文也". 客退以示幕客李端叔, 問何者最爲佳句. 端叔曰, "獨開一府, 收徐庾於幕中, 並用五材, 走孫吳於堂下. 此佳句也." 坡曰, "非君誰識之者." 端叔笑謂坡曰, "視此郎眉宇間, 決無是語, 得無假諸人乎?" 坡曰, "使其果然, 固亦具眼矣." 卽爲具召之, 與語甚歡, 一府皆驚. 竹坡老人周少隱聞之李端叔, 嘗記其事)

棣縣) 사람으로, 자는 단숙(端叔)이고 자호는 고계거사(姑溪居士) 또는 고계로농(姑溪老農)이다. 철종(哲宗) 원우(元佑) 초에 추밀원편수관(樞密院編修官), 통판원주(通判原州)를 지냈으며, 정화(正和) 7년(1117)에 조청대부(朝請大夫)로 관직을 마쳤다. 저서로 ≪고계사(姑溪詞)≫, ≪고계거사집(姑溪居士集)≫이 있다.

2 서릉(徐陵, 507~583)은 남조의 양(梁)나라 동해(東海) 담(郯, 지금의 산동성(山東省) 담성현(郯城縣)) 사람으로, 자는 효목(孝穆)이다. 양나라 때 태자좌위솔(太子左衛率)을 지낸 서리(徐摛)의 아들이다. 양무제(梁武帝) 시기 소강(蕭綱)이 태자가 되었을 때 동궁학사(東宮學士)에 뽑혔으며, 소강의 뜻을 받들어 ≪옥대신영(玉臺新詠)≫을 편찬하였다. 진(陳)나라 때까지 산기상시(散騎常侍), 오병상서(五兵尙書), 어사중승(御史中丞), 상서좌복야(尙書左僕射), 중서감(中書監) 등을 지냈으며, 궁체시(宮體詩)의 대표 작가로서 유신(庾信)과 함께 '서유(徐庾)'로 병칭되었다. 저서로 ≪서효목집(徐孝穆集)≫이 있다.

3 유신(庾信, 513~581)은 북주(北周)의 남양(南陽) 신야(新野, 지금의 하남성(河南省) 신야현(新野縣)) 사람으로, 자는 자산(子山)이다. 양(梁)나라에서 처음 벼슬하였고, 후에는 서위(西魏)와 북주(北周) 등에서 관직을 받았다. 북주에서 표기대장군(驃騎大將軍), 개부의동삼사(開府儀同三司) 등을 역임하여 세칭 유개부(庾開府)라 한다. 궁체시(宮體詩)의 대표 작가로서 서릉(徐陵)과 함께 '서유(徐庾)'로 병칭되었다. 저서로 ≪유자산집(庾子山集)≫이 있다.

4 '오재(五才)'라고도 하며, 병사가 지녀야 할 다섯 가지 덕성을 가리킨다. ≪육도(六韜)·용도(龍韜)≫에 "이른바 오재라 하는 것은 용맹, 지혜, 어짊, 신의, 충성이다. 용맹하면 범할 수 없으며, 지혜로우면 혼란되지 않고, 어질면 다른 사람을 사랑하고, 신의로우면 속이지 않으며, 충성스러우면 다른 마음이 없다.(所謂五材者, 勇、智、仁、信、忠也. 勇則不可犯, 智則不可亂, 仁則愛人, 信則不欺, 忠則無二心)"라 하였다.

5 손무(孫武)는 춘추시기 병법가로, 오왕 합려(闔閭)의 장수였으며 ≪병법(兵法)≫ 13편을 지었다.

6 오기(吳起)는 전국시기 병법가로, 위무후(魏武侯)의 장수였으며 ≪오자(吳子)≫ 48편을 지었다.

이 글은 시화의 일문(佚文)으로 볼 수 있을 것이다. 그러나 이른바 "일찍이 그 일을 기록하였다.(嘗記其事)"라 한 것은 이미 시화라고 분명하게 말하지 않았기 때문에 시화 속에 있을 수 없는 것이다. 또한 이 조목은 결코 시를 논한 것이 아닌 까닭에 설령 시화 속에 있었다 하더라도 후인들에 의해 제거되었을 것이다. 결국 주필대가 말한 "시화백편(詩話百篇)"이라는 것은 대략의 그 수를 든 것일 뿐이니, 이를 실제 수로 여겨 잔본이라고 확정하여 말할 수는 없는 것이다. 지금 세상에 전하는 것으로는 ≪백천학해(百川學海)≫본, ≪진체비서(津逮秘書)≫본, ≪역대시화(歷代詩話)≫본, ≪형설헌총서(螢雪軒叢書)≫본, ≪송시화십종(宋詩話十種)≫본, ≪고금설부총서(古今說部叢書)≫본이 있는데, 비록 권수에는 차이가 있으나 내용은 모두가 같다. 다만 ≪설부(說郛)≫본만 겨우 16조목으로서 완전본이 아니다.

주자지는 원풍(元豐) 4년(1081)에 태어나 장뢰(張耒)[7], 이지의(李之儀), 조열지(晁說之)[8], 증기(曾幾)[9], 한구(韓駒)[10] 등을 만났으며, 또한 최언(崔鶠)[11],

7 장뢰(張耒, 1054~1114)는 북송 초주(楚州) 회음(淮陰, 지금의 강소성(江蘇省) 회안시(淮安市)) 사람으로, 자는 문잠(文潛)이고 호는 가산(柯山)이다. 신종(神宗) 희녕(熙寧) 6년(1073)에 진사가 되었고, 철종(哲宗) 때에 기거사인(起居舍人), 지윤주(知潤州) 등을 지냈다가 원우당적(元祐黨籍)에 연루되어 선주(宣州)로 유배되었다. 휘종(徽宗) 때에 태상소경(太常少卿)으로 복귀했다 다시 지영주(知潁州) 등의 외직으로 쫓겨났고 숭녕(崇寧, 1102~1106) 초에 또다시 당적(黨籍)에 연루되어 관직에서 물러났다. 소문사학사(蘇門四學士) 가운데 한 사람으로, 시(詩)는 평담(平淡)을 추구하여 백거이(白居易)를 본받았고, 악부(樂府)는 장적(張籍)을 배웠다. 저서로 ≪완구집(宛丘集)≫, ≪명도잡지(明道雜志)≫, ≪시설(詩說)≫ 등이 있다.

8 조열지(晁說之, 1059~1129)는 북송 제주(濟州) 거야(鉅野, 지금의 산동성(山東省) 거야현(鉅野縣)) 사람으로, 자는 이도(以道) 혹은 백이(伯以)이고 자호는 경우생(景迂生) 혹은 경우(景迂)이다. 여러 책을 두루 보고 시와 산수화에 능하였으며 육경에도 능통하였고 특히 역학에 정통하였다. 원풍(元豊) 5년(1082)에 진사에 급제하였다. 저작랑(著作郎), 비서감(秘書監), 중서사인(中書舍人) 등을 역임하였다. 저서로 ≪유언(儒言)≫, ≪경우생집(景迂生集)≫ 등이 있다.

9 증기(曾幾, 1085~1166)는 북송 감주(贛州, 지금의 강서성(江西省) 감주시(贛州市)) 사람으로, 자는 길보(吉甫)이고 자호(自號)는 다산거사(茶山居士)이다. 강서(江西)와 절서(浙西)의 제형(提刑)과 비서소감(秘書少監), 예부시랑(禮部侍郎) 등을 지냈다. 고체시와 근체시에 모두 뛰어났고, 저서로 ≪다산집(茶山集)≫이 있다.

10 한구(韓駒, ?~1135)는 북송 능양(陵陽) 선정(仙井, 지금의 사천성(四川省) 인수현(仁壽縣)) 사

강행보(强行父)[12], 관주(關注)[13] 등과도 잘 알아 소식과 황정견의 의론을 들었던 까닭에 남송과 북송의 교체기에 어느 정도 시의 명성이 있었다. 이 책에는 의론을 겸한 발문(跋文)이 있는데[14] 정해년에 쓰였으니, 분명 효종 건도(乾道) 3년(1167)으로 이때는 주자지가 이미 세상을 떠난 뒤였다. 주자지의 ≪태창제미집(太倉稊米集)≫에 〈번민하며 쓰다(悶題)〉 시 1수가 있는데, 주에서 "임술년(1142)에 비로소 관직을 얻으니, 당시 나이가 61세였다.(壬戌歲始得官, 時年六十一)"라 하였으니, 아마도 이 책이 완성된 것은 관직을 얻기 이전이었던 듯하다.

발문에서는 "시화를 보면 그 높고 낮음을 논하여 평가하고 등급을 높이고 낮추는 것에 안목이 있다. 시에 능한 자가 아니라면 어떻게 가

람으로, 자는 자창(子蒼)이고 호는 모양(牟陽)이며, 세칭 능양선생(陵陽先生)이라 한다. 일찍이 소철(蘇轍)에게 배웠으며, 비서성정자(秘書省正字)를 역임하였다. 후에 화주(華州)로 폄적되었다가 지홍주(知洪州)와 저작랑(著作郎)을 지냈다. 선화(宣和) 5년(1123) 비서소감(秘書少監)에 임명되었고, 이듬해 중서사인겸수국사(中書舍人兼修國史)에 임명되었다. 고종(高宗) 소흥(紹興) 원년(1131)에 지강주(知江州)를 역임하였고, 5년(1135)에 죽었다. 저서로 ≪능양선생시(陵陽先生詩)≫ 4권이 있다.

11 최언(崔鶠, 1058~1126)은 북송 개봉(開封) 옹구(雍丘, 지금의 하남성(河南省) 기현(杞縣)) 사람으로, 자는 덕부(德符)이고 호는 파사(婆娑)이다. 원우(元祐) 연간에 진사가 되어 봉주사호참군(鳳州司戶參軍), 균주추관(筠州推官)을 지냈다. 휘종(徽宗) 즉위 초에 상소를 올려 사마광(司馬光)을 칭송하고 장돈(章惇)을 추켜세워 채경(蔡京)의 미움을 받아 면직되었다. 선화(宣和) 6년(1124) 영화군통판(寧化軍通判)에 기용되었다가 전중시어사(殿中侍御史)로 부름을 받았다. 흠종(欽宗)이 즉위함에 간관(諫官)으로 기용되어 상소로써 채경의 죄악을 논하였으나, 오래지 않아 병사했다.

12 강행보(强行父, 1091~1157)는 북송 여항(餘杭, 지금의 절강성(浙江省) 항주시(杭州市)) 사람으로, 자는 유안(幼安)이다. 목주통판(睦州通判), 선주통판(宣州通判)을 지냈다. 일찍이 당경(唐庚)과 함께 경사(京師)에 머물면서 날마다 그와 교유하였고, 돌아가서는 당경이 시문(詩文)을 구술한 말들을 기록하였다. 당경이 세상을 떠나자 이를 바탕으로 ≪당자서문록(唐子西文錄)≫을 완성하였다.

13 관주(關注, ?~?)는 남송 전당(錢唐, 지금의 절강성(浙江省) 항주시(杭州市)) 사람으로, 자는 자동(子東)이고 호는 향암거사(香巖居士)이다. 관경인(關景仁)의 아들로, 고종(高宗) 소흥(紹興) 5년(1135)에 진사가 되었으며, 호주교수(湖州教授)를 거쳐 태상박사(太常博士)에 이르렀다. 호원(胡瑗)의 손자인 호척(胡滌)와 함께 호원의 유서를 수집하여, ≪호선생언행록(胡先生言行錄)≫을 편찬하였다. 저서로 ≪관박사집(關博士集)≫이 있다.

14 이 발문은 ≪설부(說郛)≫본에 보인다.

려낼 수가 있겠는가?(詩話要見其詮次高下, 抑揚品第, 有眼目耳. 非擅能詩聲, 則何以有所抉擇)"라 하였고, ≪사고간명목록(四庫簡明目錄)≫에서도 그 논시에 대해 "고증과 품평에 취할 만한 것이 많이 있다.(考證品評多有可取)"라 하였다. 그러나 그의 고증에 대해 주필대(周必大)의 ≪이로당시화(二老堂詩話)≫와 하맹춘(何孟春)의 ≪여동서록(餘冬序錄)≫, 시윤장(施閏章)의 ≪확재시화(蠖齋詩話)≫, 하문환(何文煥)의 ≪역대시화고색(歷代詩話考索)≫, 마위(馬位)의 ≪추창수필(秋窗隨筆)≫, ≪사고전서총목제요≫ 등의 책에서 모두 그 오류를 지적하였다. 또한 그의 품평에 대해서도 왕무(王楙)의 ≪야객총담(野客叢談)≫과 ≪역대시화고색≫, ≪추창수필≫, 진연(陳衍)의 ≪석유실시화(石遺室詩話)≫ 등 여러 책에서 역시 그 잘못을 지적하였다. 그 사람에 대해 말한다면 아는 것이 전혀 없는 사람은 아니며, 그의 책에 대해 말한다면 또한 하나도 취할 것이 없는 책은 아닌데 어찌하여 높이고 낮추는 것이 이처럼 다를 수 있단 말인가?

대체로 주자지의 논시의 병폐는 다음 두 가지에 있다.

첫째, 당시 사람들을 높이고 옛 작품들을 경솔하게 의론한 것이다. 예를 들면 소식이나 장뢰(張耒) 등의 영매시(咏梅詩)를 임포(林逋)[15]보다 훨씬 뛰어나게 여기고 있다. 이는 그가 시를 통해 진회(秦檜) 부자에게 아첨한 것과 같은 것이다. 인품이 비속하면 식견 또한 그것에 따라가게 되어 있으니, 그 품평에 온당한 것이 드문 것은 진실로 당연하다.

둘째, 강서시인들의 점철성금(點鐵成金) 같은 설에 영향을 받고 이를 더욱 극단까지 추구한 것이었으니, 결국은 한 글자에 치중하여 기이함을 다투고 이를 지나치게 세밀하게 추구한 나머지 지나친 천착에 빠지

15 임포(林逋, 967~1028)는 북송 전당(錢唐, 지금의 절강성(浙江省) 항주시(杭州市)) 사람으로, 자는 군복(君復)이며 시호는 화정선생(和靖先生)이다. 평생 부귀를 추구하지 않고 서호(西湖)의 고산(孤山)에 은거하며 독신으로 생을 마쳤다. 그의 시는 학과 매화 등 자연사물을 평담하게 읊은 것으로 유명한데, 특히 매화를 소재로 한 시가 많아 매화시인이라 불린다. 저서로 ≪임화정집(林和靖集≫ 4권이 있다.

고 말았다. 진천린(陳天麟)의 ≪태창제미집≫의 서문에는 주자지의 말을 인용하고 있는데, "시를 짓는 것은 먼저 격률을 엄격히 한 연후에 구법에 미치는 것이니, 나는 이것을 장뢰와 이지의에게서 얻었다.(謂作詩先嚴格律然後及句法, 予得此於張文潛李端叔)"라 하였으니, 그가 시에 있어 근본에 힘쓰지 않고 말단에 힘썼음을 알 수 있다. 따라서 그의 논시가 강서시인들의 영향을 받고 편벽되게 된 것은 진실로 당연하다.

방회(方回)의 ≪동강집(桐江集)·독태창제미집발(讀太倉稊米集跋)≫에는 다음과 같이 말하고 있다.

> 주자지(周紫芝)는 소흥 원년(1131)에 산에 은거하며 여러 책들을 다 평가할 수 없었는데 오직 유종원, 유우석, 두목, 황정견, 두보, 장뢰, 진사도, 진여의 여덟 사람의 시를 베끼어 시의 여덟 보배로 삼았으니, 이들 시 모두를 합당하다 여기고 선택하여 취하지는 않았다. 나는 이것이 어찌하여 합당한지 시를 배우는 자들이 이 뜻을 알지 않으면 안 된다고 생각한다. 유종원을 취하고 한유를 취하지 않은 것, 황정견을 취하고 소식을 취하지 않은 것, 두보를 취하고 이백을 취하지 않은 것에는 깊은 뜻이 있는 것이다.(少隱紹興元年避地山中, 不能盡絜群書, 唯有柳子厚劉夢得杜牧之黃魯直杜子美張文潛陳無己陳去非八家詩抄爲詩八珍, 以爲皆適有之, 非擇而取. 予謂此豈適然, 學詩者不可不會此意. 取柳不取韓, 取黃不取蘇, 取杜不取李, 有深意也)

방회의 말에서 분명하게 나타나듯이, 그의 논시가 영향을 받고 편벽되게 된 것은 근본적으로 시를 배우는 것의 '깊은 뜻(深意)'과 관련이 있음을 알 수 있다. 이른바 시를 배우는 것의 깊은 뜻이라는 것은 바로 강서시인들의 시를 배우는 지향(志向)이다. 강서시인들은 작시에 있어 이미 격률과 구법에 엄격했던 까닭에 논시에 대해서는 아는 바가 없었으니, 자연히 그 영향을 받고 편벽되게 되는 병폐에서 벗어나기 어려웠던 것이다.

관림시화(觀林詩話)

1권, 오율(吳聿) 지음, 보존되어 있음.

오율(吳聿, ?~?)은 남송 초동(楚東, 어느 지역인지 분명하지 않음)사람으로, 자는 자서(子書)이다. 생졸년 미상이며, 대략 고종(高宗), 소흥(紹興) 연간(1131~1164) 초에 생존했던 것으로 여겨진다. 저서로 ≪관림시화(觀林詩話)≫ 1권이 있다.

오율(?~?)의 자는 자서(子書)이며, 생졸년은 분명하지 않다. 다만 이 책의 자서(自署)에 의거해 초동(楚東) 사람임을 알 수 있으며, ≪사고전서총목제요(四庫全書總目提要)≫의 고증에 따라 남송 초 사람이었음을 알 수 있을 뿐이다. ≪직재서록해제(直齋書錄解題)≫에서는 이 책의 저자에 대해 "초동의 오율자가 썼다.(楚東吳聿子書)"라 말하면서도 또한 "어떤 사람인지 모른다.(未詳何人)"라 말하고 있으니, 당시에도 그의 생평은 알지 못했다. ≪문헌통고(文獻通考)≫에는 "장율(張律)"로 되어 있는데, 잘못된 것이다.

이 책은 ≪직재서록해제≫에 저록된 것 외에 ≪천일각서목(天一閣書目)≫에도 보이며, 전하는 판본이 적어 여러 책에서 인용되는 것 또한 드물다. 사고관(四庫館)을 열었을 때 남아있는 책들을 수집하였는데, 여기에서 얻은 판본 또한 천일각 소장본에서 베껴써서 얻은 것이다. 따라서 ≪절강채집유서총록(浙江採集遺書總錄)≫의 기재에도 다만 필사본이라고만 말하고 있다. ≪선본서실장서지(善本書室藏書志)≫에서 얻은 것은 사고관에서 발행하여 진상하여 수장한 것으로, 역시 명초본이라 말하고 있다. 이 판본이 유전되면서부터 여러 총서에서 다투어 간행하였으니, ≪묵해금호(墨海金壺)≫, ≪수산각총서(守山閣叢書)≫, ≪호북선정유서(湖北先正遺書)≫, ≪역대시화속편(歷代詩話續編)≫ 같은 여러 판본들은 모두가 이것을 근거로 한 것이다. ≪여정지견서목(郘亭知見書目)≫에서는 이 책에 ≪백천학해(百川學海)≫본이 있다고 말하고 있다.

이 책의 의론은 비교적 고증에 치우쳐 있으며 간혹 일사(佚事)를 서술하고 있다. 대체로 송인의 필기(筆記)의 체제를 따르고 있으나, 오로지 논시를 주로 하고 있는 것과는 다르다. ≪사고전서총목제요≫에서는 이 책의 고증 부분에 대한 논술이 매우 상세한데, 그 장점으로 든 것 또한 잘못과 오류를 바로 잡은 것이었으니 그 평가가 매우 타당하다. 아마도 당시 〈제요〉를 쓴 자가 고증에 많이 치우쳐 있었던 까닭에 이를 지극히 긍정적으로 본 것일 것이다.

≪사고전서총목제요≫에서는 권말에 수록된 사조(謝朓)에 관한 일세 조목에 논하는 말이 없는 것을 이유로 베껴 쓰는 과정에 빠진 것이 있는 것이라 여겼는데, 내 생각에 이것은 미완성된 것으로서 더 써서 완성되어야 하는 것이었으며, 이 때문에 당시에 알려지지 않았던 것이라 여겨진다.

당시기사(唐詩紀事)

81권, 계유공(計有功) 지음, 보존되어 있음.

계유공(計有功, ?~?)은 북송 임공(臨邛, 지금의 사천성(四川省) 공래시(邛崍市) 동북쪽) 사람으로, 자는 민부(敏夫) 호는 관원거사(灌園居士)이다. 생졸년은 분명치 않다. 저서로 ≪당시기사(唐詩紀事)≫가 있다.

계유공(?~?)의 자는 민부(敏夫)이며, 호는 관원거사(灌園居士)이다. 선화(宣和) 3년(1121)에 진사가 되었으며, 임공(臨邛, 지금의 사천성(四川省) 공래시(邛崍市) 동북쪽) 사람이다. ≪사고전서총목제요(四庫全書總目提要)≫에서는 안인(安仁) 사람이며, 장준(張浚)의 외사촌이라 하였다. 내 생각에 안인(安仁)은 당대(唐代)에 현의 치소(置所)가 있던 곳으로 임공과 가까워 옛 명칭을 따른 것이니, 안인이라 불러도 무방하다. 종합하자면 장준은 면죽(綿竹, 지금의 사천성(四川省) 면죽시(綿竹市)) 사람이며, 계유공의 시에 화답한 곽인(郭印) 또한 성도(成都) 사람이니 계유공은 촉(蜀) 사람이라 보는 것이 옳다. ≪강서통지(江西通志)・예문략(藝文略)≫에도 이 책이 저록되어 있는데, 안인을 송대의 안인(安仁, 지금의 호남성(湖南省) 안인시(安仁市))으로 여겼기 때문이다. ≪사고전서총목제요≫에서는 곽인의 ≪운계집(雲溪集)≫에 있는 〈계유공의 시에 화답하며(和計敏夫詩)〉를 들어 선열(禪悅)[1]에 깊이 빠졌던 선비라 여겼는데, 벼슬길에 나아가는 것을 구하지 않았던 까닭에 그 이름이 드러나지 않아 생애를 상세히 알

1 불교에서 선정(禪定)에 들어가 느끼는 기쁨을 말한다.

수 없다.

이 책은 가정(嘉定) 갑신년(1224) 회안군재(懷安郡齋)에서 처음 판각되었고 왕희(王禧)의 서(序)가 있었는데, 시간이 지나 각판이 없어지면서 책도 드물게 전하게 되었다. 명 가정(嘉靖) 을사년(1545) 홍편(洪楩)의 각본이 있는데, 회안각본을 근거로 다시 판각한 것이며 공천윤(孔天胤)의 서가 있다. ≪선본서실장서지(善本書室藏書志)≫ 권39에 보이니, 이것이 곧 ≪사부총간(四部叢刊)≫본이 유래한 것이다. 또한 같은 시기에 장자립(張子立)의 각본이 있는데, ≪군벽루선본서목(群碧樓善本書目)≫ 권4에 보인다. 다만 근거한 것이 전초본(傳抄本)이라 잘못된 부분이 다소 많다. 모진(毛晉)의 급고각 각본은 실제로는 장자립본을 근거하여 약간 수정을 가한 것에 불과하다. 근인 정복보(丁福保)의 의학서국 간행본은 급고각 각본을 근거한 것이다. 이 책은 ≪사고전서총목제요≫에서 논한 것 외에, 왕태악(王太岳)의 ≪사고전서고증(四庫全書考證)≫에도 논한 부분이 있으니 참고할 만하다.

내 생각에 시와 일은 그 관계가 매우 밀접한데, 당송인들이 일을 서술한 것은 다만 한담거리로 삼은 것이었으니 이를 하찮게 본 것이다. 왕희(王禧)는 이 책의 서문에서 다음과 같이 말하고 있다.

> 문장은 시대의 고하(高下)와 함께 한다. 시는 정(情)에서 드러나니, 제왕은 성대의 시기에 이를 채집하여 백성의 풍속이 바른지 어지러운지를 보았다. 춘추시대에 조맹(趙孟)[2]은 시를 지을 것을 청하여 정칠자[3]의 뜻을 보았고, 계찰(季札)은 음악을 볼 것을 청하여 여러 나라의 풍속을 알았다. 세상의 군

---

2 조맹(趙孟, ?~B.C. 601)은 춘추시대 진(晉)의 경(卿)이었던 조순(趙盾)을 가리킨다. 진문공(晉文公)의 핵심 참모였던 조쇠(趙衰)의 아들이며, 조선자(趙宣子)라고도 한다. 조맹(趙孟)은 조씨 가문의 수장(首長)이라는 뜻으로, 그의 후대인 조무(趙武), 조앙(趙鞅), 조무휼(趙毋恤) 등을 모두 칭하는 말이기도 한다. 조씨는 대대로 진나라의 조정을 장악하여 권세를 누렸다.

3 정칠자(鄭七子)는 춘추시대 정(鄭)나라의 일곱 대부로 정백(鄭伯), 자전(子展), 백유(伯有), 자서(子西), 자산(子産), 자대숙(子大叔), 이자석(二子石)을 가리킨다.

자들이 당나라 삼백 년간의 문장, 인물, 풍속의 융성함과 퇴락함, 그릇됨과 올바름을 보고자 한다면, 이 책이 도움이 되지 않지는 않을 것이다.(文章與時高下, 而詩發於情, 帝王盛時採之以觀民風, 在治忽. 春秋之時, 趙孟請賦詩以觀鄭七子之志, 季札請觀樂以知列國之風. 世之君子欲觀唐三百年文章人物風俗之汚隆邪正, 則是書不爲無助)

비록 소략하게나마 그 의의를 말하고는 있으나 크게 높이는 말은 하지 않으며, 오히려 진부한 말이나 피상적인 이야기 정도로 여기고 있다. 이후 홍편의 중각본에 있는 공천윤의 서에서는 다음과 같이 말하고 있다.

무릇 시로써 정(情)을 말한다는 것은 옛날부터 항상 말해왔던 것이 아니겠는가! 그러나 여기에는 반드시 일(事)이 있으니, 일은 시의 정이 생겨나는 바이며 시의 말이 모아지는 바이다. 따라서 시를 보는 자가 일을 알게 되면 그 정을 알게 되고, 정을 알게 되면 말의 뜻을 알 수 있게 된다. 이것을 물과 나무에 비유한다면, 일은 원류와 본말이고 말은 나루터와 숲이며 정은 흐르는 것과 자라는 것이다. 이러한 까닭에 풍속을 볼 수 있는 것이다. 따라서 군자는 이르기를 '일이 있어 시를 쓴다.'라 하였고, 또한 '훌륭한 사관은 득실의 행적에 밝다.'라 하였던 것이다. 무릇 시를 일이라 부르고 역사를 시로 여긴 것이니, 그 뜻이 크도다! 그러나 성정의 설에 얽매어 일을 소홀히 여기고 생략해 버린다면, 물과 나무의 근원을 궁구하지 못하고 헛되이 나루터에서 길을 잃고 헤매고 숲에 가리어 어긋나게 될 터이니, 그 흐르는 것과 자라는 것에 있어서도 이미 소원해지게 된다. 따라서 공자는 말하기를 '앎에 이르는 것은 격물에 있다.'라 하였고, 맹자는 시를 읽음에 '반드시 그 세상을 논해야 한다.'고 하였던 것이다.(夫詩以道情, 疇弗恒言之哉! 然而必有事焉, 則情之所繇起也, 辭之所爲綜也. 故觀於其詩者, 得事則可以識情, 得情則可以達辭. 譬之水木, 事其源委本末乎? 辭其津涉林叢乎? 情其爲流爲鬯者乎? 是故可以觀已! 故君子曰, '在事爲詩', 又曰, '國史明乎得失之迹'. 夫謂詩爲事, 以史爲詩, 其義憮哉! 然自性情之說拘, 而狂簡或遂略于事, 則猶不窮水木, 而徒迷鶩乎津涉, 蔽虧乎林叢, 其于流鬯蓋已疏矣. 故孔父言, 知在乎格物, 孟子誦詩, 必論其世)

이와 같은 말은 지극히 절묘하다. 만약 이를 따라서 한 걸음 더 나아간다면 자연스럽게 문학과 현실의 관계를 엿볼 수 있을 터이나, 송인의 논시가 이 점에 대해 비교적 드물게 언급하고 있는 것이 아쉽다. ≪당시기사≫ 또한 이에 대해 충분히 말하고 있지는 않다.

그러나 ≪당시기사≫가 비록 여기에 나아가지는 못하고 있으나, 그 풍부한 채집과 성실한 수집을 통해 흩어지고 없어진 것들을 총망라하였으니 연구의 자료가 되기에는 충분하다. ≪사고전서총목제요≫에서 "장위(張爲)의 ≪시인주객도≫는 다만 이 책을 통해 대략의 내용이 보인다.(張爲主客圖獨藉此編以見梗槪)"라 말한 것처럼 그 공은 또한 없어질 수가 없는 것이다. 실제로 이 책의 장점은 세상에 전하지 않은 것들이 많은 부분 이것에 의해 존재하게 되어 인구에 회자되게 되었다는 것뿐만 아니라, 교감의 자료로 삼기에도 충분하다는 것이다. 오건(吳騫)[4]의 〈논시절구(論詩絶句)〉에서 "벽에 그림 그리던 그 때의 일은 오래전에 지나갔건만, 노래 부르던 어여쁜 모습은 거짓이 아니었다네. 누런 모래가 곧바로 날아오르는 구절은 진정 계유공에게로 바뀌어 돌아가야 한다네.(畵壁當年事久徂, 歌來皓齒定非誣. 如何直上黃沙句, 眞本翻歸計敏夫)"라 하였는데, 자주(自註)에서 "왕지환(王之渙)의 〈양주사〉 '황하는 멀리 흰 구름 사이로 올라가네.'는 ≪당시기사≫에 '누런 모래는 곧바로 흰 구름 사이로 올라가네.'라 되어 있다. 오수령(吳修齡)[5]은 이를 굳게 믿었으니, 꼭 들어맞아 바꿀 수가 없다고 하였다.(王之渙〈凉州詞〉'黃河遠上白雲間', ≪唐詩紀事≫作'黃沙直上白雲間', 吳修齡篤信之, 以爲的不可易)"라 하였다. 이는 또한 알려지지 않은 이야기들의 자료로서도 충분한 것이므로, 이를 기록하여 이 책을 읽는 사람들에게 알려두는 바이다.

---

4 오건(吳騫, 1733~1813)은 청나라 해녕(海寧, 지금의 절강성(浙江省) 해녕시(海寧市)) 사람으로, 자는 사객(槎客)이고 호는 토상(兎床)이다. 청대 저명한 장서가 중 하나로, 집에 배경루(拜經樓)를 두고 오만 권이 넘는 장서를 소장하였다.

5 오수령(吳修齡)은 청대의 시론가 오교(吳喬)를 가리킨다. 오교(吳喬, 1611~1695)는 강남(江南) 태창(太倉, 지금의 강소성(江蘇省) 태창시(太倉市)) 사람으로, 자는 수령(修齡)이다. 저서로 ≪위로시화(圍爐詩話)≫ 6권이 있다.

또한 ≪승암시화(升庵詩話)≫ 권8에서 “내가 전남에서 옛집에 소장된 ≪당시기사≫ 초본을 매우 많이 보았다. 최근에 항주각본을 보았는데, 10분의 9가 잘려 나갔다.(余於滇南見故家收≪唐詩紀事≫抄本甚多. 近見杭州刻本, 則十分去其九矣)”라 하였는데, 그 말한 바와 같다고 한다면 지금 전하는 각본에 잘려진 것이 많다는 것이다. 그러나 가정(嘉靖) 연간(1522~1566)의 각본으로는 다만 두 종만이 있으며, 그 하나는 장자립의 각본으로 초본에 근거한 것이고 다른 하나는 홍자미(洪子美)[6]의 각본으로 송 회안각본에 근거한 것이다. 이들 어느 것에서도 잘려졌다는 말이 없는데, 하물며 10분의 9 정도까지나 하겠는가? 양신(楊愼)의 학문은 넓기는 하지만 핵심은 부족하니, 간혹 과장되어 실세에 부합되지 않는 내용들이 있다.

6 【원주】 홍편이다.(楩)

운어양추(韻語陽秋)

20권, 갈립방(葛立方) 지음, 보존되어 있음.

갈립방(葛立方, ?~1164)은 북송 윤주(潤州) 단양(丹陽, 지금의 강소성(江蘇省) 단양시(丹陽市)) 사람으로, 호주(湖州) 오흥(吳興)으로 옮겨가 살았다. 자는 상지(常之)이고 자호는 나진자(懶眞子)이다. 소흥(紹興) 8년(1138)에 진사가 되었으며 정자(正字), 교서랑(校書郞), 고공원외랑(考功員外郞) 등의 관직을 지냈다. 저서로 ≪단양집(丹陽集)≫, ≪귀우집(歸愚集)≫, ≪운어양추(韻語陽秋)≫ 등이 있다.

갈립방(?~1164)의 자는 상지(常之)이며, 단양(丹陽, 지금의 강소성(江蘇省) 단양시(丹陽市)) 사람으로 오흥(吳興, 지금의 절강성(浙江省) 호주시(湖州市))으로 이사하였다. 갈승중(葛勝仲, 1072~1144)[1]의 아들이다. 소흥(紹興) 8년(1138)에 진사가 되었으며, 관직은 이부시랑(吏部侍郞)에 이르렀다. 저서로 ≪서주필경(西疇筆耕)≫, ≪운어양추(韻語陽秋)≫, ≪귀우집(歸愚集)≫이 있다. ≪송사(宋史)≫ 333권 〈갈궁전(葛宮傳)〉에 전(傳)이 붙어 있다.

이 책은 ≪갈상지시화(葛常之詩話)≫라고도 부른다. ≪천경당서목(千頃堂書目)≫ 자부류(子部類) 서류(書類)에는 사마태(司馬泰)의 ≪광설부(廣說郛)≫본 제65권에 ≪갈상지시화≫가 있으며 66권에 ≪운어양추≫가

1 갈승중(葛勝仲, 1072~1144)은 북송 상주(常州) 강음(江陰, 지금의 강소성(江蘇省) 강음시(江陰市)) 사람으로, 단양(丹陽)으로 옮겨가 살았는데, 자는 노경(魯卿)이다. 갈서사(葛書思)의 아들로, 소성(紹聖) 4년(1097)에 진사가 된 후 항주사리참군(杭州司理參軍), 연주교수(兗州敎授), 태학정(太學正) 등을 지냈다. 국자좨주(國子祭酒)로 있을 때 언사(言事)로 인해 낙직(落職)되어 제거강주태평관(提擧江州太平觀)이 되었다. 이후 벼슬길이 순탄치 않다가 소흥(紹興) 원년(1131)에 관직을 마쳤다. 시호는 문강(文康)이다. 저서로 ≪단양집(丹陽集)≫ 80권과 ≪외집(外集)≫ 20권이 있으나 이미 없어졌다.

있다고 되어 있고, 주석에서 "갈상지가 지었다.(葛常之撰)"라 하였다. 하나의 책에 두 가지 명칭을 사용하여 두 권으로 나누고 있으니, 이해할 수는 없지만 아마도 고서를 분할했던 명인(明人)들의 관습 때문이 아니었을까?

서림(徐林)은 이 책의 서(序)에서 "융흥(隆興) 원년(1163)은 갈립방이 천관시랑에서 파직된 지 7년이 되는 해인데, 이때에 ≪운어양추≫가 만들어졌다. …이듬해에 갈립방은 죽었다.(隆興元年常之由天官侍郎罷七年矣, 於是≪韻語陽秋≫之書成…明年常之卒)"라 하였다. 갈립방의 〈자서(自序)〉에는 "융흥갑신중원(隆興甲申中元)"이라 쓰여 있는데, 갑신년은 융흥 2년(1164)이다. 따라서 이 책이 만들어신 것은 융흥 원년이고 서문을 쓴 것은 2년이며 서문이 완성되고 오래지 않아 죽었으니, 이 책을 갈립방의 절필작이라 말해도 될 것이다. 〈자서〉에서는 "오흥으로 돌아가 쉬며 금계에 배를 띄웠다…서생의 기질에 항상 책을 끌고 다녔다…유독 고금 사람들의 시를 읽기 좋아하여 읊으며 뜻을 풀이하였으니, 항상 그 경관을 다하느라 권태로움을 잊었다.(歸休於吳興, 泛金溪…書生習氣尙牽囊簡…獨喜讀古今人韻語, 披咏紬繹, 每畢景忘倦)"라 하였으니, 이 책은 관직을 그만둔 후 7년간 쓴 것이다.

이 책은 ≪백천학해(百川學海)≫본, ≪역대시화(歷代詩話)≫본, ≪상주선철유서(常州先哲遺書)≫본, ≪예포수기(藝圃搜奇)≫본 및 명 정덕(正德) 2년(1507) 갈심(葛諶)의 중간본이 있으며, 갈심과 도목(都穆)의 서가 있다. ≪설부(說郛)≫본에 보이는 것은 온전하지 않다. 왕태악(王太岳) 등의 ≪사고전서고증(四庫全書考證)≫ 권100에 이 책에 대해 언급한 부분이 있으며, ≪상주선철유서≫본에 발문이 있고, 무전손(繆荃孫)의 ≪예풍장서재속기(藝風藏書再續記)≫에 또한 긴 발문이 있는데 모두 참고할 만하다.

≪사고전서총목제요≫에서는 다음과 같이 말하고 있다.

조여시(趙與旹)의 ≪빈퇴록(賓退錄)≫에서는 일찍이 그가 정합경(鄭合敬)의 시를 정곡(鄭谷)의 시라고 잘못 여겼음을 의론하였고, 또한 완함(阮咸)의 출처를 알지 못하였다고 의론하였다. 지금 기재되어 있는 것을 보면, 강엄(江淹) 〈잡의(雜擬)〉의 "붉은 옥이 옥 같은 시내에 숨었네." 구절을 사령운(謝靈運)의 시로 여겼고, 소식의 "늙은 몸 게으른 말을 타고 강둑은 긴데, 누런 느릅나무와 푸른 괴나무 그림자를 다 밟는다네."[2] 구절을 두보의 시로 여겼으며, 이백의 "맑은 강물을 비단처럼 깨끗하다 말할 수 있었으니, 오늘날 사람들이 오래도록 사조(謝朓)를 그리워한다네."[3] 구절을 정곡(鄭谷)의 시어를 답습했다고 여긴 예들은 모두가 어긋나고 잘못된 것이니, 다만 조여시가 바로잡은 것에만 그치지 않는다.(趙與時≪賓退錄≫嘗議其誤以鄭合敬詩爲鄭谷詩, 又議其不知阮咸出處. 今觀所載, 如以江淹〈雜擬〉'赤玉隱瑤溪'句爲謝靈運詩, 以蘇軾'老身倦馬河堤永, 踏盡黃榆綠槐影'句爲杜甫詩, 以李白'能道澄江淨如練, 今人長憶謝玄暉'句爲襲鄭谷之語, 皆未免舛誤, 尙不止與旹之所糾)

내가 보기에 오증(吳曾)의 ≪능개재만록(能改齋漫錄)≫ 권6에서는 그가 이상은의 〈한유의 비(韓碑)〉 시에서 "황제께서 배도(裴度)라는 어진 재상을 만나셨다.(帝得聖相相曰度)"라 한 말을 풀이한 것에 대해 의론하고 있는데, 이상은 시의 자주(自注)를 보지 않고 성급히 비난한 것이라 여기고 있다. 왕사정(王士禎)의 ≪지북우담(池北偶談)≫에서는 "위응물에 대해 전기를 잘못 썼다.…위응물의 문집에 〈양개부를 만나다〉 한 편이 있어 '젊어 무황제를 섬기며 은총에 의지하지 않았다…'라 하였는데, 후인들은 그가 삼위(三衛)[4]가 된 것을 의심하였다. 그러나 ≪운어양추≫에서는 억지로 말을 끌어다가 사람들이 그를 위후(韋后)의 종족으로 믿었기 때문에 이를 의심한 것이라 여겼으니, 잠꼬대 같은 소리가 우습기만 하다.(韋蘇州史失爲立傳.…集中有〈逢楊開府〉一篇, '少事武皇帝, 亡賴恃恩私'云云, 後人遂疑爲三衛, 而≪韻語陽秋≫因府會以爲恃韋后宗族, 囈語可笑)"라 하였고,

2 이 시의 제목은 〈소환되어 도성 문에 이르러 먼저 자유에게 부쳐(召還至都門先寄子由)〉이다.
3 이 시의 제목은 〈금릉성 서쪽 누각 달 아래에서 읊다.(金陵城西樓月下吟)〉이다.
4 당대의 금위군(禁衛軍)으로, 친위(親衛), 훈위(勳衛), 익위(翊衛)를 합해 '삼위(三衛)'라 하였다.

≪향조필기(香祖筆記)≫에서는 "≪운어양추≫에는 전기(錢起)의 〈두목에게 기증하여〉 시가 있는데 지금 방각본 ≪양양집≫에는 〈맹교에게 기증하여〉 시가 있으니, 모든 것이 우습기만 하다.(≪韻語陽秋≫載錢起〈贈杜牧〉詩, 今坊刻≪襄陽集≫有〈贈孟郊〉詩, 皆可一噱)"라 하였다. 인용한 이와 같은 예들은 모두가 익히 알려진 것들이지만, 갈립방의 잘못은 여기에만 그치지 않는다. '칠애(七哀)'에 대해 풀이하면서 "병들어 슬프고 이별하여 슬프고 느껴서 슬프고 비통하여 슬프고 눈과 귀로 보고 들어서 슬프고 입으로 탄식하여 슬프고 코가 시큰하여 슬프니, 하나의 일에 일곱 가지가 함께 있는 것을 말한다.(病而哀, 別而哀, 感而哀, 悲而哀, 耳目見聞而哀, 口歎而哀, 鼻酸而哀, 謂一事而七者俱也)"라 하였으니, 이는 곡해에 가깝고 또한 옛날의 설도 아니다.

또한 이 책에는 다른 시화와 비슷한 부분이 있다. 예를 들어 권3에서 "시를 짓는 것은 조탁을 귀하게 여기지만 또한 도끼로 깎은 흔적이 있는 것을 두려워하며, 과녁을 꿰뚫는 것을 귀하게 여기지만 또한 가죽과 뼈가 붙어 있는 것을 두려워한다.(作詩貴彫琢又畏有斧鑿痕, 貴破的又畏黏皮骨)"라 한 것은 ≪왕직방시화(王直方詩話)≫에 나온다. 또한 권2에서 "예로부터 빼어난 시는 일찍이 감흥이 없지 않았다.(自古工詩者未嘗無興也)"라 한 것은 ≪고금시화(古今詩話)≫의 내용과 같다. 이 책의 권17을 보면 두보가 학질을 앓고 있는 자를 만난 일을 인용하고 있는데, 이것은 ≪고금시화≫에 실려 있는 것으로, 마땅히 여기에서 그 출처를 빠뜨려서는 안 되는 것이었다.

이 책의 권4 '위응물시(韋應物詩)' 조목에서는 "답장(答長)" 두 글자 아래에 "본래 빠졌다(原缺)"는 두 글자의 주를 달고 있는데, ≪시화총귀(詩話總龜)≫ 후집 권25에 인용된 ≪갈상지시화(葛常之詩話)≫를 보면 빠진 글자가 "안승(安丞)" 두 글자임을 알 수 있다. 또한 아래 조목에도 역시 탈문이 있어 "만리(萬里)" 두 글자 위에 "본래 빠졌다(原缺)"는 두 글자의 주를 달고 있는데, ≪시화총귀≫ 후집 권37에 인용된 ≪갈립지시화(葛立之詩話)≫를 보면 빠진 글자가 "불수(不須)" 두 글자임을 알 수 있다. "립지(立之)"는 "상지(常之)"로써 갈립방을 말해야 할 것을 잘못한 것이다. 이 두 조목은 모두가 ≪시화총귀≫를 통해 이 책의 결함을 보완한 것이다. 다른 오탈자들 또한 곳곳에 있으니, 그의 후손 갈심(葛諶)이 중간할 때에 교정을 하지 않은 것이 아쉽다.

이 책은 모두 20권으로, 그 분권의 기준은 비록 편찬의 체례(體例)가 없기 때문에 상고할 수는 없으나 내용에 비추어 보면 대략 부류에 따라 모은 듯하다. 대체로 제1, 2권 두 권에서는 시법(詩法)과 시격(詩格)을 논하였으며, 제3, 4권 두 권에서는 시의 본사(本事)를 논하였다. 제5, 6권 두 권에서는 고증(考證)에 중점을 두었고, 제7, 8권 두 권은 용사(用事)와 관련한 것이 많다. 제9, 10권 두 권에서는 역사를 평하는 글이 많으며, 제11권에서는 벼슬아치들의 부침의 상황을 논하였다. 제12권에서는 생사에 달관한 이치를 서술하였고, 제13권에서는 지리(地理)에 중점을 두었다. 제14권에서는 서화(書畵)를 논한 것이 많으며, 제15권에서는 가무(歌舞)와 음악(音樂)에 대해 서술하고 있다. 제16권에서는 화조(花鳥)와 충어(蟲魚)에 대해 서술하고 있으며, 제17권에서는 의술과 점, 잡기에 대해 서술하고 있다. 제18권에서는 사람의 재능을 알아보는 것에 대해 논하고 있으며, 제19권과 제20권에는 세시풍속과 음식, 여인 등의 부류가 붙어 있다. 갈립방은 부류의 예가 명확한 것에서부터 점차 모호한 부분으로 나아갔다. 따라서 이것을 가지고 권을 나누지는 않았으나 전체적으로 이와 같은 구분이 있다.

환계시화(環溪詩話)

1권, 구본에 오항(吳沆)이 지은 것으로 써 있음, 보존되어 있음.

오항(吳沆, 1116~1172)은 북송 무주(撫州) 숭인(崇仁, 지금의 강서성 숭인현(崇仁縣)) 사람으로, 자는 덕원(德遠)이고 호는 무막거사(無莫居士)이다. 일찍이 ≪역경(易經)≫을 배워 소흥(紹興) 연간에 동생 오해(吳澥)와 함께 ≪역선기(易璇璣)≫, ≪삼분훈의(三墳訓義)≫를 지어 올려 국자감(國子監)에 들어갔으나 묘휘를 범하여 파직되었다. 후에 환계(環溪)에 은거하니, 세칭 환계선생(環溪先生)이라 하였다. 이외 저서로 ≪환계시화(環溪詩話)≫가 있다.

오항(1116~1172)의 자는 덕원(德遠)이며, 무주(撫州) 숭인(崇仁, 지금의 강서성(江西省) 숭인현(崇仁縣)) 사람이다. 소흥(紹興) 16년(1146)에 동생 오해(吳澥)와 함께 각자의 저서를 올렸는데, 오항은 잘못하여 묘휘(廟諱)를 범하여 파면되어 돌아갔다. 환계(環溪)에 은거하며 호를 무막거사(無莫居士)라 하였으며, 사후에 문하의 제자들이 사적으로 문통선생(文通先生)이라 시호를 올렸다.

이 책의 원작은 1권으로, ≪직재서록해제(直齋書錄解題)≫에 보인다. 그러나 ≪천경당서목(千頃堂書目)≫과 ≪급고각진장비본서목(汲古閣珍藏秘本書目)≫, ≪효자당서목(孝慈堂書目)≫, ≪가취당서목(佳趣堂書目)≫에는 모두 3권으로 되어 있다. 지금 ≪백천학해(百川學海)≫본 역시 3권으로 되어 있으니, 이 책은 후인들이 편차한 것에서 나온 것이라 권수가 다른 것이 아니겠는가? ≪설부(說郛)≫에 수록된 것 또한 1권이나, 잘라 낸 것이 많아 온전한 것이 아니다. ≪설부≫와 ≪백천학해≫에는 오항이 지은 것으로 써 있다. ≪사고전서총목제요(四庫全書總目提要)≫에서는 권수(卷首)에서 오항을 "선생 환계(先環溪)"라고 부른 것에 근거하여 후인이 거슬러 쓴 것이라 말하였는데, 일리가 없지는 않다. 그러나 책에서 의론하고 있는 여러 조목들은 모두가 오항의 논시와 견해에 속하는 것으로, '장우승(張右丞)[1]이 말하기를…', '종형 오종로(吳宗老)가 말하기를…'라고 하며 서술하고 있으니 응당 오항 자신이 쓴 것일 것이다. 따라서 비록 그 책이 후인이 편차한 것이라 할지라도 스스로 지은 것과 다름이 없으니, ≪후산시화(後山詩話)≫에 후인이 몰래 끼워 넣은 흔적이 있는 것과는 다르다. 진진손(陳振孫)의 ≪직재서록해제(直齋書錄解題)≫와 사악(謝諤)의 ≪행실(行實)≫에는 모두 오항이 자신이 지은 것으로 확정하고 있는데, 또한 근거가 없다고 말할 수는 없다. ≪사고전서총목제요≫에서는 조여시(趙與旹)의 ≪빈퇴록(賓退錄)≫에서 "오덕원의 환계시화(吳德遠環溪詩話)"라고 칭한 것이 잘못된 것임을 지적하고 있는데, 역시 지나친 비판인 듯하다.

책의 주에서는 오항이 병신(丙申)년에 태어났다고 하고 있는데, 병신년은 휘종(徽宗) 정화(政和) 6년(1116)이다. 사악이 지은 ≪행실≫에 따르면 오항은 57세에 죽었다고 하였으니, 그 생년을 추산해보면 마땅히 효종(孝宗) 건도(乾道) 8년(1172)에 죽었을 것이다. 따라서 이 책이 편찬된 것은 건도(乾道)와 순희(淳熙) 연간 사이일 것이다.

≪환계시화≫에서는 자신의 젊었을 때의 작품에 대해 말하며, 도잠(陶潛)의 시를 읽어 도잠과 비슷하고 두보(杜甫)의 시를 읽어 두보와 비

---

1 장뢰(張耒, 1054~1114)를 가리킨다. 장뢰는 북송 회음(淮陰, 지금의 강소성(江蘇省) 회안시(淮安市)) 사람으로, 자는 문잠(文潛) 호는 가산(柯山)이다. 희녕(熙寧) 연간(1067~1085)에 진사가 되어 임회주부(臨淮主簿), 저작랑(著作郎)을 비롯하여 직룡각(直龍閣)으로 지윤주(知潤州)를 지냈고, 태상소경(太常少卿)으로 수도로 불려졌다. 후에 원우당인(元佑黨人)으로 지목되어 몇 차례 폄적되었고, 만년에는 진주(陳州)에 거하였다. 황정견(黃庭堅), 조보지(晁補之), 진관(秦觀)과 함께 소문사학사(蘇門四學士) 중 하나이다. 저서로 ≪가산집(柯山集)≫, ≪완구집(宛邱集)≫이 있다.

슷하며, 이어서 이백(李白)과 노동(盧仝), 백거이(白居易), 황정견(黃庭堅)을 배워 모두 그 경계에 들어갈 수 있었다고 하였다. ≪사고전서총목제요≫에서는 이르기를, "그가 스스로 지은 시 '풀 덮인 꽃길에는 조절하고 보호함이 번다하고, 물에 잠긴 연꽃 못에 적절히 조절함이 없네.'와 같은 것은 스스로 황정견을 모방한 것이라고 하였으나 실제로는 다만 그 좋지 않은 점만을 얻은 것이니, 더욱 가르침이 될 수 없다.(所自爲詩如'草迷花徑煩調護, 水汩蓮塘欠節宣'之類, 自謂摹仿豫章. 實僅得其不佳處, 尤不可訓)"라 하였다. 사실 이는 전인들을 배우기 좋아하는 시에서 자주 보이는 병폐이니, 그 뛰어난 점은 배우기 어려운 반면 결점은 본받기가 쉬운 것이다. 대개 오항에게 재능과 시정이 약간 있었고 강서 시인들의 구법에 대한 설을 반복하여 학습하였던 까닭에, 한 번 모의(模擬)하여 그 비슷한 모습을 얻을 수 있었던 것이다.

≪환계시화≫에서는 "전배들의 문법에는 각자 관건이 있으니, 만약 그 문을 얻지 못하면 어찌 스스로가 들어갈 수 있겠는가!(前輩文法固自有關鈕, 若不得其門, 何自入哉!)"라 말하고 있으니, 구법에 대한 설(句法之說)은 문으로 들어가는 관건인 것이다. 여본중(呂本中)은 ≪동몽훈(童蒙訓)≫에서 다음과 같이 말하고 있다.

> 전인들의 문장에는 각자 일종의 구법이 있으니, 예를 들어 두보의 '지금 그대가 노를 저어 봄 강을 흘러가니, 나 역시 강변에서 작은 배를 마련한다네.', '마음을 함께 함은 골육을 나눈 친척보다 덜하지 않으니, 매번 이야기하며 문장의 형님으로 받아들인다네.'라 한 이와 같은 유는 두보의 구법이다. 소식의 '가을 강물에 지금 낚싯대는 얼마나 될까?'와 같은 유는 소식의 구법이다. 황정견의 '여름 부채는 날마다 흔들리고, 행락 또한 즐겁다 말하네.'는 황정견의 구법이다. 배우는 자가 만약 전인의 작품을 두루 살펴볼 수 있으면 자연스럽게 전인들을 넘어서게 된다.(前人文章各自一種句法, 如老杜'今君起柂春江流, 予亦江邊具小舟', '同心不減骨肉親, 每語見許文章伯', 如此之類, 老杜句法也. 東坡'秋水今幾竿'之類, 自是東坡句法. 魯直'夏扇日在搖, 行樂亦云聊', 此魯直句法也. 學者若能遍考前作, 自然度越流輩)"

이것이 바로 오항이 말한 '관건(關鈕)'인 것이다. 따라서 오항의 논시는 많은 부분 구법에 중점을 두고 있다. 그러나 구법으로 시를 논하는 것은 본래 강서시인들의 편벽된 논리이니, 한 두 개의 특수한 구로서 그 시인의 일생의 작품을 개괄하는 것은 그것이 간략할수록 잃는 것이 더욱 심해지게 될 것이다. 오항이 두보를 논한 것을 보면 강서시인들의 견해와는 다르니, 인자(仁者)는 인(仁)을 보며 지자(智者)는 지(智)를 보듯, 간여하는 것이 비록 같아도 얻는 것은 서로 다른 것을 알 수 있다. 구법에 관한 논의 역시 다만 저마다의 견해일 따름인 것이다. 이러한 의미에서 오항의 논시의 주지를 살펴보면, 그의 이른바 '실자(實字)를 많이 쓰면 건실해진다.(多用實字則健)'는 설이 본래부터 송시의 '소략하고 평이함(空疎率易)'을 배격한 것이 아니었으며, ≪사고전서총목제요≫에서 말한 것처럼 '주지(主持)가 너무 지나쳐 마침내 편벽됨에 이르렀다.(主持太過遂至於偏也)'는 것도 아니었음을 알 수 있다.

내가 생각하기에, 시를 읊는 것이 이미 성해짐에 모방하여 쓰는 이들이 많아지게 되었으며, 시의 육의(六義)가 이미 사라짐에 정을 표현하는 시가 이를 대신하게 되었다. 이에 다만 시의 형식과 운율에 능할 것만을 추구하였으니, 마침내 시격(詩格)과 시례(詩例)에 관한 글이나 구법(句法)과 구병(句病)에 대한 설이 흥성하게 되었다. 그 설들은 비록 수준의 고하나 정밀함과 투박함의 차이가 있기는 하나, 요체는 방법을 통해 시의 문에 들어가는 계단으로 삼고자 하는 데에 있었으며, 그 보는 것이 다만 옛 사람들의 겉모습에 그칠 뿐이었다는 점에서 실상 같은 것일 따름이었다. 또한 과거시험이 이미 흥성하게 되면서 사람들은 어떻게 해야 합격하게 될지 미리 어림짐작하는 것에 습관화되었으니, 논시에 마침내 '금침(金針)'이니 '밀지(密旨)'니 하는 말들이 있게 되었다. 이러한 습관이 점점 퍼지고 심화되면서 이에 '기승전합(起承轉合)'의 설이나 '정경상간(情景相間)'의 이론이 과거시험에서의 작시의 규율이 되어버렸으니, 시의 도(道)는 질곡에 갇혀 버리고 말았다.

이 책에서는 두보시의 기묘함을 논하며 '한 구는 하늘에 있고 한 구는 땅에 있다.(一句在天, 一句在地)'라 말하고, 백운시(百韻詩)의 작법을 논하며 '수구는 고래가 파도를 일으키는 것 같아야 하며, 낙구는 만 균의 강한 쇠뇌 같아야 한다.(首句要如鯨鯢拔浪, 落句要如萬鈞强弩)'라 말하였으니, 이러한 여러 설들은 과거시험에서의 논시의 폐단이 남아 있는 것이다. 이와 같은 시론은 그 기묘함을 과시할수록 더욱 그 편벽됨을 보이게 되지만, 초학자들이 모방하는데 있어서는 그야말로 쉽고 빠른 길인 것이다.

책에서 들고 있는 '백색이 사이에 있고 황색이 안에 있는(白間黃裏)', '청색을 죽이고 백색을 살린(殺青生白)' 여러 대구들은 ≪사고전서총목제요≫에서 말한 것처럼 "사소하고 자잘한 기교라 우아한 어조와는 자못 거리가 있는(小巧細碎, 頗於雅調有乖)" 것으로, 역시 송인들의 사안(事案) 만들기를 숭상했던 습관인 것이다. '백색이 사이에 있고 황색이 안에 있는' 대구는 이미 ≪만수시화(漫叟詩話)≫에 보이니, 오항에게서 시작된 것은 아니다. 오항의 논시의 장점은 일조삼종(一祖三宗)을 주로 삼아 풍아(風雅)의 실제를 그들에게 돌리고, 아울러 두보, 이백, 한유 세 사람의 시에서 풍아에 합당한 것을 들어 예로 삼았다는 것에 있다. 이것은 그 커다란 부분을 인식한 것으로서, 구구하게 구법으로 과시하는 자들과는 다르다. 무릇 송인(宋人)은 두보시를 배워 그 건실함을 얻었으며 명인(明人)은 두보시를 배워 그 웅혼함을 얻었는데, 오항의 논시는 이미 명인의 기풍에 근접해 있다. 강서시인들의 논시로부터 일변하여 엄우(嚴羽)의 ≪창랑시화(滄浪詩話)≫가 되었는데, 이 사이의 변화과정을 이 책에서 찾아볼 수 있다.

권수에 하이(何異)의 서가 있어 "일찍이 고향을 떠나온 명사들을 만나 함께 열심히 시구를 물었으며, 만년에는 물러나 한거하며 의론을 세우는데 정성을 들였다.(早見寓公名士, 共汲汲於問句, 晩歲幅巾燕處, 亦諄諄於立義論)"라 말하고 있으니, 책에서 말하고 있는 것들은 대체로 여기에 속하는 것들이다.

다만 자술한 부분이 많고 사람에 대해 논한 부분은 적으니, 다만 개인적인 시화일 뿐이며 야인의 풍격이 약간 있는 듯하다. ≪절강채집유서총록(浙江採集遺書總錄)≫에서는 이 책에 하이경(何異敬)의 서가 있다고 하였는데, 서의 말미에 있는 "월호 하이가 삼가 쓴다.(月湖何異敬書)"는 여섯 글자를 잘못 이해한 것이다. ≪송사(宋史)≫ 401권에 따르면 하이(何異)의 자는 동숙(同叔)이며 무주(撫州) 숭인(崇仁) 사람으로, 오항과 같은 고향이다. 따라서 "삼가 쓴다(敬書)"는 것은 겸사이며, "하이경(何異敬)"이 사람 이름인 것은 아니다.

초계어은총화(苕溪漁隱叢話)

전집 60권, 후집 40권, 호자(胡仔) 지음, 보존되어 있음.

호자(胡仔, 1110~1170)는 북송 휘주(徽州) 적계(績溪, 지금의 안휘성(安徽省) 적계현(績溪縣)) 사람으로, 자는 원임(元任)이고 호순척(胡舜陟)의 차남이다. 선화(宣和) 연간(1119~1126)에 사수(泗水) 가에서 은거하다가 음서로 적공랑(迪功郎), 종사랑(從仕郎) 등을 지냈다. 소흥(紹興) 6년(1136)에 아버지를 따라 광서(廣西)로 갔다. 광서경략안무사서사기의문자(廣西經略安撫司書寫機宜文字), 문림랑(文林郎), 승직랑(承直郎) 등을 지냈다. 그곳에서 7년간 지내다가 소흥 13년(1143) 아버지가 진회의 모함으로 죽게 되자 절강 호주의 초계가에 은거하며 자호를 초계어은(苕溪漁隱)이라 하였다.

호자(1110~1170)의 자는 원임(元任)이고 휘주(徽州) 적계(績溪, 지금의 안휘성(安徽省) 적계현(績溪縣)) 사람이다. 부친은 호순척(胡舜陟, 1083~1143)[1]으로, 그의 자는 여명(汝明)이며 호는 삼산노인(三山老人)이고 관직은 휘유각대제(徽猷閣待制)에 이르렀다. 광서(廣西) 지역을 다스리다 정강부(靜江府)의 옥에서 죽었다. 책에 기재되어 있는 ≪삼산노인어록(三山老人語錄)≫은 그 부친의 말을 기술한 것이다. 호자는 음서로 적공랑(迪功郎)・양절전운사(兩浙轉運司)에 제수되었고, 관직은 봉의랑(奉議郎), 지상주진릉현(知常州晉陵縣)에 이르렀다. 후에 오흥(吳興)에 거하며 낚시하며 한적한 생활을 지내면서 자호를 '초계어은(苕溪漁隱)'이라 하였으니, 이것으로

1 호순척(胡舜陟, 1083~1143)은 북송 휘주(徽州) 적계(績溪, 지금의 안휘성(安徽省) 적계현(績溪縣)) 사람으로, 자는 여명(汝明)이고 만년의 자호는 삼산노인(三山老人)이다. 호자(胡仔)의 부친이다. 대관(大觀) 3년(1109)에 진사가 되었다. 감찰어사(監察御史), 어사(御史), 집영전수찬(集英殿修撰), 여주지부(廬州知府), 광서경략사(廣西經略使)를 역임하였다. 진회(秦檜)에게 미움을 사 무고하게 옥사하였다.

이 책의 이름을 삼은 것이다.

이 책은 전후집 2집으로 나누어져 있다. 전집은 고종(高宗) 소흥(紹興) 18년(1148)에 만들어졌고 후집은 효종(孝宗) 건도(乾道) 3년(1167)에 만들어졌다. 간본 중 가장 이른 것은 진봉의(陳奉議) 간본인데, 이 간본에는 전집 호자의 자서 뒤에 "소희 갑인년 여름 진봉의가 만권당에서 간행하다.(紹熙甲寅槐夏之月陳奉議刊於萬卷堂)"라는 한 줄이 있다. 소희 갑인년은 광종(光宗) 소희(紹熙) 5년(1194)이다. 지금 인민문학출판사본에는 '희(熙)'자가 '흥(興)'자로 잘못되어 있다. 소흥(紹興) 4년이라고 한다면 책을 간행한 시기가 책이 만들어진 시기보다 앞선 것이 되니, 특별히 이를 바로 잡는다.

이 책은 해염(海鹽) 양우계(楊佑啓)의[2] 송본(宋本)에 의거한 중간본과 적계(績溪) 호씨(胡氏)의 송본에 의거한 운경루각본(耘經樓刻本)이 있다. 총서 속에 들어 있는 것으로는 ≪해산선관(海山仙館)≫본, ≪사부비요(四部備要)≫본이 있는데 모두 완전본이며, ≪설부(說郛)≫에 들어가 있는 것은 발췌본이다. 여러 서목들을 보면 이 책의 권수가 각각 다르다. ≪담생당서목(澹生堂書目)≫ 시문평류(詩文評類)에는 ≪초계어은총화≫ 6책 12권으로 되어 있는데, 이 ≪담생당여원(澹生堂餘苑)≫본의 권수가 무슨 까닭에 이와 같이 크게 차이가 나는지는 알 수 없다. 또한 강음(江陰) 이여일(李如一)의 ≪득월루서목(得月樓書目)≫에는 초본(抄本) ≪어은총화≫ 전집 60권 후집 10권으로 되어 있는데, 이것이 만약 '4'자가 빠진 것이 아니라면 분명 완전한 판본이 아닐 것이다. 그 외 ≪만권루서목(萬卷樓書目)≫ 자부(子部) 소설류(小說類)에는 ≪초계어은총화≫ 60권으로 되어 있고, ≪송사(宋史)·예문지(藝文志)≫ 자부 소설류에는 40권이라고 되어 있다. 이는 필시 저록의 오류이거나 혹은 전집의 수나

2 원문에는 '양전계(楊傳啓)'로 잘못되어 있다.

후집의 수만을 든 것으로, 모두가 그 전부를 말한 것은 아닌 것이다.

≪사고전서총목제요≫에서는 이 책이 완열(阮閱)의 ≪시화총귀(詩話總龜)≫를 계승하여 쓴 것이라 하며 다음과 같이 말하고 있다.

> 두 책으로 서로 보충해가면 북송 이전의 시화는 대략 갖추어지게 된다. 그러나 완열의 책은 잡다한 일을 많이 수록하여 거의 소설에 가까운데, 이 책은 문장을 논하고 의미를 상고한 것이 다수를 차지하고 있으며 취사선택이 비교적 근엄하다. 완열의 책은 유에 따라 나누어 편집하여 문목(門目)을 많이 세웠다. …이 책은 변증한 말을 많이 덧붙이고 있어 참고하여 바로잡는데 자료가 될 수 있다. 따라서 완열의 책은 세상에서 그다지 중시 받지 못하였으나, 이 책은 여러 사람들이 근거를 취함에 자료로 쓰이는 경우가 많았다.(二書相輔而行, 北宋以前之詩話大抵略備矣. 然閱書多錄雜事, 頗近小說. 此則論文考義者居多, 去取較爲謹嚴. 閱書分類編輯, 多立門目. …此則多附辨證之語, 尤足以資參訂. 故閱書不甚見重於世, 而此書則諸家援據, 多所取資焉)

두 책의 우열에 대한 ≪사고전서총목제요≫의 말은 합당하다. 그러나 나는 이 책의 우열에 다음과 같은 몇 가지 원인이 있다고 생각한다.

첫째, 완열이 ≪시화총귀≫를 편찬할 때는 원우(元祐) 시기의 문장이 금지되어 쓰이지 않았다. 그러나 호자는 소식과 황정견의 시학이 다시 흥성하던 때에 있었으므로 원우(元祐)의 여러 사람들을 극력 추중하였으며, 심지어 소식과 황정견을 이백과 두보에 비교하며 그에 대한 품평이 특히 많았으니 완열의 결함을 보완할 수 있었다. 북송 시단은 본래 소식과 황정견을 종주(宗主)로 추존하였으므로 원우의 문장을 배제해 버리면 시화는 존재할 수가 없게 된다. 따라서 완열의 책이 소설에 가깝게 된 것은 당연한 것이다. 이후 탕암기(湯巖起)가 도리어 이를 호자의 병폐로 여기고 잘못되지 않은 것을 잘못이라 여기었으니, 또한 잘못된 비판인 것이다.

둘째, 완열은 본래 시 쓰기를 좋아하여 '완절구(阮絶句)'라는 호가 있었으며, ≪총귀선생송국집(總龜先生松菊集)≫ 5권과 ≪침강백영(郴江百詠)≫ 2권을 저술하였으니, 본디 시를 모르는 사람이 아니다. 그러나 1년 정도의 시간에 초고로 책을 만들었으며, 또한 후에 무지한 이들에게 표절되어 ≪고금시화(古今詩話)≫와 합해져 ≪시화총귀≫로 이름이 바뀌어지면서 더욱 잡다하고 많아진 것이니, 그것이 처음부터 그런 것은 아니었다. 완열의 책은 이러한 무리들의 표절과 훼손을 거친 것이었으니 그것이 볼만하지 못한 것도 이상한 일이 아니다.

셋째, 완열과 호자의 두 책은 모두 ≪고금시화≫의 뒤에 나왔으며, 당시에 역시 그 책에서 내용을 뽑았었다. 그러나 완열의 책이 그 문장을 그대로 수록했던 반면, 호자의 책은 ≪고금시화≫에서 상고할 수 있는 내원이 있는 것은 모두 원서를 밝혔다. 따라서 완열의 책이 다만 글 쓰는 이들의 참고용으로 제공된 것이라 한다면, 호자의 책은 학자들의 연구 자료로 제공될 수가 있었던 것이다.

넷째, 완열의 책은 내용에 따라 분류하였기 때문에 시(詩)와 사(詞)가 섞이지 않을 수 없었다. 그러나 호자의 책은 사람에 따라 강목을 세웠기 때문에 시와 사를 나누어 편집할 수가 있었다. 따라서 '문체분별(文體分別)'로 말을 하든 '지인논세(知人論世)'로 말을 하든, 모두 호자의 책이 더 뛰어나다. 하물며 완열의 책은 다만 배열하고 나열한 수고로움만 있고 호자의 책은 직접 저술한 공로가 있으니, 그 쉽고 어려움이 크게 다르며 그 효용 또한 커다란 차이가 있음에랴!

이 책 중의 삼산노인 어록과 호자가 쓴 말은 모두 따로 편집하여 책이 될 수 있다. ≪천경당서목(千頃堂書目)≫ 권15 자부(子部) 유서류(類書類) 사마태(司馬泰)의 ≪광설부(廣說郛)≫본에 ≪초계시화(苕溪詩話)≫가 있으며, 또한 ≪고금휘설(古今彙說)≫본에 ≪어은시화(漁隱詩話)≫가 있으니, 아마도 이 ≪초계어은총화≫에서 편집하여 별도로 간행된 것일 것이다. 내가 보기에, 오증(吳曾)의 ≪능개재만록(能改齋漫錄)≫ 권8 '연꽃을 읊다.(詠荷花)' 조목에서 호자의 ≪초계시화≫라고 부르고 있으니, ≪초계어은총화≫에서 호자의 말을 편집하여 시화로 만들었으며 송대에도 이미 그것이 있었던 것이 아니겠는가? 호자가 덧붙여서 논단하고 변증했던 말을 따로 책으로 편집하여 호자 한 사람의 것으로 만든 것은 섭정관(葉廷琯)과 섭덕휘(葉德輝)가 ≪석림시화(石林詩話)≫를 교정했던 예와 비슷한 것이다.

여러 책에서 호자의 설을 변증하여 바로 잡고 있는 글을 보충하여 기재한다.

장호(張淏)의 ≪운곡잡기(雲谷雜記)≫와 왕무(王楙)의 ≪야객총서(野客叢書)≫, 진곡(陳鵠)의 ≪기구속문(耆舊續聞)≫, 백정(白珽)의 ≪담연징어(湛淵靜語)≫, 도목(都穆)의 ≪남호시화(南濠詩話)≫ 및 청대 전대흔(錢大昕)과 송상봉(宋翔鳳) 등의 말에서는 각기 구분하여 각 조목 아래에 덧붙여 열거하고 있어 독자들에게 더욱 편리하다.

성재시화(誠齋詩話)

1권, 양만리(楊萬里) 지음, 보존되어 있음.

양만리(楊萬里, 1127~1206)는 남송 길주(吉州) 길수(吉水, 지금의 강서성(江西省) 길수현(吉水縣)) 사람으로, 자는 정수(廷秀)이며 호는 성재(誠齋)이다. 소흥(紹興) 24년(1154)에 진사가 되었고, 효종(孝宗) 초기에 지봉신현(知奉新縣)을 역임하였다. 추천으로 국자감박사(國子監博士)가 된 후, 태상박사(太常博士) 등을 거쳐서 태자시독(太子侍讀)으로 진급하였다. 성격이 강직하여 한탁주에게 붙지 않았다. 시를 잘하여 스스로 성재체(誠齋體)를 완성하였으며, 육유(陸游), 범성대(范成大), 우무(尤袤)와 함께 남송사대가(南宋四大家)라 불린다. 저서로 ≪성재집(誠齋集)≫, ≪성재역전(誠齋易傳)≫, ≪용언(庸言)≫ 등이 있다.

양만리(1127~1206)의 자는 정수(廷秀)이고 길주(吉州) 길수(吉水, 지금의 강서성(江西省) 길수현(吉水縣)) 사람이다. 소흥(紹興) 24년(1154)에 진사가 되었다. 영주(永州) 영릉현승(零陵縣丞)으로 옮겨 갈 때 장준(張浚)을 배알하였는데, 장준이 학문에 정심성의(正心誠意) 할 것을 격려하니, 이에 서실을 '성재(誠齋)'라 이름 하였다. 광종(光宗)이 '성재(誠齋)' 두 글자를 써서 내리니 배우는 자들이 성재선생이라 불렀다. 영종(寧宗) 대에 보모각학사(寶謨閣學士)로 관직을 그만 두었다. ≪송사(宋史)≫ 433권 〈유림(儒林)〉에 전(傳)이 있다.

이 책 1권은 본래 ≪성재집(誠齋集)≫ 중에 붙어 있는데, 따로 간행된 판본도 있다. 구용(瞿鏞)의 ≪철금동검루서목(鐵琴銅劍樓書目)≫에서 "이 책은 ≪성재집≫에 없다.(是書爲誠齋集所無)"라 하였는데, 결코 그렇지 않다. 지금 전하는 것으로는 ≪역대시화속편(歷代詩話續編)≫본, ≪형설헌총서(螢雪軒叢書)≫본, ≪창평총서(昌平叢書)≫본이 있다. ≪천경당서목(千頃堂書目)≫ 권15에 ≪광설부(廣說郛)≫본이 있다고 되어 있는데 보이지 않으며, 아마도 발췌본이었을 것이다. 이 책은 전하는 판본이 드물어 ≪철금동검루서목≫에서 "청대 초 죽타서당에 이 책이 보이지 않는다.(清初竹垞西堂未見此書)"라 말하였으니,[1] 혹 그럴 수도 있었을 것이다. 구용(瞿鏞)은 이 책에서 말하고 있는 소덕조(蕭德藻, ?~?)[2]의 시 "황폐한 마을 삼월에는 고기 맛을 느낄 수 없으니, 오이와 가지 나란히 함께 하며 누각에 기대어 쉰다네. 조물주는 사람에게 보충해 주고 갚아주니, 가을 산 하나 외상으로 줄 수 있는지 하늘에게 묻는다네.(荒村三月不肉味, 併與瓜茄倚閣休. 造物于人相補報, 問天賒得一山秋)"가[3] ≪송시기사(宋詩紀事)≫에 없다는 이유로 여악(厲鶚) 역시 이 책을 보지 못한 것으로 여겼으나, 그렇지 않다.

≪송시기사≫ 권45에서는 방저(方翥)의 시구 "가을은 은하수 밖에서 밝고, 달은 북두성과 견우성 가에 가까이 있네.(秋明河漢外, 月近斗牛傍)"를[4] 수록하며 ≪성재시화≫에서 나온 것이라 분명하게 말하고 있으며, 또한 권57에서는 장자(張鎡)의 시를 수록하며 소전(小傳)의 뒤에서 역시 ≪성재시화≫를 인용하고 있다. 이는 분명 여악이 이 책에서까지 채록한 것으로, 소덕조의 시는 다만 우연히 누락된 것일 뿐이다. ≪성재시화≫를 보면 "우리 가문의 전배에 이름은 '존'이고 자는 '정수'

---

1 【원주】 ≪성재집(誠齋集)≫ 또한 전하는 각본이 드물다.

2 소덕조(蕭德藻, ?~?)는 남송 민청(閩淸, 지금의 복건성(福建省) 민청현(閩淸縣)) 사람으로, 자는 동부(東夫)이고 자호는 천암노인(千巖老人)이다. 생졸년은 분명하지 않다. 소흥(紹興) 21년(1151)에 진사가 되어 우천현승(尤川縣丞)이 되었다가 호북참의(湖北參議)를 지냈다. 후에 호주(湖州) 오정령(烏程令)으로 옮겼는데, 그 지역의 산수에 반해 오정(烏程)의 중병산(中屛山)으로 이사하여 자호를 천암노인(千巖老人)이라 하고 관직을 버리고 은거하였다. 소희(紹熙) 2년(1191)에 아내와 자식을 함께 사별하였고, 이후 가난과 질병에 시달리며 시 창작에 몰두하다 죽었다. 시에 뛰어나 우무(尤袤) 대신 육유(陸游), 양만리(楊萬里), 범성대(范成大)와 더불어 남송사대가(南宋四大家)라 칭해지기도 한다. 방회(方回)는 ≪영규율수(瀛奎律髓)≫에서 "만약 소덕조가 일찍 세상을 떠나지 않았다면, 양만리가 오히려 그의 아래에 있었을 것이다.(如果蕭不早死, 卽楊萬里猶出其下)"라 하며 아쉬워하였다.

3 이 시의 제목은 〈악양루에 올라(登岳陽樓)〉이다.

4 이 시는 ≪성재시화≫에 두 구만 전하고 있다.

인 분, 이름이 '박'이고 자는 '원소'인 분, 이름이 '기'이고 자는 '원경'인 분, 이름이 '보세'이고 자는 '창영'인 분이 있는데, 모두 시에 능하였다.(吾族前輩諱存字正叟, 諱朴字元素, 諱杞字元卿, 諱輔世字昌英, 皆能詩)"라 말하며 그 시구들을 아울러 들고 있는데, 지금 ≪송시기사≫에서는 역시 채록되어 있지 않다. ≪송시기사≫에는 양존(楊存)의 시가 없고 육심원(陸心源)의 ≪송시기사보유(宋詩紀事補遺)≫에도 없으니, 그 채록에 빠진 것이 없을 수가 없었음을 알 수 있다. 또한 ≪송시기사≫에서는 양박(楊朴)의 시를 수록하고 있기는 하지만 ≪성재시화≫에서 들고 있는 시는 없으며, 양기(楊杞)와 양보세(楊輔世)의 시는 모두 ≪시인옥설(詩人玉屑)≫에서 근거하였다고만 말하고 ≪성재시화≫에 대해서는 언급하고 있지 않으니, 이 역시 의아하다.

이 책은 비록 '시화'라고 이름 붙여졌으나, 그 속에는 문장을 논한 말이 많으며 사륙문(四六文)까지 언급하고 있다. 이러한 예는 송인의 시화에서는 간혹 있기는 하지만, 전체적으로 이 책의 정도가 가장 심하다.

양만리는 시를 학습하며 일찍이 여러 차례의 변화를 겪었다. 그가 쓴 〈성재강호집 서문(誠齋江湖集序)〉에서는 "내가 젊었을 때 천여 편의 시를 지었는데, 소흥 임오년(1162) 7월에 모두 불살라 버렸으니 대부분이 강서체였기 때문이었다.(予少作有詩千餘篇, 至紹興壬午七月皆焚之, 大槪江西體也)"라 하였다. 요즘 사람들은 그 시화 중에 강서시파의 주장과 가까운 것이 있다는 이유로 이 책을 양만리의 초기작으로서 소흥 임오년 이전에 지어진 것으로 여기는데, 이는 결코 그렇지 않다. 시화 속에서 "융흥 연간(1163~1164) 이래로 시로써 이름이 있는 자는 임광조(林光朝),[5]

5 임광조(林光朝, 1114~1178)는 남송 보전(莆田, 지금의 복건성(福建省) 보전시(莆田市)) 사람으로, 자는 겸지(謙之)이고 호는 애헌(艾軒)이며, 시호는 문절(文節)이다. 융흥(隆興) 원년(1163)에 진사가 되었고, 국자감좨주겸태자좌유덕(國子祭酒兼太子左諭德) 등의 여러 관직을 거쳐

범성대(范成大), 육유(陸游), 우무(尤袤), 소덕조(蕭德藻)이다.(自隆興以來, 以詩名者, 林謙之, 范致能, 陸務觀, 尤延之, 蕭東夫)"라고 분명히 말하고 있다. 융흥(隆興)은 효종(孝宗)의 연호이니, 소흥 임오년 이전에 어찌 말할 수 있겠는가? 또한 이 책에서는 남송의 황제를 고종(高宗), 효종(孝宗)이라 칭하고 있으니, 이 책이 만들어진 것은 양만리의 만년으로 응당 광종과 영종(寧宗) 사이일 것이다. 게다가 이 책에서 서술하고 있는 사람과 일에 대해 말한다면, 책에 "경려가 한림원에 들어가 학사가 되었다.(景盧入翰林爲學士)"는 구가 있다. 경려는 즉 홍매(洪邁)[6]로, 효종 순희(淳熙) 13년 병오년(1168)에야 한림학사가 되었으니, 시화가 만들어진 것은 분명이 해 이후인 것이다. 또한 책에는 후진 시인으로 강기(姜夔)[7]의 이름이 있다. 진사(陳思)의 ≪백석도인년보(白石道人年譜)≫에 따르면 강기는 소흥 28년(1158)에 태어났고, 마유신(馬維新)의 ≪강백석선생년보(姜白石先生年譜)≫에서는 소흥 30년(1160)에 태어났다고 말하고 있으니, 비록 그 상고한 바가 일치하지는 않으나 크게 차이가 나지는 않는다. 결론적으로 이 책이 지어진 것이 만약 소흥 임오년 이전이라고 한다면, 강기가 어린 아이였을 때이니 어찌 양만리에게 알려질 수 있겠는가?

중서사인겸시강(中書舍人兼侍講)에 제수되었다. 집영전수찬(集英殿修撰)으로 무주(婺州)를 다스리다 죽었다. 이정(二程)의 제자인 윤돈(尹焞)과 교유하였고, 육경(六經)과 백가(百家)에 능통하였다. 저서로 ≪애헌집(艾軒集)≫이 있다.

6 홍매(洪邁, 1123~1202)는 남송 요주(饒州) 파양(鄱陽, 지금의 강서성(江西省) 상요시(上饒市) 파양현(鄱陽縣)) 사람으로, 자는 경로(景盧)이고 호는 용재(容齋)이며, 홍호(洪皓)의 셋째 아들이다. 소흥(紹興) 15년(1145)에 진사가 된 이후 벼슬이 계속 올라 재상에 이르렀다. 방대한 독서력을 바탕으로 상당히 해박하였다. 저서로 ≪용재수필(容齋隨筆)≫, ≪이견지(夷堅志)≫, ≪사기법어(史記法語)≫ 등이 있다.

7 강기(姜夔, 1155?~1221?)는 남송 파양(鄱陽, 지금의 강서성(江西省) 상요시(上饒市) 파양현(鄱陽縣)) 사람으로, 자는 요장(堯章)이고 호는 백석도인(白石道人)이다. 세상에서는 강백석(姜白石)이라고 불렀다. 음악가이자 사인으로, 여러 차례 과거에 응시했으나 낙방하였고 이후 평생 출사하지 않고 시인들과 교류하다가 항주(杭州)에서 죽었다. 남송과 금이 대치하고 있던 상황에서 민족과 국가에 대한 염려가 그의 문학예술 활동의 주된 배경이 되었으며, 금나라 통치에 항거한 신기질(辛棄疾)을 지지하였다. 저서로 ≪백석도인가곡(白石道人歌曲)≫, ≪백석도인시집(白石道人詩集)≫, ≪시설(詩說)≫, ≪속서보(續書譜)≫ 등이 있다.

이러한 모든 일들이 사리에 맞지 않는 것이다.

그렇다면 시화 속에 강서시파의 시론이 많이 있는 의문점은 어떻게 이해해야 할 것인가? 여기에는 두 가지 원인이 있다.

첫째, 일반적인 시화의 관례로서 말한다면, 시화는 그 수필적인 성격으로 인해 이전의 옛 작품을 채용해도 무방하다. 예를 들어 구양수의 ≪육일시화(六一詩話)≫는 비록 그 자신이 관직에서 물러난 이후에 쓴 것이라 말하고 있으나 그 이전의 흔적이 있으니, ≪묵장만록(墨莊漫錄)≫에서 말한 ≪잡서(雜書)≫ 1권이 바로 그것이다. ≪성재시화≫ 또한 이러한 예인 것이다. 지금 〈성재강호집 서문〉을 보면 비록 그 자신이 젊었을 때의 작품을 불살라 버렸다고 말하고는 있으나, 오히려 젊었을 때의 작품 중 뛰어난 구들을 열거하며 애석함을 보이고 있다. 따라서 시화 속에서 옛 작품을 채용하는 것 또한 이치상 불가능한 것이 아니다. 낡아빠진 빗자루라도 스스로에게는 귀중한 것이듯, 문인들의 오랜 습관은 대부분 다 그러한 것이다.

둘째, 당시 시단의 풍조로써 말한다면, 남도(南渡)한 시인들은 대체로 그 시작은 강서시로 하였지만 끝까지 강서시를 따른 것은 아니었으니, 양만리 또한 예외는 아니었다. 그 〈성재형계집 서문(誠齋荊溪集序)〉에서 이르기를, "나의 시는 처음에는 강서의 여러 군자들을 배웠으니, 이미 진사도(陳師道)의 오언 율시를 배우고 또한 왕안석(王安石)의 칠언 절구를 배웠다. 만년에는 당인들에게서 절구를 배웠으니, 배우는데 힘을 쏟을수록 쓰는 것은 적어졌다. …순희 정유년(1177) … 그 여름에 형계에서 관직생활을 하였고 …무술년(1178)에 시를 쓰다 홀연 깨달음이 있는 것 같았다. 이에 당인들과 왕안석, 진사도 같은 강서의 여러 군자들과 작별하고 모두 배우려 하지 않았으니, 이후 마음이 기뻤다. … 맑고 청명하여 이전의 삐걱거림이 다시는 없었다.(予之詩始學江西諸君子, 旣又學後山五言律, 旣又學半山老人七字絶句, 晩乃學絶句於唐人, 學之愈力,

作之愈寡. …淳熙丁酉 … 其夏之官荊溪, …戊戌, 作詩忽若有悟, 於是辭謝唐人及王陳江西諸君子皆不敢學, 而後欣如也. …瀏瀏焉無復前日之軋軋矣)"라 하였으니, 이것이 이른바 "성재체(誠齋體)"가 형성되게 된 시작이었다.

그러나 연뿌리는 잘라도 실은 연결되어 있듯, 성재체와 강서시풍은 하나의 근원에서 나온 것이다. 황정견(黃庭堅)은 고인의 시를 배워 그 규율을 얻었으니, 이리하여 구법(句法)을 강구하고 시율(詩律)을 강구하였던 것이다. 그러나 황정견 시의 성취는 '구법(句法)'과 '시율(詩律)'에 목매지 않고 이에 맞지 않는 것에 홀로 나아가 스스로 일가를 이룬 것에 있었으니, 이것이 환골탈태(換骨奪胎), 점철성금(點鐵成金)의 이론이 있게 된 까닭이다. 이후의 강서시인들이 말한 '깨달음(悟)'이니 '활법(活法)'이니 하는 것도 이와 다른 것은 아니다. 그들의 병폐는 오로지 예술기교적인 부분에만 착안한 것에 있었으니, 따라서 법식을 말할 때에는 진실로 법식에 중점을 두었고 활법을 말할 때에도 여전히 법식에서 벗어나지를 못했다. 이것은 이른바 형식주의(形式主義)인 것이다. 따라서 이른바 성재체라는 것은 여러 강서시인에게서 배운 것은 진실로 강서시풍에 다름 아니며, 여러 강서시인들에게서 배우지 않은 견해라 하더라도 역시 강서시의 둥지에서 벗어날 수 없는 것이었음을 알 수 있다. 여기에서 분명하게 드러나듯이, 양만리의 시화에서 강서시론을 말하고 있는 것은 결코 이상한 일이 아니다.

무릇 '깨달음(悟)'에는 두 가지 방도가 있다. 그 하나는 객관적인 현실에서 착안하여 "수양은 시 바깥에 있다.(工夫在詩外)"는 것을 깨닫는 것으로, 육유의 깨달음이 바로 이것이다. 육유가 말한 "시가의 삼매경이 홀연 앞에 보이니, 굴원(屈原)과 가의(賈誼)가 또렷하게 눈앞에 있다.(詩歌三昧忽見前, 屈賈在眼原歷歷)"[8]는 것은 종군한 후 현실 생활 속에서

8 이 말은 육유의 시 〈9월 1일 밤 시를 읽다가 느낀 바가 있어 붓을 달려 노래를 짓다.(九月一日夜讀詩稿有感走筆作歌)〉에 실려 있다.

얻어진 것으로, 그 시가 사회 현실과 결합될 수 있었기에 애국시인이 되었던 것이다. 또 하나는 예술 풍격에서 착안하는 것이니, 여기에서의 깨달음은 다만 "유파를 전하고 조종을 전하는 것을 나는 부끄러워하니, 작가는 각자가 하나의 유파인 것.(傳派傳宗我替羞, 作家各自一風流)"[9] 일 따름으로, 양만리의 깨달음이 바로 이것이다. 양만리가 '성재체'라는 것을 만들 수 있었던 까닭도 여기에 있었다. 그러나 그 실제를 요약한다면 다만 변화시켜 하나의 풍격을 만든 것이었으니, 현실 생활과는 여전히 거리가 있었다. 옛 사람 중에 이러한 의의를 알았던 사람을 나는 유극장(劉克莊)의 〈다산성재시선 서문(茶山誠齋詩選序)〉에서 보았다. 유극장은 다음과 같이 말하고 있다.

> 내가 이미 여본중을 강서종파의 뒤에다 덧붙이니, 혹자가 말하기를 "시의 종파가 여기에서 그치는 것입니까?"라 하였다. 나는 말하기를 "그렇지 않다. 감주(贛州) 사람 증기(曾幾)와 길주(吉州) 사람 양만리(楊萬里) 모두 중흥대가(中興大家)이다. 이를 선학(禪學)에 비유하면 황정견은 시조이며, 여본중과 증기는 남북이종(南北二宗)이다. 양만리는 약간 뒤떨어지니 임제(臨濟)나 덕산(德山)[10]이다."라 하였다.(余旣以呂紫微附宗派之後, 或曰, 派詩止此乎? 余曰, 非也. 曾茶山贛人, 楊誠齋吉人, 皆中興大家數. 比之禪學, 山谷, 初祖也, 呂曾, 南北二宗也. 誠齋稍後出, 臨濟德山也.)

이러한 몇 마디의 말에서 '성재체(誠齋體)'와 '강서체(江西體)'의 관계는 분명하게 드러난다.

양만리의 논시는 항상 '맛(味)'에 중점을 두었다. 〈강서종파시 서문(江西宗派詩序)〉에서는 "강서종파의 시라는 것은 시는 강서인데 사람은

---

9 이 말은 양만리의 〈발서공중성간근시(跋徐恭仲省幹近詩)〉에 실려 있다.

10 선가(禪家)의 고승인 임제의현(臨濟義玄)과 덕산선감(德山宣鑑)을 가리킨다. 선가에서는 깨달음에 대한 물음에 말로 답하지 않고 몽둥이로 내려치거나 입으로 꾸짖는 방법을 사용하는데, 이는 각각 덕산선감과 임제의현에게서 시작되었다고 한다. 이에 '덕산봉(德山棒)', '임제갈(臨濟喝)'이라는 말이 있게 되었다.

모두 강서 사람이 아니다. 사람이 강서 사람이 아닌데 시를 강서라 한 것은 무엇 때문인가? 하나로 묶여 있기 때문이다. 묶여 있다는 것은 무엇인가? '맛' 때문이지 '외형' 때문이 아니다.(江西宗派詩者, 詩江西也, 人非皆江西也. 人非皆江西, 而詩曰江西者何? 繫之也. 繫之者何? 以味不以形也)"라 하였으며, 〈이재시고 서문(頤齋詩稾序)〉에서는 "무릇 시란 무엇을 하는 것인가? 그 글자를 숭상하는 것일 뿐인가? 나는 말한다. 시를 잘 쓰는 자는 글자를 버린다. 그렇다면 그 뜻을 숭상하는 것일 뿐인가? 나는 말한다. 시를 잘 쓰는 자는 뜻을 버린다. 그렇다면 글자를 버리고 뜻을 버리면 시는 어디에 있단 말인가? 나는 말한다. 글자를 버리고 뜻을 버리면 시가 있게 된다. 그렇다면 시는 과연 어디에 있는가? 나는 말한다. 일찍이 저 엿과 씀바귀를 먹어보지 않았는가? 사람들은 엿을 좋아하지 않음이 없으나 처음에는 달콤하지만 마침내 속이 쓰리게 된다. 씀바귀의 경우는 사람들이 그 쓴 맛을 싫어하지만 그 쓴맛이 다하기도 전에 그 달콤함을 이길 수 없게 된다. 시 또한 이와 같을 뿐이다.(夫詩何爲者也? 尙其詞而已矣. 曰, 善詩者去詞. 然則尙其意而已矣. 曰, 善詩者去意. 然則去詞去意則詩安在乎? 曰, 去詞去意而詩有在矣. 然則詩果焉在? 曰, 嘗食夫飴與荼乎? 人莫不飴之嗜也, 初而甘, 卒而酸. 至於荼也, 人病其苦也, 然苦未已而不勝其甘. 詩亦如是而已矣)"라 하였다. 이는 양만리가 여러 강서시인들의 의론과 다른 것이며, 이후 강기의 ≪백석도인시설(白石道人詩說)≫과 엄우의 ≪창랑시화(滄浪詩話)≫ 또한 모두 그러하였다.

양만리는 이백, 두보, 소식, 황정견을 의론하며 "그 형상은 같으나 그 맛이 다르며, 그 맛은 다르나 그 법도가 같다.(一其形, 二其味. 二其味, 一其法者也)"라 하였다. 한 마디로 말해, 이른바 '맛'이라는 것은 본디 '형상'과 '법도'를 벗어나지 않는 것임을 알 수 있다. 따라서 ≪창랑시화(滄浪詩話)≫에서 말하고 있는 '강서종파체(江西宗派體)'와 '양성재체(楊誠齋體)'는 비록 이름은 다르지만 그 귀취는 동일하며 그 사이에 본디 통하는 것이 있음을 알 수 있다. 양만리는 〈성재남해시집 서문(誠齋南海詩集序)〉에서 "나는 태어나면서부터 시 쓰기를 좋아하였는데, 처음에는 이를 좋아하다가 나중에는 이를 싫어하게 되었다. 소흥 임오년(1162)에 이르러 내 시가 변하게 됨에, 나는 기뻐하였으나 나중에 다시 이를 싫어하게 되었다. 건도 경인년(1170)에 이르러 내 시는 다시 변하였고, 순희 정유년(1177)에 이르러 내 시는 다시 또 변하였다.(予生好爲詩, 初好之, 旣而厭之. 至紹興壬午, 予詩始變, 予乃喜, 旣而又厭之, 至乾道庚寅, 予詩又變, 至淳熙丁酉, 予詩又變)"라 하였다. 아울러 우무(尤袤)의 말을 기술하며, 그 시가 매번 바뀌어 나아졌다고 말하였다. 그러나 만 번을 바뀌어도 그 조종(祖宗)을 벗어나지는 못하였으니, 시종 오직 '예술론(藝術論)'의 질곡에서 벗어나지 못했다는 것은 매우 분명한 사실이다.

≪성재시화≫에서는 학시(學詩)의 지향에 대해 논하며 항상 이백과 두보, 소식, 황정견을 높이고 있으니, 두보와 황정견에만 국한하지 않은 것은 강서시인들과 다른 점이다. 그러나 이백과 두보, 소식, 황정견의 시체(詩體)를 논하고 있는 것은 강시시인들의 이른바 '구법(句法)'의 설과 여전히 다를 바 없다. 여본중은 ≪동몽시훈(童蒙詩訓)≫에서 "전인의 문장은 각자가 하나의 구법이다.(前人文章各自一種句法)"라 하였으니, 양만리의 이와 같은 설의 원조이다. 이후에 ≪창랑시화≫에서 "다른 하나의 언어이다.(別是一副言語)"라 한 것은 양만리의 시체(詩體)에 대한 설이 확장된 것이다. 강서시파의 시론이 일변하여 엄우의 시선설(詩禪說)이 된 까닭은 바로 이와 같은 점들에서 찾아야만 한다.

무릇 강서시풍은 황정견을 조종으로 삼고 위로는 두보까지 높이는데, 양만리는 두보와 황정견 외에도 이백과 소식에까지 이르고 있다. 종법(宗法)이 이미 다르니 풍격(風格)이 다르며, 작시의 방법을 논하는 것 또한 다름이 있다. 강서시인들은 배움을 중시하고 수양을 강조하였으니, 깨달음은 수양 중에서 오는 것이었다. 그러나 양만리는 배우지 않을 것을 강조하고 스스로 얻을 것을 강조하여 옛 것을 배우는 것에서 마음을 배우는 것으로 변화되었으니, 마침내 후세의 성령파(性靈派)를 열었으며 따라서 따로 하나의 체가 될 수 있었던 것이다. 그러나 또한 육유와 같이 사회 현실에 직접 접촉할 수 없었으니, 따라서 산수풍월(山水風月) 사이에서 제재를 취하여 하나의 비교적 특수한 풍격을 만들려 하였다. 아마도 양만리가 이백과 두보, 소식, 황정견을 함께 들어 말한 까닭은 이백과 소식의 호방함으로 변화시켜 하나의 격식에만 구속되지 않게 함으로써 강서시풍의 치우친 폐단을 바로 잡기 위해서였을 것이다. 소식의 논시는 본래 선(禪)적인 맛을 띠는데, 양만리는 이를 계승하여 더욱 심화시켰다. 따라서 이백과 두보, 소식, 황정견 네 사람의 시를 논하면서 '배와 수레를 기다리는 않는 것'과 '배와 수레를 기다리되 처음부터 기다리지는 않는 것'으로 비유를 들어 다음과 같이 말하였다.

> 지금 무릇 사가의 유파는 소식은 이백과 비슷하고 황정견은 두보와 비슷하다. 이백과 소식의 시는 열자가 바람을 타는 것이요, 두보와 황정견의 시는 굴원이 계수나무 배를 타고 옥 수레를 모는 것이다. 배와 수레를 기다리지 않는 것은 시에 있어서의 귀신이며, 기다림이 있으되 처음부터 기다리지는 않는 것은 시에 있어서의 성인이다.(今夫四家者流, 蘇似李, 黃似杜. 李蘇之詩, 子列子之御風也. 杜黃之詩, 靈均之乘桂舟駕玉車也. 無待者神於詩者歟, 有待而未嘗有待者聖於詩者歟)

이와 같은 비유는 매우 오묘하다. 배와 수레를 기다리는 것으로 시법과 구율을 비유하며 배와 수레를 버릴 수 없음을 설명하고 있다. 그러나 배와 수레를 기다리지 않을 수도 있고 또한 배와 수레를 기다리되 처음부터 기다리지는 않을 수도 있으니, 그 논리가 참으로 심오하다. 그러나 여전히 '배움(學)'을 버리지는 않았으니, 소식이 〈시송(詩頌)〉에서 "입에서 나오는 대로 평범한 말을 하니, 그 법도는 옛날의 길에서 벗어난 것이라네.(衝口出常言, 法度去前軌)"라 한 말에서 영감을 받아 좀 더 두루 통하게 다시 말한 것에 불과한 것이다. 따라서 당시의 시풍의 변화는 예술적인 측면에서 착안하여 소식을 통해 황정견의 폐해를 구제한 것이었으니, 진실로 시의 본질을 탐구하여 현실을 반영하도록 할 수 있었던 것은 아니었다.

이외 시화에서는 또한 "공덕을 칭송함에 오언 율시는 무엇보다 전아함이 중대해야 한다.(褒頌功德, 五言長韻律詩最要典雅重大)"라 하며, 두보의 시 "온 세상에 태성성대가 펼쳐져 있고, 하나의 기운이 천지만물을 감돈다.(八荒開壽域, 一氣轉鴻鈞)"[11]를 예로 들고 있다. 또한 "칠언으로 공덕을 칭송한 것으로, 예를 들어 두보와 가지(賈至) 등 여러 사람이 〈대명궁에서의 아침 조회〉로 창화한 것은 전아함이 중대하다.(七言褒頌功德, 如少陵賈至諸人唱和早朝大明宮, 乃爲典雅重大)"라 하였다. 이는 비록 공덕을 칭송한 것을 가리킨 것이지만, 전아함이 중대할 것을 강조한 것은 명대 칠자(七子)들의 주장과 같다.

또한 "칠언 고시는 예를 들어 두보의 〈단청인(丹靑引)〉… 등의 작품은 모두가 웅장하고 굉대하여 붙잡을 수 없다. 시를 배우는 자가 두보와 이백, 소식과 황정견의 시에서 이와 같은 것을 찾아 읽고 암송하고 즐기면서 그 의미를 깊게 체득한다면 쓰는 시마다 절로 빼어나게 될 것이다.(七言長韻古詩如杜少陵〈丹靑引〉…等篇, 皆雄偉宏放不可捕捉, 學詩者於杜李蘇黃詩中求此等類誦讀沉酣, 深得其意味, 則落筆自絶矣)"라 하였다. 이는 엄우의 기상(氣象)의 설과 더욱 유사한 것으로, 다만 보다 분명하여 모호하지 않을 따름인 것이다. 결국 양만리 시풍의 변화라고 하는 것은 현상적으로 말한다면 강서시에 반하는 것인 듯하지만, 본질적으로 말한다면 일맥상통하는 것이니, 이는 바로 양만리가 말한 '그 맛은 다르

11 이 시의 제목은 〈위좌상에게 드리는 이십 운(上韋左相二十韻)〉이다.

나 그 법도가 같은(二其味, 一其法者也)' 것이다. 따라서 그 젊은 시절에 강서체를 배웠던 옛 작품들을 불살랐다는 이유로 이 책이 소흥 임오년 이전에 쓰여졌다고 단언할 수 있겠는가?

지금까지 말한 것은 다만 ≪성재시화≫와 관련한 것에 대해서만 말한 것이다. 이는 양만리 시론의 한 부분일 뿐 그 전모가 아니다. 그 〈시론(詩論)〉 편에서는 다음과 같이 말하고 있다.

> 시라고 하는 것은 천하를 바로 잡는 도구이다. …공개적으로 나무라고 공개적으로 부끄러움을 주니, 천하의 선하지 않은 자가 부끄러움을 느끼지 않을 수 없다. …시가 과연 관대한 것인가? 그 반드시 나무랄 것에 호되고 그 반드시 용서하지 못할 것에 단호하니, 시가 과연 지엄하지 않은 것인가?(詩也者, 矯天下之具也. …擧衆以議之, 擧議以媿之, 則天下之不善者不得不媿. …詩果寬乎?[12] 聳乎其必譏而斷乎其必不恕也, 詩果不嚴乎?)

청인 반정계(潘定桂)는 〈양성재시집을 읽고 쓴 9수의 시(讀楊誠齋詩集九首)〉[13]에서 "늙은 눈으로 때때로 하북 지역을 바라보나니, 꿈속의 혼은 밤마다 강서 지역을 맴도네. 회수를 건너왔던 이들의 여러 뛰어난 구들을 읽어보니, 어찌하여 밥을 먹음에 수저를 잊었단 말인가?(老眼時時望河北, 夢魂夜夜繞江西.…試讀渡淮諸健句, 何曾一飯忘金匙)"라 하였으니, 이는 그의 시론에 대한 또 다른 부분이다. 그러나 옥의 티를 가릴 수는 없으니, 덧붙여 이를 언급하는 것도 무방할 것이다.

12 원문에는 '불관(不寬)'으로 잘못되어 있어 바로 잡았다.

13 【원주】 제2수이다.

정재시화(艇齋詩話)

1권, 증계리(曾季貍) 지음, 보존되어 있음.

증계리(曾季貍, ?~?)는 남송 남풍(南豐, 지금의 강서성(江西省) 남풍현(南豐縣)) 사람으로, 자는 구보(裘父)이고 호는 정재(艇齋)이다. 생졸년이 미상이다. 일찍이 과거가 순조롭지 않았고 나중에는 벼슬에 뜻이 없었다. 남송때 강서시파 시인인 서부(徐俯), 한구(韓駒)와 교류하였다. 육유(陸游)와도 창화하였으며, 주희(朱熹), 장식(張栻)과 교유하였다. 저서로 ≪정재잡저(艇齋雜著)≫, ≪논어훈해(論語訓解)≫, ≪정재시화(艇齋詩話)≫가 있다.

증계리(?~?)의 자는 구보(裘父)이고 호는 정재(艇齋)이며, 남풍(南豐, 지금의 강서성(江西省) 남풍현(南豐縣)) 사람이다. 진사에 응시하였으나 급제하지 못하였고, 한구(韓駒), 여본중(呂本中), 장식(張栻)을 사사하였으며 시로 명성이 있었다. 장식의 ≪남헌문집(南軒文集)≫ 권5 〈증구보에게 보내는 서문(送曾裘父序)〉에서는 그를 "곧고 진실되며 아는 것이 많아, 옛말의 도움이 되는 벗이다.(直諒多聞, 古之益友)"라 하였다. 주희(朱熹)의 시집에도 증계리에게 준 시가 있어, "약속을 했건만 어찌하여 더디 오는가? 읊조리고 가며 아득한 바람을 거슬러 가네. 노년의 생각은 물처럼 맑건만, 두 귀밑머리는 쑥처럼 끊어졌다네. 만나 이야기하면 얻는 바가 없지 않으니, 소탈하고 느긋한 것이 대략 비슷하다네. 맑은 가을날 호수 위에 모였는데, 차공(車公)[1]만 빠져 있구려.(有約來何晩, 行吟溯遠

1 동진(東晋) 사람 차윤(車胤)을 가리킨다. ≪진서(晉書)·차윤전(車胤傳)≫에 "차윤은 연회를 즐기기 좋아하였는데, 당시 연회 자리에서 차윤이 없으면, 모두가 '차공이 없으니 즐겁지 않다'라고 말하였다.(車胤又善於賞會, 當時每有盛坐而胤不在, 皆云'無車公不樂')"라 하였다. 후에 연회를 즐기는 사람의 대칭이 되었다.

風. 老懷淸似水, 雙鬢斷如蓬. 晤語非無得, 疏慵正略同. 淸秋湖上集, 只是欠車公)"[2]라 하였으니, 또한 그 사람됨을 가히 짐작할 수 있다. 그의 학문에 대한 입장과 태도는 여본중(呂本中)과 대략 비슷하였으니, 그를 다만 시인으로만 볼 수는 없다.

육유(陸游)의 ≪위남문집(渭南文集)≫ 권15 〈증구보시집 서문(曾裘父詩集序)〉에서는 "시대에 편안하고 순응하며 살아 세상일에 초연하였다. 자신을 드러내지도 좌절하지도 않고 남을 무고하지도 원망하지도 않았으니, 문장에 드러난 것이 맑고 소탈하다. 이를 읽은 자들은 명리를 버리고 득실을 잊게 되니, 마치 동곽순자(東郭順子)[3]를 보는 것처럼 자연스럽게 생각을 잊게 된다.(安時處順, 超然事外, 不矜不挫, 不誣不懟, 發爲文辭, 沖澹簡遠, 讀之者遺聲利, 冥得失, 如見東郭順子悠然意消)"라 하였다. 이 또한 그의 사람됨과 시를 함께 들어 말한 것이니, 당시 사람들이 근근이 시 쓰는 것을 능사로 삼은 것과는 달랐다. 군수(郡守) 장효상(張孝祥)과 추밀(樞密) 유공(劉拱)이 조정에 천거하였으나 모두 나아가지 않았다. 저서로 ≪논어훈해(論語訓解)≫, ≪정재잡저(艇齋雜著)≫ 등이 있다.

이 책은 옛날부터 ≪설부(說郛)≫본이 있는데, 온전하지는 않다. 장금오(張金吾)의 ≪애일정려장서지(愛日精廬藏書志)≫ 권36에서 이르기를, "이 책은 ≪직재서록해제≫, ≪문연각서목≫, ≪독서민구기≫에 모두 저록되어 있는데, 최근에는 전하는 판본이 드물다. ≪사고전서총목≫에 저록된 송인시화와 ≪사고전서존목≫에 덧붙여 기재된 것이 거의 50종인데, 이것만 빠져 있으니 전하는 판본이 적었음을 알 수 있다.(是書≪直齋書錄解題≫, ≪文淵閣書目≫, ≪讀書敏求記≫俱著錄, 近則罕有傳本. 四庫全書著錄宋人詩話及附載存目者幾五十種, 而此獨見遺, 則傳本之稀可知)"라 하였다. 장문호(張文虎)의 ≪서예실잡저승고(舒藝室雜著賸稿)≫에 〈정재시화 뒤에 쓴 글

2 이 시의 제목은 〈증정재에게 드리는 시(寄曾艇齋詩)〉이다.
3 전국시대(戰國時代) 위(魏)나라의 현사(賢士)로, 전방자(田方子)의 스승이다.

(書艇齋詩話後)〉 문장 하나가 있는데, "이를 전희보(錢熙輔)에게 주어 ≪예해주진속집≫에 넣어 간행하게 하여, 시를 말하는 사람들에게 베갯머리에 두는 보물 하나를 더해주었다.(以貽錢鼎卿學博刊入≪藝海珠塵續集≫, 爲談詩家增一枕中鴻寶)"라 하였다. 지금 이 책은 보이지 않으니, 응당 간행되지 않았을 것이다. 지금 세상에 전하는 것으로 ≪임랑비실총서(琳琅秘室叢書)≫본이 있는데, 아마도 애일정려(愛日精廬)의 전초본(傳鈔本)에 근거하여 간행된 것으로, 호정(胡珽)이 교정하고 동금감(董金鑑)이 재교정한 말이 있다. 정복보(丁福保)의 ≪역대시화속편(歷代詩話續編)≫에 수록된 것은 이것을 근거로 한 것이다.

육유는 〈증구보시집 서문〉에서 이르기를, "나는 소흥 기묘년과 경진년 사이에 처음 행재소(行在所)에서 구보를 알게 되었고 이로부터 그 시를 자주 보았는데, 수양이 깊어질수록 시 또한 더욱 빼어났다. 내가 임천(臨川)으로 부임하였을 때, 구보는 이미 세상을 떠났다.(予紹興己卯庚辰間, 始識裘父於行在所, 自是數見其詩, 所養愈深而詩亦加功. 比予來官臨川, 則裘父已歿)"라 하였다. 육유가 임천에 부임하였을 때는 순희(淳熙) 5~6년(1178~1179) 사이였으니, 이 책이 만들어진 것은 필시 이때보다 앞선 것으로, 아마도 융흥(隆興)과 건도(乾道) 연간 사이였을 것이다.

증계리는 여본중(呂本中)을 사사(師事)하였으니, 그 시 또한 강서시파와 가깝다. 이 책에 실린 것은 ≪자미시화(紫微詩話)≫와 유사하여 강서시인들에 관련된 이야기나 일들이 많으니 강서시파를 연구하는 사람이라면 이를 중시하지 않을 수가 없다. ≪송사(宋史)·예문지(藝文志)≫에 이 책이 저록되어 있는데, 집부(集部) 문사류에 넣지 않고 자부(子部) 소설류에 넣고 있으니 참으로 이해할 수 없다. 책에서는 서부(徐俯)[4]와 여본중

4 서부(徐俯, 1075~1141)는 북송 홍주(洪州) 분녕(分寧, 지금의 강서성(江西省) 수수현(修水縣)) 사람으로, 자는 사천(師川)이고 자호는 동호거사(東湖居士)이다. 서희(徐禧)의 아들이자 황정견(黃庭堅)의 생질이며, 강서시파에 속하는 시인 중 하나로, 증기(曾幾), 여본중(呂本中) 등과 교유

을 여러 번 언급하고 있는데, 육유의 서문에서 "구보의 이름은 계리이다. 건염 연간에 남도한 여러 현자들과 교유하였는데, 특히 서부에게 인정받았다.(裘父諱季貍, 及與建炎過江諸賢游, 尤見賞於東湖徐公)"라 말하고 있으니, 책에서 이처럼 여러 번 언급하고 있는 것 또한 당연하다. 방회(方回)는 서부에게 아첨한 것이라며 그를 비판하였으나, 인품으로 말한다면 이는 진실로 '공자께서 남을 들어 이야기하며 자기 자신을 말한(夫子自道)' 격이니, 방회가 자기의 마음대로 증계리를 평가한 것이다.

이 책의 단점으로는 예를 들어 "전인들이 시를 논한 것 중에 위응물(韋應物)이 논한 것이 있음을 알지 못하였는데, 소식(蘇軾)에 이른 이후에서야 이러한 비밀이 드러나게 되었다.(前人論詩不知有韋蘇州, 至東坡而後發此秘)"라 말한 것과 같은 것이니, 즉 이는 고증이 치밀하지 못했기 때문이다. 대개 강서시파의 말류들은 다만 시 안에서만 시를 찾았으며, 심지어 두보, 유종원, 황정견, 진사도 등 몇몇 소수 작가들의 시집에서만 시를 찾아 스스로 그 범위를 제한하였으니, 마침내 소략하고 어그러짐을 벗어나지 못했다. 이를 바로 잡고자 한 사람 또한 서부와 여본중을 언급하면서 편벽된 전고를 찾아 시의 재료로 삼고는 스스로 그 박학함을 과시하였으니, 결국은 모두가 당시 사람들의 순수예술론의 좋지 않은 영향을 받은 것이다. 오경욱(吳景旭)의 ≪역대시화(歷代詩話)≫ 권34, 조익(趙翼)의 ≪구북시화(甌北詩話)≫ 권11, 주서증(朱緒曾)의 ≪개유익재독서지(開有益齋讀書志)≫ 권6 및 장문호(張文虎)의 ≪서예실잡저승고(舒藝室雜著賸稿)·정재시화 뒤에 쓴 글(書艇齋詩話後)≫에서 모두 그 잘못과 오류를 열거하고 있으니 참고할 만하다.

하였다. 고종(高宗) 건염(建炎) 연간(1127~1130)에 정심(鄭諶), 호직유(胡直孺), 왕조(汪藻) 등이 천거하여 우간의대부(右諫議大夫)에 임명되었고, 소흥(紹興) 2년(1132)에 진사의 자격을 하사받았다. 이후 한림학사(翰林學士), 단명전학사(端明殿學士), 첨서추밀원사(簽書樞密院事), 겸권참지정사(兼權參知政事) 등을 역임하였다. 저서로 ≪동호거사집(東湖居士集)≫ 6권이 있다.

백석도인시설(白石道人詩說)

1권, 강기(姜夔) 지음, 보존되어 있음.

강기(姜夔, 1155?~1221?)는 남송 파양(鄱陽, 지금의 강서성(江西省) 상요시(上饒市) 파양현(鄱陽縣)) 사람으로, 자는 요장(饒章)이고 호는 백석도인(白石道人)이다. 세상에서는 강백석(姜白石)이라고 불렀다. 음악가이자 사인으로, 여러 차례 과거에 응시했으나 낙방하였고 이후 평생 출사하지 않고 시인들과 교류하다가 항주(杭州)에서 죽었다. 남송과 금이 대치하고 있던 상황에서 민족과 국가에 대한 염려가 그의 문학예술 활동의 주된 배경이 되었으며 금나라 통치에 항거한 신기질(辛棄疾)을 지지하였다. 저서로 ≪백석도인가곡(白石道人歌曲)≫, ≪백석도인시집(白石道人詩集)≫, ≪시설(詩說)≫, ≪속서보(續書譜)≫ 등이 있다.

강기(1155?~1221?)의 자는 요장(堯章)이며, 파양(鄱陽, 지금의 강서성(江西省) 상요시(上饒市) 파양현(鄱陽縣)) 사람이다. 초계(苕溪)[1]에 살 때 백석동천(白石洞天)에 이웃하고 있어, 반덕구(潘德久)가 그를 백석도인(白石道人)이라 불렀다. 마침내 강기가 이를 자호로 삼았으며 그를 높이는 자들은 백석로선(白石老仙)이라 불렀다. 강기는 소덕조(蕭德藻)에게서 시를 배웠는데, 당시 황암로(黃巖老)도 호가 백석이었고 역시 소덕조에게서 시를 배웠으며 시 또한 빼어나서 당시에 '쌍백석(雙白石)'이라 불렀다. 강기는 일대의 사작가(詞作家)인데, ≪송사(宋史)≫에는 전기가 실려 있지 않다. 명청 이래로 장우(張羽), 엄걸(嚴傑), 서양원(徐養原), 하승도(夏承燾) 등이 모두 그의 전기를 보충하였다.

이 책은 ≪강씨시설(姜氏詩說)≫이라고도 불리는데, 각 판본은 모두 그의 사집이나 시집의 뒤에 덧붙여 판각된 것이다. 그 중 총서 안에

1 원문에는 '초삽(苕霅)'으로 잘못되어 있다.

들어가 있는 것으로는 ≪학해류편(學海類編)≫, ≪역대시화(歷代詩話)≫, ≪시화루쇄각(詩話樓瑣刻)≫, ≪시촉총서(詩觸叢書)≫, ≪담예주총(談藝珠叢)≫, ≪시법췌편(詩法萃編)≫, ≪학시진체(學詩津逮)≫, ≪유원총각(榆園叢刻)≫, ≪남송군현소집(南宋群賢小集)≫, ≪오원총서(娛園叢書)≫, ≪형설헌총서(螢雪軒叢書)≫, ≪예포수기(藝圃搜奇)≫ 및 ≪일치필존(一瓻筆存)≫ 등의 판본이 있다. ≪천경당서목(千頃堂書目)≫ 권15에 ≪고금휘설(古今彙說)≫본이 있다고 되어 있는데, 보이지 않는다.

이 책의 〈자서〉에서는 순희(淳熙) 병오년(1186)에 남악(南嶽)의 운밀봉(雲密峰) 꼭대기에 있는 한 노인에게서 이를 얻었다고 말하고 있지만, 그에 기탁하여 한 말이라는 것을 굳이 언급할 필요는 없을 것이다. 그러나 이 책에서의 논시는 일반적인 길에서 벗어나 당시의 시화 가운데서 확연하게 홀로 기치를 세울 수가 있었으니, 강서시론이 한 시대를 풍미한 후 ≪창랑시화(滄浪詩話)≫가 아직 유행하기 이전에 시화 속에서 당시 시론의 변화양상을 보고자 하는 자는 마땅히 이 책을 살펴보아야 한다. 강기는 비록 소덕조를 따라 배웠지만, 돌아보아 다시 동시대의 전배인 범성대(范成大), 우무(尤袤), 양만리(楊萬里) 등에게서 도움을 청하였다. ≪시설≫에서 말하고 있는 것은 양만리에게서 얻은 것이 많으니, 강기는 다만 이를 더욱 발휘시킨 것이었을 뿐이다. 이 책을 ≪시설(詩說)≫이라 부르고 '시화(詩話)'라고 부르지 않는 것은 이 책이 이론에 중점을 두고 있음을 보여주는 것으로, 일반적인 시화에서 고사를 서술하거나 고증을 중시하는 것과는 차이가 있다.

이 책의 논시 또한 '시의 법칙(詩法)'과 '시의 병례(詩病)'에 중점을 두고 있다. 예를 들어 "시의 병폐를 알지 못하면 어떻게 시에 능할 수 있겠으며, 시의 법식을 알지 못하면 어떻게 시의 병폐를 알 수 있겠는가?(不知詩病, 何由能詩. 不觀詩法, 何由知病)"라 한 것은 여전히 강서시인들의 말투에서 벗어나지 못한 듯하다. 그러나 그가 말한 '병폐'는 "뛰어난 시인도 각기 하나의 병폐가 있다.(名家者各有一病)"는 것을 말한 것으로, 시를 배우는 자는 다른 사람의 결점을 배워서는 안 됨을 가리킨 것이니, 헤아려서 한 층 더 나아간 것이다. 또한 "깎고 새기는 것은 기를 손상시키며, 펼치고 늘이는 것은 뼈를 드러내게 한다. 만약 비루하기만 하고 정교하지 않다면 이는 깎고 새기지 않음이 지나친 것이며, 질박하기만 하고 곡진하지 않다면 펼치고 늘이지 않음이 지나친 것이다.(雕刻傷氣, 敷衍露骨. 若鄙而不精巧, 是不雕刻之過. 拙而不委曲, 是不敷衍之過)"라 한 것은 면면을 다 갖추어 자연스러움으로 돌아간 것이다. 그가 말한 '법식'에는 장법(章法)과 구법(句法)의 구분이 있다. 장편의 배치에 있어 "처음과 끝은 균등하게 하고 중간은 풍만하게 함(首尾停匀, 腰腹肥滿)"을 장법의 표준으로 삼았으며, "구의 뜻은 깊고 아득하고자 하며 구의 어조는 맑고 예스럽고 온화하고자 함(句意欲深欲遠, 句調欲清欲古欲和)"을 구법의 표준으로 삼았다. 따라서 구절과 글자에서 빼어남을 찾거나 시안(詩眼)과 용자(用字)를 강구하는 자들보다는 또한 한 단계 높은 곳에 있었으니, 그 논점은 강서시인들과 같았을지언정 논조는 강서시인들보다 뛰어난 것이었다.

'깨달음(悟)'과 '활법(活法)'에 대한 의론 역시 매번 강서시인들과는 달랐다. ≪시설(詩說)≫에서 "문장은 꾸미는 것으로써 빼어나게 할 수는 있으나 꾸미는 것으로써 오묘하게 할 수는 없다. 그러나 꾸미는 것을 버리면 오묘함도 없으니, 그 뛰어난 부분은 스스로 깨달아야만 한다.(文以文而工, 不以文而妙. 然捨文無妙, 勝處要自悟)"라 하였는데, 여기에서 말한 '깨달음(悟)'이란 여본중이 ≪동몽시훈(童蒙詩訓)≫에서 말한 "깨달음에 들어가는 것은 수양에서 오는 것이니, 요행히 얻을 수 있는 것은 아니다.(悟入必自工夫中來, 非僥倖可得)"라는[2] 설과는 다른 것이다. 그가 말한

2 소식의 〈시송(詩頌)〉에 나오는 말이다.

오묘함은 소식이 말한 "입에서 나오는 대로 평범한 말을 하니, 그 법도는 옛날의 길에서 벗어난 것이라네. 사람들은 오묘한 것이 아니라 말하지만, 오묘한 것은 여기에 있는 것이라네.(衝口出常言, 法度去前軌. 人言非妙處, 妙處在於是)"라는 설에 근본한 것이다. 따라서 그 '깨달음(悟)' 역시 이러한 오묘함을 깨닫는 것일 따름이다. 소식과 황정견의 풍격은 서로 달랐다. 황정견은 '빼어남(工)'에 중점을 두었으니, 강서시인들의 논시는 항상 빼어남에서 깨달음을 찾았다. 소식은 '오묘함(妙)'에 중점을 두었으니, 그 뜻이 분명하게 드러나 보이는 것이 드물다. 강기는 양만리의 뒤를 이어, 소식의 설로 강서시풍을 개혁하고자 한 사람이었던 것이다.

≪시설≫에서는 또한 이르기를, "잠깐 일을 서술하면서 그 사이에 이치로써 말을 하니, 활법을 얻은 것이다.(乍敍事而間以理言, 得活法者也)"라 하였다. 여기에서 말한 '활법(活法)' 또한 여본중이 〈하균보집 서문(夏均父集序)〉에서 말한 "활법이라는 것은 법도를 갖추고 있으면서도 법도 밖으로 벗어날 수 있으며, 변화무쌍하면서도 또한 법도에서 어긋나지 않는 것이다.(活法者, 規矩備具而能出於規矩之外, 變化不測而亦不背於規矩)"라는 설과는 다른 것이다. 강기가 말한 활법은 역시 소식의 "법도는 옛날의 길에서 벗어난 것(法度去前軌)"이라는 설에 근본하여 이를 더욱 발휘시킨 것이다. 법도가 옛날의 길에서 벗어나게 되니, 가슴속에는 처음부터 법도에 집착함이 없이 사물에 따라 그 형상을 서술하면서 문장에 법도가 만들어지게 된다. 이것이 바로 '오묘함'의 극치인 것이며, 양만리가 말한 "시에 있어서의 신선(神於詩者)"인 것이다.

≪시설≫에서는 또한 이르기를, "뜻은 격조에서 나오니, 먼저 격조를 얻어야 한다. 격조는 뜻에서 나오니 먼저 뜻을 얻어야 한다.(意出於格, 先得格也. 格出於意, 先得意也)"라 하였다. 먼저 격조를 얻는 것은 '빼어나기(工)' 위해서이며, 먼저 뜻을 얻는 것은 '오묘하기(妙)' 위해서인 것

이다. 이것이 바로 소식과 황정견이 구별되는 점이며, 양만리와 강기는 이러한 차이점들을 통해 강서시풍을 개혁하고자 하였다. 따라서 그들은 모두 배우지 않는 것을 그 배움으로 삼았던 것이다.

강기는 〈시집자서(詩集自序)〉에서 다음과 같이 말하고 있다.

> 최근에 양계를 방문하여 우무(尤袤) 선생을 만났는데, 나의 시가 누구로부터 왔는지 물으셨다. 내가 다른 때에 널리 읽혀진 여러 작품들을 보여드리니, 다 보시고서는 이것저것이 섞여 있음을 병폐로 여기셨다. 이에 몸과 마음을 경건히 하고 황정견을 스승으로 삼았다. 몇 년이 지나도록 한마디 말조차 입을 다물고 감히 내뱉지 않다가, 비로소 배우는 것이 곧 병폐이며 오히려 배우지 않는 것에서 배움을 얻는 것만 못한 것임을 크게 깨달았으니, 비록 황정견의 시라 할지라도 높은 누각 한쪽에다 치워 놓았다.(近過梁谿, 見尤延之先生, 問余詩自誰氏, 余對以異時泛閱衆作, 已而病其駁如也, 三薰三沐, 師黃太史氏. 居數年, 一語噤不敢吐, 始大悟學卽病, 顧不若無所學之爲得, 雖黃詩亦偃然高閣矣)

이 말은 양만리의 설을 부연한 것이다. 그 〈시집자서 2〉에서 또한 다음과 같이 말하고 있다.

> 작자가 옛 사람과 합치되기를 추구하는 것은 옛사람과 다르기를 추구하는 것만 못하며, 옛 사람과 다르기를 추구하는 것은 옛 사람과 합치되기를 추구하지는 않으나 합치되지 않을 수 없는 것, 옛 사람과 다르기를 추구하지는 않으나 다르지 않을 수 없는 것만 못하다.(作者求與古人合, 不若求與古人異. 求與古人異, 不若不求與古人合而不能不合, 不求與古人異而不能不異)

이는 바로 "배우지 않는 것에서 배움을 얻는 것만 못하다.(不若無所學之爲得)"는 뜻을 설명한 것이다. 기실 〈성재형계 서문(誠齋荊溪序)〉에서 말한 "당인들과 왕안석, 진사도 같은 강서의 여러 군자들과 작별하고 모두 배우려 하지 않았다.(辭謝唐人及王陳江西諸君子皆不敢學)"는 말을 다르게 표현한 것으로, 강서시인들의 활법(活法)의 설보다 더욱 두루 통하여 막힘이 없다.

활법에 대해 말하자면, 정해진 것이 없으면서도 정해진 것이 있고 정해진 것이 있으면서도 또한 정해진 것이 없는 것이니, 그 설이 참으로 미묘하다. 그러나 오히려 시에서 그 존재가 드러나 보이는 것이 있게 된다. 강기는 이르기를, "저 활법은 다만 시에서 드러나 보이는 것이 있으니, 따라서 옛날에는 옛 사람과 합치되기를 추구하였으며 지금은 옛 사람과 다르기를 추구한다.(彼惟有見乎詩也, 故向也求與古人合, 今也求與古人異)"라 하였다. 저 활법이라고 하는 것은 모두가 시에서 드러나 보이는 것이 있는데, 반드시 시에서 드러나 보이는 것이 없어야 비로소 깨달음의 경지에 이르게 되며, 깨달음의 경지에 이를 수 있어야 비로소 오묘한 경지에 이르게 된다. 따라서 "옛 사람과 합치되기를 추구하지는 않으나 합치되지 않을 수 없고, 옛 사람과 다르기를 추구하지는 않으나 다르지 않을 수 없는 것(不求與古人合而不能不合, 不求與古人異而不能不異)"은 즉, 이른바 "배우지 않는 것에서 배움이 이르는(學至於無學)" 것이다. 시에 드러나 보이는 것이 있으니 능히 '빼어남(工)'에 이를 수 있으며, 시에서 드러나 보이는 것이 없으니 이에 능히 '오묘함(妙)'에 다다를 수 있는 것이다.

이와 같은 말은 양만리의 "시에서의 성인, 시에서의 신선(聖於詩, 神於詩)"의 설보다 더욱 미묘한 것이기는 하지만, 순수예술론이 유심주의로 바뀌게 되는 경향이 더욱 분명하게 드러나며, 엄우(嚴羽)의 묘오론(妙悟論)[3]과도 거의 차이가 없다. 깨달음을 오묘함이라 말한 것은 아마도 이 때문일 것이다. 따라서 이 책을 일부러 신비한 것으로 만들어 운밀봉 꼭대기의 노인의 말에 기탁한 것 또한 까닭이 없는 것이 아니다.

강기의 논시는 네 가지의 고묘(高妙)함을 들며 "자연스러움의 고묘함

3 엄우의 묘오론(妙悟論)은 그의 ≪창랑시화(滄浪詩話)≫에서 "선(禪)의 핵심은 깨달음에 있으며, 시(詩)의 핵심 역시 깨달음에 있다. 오직 깨달음을 통해서만 진정한 자기 자신일 수 있으며, 자기 자신만의 목소리를 낼 수 있다."라 한 데에서 나온 것이다.

(自然高妙)"을 최고의 경지로 삼고 있으며, 네 가지의 방식을 들며 "단어의 뜻이 다함이 없음(詞意俱不盡)"을 가장 어려운 것으로 들고 있다. 이것이 왕사정(王士禎)이 ≪어양시화(漁洋詩話)≫에서 "강기의 논시는 엄우에 이르지 못하였으나, 또한 족히 참고할 만한 미묘한 말이다.(白石論詩未到嚴滄浪, 頗亦足參微言)"라고 말한 까닭이다. 엄우의 논시는 일부러 고아한 의론을 만들어 내는 것을 면치 못하였으며 영웅이 보통 사람들을 기만하는 태도가 있다. 그러나 강기는 단 맛 쓴 맛을 모두 맛본 후에 스스로 경험하여 체득한 말을 썼으니, 이후 어느 정도 성령설(性靈說)에 치우친 자들이 오히려 그에게서 얻는 바가 있게 되었다.

사장정(謝章鋌)의 ≪도기산장사화(賭棋山莊詞話)≫에서는 ≪백석도인시설≫을 사화(詞話)로 여기고, 자연고묘(自然高妙)를 사작가들이 마땅히 행해야할 본분이라 말하였다. 전진굉(錢振鍠)의 ≪시화(詩話)≫에서도 "'자연스러움'이라는 한 항목은 마땅히 위의 세 항목에 녹아들어야 하니, '이치(理)', '뜻(意)', '상상(想)'의 고묘함에서 그 자연스러움을 추구하여야 한다.(自然一行卽當融入上三行, 於理意想之中求其自然)"라 하였다. 이는 왕사정이 말한 것과 다르다. 왕사정이 "족히 참고할 만한 미묘한 말(足參微言)"이라 인정한 것은 그것이 신운설(神韻說)과 가깝기 때문이었으며, 또한 "엄우에 이르지는 못했다.(未到嚴滄浪)"라 한 것은 이 책에서 말이 완전한 가공의 말이 아니어 신운(神韻)과는 거리가 있기 때문이었다. ≪어양시화(漁洋詩話)≫와 ≪수원시화(隨園詩話)≫ 모두 ≪백석도인시설≫을 인정하고 있는 부분이 있으나 각기 그 체득한 것이 다르니, 이것이 바로 강기와 엄우의 다른 점이 존재하는 바인 것이다. 그러나 유심주의(唯心主義)에 빠졌다는 점에서 있어서는 같다.

경계시화(庚溪詩話)

2권, 진암초(陳巖肖) 지음, 보존되어 있음.

진암초(陳巖肖, ?~?)는 북송 동양(東陽, 지금의 절강성(浙江省) 동양시(東陽市)) 사람으로, 자는 자상(子象)이다. 생졸년은 분명하지 않다. 정강(靖康) 연간(1126~1127)에 경사의 천청사(天清寺)에서 노닐었으며, 변경(汴京)이 함락되었을 때 부친이 변고를 당하였다. 벼슬은 병부시랑(兵部侍郎)에 이르렀다. 저서로 ≪경계시화(庚溪詩話)≫ 2권이 있다.

진암초(?~?)의 자는 자상(子象)이며, 동양(東陽, 지금의 절강성(浙江省) 동양시(東陽市)) 사람이다. 부친 진덕고(陳德固)는 정강(靖康)의 난[1] 때 죽었다. 소흥(紹興) 8년(1138) 임자(任子)[2]로 사과(詞科)에 합격하였고, 관직은 병부시랑(兵部侍郎)에 이르렀다. 자호는 서교야수(西郊野叟)이다.

이 책의 첫 쪽 두 번째 줄에 본래 그 별호만 표기되어 있었으니, 좌규(左圭)의 ≪백천학해(百川學海)≫본이 이와 같다. 따라서 옛 사람들은 그 성씨를 알지 못하였다. 오사도(吳師道)의 ≪경향록(敬鄕錄)≫ 첫머리에서 진암초가 ≪경계시화(庚溪詩話)≫를 지었다고 말한 이후에, 호응린(胡應麟)이 이에 근거하여 다시 이 책에서의 각 조목을 살피고 고증을 더함으로써 비로소 그 성씨를 분명하게 알게 되었다.[3] 지금 ≪역

1 북송 정강(靖康) 연간(1126~1127)에 금나라 군사가 수도를 함락시키고 휘종(徽宗)과 흠종(欽宗)을 비롯하여 3,000여 명을 포로로 하여 북으로 돌아간 사건을 말한다. 이 결과 북송은 멸망하고 흠종의 아우 고종이 임안(臨安)에서 즉위하여 남송(南宋)이 시작되었다.

2 부친이나 형제의 높은 공적 덕택에 관직을 얻는 것을 이른다.

3 【원주】 ≪소실산방유고(少室山房類稿)≫ 권106 〈경계시화에 제한 발문(題庚溪詩話跋)〉에 보

대시화속편(歷代詩話續編)≫ 및 ≪형설헌총서(螢雪軒叢書)≫ 등은 모두 그 성씨를 고쳐 썼다. ≪죽엄암전초서목(竹崦盦傳鈔書目)≫과 ≪손씨사당서목내편(孫氏祠堂書目內篇)≫에는 모두 '진초암(陳肖巖)'으로 잘못되어 있다. ≪자호록(自號錄)≫에는 또한 '섭암초(葉巖肖)'로 잘못되어 있다.

'경계(庚溪)'는 ≪국사경적지(國史經籍志)≫에 '유계(庾溪)'로 되어 있으며, ≪도광금화현지(道光金華縣志)·예문지(藝文志)≫에는 또한 '당계(唐溪)'로 되어 있으니, 글자의 형태가 비슷한 것에서 기인한 오류이다. 이 책의 권수는 여러 저록에 1권으로 되어 있는 것이 있으니, ≪술고당서목(述古堂書目)≫ 및 ≪절강통지(浙江通志)·경적지(經籍志)≫ 등에는 모두 1권으로 되어 있다. 다만 지금 전하는 1권본은 ≪설부(說郛)≫ 39조목, ≪고금시화(古今詩話)≫ 25조목, ≪학해류편(學海類編)≫ 29조목에 불과하여 모두가 완전한 것이 아니다. 그 외 ≪사고전서총목제요(四庫全書總目提要)≫, ≪속통지(續通志)·예문략(藝文略)≫, ≪속통고(續通考)·경적고(經籍考)≫ 및 ≪담생당서목(澹生堂書目)≫, ≪근고당서목(近古堂書目)≫ 등에는 모두 2권으로 되어 있다. 지금 세상에 전하는 것으로 ≪역대시화속편≫, ≪형설헌총서≫ 및 ≪속금화총서(續金華叢書)≫ 등 또한 모두 2권인데, 오직 ≪야시원서목(也是園書目)≫만 3권으로 되어 있으니 마땅히 글자상의 오류일 것이다. 이외 ≪천경당서목(千頃堂書目)≫에 따르면 ≪문헌총편(文獻叢編)≫본이 있으며, 주춘(周春)의 ≪모여총서(耄餘叢書)≫에 따르면 ≪태평광휘(太平廣彙)≫본이 있는데, 모두 보이지 않는다.

책이 만들어진 시대에 대해 호응린은 소흥(紹興) 연간(1131~1164)에 만들어졌다고 말하고 있으니, 막 남도(南渡)한 시기이다. ≪사고전서총목제요(四庫全書總目提要)≫에서는 책에서 고종(高宗)을 태상황제(太上皇帝)라 하고, 효종(孝宗)을 지금의 상황제(上皇帝)라 하며, 광종(光宗)을 지금

인다.

의 황태자(皇太子)라 하고 있음을 말하며 순희(淳熙) 연간(1174~1189)에 만들어진 것이라고 단언하고 있는데, 응당 ≪사고전서총목제요≫에서의 말이 옳은 것이다.

이 책의 편차는 상권의 첫머리 송나라 황제의 시에서 역대 황제들의 시를 수록하고 이어 두보시와 소식시를 수록하고 있다. 하권에서는 송인의 시를 여러 가지로 논하고 있는데, 사(詞)도 간혹 언급하고 있어서 없어졌던 시나 사들이 적지 않게 이로 인해 전해진다. 다만 본사(本事)를 기술하는 것에 중점을 두고 있는 까닭에, 예를 들어 강서시파 말류의 병폐를 논하고 있는 여러 조목들과 같이 전문적으로 시학을 논하고 있는 것은 그다지 많이 보이지 않는다.

이로당시화(二老堂詩話)

1권, 주필대(周必大) 지음, 보존되어 있음.

주필대(周必大, 1126~1204)는 남송 길주(吉州) 여릉(廬陵, 지금의 강서성(江西省) 길안시(吉安市)) 사람으로, 자는 자충(子充) 또는 홍도(洪道)이고 호는 성재거사(省齋居士)이며 만년에는 평원노수(平園老叟)라 했다. 고종(高宗) 소흥(紹興) 21년(1151)에 진사가 되었으며, 27년(1156)에 박학굉사과(博學宏詞科)에 합격하였다. 관직은 좌승상(左丞相)에 이르렀으며 영종(寧宗, 1195~1224) 초에 소부(少傅)를 끝으로 관직에서 물러났다. 위국안민(衛國安民)의 충정과 강직한 성품으로 성실히 재상의 임무를 수행하여 칭송을 받았으며, 시문 또한 뛰어났다. 관직에서 물러난 후 한탁주(韓侂胄)의 탄핵을 받기도 하였다. 저서로 ≪옥당류고(玉堂類稿)≫, ≪옥당잡기(玉堂雜記)≫ 등 81종이 있다. 후대 사람들이 ≪익국주문충공전집(益國周文忠公全集)≫을 편찬하였다.

주필대(1126~1204)의 자는 자충(子充) 또는 홍도(弘道)이며, 여릉(廬陵, 지금의 강서성(江西省) 길안시(吉安市)) 사람이다. 소흥(紹興) 21년(1151)에 진사가 되었으며, 효종(孝宗) 조에 우승상(右丞相)을 지내고 소부(少傅)에 임명되었으며 익국공(益國公)에 봉해졌다. 영종(寧宗) 조에 소부(少傅)로 관직을 그만 두었으며, 시호는 문충(文忠)이다. ≪송사(宋史)≫ 391권에 전(傳)이 있다.

이 책은 ≪익국문충공전집(益國文忠公全集)≫본, ≪진체비서(津逮秘書)≫본, ≪역대시화(歷代詩話)≫본, ≪형설헌총서(螢雪軒叢書)≫본이 있으며, 모두 완전한 판본이다. 다만 ≪설부(說郛)≫본은 발췌본으로 온전하지 않다. 각 판본은 총서 중에 보이는 것들은 대부분 1권으로 되어 있고 전집본은 2권으로 되어 있는데, 권수의 차이 불과할 뿐 내용상의 완결 여부와는 상관이 없다. ≪선본서실장서지(善本書室藏書志)≫에는 3권으로 되어 있는데, 잘못된 것인 듯하다.

≪사고전서총목제요(四庫全書總目提要)≫에서는 "주필대의 학문은 넓고 윤택하며 또한 전고를 운용하는 데에도 익숙하였으니, 논한 바는 대부분 고증을 위주로 하고 있다.(必大學問博洽, 又熟於掌故, 故所論多主於考證)"라 하였다. 지금 그 논하고 있는 것을 보면 비록 때로 소략하고 잘못된 것이 있기는 하지만, 대체적으로 말한다면 세상의 의미 없는 말을 늘어놓으며 뛰어남을 다투는 자들과는 다르다. 예를 들어, '도연명산해경시(陶淵明山海經詩)' 한 조목에서는 도연명의 이 시가 각 편마다 하나의 일을 가리키는 것이라 말하고, 증횡(曾竑)이 "형천이 방패와 도끼를 들고 춤을 춘다.(刑天舞干戚)"를 고친 것이 잘못된 것이라 단언하고 있다.[1] '당나라 술의 가치(唐酒價)' 한 조목에서는 시인들이 한 시대에 사용하는 용사들이 반드시 실제적인 가치가 있는 것은 아님을 말하였고, '두보시 "정월 초하루에서 초칠일에 이르러(杜詩元日至人日)"' 한 조목에서는 두보가 사실을 기록하였으며, 홍흥조(洪興祖)처럼 동방삭(東方朔)의 점서(占書)의 설을 인용하지는 않았음을 말하였다.

이와 같은 것은 식견과 이해가 통달한 것으로, 고증에 빠진 것이 아니다. 송인들은 시를 이해함에 매번 내력을 따지는 것에 빠져 망령되이 천착하였으니, 두보의 시에 있어 더욱 심하였다. 그러나 헛되이 박학함만 드러내다 점점 잘못된 설들이 번성하게 되었으니, 시윤장(施閏章)이 ≪확재시화(蠖齋詩話)≫에서 "고사를 첨가하여 시의 좋은 점을

1 형천(刑天)은 고대 신화 속의 인물로, 형천(形天)이라고도 한다. 천제(天帝)와 신의 지위를 놓고 다투다 천제에 의해 머리가 잘리니, 젖꼭지로 눈을 삼고 배꼽으로 입을 삼아 방패와 도끼를 들고 춤을 추었다. 이 때문에 불굴의 영웅으로 추앙을 받았다. 도연명은 〈독산해경(讀山海經)〉 시에서 "형천이 방패와 도끼를 들고 춤을 추니, 용맹한 뜻은 항상 남아 있다네(刑天舞干戚, 猛志固常在)"라 하며 그 웅대한 포부를 나타내었는데, 후대로 전하는 과정에 글자의 유사함으로 인해 "형체는 일찍 죽어 천 년이 되도록 없지만(形夭無千歲)"이라는 구절 또한 있어, 오랜 세월 동안 학자들 사이에 시비의 논란이 되어 왔다. 증횡(曾竑)은 후자가 옳다는 견해를 밝혔는데, 주필대는 이에 대해 논리상 의미가 통하지 않는다는 것으로 반박하며 전자가 옳음을 주장하였다.

없애 버렸다.(添卻故事滅卻詩好處)"고 말한 것도 진실로 근거 없는 비판이 아니다. 주필대는 여기에서 그 천착한 설들을 타파할 수 있었으며 고증하는 것으로 스스로를 과시하지도 않았으니, 가히 식견이 탁월한 선비라고 말하지 않을 수 없다. 다만 송인들의 시화는 매번 기사와 고증에 치우친 까닭에 잡저(雜著)로 흐르게 되었으니, 주필대 역시 여기에서 벗어날 수가 없었으며 심지어 시화와 무관한 것들까지도 있다. 그러나 이는 당시 사람들의 공통된 병폐였으니 오로지 이것만으로 그를 비판할 수는 없는 것이다.

책에서는 '노인의 열 가지 비틀어짐(老人十拗)' 조목에서 "내 나이 일흔 둘에 눈에 보이는 것은 어둡고 흐릿하며 귀에서는 시도 때도 없이 비바람 소리가 생겨나니, 실제로 비가 내려도 무슨 소리도 들리지 않는다.(余年七十二, 目視昏花, 耳中無時作風雨聲, 而實雨却不甚聞)"라 말하고 있으니, 이 책이 만들어진 것은 그의 만년의 시기이다. 주필대는 가태(嘉泰) 4년(1204), 79세에 세상을 떠났는데, 책에서는 "경원병진(慶元丙辰)"이라는 말이 있다. 병진년은 경원(慶元) 2년으로, 당시 그의 나이 71세 때이다. 따라서 이 책이 완성된 것은 분명 경원 4년(1198) 이후인 것이다.

초당시화(草堂詩話)

2권, 채몽필(蔡夢弼) 편찬, 보존되어 있음.

채몽필(蔡夢弼, ?~?)은 남송 건안(建安, 지금의 복건성(福建省) 건구시(建甌市)) 사람으로, 자는 부경(傅卿)이다. 생졸년이 미상이다. 예술과 문학에 심취하여 벼슬의 현달함은 구하지 않았다. 한유(韓愈)와 유종원(柳宗元)의 문장에 주석을 하였으며, 두보의 시에 특히 조예가 깊었다. 저서로 ≪두공부초당시전(杜工部草堂詩箋)≫, ≪초당시화(草堂詩話)≫ 2권이 있다.

채몽필(?~?)의 자는 부경(傅卿)이며, 건안(建安, 지금의 복건성(福建省) 건구시(建甌市)) 사람이다. 일찍이 한유(韓愈)와 유종원(柳宗元)의 문장에 주석을 달았으며, 가태(嘉泰) 연간(1201~1204)에 ≪초당시전(草堂詩箋)≫ 40권, ≪보유(補遺)≫ 10권을 썼다. 이 책은 본래 ≪초당시전≫ 뒤에 덧붙여 판각되었고 이후에 따로 단행본이 있었는데, ≪초당시전≫이 도리어 세상에 보이지 않게 되었다. 따라서 ≪사고전서총목제요(四庫全書總目提要)≫에서도 "≪초당시전≫은 오래 전에 없어졌으며, 다만 이 책만 겨우 남아있다.(≪詩箋≫久佚, 惟此書僅存)"라 하였다. 그러나 사실 ≪초당시전≫은 없어진 것이 아니니, 지금 ≪초당시화≫가 ≪초당시전≫ 뒤에 덧붙여 판각된 것으로 ≪고일총서(古逸叢書)≫본, ≪후지부족재총서(後知不足齋叢書)≫본이 있으며, 단행본으로는 청대 두씨(杜氏)와 방씨(方氏)의 간행본이 있다. 총서 속에 들어가 있는 것으로는 ≪역대시화속편(歷代詩話續編)≫본이 있다. 왕태악(王太岳)의 ≪사고전서고증(四庫全書考證)≫ 권100에 또한 이 책에 대해 논하고 있는 부분이 있다.

이 책은 송인의 시화(詩話), 어록(語錄), 문집(文集), 설부(說部) 중에서 두보에 대해 논한 말들만을 모은 것으로, ≪초계어은총화(苕溪漁隱叢話)≫의 예를 따라 시인을 전문으로 하는 시화의 체제를 갖추고 있다. 또한 여러 사람들의 설을 채록한 후 ≪초계어은총화≫의 예를 본떠 중간에 변별하여 바로 잡는 말들을 덧붙이고 있으니, 오로지 채록만 하고 있는 것들과는 많이 다르다. ≪사고전서총목제요≫에서는 "이 책을 자세히 살펴보면 방도심의 ≪속집제가노두시평≫보다 뛰어나다.(此書詳瞻, 勝於方道深≪續集諸家老杜詩評≫)"라 하였으니, 채록하여 모아서 책을 만드는 것 또한 학문에 따라 그 높고 낮은 수준의 차이가 있음을 알 수 있다.

책에서 채록하고 있는 여러 책 중에 가장 후대의 것이 ≪경계시화(庚溪詩話)≫이니, 이 책은 영종(寧宗) 대에 만들어진 것임을 알 수 있다. ≪초당시전≫에 가태(嘉泰) 갑자년(1204)의 스스로 쓴 발문이 있으니, 이 책 또한 거의 시기가 같은 것이다. 책에서는 ≪산곡시화(山谷詩話)≫, ≪진소유시화(秦少游詩話)≫, ≪왕언보시화(王彦輔詩話)≫를 인용하고 있다. 옛 사람들은 모두가 이러한 책이 있다는 말을 하지도 않았는데, 어찌 마음대로 이름을 지었단 말인가? 아니면 당시에 편집되어 따로 나온 것이 있었다는 말인가?

왕사정(王士禎)의 ≪거이록(居易錄)≫ 권5에서 이르기를, "≪초당시화≫ 2권은 모두 200여 조목으로, 건안 사람 채몽필이 모았다. 전겸익(錢謙益)이 가려내어 더해 넣은 것은 다만 20조목일 뿐이다.(≪草堂詩話≫二卷, 凡二百餘條, 建安蔡夢弼集. 牧齋刺取增入僅二十條而已)"라 하였으니, 채몽필이 수집한 공로를 알 수 있다. 뿐만 아니라 내가 전겸익의 ≪두집제가시화(杜集諸家詩話)≫를 보면, 유우석(劉禹錫)의 ≪가화록(嘉話錄)≫에서 두보 시의 '수유(茱萸)' 글자를 사용한 것에 대해 논한 말을 인용하고 있는데, ≪가화록≫ 중에는 이러한 문장이 없다. 이 조목은 나의 ≪송시화집일(宋詩話輯佚)≫본 ≪고금시화(古今詩話)≫ 109조에 보이는데 원문에는 "유우석이 말하기를(劉禹錫言)"이라고만 되어 있으니, 전겸익은 이를 ≪가화록≫에 있는 말로 여긴 것이다. 이후 유봉고(劉鳳誥)가 편찬한 ≪두공부시화(杜工部詩話)≫는 전겸익의 설을 바탕으로 그 오류를 그대로 따르고 고치지 않았다. 더욱이 전겸익의 집록이 소략하였음을 증명할 수 있으니, 그는 일을 건성으로 하여 겨우 20조목만을 추가하는 것에 그쳤을 뿐 아니라, 다른 사람의 공을 빼앗아 자신의 것으로 삼았다.

죽장시화(竹莊詩話)

24권, 하문(何汶) 편찬, 보존되어 있음.

이 책은 본래 작자의 이름이 나타나 있지 않으며, 전증(錢曾)의 ≪독서민구기(讀書敏求記)≫에 죽장거사(竹莊居士)로 되어 있다. 임창이(林昌彝)의 ≪해천금사록(海天琴思錄)≫ 권3에서는 심지어 "어느 시대 사람인지 모른다.(不知何代人)"라 하였다. ≪사고전서총목제요(四庫全書總目提要)≫에서는 ≪송사(宋史)·예문지(藝文志)≫에 "하계문의 죽장시화 27권(何谿汶≪竹莊詩話≫二十七卷)"이라는 말이 있는 것을 근거로 하계문이 지은 것으로 단정하였다. 그러나 송인이라는 것만 알 뿐, 그 출신과 관직이력에 대해서는 기술하지 않았다.

방회(方回)의 ≪동강집(桐江集)≫ 권7 〈죽장비전시화고(竹莊備全詩話考)〉에 이르기를, "≪죽장비전시화≫ 27권은 개희(開禧) 2년 병인년(1206)에 처주 사람 신덕안부의 교수 하문이 편집한 것이다. …하문의 종형제 하담 등 7인이 과거에 급제하였는데, 하양과 하육은 경원(慶元) 병진년(1196)에 함께 급제하였다.(≪竹莊備全詩話≫二十七卷, 開禧二年丙寅處州人新德安府教授何汶所集也.…汶群從澹等七人登科, 洋淯同慶元丙辰榜)"라 하였으니, 마땅히 '하문(何汶)'이라 해야 하며 '계문(谿汶)'이 아닌 것이다. 이 책은 개희(開禧) 2년에 만들어졌으니 영종(寧宗) 때 사람의 저작이다. 따라서 ≪사고전서총목제요≫에서 "이 책은 송대 말에 쓰여졌다.(此書作於宋末)"라 한 것은 잘못된 것이다.

≪사고전서총목제요≫에서는 이르기를, "지금 판본은 24권이니 그 수가 약간 차이가 있다. 혹시 옮겨 쓰다가 그 세 권이 없어졌거나 아니면 후대 사람들이 합친 것일 수 있다.(今本二十四卷, 其數少異. 或傳寫佚其三卷, 或後人有所合倂)"라 하였다. 내가 보기에 방회는 다음과 같이 말하고 있다.

> 제1권에서는 여러 사람들의 시화와 의론을 수록하고 있으며, 제26권과 27권에서는 경구(警句)들을 뽑아 놓았다. 중간 부분에서는 모두가 여러 사람들의 시화를 제목으로 삼아 그 전편을 수록하고 있는데, 자신의 견해나 설은 나타내고 있지 않으며 대개 이미 품평을 거친 시들을 뽑았다. 〈목란시(木蘭詩)〉와 〈초중경시(焦仲卿詩)〉는 고악부(古樂府)에 보이며, 정우(鄭嵎)의 〈진양문시(津陽門詩)〉와 유차(劉叉)의 〈빙주(氷柱)〉, 〈설거(雪車)〉시 등 인구에 회자되는 여러 유명한 사람들의 대작들이 갖추어져 있어 가히 시를 이야기하는데 바탕으로 삼을 수 있다. 유서(類書)와 유사하며, 건도(乾道, 1176~1173)·순희(淳熙, 1174~1189) 연간 이래의 뛰어난 사람들의 시는 들어있지 않다.(第一卷載諸家詩話議論, 第二十六二十七卷摘警句, 中皆因諸家詩話爲題而載其全篇, 不立己見己說, 蓋已經品題之詩選也. 〈木蘭詩〉, 〈焦仲卿詩〉見古樂府, 鄭嵎〈津陽門詩〉劉叉〈氷柱〉, 〈雪車〉詩諸名輩大篇膾炙人口者俱在, 可資詩柄, 亦似類書, 乾淳以來鉅公詩則未有之)

지금 이 책의 제1권은 방회가 말한 바와 같은데, 경구(警句)들을 뽑아 놓은 것은 제23권과 24권에 있다. 따라서 이 책에서 합쳐졌거나 혹은 없어진 것은 그 중간 권수인 것이다. ≪천경당서목(千頃堂書目)≫ 문사류(文史類)와 ≪절강채집유서총록(浙江採集遺書總錄)≫에는 모두 22권으로 되어 있으니, 이 24권본은 이것에 비해 완비된 것이다. 지금 상무인서관(商務印書館)에서는 이 책을 ≪사고진본초집(四庫珍本初集)≫[1] 속에

1 ≪사부총간(四部叢刊)≫ 초집(初集)을 가리킨다.

수록해 넣었다.

왕약허(王若虛)의 ≪호남시화(滹南詩話)≫ 권3에서는 "≪죽장시화≫에 법구(法具)[2]의 시 한 연이 실려 있는데, '반평생 나그네살이의 끝없는 한, 날이 밝도록 매화에게 하소연한다네.'라 하였으니, 어찌하면 이처럼 근심을 녹일 수 있는지 모르겠다.(≪竹莊詩話≫載法具一聯云 : '半生客裏無窮恨, 告訴梅花說到明', 不知何消得如此)"라 하였는데, 지금 이 연은 ≪죽장시화≫ 21권에 실려 있다. 이 조목 외에는 다른 책에서 인용되고 있는 것이 거의 없으니, 이 책이 매우 드물게 전하였음을 또한 알 수 있다. 아마도 이 책이 채정손(蔡正孫)의 ≪시림광기(詩林廣記)≫와 체제가 매우 유사하여 함께 시평총집 속에 있다가, 채정손의 저작이 유행하게 됨에 따라 잊혀져버렸던 것은 아니었을까? 그나마 뒤에 나온 것이 도리어 더 나았으니, 불행 중 다행이라 할 수 있다.

≪사고전서총목제요≫에서는 다음과 같이 말하고 있다.

> 책에서 인용하며 증거로 삼고 있는 것 중, 예를 들어 ≪오경시사(五經詩事)≫, ≪구공여화(歐公餘話)≫, ≪홍구보시화(洪駒父詩話)≫, ≪반자진시화(潘子眞詩話)≫, ≪동강시화(桐江詩話)≫, ≪필묵한록(筆墨閑錄)≫, 유차장(劉次莊)의 ≪악부집(樂府集)≫, 소공(邵公)의 서문이 있는 ≪악부후록(樂府後錄)≫ 같은 것은 지금 모두 전하는 판본이 없다. 또한 여본중(呂本中)이 ≪동몽훈(童蒙訓)≫에서 시를 논한 말들은 지금 통행되는 중간본에는 모두 삭제되어 실려 있지 않는데, 이 책에 수록되어 있는 것에서 그 대략적인 내용을 볼 수 있다.(其所引證, 如≪五經詩事≫·≪歐公餘話≫·≪洪駒父詩話≫·≪潘子眞詩話≫·≪桐江詩話≫·≪筆墨閑錄≫·劉次莊≪樂府集≫·邵公≪序樂府後錄≫之類, 今皆未見傳本. 而呂氏≪童蒙訓≫論詩之語, 今世所行重刊本, 皆削去不載. 此書所錄, 尙見其梗概.)

따라서 없어진 것을 모으고 교감하는 등의 일에 있어 참고할 만한 자료가 있는 것 또한 이 책의 장점이다.

---

2 법구(法具)는 남송 소흥(紹興, 1131~1164) 초의 승려로, 자는 원복(圓復)이고 오(吳, 지금의 강소성 소주시(蘇州市)) 사람이다.

오서당시화(娛書堂詩話)

2권, 조여현(趙與虤) 지음, 보존되어 있음.

조여현(趙與虤, ?~?)은 남송 사람으로 출신지와 생졸년 모두 미상이다. 자는 위백(威伯)이다. 생애 사적 역시 상고할 수 없다. 저서로 ≪오서당시화≫가 있다.

조여현(?~?)의 자는 위백(威伯)이며, 송 태조의 10세손으로 영종(寧宗)[1] 이후 사람이다. 이 책에는 시법을 논한 것이 있고 고증한 것도 있으며 또한 당시 사람들의 숨은 이야기들을 추가한 것도 있어 남송 시화 중에서 뛰어난 것으로 인정받는다. ≪시인옥설(詩人玉屑)≫에서는 이 책을 인용하면서 모두 ≪조위백시여화(趙威伯詩餘話)≫라 부르고 있으며, 혹은 ≪여화(餘話)≫라고 간략하게 부르고 있다. 즉 이것이 옛날의 명칭이었는데, 무슨 이유로 후에 간행되거나 복각되면서 ≪오서당시화(娛書堂詩話)≫로 이름이 바뀌게 되었단 말인가? 송인의 시화에서 이름을 바꾸어 고친 예는 매번 있었으니, ≪왕직방시화(王直方詩話)≫를 ≪시문발원(詩文發源)≫ 혹은 ≪귀수시화(歸叟詩話)≫라 부른 것이 그 한 예이다. 혹자는 자세히 살피지 않고 ≪오서당시화≫는 조여현이 지은 것으로, ≪조위백시여화≫는 조위백이 지은 것으로 여겼으니, 크게 잘못된 것이다. ≪문연각서목(文淵閣書目)≫과 ≪녹죽당서목(菉竹堂書目)≫에서는 이 책을 모두 ≪조위백시화(趙威伯詩話)≫라 저록하였으니, 이후

1 영종(寧宗, 1168~1224)은 남송의 제4대 황제로, 광종(光宗)의 둘째 아들이다. 재위기간은 194~1224년이다.

세상에서는 이것으로 이름을 부르는 것도 있었다.

이 책의 권수에 대해 ≪설부(說郛)≫본에서는 10권이라 말하고 있는데, 다만 여섯 조목만 수록하고 있으니 1권일 뿐이다. ≪야시원서목(也是園書目)≫과 ≪술고당서목(述古堂書目)≫ 및 ≪독서민구기(讀書敏求記)≫에는 모두 4권으로 되어 있으며, ≪사고전서총목(四庫全書總目)≫ 및 ≪담생당서목(澹生堂書目)≫, ≪천경당서목(千頃堂書目)≫, ≪결일려서목(結一廬書目)≫ 등 여러 서목에서는 모두 1권으로 되어 있다. 지금 4권본은 보이지 않아, 합치고 나눈 차이가 있는 것인지 아니면 온전하거나 누락된 차이가 있는 것인지 알 수 없다. 이 책은 판각본이 드물어 널리 전하지 않아 ≪송사(宋史)·예문지(藝文志)≫에는 저록되지 않았으며, 예찬(倪燦)의 ≪송사예문지보(宋史藝文志補)≫에서야 비로소 문사류에 저록되었다. 대개 이 책이 보이는 ≪급고각서목(汲古閣書目)≫, ≪술고당서목(述古堂書目)≫, ≪결일려서목(結一廬書目)≫, ≪절강채집유서총록(浙江採集遺書總錄)≫, ≪선본서실장서지(善本書室藏書志)≫, ≪팔천권루서목(八千卷樓書目)≫에서 모두 수초본(手抄本)이라 말하고 있으니, 이 때문에 세상에 알려지지 않았던 것이다. 고수(顧修)가 ≪독화재총서(讀畫齋叢書)≫속에 수록하여 넣었고, 정복보(丁福保)가 이에 근거하여 ≪역대시화속편(歷代詩話續編)≫에 편집하여 넣으면서 비로소 널리 전해지게 되었다.

≪설부≫본은 비록 다만 여섯 조목이지만, 마지막 두 조목은 ≪독화재총서≫와 ≪역대시화속편≫본에는 실려 있지 않은 것이다. 그 한 조목은 "송인 여본중의 〈이도사에게 드림(贈李道士)〉 시에서 '사람들을 가르쳐 둔갑술을 알게 하고, 빈객들을 불러 연단술을 물어 보네.'라 하였다. 옛 사람들에게서 접해 보지 못한 것이니, 또한 뛰어난 말이다.(宋人[2]紫微贈李道士云; '敎人知遁甲[3], 笑客問勾庚[4]', 前人所未對, 亦警語也)"라 한

2 【원주】 '송(宋)'자가 있는 것이 이상한데, 아마도 후인들이 고쳐 넣은 것이다.
3 원문에 '도갑(道甲)'이라 잘못되어 있어 바로잡았다.

것이다. 다른 한 조목은 "백거이(白居易)의 시에서 '수놓은 침상에 게으르게 기대어 시름겨워 꼼짝도 않고, 비단 띠 느슨히 드리우며 쪽머리 풀어 내렸네. 요양 땅 봄 다하도록 소식도 없나니, 야합화 앞에 해는 또 저무는구나.'라 하였는데[5], 이야기 삼기 좋아하는 사람들이 권수도(倦繡圖)를 그렸다.(白樂天詩云; '倦倚繡牀愁不動, 緩垂絲帶髻鬟低.[6] 遼陽春盡無消息, 夜合花前日又西.' 好事者畵爲倦繡圖)"라 한 것이다. 따라서 모두 이것에 근거하여 보충해 넣을 수 있다. 또한 ≪시인옥설≫과 ≪시림광기(詩林廣記)≫에 인용된 ≪조위백시여화(趙威伯詩餘話)≫를 살펴보면, 지금 전하는 각 판본 속에 있는 것도 있지만 대부분이 지금 전하는 각 판본에 실려 있지 않으니, 또한 이것에 근거하여 보충해 넣을 수 있다. 결국 지금 전하는 2권본 또한 완전한 판본이 아님을 알 수 있지만, 4권본을 얻어 이를 증명할 수 없는 것이 아쉬울 뿐이다.

4 ≪오서당시화(娛書堂詩話)≫에는 '소(笑)'가 '환(喚)'으로 되어 있다. 해석에서는 이를 따랐다.
5 이 시의 제목은 〈규방의 여인(閨婦)〉이다.
6 【원주】 백거이의 시에는 "붉은 비단 허리띠 느슨히 하고 푸른 쪽머리 풀어 내렸네.(紅綃帶緩綠鬟低)"로 되어 있으며, "게으르게 기대다(倦倚)"는 "비스듬히 기대다(斜凭)"로 되어 있다.

해에 엄우를 알게 되었네.(前年得嚴粲, 今年得嚴羽)"라는 말이 있었던 것이니, 이 말은 자신이 외롭지 않으며 이들을 알게 된 것을 스스로도 매우 기쁘고 다행스럽게 여긴 것이다. 시에서는 또한 "엄우는 타고난 자질이 뛰어나 과거에 응시하려 하지 않았네. ≪시경≫과 ≪이소≫가 또렷하게 가슴속에 있다네. 그의 지론은 너무나 고상한 것이 흠이었으니, 세상과는 맞지가 않았다네.(羽也天資高, 不肯事科擧. 風雅與騷些, 歷歷在肺腑. 持論傷太高, 與世或齟齬)"라 하고 있다. 즉 이때에는 ≪창랑시화≫가 아직 쓰여지지는 않았으나 그 견해는 이미 성숙되었던 것이니, 이 때문에 대복고가 엄우의 지론이 매우 뛰어나다는 말을 하였던 것이다. 만약 이때에 시화를 쓰는 일이 이미 완성되었다고 한다면, 대복고에 비추어 엄우의 나이를 헤아려 보았을 때 30세에서 40세 정도였을 것이다. 이때는 함순 4년(1268)과 40년 정도 떨어져 있으니, 혹 엄우는 이 책이 간행되는 것을 보지 못했을 수도 있다.

송인의 시화로는 이 책이 가장 명성이 있으며, 그 영향 또한 가장 크다. 이것에 주석을 붙인 것으로 4종이 있는데, 호감(胡鑑)이 처음 ≪창랑시화주(滄浪詩話注)≫를 쓴 이후 왕위경(王瑋慶)의 ≪창랑시화보주(滄浪詩話補注)≫가 있었고 호재보(胡才甫)의 ≪창랑시화전주(滄浪詩話箋注)≫가 있었으며, 나 또한 ≪창랑시화교석(滄浪詩話校釋)≫을 쓴 바 있다. 이 책을 비판한 것으로는 풍반(馮班)의 ≪엄씨규류(嚴氏糾謬)≫ 1권이 있는데, 일본 사람 서상도씨(西常道氏)가 다시 풍반의 ≪둔음집(鈍吟集)≫ 중에서 논시와 관련한 말을 수록하여 ≪창랑시화부록(滄浪詩話附錄)≫ 1권을 만들었다. 이 두 책은 모두 ≪형설헌총서(螢雪軒叢書)≫ 안에 들어 있다.

통하지 않는다. 원시(原詩)에는 "…어렸을 적에 아버지께 시를 배웠으니, 마음 쓰는 것이 참으로 고통스러웠다네. 아무 것도 없는 텅 빈 뱃속에서 억지로 찾아내어, 어렵고 힘들기만 한 말들을 엮어 내었네. 입에 풀칠하려 사방을 돌아다니느라, 흰 머리 되어서는 함께 할 사람이 없었다네. 전년에 엄찬을 알았고, 올해에 엄우를 알게 되었네.…(…小年學父詩, 用心亦良苦. 搜索空虛腹, 綴緝艱辛語. 糊口走四方, 白頭無伴侶. 前年得嚴粲, 今年得嚴羽…)"라 하였다.

이 책은 〈시변(詩辨)〉, 〈시체(詩體)〉, 〈시법(詩法)〉, 〈시평(詩評)〉, 〈시증(詩證)〉의 다섯 부문으로 이루어져 있으며, 말미에 〈오경선과 시를 논한 글〈(與吳景仙論詩書)〉이 붙어 있다. 이 책은 전적으로 이론을 숭상하고 비교적 체계적이어서 당시 사람들의 소소하고 자질구레한 글들과는 매우 달랐으니, 이 때문에 특히 사람들의 중시를 받았다. 위경지(魏慶之)의 ≪시인옥설(詩人玉屑)≫은 이 책에서 인용한 것이 매우 많아 거의 전부를 수록하고 있으니, 교감(校勘)에 가장 큰 도움이 된다. 나는 ≪창랑시화교석≫을 쓰면서 ≪시인옥설≫에 인용된 문장에 근거하여 교정을 하였으며, 책의 선후 배치나 각 조목의 통합과 분리 또한 ≪시인옥설≫을 주로 삼아 지금 전하는 각 판본들의 오류를 바로 잡았다. ≪시인옥설≫을 보면 순우(淳祐) 갑진년(甲辰年) 황승(黃昇)의 서가 있는데, 갑진년은 이종(理宗) 순우 4년(1244)이니 ≪창랑시화≫가 책으로 만들어진 것은 분명 순우(淳祐) 연간(1241~1252) 이전임을 알 수 있다. 위로 이종(理宗) 소정(紹定) 연간(1228~1233)의 엄우와 대복고가 서로 알았던 시기와는 겨우 10여 년 정도 차이가 나는데, 대복고가 이 책을 보았는지는 알 수 없다.

≪창랑음권(滄浪吟卷)≫에 〈대궐로 가는 조립도를 전송하며…(送趙立道赴闕…)〉[5] 시가 있는데 사적(事跡)으로 상고해보면 마땅히 이종(理宗) 보경(寶慶) 원년(1226)에 쓴 것으로, 시에서는 "떠돌아다니는 미천한 늙은 몸(漂泊微軀老)"이라는 말이 있다. 2년이 지나 엄우와 대복고는 서로 알게 되었고 대복고는 엄우에게 시를 써 주었다. 또한 10여년이 지나 위경지는 ≪시인옥설≫을 편찬하며 엄우의 글을 채록하였다. 따라서 ≪창랑시화≫가 만들어진 것은 이보다 먼저로, 아마도 소정(紹定) 연간 이전이었거나 늦어도 필시 순우(淳祐) 연간 이전이었을 것이다. 위경지가 본

5 이 시의 원 제목은 〈대궐로 가서 춘관에 응시하는 조립도를 전송함에 눈앞의 일에 감흥하여 50운의 시를 짓다.(送趙立道赴闕仍試春官卽事感興因成五十韻)〉이다.

것은 그 원래의 원고였거나 혹은 전초본으로서, 지금 전하는 각 판본과는 다른 것이었을 것이다. 다만 그 다른 것이 황공소(黃公紹)가 서문을 지었던 판본에서부터 시작하는 것인지는 상고할 수 없다.

이 책의 논시에서 관건은 '앎(識)'이라고 하는 한 글자에 있으니, 〈시변(詩辨)〉의 제1구를 "무릇 시를 배우는 자는 앎을 주로 한다.(夫學詩者以識爲主)"[6]로 시작하면서 그 종지와 의리를 분명하게 드러내고 있다. 책에서는 "정법안[7]이 전해지지 않은지 오래되었다.(正法眼之無傳久矣)"라고 개탄하고 있으며, 또한 "시를 보려면 반드시 금강의 눈[8]을 지녀야 한다.(看詩須着金剛眼睛)", "이처럼 보아야 비로소 일척안[9]을 갖추었다고 할 수 있다.(如此見方許具一隻眼)"라고 말하고 있다. 그가 말한 "이백의 참된 부분을 안다.(識太白眞處)", "참된 맛을 안다.(識眞味)" 등등의 말들은 모두가 '앎(識)'이라는 글자로부터 발단이 되고 있다. 〈오경선에게 답하는 글(答吳景先書)〉에서는 "앎에 이르게 됨에 스스로 매일같이 성장함이 있다고 말한다.(至識則自謂有一日之長)"라 하였으니, 아는 것을 자부함이 이와 같았다. 따라서 이 책을 논함에 있어서는 마땅히 그가 말한 '앎(識)'을 주로 삼아야 할 것이다.

그가 말한 '앎(識)'을 종합해보면, '선(禪)'과 '깨달음(悟)'에 다름 아니다. 앎(識)으로 인해 깨달음(悟)을 얻게 되고, 또한 깨달음(悟)으로 인해 선(禪)에 통하게 되는 것이다. 따라서 선과 깨달음에 대한 설은 비록 당시 사람들에게서 자주 보이는 의론이지만, 엄우를 통해 더욱 조직화되고 발전되어 보다 체계화되고 이론화되었다. 이는 엄우의 논시의 뛰어난 점이자 또한 그 식견의 뛰어난 점이다. 그가 자부하였던 부분

6 【원주】 이것은 ≪시인옥설(詩人玉屑)≫에서의 인용에 근거한 것이다. 나는 ≪창랑시화교석(滄浪詩話校釋)≫을 쓰면서 이것을 저본으로 삼았다.

7 '정법안장(正法眼藏)'을 뜻하는 선종의 용어로, 사물의 요체(要體)나 정의(精義)를 가리킨다.

8 사물의 본질과 원형을 꿰뚫어 볼 수 있는 혜안(慧眼)을 가리킨다.

9 자신만의 독특한 견해나 관점을 가리킨다.

이 이것이었다면 그가 공격을 받은 부분 또한 이것이었다. ≪사고전서총목제요(四庫全書總目提要)≫에서는 다음과 같이 말하고 있다.

> 명(明) 호응린(胡應麟)은 이를 달마(達摩)가 서쪽에서 와서 홀로 선종(禪宗)을 연 것에 비유하였다. 그러나 풍반(馮班)이 지은 ≪엄씨규류(嚴氏糾謬)≫ 1권에서는 잠꼬대 같은 소리라며 극히 비난하였다. 요컨대 그 당시 송대의 시는 다투어 조종을 논하였고, 또한 사령파(四靈派)가 막 성행하여 세상이 모두 만당(晩唐)을 숭상하였으므로, 그는 이를 일가의 말로 삼아 당시의 폐단을 구하고자 하였던 것이다. 후대 사람들이 이리저리 돌려가며 유파를 계승하다가 점차 물에 비친 허상만을 좇는데 이르게 된 것이니, 이는 처음부터 엄우가 알 바가 아니었다. 따라서 이를 높인 것은 지나친 것이지만, 폄하하는 것 또한 지나친 것이다.(明胡應麟比之達摩西來, 獨辟禪宗. 而馮班作≪嚴氏糾謬≫一卷, 至詆爲囈語. 要其時宋代之詩, 競涉論宗, 又四靈之派方盛, 世皆以晩唐相高, 故爲此一家之言, 以救一時之弊. 後人輾轉承流, 漸至於浮光掠影, 初非羽之所及知. 譽者太過, 毁者亦太過也.)

이는 지극히 공평한 논의이다. 다만 그 영향에 대해 언급하면서 절충적인 태도를 취했을 뿐, 그 논시의 핵심에 대해 언급하지 않아 영향관계가 모호한 느낌이 드는 것이 아쉬울 따름이다. 대개 엄우의 의론은 후세에 신운(神韻)[10]과 격조(格調)[11]의 두 파를 열었고, 그 장점은 이 둘의 논점을 포함하여 스스로 체계를 이루어 시학에 있어서의 하나의 가시적인 성과를 이루어 내었다는 것이다. 그러나 그 단점은 이 둘 사이에서 합치되거나 혹은 어긋나 잘 들어맞지 않는 점이 있는 것이다. 그 설에 대해서는 내가 예전에 저술한 〈신운과 격조(神韻與格調)〉

10 신운설(神韻說)은 청나라 왕사정(王士禎)에 의해 주도된 시가 창작과 비평의 주장이다. 성당(盛唐)의 시풍으로 돌아가 청신준일(淸新俊逸)한 시작(詩作)을 제창한 것으로, 시선일치(詩禪一致)의 경지를 설명하고 청려한 묘사 속에 무한한 정서를 감돌게 하며 담백하고 맑은 맛을 근체시(近體詩)에 구하였다.

11 격조설(格調說)은 ≪예기(禮記)≫의 "온유돈후(溫柔敦厚)한 것은 시의 가르침이다."라는 도덕적인 문학관에 기반을 두고 바른 골격 위에 음률의 조화를 찾는 것이다. 중국에서의 격조파는 성당(盛唐)의 시로 복고할 것을 목표로 한 명나라의 전칠자(前七子) · 후칠자(後七子) 및 청나라 때의 심덕잠(沈德潛) 일파를 뜻한다.

라는 글에서 견해를 피력한 바 있으므로, 여기에서 다시 말하지는 않겠다.[12] 따라서 그 영향에 대해 말한다면, 그 시론의 핵심에 대한 이해가 달랐기 때문에 신운과 격조라는 두 파의 차이가 있게 되었던 것이다. 게다가 여기에서 말하는 핵심이라는 것 또한 다만 한 사람의 말에 불과한 것으로, 이 한 사람의 말로 또한 한 시대의 병폐를 바로잡을 수 있겠는가? 따라서 후인들이 이 책에 대해 칭찬과 비판이 엇갈리는 것은 진실로 당연한 것이다.

엄우의 논시는 '앎(識)'이라는 하나의 글자에 중점을 두고 있는데, 이는 진실로 매일같이 성장하는 것이나, '앎(識)'에는 큰 것과 작은 것이 있으며 치우친 것과 완전한 것, 지엽적인 것과 근본적인 것이 있으니, 이른바 '앎(識)'이라는 것 또한 장단점이 있는 것이다. 이것이 칭찬과 비판이 유래하는 까닭이다. 우리는 엄우의 앎의 장점을 결코 부인하는 것이 아니다. 다만 그 이른바 '앎(識)'이라고 하는 것이 생활에서 나오고 현실에서 나오는 것이 아니라 "닫힌 문(閉門)"에서 나오고 "자신만이 증명할 수 있고 자신만이 깨달을 수 있는 것(自家實證實悟)"에서 나오는 것이라는 점이 아쉬울 뿐이다. 따라서 그의 논시는 다만 예술풍격 상의 유심주의적이고 신비주의적인 담론만을 하였을 뿐, 근본적인 부분에 대해서는 거의 말하지 않았다. 이것이 바로 이 책의 가장 커다란 한계이다. 나는 ≪창랑시화교석(滄浪詩話校釋)≫에서 또한 이미 이에 대해 말하였으니, 여기에서 다시 말하지는 않겠다.

12 【원주】 ≪연경학보(燕京學報)≫ 24기(期)에 실려 있다.

시인옥설(詩人玉屑)

20권, 위경지(魏慶之) 지음, 보존되어 있음.

위경지(魏慶之, ?~?)는 남송 건안(建安, 지금의 복건성(福建省) 건구시(建甌市)) 사람으로, 자는 순보(醇甫)이고 호는 국장(菊莊)이다. 생몰년이 상세하지 않으나, 대략 이종(理宗) 가희(嘉熙) 연간(1237~1240) 전후로 살았던 것으로 보인다. 저서로 ≪시인옥설(詩人玉屑)≫이 있다.

위경지(?~?)의 자는 순보(醇甫)이고 호는 국장(菊莊)이며, 건안(建安, 지금의 복건성(福建省) 건구시(建甌市)) 사람이다. 황승(黃昇)[1]은 그에 대해 "재주는 있었으나 과거에 급제하는 것을 달가워하지 않았고, 오직 국화 천 무더기를 심고는 날마다 실의한 문인, 은일하는 선비들과 더불어 그 사이에서 술을 마시며 시를 읊었다.(有才而不屑科第, 惟種菊千叢, 日與騷人逸士觴詠於其間)"라 하였으니, 옛날로 말하자면 이른바 세속에 초탈했던 선비요, 오늘날로 치면 현실에서 벗어난 사람이었다.

≪사고전서총목제요(四庫全書總目提要)≫에서는 이 책에 대해 다음과 같이 말하고 있다.

1 황승(黃昇, ?~?)은 남송 건안(建安, 지금의 복건성(福建省) 건구시(建甌市)) 사람으로, 자는 숙양(叔暘)이고 호는 옥림(玉林) 또는 화암사객(花庵詞客)이다. 생졸년은 미상이나, 그의 사(詞) 〈목란화만(木蘭花慢)·을사년 병 중에(乙巳病中)〉에서 '생각하니 어려서는 책에 파묻혔고 중년에는 술에 빠졌으며 만년에는 시 때문에 시름겹네.(念少日書癖, 中年酒病, 晩歲詩愁)"라 하였으니, 을사년인 순우(淳祐) 5년(1245) 무렵까지도 생존하였던 것으로 여겨진다. 시로 명성이 있었으며, 동향 사람인 위경지(魏慶之, ?~?)와 수창하였다. 저서로 ≪화암사선(花庵詞選)≫ 20권이 있다.

송나라 사람은 시화 짓는 것을 좋아하였는데, 모으고 수집하여 책으로 만든 경우가 많았다. 지금 전하는 것 중에 다만 완열의 ≪시화총귀≫와 채정손의 ≪시림광기≫, 호자의 ≪초계어은총화≫, 그리고 위경지의 이 책이 권질이 풍부한 편이다. 그러나 ≪시화총귀≫는 자질구레한 것이 섞여 있고 ≪시림광기≫는 많은 부분에서 누락된 것이 있으니, 모두가 호자와 위경지 두 사람의 책에 미치지 못한다. 호자의 책은 고종(高宗) 때 이루어진 것으로, 수록한 것에 북송 사람의 말이 많다. 위경지의 책은 도종(度宗) 때 이루어진 것으로, 수록한 것에 남송 사람의 말이 비교적 갖추어져 있다. 이 두 책으로 서로 보충하면 송인의 논시의 전체적인 내용이 대략 갖추어지게 된다.(宋人喜爲詩話, 裒集成編者至多. 傳於今者, 惟阮閱≪詩話總龜≫, 蔡正孫≪詩林廣記≫, 胡仔≪苕溪漁隱叢話≫及慶之是編卷帙爲富. 然≪總龜≫蕪雜, ≪廣記≫掛漏, 均不及胡魏兩家之書. 仔書作於高宗時, 所錄北宋人語爲多, 慶之書作於度宗時, 所錄南宋人語較備. 二書相輔, 宋人論詩之概亦略具矣)

이 네 책에 대한 평가는 진실로 공정하다고 할 수 있다. 다만 다소 피상적인 면에 그쳐 이 책의 요체를 지적하지 못하고 있는 점이 아쉽다. 대개 이 책은 ≪창랑시화(滄浪詩話)≫ 이후 시화의 면모가 이미 근본적으로 바뀐 후에 나온 것으로, 편집과 편찬에 있어 그 정신 또한 이전과는 같지 않았다. 황승(黃昇)은 이 책의 서문에서 다음과 같이 말하고 있다.

시화의 편찬이 많은데, ≪시화총귀≫가 가장 소소하며 뒤섞여 있다. 그 중 가히 취할 만한 것은 오직 ≪초계어은총화≫인데, 많이 수집하는 것에 욕심을 내어 번다하거나 쓸데없는 면이 있다. 시에 유익한 것을 찾는 것이 모래를 헤쳐 금을 추려내는 것과 같아 오래도록 찾은 이후에야 얻게 되니, 때문에 보는 이들이 때로 끝까지 보지를 못한다.(詩話之編多矣, ≪總龜≫最爲疎駁, 其可取者惟≪苕溪叢話≫, 然貪多務得, 不泛則冗; 求其有益於詩者, 如披沙簡金, 悶悶而後得之, 故觀者或不能終卷)

이는 그 내면까지 심도 있게 분석한 것으로, 위경지의 편찬의 정신을 파악한 것이다. 대저 송인의 시화는 ≪육일시화(六一詩話)≫에서 시작된 이래로 대부분 한담거리를 취하였으니, 시화에 대한 태도가 본래 그다지 엄정한 것이 아니었다. 이후 일을 서술하는 것에서 점차 시를 논하는 것으로 바뀌게 되었으니, 이미 남송의 시기에 장계(張戒)와 강기(姜夔)가 그 단서를 열었으며 엄우에 이르러 완성에 이르게 되어 거의가 시학(詩學)을 위주로 하게 되었다. 위경지는 그 풍조를 계승하였던 까닭에 이 책의 11권 까지에서는 '시법(詩法)', '시체(詩體)', '시격(詩格)' 및 '학시(學詩)의 종지(宗旨)'와 같은 여러 문제들을 나누어 논하고 있다. 그 체례는 비록 ≪시화총귀≫에서의 '탁구(琢句)', '예술(藝術)', '용자(用字)', '압운(押韻)', '효법(傚法)', '용사(用事)', '시병(時病)', '고음(苦吟)' 같은 여러 조목들과 대체로 유사하지만, 더욱 엄정하여 소설가의 말로 전락하지는 않았다. 12권 이후부터는 고금의 인물을 품평하였는데, 그 조목의 구분을 사람과 시기를 위주로 한 것 또한 ≪초계어은총화≫와 유사하다. 그러나 더욱 정밀하고 엄정하면서도 고증에만 빠지지 않았고 자질구레한 일을 언급하지도 않았다. 따라서 이 두 책의 장점을 함께 지니면서도 병폐가 없을 수 있었다.

대개 완열(阮閱)과 호자(胡仔)의 책은 당시 시화의 풍조에 제한되어 일을 서술하는 것을 중시하지 않을 수 없었으니, 이는 진실로 어쩔 수 없는 것이었다. 위경지의 시기는 시화가 이미 올바른 궤도에 들어가, 두루 보아 간략함을 취하고 잡된 것을 버리고 정수만을 남겨두었으니, 이 또한 당시의 수요에서 나온 것이다. 다만 위경지의 책에서 ≪세한당시화(歲寒堂詩話)≫를 뽑지 않아 다소 소략한 것이 아쉬울 따름이다. 요약하자면 이 책은 따로 종지(宗旨)를 세워 이전의 것들과는 매우 달랐다. 따라서 책에서 초계어은(苕溪漁隱)의 말을 인용하거나, 혹은 위의 두 책에 수록되어 있는 여러 사람들의 시화의 말들을 재인용하고 있으면서도 그 종지(宗旨)나 의취(意趣)는 구별이 된다. 이것이 바로 이 책의 뛰어난 점이다.

그러나 학시(學詩)나 작시(作詩)의 법도를 지나치게 중시하여 당인들의 시식(詩式)이나 시례(詩例)와 같은 저작을 취하는 것에서 벗어나지 못하였다. 또한 당인들의 이러한 류의 책들이 대부분 과거시험의 모의답안용이거나 혹은 스님들이 망령되이 천착하여 거짓으로 명성을 세운 것으로, 비단 시의 도에 도움이 되지 않을 뿐 아니라 시를 논하는 것이 요망함으로 들어가게 되어 사람에게 미치는 해악이 적지 않음을 알지 못하였다. 그런대로 위경지는 마침내 이를 취하여 그 여파를 다시금 일으켰으니, 이것이 옥의 티였다. 뜻하는 것이 현실에서 벗어나 시를 논하게 되면 결국 다른 길로 빠져버리게 되는 것을 피할 수 없지 않겠는가?

방회(方回)의 ≪동강집(桐江集)≫ 권7에 있는 〈시인옥설고(詩人玉屑考)〉에서는 "민(閩) 사람 중에 대가가 아닌 이가 여럿 있는데도 특별히 그들을 적고 있으니, 시골의 촌스러운 소견이 있는 듯하다.(閩人有非大家數者, 亦特書之, 似有鄕曲之見)"라 하였으니, 이 또한 정확한 논의이다. 그러나 견문이 제한되어 있어 가까운 것을 취하고 먼 것은 빠뜨린 것은 형세상 어쩔 수가 없는 것이니 또한 심하게 탓할 바는 아닌 것이다. 하물며 민(閩) 사람들의 문화가 이때에는 이전 시대보다 훨씬 뛰어 났는데, 사실이 이와 같다 해서 어찌 단언하여 시골의 촌스러운 소견이라 비판할 수 있겠는가? 이 책에서는 ≪창랑시화(滄浪詩話)≫의 거의 전부를 수록하여 넣고 있는데, 각 조목의 선후나 분합에 있어 이 책에 인용되어 있는 것이 지금 전하는 여러 판본들 보다 낫다. ≪옥림시화(玉林詩話)≫에 채록된 민(閩) 사람들의 시를 인용한 것은 선별하여 고르지 않은 것이 아니었지만, 외진 지역적 특성으로 인해 사람들이 그 책을 보지 못한 것이었을 뿐이다.

이 책에 순우(淳祐) 갑진년(1244) 황승(黃昇)의 서문이 있으니, 이 책이 만들어진 것은 순우 연간으로 도종(度宗) 이전이었음을 알 수 있다. 위거안(韋居安)의 ≪매간시화(梅磵詩話)≫에서는 "위경지가 지은 ≪시인옥설≫은 편차와 분류가 정밀하여 여러 사람들이 다들 이를 높였다.(魏醇父所著≪詩人玉屑≫, 編類精密, 諸公多稱之)"라 하였으니, 이 책은 당시에도 이미 상당히 유행했었다. 송대에 호남(湖南)에서 간행된 것으로 10권본이 있으며, 명 천순(天順) 연간(1457~1464)에 강동(江東) 송종로(宋宗魯)의 각본 역시 단지 10권이다. 초횡(焦竑)의 ≪국사경적지(國史經籍志)≫에는 10권으로 저록되어 있으니, 응당 이것을 근거로 하였을 것이다. 통행되고 있는 것은 20권으로, 명 가정(嘉靖) 6년(1527)에 원본(元本)을 중간한 것부터 청 도광(道光) 연간(1820~1850)에 고송당(古松堂)에서 송본을 중각한 것에 이르기까지 모두 이와 같다. 다만 일본의 관영(寬永) 16년 각본만이 21권으로 되어 있으니, 1961년 중화서국 상해편집소에 교정하여 인쇄한 것은 바로 이 판본이다. 또한 22권으로 되어 있는 것도 있으니, ≪효자당서목(孝慈堂書目)≫과 ≪문서루서목(文瑞樓書目)≫에 보인다. 아마도 모두가 전초본(傳鈔本)인 듯하다. ≪문서루서목≫에서는 ≪시익가언(詩益嘉言)≫이라 바꾸어 칭하고 있다. 장란(蔣瀾)의 ≪예원명언(藝苑名言)≫과 노연인(盧衍仁)의 ≪고금시화선전(古今詩話選雋)≫에 인용된 책에 모두 ≪시익가언≫이라는 조목이 있는데 그 문장을 살펴보면 모두 지금의 ≪시인옥설≫ 속에 보인다. 따라서 명칭은 비록 다르지만 본래가 같은 책인 것이다. 다만 21권 안에 ≪중흥사화(中興詞話)≫라는 한 조목이 있는데, 22권본은 당연히 더욱 확장된 부분이 있을 것이나 비교해 볼 수 없는 것이 아쉬울 따름이다. 또한 ≪술고당서목(述古堂書目)≫ 시화류(詩話類)에는 14권과 2종의 판본으로 되어 있는데, 그 권수가 또한 다르니 마땅히 20권으로 하여야 올바를 것이다. 총서 속에 보이는 것으로 ≪격치총서(格致叢書)≫본과 ≪문헌휘편(文獻彙編)≫본이 있는데, 모두 보이지 않는다. 생각건대 혹 발췌한 것이 있을 것이나, 그 권수는 같지 않았을 것이다.

이 책은 널리 유행하였고 여러 번 번각되었기 때문에 잘못된 글자들이 꽤 있다. ≪경적방고지(經籍訪古志)≫에는 현혜일(玄惠一)의 발문이 있는, 조선에서 간행된 판본이 수록되어 있는데, 잘못된 글자가 매우 많은 것을 알 수 있다. 최근에 중화서국에서 교정하여 인쇄한 판본에는 교감기(校勘記)가 붙어 있어 독자들에게 매우 편리하니, 지금 전하고 있는 여러 판본 중에서는 이 판본이 가장 뛰어나다고 할 수 있다.

후촌시화(後村詩話)

전집(前集) 2권, 후집(後集) 2권, 속집(續集) 4권, 신집(新集) 6권,
유극장(劉克莊) 지음, 보존되어 있음.

유극장(劉克莊, 1187~1269)은 남송 보전(莆田, 지금의 복건성(福建省) 보전시(莆田市)) 사람으로, 초명은 작(灼)이고 자는 잠부(潛夫)이며 호는 후촌거사(後村居士)이다. 시호는 문정(文定)이다. 영종(寧宗) 가정(嘉定) 2년(1207)에 음사로 관직에 들어섰으며, 도종(度宗) 함순(咸淳) 4년(1267)에 용도각직학사에 올랐다. 진덕수(眞德秀)에게 배웠고 평생 많은 작품을 남겼는데, 사후에 이를 정리한 ≪후촌선생대전집(後村先生大全集)≫ 196권이 편찬되었다. 유극장의 시는 강호파(江湖派)에 속하는데, 시사를 풍자한 내용이 많고 민생의 고초를 반영하고 있다. 또한 사(詞)는 애국적인 강개(慷慨)와 비통을 노래하는 작품이 많다.

유극장(1187~1269)의 자는 잠부(潛夫)이고 호는 후촌(後村)이며 보전(莆田, 지금의 복건성(福建省) 보전시(莆田市)) 사람이다. 음사(蔭仕)로 순우(淳祐) 연간[1]에 동진사출신(同進士出身)을 하사받았고 용도각직학사(龍圖閣直學士)를 지냈으며, 죽은 뒤 시호는 문정(文定)이다.

이 책은 ≪설부(說郛)≫본이 있지만 온전하지 않다. 단행본이 있지만 겨우 2권으로 전집(前集)에 해당된다. 4집이 모두 온전한 것으로는 ≪후촌대전집(後村大全集)≫본과 ≪적원총서(適園叢書)≫본 둘 뿐이다. ≪적원총서≫본은 장균형(張均衡)의 교정을 거친 것으로, ≪후촌대전집≫본보다 훨씬 낫다. 전집과 후집은 유극장이 60세에서 70세, 즉 순우(1241~1252)・보우(寶祐, 1253~1258) 연간 사이에 지어졌고, 속집은 함순(咸淳) 2년(1266)에 완성되었으니 그때가 80세였다. 신집은 함순 4년(1268) 그의 나이 82세에 지어졌다. 임희일(林希逸)이 지은 〈후촌행장(後村行狀)〉에서

1 이때는 순우 6년(1246)이다.

"신집에 있는 것은 대개가 그가 눈병을 앓은 후에 구술하여 지은 것이다.(其在新集者, 半出目眚之後, 口誦成篇)"라 하였으니, 시화의 신집은 응당 이렇게 하여 만들어진 것일 것이다. 왕사정(王士禎)은 "시화의 신집에는 중・만당 시인의 시를 많이 모아놓았는데, 취할 만한 것이 없으므로 없애도 된다.(詩話新集中多摭中晚唐人詩, 無所取裁, 可刪)"라 하였다.[2] 내가 책에서 육구몽(陸龜蒙)[3]의 시를 논한 부분을 살펴보니, 육구몽을 논하다 돌연 육유(陸游)[4]의 시를 언급하고 있어 역시나 면밀한 검토가 결여되어 있다.

유극장과 엄우(嚴羽)[5]는 동시대 사람이지만 시에 대한 주장을 살펴보면 서로 같지 않으므로, 지금 이 책을 ≪창랑시화(滄浪詩話)≫와 함께 비교하여 논한다면 깊고 적절한 논술이 될 것이다. 나이로 말하자면 엄우가 유극장보다 좀 어리지만, '선으로 시를 비유함(以禪喩詩)'과 '선으로 시를 논함(以禪論詩)'의 견해는 엄우가 먼저 완성하였다. 이종(理宗) 보경(寶慶, 1225~1227)과 소정(紹定, 1228~1233) 연간은 엄우가 대복고(戴復古)[6]와 교우했던 때인데, 엄우의 〈시변(詩辨)〉, 〈시체(詩體)〉와 같은 여

---

2 왕사정(王士禎)의 ≪거이록(居易錄)≫ 권2에 실려 있다.

3 육구몽(陸龜蒙, ?~881?)은 당나라 오강(吳江, 지금의 강소성(江蘇省) 소주시(蘇州市)) 사람으로, 자는 노망(魯望)이고 호는 천수자(天隨子), 강호산인(江湖散人), 보리선생(甫里先生)이다. 피일휴와 더불어 '피륙(皮陸)'으로 불리었다. 산문에는 당시의 모순을 폭로하는 글이 많고, 시는 자연 풍경을 노래한 것이 많다. 진사에 급제하지 못하자 송강포(松江浦)에 은거하였다.

4 육유(陸游, 1125~1210)는 남송(南宋) 월주(越州) 산음(山陰, 지금의 절강성(浙江省) 소흥시(紹興市)) 사람으로, 자는 무관(務觀), 호는 방옹(放翁)이다. 남송사대가(南宋四大家) 중 하나로 중국의 대표적인 애국시인이다. 저서로 ≪방옹사(放翁詞)≫, ≪위남문집(渭南文集)≫, ≪노학암필기(老學庵筆記)≫ 등이 있다.

5 엄우(嚴羽, ?~?)는 남송 소무(邵武, 지금의 복건성(福建省) 소무시(邵武市)) 사람으로, 자는 의경(儀卿) 또는 단구(丹邱)이고 호는 창랑포객(滄浪逋客)이다. 엄인(嚴仁), 엄참(嚴參)과 함께 이름을 날려 '삼엄(三嚴)'으로 불렸다. 관직에 뜻을 두지 않고 일생 동안 은자(隱者)로서 지조를 지켜 각지를 유람하며 많은 승려, 도사들과 교유하였다. 논시(論詩)에 뛰어났고, 성당(盛唐)을 높이 평가하면서 송시의 산문화와 의론화에는 반대했다. 저서로 ≪창랑집(滄浪集)≫, ≪창랑시화(滄浪詩話)≫가 있다.

6 대복고(戴復古, 1167~?)는 남송 천태(天台) 황암(黃巖, 지금의 절강성(浙江省) 태주시(台州

러 문장들은 이때 이미 거칠게나마 규모를 갖추고 있었을 것이다. 따라서 대복고가 써준 시에 엄우의 논지가 매우 고상하는 뛰어나다는 말이 있었던 것이다. 또한 당시 문단에 영향을 끼쳐 유행하는 풍조가 생기게 되자 유극장의 문집에는 매번 시선(詩禪)을 반대하는 글이 있게 되었다.

사실 유극장과 엄우가 다른 점은 다만 이 한 가지뿐이니, 이외에는 비슷한 점이 많다. 예를 들어 〈죽계시서(竹溪詩序)〉에서 말한 것이 그것이다. "당나라 문인은 모두 시를 쓸 줄 알았는데 유종원이 특히 고상하였고 한유는 본색이 아니었다. 송나라에 이르러서는 문인이 많아진 반면 시인은 줄어들었다. 300년간 비록 누구나 문집이 있었고, 또 문집에는 늘 시가 있었으며 시는 각각 스스로 한 체식을 이루고 있었다. 이 시들은 이치를 숭상한 것도 있고, 재력을 바탕으로 한 것도 있으며 박학한 학식을 드러낸 것도 있었지만, 말하자면 모두가 운이 달린 문장에 불과하였지 시는 아니었다. 두세 사람의 위대한 유학자와 십수 명의 대작가들도 모두 이 병폐를 면치 못하였다.(唐文人皆能詩, 柳尤高, 韓尙非本色. 迨本朝, 則文人多, 詩人少. 三百年間雖人各有集, 集各有詩, 詩各自爲體, 或尙理致, 或負材力, 或逞辨博, 要皆文之有韻者爾, 非詩也. 自二三鉅儒及十數大作家, 俱未免此病)" 이와 같은 말은 엄우가 "재학으로 시를 쓰고 의론으로 시를 쓴다.(以才學爲詩, 以議論爲詩)"라 말한 것과 무엇이 다르겠는가!

또한 〈한은군시서(韓隱君詩序)〉에서 "책을 바탕으로 하여 시를 쓰는 것은 진부한 것에서 잘못된 것이며, 책을 버리고 시를 쓰는 것은 저속한 것에서 잘못된 것이다.(資書以爲詩失之腐, 捐書以爲詩失之野)"라 한 것

市)) 사람으로, 자는 식지(式之)이고 자호는 석병(石屛)이다. 저명한 강호파(江湖派) 시인으로, 일생 동안 벼슬하지 않고 강호를 떠돌다가 고향으로 돌아와 은거하였다. 육유(陸游)에게 시를 배웠고, 만당시풍(晩唐詩風)의 영향을 받았으며 강서시파(江西詩派)의 풍격도 갖추고 있다. 저서로 ≪석병시집(石屛詩集)≫, ≪석병사(石屛詞)≫가 있다.

은 엄우가 "시에는 특별한 제재가 있으니, 이는 책과는 관련이 없는 것이다. 시에는 특별한 흥취가 있으니, 이는 이치와 관련이 없는 것이다. 그러나 독서를 많이 하지 않고 이치를 많이 강구하지 않으면 그 지극한 경지에 이를 수 없다.(詩有別材, 非關書也. 詩有別趣, 非關理也. 然非多讀書多窮理, 則不能極其至)"라 말한 것과 어찌 다른 내용이겠는가! 유극장은 〈중제시(仲弟詩)〉의 서문에서 그가 "질박함으로 화려함을 이기고 전아함으로 음난함을 물리치며 고요함으로 시끄러움을 다스리니, 높은 경지라 때로 그것에 이르는 길을 찾지 못하지만 억지로 조정하지 않고도 자연스레 합치된다.(以質勝綺, 以雅絀哇, 以靜治躁, 高處往往無蹊逕可尋, 不繩削而自合)"라 하였다. 그가 "그것에 이르는 길을 찾지 못한다.(無蹊逕可尋)"라 한 것은 엄우가 말한 "찾을 수 있는 자취가 없다.(無迹可求)"와 같으며, 또한 "억지로 조정하지 않고도 저절로 합치된다.(不繩削而自合)"라 한 것은 엄우가 말한 '당행(當行)'과 '본색(本色)'[7]이라는 뜻이다.

'선으로 시를 논함'이나 '선으로 시를 비유함'이라는 말이 유극장에게도 보이지 않는 것은 아니다. 예를 들어 〈두 임씨의 시 뒤에 붙이는 서문(序二林詩後)〉에서 이르기를, "임자진의 시는 영지와 단 샘물 같아서 천지의 순수하고 아름다운 기운이 융합되어 이루어진 것이다. 마치 덕산[8]과 조주선사[9]의 기봉[10]과 같고 한산[11]과 왕범지[12]의 시게와

7 ≪창랑시화≫에 이르기를 "대저 선가의 도는 묘오에 있으며 시의 도 역시 묘오에 있다. …깨닫는 것이 본색이며 마땅히 해야 하는 것이다.(大抵禪道惟在妙悟, 詩道亦在妙悟. …悟乃爲本色, 乃爲當行)"라 하였다.

8 덕산(德山, 782~865)은 당나라의 선승(禪僧)으로 행사(行思) 밑에서 제5조(祖)가 되었다. 불교 부흥기에 선풍을 떨쳤는데, 특히 엄격한 수행으로 유명하다.

9 조주선사(趙州禪師, 778~897)는 당나라 승려로 법호는 종심(從諗)이다. 선종사에서 가장 빛나는 법사이다. 시호는 진제선사(眞際禪師)이다. 어려서 고향의 용흥사에서 출가하였으며, 숭산 소림사 유리계단에서 구족계를 받았다. 남천보원(南泉普願, 748~835) 문하에 입문하여 법을 이었다. 이후 지방을 순례하며 여러 고승을 찾아다녔다. 80세 때부터 조주성(趙州城) 동쪽 관음원에 머물러 호를 조주라 하였다. 검소한 생활을 하고 시주를 권하는 일이 없어 고불(古佛)이라는 칭송을 들었다. 송대에 형성된 선종오가에 큰 영향을 끼쳤으며, 특히 화두를 많이

같아서 글재주가 뛰어난 사람들의 글 쓰는 길을 걷지 않았으니, 정수리 위에 있는 올바른 눈 하나[13]가 아니면 쉽게 볼 수 없다.(子眞詩如靈芝醴泉, 天地精英之氣融結而成, 如德山趙州機鋒, 如寒山梵志詩偈, 不涉秀才家筆墨蹊逕, 非頂門上具一隻眼, 未易觀)"라 하였다. 또한 "20년 전에 임자상의 시를 보았는데, …나는 그 기세가 뛰어난 것에 감탄하였다. 지금 그의 근작을 얻었는데, …나는 그의 발전이 그치지 않고 있음에 더욱 감탄하였다. 나는 늙고 고루하여 새로 법계를 받은 스님처럼 율법에 얽매어 있지만, 그대는 크고 자유로워 얽매임 없이 편안히 참선하고 있는 것이 아니겠는가! 이 때문에 책 뒤에 이 글을 써서 논의를 구하노라.(二十年前見子常詩, …余有咄咄逼人之歎, 今得其近製, …余益嘆君進未止, 豈余老古錐如新戒縛律, 君大自在如散聖安禪! 因書其後以求商榷)"라 하였다. 여기에서 보듯 유극장 역시 선가의 용어를 많이 사용하였던 것이다.

나는 엄우와 유극장 두 사람의 시론의 차이를 희석시키고자 하려는 것이 아니다. 다만 근래의 논자들은 유극장의 ≪후촌집≫에는 시선설(詩禪說)을 공격하는 의론이 있는 반면, 엄우는 유극장의 말에 대해 지적하지를 않았다는 것으로, 엄우가 비록 그를 드러내놓고 공격하지는 않았지만 은근히 비판하는 뜻을 담았다고 여긴다. 이에 '우회적으로 공격하였다(隔山開砲)'는 설이 있게 되었던 것이다. 이는 엄우를 무고한 것이기 때문에 내가 이에 대해 말하지 않을 수 없다. 엄우는 진실로

남겨 후대 선승들의 수행 과제가 되었다.

10 선문(禪門)에서 설법(說法)으로, 즉 무엇인가를 포착할 기회조차 없어 마치 활의 오늬를 조종하는 기(機)이거나 또는 닿기만 하면 상처가 나는 예리한 칼날(鋒)과 같이 하는 설법을 이른다.

11 한산(寒山, 691~793)은 당나라의 승려(僧侶)이다. 천태산(天台山) 국청사(國淸寺)의 풍간선사(豊干禪師)의 제자(弟子)로, 선도(禪道)에 오입(悟入)하여 습득(拾得, ?~?)과 함께 문수(文殊)의 화신(化身)이라 이른다. 저서로 ≪한산시집(寒山詩集)≫이 있다.

12 왕범지(王梵志, ?~670?)는 당나라의 승려(僧侶)이다. 원명이 범천(梵天)으로 여양(黎陽, 지금의 하남성(河南省) 준현(浚縣)) 사람이다. 그의 시는 설리(說理)와 의론(議論)을 위주로 하여 불교의 교리로 사람들을 권면하였으며, 세태에 대한 풍자와 야유를 하였다.

13 이는 어떤 방면(方面)에서 특별히 갖추고 있는 감식력(鑑識力)을 이른다.

“비록 세상의 군자에게 죄를 얻는다 하더라도 물러서지 않겠다.(雖獲罪於世之君子不辭也)”[14]고 말한 것처럼 그 태도가 분명하였으니, 어찌 은근히 비판하는 꼼수를 썼겠는가?

유극장은 진덕수(眞德秀)[15]에게 수학하였으므로 시에 대한 논의 역시 세상에 대한 교화와 백성에 대한 이로움이 주를 이루고 있다. 유극장은 비록 진덕수처럼 확고하지는 않았지만, 시론을 선학(禪學)에 빠지게 두어 유심주의가 시단에 침투되는 것에 대해서는 불가하다고 여겼으니, 이는 학술상의 견해가 다른 것이지 개인적인 원망 때문에 그런 것은 아니었다. 엄우의 시론에는 비록 이전 사람의 진부한 말을 답습한 부분이 있지만 이를 변화시켜 자신의 것으로 만들어 스스로 일가를 이룰 수 있었다. 즉 진부한 내용을 새롭게 바꾸고 “스스로 문을 걸어 닫고 밭을 파헤쳐(自家閉門鑿破此片田地)”[16] 얻은 것인 까닭에, 답습하고 주워 모은 자와는 비교할 수 없다.

엄우는 자신의 견해가 “세상을 놀라게 할 만한 빼어난 이야기(驚世絶俗之談)”라 스스로 인정할 만큼 본래 “침착하고 통쾌하며(沈著痛快)” “깊이 있고 분명하게(深切著明)” 말함으로써 “뚜렷하고 쉽게 알도록(顯然易見)” 하였다. 우회적으로 공격한다는 것은 자신의 의도를 숨기고 감추는 것이다. 어찌 “오랜 세월 동안 이어온 정설을 부정(斷千百年公案)”하고자 당시 사람을 몰래 비방하는 것을 즐겼겠는가? 이 역시 엄우를 무시하는 것이다. 유극장의 〈하수재 시선방장에 제하여(題何秀才詩禪方

---

14 엄우(嚴羽)의 ≪창랑시화(滄浪詩話)≫ 〈시변(詩辯)〉에 실려 있다.

15 진덕수(眞德秀, 1178~1235)는 남송 포성(浦城, 지금의 복건성(福建省) 포성현(浦城縣)) 사람으로, 자는 경원(景元) 호는 서산(西山)이다. 남송시대의 대신이자 학자이다. 벼슬이 참지정사(參知政事)에 이르렀는데 강직하기로 유명하였다. 주자학파(朱子學派)의 학자로서 저서로 ≪대학연의(大學衍義)≫, ≪당서고의(唐書考疑)≫, ≪독서기(讀書記)≫, ≪문장정종(文章正宗)≫, ≪서산갑을고(西山甲乙稿)≫, ≪서산문집(西山文集)≫ 등이 있다.

16 이 말은 ≪창랑시화≫ 부록에 있는 〈임안의 계숙 오경선에게 답하는 글(答出繼叔臨安吳景僊書)〉에 실려 있다.

丈)〉에서는 이르기를, "무릇 지극한 말과 오묘한 뜻은 언어 문자에 있지 않다. 진실된 것을 버리고 헛된 환영만을 추구하며 절실하고 가까운 것을 싫어하고 굉활하고 먼 것만을 흠모한다면 오래되어 돌아갈 곳을 잊어버리게 되나니, 나는 그대의 수행이 발전하면서 그대의 시가 퇴보할까 근심한다.(夫至言妙義, 固不在於言語文字, 然舍眞實而求虛幻, 厭切近而慕闊遠, 久而忘返, 愚恐君之禪進而詩退矣)"라 하였다. 이 논의는 지극히 공정하니, 엄우의 병폐는 바로 밭을 "문을 닫고 파헤친 것"에 있었다. 문을 닫고 파헤치면 현실에서 멀어지고 사회에서 격리되게 되어, 설령 오랜 세월 동안의 정설을 부정하고자 하여도 현실과 일치되지 않아 결국은 유심주의적인 시론이 되고 만다. 이것이 엄우의 병폐였으니, 이렇게 말하는 것을 꺼려할 필요는 없는 것이다.

엄우의 책이 완성된 것은 이전이었으며 유극장이 '시선설'을 반대한 것은 시선설이 영향을 준 이후이니 엄우가 어떻게 역으로 유극장이 반대할 것을 먼저 알아서 은근히 비판을 했겠는가? 그러므로 우회적으로 공격했다고 하는 것은 거의 표적도 없이 화살을 쏘았다고 하는 것과 같은 경우인 것이다. 이 때 유극장은 관직이 그리 현달하지 않아서 비록 일찍이 재주와 명성이 있었으나 건양(建陽), 조양(潮陽), 길주(吉州), 원주(袁州)를 돌아다니고 있었다. 따라서 엄우와 면식이 없었던 것은 이상한 일이 아니었으니, 엄우가 하필 유극장을 적으로 삼았겠는가? 그렇다면 엄우가 "세상의 군자에게 죄를 얻는다."라 한 것은 무엇을 가리킨 것인가? 당시 명성을 지닌 자로 섭적(葉適)이 있었는데, 이것이 만약 섭적과 한 무리인 사령(四靈)[17]을 가리키는 것이라면 그럴 듯하지만, 유극장을 가리킨 것이라 한다면 말이 되지 않는다. 이것이

17 강서시파 이후 나온 영가사령(永嘉四靈)은 강서시풍을 반대하고 만당시를 추종하면서 평측이나 어휘 조탁에 힘썼으며, 내용 또한 달관한 인생 태도나 대자연의 정취에만 국한됨으로써 강서시파를 능가할 수는 없었다.

첫 번째 내용이다.

논자는 또 ≪창랑시화(滄浪詩話)≫에 있는 "그 말류에서 심한 자는 시끄럽게 떠들고 크게 노하여 충후한 기풍과는 어긋나니, 거의 욕하는 것으로 시를 쓰는 것 같다.(其末流甚者叫囂怒張, 殊乖忠厚之風, 殆以罵詈爲詩)"라는 말이 유극장을 가리키는 것으로 여기고 있는데, 이 역시 그렇지 않다. 이는 당시의 사실로서, 오로지 유극장을 지칭하여 말한 것은 아니었다. 남송 때 시화(詩禍)는 한탁주(韓侂冑)[18] 때 한 번, 사미원(史彌遠)[19] 때 또 한 번 있었다. 오도손(敖陶孫)[20]의 〈삼원루의 벽에 제하여(題三元樓壁)〉에 "구천에서 만약 한탁주를 만난다면 지금 후손이 있다고 말하지 말게.(九泉若遇韓忠獻, 休道如今有末孫)"라는 말이 있는데, 아마도 이 때 화를 입은 것 때문에 한탁주에 대해 시를 쓴 듯하다. 오도손

---

18 한탁주(韓侂冑, 1152~1207)는 남송 안양(安陽, 지금의 하남성(河南省) 안양시(安陽市)) 사람으로, 한기(韓琦)의 증손이다. 영종(寧宗)을 옹립하는데 공을 세우고 외척으로서 정계에 등장하였다. 우승상 조여우(趙汝愚)와 대립하자 그를 참언하여 지방으로 유배를 보내고, 그가 추천한 주희(朱熹)와 그 학파를 위학(僞學)으로 몰아 추방함으로써 '경원(慶元)의 당금(黨禁)'을 일으켰다. 이 후 14년간 정권을 자의로 전단하였으며, 1206년 권세확장을 위하여 금나라 토벌군을 일으켰다가 실패하자 문책을 받고 사미원(史彌遠)에게 살해당하였으며, 그 수급은 금나라로 보내졌다.

19 사미원(史彌遠, 1164~1233)은 남송(南宋) 명주(明州) 은현(鄞縣, 지금의 절강성(浙江省) 영파시(寧波市)) 사람으로, 자는 동숙(同叔)이다. 개희(開禧) 3년(1207)에 권신 한탁주(韓侂冑)가 정권을 잡고서 북벌을 감행했다가 실패하자 금나라는 주모자를 찾는 명분으로 침입해 왔고 어쩔 수 없이 송은 강화를 신청하였다. 이때 사미원이 전쟁의 주역인 한탁주를 살해하고 그의 머리를 금에 보내는 것으로 화의가 성립되었다. 사미원은 이로 인해 조정의 실세가 되어 정권을 독단했다.

20 오도손(敖陶孫, 1154~1227)은 남송 장락(長樂, 지금의 복건성(福建省) 장락시(長樂市)) 사람으로, 자는 기지(器之)이고 호는 구옹(臞翁) 또는 구암(臞庵)이며 자칭 '동당인(東塘人)'이라 하였다. 순희(淳熙) 7년(1180)에 1등으로 향공(鄉貢)으로 추천되어 태학에 입학하였다. 영종(英宗) 경원(慶元) 5년(1199)에 진사가 되어 해문주부(海門主簿), 장주교수(漳州敎授), 광동전운사(廣東轉運司) 등을 역임하였다. 영종(寧宗) 때에 주희(朱熹)가 폄적될 때 그는 주희의 학문을 존중하여 시를 지어 전송하여 자기의 마음을 드러내었고 조여우(趙汝愚)가 폄적지에서 죽자 시를 지어 곡하였다. 이 일로 재상 한탁주(韓侂冑) 등의 미움을 받아 성명을 바꾼 채 복청(福淸) 동당(東塘, 지금 후산정(後山頂) 서정촌(瑞亭村))에 숨어 지내기도 하였다. 한탁주 사후 성명을 회복하였다. 저서로 ≪강호집(江湖集)≫, ≪강호후집(江湖後集)≫에 실린 것 외에 ≪구옹시집(臞翁詩集)≫, ≪구옹시평(臞翁詩評)≫, ≪오기지시화(敖器之詩話)≫ 등이 있다.

은 이 때문에 명성이 더욱 높아졌으니 이미 강호시인(江湖詩人)의 기풍을 열었다고 할 수 있었다. 보경(寶慶) 연간(1225~1227) 초에 사미원(史彌遠)이 폐립할 때,[21] 전당(錢塘)의 서적상이었던 진기(陳起)[22]가 시를 잘 지어 강호시인 대부분이 그와 교분이 있었는데, ≪강호집(江湖集)≫을 간행하여 판매할 때 오도손의 시도 그 안에 있었다. 논자들은 유자휘(劉子翬)의 〈변경기사(汴京紀事)〉 가운데 "황제 자제댁의 오동나무에는 가을비 내리고, 상공의 다리의 버드나무에는 봄바람 부네.(秋雨梧桐皇子宅, 春風楊柳相公橋)"를 오도손이 지은 것으로 바꾸어 파릉(巴陵)과 사미원을 가리킨다고 여겼다. 이에 ≪강호집≫의 각판을 부수고 조칙으로 사대부의 시 짓는 것을 금하였으며 오도손 역시 죄에 연루되었으니, 이 사건은 사미원 때 일어난 것이다. 시화가 한탁주 때 일어났을 때에는 엄우와 유극장이 모두 어렸고, 사미원 때 일어났을 때에는 엄우와 유극장 모두 장년이었다. 유극장의 〈남악고(南嶽稿)〉 역시 ≪강호집≫ 안에 있었기 때문에 논자들은 또한 그가 비방하고 헐뜯어서 오도손과 함께 죄에 연루되었다고 여겼다. 이는 엄우가 반대한 것은 강서파와 사령시에서 연변(衍變)되어 이루어진 강호시인이었던 것으로, 유극장만을 집어 말한 것은 아니었다. 하물며 오도손, 유극장 등의 시는 충성과 분노에서 나온 것이었으니 비방하고 헐뜯은 것이라 말할 수는 없지 않겠는가?

송시의 병폐는 현실과 유리되어 있어 당시의 일을 다루지 않으며 예술만을 숭상하는 데 있다. 그 시론 역시 글자와 시어를 다듬거나

21 보경(寶慶) 원년(1225) 정월, 호주(湖州) 사람 반임(潘壬) 등은 제왕(濟王) 조횡(趙竑)을 세우려 모의하였으나 성공하지 못하였다. 사미원은 조횡에게 스스로 목을 매도록 압박하여 죽이고는 병사하였다고 둘러대었다.

22 진기(陳起, ?~?)는 남송 임안(臨安) 전당(錢塘, 지금의 절강성(浙江省) 항주시(杭州市)) 사람으로, 자는 종지(宗之) 또는 종자(宗子)이고 호는 운거(芸居)이다. 시인이자 서상(書商)으로, 당시 시인들의 문집을 모아 판각하여 ≪강호집(江湖集)≫을 만들었다.

전고를 운용하는 데 국한되어 있으므로 시의 쓰임이 증답 외에는 없고 재제도 풍월(風月)에서 벗어나지 않는다. 그런데 엄우 같은 이는 비록 달리 한 종파를 세워 성당(盛唐)을 법으로 삼은 듯하지만, 흥취(興趣)로 당나라를 논하면서 기상(氣象)을 두보(杜甫)에게 배웠으므로 이는 오십보소백보(五十步笑百步)일 따름이다. 그러므로 유극장의 병폐는 그를 비판한 것에 있지 않고 오히려 아부하고 영합한 것에 있었으니, 그가 만년에 가사도(賈似道)가 재상이 된 것을[23] 축하하며 올린 계문(啓文)을 보면 아부의 말로 가득하다. 이것이 진실로 유극장에게 아쉬운 바이다.

다른 한 가지는 엄우의 장점은 견식에 있고 유극장의 장점은 학문에 있다는 점이다. 견식에 중점을 두면 붓끝에 모두 드러나 때로는 한쪽으로 치우치는 실수를 저지르게 되고, 학문에 중점을 두면 하나의 격식에 구애되지 않아 도리어 그 장점이 드러나지 않게 된다. ≪후촌시화≫가 ≪창랑시화≫에 미치지 못하는 점이 바로 이것이다. 그러나 여러 작품을 망라하여 그 제재 선택의 폭넓음을 보여주고 있으며, 평가는 매우 합당하여 그 학문의 정밀함을 보여주고 있다. ≪사고전서총목제요≫에서는 "송대의 여러 시 가운데 그 시집이 지금 전하지 않는 것이 5, 6할이 되는데 이 ≪후촌시화≫ 덕분에 보존되었다.(宋代諸詩, 其集不傳於今者十之五六, 亦皆賴是書以存)"라 하였으니, 이 또한 ≪후촌시화≫

23 가사도(賈似道, 1213~1275)는 남송 태주(台州) 천태(天台, 지금의 절강성(浙江省) 천태현(天台縣)) 사람으로, 자는 사헌(師憲)이고 호는 추학(秋壑)이다. 남송 이종(理宗) 때의 권신으로 중국의 대표적인 간신 중의 하나이다. 동생이 이종(理宗)의 귀비(貴妃)가 되자 태상승(太常丞), 군기감(軍器監)으로 발탁되었다. 보우(寶祐) 2년(1254)에 동지추밀원사(同知樞密院事)가 되었으며, 보우 4년(1256)에는 참지정사(參知政事)에 제수되었다. 개경(開慶) 초에 원나라 군사가 악주(鄂州)를 공격하자 군사를 거느리고 구원을 하였는데, 사사로이 원나라 군사에게 신하로 자칭하여 폐물을 주고 돌아와서는 크게 전쟁에서 이겼다고 하였다. 도종(度宗)이 즉위하자 태사평장군국사(太師平章軍國事)로서 조정을 제멋대로 좌지우지 하였으며, 사치와 욕망이 극에 달하였다. 함순(咸淳) 10년(1274)에 원나라 군사가 악주를 함락시키자 어쩔 수 없이 출병을 하였지만, 곧 패퇴하였다. 후에 정호신(鄭虎臣)에게 살해 되었다.

의 장점으로, ≪창랑시화≫가 미칠 수 없는 것이다. 엄우는 견식에 뛰어나 그 요지가 번잡하지 않고 시론도 시화 안에서 다 나타낼 수 있었으며, 유극장은 학문에 뛰어나 시론이 문집에 흩어져 보이고 시화는 다만 시를 평하는 것에 국한되었다. 근래 사람들은 이 취지를 알지 못하고 때로 ≪창랑시화≫를 그의 ≪창랑선생음권(滄浪先生吟卷)≫과 부합되는 것으로 여겼다. 즉 ≪창랑선생음권≫에 우연히 시사(時事)를 언급한 내용이 있는 것을 보고는 마침내 엄우의 시가 현실을 반영할 수 있으니 시론도 마땅히 이와 같을 것이라 여겨 그 유심주의적인 견해를 현실주의라는 이름으로 가려버렸으니, 이는 그렇지 않다. 또 천착하고 부회하며 함부로 곡해하여 흥취(興趣)를 이취(理趣)로, 묘오(妙悟)를 영감(靈感)으로 여겼으니, 이는 그럴듯하지만 틀린 것이고 하나도 제대로 이해한 것이 아니니 다시 말할 것도 없다. 이것이 또 하나의 내용이다.

그러므로 엄우의 시론은 그의 시화에서 찾고 유극장의 시론은 문집에서 찾아야 그 정수를 얻을 수 있고 그 취지도 선명하게 된다. 유극장은 〈송희인시 서문(宋希仁詩序)〉에서 다음과 같이 말하였다.

> 근세의 시학은 두 가지로 나뉜다. 옛것을 좋아하는 자는 선체(選體)[24]를 종주로 삼고, 규칙에 얽매이는 자는 당나라를 종주로 삼는다. … 나는 시의 체격에는 고시와 율시의 다름이 있지만 사람의 성정은 옛날과 오늘이 다르지 않다고 본다. 선체 중에서도 당시보다 수준이 떨어진 것이 있고 당시 중에서도 선체보다 뛰어난 것이 있다. 항상 뜻을 같이 하는 이와 더불어 이것에 대해 논의하고자 하였지만, 작품들이 많아서 끝까지 궁구하지 못하였고 나 홀로 논하면서 도움도 받지 못하였다. 만년에 송희인(宋希仁)의 시를 보았는데, … 대개 자연스럽게 성정에서 일어나고 있었다. 대개 영가사령은 겉으로 드러내 버려 남은 기교가 없는데, 송희인의 작품은 함축적이어서 여운이 있었다. 나는 송희인의 시가 선체인지 혹은 당시체인지 따지지 않으니, 요컨대 송희인의 시는 세상에서 좋아하는 시이다.(近世詩學有二:

24 선체(選體)란 ≪문선(文選)≫의 풍격과 체제를 모방하여 지은 작품을 이른다.

嗜古者宗選, 縛律者宗唐. …余謂詩之體格有古律之變, 人之情性無今昔之異. 選詩有蕪拙於唐者, 唐詩有佳於選者. 常欲與同志切磋此事, 然衆作多而無窮, 余論孤而少助, 晩見宋君希仁詩…皆油然發於情性, 蓋四靈抉露無遺巧, 君含蓄有餘味. 余不辨其爲選爲唐, 要是世間好詩也)

유극장은 ≪진경수집(陳敬叟集)≫ 서문에서도 "진경수는 재기가 맑고 뛰어나며 역량은 크고 분방하였다. 기이함과 평이함, 깊고 얕음, 빽빽함과 성김이 각각 그 모습을 다하고 있으니 하나의 격식을 주로 하지 않았다.(敬叟才氣淸拔, 力量宏放, 險夷濃淡, 深淺密疎, 各極其態, 不主一體)"라 하였으며, 또한 ≪유기보시(劉圻父詩)≫의 서문에서 "여러 격식을 융합하여 스스로 일가를 이루었다.(融液衆格, 自爲一家)"라 하였다. 따라서 그의 시화는 하나의 작가를 주로 하거나 하나의 격식에 얽매이지 않았으니, 유유구(劉幽求)[25] 같이 명성이 없는 자라도 빼어난 구절이 있다면 그것을 수록하였던 것이다.

그가 당송인의 시를 논하는 것에도 사사로운 문호(門戶)의 견해는 없었으나, 평가에 있어 스스로의 표준이 있었다. ≪과포집서(瓜圃集序)≫에서는 옹정(翁定)[26]의 시를 두고 다음과 같이 말하였다.

> 그의 사랑을 전송하고 나라를 떠나는 작품은 산인과 처사의 소탈하고 강직한 기운이 있고, 시절을 슬퍼하고 자신을 경계하는 작품은 충신과 효자의 완미한 뜻이 있으며, 느끼어 알고 벗을 그리워하는 작품은 협객과 절사의 죽어도 저버리지 않는 뜻을 담고 있다. 궁한 데 처하면서도 이익을 좇는 것에 부합됨을 부끄러워하고, 꾸짖지 않으면서도 선한 사람들의 근심을 담고 있다. 그의 말은 세상의 가르침에 유익이 되는 것이 많아서, 오만하고 버릇없으며 규정과 춘정을 다룬 것은 한 글자 한 구절도 없다.(其送人

25 유유구(劉幽求, 655~715)는 당나라 무강(武强) 사람으로, 자는 미상이다. 성력(聖曆) 연간에 과거에 급제하였다. 개원(開元) 연간 초에 좌우상승(左右丞相)에 이르렀다. 나중에 일에 연루되어 항주(杭州), 침주(郴州)에 폄적되었다. 시호는 문헌(文獻)이다.

26 옹정(翁定, ?~?)은 남송 시인으로, 생졸년은 미상이다. 조사수(趙師秀), 유극장(劉克莊) 등과 교유하였다.

去國之章, 有山人處士疎直之氣; 傷時聞警之作, 有忠臣孝子微婉之義; 感知懷友之什, 有俠客節士生死不相背負之意, 處窮而恥勢利之合, 無責而任善類之憂. 其言多有益世教, 凡傲慢褻狎閨情春思之類, 無一字一句及之)

이 말은 또한 ≪후촌시화≫의 평시(評詩)의 준칙이었다. 따라서 ≪옥대신영(玉臺新詠)≫에 대해 "감상하고 좋아한 것은 달과 이슬에서 벗어나지 않았고 기세와 골격은 연지와 분을 벗어나지 않았다.(賞好不出月露, 氣骨不脫脂粉)"라 하고, "심약(沈約)의 ≪육억≫ 같은 것은 그 무례하고 방자함이 ≪향렴집≫[27]이나 ≪화간집≫[28]보다 심하다.(如沈休文≪六憶≫之類, 其褻慢有甚於≪香奩≫≪花間≫者)"라 하였던 것이다. 또한 설능(薛能)이 자신의 시와 재주를 자화자친한 것을 두고도 "소인이라 삼가고 꺼리는 것이 없는 자이다.(小人無忌憚者)"[29]라 하였다. ≪후촌시화≫에서 이와 같은 예는 꽤 자주 나타난다. 따라서 유극장의 문집에 근거하여 그의 시화를 읽어보면 시화의 정신이 드러나게 된다.

그러나 문집만 그러한 것이 아니다. 내가 오사도(吳師道, 1283~1344)[30]의 ≪오예부시화(吳禮部詩話)≫를 읽어보니, ≪후촌시화≫ 전집 권1에서 두목시 〈경주 조종사군이 당항과 함께 전사했다는 것을 듣고(聞慶州趙縱使君與黨項戰死)〉[31]를 논하고 있었다. 여기에서 유극장은 황우(皇祐)

27 ≪향렴집(香奩集)≫은 만당(晩唐)의 한악(韓偓)이 편찬한 것으로, 본인의 작품이 전체의 1/4를 차지한다. 한악은 관능적인 정경을 화려하고 곱게 직설적으로 나타낸 것으로 유명하고, 그의 시풍은 후세에 향렴체(香奩體)로 불렸다. ≪향렴집≫은 원래 수백 수를 수록하고 있었으나, 지금은 백여 수만 보존되어 있다.

28 ≪화간집(花間集)≫은 모두 10권으로, 오대(五代)의 사(詞)의 선집이다. 후촉(後蜀)의 조숭조(趙崇祖)가 엮었다. 18인의 작품 500수를 실은 것으로, 현존(現存)하는 사집(詞集) 중 가장 오래된 것이다. 우아하고 농염(濃艶)한 시취(詩趣)를 지니고 있어 문학사(文學史) 상의 큰 의의가 있다.

29 이 말은 본래 ≪예기(禮記)・중용(中庸)≫의 "소인은 삼가지 않는다.(小人而無憚)"에서 나왔다.

30 오사도(吳師道, 1283~1344)는 원나라 무주(婺州) 난계(蘭溪, 지금의 절강성(浙江省) 난계시(蘭溪市)) 사람으로, 자는 정전(正傳)이다. 원나라 연우(延祐) 연간에 국자박사(國子博士)를 지냈고, 예부낭중(禮部郎中)을 역임한 후 벼슬에서 물러났다. 저서로 ≪예부집(禮部集)≫ 20권, ≪부록(附錄)≫ 1권, ≪역잡설(易雜說)≫ 2권 등이 있다.

연간(1049~1053)에 농지고(儂智高)가 강주(康州)를 함락하고 수령인 조근(曹覲)[32]이 그곳에서 죽은 사실을 다시 들고 원후(元厚)의 애도시를 인용하면서, 두목의 시와 나란히 할 만하다고 하였다. 오사도는 이에 다음과 같이 말하였다.

> 가정 연간(1208~1224)에 금나라 사람이 기주와 황주를 침범하였는데, 기주 수령이었던 무흠 이성지[33]와 황주 수령이었던 입가 하대절이 그곳에서 죽었다. 유극장은 〈두 수령의 부고를 듣고(聞二守臣訃)〉라는 시에서 '지금 세간에는 허원[34]을 도리어 의심하고, 군왕께서는 본래 안진경의 충직함을 알지 못했네.'라 하였는데, 말의 기세가 앞 시에 손색이 없으니 또한 평소에 두목의 작품을 사모하여 모의했던 것이다. ≪송서·영종기≫에서는 이 사건을 기술하면서 '하대절이 성을 버렸고 이성지가 그곳에서 죽었다.'라 하였는데, 유극장은 〈부백성 간의에게 답하는 글(答傅伯成諫議書)〉에서 하대절이 처음에는 관리와 백성들을 보호하려 무창으로 갔다가 다시 황주로 돌아와 보름이나 성을 지켰으며, 성이 함락되어 적의 기병이 대강을 포위하고 들어와서 죽었다며 극력 변호하였다. 관리와 백성을 죽음에서 피난시킨 것을 달아난 것이라 무고하니, '허원을 의심한다'는 구절은 하대절을 위해서 한 말이다.(嘉定中, 金人犯蘄黃, 蘄守李誠之茂欽、黃守何大節立可死之, 後村有〈聞二守臣訃〉詩'世俗今猶疑許遠, 君王元未識眞卿'云云, 詞氣無愧前詩, 亦平日愛其作而摹擬之也. 宋寧宗紀書此事云'何大節棄城, 李誠之死之.' 後村〈答傅伯成諫議書〉極辯何公初護官吏士民過武昌, 復自還黃, 固守半月, 城破爲虜騎擁入大江以死. 而逃死吏民誣以遁, '疑遠'之句爲何發也)

---

31 이 시의 원 제목은 〈경주 조종 사군과 당항이 전쟁에서 몸에 화살을 맞고 죽었다는 것을 듣고 쓴 시(聞慶州趙縱使君與黨項戰中箭身死長句)〉이다.

32 【원주】 ≪후촌대전집(後村大全集)≫본 ≪후촌시화≫에는 '조근(曹覲)'이 '조사단(趙師旦)'으로 되어 있다.

33 이성지(李誠之, 1153~1221)는 북송 동양(東陽, 지금의 절강성(浙江省) 동양시(東陽市)) 사람으로, 자는 무흠(茂欽)이다. 여조겸(呂祖謙)에게서 수학하였으며, 향시와 회시에 1등으로 합격하였다. 복건안무사간판공사(福建按撫使幹辦公事), 도국자록(棹國字錄)을 지냈다.

34 허원(許遠, 709~757)은 당나라 염관(鹽官, 지금의 절강성(浙江省) 해녕시(海寧市)) 사람으로, 자는 영위(令威)이다. 안록산(安祿山)이 반란을 일으키자 장순(張巡)과 협력하여 성을 지켰다. 외부의 지원이 닿지 못하자 성은 함락되었고 포로가 되었으나 죽음을 두려워하지 않았다.

오사도의 이 말은 비록 ≪후촌시화≫를 평론하는 내용은 아니지만, 나는 이에 대해 오사도가 ≪후촌시화≫를 잘 읽어낸 예라고 생각한다. 유극장은 ≪후촌시화≫에서 종지를 표명하거나 체계를 세우지 않았지만 이렇게 그의 시집과 문집을 서로 참조하여 읽어보면 주요 정신과 의미가 곳곳에서 보인다. 이것이 내가 그의 문집 중에서 논시에 관한 내용을 많이 들어 시화에서의 부족한 부분을 보충한 이유이다.

유극장은 〈장계문권 서문(張季文卷序)〉에서 다음과 같이 말하였다.

> 문자는 지나치게 맑아서는 안 된다. 지나치게 맑으면 여윈 것 같으니, '인의가 있는 사람은 그 말이 풀처럼 무성하여'[35] 일찍이 여위지 않았다. 또한 지나치게 엄격해서도 안 된다. 지나치게 엄격하면 외롭게 되니, '덕은 외롭지 않으며 반드시 이웃이 있어'[36] 일찍이 외롭지 않았다. 맑고 엄격함이 멈추지 않으면, 그 아득함 때문에 반드시 다른 사람과의 왕래가 끊어지게 되고, 그 소원함 때문에 반드시 세상을 피하게 된다.(文字不可過淸也, 過淸則肖乎癯, '仁義之人其言藹如', 未嘗癯也; 不可過峻也, 過峻則入乎獨, '德不孤必有鄰', 未嘗獨也. 淸峻不已, 其幽必至於絶物, 其遠必至於遁世)

이로 보건대, 유극장은 시문을 논함에 있어 속세를 떠나는 것을 고상하다고 여기거나 은둔자와 비슷하게 행동하는 것을 옳게 여기지 않았음을 알 수 있다.

유극장은 ≪왕원도시(王元度詩)≫ 서문에서 또 다음과 같이 말하였다.

> 시는 가볍고 맑은 것(輕淸)을 귀히 여기고 무겁고 탁한 것(重濁)을 싫어한다. 왕원도의 시는 사람이 신체를 단련하여 육신을 벗어나 천하의 가벼움에 이른 것과 같으며, 또한 사람이 쌀을 끊고 불에 익힌 음식을 먹지 않아 천하의 맑음에 이른 것과 같으니, 이는 거의 만사를 버리고 그 내면을 구하며 세상을 벗어나 홀로 서고자 하는 것에 가깝다. 비록 그렇기는 하지만,

[35] 이 말은 한유(韓愈)의 〈이익의 편지에 답하여(答李翊書)〉에 나온다.
[36] 이 말은 ≪논어(論語)·이인(里仁)≫에 나온다.

> 옛 시에는 인륜(人倫)과 형정(刑政)의 대단함부터 날짐승 들짐승과 초목의 소소함까지 갖추어져 있지 않은 것이 없으니, 반드시 만사를 버릴 필요는 없는 것이다. 〈고반〉[37]에서는 군주를, 〈소변〉[38]에서는 부모를, 그리워하며 차마 떠나지 못하고 있으니, 반드시 세상을 벗어날 필요는 없는 것이다.(詩貴輕淸, 惡重濁. 王君詩如人鍊形, 跳出頂門, 極天下之輕; 如人絶粒, 不食煙火, 極天下之淸, 殆欲遺萬事而求其內, 離一世而立於獨矣. 雖然, 古詩如人倫刑政之大, 鳥獸草木之微, 莫不該備, 非必遺事也; 〈考槃〉於君, 〈小弁〉於親, 惓惓而不忍舍, 非必離世也)

이런 유의 논의는 비록 ≪후촌시화≫에서는 보이지 않지만, 시를 평가하는 표준이 대체로 이와 유사한 것이었음을 대략적으로나마 알 수 있다.

이상에서 두 가지 사안으로 두 사람의 시화를 합쳐 논의한 결과, 두 사람의 정신이 잘 드러났고 그들 논점의 장단점 역시 분명해졌다고 본다. 그러므로 나는 엄우는 그 유심주의적인 의론을 없애야 하고, 유극장은 그 봉건적인 견해를 바로잡아야 한다는 것에 대해 동의하는 바이다.

---

37 이 시는 ≪시경(詩經)·위풍(衛風)·고반(考槃)≫을 이른다.

38 이 시는 ≪시경(詩經)·소아(小雅)·절남산지십(節南山之什)·소변(小弁)≫을 이른다.

강서시파소서(江西詩派小序)

1권, 유극장(劉克莊) 지음, 보존되어 있음.

유극장(劉克莊, 1187~1269)은 남송 보전(莆田, 지금의 복건성(福建省) 보전시(莆田市)) 사람으로, 초명은 작(灼)이고 자는 잠부(潛夫)이며 호는 후촌거사(後村居士)이다. 시호는 문정(文定)이다. 영종(寧宗) 가정(嘉定) 2년(1207)에 음사로 관직에 들어섰으며, 도종(度宗) 함순(咸淳) 4년(1267)에 용도각직학사에 올랐다. 진덕수(眞德秀)에게 배웠고 평생 많은 작품을 남겼는데, 사후에 이를 정리한 ≪후촌선생대전집(後村先生大全集)≫ 196권이 편찬되었다. 유극장의 시는 강호파(江湖派)에 속하는데, 시사를 풍자한 내용이 많고 민생의 고초를 반영하고 있다. 또한 사(詞)는 애국적인 강개(慷慨)와 비통을 노래하는 작품이 많다.

유극장(1187~1269)의 ≪후촌시화(後村詩話)≫는 모두 4집(集)으로 이미 앞에서 살펴보았다. 이 글은 원래 ≪후촌대전집(後村大全集)≫ 95권에 실려 있었는데, 포정박(鮑廷博)이 ≪지부족재총서(知不足齋叢書)≫를 편집하면서 장태래(張泰來)의 ≪강서시파종사도록(江西詩派宗社圖錄)≫ 뒤에 덧붙였고, 정복보(丁福保)가 이를 근거로 ≪역대시화속편(歷代詩話續編)≫에 집어넣었다.

유극장은 ≪후촌시화≫에서 "원우 연간(1086~1093) 이후에 시인이 잇달아 일어났는데, 한 무리는 내용이 변화무쌍하고 풍부하되 시율은 느슨하였고, 또 다른 무리는 시어 단련이 치밀하나 진실한 성정과는 거리가 있었다. 요컨대 소식과 황정견 두 시체에서 벗어나지 못하였다.(元祐後, 詩人迭起, 一種則波瀾富而句律疎, 一種則煅煉精而性情遠. 要之不出蘇黃二體而已)"[1]라 하였다. 다만 재주와 성정은 선천적인 것이어서 억지로 이

1 ≪후촌시화≫ 권2에 실려 있다.

르게 할 수 없는 것인데 반해 공부(功夫)는 학문적 역량으로부터 나오는 것이어서 그 애쓴 효과를 쉽게 얻을 수 있다. 따라서 소식을 배우는 자는 적고 황정견을 종주로 삼는 이는 많았으니, 이것이 강서시파가 형성된 원인이었다. 여본중(呂本中)이 지은 ≪강서종파도(江西宗派圖)≫에서는 장태래가 말한 것과 같이 "종파에 대한 견해는 그 유래가 이미 오래되었고… 여본중이 시사를 맺었는데 당시 문단에 언급된 이가 25명에 이르렀다. 이에 종파도를 지어 그것을 기록하였다.(宗派一說, 其來已久,…居仁因而結社, 一時壇墠所及, 遂有二十五人, 爰作圖以記之)"라 하였으니, 여기에서 보듯 종파도는 원래 시화와는 무관한 것이었다.

이후 편집을 거쳐 책이 만들어진 후 ≪문헌통고(文獻通考)≫에서 "강서시파 137권, 속파 13권(江西詩派一百三十七卷, 續派十三卷)"이라 저록하였는데, 여기에서 보듯 이 책은 총집이지 시화는 아니다. 이를 시화와 비슷한 것으로 논한 것은 여본중이 지은 서기(序記)뿐이다. 서기에서는 황정견을 종주로 삼고 진사도(陳師道) 등 25명을 법사(法嗣)[2]로 삼고 있는데, 이 문장은 책 뒤에 덧붙여 있어 그저 일종의 기록문에 불과하다. 범계수(范季隨)의 ≪능양선생실중어(陵陽先生室中語)≫와 증계리(曾季貍)의 ≪정재시화(艇齋詩話)≫에서는 여본중이 심심풀이로 지은 것으로 본래 1권이었고 여러 사람의 성씨만 쓰여 있다고 되어 있다. 그 후에 범위가 확대되어 유전되면서 마침내 선문(禪門)의 종파처럼 등급이 고하로 나누어지게 되었으니, 여본중 또한 스스로도 이를 쓴 것을 후회하였다. 즉, 범위가 확대되어 유전된 문장에서 고하로 등급을 나눈 것은 여본중의 원래 서문과는 차이가 있는 것이었으니, 후대 사람이 그 선후관계를 취사하는 것에 여러 가지 다른 의견이 있었던 것도 아마 이 때문이었을 것이다.

2 법맥(法脈)을 이어받은 사람. 곧 불법(佛法)상의 제자(弟子)

종파의 명칭이 이미 성립된 후 정숙달(程叔達)[3]이 강서시사 시인의 유실된 시를 재수집하여 이를 모아 간행하였고 양만리(楊萬里)가 서문을 썼으니, 이것이 총집의 시초이다. 다만 ≪문헌통고≫에 저록된 것과 동일한 책인지는 모르겠다. 양만리의 서문은 지금 ≪성재집(誠齋集)≫ 79권에 있다. ≪문헌통고≫에 저록된 것이 137권이며 양만리가 또 정숙달이 강서시사 시인의 유실된 시를 수집한 것을 칭찬했던 것을 보면, 왕직방(王直方)의 시는 응당 이 안에 포함되었을 것이다. 그러나 지금 유극장의 서문에서는 왕직방에 대해 따로 논술하지 않고 있다. 만약 왕직방의 시가 수준이 매우 낮았다면 시사에 포함돼서도 안 되는 것이었으니, 이것이 또한 그 선택에 의구심이 들게 하는 부분이다. 하옹(何顒)이나 반대관(潘大觀)[4]처럼 이름만 있고 시는 없는 경우는 더욱이나 말할 나위 없다.

유극장이 지은 ≪강서시파소서≫는 당시 널리 유전되었던 판본에 의거하였을 것이다. 여본중은 서문에서 다음과 같이 말하였다.

> 시는 황정견에 이르러 비로소 힘껏 진작되었고, 후학은 이에 답하여 천고의 비밀을 유감없이 발휘하였다. 그 이름과 자를 기록하여 강서종파라 하니, 그 기원은 황정견이다. 종파의 종주는 황정견이고, 그 다음으로는 진사도, 반대림, 사일, 홍붕, 홍추, 요절, 조가, 서부, 임민수, 홍염, 왕혁, 이순, 한구, 이팽, 조충지, 강단우, 양부, 사과, 하예, 임민공, 반대관, 왕직방, 선관, 고하로 모두 25명이며, 여본중은 그중 하나이다.(歌詩至於豫章, 始大出而力振

3 정숙달(程叔達, 1120～1197)은 남송 이(黟, 지금의 안휘성(安徽省) 이현(黟縣)) 사람으로, 자는 원성(元誠)이다. 소흥(紹興) 12년(1142)에 진사에 급제하여 중서사인급사중(中書舍人給事中), 진영전수찬(集英殿修撰), 화문각직학사(華文閣直學士) 등을 지냈다. 시호는 장절(莊節)이다. 그는 경서자집(經史子集)에 두루 통달하였고 서예도 뛰어났으며, 금(金)에 대한 항전을 주장하였다. 저서로 ≪옥당제초(玉堂制草)≫ 9권, ≪대성론간존고(臺省論諫存稿)≫ 10권, ≪시가(詩歌)≫ 6권 등이 있다.

4 반대관(潘大觀, ?～?)은 북송 황강(黃岡, 지금의 호북성(湖北省) 황강시(黃岡市)) 사람으로, 원적은 절강(浙江)이었는데 조부 때 황강(黃岡)으로 옮겼다. 조부와 부친은 화가이나 반대관과 그의 형 반대림(潘大臨)은 시로 명성이 있었다.

之, 後學者同作並和, 盡發千古之秘, 亡餘蘊矣. 錄其名字曰江西宗派, 其源流皆出豫章也. 宗派之祖曰山谷, 其次陳師道[5], 潘大臨[6], 謝逸[7], 洪朋[8], 洪芻[9], 饒節[10], 祖可[11], 徐俯[12], 林敏修[13],

---

5 【원주】 무기(無己)

진사도(陳師道, 1053~1101)는 북송 팽성(彭城, 지금의 강소성(江蘇省) 서주시(徐州市)) 사람으로, 자는 이상(履常) 혹은 무기(無己)이고 자호는 후산거사(後山居士)이며 세칭 후산선생(後山先生)이라 한다. 젊어서 증공에게서 배웠고 뒤에 소식(蘇軾)의 추천을 받아 태학박사(太學博士) 비서성정자(秘書省正字)로서 일하였다. 그의 시는 두보를 본보기로 하였고 슬픔과 애수에 잠긴 시가 많았다. 저서로 ≪후산거사문집(後山居士文集)≫, ≪후산선생집(後山先生集)≫ 등이 전한다.

6 【원주】 빈로(邠老)

반대림(潘大臨, ?~?)은 북송 황강(黃岡, 지금의 호북성(湖北省) 황강시(黃岡市)) 사람으로, 원적은 절강(浙江)이었다. 자는 빈로(邠老) 혹은 군부(君孚)이고 반경(潘鯁)의 아들이다. 생졸년은 미상이다. 동생 반대관(潘大觀)과 함께 시로 명성이 있었다. 시문에 능하고 서예를 잘하였다. 소식, 황정견, 장뢰(張耒)와 교유하였다. 저서로 ≪가산집(柯山集)≫ 2권이 있으나 일실되었다.

7 【원주】 무일(無逸)

사일(謝逸, 1066?~1113)은 북송 무주(撫州) 임천(臨川, 지금의 강서성(江西省) 무주시(撫州市)) 사람으로, 자는 무일(無逸)이고 호는 계당(溪堂)이다. 몇 번이나 진사에 급제하지 못하여 벼슬의 뜻을 접고 시문을 창작하며 은거하였다. 저서로 ≪계당집(溪堂集)≫ 10권이 있다.

8 【원주】 귀보(龜父)

홍붕(洪朋, 1060~1104)은 북송 예장(豫章, 지금의 강서성(江西省) 남창시(南昌市)) 사람으로, 자는 귀보(龜父) 호는 청비거사(清非居士)이다. 동생들인 홍추(洪芻), 홍염(洪炎), 홍우(洪羽)와 함께 '예장사홍(豫章四洪)'이라 불렸으며 강서시파 시인이다. 진사에 두 번이나 낙방하자 평생 벼슬에 나가지 않았다.

9 【원주】 구보(駒父)

홍추(洪芻 ?~?)는 북송 예장(豫章, 지금의 강서성(江西省) 남창시(南昌市)) 사람으로, 자는 구보(駒父)이다. 소성(紹聖) 원년(1094)에 진사에 급제하였다. 정강(靖康) 연간(1126~1127)에 관직이 간의대부(諫議大夫)에 이르렀다. 나중에 사문도(沙門島)에 폄적되었다가 그곳에서 죽었다. 저서로 ≪노포집(老圃集)≫ 1권, ≪예장직방승(豫章職方乘)≫ 등이 있었으나 일실되었다.

10 【원주】 덕조(德操), (출가 후 법명은) 여벽이다.(乃如璧也)

요절(饒節, 1065~1129)은 북송 시승(詩僧)으로, 자는 덕조(德操) 또는 차수(次守)이다. 강서시파의 시인 중 한 사람으로 여본중(呂本中) 등과 교유하였으며, 조가(祖可), 선권(善權) 등과 함께 '삼승(三僧)'으로 불렸다.

11 【원주】 정평(正平)

조가(祖可, ?~?)는 북송 시승(詩僧)으로, 윤주(潤州) 단양(丹陽, 지금의 강소성(江蘇省) 단양시(丹陽市)) 사람이다. 속성(俗姓)은 소(蘇)씨이고 자는 정평(正平)이다. 원래 이름은 소서(蘇序)로, 소상(蘇庠)의 동생이다. 소상은 예주(澧州, 지금의 호남성(湖南省) 예현(澧縣)) 사람으로 알려져 있어, 조가의 출신지와 다르다. 어느 것이 옳은지 알 수 없다. 조가는 여산(廬山)에 살면서 선권(善權)과 함께 시를 배웠으며, 진사도(陳師道), 사일(謝逸) 등과 함께 강서시사(江西詩社)를 결성하였다. 저서로 ≪동계집(東溪集)≫ 등이 있다.

洪炎14, 汪革15, 李錞16, 韓駒17, 李彭18, 晁沖之19, 江端友20, 楊符21, 謝薖22, 夏倪23, 林

---

12 【원주】 사천(師川)

서부(徐俯, 1075～1141)는 북송 분녕(分寧, 지금의 강서성(江西省) 수수현(修水縣)) 사람인데, 후에 덕흥(德興) 천문촌(天門村)으로 옮겨가 살았다. 자는 사천(師川)이고 자호는 동호거사(東湖居士)이다. 강서시파 시인 중 한 사람이다.

13 【원주】 자인(子仁)

임민수(林敏修, ?～?)는 북송 기춘(蘄春, 지금의 호북성(湖北省) 기춘현(蘄春縣)) 사람으로, 자는 자래(子來)이다. 원주에서 임민수의 자를 '자인'이라 한 것은 오류이다. 임민수는 임민공(林敏功)의 동생인데, 임민공의 자가 '자인'이다. 임민수의 생졸년은 미상이다. 강서시파 시인 중 한 사람으로 평생토록 은거하며 관직에 나아가지 않았고 형과 더불어 '이림(二林)'라 불렸다.

14 【원주】 옥보(玉父)

홍염(洪炎, 1067～1133)은 북송 예장(豫章, 지금의 강서성(江西省) 남창시(南昌市)) 사람으로, 자는 옥보(玉父)이다. 황정견(黃庭堅)의 생질이다. 원우(元祐) 연간에 진사에 급제한 후, 여러 관직을 거쳐 비서소감(秘書少監)을 역임하였다. 그의 형 홍붕(洪朋), 홍추(洪芻), 동생 홍우(洪羽)와 함께 시문으로 이름을 날려 '예장사홍(豫章四洪)'이라 불렸다. 저서로 ≪서도집(西渡集)≫이 있다.

15 【원주】 신민(信民)

왕혁(汪革, 1071～1110)은 북송 임천(臨川, 지금의 강서성(江西省) 무주시(撫州市)) 사람으로, 자는 신민(信民)이며 호는 청계(青溪)이다. 여희철(呂希哲)의 문하에서 수학했고 소성(紹聖) 4년(1097) 예부회시에 장원으로 급제했다. 사일(謝逸), 사과(謝薖), 요절(饒節)과 함께 임천사준(臨川四俊)으로 꼽힌다. 저서로 ≪청계유고(青溪類稿)≫가 있으나 지금은 남아있지 않다.

16 【원주】 희성(希聲)

이순(李錞, ?～?)은 북송 예장(豫章, 지금의 강서성(江西省) 남창시(南昌市)) 사람으로, 자는 희성(希聲)이다. 관직은 비서승(秘書丞)에 이르렀다. 저서로 ≪이희성집(李希聲集)≫이 있으나 권수도 알지 못하고 원래 책도 일실되었다.

17 【원주】 자창(子蒼)

한구(韓駒, ?～1135)는 북송 선정(仙井, 지금의 사천성(四川省) 인수현(仁壽縣)) 사람으로, 자는 자창(子蒼)이고 호는 능양선생(陵陽先生)이다. 휘종(徽宗) 정화(政和) 연간 초에 진사출신(進士出身)의 자격을 하사받았으며, 비서성정자(秘書省正字)에 제수되었다. 여러 관직을 거쳐 저작랑(著作郎)을 역임하였고, 중서사인겸권직학사원(中書舍人兼權直學士院)이 되었다. 고종(高宗)이 즉위해서는 지강주(知江州)가 되었으며, 무주(撫州)에서 죽었다. 저서로 ≪능양집(陵陽集)≫이 있다.

18 【원주】 상로(商老)

이팽(李彭, ?～?)은 북송 남강(南康, 지금의 강서성(江西省) 남강시(南康市)) 사람으로, 자는 상로(商老)이다. 생졸년은 미상이다. 여러 책을 광범위하게 보았고 시문도 많이 창작하여 강서파의 대가였다. 불가 경전에 정통하여 '불문시사(佛門詩史)'로 불렸다.

19 【원주】 숙용(叔用)

조충지(晁沖之, ?～?)는 북송 제주(濟州) 거야(鉅野, 지금의 산동성(山東省) 거야현(鉅野縣)) 사람으로, 자는 숙용(叔用)이다. 생졸년 미상이다. 조씨 집안은 북송의 명문이고 문학세가(文學世家)였는데, 당쟁이 극렬할 때 형제들이 폄적을 당하자 양적(陽翟, 지금의 하남성(河南省) 우현(禹縣))에서 은거하며 자호를 구자(具茨)라 하였다. 일찍이 진사도에게 학문을 배웠으며,

敏功24, 潘大觀, 王直方25, 善權26, 高荷27, 凡二十五人, 居仁其一也)

얼마 뒤에 나온 ≪초계어은총화(苕溪漁隱叢話)≫에는 하기(何覬)는 실

평생 공명에 뜻이 없었다.

20 【원주】 자아(子我)

강단우(江端友, ?~?)는 북송 진류(陳留, 지금의 하남성(河南省) 개봉시(開封市)) 사람으로, 자는 자아(子我)이고 호는 칠리선생(七里先生)이다. 건염(建炎) 원년(1127)에 복건로무유사(福建路撫諭使)를 역임하였고 소흥(紹興) 2년(1132)에 강주숭도관(江州崇道觀)을 주관하였으며 온주(溫州)에서 죽었다. 저서로 ≪칠리선생자연재집(七里先生自然齋集)≫ 7권이 있다.

21 【원주】 신조(信祖)

양부(楊符, ?~?)는 북송 신건(新建, 지금의 강서성(江西省) 신건현(新建縣)) 사람으로, 자는 신조(信祖)이다. 시에 뛰어났고 강서시파 시인중 하나이다. 시집 1권을 지었다.

22 【원주】 유반(幼槃)

사과(謝邁, ?~1116)는 북송 무주(撫州) 임천(臨川, 지금의 강서성(江西省) 무주시(撫州市)) 사람으로, 자는 유반(幼槃)이고 호는 죽우(竹友)이다. 사일(謝逸)의 동생이다. 시문에 뛰어나 형제가 함께 이름을 떨쳐, 당시에는 '이사(二謝)'라고 불렀다. 평생 관직을 지내지 않았다. 저서로 ≪죽우집(竹友集)≫이 있다.

23 【원주】 균보(均父)

하예(夏倪, ?~?)는 북송 근주(蘄州) 사람으로, 자는 균보(均父)이다. 하송(夏竦)의 집안 손자이다. 강서시파에 속하며 문사가 풍부한 특징이 있다. 저서로 ≪원유당집(遠游堂集)≫ 2권이 있다.

24 임민공(林敏功, ?~?)은 북송 기춘(蘄春, 지금의 호북성(湖北省) 기춘현(蘄春縣)) 사람으로, 자는 자인(子仁)이다. 30년을 두문불출하며 관직이 나가지 않았다. 동생 임민수(林敏修)와 함께 '이임(二林)'으로 불렸다. 시문집이 있었으나 전하지 않는다.

25 【원주】 입지(立之)

왕직방(王直方, 1069~1109)은 북송 변(汴, 지금의 하남성(河南省) 개봉시(開封市)) 사람으로, 자는 입지(立之)이고 자호는 귀수(歸叟)이다. 생졸년은 분명하지 않은데, 본서에서 곽소우는 1069년~1109년으로 확정하고 있다. 승봉랑(承奉郎)에 보충되었으며 강서시파(江西詩派)의 한 사람으로서 시에 뛰어나 황정견(黃庭堅)의 칭송을 받기도 하였다. 저서로 ≪왕직방시화(王直方詩話)≫와 ≪귀수집(歸叟集)≫이 있다.

26 【원주】 손중(巽中)

선권(善權, ?~?)은 북송 정안(靖安, 지금의 강서성(江西省) 정안현(靖安縣)) 사람으로, 자는 손중(巽中)이다. 승려이자 시인으로 세칭 '수권(瘦權)' 혹은 '권손중(權巽中)'이라 하였다. 저서로 ≪진은집(眞隱集)≫이 있다.

27 【원주】 자면(子勉)

고하(高荷, ?~?)는 북송 형남(荊南, 지금의 호북성(湖北省) 강릉현(江陵縣)) 사람으로, 자는 자면(子勉)이고 자호는 환환선생(還還先生)이다. 강서시파의 한 사람이며, 원우(元祐) 연간(1080~1100)에 태학생으로 섬서전운사(陝西轉運使) 장영석(張永錫)의 막부에 들어갔다. 관직은 난주통판(蘭州通判)에 이르렀으며, 만년에는 환관 동관(童貫)의 사람이 되었다.

려 있으나 여본중이 실려 있지 않았고, 홍붕을 서부 뒤에 열거하여 다소 차이가 있다. ≪소학감주(小學紺朱)≫에는 강단본(江端本)은 있으나 강단우(江端友)는 없으니, 유극장의 서문에서와 같다. ≪예장지(豫章志)≫에는 고하와 하옹은 있으나 하기는 없고 여본중도 25명 가운데 포함되어 있지 않는데 이는 옮겨 쓰면서 오류가 있었거나, 아니면 당시에 본디 정설이 없었던 것이 아니겠는가?

유극장의 서문에 대해 말하자면, 여본중의 서기(序記)나 다른 책에 기재된 것과 몇 가지 점에서 차이가 난다.

첫째, 여본중의 서기에는 그저 이름만 기재되어 있고 평론은 하지 않은데 반해 유극장의 서문에서는 여러 사람들의 시에 대한 논의도 겸하고 있다. 따라서 여본중의 서기는 시화가 될 수 없었지만, 유극장의 서문은 그 자신이 본래 시화로 여기지는 않았으나 후대 사람들이 시화총서 속에 넣은 것이니, 이를 잘못이라고 할 수는 없다.

둘째, 유극장의 이 서문에서는 "여본중이 강서종파를 지었는데 황정견 이하 모두 26명이었다. 그 안에는 인표 하옹과 중달 반대관처럼 이름은 있으나 시가 없는 경우가 있다.(呂紫微作江西宗派, 自山谷而下凡二十六人, 內何人表顒, 潘仲達大觀, 有姓名而無詩)"라 하였다. ≪운록만초(雲麓漫鈔)≫에 실린 여본중의 서문에는 하옹이 기재되어 있지 않고 ≪소학감주≫에도 없다. 오직 ≪예장지≫에만 하옹이 있고 하기가 없는데, 여본중은 25명 가운데 포함되어 있지 않다. 따라서 유극장이 근거로 삼은 것은 상술한 책들이 아니었던 것이다. 유극장의 서문에서는 또 이르기를, "강서시파 중에 여본중을 진사도 위에 두었는데, 이는 잘못된 것이다. 지금 종파를 계승한 이들은 여본중의 초심을 거의 잃지 않고 있다.(派中以東萊居後山上, 非也. 今以繼宗派, 庶幾不失紫微公初意)"라 하였다. 위에서 서술한 ≪초계어은총화≫를 비롯한 여러 책과 ≪산당사고(山堂肆考)≫ 등을 살펴보면 모두 여본중을 진사도 위에 두지 않고 있으니,

유극장이 근거로 삼은 것은 아마도 당시 따로 전해지던 초본이었던 듯하다.

셋째, 유극장의 서문의 순서는 처음이 황정견, 그 다음으로는 진사도, 한구, 서부, 반대림, 세 홍씨(홍붕, 홍추, 홍염), 하예, 두 사씨(사일, 사과), 두 임씨(임민수, 임민공), 조충지, 왕혁, 이팽, 세 승려(요절, 조가, 선권), 고하, 강단본(江端本)[28], 이순, 양부, 여본중으로, 황정견과 합해 24명이며, 만약 하옹, 반대관, 왕직방을 더한다면 모두 27명이 된다. 그러므로 유극장의 총서(總序)에서 "여본중이 강서종파를 지었는데 황정견 이하 모두 26명이었다."라고 한 말은 여본중을 포함하지 않은 것이었다. 이와 같은 배열은 아마도 유극장의 의도에서 나온 바일 것이다.

넷째, 유극장은 "동시대인인 감주 사람 증기(曾幾)[29]는 여본중과 시로 왕래하였으나 시파에는 속하지 않았으니, 여본중의 선택 의도가 무엇인지 알지 못하겠다.(同時如曾文靖清乃贛人, 又與紫微公以詩往還而不入派, 不知紫微去取之意云何)"라 하였다. ≪운록만초≫에서는 "시를 논하는 자는 진사도의 시가 고아하고 옛스럽다고 여기는데, 만약 그가 죽지 않았다면 종파가 되는 것을 달가워하지 않았을 것이다. 만약 서부였다면 일찍이 '내가 왜 중간에 위치하는가?'라 불평했을 것이고, 한구였다면 '나는 (종파사람이 아니라) 옛사람에게서 배웠다.'라고 했을 것이다.(議者以爲陳無已爲詩高古, 使其未死, 未必甘爲宗派. 若徐師川則固嘗不平曰, 吾乃居行間乎? 韓子蒼云, 我自學古人)"라 하였다. 그러므로 당시 사람들이 이미 여본

---

28 강단본(江端本, ?~?)은 북송 진류(陳留, 지금의 하남성(河南省) 개봉시(開封市)) 사람으로, 자는 자지(子之)이다. 생졸년은 미상이며 1100년 전후에 활동하였다. 강단우(江端友)의 동생이며, 저서로 ≪진류집(陳留集)≫ 1권이 있다.

29 증기(曾幾, 1085~1166)는 북송 감주(贛州, 지금의 강서성(江西省) 감주시(贛州市)) 사람으로, 자는 길보(吉甫)이고 자호는 다산거사(茶山居士)이다. 관직은 강서제형(江西提刑), 절서제형(浙西提刑), 비서소감(秘書少監), 예부시랑(禮部侍郎) 등을 역임했다. 저서로 ≪역석상(易釋象)≫, ≪다산집(茶山集)≫ 등이 있다. 후대 사람들이 강서시파에 포함시켰다.

중의 종파도에 대하여 불만을 가지고 있었던 것이다.

다섯째, 유극장은 또한 "강단우의 시는 풍부하면서도 수준이 뛰어난데도 형을 버리고 동생을 취하였으니 이 역시 알 수 없다. 어찌 강단우가 스스로 일가라 여기며 한구처럼 시사에 들어가려고 하지 않았겠는가?(子我詩多而工, 舍兄而取弟, 亦不可曉. 豈子我自爲家不肯入社如韓子蒼耶?)"라 하였다. ≪운록만초≫에 인용된 여본중의 서기를 보면 본래 "강단우자아(江端友子我)"라 되어 있으며 "강단본(江端本)"이라 되어 있지 않다. 오직 ≪초계어은총화≫에 인용된 것에 "강단본"으로 되어 있고 "강단우"는 없다. 따라서 두 판본이 다른 것이다. 유극장이 본 것은 응당 ≪초계어은총화≫와 같은 것으로 여겨지는 다른 판본이었을 것이다.

여섯째, 유극장이 고하의 시를 논하면서 "문집에 굳센 시어가 층층이 나오는데 여본중은 그를 다른 사람 뒤에 두었으니 어찌된 일인가? 앞에다 둘 만하다.(集中健語層出, 紫微公乃以殿諸人, 何也? 可升之)"라 하였다. ≪운록만초≫를 살펴보면 "하예는 또 아래에 있는 것을 부끄럽다고 여겼다.(均父又以在下爲恥)"라 하였고, ≪초계어은총화≫에서도 "여본중이 이 종파도를 지을 때 선택이 정밀하지 않았고 의론도 공정하지 않았다.(居仁此圖之作, 選擇弗精, 議論不公)"라 하였다. 따라서 유극장이 서문에서 순서를 바꾸어 한구와 서부를 진사도 뒤에 둔 것은 이유가 없던 것이 아니었다.

유극장은 또한 진사도, 한구, 반대림, 하예, 두 임씨, 조충지, 강단본, 이팽, 조가, 고하 등을 열거하며 모두 강서 사람이 아니라고 의심하였는데, 양만리는 〈강서종파시서(江西宗派詩序)〉에서 이미 이것에 대해 다음과 같이 말하였다.

> 사람이 모두 강서 사람이 아닌데 시를 두고 강서시파라 한 것은 어찌된 일인가? 그저 하나로 묶은 것이다. 무엇으로 묶은 것인가? 시의 맛으로 묶

은 것이지 겉모습으로 묶은 것이 아니다… 겉모습으로만 본다면, 고하는 두 사씨와 같지 않고, 두 사씨는 세 홍씨와 같지 않으며 세 홍씨는 서부와 같지 않고 서부는 진사도와 같지 않은데 하물며 황정견과 같겠는가? 맛만으로 본다면, 신맛과 짠맛은 각각 다른 맛이고 산해진미가 각각 다르지만 그 맛들은 맛을 조절하는 오묘한 한 손에서 나온다.(人非皆江西, 而詩曰江西者何? 繫之也. 繫之者何? 以味不以形也…形焉而已矣, 高子勉不似二謝, 二謝不似三洪, 三洪不似徐師川, 師川不似陳後山, 而況似山谷乎? 味焉而已矣, 酸鹹異和, 山海異珍, 而調膩之妙, 出乎一手也)

이 견해는 진실로 뛰어나지만 다소 깊고 오묘하여 여전히 분명하지가 않다. 두 사씨와 세 홍씨에 대한 설명에서는 다시 선후를 나누지는 않았으니, 유극장의 서문은 이를 근본으로 삼은 듯하다.

청나라 장태래가 ≪강서시파종사도록≫을 지을 때 유극장의 이 서문을 보지 못한 듯한데, 장태래는 다음과 같이 말하였다.

여본중이 〈강서시사종파도〉를 만들면서 제목은 비록 시라고 하였으나 그의 의도는 사실 시에만 있지 않았다…. 종파도에서 진사도를 앞에 두고 고하를 마지막에 둔 것을 보면 그의 의도가 진실로 미묘함을 알 수 있다. 후대 사람은 몸을 세워 법도대로 행하는 것은 제쳐두고 논하지 않으면서 다만 운이 있는 말을 들어 그것을 종파시인이라고 부르고 있으니, 아! 여본중이 세상을 논하고 벗을 숭상한 취지와 얼마나 동떨어져 있는가!(居仁作圖, 名雖爲詩, 意實不專主於詩…. 觀圖中首後山而終子勉, 其寓意固已微矣, 後人舍立身行己不論, 僅擧有韻之言, 稱爲宗派詩人而已. 嗟乎, 幾何不與呂公論世尙友之旨, 大相逕庭也哉)

이 견해가 여본중의 의도에 부합하는지는 논외로 치더라도, 유극장의 서문에서는 시를 논하는 것 외에 매번 사람에 대해서도 논하고 있으니, 진실로 장태래의 취지와 부합된다고 할 수 있다.

대상야어(對牀夜語)

5권, 범희문(范晞文) 지음, 보존되어 있음.

범희문(?~?)의 자는 경문(景文)이고, 호는 약장(藥莊)이며, 전당(錢塘, 지금의 절강성(浙江省) 항주시(杭州市)) 사람이다. 노문초(盧文弨)의 ≪포경당문집(抱經堂文集)≫ 권7에서 그를 강음(江陰, 지금의 강소성(江蘇省) 무석시(無錫市)) 사람이라 하였는데, 잘못된 것이다. 그가 태학생(太學生)일 때인 함순(咸淳) 병인년(1266)에 가사도(賈似道)[1]를 탄핵하였는데, 가사도의 모함을 받아 경주(瓊州, 지금의 해남성(海南省))로 귀양 가게 되었다. 원나라 세조(世祖, 1260~1294) 때, 정거부(程鉅夫)가 그를 조정에 천거하였으나 직책을 수락하지 않고 무석에 기거하면서 생을 마쳤다. 여악(厲鶚)의 ≪절묘호사전(絶妙好詞箋)≫에는 "정거보의 추천으로 강절유학제거로 발탁되었고, 장흥승으로 옮겼다.(以程鉅父薦擢江浙儒學提擧, 轉長興丞)"라 하였다. 범희문이 풍거비(馮去非)[2]와 더불어 명예와 절개로써 어깨를 견주

1 가사도(賈似道, 1213~1275)는 남송 태주(台州) 천태(天台, 지금의 절강성(浙江省) 천태현(天台縣)) 사람으로, 자는 사헌(師憲)이고 호는 추학(秋壑)이다. 남송 이종(理宗) 때의 권신으로 중국의 대표적인 간신 중의 하나이다.

2 풍거비(馮去非, 1192~1272?)는 남송 남강(南康, 지금의 강서성(江西省) 남강시(南康市)) 사람으로, 자는 가천(可遷)이고 호는 심거(深居)이다. 순우(淳祐) 원년(1241)에 진사가 되었다. 일찍이 회동전운사간판(淮東轉運司幹辦)을 지냈다. 보우(寶祐) 4년(1256)에 종학유(宗學諭)가 되었으며, 이듬해 여산(廬山)으로 돌아가 다시는 출사하지 않았다. 시에 있어 기상과 절도를

었던 것을 생각한다면, 아마도 경솔하게 원나라에서 벼슬하지는 않았을 것이다.

이 책에는 범희문의 친구인 풍거비가 쓴 서문이 있는데, "경정 3년(1262) 10월, 나의 친구 범희문이 그가 지은 책 한 권을 주었다.(景定三年十月, 予友范君景文授以所著書一編)"라 하였으니, 이 책이 완성된 것은 경주(瓊州)로 귀양 가기 전이다. 범희문이 비록 원나라에까지 생존하였으나 책은 일찌감치 송나라 때 만들어졌던 것이다. 이 책은 정덕(正德) 16년(1521) 강음(江陰)의 진목(陳沐)이 번각한 활자소본(活字小本)이 있다. 각 서목들에 저록된 것에 따르면, 그밖의 수초본으로 명나라의 기승박(祁承㸁), 청나라의 노문초, 조빈후(曹彬侯) 등의 판본이 있었는데, 모두 전하지 않는다. 총서에 편입된 것으로는 ≪백천학해(百川學海)≫본, ≪지부족재총서(知不足齋叢書)≫본, ≪형설헌총서(螢雪軒叢書)≫본, 정씨(丁氏)의[3] ≪팔천권루총간(八千卷樓叢刊)≫본, ≪무림왕철유서(武林往哲遺書)≫본, ≪역대시화속편(歷代詩話續編)≫본이 있다.

이 책은 순전히 시에 대한 논의로 이루어져 있고 고증이나 전석(箋釋), 자질구레한 소문이나 잡설은 서술하고 있지 않아, 비록 ≪창랑시화(滄浪詩話)≫처럼 스스로 계통을 이루고 있지는 못하지만, 송대 시화 가운데 빼어난 책이라 할 수 있다. ≪사고전서총목제요≫에서는 비록 이 책이 고음(古音)이나 요율(拗律)[4]에 대하여 잘 알지 못하고, 인용된 고증도 때때로 과오를 범하고 있음을 비판하고 있지만, 그의 논시에 대해서는 다음과 같이 말하고 있다.

중시하였으며, 범희문의 ≪대상야어≫에 서문을 써주었고 오문영(吳文英)과 사(詞)로 창화하기도 하였다.

3 만청(晩淸) 전당(錢塘, 지금의 절강성(浙江省) 항주시(杭州市))의 유명한 장서가인 정신(丁申), 정병(丁丙) 형제를 가리킨다. 정병의 아들 정립중(丁立中)에 의해 ≪팔천권루서목(八千卷樓書目)≫ 3권이 간행되었다.

4 요율이란 율시에서 요구(拗句)가 있는 연이 있거나 연과 연 사이에 실점(失粘)하는 것을 이른다.

남송 말엽 시의 법도가 쇠하고 있을 때 홀로 풍습의 잘못된 점을 배척하였다.… 범희문의 견문은 실제로 강호의 여러 시인들보다 뛰어나서 시간을 거슬러 근원을 따져 한위육조와 당나라 사람의 옛 법도를 탐색할 수 있었으니, 시학에 있어서도 새롭게 밝힌 바가 많았다.(當南宋季年詩道陵夷之日，獨能排習尙之乖, … 其所見實在江湖諸人上, 故沿波討源, 頗能探索漢魏六朝唐人舊法, 於詩學多所發明云)

이는 공정한 논의라 할 수 있다. 예를 들어 장종태(張宗泰)의 ≪노암소학집(魯巖所學集)≫ 권10에서는 그가 허혼(許渾)을 높이고 이상은(李商隱)을 낮춘 것에 대해 비판하고, 또한 한유(韓愈)와 소식(蘇軾) 두 사람이 맹교(孟郊)의 시를 평한 것에 대해 그가 두 사람의 의도를 깊이 논구하지 못했다고 하였는데, 이는 지나치게 각박한 것이었다. 허혼을 높이고 이상은을 낮춘 견해에 대해서는 ≪사고전서총목제요≫에서 이미 언급한 적이 있다. 한유와 소식 두 사람의 말이 일치하지 않은 것에 대해서는 장종태의 설이 근거가 없는 것은 아니다. 그러나 어떤 사람은 높이는 반면 또 어떤 사람은 낮추는 것은 본디 사실이 그러한 것 때문이니, 범희문의 견해 역시 지나치게 그르다고 할 수는 없는 것이다. 노문초는 이 책이 "진부하지는 않지만 각박하게 따지지도 않는다.(不入於腐, 不涉於刻)"라고 하였으니, 매우 타당한 논의이다. 이 책의 독자는 하나하나에 깊이 얽매일 필요는 없다.

지금 그의 책을 보면, 시법을 논한 부분에서는 근원을 탐구하고 매번 옛 사람들의 시구에서 서로 비슷한 곳을 취해 비교, 논평하고 있으므로 시의 수사를 배우는 사람에게 큰 도움이 될 것이다. 시학을 논하는 부분에서는 근원을 엄우(嚴羽)에게 두고 고아한 풍격을 강조하면서 사령(四靈)[5]의 만당체(晩唐體)에 대해서는 비판하였으니, 이 역시

5 사령(四靈)은 남송 중엽의 시가 유파로, 영가사령(永嘉四靈)을 이른다. 이들은 절강성(浙江省) 영가(永嘉, 지금의 절강성(浙江省) 온주시(溫州市)) 출신의 네 명의 시인으로 이루어져 있는

당시의 섬세하고 여린 풍기를 바로잡을 만하였다. 이 책의 이름으로 보면 비록 필기류(筆記類)와 비슷하지만 모두가 시를 논하는 말들이니, 남송의 시화가 북송의 것보다 낫다는 것을 여기에서도 알 수 있다.

데, 서조(徐照), 서기(徐璣), 옹권(翁卷), 조사수(趙師秀)가 그들이다. 이들은 시격(詩格)이 서로 비슷한데, 만당(晩唐)의 가도(賈島)와 요합(姚合)을 법도로 삼았다.

전당시화(全唐詩話)

6권, 옛날에는 우무(尤袤)가 지었다고 함, 보존되어 있음.

우무(尤袤, 1127~1194)는 남송 무석(無錫) 지금의 강소성(江蘇省) 무석시(無錫市) 사람으로, 자는 연지(延之)이고 호는 수초(遂初)이다. 소흥(紹興) 18년(1148)에 진사가 되었다. 31년에 지태흥현(知泰興縣)이 되었으며, 융흥(隆興) 연간에 주강음군교수(注江陰軍敎授)가 되었다. 건도(乾道) 5년(1169)에 장작감승(將作監丞)에 제수되었고, 7년에 비서승겸실록원검토(秘書丞兼實錄院檢討)로 옮기었다. 순희(淳熙) 2년(1175)에 지태주(知台州)를 지냈고, 4년에 제거회남동로상평(提擧淮南東路常平)을 지내다 강남동로(江南東路)로 옮겼다. 8년에 강남서로전운판관(江南西路轉運判官)이 되었다 전운사겸지융흥부(轉運使兼知隆興府)로 바뀌었다. 10년에 조정에 들어가 이부원외랑겸태자시강(吏部員外郎兼太子侍講)이 되었으며 14년에는 태자좌유덕(太子左諭德)으로 옮겼고, 태상소경(太常少卿)에 제수되었다. 소희(紹熙) 원년(1190)에 지무주(知婺州)가 되었다 태평주(太平州)로 바뀌었고 급사중(給事中)에 제수되었으며 시강(侍講)도 겸하였다. 4년에 예부상서겸시독(禮部尙書兼侍讀)에 제수되었다. 시호는 문간(文簡)이다. 육유(陸游), 양만리(楊萬里), 범성대(范成大)와 함께 남송의 "중흥사대시인(中興四大詩人)"으로 불린다. 저서로 ≪수초소고(遂初小稿)≫ 60권 등이 있으나 이미 망일되었다.

우무(1127~1194)의 자는 연지(延之)이고, 호는 수초거사(遂初居士)이며, 무석(無錫, 지금의 강소성(江蘇省) 무석시(無錫市)) 사람이다. 소흥(紹興) 18년(1148)[1]에 진사가 되었고 관직은 예부상서겸시독(禮部尙書兼侍讀)에 이르렀으며, 시호는 문간(文簡)이다. ≪송사≫ 389권에 전(傳)이 있다. 이 책에는 지은이의 성명이 적혀져 있지 않으며, 우무 또한 이 책을 짓지 않았으므로 우무가 지었다고 한 예전의 기록은 잘못된 것이다.

이 책에 비록 지은이의 이름이 기재되어 있지 않으나 그 〈자서(自序)〉 말미에 "함순 신미년(1271) 중양절에 수초당에서 쓰다.(咸淳辛未重陽日遂初堂書)"라는 구절이 있어서, 후대 사람이 우무의 호가 '수초'였고

1 【원주】 이는 ≪송사(宋史)≫ 본전에 근거한 것으로, ≪사고전서총목제요≫에서는 소흥 21년(1151)에 진사가 되었다고 하였다.

또 '수초'로 당호를 삼아 ≪수초당서목(遂初堂書目)≫을 지었던 것을 떠올려 이 책을 우무가 지었다고 여겼던 것이다. 명나라 정덕(正德) 정묘년(1506) 진중각본(秦中刻本)에는 안유학(安惟學)의 서문과 강성(强晟)의 후서(後序)가 있는데 모두 우무가 지었다고 확정하고 있다. 이후 정덕 정축년(1517) 포계문(鮑繼文)의 중각본(重刻本)에서도 우무의 저작이라 하였다. 만력(萬曆) 무신년(1608) 심경가(沈儆價)의 중각본과 또 다른 왕교(王敎)의 중각본에서도 그 오류를 답습하고 있다. 모진(毛晉)이 ≪진체비서(津逮秘書)≫를 판각할 때에도 마찬가지였다. ≪사고전서총목제요(四庫全書總目提要)·시문평류존목(詩文評類存目)≫[2]에 와서야 처음으로 그 오류를 지적하였다. ≪사고전서총목제요≫에서 다음과 같이 말하고 있다.

> 주밀의 ≪제동야어≫를 살펴보면 가사도가 지은 여러 책이 실려 있는데, 이 책은 그 중 하나에 속한다. 아마도 가사도가 요형중의 손을 빌려 쓴 것이며, 요형중 또한 옛 글을 표절하여 그럴듯하게 꾸며 책임을 면했던 것이리라. 후대 사람들은 간악한 가사도를 싫어하여 우무의 이름으로 고쳐 유통에 편리하게 하였다. 결국 위서인 데다가 또한 작자 이름이 거짓인 것까지 더해진 것이다. 모진은 이를 살피지 않고 ≪진체비서≫ 안에 판각해 버렸으니 신중치 못한 행동이었다.(考周密≪齊東野語≫載賈似道所著諸書, 此居其一. 蓋似道假手廖瑩中, 而瑩中又剽竊舊文, 塗飾塞責. 後人惡似道之姦, 改題袤名, 以便行世. 遂致僞書之中又增一僞撰人耳. 毛晉不爲考核, 刻之≪津逮秘書≫中, 疏亦甚矣)

이와 같은 논의는 매우 정확한 것이다. 시대로 논한다 해도 함순연간과 우무의 생존시기가 서로 연접해 있지 않으니, 이는 상식 있는 사람이라면 능히 알 수 있는 것이다.

우동(尤侗)의 ≪간재속설(艮齋續說)≫ 권8에서는 다음과 같이 말하고

2 ≪사고전서총목제요≫ 권197 〈집부(集部) 50·시문평류존목(詩文評類存目)〉에 실려 있다.

있다.

> 우연히 ≪진체비서≫ 안에 있는 ≪전당시화≫를 보았는데, 지은 사람이 기재되어 있지 않고 시문 끝머리에 '수초당에서 쓰다'라고 되어 있었다. 내가 알기로 우무 외에 수초를 당호로 지은 사람은 없다. 또한 '함순 신미년(1271)'이라 기재된 연도를 살펴보면, 함순은 도종(1264~1274 재위)의 연호로, 이때는 이미 우무가 사망한 뒤이기 때문에 이 사람은 틀림없이 장정공 우육(尤焴)[3]일 것이다. 장정공은 이름이 육(焴)이고 우무의 손자이며 벼슬은 단명전대학사까지 이르렀다. 도종은 일찍이 그의 집에 행차하여 기둥에다 '다섯 세대 동안 세 번이나 재상의 지위에 올랐고, 아름다운 조정에서 여러 차례 임금의 조칙을 관장했네.'라 쓴 적이 있다. 족보에서는 그가 나이가 들어 은퇴를 청하고 은거하면서 서호에 채마밭을 경작하였다고 하였는데, 이는 서문에서 '은혜를 입어 호숫가에서 편안히 보내었다.'라 한 것과 부합하며, 거한 곳을 여전히 수초당이라 이름 붙였다.(偶閱≪津逮秘書≫中有≪全唐詩話≫, 不著撰人, 其序末'遂初堂書'. 予思文簡公外, 未有以遂初名堂者. 及按紀年爲'咸淳辛未', 咸淳乃度宗年號, 文簡已沒, 此爲莊定公無疑也. 莊定諱焴 文簡之孫, 仕至端明殿大學士. 度宗嘗幸其第, 題柱間云: '五世三登宰輔, 奕朝累掌絲綸.' 譜稱其告老林下, 築圃西湖, 與序中'蒙恩便養湖曲'相合, 所居仍名遂初堂云)

시대가 서로 부합하지 않은 점에 대하여 우동은 이미 알고 있었으며, 그의 책은 ≪사고전서총목제요≫ 이전에 나온 것이기 때문에 ≪사고전서총목제요≫의 영향을 받은 것도 아니었다. 그러므로 명나라 사람 안유학과 같은 이가 우무가 지었다고 한 것은 이런 사실에 주의를 기울이지 않았던 것에 불과하며, 만약 조금만 주의를 기울였더라면 자연스럽게 의문이 들었을 것이다. 그러나 우동이 우육이 지었다고 한 것은 서문과 완전히 일치하는 것은 아니고, 서호에 채마밭을 경작

3 우육(尤焴, 1190~1272)은 남송 무석(無錫, 지금의 강소성(江蘇省) 무석시(無錫市)) 사람으로, 자는 백회(伯晦)이고 호는 목석(木石)이며, 우무(尤袤)의 손자이다. 가정(嘉定) 원년(1208)에 진사가 되었다. 추밀원편수관(樞密院編修官), 회서총령(淮西總領), 지건강부겸강동안무사(知建康府兼江東安撫使), 공부상서(工部尙書), 한림학사(翰林學士) 등을 역임하였다.

하며 여전히 수초를 당호로 했다고 하는 것도 다소 억지스러운 면이 있다. 더욱이 ≪송사≫에 우육의 전기가 우무의 전에 덧붙여 있지만 상고할 수 있는 사실이 거의 없으므로 더욱 말할 필요가 없다.

고광욱(顧光旭)의 ≪양계시초(梁溪詩鈔)≫에 우육의 시 〈서호에서 술을 놓고 부르는 단가(西湖置酒短歌)〉 1수와 〈명을 받고 회서를 다스리려 나와 임지에 이르러(被命出鎭淮西至任)〉 1수가 수록되어 있는데, 비록 서문에서 이른 "호숫가에서 편안히 보내었다.(便養湖曲)"나 "바깥에서 분주하였다.(驅馳於外)"라는 것과 서로 내용이 비슷한 듯하지만, 가사도의 경력과 비교해본다면 현저한 차이가 있다. 아마도 우동은 주밀(周密)의 ≪무림구사(武林舊事)≫에 "집방어원을 나중에 가사도에게 내렸는데, '가을 계곡에 있는 수초객당'이라고 도종께서 쓰신 글이 있었다.(集芳御園後賜賈平章, 有'秋壑遂初客堂', 度宗御書)"[4]라 실려 있는 것을 알지 못하고 "우무 외에 수초를 당호로 지은 사람은 없다"라 말하고는 마침내 우육을 억지로 갖다 붙인 것일 뿐이다.

이 서문과 ≪송사·가사도전(賈似道傳)≫을 서로 비교해보자. 서문에서 "때는 갑오년[5] 호숫가에서 제사를 받들 때로, 날마다 사방 빼어난 곳을 유람하며 그저 시를 읊조리기만 하였다.(歲在甲午奉祀湖曲, 日與四方勝遊專意吟事)"라 한 것은 ≪송사≫에서 이른 "낮에는 마음대로 기루를 놀러 다녔고 밤에는 호숫가에서 연회를 즐기며 노닐었던(日縱游諸妓家, 至夜卽燕游湖上)" 때인 것이다. 이른바 "얼마 동안 세상 바깥에서 분주했다.(未幾驅馳於外)"는 ≪송사≫에서 기재된 "순우 원년(1241) 호광총령이 된 이후 옮겨가며 양회의 여러 가지 일을 관장하였던(淳祐元年改湖廣總領以後, 移鎭兩淮諸事)" 때인 것이다. 함순 신미년은[6] 도종이 막 즉위했을

4 ≪무림구사≫ 권5에 실려 있다.
5 【원주】 이종(理宗) 단평(端平) 원년, 1234.
6 원문에서는 신묘년으로 잘못 되어 있어 바로 잡았다.

때로 가사도가 "몇 개월간 조회에 나가지 않고(累月不朝)" "여러 첩들과 땅바닥에 앉아 귀뚜라미 싸움을 할(與群妾踞地鬪蟋蟀)" 때이다. 그러므로 ≪사고전서총목제요≫에서 말한 것이 정론(定論)이라 말할 수 있다.

하문환(何文煥)이 ≪역대시화(歷代詩話)≫를 편집한 해가 건륭(乾隆) 경인년(1770)이고 사고관(四庫館)이 열리어 찬수된 해는 건륭 37년(1772)이니, 하문환은 ≪전당시화≫를 여전히 우무가 지은 것으로 여겼던 것이다. 또한 손도(孫濤)가 건륭 갑오년(1772)에 ≪전당시화속편(全唐詩話續編)≫을 편집하였는데, 이때는 사고가 이미 개관하였지만 ≪사고전서총목제요≫가 아직 완성되기 전이었다. 따라서 손도도 〈변언(弁言)〉에서 "진진손(陳振孫)의 ≪직재서록해제≫에서 말한 것을 살펴보니 상서 우무의 집에 수초당장서가 있어 근세의 으뜸이라 하였는데 이는 채집 범위가 넓고 유래가 분명해서이니 어찌 누락된 것이 있음을 근심하랴?(案陳直齋≪書錄解題≫云, 尤延之尚書家有遂初堂藏書, 爲近世冠, 是其采輯之富, 有所自來, 夫豈患掛漏與)"라 하고 역시 우무가 모은 것이라 여겼으니, 오류를 바로 잡는 것이 쉽지 않은 일임을 알수 있다.

이뿐 아니라 손성연(孫星衍)의 ≪염석거장서기(廉石居藏書記)≫ 내편(內編) 권상(卷上)에서는 "이상 ≪전당시화≫ 상중하 3권이다. 뒤에는 발문이 있는데, '함순 신미년 중양절에 수초당에서 쓰다'라고 되어 있다. 송나라 우무가 호숫가에서 편안히 보낼 때 지은 것을 책상자에 모아 두었다가 이를 정리하여 편집한 것이다. ≪사고전서존목≫에 10권이라고 되어 있는 것은 이 판본이 아니다.(右≪全唐詩話≫上中下三卷, 後有跋書'咸淳辛未重陽日遂初堂書'. 蓋宋尤袤便養湖曲時理故篋所編也. 四庫書存目則十卷, 非此本)"라 하였다. 손성연이 이미 ≪사고전서총목제요·시문평류존목≫을 보았는데도 여전히 이 책을 우무가 편집했다고 말한 것은 정말 이해할 수 없는 일이니, '수초당'이라는 세 글자가 사람을 얼마나 혼란시켰는지 짐작이 된다.

또한 ≪만권당서목(萬卷堂書目)≫ 잡문류(雜文類)에 ≪전당시화≫ 6권이 있는데 왕해사(王海槎)가 지었다고 되어 있다. 왕해사가 누구인지는 알지 못하겠다. ≪태주경적지(台州經籍志)≫를 살펴보면 왕교(王教)가 ≪전당시화≫를 중간(重刊)하고 붙인 서문이 있는데, 여기서도 우무가 지었다고 하였다. 나는 처음에는 왕해사가 왕교이지 않을까 의심하였다. 그러나 왕교는 자가 용지(庸之)이고 상부(祥符, 지금의 하남성(河南省) 개봉현(開封縣)) 사람으로, 가정(嘉靖) 계미년(1523)에 진사에 2등으로 급제하였고 관직은 남병부시랑(南兵部侍郎)에 이르렀으며 ≪중천유고(中川遺稿)≫가 있지만, '해사'라는 호가 있었다는 것은 들어보지 못하였다. 따라서 왕해사가 지은 것이라 한 것은 마땅히 다른 책일 것이다.

이 책의 저자 가사도는 사람 됨됨이에 취할 만한 것이 없었다. ≪사고전서총목제요≫에서 이 책을 논하면서 다음과 같이 말하고 있다.

> 그의 문장을 고찰해보면 모두 계유공의 ≪당시기사≫와 동일하다. ≪당시기사≫의 체례는 당인이 총집에 채록한 시의 경우, 모두 '이상의 어떠어떠한 것은 어느 어느 문집에서 취한 것이다.'라 밝혔는데, 이 판본의 장적 조목 아래에는 이 구절이 삭제되어 있다.[7] 그러므로 이는 후대 사람들에 의해 베껴진 것임이 의심할 여지없다.(校驗其文, 皆與計有功≪唐詩紀事≫相同. ≪紀事≫之例, 凡詩爲唐人採入總集者, 皆云'右某取爲某集', 此本張籍條下尙未及刪此一句. 則其爲後人剌取影撰,[8] 更無疑義)

결국 그 사람과 마찬가지로 이 책 또한 볼 만한 것이 없는 것이다. 편집해서 만들어진 이러한 종류의 책은 처음 개창한 자가 공을 이루기 쉽지 않으며 설령 소홀하여 빠진 것이 있다 하더라도 책망할 수 없다. 그러나 만약 나중에 그를 계승하는 자가 별다른 새로운 의미

7 **【원주】** 장적의 조목 아래에는 "이상은 장위가 지은 시인주객도에서 취하였다.(右張爲取作主客圖)"라는 말이 있는데, 정덕본(正德本)에서는 이 몇 글자가 삭제되어 있다.

8 원문에는 '자취(刺取)' 두 글자가 빠져 있어, ≪사고전서총목제요≫의 원문에 따라 바로 잡았다.

없이 이전의 것만을 그대로 베끼고 답습하기만 한다면 오히려 앞 시대 사람보다도 못하게 된다. 그렇게 되면 그 책에서는 정말 하나도 얻을 만한 것이 없게 된다. ≪당시기사≫에서는 이백(李白)과 두보(杜甫)에 대해 말하였으나 이 책에서는 이백과 두보에 대해 한 마디도 하지 않았으니, 우동도 역시 이를 지적하였다.

이 책의 권수(卷數)는 더욱 혼란스럽다. ≪천록림랑서목(天祿琳瑯書目)≫에는 2권이라 되어 있고 ≪철금동검루서목(鐵琴銅劍樓書目)≫에는 3권이라 되어 있다. ≪담생당서목(澹生堂書目)≫에는 5권이라 되어 있고 ≪강운루서목(絳雲樓書目)≫에는 10권이라 되어 있다. ≪사고전서총목제요≫도 그렇다. 요컨대 모두가 나누고 합쳐지면서 권수 차이가 나는 것이지 내용상의 누락과는 관련이 없는 것이다.

이 책은 비록 우무의 명성에 의지해 널리 전해질 수는 있었지만, 내용상의 오류를 식자들이 변별해 낼 수 있을 정도였으므로, 이를 보충한 저작 또한 많았다. 하문환은 ≪역대시화고색(歷代詩話考索)≫에서 "어떤 이는 ≪전당시화≫가 우무가 초고로서 쓴 책이어서 잘못 섞여 들어간 것이 없지 않다고 말하였다. 명나라 양신은 이를 매우 비웃은 적이 있는데, 어째서 취사선택하여 바로잡지 않았을까?(或謂全唐詩話似是尤公草創之書, 不無訛雜, 明楊升庵深嗤之, 盍刪正焉)"라 하였다. 지금 ≪역대시화≫에서도 비록 제대로 바로잡지 않고 있지만, 이 말을 통해 이 책에 대한 불만을 알 수 있다.

양신이 비웃었다는 것은 ≪전당시화≫가 당인의 저급한 시를 수록하고 있는 것을 가리킨 것으로, 예를 들어 "내 마음속의 일은 있지만, 위삼에게 말하지 않는다네.(我有心中事, 不向韋三說)"[9]와 같은 것은 수준 낮은 이의 저급한 표현이라는 것이다. 이 내용은 ≪승암시화(升庵詩話)≫

9 이 시는 이약(李約)의 〈위황에게 주어(贈韋況)〉로, 원문에는 하구가 '불여위삼설(不與韋三說)'로 되어 있다.

권4에 보이는데, 이는 시가 뽑힐 이유도 없고 시법(詩法)만 보더라도 취할 만한 것이 없음을 비판한 것이다. 손도(孫濤)의 ≪전당시화속편(全唐詩話續編)·변언(弁言)≫에서는 "다만 이의부와 고병의 무리들이 책에 들어가 있으니, 사람의 인물됨 때문에 넣지 않은 것은 아니었다. 문무를 겸비하고 충의가 크고 뛰어났던, 예를 들어 장순위 같은 이는 당대의 위대한 사람인데, 책에서는 보이지 않으니 유감이다.(獨是李義府高駢之輩, 編入集中, 未嘗因人而廢, 若經文緯武, 忠義丕著, 如張巡爲有唐一代之偉人者, 集中未見, 不無遺憾)"라 하였다. 이는 이 책이 사람을 선택함에 있어 합당하지 못했고 또한 글을 쓰고 입언(立言)하는 법도로 삼기에도 부족했음을 비판한 것이다.

두 사람 모두 이 책이 가사도가 편집한 것임을 알지 못했음에도 이와 같이 논의하였는데, 만약 가사도와 요형중 같은 무리의 손에서 나왔다는 것을 알았다면 분명 더욱 싫어하고 미워하였을 것이다.

손도(?~1774)의 자는 요산(樂山)이고 석문(石門, 지금의 절강성(浙江省) 동향시(桐鄉市)) 사람으로, 그가 편집한 ≪전당시화속편≫은 현재 ≪청시화(淸詩話)≫에 수록되어 있다. 또한 심병손(沈炳巽, 1722년 전후 활동)의 자는 역전(繹旃)이고, 호는 권재(權齋)이며, 귀안(歸安, 지금의 절강성(浙江省) 호주시(湖州市) 지역)의 제생(諸生)이었는데, 그 역시 ≪속당시화(續唐詩話)≫ 100권이 있었고, 이 내용은 ≪양절유헌록(兩浙輶軒錄)≫ 권25에 보인다. ≪호주부지(湖州府志)·예문략(藝文略)≫에도 이것이 실려 있는데, 간행되지 못한 것이 애석하다. 나는 그 원고본을 보았는데, 본래 중화서국(中華書局) 상해(上海) 편집소에 있던 것이었다.

심설우담(深雪偶談)

1권, 방악(方嶽) 지음, 보존되어 있음.

방악(方嶽, ?~?)은 남송 영해(寧海, 지금의 절강성(浙江省) 영해현(寧海縣)) 사람으로, 자는 원선(元善)이고 호는 국전(匊田)이다. 생졸년이 미상이지만 그의 책 내용에 근거해보면 남송의 이종(理宗)과 도종(度宗) 시기를 전후로 살았던 듯하다. 생애와 벼슬 역시 상고할 수 없다. 시로 명성을 떨쳐 문집이 있었으나, 지금은 전하지 않는다.

방악(?~?)의 자는 원선(元善)이고 호는 국전(匊田)이며, 영해(寧海, 지금의 절강성(浙江省) 영해현(寧海縣)) 사람이다. 그의 문집인 ≪국전집(匊田集)≫에는 임해(臨海)의 형계(荊溪) 오자량(吳子良)[1]이 지은 서문이 있다. 그러나 방악의 문집은 이미 일실되었고, 서문도 전하지 않는다. ≪사고전서총목제요(四庫全書總目提要)≫에서는 책에 저록된 함순(咸淳) 연간(1265 ~1274)의 사적에 근거하여 방악이 송나라 말엽에 생존하였다고 하였다.[2]

이 책은 ≪심설재우담(深雪齋偶談)≫이라 되어 있기도 한데, 잘못된 것이다. 전체가 1권이지만 지금은 16조목만 전하니 전질은 아닌 듯하다. ≪설부(說郛)≫본, ≪예포수기(藝圃搜奇)≫본, ≪오조소설(五朝小說)≫본, ≪송인백가소설(宋人百家小說)≫본, ≪속백천학해(續百川學海)≫본, ≪금낭

1 오자량(吳子良, 1198－1257?)은 남송 임해(臨海, 지금의 절강성(浙江省) 임해시(臨海市)) 사람으로, 자는 명보(明輔)이고 호는 형계(荊溪)이다. 애초에 진기경(陳耆卿)에게 학문을 배웠다가 나중에 섭적(葉適)에게 배웠다. 보경(寶慶) 2년(1226)에 진사가 되었고, 관직은 호남운사(湖南運使), 태부소경(太府少卿)에 이르렀다. 저서로 ≪형계집(荊溪集)≫이 있었으나, 지금은 망일되었다.

2 ≪사고전서총목제요・집부(集部) 50・시문평류존목(詩文評類存目)≫에 실려 있다.

소사(錦囊小史)≫본, ≪고씨문방소설(顧氏文房小說)≫본, ≪학해류편(學海類編)≫본, ≪적성유서총간(赤城遺書叢刊)≫본이 있다. ≪설부≫본은 모두 16조목인데, ≪학해류편≫본에서는 1조목을 잘못 합쳤고 ≪사고전서총목제요≫에서도 14조목이라 오인하였지만, 실제로는 내용이 같아 삭제한 부분은 없다. 이 책이 전질이 아니라고 여긴 것은 도종의(陶宗儀)가 편집한 ≪설부≫에서였다.

이 책은 이름을 '우담(偶談)'이라 했기 때문에 ≪담생당서목(澹生堂書目)≫, ≪술고당서목(述古堂書目)≫, ≪야시원서목(也是園書目)≫ 등의 서목(書目)이나, 예찬(倪燦)의 ≪송사예문지보(宋史藝文志補)≫와 ≪절강통지(浙江通志)·경적지(經籍志)≫ 등에서는 모두 자부(子部) 소설가류(小說家類)로 편입시켜 저록하고 있다. 그러나 사실 지금 전하는 10여개의 조목을 살펴보면 모두가 시사(詩詞)를 평론하는 내용으로 이루어져 있다. 현재는 전질을 볼 수 없어 과연 이 책이 기타 잡다한 것을 다루었는지의 여부는 알 수 없지만, ≪사고전서총목제요≫와 ≪철금동검루서목(鐵琴銅劍樓書目)≫에서는 시문평류(詩文評類)로 편입시키고 있으며, 지금 전하는 각 조목으로 말한다면 마땅히 시문평류로 편입시키는 것이 옳다. 또한 철금동검루에 있는 옛 초본(鈔本)은 조빈후(曹彬侯)가 기록한 판본인데, 이를 보지 못해 완전한 판본이었는지 알 수 없어 아쉬울 따름이다.

방악은 송나라 말엽에 지방에서 시로 명성이 있어서 서악상(舒岳祥)[3]의 ≪낭풍집(閬風集)≫에 방악의 죽음을 곡한 시가 있다. 또한 유사원(劉士元)의 시에 대한 서문에서 이르기를, "처음에 설영(薛泳)[4]은 조사수

3 서악상(舒嶽祥)이라고도 하며, 본서에서는 둘 다 사용하고 있다. 서악상(1219~1298)은 남송 영해(寧海, 지금의 절강성(浙江省) 영해현(寧海縣)) 사람으로, 자는 경설(景薛) 또는 순후(舜侯)이다. 재주가 뛰어나 가사도(賈似道)가 기용하려 하였으나 거부하고 고향으로 돌아갔다. 송나라가 망한 후 낭풍리(閬風里)에 은거하며 시문창작에 몰두하여 낭풍선생(閬風先生)이라 불렸으며, 왕응린(王應麟)에 비견되었다. 저서로 ≪사술(史述)≫, ≪한폄(漢砭)≫ 등이 있다.

(趙師秀)[5]와 교유하면서 당나라 시인인 요합(姚合)과 가도(賈島)의 시법을 배웠다. 만년에 영해로 돌아가 사람들에게 말을 하면 듣는 자들의 눈과 귀가 번쩍 뜨였다. 그러나 방악은 문을 닫고 시구를 찾으며 오로지 맑고 조화로운 소리만을 택하여 순수한 정신과 탁월한 생각에까지 이르게 되었으니, 이는 방악이 스스로 터득한 것이지 누구에게 전수받은 것이 아니었다.(初薛沂叔泳從趙天樂游得唐人姚・賈法, 晚歸寧海爲人鋪說. 聞者心目鮮醒, 而匊田閉戶覓句, 推取其情聲切響, 至於氣初之精, 才外之思, 元善蓋自得之, 而非有所授也)"라 하였다. 방악은 스스로가 옹권(翁卷)[6]과 서조(徐照)[7]를 학습하기 시작하여 점차 당나라 시인에게로 나아갔다고 하였는데, 그가 스승과 벗의 영향에서 벗어나기는 어려웠겠지만 스스로 터득한 경계 또한 없어질 수는 없는 것이었다. 지금 ≪심설우담≫에서 논한 것을 살펴보면, 가도의 시를 매우 숭상하고 있음을 알 수 있다.

또한 "시는 성정을 근본으로 삼지 않은 것이 없다. 시의 체재는 시대에 따라 변화되어 성정은 감춰지거나 드러나기도 하고, 있는 듯 없는 듯하기도 하는데, 지나치게 깊이 추구한 자는 일정 수준을 넘게 되고 너무 얕게 추구한 이는 그 수준에 미치지 못하게 된다.(詩無不本於

4 설영(薛泳, ?~?)은 남송 사람으로, 자는 기숙(沂叔)이다. 사적은 알려져 있지 않다. 진기(陳起)의 ≪강호후집(江湖後集)≫ 권20에 이공(李龏)의 〈구름 사이에서 설영과 이별하며(雲間贈別薛沂叔)〉시가 있는 것으로 보아 남송 후기에 강호시인들과 교유하였음을 알 수 있다. 원문에는 설영(薛詠)으로 잘못되어 있어 바로 잡았다.

5 조사수(趙師秀, 1170~1219))는 남송 영가(永嘉, 지금의 절강성(浙江省) 온주시(溫州市)) 사람으로, 자는 자지(紫芝)이고 호는 영수(靈秀) 혹은 영지(靈芝)이며 천락(天樂)이라고도 부른다. 서조(徐照), 서기(徐璣), 옹권(翁卷) 등과 더불어 영가사령(永嘉四靈)이라 불린다. 만당(晚唐)의 가도(賈島)와 요합(姚合)을 법도로 삼아 자구의 단련과 기험한 표현을 추구하였다.

6 옹권(翁卷, ?~?)은 남송 낙청(樂淸, 지금의 절강성(浙江省) 낙청시(樂淸市)) 사람으로, 자는 속고(續古) 혹은 영서(靈舒)이다. 영가사령(永喜四靈) 중 한 사람으로, 평생 벼슬을 하지 않고 사대부들과 시로써 교유하였다. 생졸년은 미상이다.

7 서조(徐照, ?~1211)는 남송 영가(永嘉, 지금의 절강성(浙江省) 온주시(溫州市)) 사람으로, 자는 도휘(道暉) 혹은 영휘(靈暉)이고 자호는 산민(山民)이다. 영가사령(永喜四靈) 중 한 사람으로, 평생 벼슬을 하지 않고 사대부들과 시로써 교유하였다. 호남(湖南), 강서(江西), 강소(江蘇), 사천(四川) 등지를 두루 유람하였으며, 영종(寧宗) 가정(嘉定) 4년(1211)에 세상을 떠났다.

性情. 自詩之體隨代變更, 由是性情或隱或現, 若存若亡, 深者過之, 淺者不及也)"라 하였으니, 그가 스스로 터득했던 것을 가히 알 수 있다.

시림광기(詩林廣記)

전집(前集) 10권, 후집(後集) 10권, 채정손(蔡正孫) 편집, 보존되어 있음.

채정손(?~?)의 자는 수연(粹然)이고, 자호(自號)는 몽재야일(蒙齋野逸)이며, 사람들이 몽재선생(蒙齋先生)이라 불렀다. 사방득(謝枋得)[1]의 문인(門人)이어서 사방득의 ≪첩산집(疊山集)≫을 보면 그가 대도(大都)로 갈 때 받은 작품 몇 편이 부록되어 있는데, 그 중 채정손의 〈노스승 사방득 선생께서 북쪽으로 가시는 것을 전송하며 화운하여(送疊翁老師北行和韻)〉 1수가 있다. 시에 "어깨 위에 짊어진 법도 오랜 세월 동안 중히 여겼고, 눈앞의 영욕은 한 터럭처럼 가볍게 여겼네.(肩上綱常千古重, 眼前榮辱一毫輕)"라는 구절이 있는 걸로 보아, 대개 송나라의 유민(遺民)이었을 것이다. 그 외에는 상고할 만한 자료가 없다.

이 책은 통칭 ≪시림광기≫라고 하는데, 다소 길게는 ≪정선시림광기(精選詩林廣記)≫ 혹은 ≪명현총화시림광기(名賢叢話詩林廣記)≫라 하고,

1 사방득(謝枋得, 1226~1289)은 남송 신주(信州) 익양(弋陽, 지금의 강서성(江西省) 익양현(弋陽縣)) 사람으로 자는 군직(軍直), 호는 첩산(疊山)이다. 보우(寶祐) 4년(1256)에 문천상(文天祥)과 함께 진사가 되었다. 원나라가 강도(江都)를 침입하자 의병을 일으켜 싸우다가 송나라가 멸망하자 건양(建陽) 일대를 떠돌면서 글을 가르쳤다. 대도(大都)로 송치되었으나 원나라의 초빙에 끝내 응하지 않고 굶어 죽었다. 저서로 ≪첩산집(疊山集)≫, ≪문장궤범(文章軌範)≫ 등이 있다.

더욱 길게는 ≪정선고금명현총화시림광기(精選古今名賢叢話詩林廣記)≫라 한다. 또한 번각(翻刻)하여 다시 인쇄한 것 가운데 어떤 것은 '신간(新刊)'이라는 두 글자를 앞에 붙여서 길게는 14자나 된다.

이 책의 전집(前集)에는 진(晉)에서 당대(唐代)까지의 시인의 시가 실려 있고, 후집(後集)에는 북송대 시인의 시가 실려 있다. 전집과 후집 모두 시인에 따라 시가 수록되어 있고, 시화는 시에 따라서 시 뒤에 덧붙여져 있다. 책의 체례는 총집과 시화 성격을 다 지니고 있고, 또 '정선(精選)'이라 하여 선집의 성격까지 겸하고 있다. 가장 중점을 둔 것은 시인 선정으로, 이름난 대가에 편중되어 있으며 그 외는 권의 뒤쪽에 덧붙여져 있다. 두 번째로 중점을 둔 것은 시 작품 선정으로, 편집해 넣을 시화가 있는 것을 취하고 평론이나 고증할 것이 없는 것은 쓸데없이 수록하지 않았다. 따라서 수록된 시는 대부분 인구에 회자되는 것들이었다. 세 번째로 중점을 둔 것은 시화의 선정으로, 시화를 완비하려 하기 보다는 정확한 시화를 가려 뽑았다.

채정손은 사방득의 문인이었고, 사방득은 서림(徐霖)[2]의 문인이었으며, 서림은 탕건(湯巾)[3]의 문인이었는데, 탕건의 학문은 주희(朱熹)[4]에서

---

2 서림(徐霖, 1214~1261)은 남송 서안(西安, 지금의 절강성(浙江省) 구현(衢縣)) 사람으로, 자는 경설(景說)이다. 순우(淳祐) 4년(1244)에 원주교수(沅州教授)에 제수되었으나 부임하지 않았으며, 재상 사숭지(史崇之)의 전횡에 반대하여 상소를 올렸다. 저서로 ≪태극도설유고(太極圖說遺稿)≫, ≪춘산문집(春山文集)≫ 등이 있다.

3 탕건(湯巾, ?~?)은 남송 안인(安仁, 지금의 호남성(湖南省) 안인시(安仁市)) 사람으로, 자는 중능(仲能)이고 호는 회정(晦靜)이다. 형 탕천(湯千), 동생 탕중(湯中)과 더불어 그들의 호를 딴 이른바 존재회정식암학파(存齋晦靜息庵學派)의 창시자이다. 시중행(柴中行)과 진덕수(眞德秀)에게서 배웠으며 주희의 학문을 추숭하였다. 만년에 육구연(陸九淵)의 학문으로 전향하였다.

4 주희(朱熹, 1130~1200)는 남송 휘주(徽州) 무원(婺源, 지금의 강서성(江西省) 무원현(婺源縣)) 사람으로, 자는 원회(元晦) 또는 중회(仲晦)이고, 호는 회암(晦庵), 회옹(晦翁), 운곡노인(雲谷老人), 둔옹(遯翁)이다. 유학자로 경학에 정통하여 도학(道學)과 이학(理學)을 합친 이른바 송학(宋學)을 집대성하였다. '주자(朱子)'라고 높여 이르며, 학문을 주자학이라고 한다. 저서로 ≪시전(詩傳)≫, ≪사서집주(四書集註)≫, ≪근사록(近思錄)≫, ≪자치통감강목(資治通鑑綱目)≫ 등이 있다.

시작하여 육구연(陸九淵)[5]으로 들어간 것이다. 따라서 채정손은 도학의 기풍이 비교적 강했으며 양시(楊時)[6], 주희, 진덕수(眞德秀)[7]와 그의 스승 사방득의 말을 많이 선록하고 있다. 그가 사방득의 말을 인용하며 ≪사첩산시화(謝疊山詩話)≫라 칭하고 있는 것이 있는데, 이것이 바로 채정손이 이 책을 편집한 취지였던 것이다. 그러나 또한 바로 이것 때문에 이른바 '정선(精選)'이라는 것이 그 이름의 실제에 부합되기 어려웠다. 예를 들어 소식(蘇軾)의 시에 대해서는 ≪오대시안(烏臺詩案)≫[8]에 근거하여 죄를 뒤집어씌우는 말을 많이 지어냈는데, 이는 소식의 시를 제대로 알고 한 논의가 아니며 선정한 소식의 시 역시 소식의 진정한 대표작이라 할 수 없는 것이었다. 또한 두목(杜牧)의 〈적벽(赤壁)〉 시[9]에 대해서는 ≪허언주시화(許彦周詩話)≫를 인용하여 "두목은 사

5 육구연(陸九淵, 1139~1192)은 남송 무주(撫州) 금계(金溪, 지금의 강서성(江西省) 금계현(金溪縣)) 사람으로, 자는 자정(子靜)이고 호는 존재(存齋) 또는 상산(象山)이며, 시호는 문안(文安)이다. 어려서부터 재능이 뛰어나 관직에 올랐으나 곧 물러나 귀계(貴溪, 지금의 강서성(江西省) 광신부(廣信府))의 상산에 강당을 짓고 후학 양성에 전념하였다. 당시 유일한 석학이었던 주자(朱子)와 대립하여 중국 전체를 양분하는 학문적 세력을 형성하였으나, 사상적 계보로는 모두 정호(程顥)와 정이(程頤)의 학문을 계승하였다. 다만 주자가 정이천의 학통에 의한 도문학(道問學)을 보다 존중한 데 반하여, 상산은 정명도의 존덕성(尊德性)을 존중하였기 때문에, 주자는 격물치지(格物致知)의 성즉리설(性卽理說)을 제창하였고, 상산은 치지(致知)를 주로 한 심즉이설(心卽理說)을 제창하였다.

6 양시(楊時, 1044~1130)는 북송 장락(將樂, 지금의 복건성(福建省) 장락현(將樂縣)) 사람으로, 자는 중립(中立)이고 호는 구산(龜山)이다. 정호(程顥)와 정이(程頤) 형제에게 배웠으며, 특히 형인 정호의 신임을 받았다. 저서로 ≪구산집(龜山集)≫ 42권, ≪구산어록(龜山語錄)≫ 4권 등이 있다.

7 진덕수(眞德秀, 1178~1235)는 남송 포성(浦城, 지금의 복건성(福建省) 포성현(浦城縣)) 사람으로, 자는 경원(景元)이고 호는 서산(西山)이다. 남송의 대신이자 학자이다. 벼슬이 참지정사(參知政事)에 이르렀는데 강직하기로 유명하였다. 주자학파(朱子學派)의 학자로서 저서로 ≪대학연의(大學衍義)≫, ≪당서고의(唐書考疑)≫, ≪독서기(讀書記)≫, ≪문장정종(文章正宗)≫, ≪서산갑을고(西山甲乙稿)≫, ≪서산문집(西山文集)≫ 등이 있다.

8 오대시안(烏臺詩案)은 북송 때의 문자옥(文字獄)으로, 이 때문에 소식(蘇軾)이 오대(烏臺)에 네 달이나 붙잡혀 있었다. 어사중승(御史中丞) 이정(李定), 서단(舒亶), 하정신(何正臣) 등이 소식의 〈호주사상표(湖州謝上表)〉 중의 몇 구절과 그 전에 지었던 시 구절을 떼어내어 억지로 소식을 모함하였다. 이 안건은 우선 감찰어사(監察御史)의 고발로 시작되어 나중에 어사대(御史臺)의 심문을 받았다. 이른바 '오대'라는 것은 어사대를 뜻하며 '백대(柏臺)'라고도 한다.

직이나 백성이 도탄에 빠진 것은 묻지 않고, 그저 이교[10]가 붙잡힐 것만을 두려워하였으니, 실의함이 큰 나머지 좋고 나쁨을 알지 못했음을 알 수 있다.(杜社稷生靈塗炭都不問,[11] 只恐捉了二喬, 可見措大不識好惡)"[12]라 하였다. 이는 도학에 집착한 견해로서, 마침내 채정손은 허의(許顗)의 협소하고 고루한 의론을 그대로 답습하여 두목의 시가 좋지 못한 취향에 빠졌다고 말한 것이다. 장종태(張宗泰)의 ≪노암소학집(魯巖所學集)≫ 권14에 이 책을 평론한 문장이 있는데, 10편 모두 참고할 만하다.

9 〈적벽〉시의 원문은 다음과 같다. "부러진 창이 모래에 묻혔으나 철은 아직 녹슬지 않았는데, 내가 그것을 갈고 닦아보니 전대(前代)의 역사를 알겠구나. 동풍이 주랑을 편들지 않았다면, 동작대 봄 깊은 곳에 이교가 갇혔겠지.(折戟沈沙鐵未銷, 自將磨洗認前朝. 東風不與周郎便, 銅雀春深鎖二喬)"

10 이교(二喬)는 삼국시대 때 교공(喬公)의 두 딸을 이른다. 용모가 매우 아름다웠다고 한다. 언니 대교(大喬)는 손책(孫策)과 혼인하였고, 동생 소교(小喬)는 주유(周瑜)와 혼인하였다.

11 원문에는 '도탄(塗炭)' 두 글자가 빠져 있다. ≪허언주시화(許彦周詩話)≫ 원문에 따라 바로잡았다.

12 ≪허언주시화(許彦周詩話)≫ 하(下)에 실려 있다.

중권의 상(中卷之上)

왕직방시화(王直方詩話)

원래 6권, 지금은 발췌본과 집일본(輯佚本)이 있음, 왕직방(王直方) 지음.

왕직방(王直方, 1069~1109)은 북송 변(汴, 지금의 하남성(河南省) 개봉시(開封市)) 사람으로, 자는 입지(立之)이고 자호는 귀수(歸叟)이다. 생졸년은 분명하지 않아 대체로 1055년~1105년에 생존했던 것으로 추정되는데, 본서에서 곽소우는 1069년~1109년으로 확정하고 있다. 승봉랑(承奉郎)에 보충되었으며 강서시파(江西詩派)의 한 사람으로서 시에 뛰어나 황정견(黃庭堅)의 칭송을 받기도 하였다. 저서로 ≪왕직방시화(王直方詩話)≫와 ≪귀수집(歸叟集)≫이 있다.

왕직방(1069~1109)의 자는 입지(立之)이고 호는 귀수(歸叟)이며, 변(汴, 지금의 하남성(河南省) 개봉시(開封市)) 사람이다. 사인(舍人)인 왕식(王栻)의 아들로, 승봉랑(承奉郎)에 보충되었고, 일찍이 감회주주세(監懷州酒稅)를 지낸 적이 있다. 그의 ≪시화≫에 근거하면, 홍구보(洪駒父)와 이희성(李希聲) 모두 왕직방이 하내(河內)로 부임하러 갈 때 전송하며 시를 지었다고 한다. 하내는 회주(懷州, 지금의 하남성(河南省) 초작시(焦作市))이고, 이때는 소성(紹聖) 원년(1094)으로 왕직방의 나이 겨우 25세였다. 얼마 후 기주(冀州, 지금의 하북성(河北省))로 옮겼다가 오래지 않아 고향으로 돌아갔다. 그는 소식(蘇軾)과 황정견(黃庭堅)을 좇았으므로, 역시 강서시사(江西詩社) 중 한 사람이었다. 대관(大觀) 3년(1109)에 죽었는데, 향년 41세였다. ≪귀수집(歸叟集)≫이 있는데, ≪직재서록해제(直齋書錄解題)≫에 보인다.[1]

1 ≪직재서록해제(直齋書錄解題)≫ 권20 〈시집류(詩集類) 하(下)〉에 실려 있다.

조공무(晁公武)의 ≪군재독서지(郡齋讀書志)≫에 따르면 왕직방이 지은 시화가 6권이 있다고 하였으나, 완전한 판본이 전하지 않는다. 송나라 증조(曾慥)가 편집한 ≪유설(類說)≫에 ≪왕직방시화≫ 1권이 있는데, 52조목으로 된 발췌본이며, 지금은 ≪유설≫도 찾아볼 수 없다. 명나라 말엽 황우직(黃虞稷)의 ≪천경당서목(千頃堂書目)≫의 유서류(類書類)에 사마태(司馬泰)의 ≪광설부(廣說郛)≫에도 ≪왕직방시화≫라는 서목이 있다고 되어 있는데, 지금 ≪광설부≫가 전하지 않으니, 이 판본과 ≪유설≫본이 서로 같은 지 여부는 알 수 없다. 명대에는 총서(叢書)를 교정하여 판각하는 풍습이 있어서 원저작을 발췌, 수록하는 경우가 많았는데, 이 판본은 전해졌다 할지라도 아마 완전한 판본은 아니었을 것이다. 이 책은 ≪군재독서지≫ 외에 ≪수초당서목(遂初堂書目)≫과 ≪문헌통고(文獻通考)·경적고(經籍考)≫에도 저록되어 있는데, 다만 명나라 이후의 여러 사람의 저록에는 보이지 않으므로 산일된 지 이미 오래된 듯하다. 송나라 사람의 시화 가운데 비교적 일찍 산일된 것으로 이 책을 꼽아야 할 것이다.

이 책의 명칭은 이곳저곳마다 달라 일치되어 있지 않다. ≪군재독서지≫에서는 ≪귀수시화(歸叟詩話)≫라 하였고, ≪시화총귀(詩話總龜)≫와 ≪초계어은총화(苕溪漁隱叢話)≫에서는 ≪왕직방시화≫라 하였다. 이 외에 ≪왕립지시화(王立之詩話)≫라 하기도 하였고, ≪왕자립시화(王子立詩話)≫라 하기도 했으며, ≪왕자직시화(王子直詩話)≫라 한 것도 있었다. 자립(子立)은 왕직방의 자도 아니고, 소식과 소철(蘇轍)의 시 가운데 왕자립이라 칭한 사람과도 다른 사람일 것이다. ≪왕자직시화≫라 칭한 것은 더욱 잘못된 것이다. 완전히 다른 것으로는 오증(吳曾)의 ≪능개재만록(能改齋漫錄)≫ 권3에서 ≪난대시화(蘭臺詩話)≫라 한 것, 방심도(方深道)의 ≪제가노두시평(諸家老杜詩評)≫에서 ≪귀수시문발원(歸叟詩文發源)≫이라 한 것, 왕구(王構)의 ≪수사감형(修辭鑑衡)≫에서 ≪시문발원

(詩文發源)≫이라 한 것이 있다. 이는 상당히 특별한 명칭으로, 무엇을 근거로 하였는지 알지 못하겠다. 지금 ≪수사감형≫에서 인용한 각 조목을 살펴보면 매번 순수하게 문장을 논한 말이 많다. 이 책은 원래 시화라 불렀는데 책 뒤에다 문장을 논하는 내용을 더해놓고 어찌하여 마침내 ≪시문발원≫이라 바꿔 불렀단 말인가? 또한 ≪우고당시화(優古堂詩話)≫에 ≪왕립방시화≫의 한 조목을 인용한 것이 있는데, 아마도 입방(立方)은 직방(直方)의 오류인 듯하다.

왕직방의 관직이력은 분명하게 드러나 있지 않는데, 그의 생애는 오직 조열지(晁說之)가 지은 〈왕립지 묘지명(王立之墓誌銘)〉에 보인다. 그 글에서는 다음과 같이 말하고 있다.

> 왕립지는 젊어서 여러 문인과 교유하는 것을 좋아하였는데, 다른 취미는 없이 그저 주야로 독서하고 손수 전록하는 것뿐이었다.… 좋아하는 바가 아니라면 권세 있고 높은 관직으로 그를 회유하여도 몸을 굽혀 나가려 하지 않았다.… 일찍이 감회주주세를 지내었고 얼마 후 기주로 옮겼으며 관리로 발탁되었지만 겨우 몇 개월 만에 관직을 그만 두고 고향으로 돌아갔다.… 15년간 성 한 귀퉁이의 작은 뜰에 거하였는데, 매우 소탈하였다.… 그 뜰에 있는 집을 '부귀'라 하고, 정자를 '돈유'라 하였다.… 당시 문인들이 그를 위해 많은 시를 썼다.(立之少樂與諸文人遊, 無他嗜好, 惟晝夜讀書, 手自傳錄.… 非其所好, 雖以勢利美官誘致之, 莫肯自往也.… 嘗監懷州酒稅, 尋易冀州, 擢官僅數月, 投劾歸.… 凡十五年, 處城隅一小園, 嘯傲自適.… 命其園之堂曰賦歸, 亭曰頓有… 一時文人多爲賦詩)"[2]

이 몇 마디의 말들은 그의 성정을 매우 잘 그려내고 있는데, 그가 자호를 귀수(歸叟)[3]라고 한 뜻 역시 이를 통해 알 수 있다. 왕직방은 호사가여서 조공무는 "소식(蘇軾)과 그 문하의 선비들이…모두 그의 집에 모였다. 이 때문에 여러 말과 논의를 듣게 되었으므로 이 책을

2 조열지, ≪경우생집(景迂生集)≫ 권19에 실려 있다.
3 귀수는 귀향한 늙은이라는 뜻이다.

편집할 수 있었다.(蘇子瞻及其門下士…亟會其家. 由是得聞緒言餘論, 因輯成此書)"[4] 라 하였는데, 그가 말한 것이 틀림이 없을 것이다. 조공무는 또한 다음과 같이 말하였다.

> 그 책에는 임의로 포폄하는 것이 많아, 시비의 실제를 다소 잃었다. 선화 연간(1119~1125) 말엽에 수도의 서상들이 판각 인쇄하여 이 책을 팔았는데, 사촌들 중에 이 책에 종부인 첨사공이 한 말이 많이 기록되어 있어서 이를 구해 바쳤더니, 공께서 보시고는 언짢아하시며 모두가 자신의 말이 아니라고 말씀하셨다.(其間多以己意有所抑揚, 頗失是非之實. 宣和末, 京師書肆刻印鬻之, 羣從中以其多記從父詹事公話言, 得之以呈, 公取覽之, 不懌曰, 皆非我語也)

그가 이른 첨사공이 누구인지 따져보면 바로 조열지이다. 그는 자가 이도(以道)이며 관직은 동궁첨사(東宮詹事)에 이르렀다. ≪왕직방시화≫에서 그의 말을 인용한 부분이 네다섯 군데 보이는데, 대체로 당시 사람들을 비판하는 내용이다. 이것이 아마 조공무가 말한 '임의로 포폄하여 시비의 실제를 잃은 것'일 것이다. 호자(胡仔)는 ≪초계어은총화≫에서 이 책에 대해 깊은 불만을 가져서 그의 의론이 공정하지 않다고 하였다. 그러나 ≪초계어은총화≫에는 ≪왕직방시화≫에서 채집한 것이 꽤 많았으니, 사료와 관련된 부분은 그 자체로 상당히 뛰어났으므로 무시할 수 없었던 것이다.

책에는 소식과 황정견의 말을 직접 수록한 부분이 많은데, 심지어 설명도 없이 자신이 한 말로 해버린 부분도 있다. 또 타인의 저작에서 수록한 것도 적지 않은데, 기록에도 차이가 나는 부분이 있다. 예를 들어 '심상한 백성(尋常百姓)' 조목에서 왕직방은 이는 진보(陳輔)가 호음선생(湖陰先生) 양기(楊驥)를 찾았다가 만나지 못하고 지은 것이라 하였는데, 오경(吳坰)의 ≪오총지(五總志)≫에서는 진보가 정림(定林)에서

4 ≪군재독서지(郡齋讀書志)≫ 권3 하(下) 〈귀수시화(歸叟詩話)〉 6권에 실려 있다.

왕안석(王安石)을 찾았으나 만나지 못해 시를 남긴 것이라 하였다. '사시(沙詩)' 조목에서 왕직방은 이것이 용태초(龍太初)가 지은 것이라 하였는데, ≪오총지≫에서는 승려 의료(義了)가 지은 것이라 하였다. 이와 같이 두 책에 기재된 것이 다르다.

왕직방은 고증을 잘 하지 못하여 때때로 출처를 알지 못한 채 함부로 풀이하기도 하였다. 심지어 이하(李賀)의 시구를 두보(杜甫)의 것으로 여긴 것은 오류가 특히 심한 부분이다. 송나라 사람의 저작, 예를 들어 호자의 ≪초계어은총화≫, 섭몽득(葉夢得)의 ≪석림시화(石林詩話)≫, 조덕린(趙德麟)의 ≪후청록(侯鯖錄)≫, 장방기(張邦基)의 ≪묵장만록(墨莊漫錄)≫, 오증의 ≪능개재만록≫에서 모두 그 오류를 규명하고 있다. 또한 견해 자체는 틀리지 않았으나 어떤 것은 고증이 잘못 되어 있거나, 어떤 것은 고증이 상세하지 않았으니, 홍매(洪邁)의 ≪용재삼필(容齋三筆)≫, 진곡(陳鵠)의 ≪기구속문(耆舊續聞)≫, 진암초(陳巖肖)의 ≪경계시화(庚溪詩話)≫에서 그 견해를 보충하고 있다. 내가 살펴본 바로 '구의인습(句意因襲)' 조목에서 "괜시리 시냇물에서 짝을 잃어버려 예부터 짝을 이루지 못한 것만 못하게 되었네.(無事教渠更相失[5], 不及從來莫作雙)"를 이상은(李商隱)의 시로 여겼는데, 확신할 수는 없으나 이것은 유신(庾信)의 〈사람을 대신하여 가는 것을 가슴아파하다(代人傷往)〉란 시인 듯하다. 또한 '맑은 강이 깁처럼 깨끗하다(澄江淨如練)' 조목에서는 이백(李白)[6]과 황정견의 시구를 들어 두 사람의 우열을 가리고 있다. 그러나 황정견의 시는 조열지의 설안도(雪雁圖)에 제한 작품으로, "눈은 갈대에 흩뿌려져 은화살 같은데, 앞으로는 기러기 날아가는데 다시 돌아보네. 누

5 ≪유자산집(庾子山集)≫ 권4에 실려 있는 〈사람을 대신하여 가는 것을 가슴아파하다.(代人傷往) 2수〉중 첫 번째 시에서는 '교(敎)'자가 '교(交)'로 되어 있다.

6 이백(李白)의 〈금릉성 서쪽 누각에서 달 아래에 읊다.(金陵城西樓月下吟)〉에 "맑은 강이 깁처럼 깨끗하다는 시구 읊조리니, 이는 오래토록 사조를 추억하게 하네.(解道澄江淨如練, 令人長憶謝玄暉)"라 하였다.

구를 의지하여 사조(謝朓)에게 얘기할까. 맑은 강이 깁처럼 깨끗하다는 말 하지 말게.(飛雪灑蘆如銀箭, 前雁驚飛復回眄. 憑誰說與謝玄暉[7], 休道澄江淨如練)"가 그것이다. 그러므로 각각 타당한 측면이 없는 것은 아니나 황정견의 시에는 새로운 의미가 있으므로, 단지 끝 두 구만 가지고 두 사람의 우열을 정하는 것은 무리가 있다.

책에서 "유함은 취중에 시화 수십 편을 지은 적이 있었는데, 술에 깨어 네 구절을 그 뒤에 덧붙여 썼다. '우물 속에 앉아 하늘을 보고는 하늘에 관한 논의를 하였네. 객이 하늘이 네모난지 둥근지를 물으니 고개 숙이며 객의 물음에 부끄러워하네.'라 하면서 자신의 경솔함을 후회하였다.(劉咸臨醉中嘗作詩話數十篇, 旣醒, 書四句於後曰: '坐井而觀天, 遂亦作天論. 客問天方圓, 低頭慚客問.' 蓋悔其率爾也)"라 하였는데, 시화를 짓는 이 가운데 경솔하게 짓는 이는 종종 이러한 병폐가 있었다.

왕직방은 스스로 관직을 그만 두고 귀향한 후 15년간 시와 술을 즐거움으로 삼았으며, 시화도 이 시기에 지었다. 중풍에 걸려서 왼손으로만 글자를 쓸 수 있었는데 필생의 정력을 이 책에 다 바쳤고 성실하게 공을 들였으니, 경솔하게 붓을 놀린 자와는 비교할 수 없을 것이다. 그러나 책에 사실을 서술한 부분은 많고 시를 논의한 부분은 적으며, 시를 논한 부분도 다른 사람이 한 말을 전술한 경우가 많아 스스로 터득한 것을 쓴 부분은 적다. 이 책이 일시적으로 유행했다 결국 산일된 것도 아마 이 때문이 아니었을까? 내가 ≪송시화집일(宋詩話輯佚)≫을 편집할 때, 이 책을 맨 앞에 두면서 300여 조목을 실어두었다. ≪유설≫과 비교하면 거의 6배에 해당하니 6권본의 옛 모습을 거의 회복한 것이다.

---

7 사조(謝朓)의 〈저물녘 삼산에 올라 경읍을 내려다 보다.(晚登三山還望景邑)〉에 "노을은 퍼져 비단을 이루고, 맑은 강은 깁처럼 깨끗하네.(餘霞散成綺, 澄江淨如練)"라 하였다.

진보지시화(陳輔之詩話)

1권, 진보(陳輔) 지음, 발췌본과 집일본(輯佚本)이 있음.

진보(?~?)의 자는 보지(輔之)이고, 금릉(金陵, 지금의 강소성(江蘇省) 남경시(南京市)) 사람이며, 단양(丹陽)에 옮겨가 살았다. 과거에 응시하지 않았고, 자호를 남곽자(南郭子)라 하여 사람들이 그를 남곽선생(南郭先生)이라 불렀다. 전후집 30권이 있다.

이 책은 송나라 이래 여러 저록에 보이지 않고 우무(尤袤)의 ≪수초당서목(遂初堂書目)≫에도 없으므로 오래 전에 일실되었음을 알 수 있다. 지금 전하는 판본은 증조(曾慥)의 ≪유설(類說)≫에 수록된 13조목, ≪설부(說郛)≫에 수록된 12조목이 있는데, 이 두 종류 모두 발췌본이다. 서로 중복되는 1조목을 빼면 모두 24조목이다. 내가 편집한 ≪송시화집일(宋詩話輯佚)≫에도 겨우 이 24조목만 있으므로 당연히 믿을 만한 판본은 아닌 것이다. 다른 책에서 인용된 것, 예를 들어 ≪초계어은총화(苕溪漁隱叢話)≫, ≪우고당시화(優古堂詩話)≫, ≪야객총서(野客叢書)≫, ≪양계만지(梁谿漫志)≫, ≪빈퇴록(賓退錄)≫, ≪설시락취(說詩樂趣)≫ 등의 책에서 인용한 것도 대체로 이 24조목을 벗어나지 않으니 역시 이상하다.

진곡(陳鵠)의 ≪기구속문(耆舊續聞)≫ 권7에 한 조목을 살펴보면, “형

남의 진사가 눈에 관한 시를 지으면서 처음에 '선(先)'운을 사용하였는데 나중에 '열두 봉우리가 둥글둥글 더해가네'라 하였으니, '첨(添)'자를 가지고 '천(天)'자를 쓴 것이다.[1] 상민중(向敏中)이 장안을 다스리고 있었는데, 그곳 사람들은 감히 찐빵(蒸餠)을 팔지 못하였다.[2](荊南進士爲雪詩, 始用'先'字, 後云'十二峯巒旋旋添', 以'添'爲'天'也. 向敏中長安,[3] 土人不敢賣蒸餠)"라 하였고, 그 아래 "진보지(陳輔之)"라 주가 달려 있다. 이것 역시 시화 속에 있는 내용이었는지는 모르겠다. 다만 이 몇 마디 말은 이미 유반(劉攽)의 ≪중산시화(中山詩話)≫에 보이니, 진보가 어찌 우연히 그 견해를 수록한 것이라 할 수 있겠는가?

또한 ≪설부≫본 ≪진보지시화≫에는 ≪공계시화(碧溪詩話)≫와 같은 부분이 많은데, 진보가 황철(黃徹)보다 앞선 시대 사람이기 때문에 황철의 견해를 답습했다는 것은 있을 수 없으며 황철이 진보의 견해를 연용한 것이 분명하다. 그렇지 않다면 ≪설부≫본이 편록에 있어 오류가 있는 것이다. ≪공계시화≫를 정리하는 자는 마땅히 이것에 주의해야 할 것이다.

진보가 지은 시는 상당히 풍취가 있어서 왕사정(王士禎)의 ≪향조필기(香祖筆記)≫와 ≪분감여화(分甘餘話)≫에서는 그의 절구 "북산의 송화가루 꽃에 흩날리지 않고, 금릉에 바람 솔솔 불어 보리 흔들리네. 몸은 옛날의 고관대작의 댁에 살던 제비와 같아, 1년에 한번 그대 집에 이르네.(金陵北山松粉未飄花, 白下風輕麥脚斜. 身似舊時王謝燕, 一年一度到君家)"를

---

1 본디 '열두 봉우리가 하늘을 휘도네(十二峯巒旋旋天)'라 써야 할 것을 피휘 때문에 바꾸어 썼음을 말한 것이다.

2 이에 대한 설명은 ≪중산시화≫에 나온다. "상민중이 장안에서 수령을 지내고 있었는데, 그곳 사람들이 감히 찐빵(蒸餠)을 팔지 못하였다. '중'자가 피휘에 저촉될까 두려워서였다.(向敏中鎭長安, 土人不敢賣蒸餠, 恐觸中字諱也)"고 하였다. 상민중의 '중(中)'자가 '증(蒸)'자와 발음이 같았기 때문이었다.

3 ≪기구속문(耆舊續聞)≫ 권7 원문에 따라 '진(鎭)'을 넣어 번역하였다.

매우 칭찬하였다. 그러나 그가 시를 논하면서 임포(林逋)의 '성긴 그림자 옆으로 비껴 있네(疎影橫斜)' 연[4]을 들장미와 같다고 한 것은 ≪야객총서≫와 ≪양계만지≫ 등의 책에서 비판을 받았다. 시 창작에는 신운(神韻)을 구현할 수 있었으나, 시를 논함에 있어서는 시인이 사물을 묘사하는 오묘함을 깊이 궁구할 수 없었으니 또한 어찌된 것인가?

내가 ≪송시화집일(宋詩話輯佚)≫을 편집할 때, 장자(張鎡)의 ≪사학규범(仕學規範)≫을 보지 못하였다. 지금 ≪사학규범≫ 권36에 ≪진보지시화≫의 한 조목이 인용되어 있는데, 내가 수록하지 못한 것이라 지금 그 문장을 ≪송시화집일≫에 넣어 둔다.

4 이 시의 제목은 〈산속 뜰의 작은 매화(山園小梅)〉이다.

잠계시안(潛溪詩眼)

1권, 범온(范溫) 지음, 손상됨, 발췌본과 집일본(輯佚本)이 있음.

범온(?~?)은 범중온(范仲溫)이라고도 하고, 자는 원실(元實)이며, 범조우(范祖禹, 1041~1098)의 아들로 성도(成都) 화양(華陽, 지금의 사천성(四川省) 쌍류현(雙流縣)) 사람이다. 범조우는 ≪당감(唐鑑)≫을 지어 천하에 명성을 날려 사람들이 그를 '당감옹(唐鑑翁)'이라 불렀으므로, 범온에게도 '당감아(唐鑑兒)'라는 호칭이 있었다. 또한 범온은 진관(秦觀)[1]의 사위였고 진관의 사 중에 "산에 스치는 엷은 구름(山抹微雲)" 구절[2]이 있었으므로, 자칭 "산에 스치는 엷은 구름 사위(山抹微雲女婿)"라 하였다.

조공무(晁公武)의 ≪군재독서지(郡齋讀書志)≫와 여본중(呂本中)의 ≪자미시화(紫微詩話)≫에서는 그가 황정견(黃庭堅)[3]의 시를 좇았다고 하였는

1 진관(秦觀, 1049~1100)은 북송 양주(揚州) 고우(高郵, 지금의 강소성(江蘇省) 고우시(高郵市)) 사람으로, 자는 소유(少游)이고 호는 회해거사(淮海居士)이다. 고문과 시사에 뛰어났으며, 소문사학사(蘇門四學士)의 한 사람이다. 저서로 ≪회해집≫, ≪회해장단구(淮海長短句)≫가 있다.

2 이 구절은 〈만정방(滿庭芳)〉에 나온다.

3 황정견(黃庭堅, 1045~1115)은 북송 홍주(洪州) 분녕(分寧, 지금의 강서성(江西省) 수수현(修水縣)) 사람으로, 자는 노직(魯直)이고 호는 부옹(涪翁) 또는 산곡도인(山谷道人)이다. 시인으로서의 명성이 높았으며, 스승인 소식(蘇軾)과 나란히 송대를 대표하는 시인이자 강서파(江西派)의 시조로 꼽히는 인물이다. 그의 시는 학식에 의한 전고(典故)와 수련을 거듭한 조사(措辭)를 특색으로 한다. 저서로 ≪예장황선생문집(豫章黃先生文集)≫ 등이 있다.

데, 이 책에는 황정견의 말을 서술한 대목이 많다. 범온은 여본중의 외숙으로, ≪자미시화≫에서는 그의 논시에 대해 "글자마다 유래하는 곳이 있어야 하는(要字字有來處)" 것이라 하였는데 이는 강서시파의 논시 주장이다. 따라서 책에도 자안(字眼)과 구법을 중시한 대목이 많으니, 이 책의 이름을 '시화'라 하지 않고 '시안(詩眼)'이라 하였던 것을 보면, 그의 뜻을 짐작할 만하다. 예를 들어 책에서 "구법은 한 글자 때문에 공교하다.(句法以一字爲工)" 조목에서 맹호연(孟浩然)의 "엷은 구름 은하수에 맑고 성긴 비 오동나무에 방울지네.(微雲澹河漢, 疏雨滴梧桐)"[4] 구절을 들고는 "공교함이 '담(澹)'자와 '적(滴)'자에 있다.(工在'澹''滴'字)"고 하였는데, 이것이 바로 시안에 해당한다. 또한 "구법(句法)" 조목에서는 두보(杜甫)의 "서쪽 누각의 뜻을 알지 못하겠나니, 이별하고자 하는 것인가 아니면 잡아두고자 하는 것인가(不知西閣意, 肯別定留人)"[5] 구절을 들고는 "이별하고자 하는 것인가? 아니면 잡아두고자 하는 것인가? 황정견은 두보의 심원하면서도 우아함을 특히 아꼈다.(肯別邪? 定留人邪? 山谷尤愛其深遠閑雅)"고 하였는데, 이 역시 시안이다. 그러나 이러한 것들은 모두가 강서시파 시인들이 말하는 '법(法)'인 것이다.

범온은 다음과 같이 말하였다.

> 좋은 구절은 좋은 글자를 써야한다. 예를 들어 이백의 시 '오땅의 여인 술을 눌러놓고, 나그네에게 맛보라 권하네.'[6]는 새로 담근 술이 막 익은 것과 강남 풍물의 아름다움을 보여주고 있는데, 공교함이 '압(壓)'자에 있다. 두보(杜甫)의 〈화마〉 시[7] '삐쭉삐쭉한 붓을 희롱하듯 잡더니, 휘둘러 명마를 그려내네.'는 처음에는 별로 그릴 뜻이 없는 듯하다가 우연히 자연스럽게

4 이 시는 맹호연의 단구(斷句)이다.
5 이 시의 제목은 〈서쪽 누각을 떠나지 못하여(不離西閣)〉이다.
6 이 시의 제목은 〈금릉의 주막에서 이별하는 이에게 남겨(金陵酒肆留別)〉이다.
7 이 시의 원래 제목은 〈벽 위에 위언이 말을 그리며 부른 노래를 제하여(題壁上韋偃畵馬歌)〉이다.

이루어지는 것이니 그 공교함이 '염(拈)'자에 있다.(好句要須好字, 如李太白詩：'吳姬壓酒勸客嘗', 見新酒初熟, 江南風物之美, 工在'壓'字. 老杜〈畵馬〉詩：'戲拈禿筆掃驊騮', 初無意於畫, 偶然天成, 功在'拈'字)

시에는 한 편 전체의 주제와 구절에서의 주제가 있다. 두보의 〈위견소에게 올리다〉시[8]의 배치가 한 예이다. 시 전체의 주제는 느릿느릿 걸으며 차마 떠나지 못하는 뜻을 말한 것으로 '항상 종남산이 그리워 맑은 위수가로 고개 돌리네.'라 한 것이 그것이다. 위견소와 이별을 하려고 하는 것을 말할 때에는 '언제나 은혜 갚으려 생각하고 있었는데, 하물며 대신과 이별하는 생각을 함에랴.'라 하였다. 이것은 구절에서의 주제인 것이다.(詩有一篇命意與有句中用意. 如老杜〈上韋見素〉詩, 布置如此, 是一篇命意也, 至其道遲遲不忍去之意, 命則曰'尙憐終南山, 回首淸渭濱'；其道欲與見素別, 則曰'常擬報一飯, 況懷辭大臣', 此句中命意)

이와 같은 여러 예는 황정견의 견해에 근본을 두고 자신의 견해를 발휘한 것으로, 이미 강서시파의 시인들의 견해와 근접해 있다. 이것이 '시안'이 가진 하나의 의미이다.

그러나 이것은 오히려 소소한 편이다. 그는 또 "시를 배우는 자는 학식을 위주로 할 것을 우선으로 삼아야 한다. 이는 선가에서 말하는 정법안과 같은 것이어서 이 안목을 갖추고 있어야 도에 들어갈 수 있는 것이다.(學者要先以識爲主, 如禪家所謂正法眼者, 直須具此眼目, 方可入道)"라 하였다. 이는 앞의 내용보다 진일보한 것으로, 엄우(嚴羽)가 선(禪)으로써 시를 비유한 것과 같다.[9] 범온과 엄우가 다른 것은 엄우가 말한 것처럼 선으로써 시를 논한 정도에까지는 이르지는 않았다는 점이다. 범온은 당시 사람의 시를 논하면서 매번 옛 사람의 시구를 가져다 비교하였는데, 이를 통해 옛 사람들이 문장을 허황되게 쓴 것이 아님을

8 이 시의 원래 제목은 〈위좌승장에게 받들어 주는 22운의 시(奉贈韋左丞丈二十二韻)〉이다.
9 엄우는 그의 ≪창랑시화(滄浪詩話)≫에서 "선의 핵심은 깨달음에 있다. 시의 핵심 역시 깨달음에 있다. 오직 깨달음을 통해서만 진정한 자기 자신일 수 있고 자기 자신만의 목소리를 낼 수 있다"고 하여 묘오론(妙悟論)을 주장하였다.

보여주었다. 예를 들어 책에 있는 '아흔 줄의 띠(九十行帶索)' 조목, '두보의 시 중 '월'자를 쓴 예(杜詩用月字例)' 조목, '시의 병폐를 평함(評詩病)' 조목이 모두 이런 예이다. 옛 사람의 시구에 대하여도 매번 둘을 대조하여 우열을 드러내었다.

그가 비록 황정견(黃庭堅)에 근본을 두었지만 이와 같이 분명히 말할 수 있던 것은 황정견과는 다른 안목을 갖추고 있었기 때문이다. 이는 '시안'의 또 다른 의미로서, 범온의 독창적인 주장이다. 채조(蔡絛)의 ≪철위산총담(鐵圍山叢談)≫에서는 범온의 의론이 남보다 탁월하다고 하였는데,[10] 아마도 이를 언급한 것이 아니겠는가? 원매(袁枚)는 ≪수원시화보유(隨園詩話補遺)≫ 권3에서 "당나라 제기는 ≪풍소지격≫을 지었고, 송나라 오잠계는 ≪시안≫을 지었는데, 이들은 진실로 시를 아는 대가는 아니었다.(唐齊己有≪風騷旨格≫, 宋吳潛溪有≪詩眼≫, 皆非大家眞知詩者)"라 하였다. 이는 아무것도 모르는 망언으로, '범(范)'자를 '오(吳)'자로 잘못 썼을 뿐 아니라 이 책을 ≪풍소지격≫[11]과 함께 논했으니, 큰 잘못이라 하겠다. 원매는 재주 있는 사람으로 시로써 당시에 명성을 떨쳤는데, 생각지도 못하게 유명 인사의 말이라는 명분으로 사람을 기만하는 악습이 이 지경에까지 이르게 되었으니 또한 애석할 따름이다.

이 책은 ≪군재독서지(郡齋讀書志)≫, ≪직재서록해제(直齋書錄解題)≫와 ≪문헌통고(文獻通考)≫에 저록되어 있고 ≪어은총화(漁隱叢話)≫, ≪시인옥설(詩人玉屑)≫, ≪야객총서(野客叢書)≫, ≪초당시화(草堂詩話)≫ 등에 모두 인용되어 있어 송나라 때 비교적 유행했음을 알 수 있다. 그러나 송대 이후의 장서가들에게서는 거의 저록되지 않았다. 왕구(王構)

10 ≪철위산총담≫ 권3에 실려 있다.

11 ≪풍소지격≫은 창작상의 격식과 법식을 매우 많이 제시한 책이다. 설설(薛雪)의 ≪일표시화(一瓢詩話)≫에 따르면, 이 책에서 '육시(六詩)', '육의(六義)', '십체(十体)', '십세(十勢)', '이십식(二十式)', '사십문(四十門)', '육단(六斷)', '삼격(三格)' 등을 제시하였다고 한다.

의 ≪수사감형(修辭鑑衡)≫에 인용된 것은 ≪시헌(詩憲)≫에서 옮겨 적은 것으로, 이후로는 오직 조학전(曹學佺)의 ≪촉중저작기(蜀中著作記)≫ 중 〈촉중광기(蜀中廣記)〉에서만이 이 책을 언급하였을 뿐이다. 그러나 이미 ≪잠재시화(潛齋詩話)≫라 잘못 기재되어 있으니, 그가 근거한 것이 전초본(傳鈔本)이었고 이 때문에 '계(溪)'를 '재(齋)'로 잘못 쓴 것임을 알 수 있다. 즉 이 책은 일실된 지가 이미 오래되었던 것이다. 지금 세상에 전하는 것은 오직 ≪설부(說郛)≫본 1권으로 겨우 3조목뿐인데, 그중 '감람시(橄欖詩)' '도량향(都梁香)' 2조목은 ≪왕직방시화(王直方詩話)≫와 동일하다. 이는 이 책이 이미 일실되어 후대 사람이 다른 책에서 다시 전록하여 채웠기 때문일 것이다. 나는 그 일실된 문장을 모아 ≪송시화집일(宋詩話輯佚)≫ 속에 넣어 두었다.

채관부시화(蔡寬夫詩話)

3권, 채거후(蔡居厚) 지음, 일실되었음, 집일본(輯佚本)이 있음,
전초본(傳鈔本)은 믿을 수 없음,
부록 ≪시사(詩史)≫도 집일본임.

채거후(?~1125)의 자는 관부(寬夫)이고, 임안(臨安, 지금의 절강성(浙江省) 항주시(杭州市)) 사람으로, 희녕어사(熙寧御史) 채연희(蔡延禧)[1]의 아들이다. 진사에 급제한 후 여러 관직을 거쳐 이부원외랑(吏部員外郎)이 되었다. 대관(大觀) 연간(1107~1108) 초에 우정언(右正言)에 제수되었고 이어서 우간의대부(右諫議大夫)로 승진하였으며 호부시랑(戶部侍郎)으로 바뀌었다가 사건에 연루되어 파직되었다. 채경(蔡京)이 다시 재상이 되자 창주(滄州)·진주(陳州)·제주(齊州)의 지주(知州)가 되었고 휘유각시제(徽猷閣侍制)가 더해졌다가 나중에 여주(汝州)로 옮겼다. 한참 후에 지동평부(知東平府)를 지냈고 다시 호부시랑(戶部侍郎)으로 조정에 부름을 받았으나 부임하지 못하였다. ≪송사(宋史)≫ 356권에 전(傳)이 있다.

여악(厲鶚)의 ≪송시기사(宋詩紀事)≫ 권37에 따르면, "채거후의 자는 관부이고 ≪시화≫가 있다.(蔡居厚字寬夫, 有≪詩話≫)"라 하였다. 또한 주서증(朱緖曾)은 ≪개유익재독서지(開有益齋讀書志)≫에서 "내가 오산의 서

1 이는 피휘(避諱)를 한 것이다. ≪송사≫에 보면 '희녕어사 채승희의 아들이다.(熙寧御史承禧子也)'라 되어 있다. 그의 부친 채승희(1035~1084)는 자가 경번(景繁)이다. 그의 사적은 ≪소위공문집(蘇魏公文集)≫ 권57 〈승의랑 집현교리 채공 묘지명(承議郎集賢校理蔡公墓志銘)〉에 보인다.

점에서 송나라 ≪채관부시화≫ 3권을 얻었는데, 옛 수초본이고 앞에는 서문이 없다.(余於吳山書肆得宋≪蔡寬夫詩話≫三卷, 舊鈔本, 前無序)"라 하였다. 주서증은 고증한 후 "≪초계어은총화≫전집 권9에 인용된 ≪왕직방시화≫에 채관부 계가 태학박사일 때 치(治)자운으로 다른 사람에게 화답한 시가 있다는 내용이 실려 있는데, …… 이에 근거해 보건데, 아마도 채관부의 이름은 계이고 태학박사시랑 관직을 지낸 듯하다.(≪苕溪漁隱叢話≫前集卷九引≪王直方詩話≫載蔡寬夫啓爲太學博士, 和人治字韻詩 …… 據此, 似寬夫名啓, 官太學博士侍郞)"라 하였다. 나는 처음에 그의 견해를 믿어 ≪시화≫와 ≪시사≫를 두 사람이 지은 것으로 생각하고 ≪시화≫는 채계(蔡啓)가, ≪시사(詩史)≫는 채거후가 지은 것으로 여겼다. 그러나 도무지 납득이 가지 않아 주서증의 견해에 점점 회의가 생겼다. 주서증이 근거한 것 중 ≪왕직방시화≫의 한 조목만이 비교적 유력한 것이었다. 그러나 주서증이 자주(自注)에서 "치(治)자운의 시를 어떤 이는 채천계가 지은 것이라 여겼다.(治字韻或以爲蔡天啓作)"라 하였으니, 이 조목 역시 분명치 않아 근거로 삼기에 부족하다.

내가 보기에 채천계는 이름이 채조(蔡肇)로, ≪송사(宋史)≫ 444권 〈문원(文苑)〉에 전(傳)이 있다. 여기에 "원우 연간에 태학정이 되었고 상주 통판이었다.(元祐中爲太學正, 通判常州)"라 하였으니 치자운을 쓴 시는 채조가 지은 것임에 틀림없다. ≪송시기사(宋詩紀事)≫에서 ≪매간시화(梅磵詩話)≫를 인용하여 이 시가 채거후의 작품이라 한 것은 잘못된 것이고, ≪왕직방시화≫에서 이를 채계가 지은 것이라 한 것은 더더욱 잘못된 것이다.

주서증이 든 다른 예는 근거로 삼기에 더욱 부족하다. 첫째, 주서증은 "≪경정건강지≫에는 ≪남창기담≫의 '시랑인 채관부는 금릉 청계 남쪽에 집을 지었는데, 지금 공원기가 이곳이다.'를 인용하고 있다. 이에 근거해보면 채관부의 이름은 계이고 태학박사시랑을 지냈으니,

여악(厲鶚)이 말한 것과 부합되지 않는다.(≪景定建康志≫引≪南窓紀談≫‘蔡寬夫侍郎治第於金陵青谿之南, 今貢院基是’. 據此, 似寬夫名啓, 官太學博士侍郎, 與樊榭所言俱不合)”라 하였다. 사료를 살펴보면 채계는 이름도 없고 다른 책에서도 시랑을 지냈다는 기록이 없으나, 〈채거후전(蔡居厚傳)〉에는 그가 호부시랑을 지냈다고 분명히 밝히고 있다. 다만 ≪송시기사≫에만 이 말이 없을 뿐이다. 주서증이 든 예는 채거후가 시화를 지었다는 증거로 삼기에 족하다. 둘째, 주서증은 또한 “추호의 ≪도향집≫에 〈해원 채관부가 늦봄에 회포를 드러낸 것에 화운한 시〉가 있는데, ‘여러 사람의 솜씨 가운데 그대의 재주가 돋보이네’라는 구절이 있으니, 과거에 급제하기 전에 일찍이 시로 명성을 날렸음을 알겠다.(鄒浩≪道鄉集≫和韻蔡寬夫解元暮春見懷詩, 有‘千人筆掃見君才’之句, 是未第以前早以詩名)”라 하였다. 이 역시 채관부의 이름이 계이지만 채거후는 아니라는 증거로 삼기에는 부족하니, 주서증의 견해는 성립되기 어렵다. 그러므로 ≪시화≫와 ≪시사≫ 모두 채거후가 지은 것이라 정하는 것이 타당하다.

그렇다면 ≪시화≫와 ≪시사≫는 결국 다른 두 책인가 아니면 동일한 한 책인가? 내 생각에 채관부는 두 사람이 아니기 때문에 다른 책이 아니라 동일한 책인 것 같다. ≪송사·예문지≫를 살펴보면, ≪채관부시사(蔡寬夫詩史)≫ 2권이 있다고 하였는데, 송나라 이래로 많은 사람이 ≪채관부시화≫를 저록하지 않은 것은 ≪채관부시사≫ 안에 포함되었기 때문일 것이다. ≪채관부시사≫ 2권에서 전권(前卷)은 사건을 많이 논하고 있고 간간이 다른 사람의 시화나 필기를 잡록하고 있다. 후권(後卷)은 작품의 언사(言辭)를 많이 논하고 있어서 자기의 견해를 서술하거나 고증에 대한 내용이 많다. 전후 2권은 비록 성질이나 체례가 다르지만, ≪시사≫가 앞에 있고 ≪시화≫는 뒤에 있어서 ≪시사≫가 ≪시화≫를 포괄할 수는 있지만 ≪시화≫는 ≪시사≫를 포괄할 수 없었으니, 이것이 각 저록에 ≪시사≫는 있어도 ≪시화≫가 없었던 이유였던 것이다. 또한 전권과 후권으로 나누어져 있는 것은 간행될 때 선후가 있어서인 듯하니, 완열(阮閱)의 ≪시총(詩總)≫에는 ≪시사≫는 있지만 ≪시화≫가 없고, 호자(胡仔)의 ≪초계어은총화≫에는 ≪시화≫는 있되 ≪시사≫가 없다. 지금 월창도인(月窓道人)이 교감 출간한 완열의 ≪시총≫을 살펴보면, 전집(前集) 서목에 ≪채관부시사≫가 인용되어 있고, 후집(後集)에는 ≪채관부시화≫가 인용되어 있는데, 이것도 같은 이유 때문일 것이다. ≪송시기사≫에서 ≪채관부시화≫를 인용하면서 매번 ≪시사≫라고 한 것도 역시 이 때문일 것이다. 요약하자면, 송나라 때 채관부가 두 명 있었다는 결정적 증거는 없으므로, ≪시화≫와 ≪시사≫가 한 책이냐 다른 두 책이냐를 따지지 말고 모두 채거후가 지은 것이라고 보아야 할 것이다.

주서증은 옛 초본을 보면서 그 출처를 알지 못했다고 하였다. 아마도 이 책은 서적상이 ≪초계어은총화≫에 인용된 것을 근거로 하여 이익을 얻기 위해 베껴 써낸 것인 듯하다. 때문에 번거롭게 끝 말에서 하루만에 책 전부를 수록하였다는 말이 있었던 것이다. ≪초계어은총화≫를 살펴보면, ≪석림시화(石林詩話)≫에 80여 조목을 채집하였는데 다른 단행본들에 비해 겨우 6조목이 적으므로, 여기에 ≪채관부시화≫ 전부가 수록되었다 보는 것도 있을 수 있는 일이다. 그러나 송명대 이후로 여러 저록에 실리지 않았고 ≪초계어은총화≫에 실린 것과 대조하여보면 완전히 일치하므로 끝내 의심하지 않을 수 없다. 옛 초본 가운데 가치가 전무한 경우가 있는 것은 이러한 이유 때문이다.

≪시화≫와 ≪시사≫가 한 사람에게서 나왔다 하더라도 정밀함의 여부에는 차이가 있다. ≪시사≫는 듣고 본 것을 두루 서술하여 초기의 습속을 따르고 있어 그저 한담의 자료에 불과하다. 반면 ≪시화≫는 학문에 관련한 것으로, 음운 방면에는 다소 소략하고 잘못된 부분이 있지만 때때로 뛰어난 의미와 정밀한 부분이 드러난다. 주서증이

“그의 논시와 고증은 매우 상세하고 역사적 사실을 두루 섭렵하되 조금도 사사로운 감정이 없으니, 이 점이 다른 사람보다 훨씬 뛰어난 점이다.(愛憎其論詩考證詳贍, 淹習掌故, 無一定愛憎之私, 迥出諸家上)”라 이른 것도 빈말이 아니다. 그러므로 지금은 ≪시화≫로 표제를 삼고 ≪시사≫는 덧붙여 두었다. 이 두 책은 나의 ≪송시화집일≫에서 모두 볼 수 있다.

≪시사≫에 관해서는 반드시 한 마디 덧붙여야 할 것이 있다. ≪시사음변(詩史音辨)≫과 ≪시사총목정이(詩史總目正異)≫ 두 책은 비록 ≪수초당서목(遂初堂書目)≫ 문사류(文史類)에 보이지만, 채거후의 ≪시사≫와는 성질이 다르다. 채거후가 지은 ≪시사≫는 시인의 자질구레한 이야기를 주로 서술하고 있어 당시 시화의 성격을 지니고 있으므로 글자의 음을 분별하거나 오류를 바로잡을 필요가 없다. ≪수초당서목≫에 실린 이 두 책은 비록 내용을 알 수 없지만, 모두 두보(杜甫)의 시에 대하여 말하고 있다. 송나라 사람은 두보의 시를 ‘시사’라 여겼고 방순도(方醇道)에게는 ≪유집두보시사(類集杜甫詩史)≫라는 저작이 있었는데, ≪수초당서목≫에 실린 이 두 책이 방순도의 저서를 겨냥해 나온 것인지는 알지 못하겠다.

또한 ≪초계어은총화≫ 전집 권11에 다음과 같은 말이 있다.

> 내가 ≪주시사≫를 보았는데, 이는 이곡의 이촉이 주를 단 것이다. 그가 자서에서 이르기를, ‘……내가 영남으로 내쫓겼는데, 소식(蘇軾)도 창화에 폄적되어 있어, 외람되게도 소식 선생의 문하에 들어가게 되었다. 거기서 의혹이 있거나 오류가 난 부분 3000여 가지나 선생의 가르침을 받았는데, 책의 빈 공간에 써 놓았으니 다만 내가 잊어버렸을 때 기억하기 위해서였다.’고 하였다. 그러나 내가 역사전적이나 자질구레한 이야기를 상세히 상고하면서 특히 하나도 대충 본 적이 없었거늘, 어찌 다른 책에서 3000여 가지의 내용이 다 나올 수 있는가? 이는 필시 호사가들이 가짜로 지어서 사람들을 속인 것일 터이니, 소위 이촉이라는 자도 아마도 이름을 속인 자일

> 것이다. 책 내용에 또 소식의 말이 많이 기재되어 있는데, …… 이 역시 가짜로 지은 것이다.(余觀≪注詩史≫是二曲李歜述. 其自序云, '……棄逐嶺表, 東坡先生亦謫昌化, 幸忝門下靑氈. 又於疑誤處, 授先生指南三千餘事, 疏之編簡, 聊自記其忘遺爾.' 然三千餘事, 余嘗細考之史傳小說, 殊不略見一事, 寧盡出於異書邪? 以此驗之, 必好事者僞撰以誑世, 所謂李歜者, 蓋以詭名耳. 其間又多載東坡語, ……當亦是僞撰耳)

그런즉 여기서 말한 "시사"란 두보의 문집을 이른 것이다.

≪초계어은총화≫에서 인용한 책 가운데 또 ≪소릉시총목(少陵詩總目)≫이라는 것이 있는데, 이는 ≪수초당서목≫에서 이른 ≪시사총목≫일 것이다. 이 두 책은 비록 문사류에 들어가 있지만 거의 전소(箋疏)에 가깝다. 하물며 호사가들이 거짓으로 지어 세상을 어지럽히는 경우에 있어서는 더더욱 말할 것이 없다. 그러므로 각 서목의 문사류나 시문평류에 시사와 관계있는 저작은 분별해서 볼 필요가 있다.

삼련시화(三蓮詩話)

권수를 알지 못함, 원봉원(員逢原) 지음, 일실됨, 집일본이 있음.

원봉원(?~?)의 자는 자심(資深)이고 화음(華陰, 지금의 섬서성(陝西省) 화음시(華陰市)) 사람이며, 관직은 조의대부(朝議大夫)에 이르렀다. ≪삼련집(三蓮集)≫ 20권이 ≪군재독서지(郡齋讀書志)≫ 권12에 보인다.

이 책은 다른 저록에는 보이지 않아 일찍 일실된 듯하다. 지금 ≪삼련집≫ 역시 판본이 전하지 않으므로, 이 책이 그 안에 있었는지는 알 수 없다. 위거안(韋居安)의 ≪매간시화(梅磵詩話)≫에 화음의 원자음(員資陰)에게 ≪삼련시화≫가 있다고 하면서 "시화는 초록된 부본(副本)이다. 원봉원은 남송 이전 사람으로, 신사년에 우연히 친구의 집에서 보았다.(詩話係錄本. 員乃南渡前人, 辛巳歲偶於朋友處見之)"라 하였다. 따라서 이 책은 당시에도 혹시 간본(刊本)이 없었기 때문에 조공무(晁公武)가 본 것 역시 초록된 부본이었던 것이 아니었을까? 아니면 간본이 많지 않았기 때문에 애서가가 전한 초록본이었던 것인가? ≪송사륙화(宋四六話)≫ 권20에 ≪옥련시화(玉蓮詩話)≫라 인용된 것은 글자가 잘못된 것이다. 지금은 ≪송시화집일(宋詩話輯佚)≫본이 있다.

이희성시화(李希聲詩話)

1권, 이순(李錞) 지음, 일실됨, 집일본이 있음.

이순(?~?)의 자는 희성(希聲)이고, 예장(豫章, 지금의 강서성(江西省) 남창시(南昌市)) 사람이며, 관직은 비서승(秘書丞)에 이르렀다. ≪이희성집(李希聲集)≫이 있는데, 이는 ≪직재서록해제(直齋書錄解題)≫[1]와 ≪문헌통고(文獻通考)≫[2]에 보인다. 그의 시는 황정견(黃庭堅)[3]을 종주로 삼아서 그 역시 강서시사(江西詩社) 중 하나이다. 미불(米芾)[4]과 교유를 맺어 미불은 시첩에서 그를 '빼어난 벗(英友)'이라 불렀다.

이 책은 ≪직재서록해제≫와 ≪문헌통고≫에 저록되어 있지 않고

1 ≪직재서록해제≫ 권20에 실려 있다.

2 ≪문헌통고≫ 권245에 실려 있다.

3 황정견(黃庭堅, 1045~1115)은 북송 홍주(洪州) 분녕(分寧, 지금의 강서성(江西省) 수수현(修水縣)) 사람으로, 자는 노직(魯直)이고 호는 부옹(涪翁) 또는 산곡도인(山谷道人)이다. 시인으로서의 명성이 높았으며, 스승인 소식(蘇軾)과 나란히 송대를 대표하는 시인이자 강서시파(江西詩派)의 시조로 꼽히는 인물이다. 그의 시는 학식에 의한 전고(典故)와 수련을 거듭한 조사(措辭)를 특색으로 한다. 저서로 ≪예장황선생문집(豫章黃先生文集)≫ 등이 있다.

4 미불(米芾, 1051~1107)은 북송 양양(襄陽, 지금의 호북성(湖北省) 양양현(襄陽縣)) 사람으로, 조적(祖籍)은 태원(太原, 지금의 산서성(山西省) 태원시(太原市))이다. 자는 원장(元章)이고 호는 양양거사(襄陽居士) 또는 해악산인(海岳山人)이다. 서법가이자 화가로, 교서랑(校書郎), 서화박사(書畵博士), 예부원외랑(禮部員外郎) 등을 역임하였다. 서화뿐만 아니라 시문에도 능하였으며, 특히 고미술품 감별에 뛰어났다. 소식(蘇軾), 황정견(黃庭堅), 채양(蔡襄)과 함께 북송 사대서예가로 꼽힌다.

≪송사(宋史)·예문지(藝文志)≫ 문사류(文史類)에는 ≪이순시화(李錞詩話)≫라 되어 있다. ≪초계어은총화(苕溪漁隱叢話)≫, ≪시인옥설(詩人玉屑)≫ 같은 여러 저작에서는 모두 ≪이희성시화≫라 하였다.

책 내용은 주로 고사를 서술하고 있어 시에 대한 논의가 적은데, 이는 ≪왕직방시화(王直方詩話)≫와 비슷한 점이어서 산일된 것도 당연하다. 그러나 당시에는 상당히 널리 전해져 이 책을 인용하고 있는 것이 꽤 많다. 따라서 ≪초계어은총화≫, ≪시인옥설≫, ≪시림광기(詩林廣記)≫, ≪수사감형(修辭鑑衡)≫ 및 ≪사학규범(仕學規範)≫, ≪황조사실류원(皇朝事實類苑)≫, ≪학림(學林)≫ 등 여러 책에 일문(佚文)이 흩어져 보인다. ≪사고전서존목제요(四庫全書存目提要)≫[5]에 있는 ≪죽창시문변정총설(竹窓詩文辨正叢說)≫을 살펴보면, ≪시변정(詩辨正)≫ 2권 안에 이전 사람의 시화를 베낀 부분이 많다고 말하면서 ≪이희성시화≫를 인용하고 있다. 지금 이 책이 전하지 않아 그 인용된 내용이 상술한 여러 책에서 인용된 것 외의 것인지 여부는 알 수 없다. ≪왕직방시화≫에는 이희성의 말을 많이 인용하고 있는데, 당시에는 시화가 아직 다 완성된 때가 아니었으므로 시화라 이르지 않은 것으로 여겨진다. 그러나 이후에 시화가 편찬되었을 때 ≪왕직방시화≫에 인용된 말들이 다시 시화 안에 모아져 들어갔는지는 모르겠다. 그러므로 이 책이 지어진 때는 마땅히 대관(大觀) 3년(1109) 이후, 소흥(紹興) 원년(1131) 이전이 될 것이다.

내가 전에 ≪송시화집일(宋詩話輯佚)≫을 편집할 때 송분당(誦芬堂) 영각(影刻) 일본(日本) 원화번송소흥본(元和翻宋紹興本) ≪황조사실류원(皇朝事實類苑)≫을 보지 못하였는데, 여기에 ≪이희성시화≫를 특히 많이 인용하고 있어 지금 수록하여 보충해둔다.

---

5 ≪사고전서총목제요≫ 권197 〈집부(集部)·시문평류존목(詩文評類存目)〉에 실려 있다.

반자진시화(潘子眞詩話)

1권, 반순(潘淳) 지음, 손상됨, 발췌본과 집일본이 있음.

반순(?~?)의 자는 자진(子眞)이고, 신건(新建, 지금의 강서성(江西省) 신건현(新建縣)) 사람이며, 반흥사(潘興嗣)[1]의 손자이다. ≪강서통지(江西通志)≫ 권134[2]에서는 그에 대해 다음과 같이 말하고 있다.

> 어려서부터 영민하고 배움을 좋아하되 게으르지 않았으며 경사백가의 말을 꿰뚫고 있었다. 황정견에게 사사하였는데 특히 시에 뛰어났다. 증공이 지홍주를 지낼 때 반흥사의 후손에게 봉록 줄 것을 청하자 상서좌승 황리복이 반순을 추천하여 건창현위에 제수되었다. 진관이 채경을 탄핵하였을 때 사람들이 반순을 진관의 당이라고 지목하였고 이에 연루되어 관직이 박탈되었는데 그는 개의치 않고 고향으로 돌아가 자칭 곡구소은[3]이라 칭

1 반흥사(潘興嗣, 1023?~1100)는 북송 남창(南昌) 신건(新建, 지금의 강서성(江西省) 신건현(新建縣)) 사람으로, 자는 연지(延之)이다. 어려서 가정교육을 잘 받아 경사에 통달하였고, 시문도 뛰어나 왕안석(王安石), 증공(曾鞏)과 교분이 있었다. 덕화위를 지냈는데 강주자사(江州刺史)를 뵙는 문제 때문에 불만을 품고 귀향하였다. 예장성(豫章城) 남쪽에 집을 짓고 매일 그 안에서 책을 읽었으며 자호는 청일거사(淸逸居士)라 하였다. 주변 사람들이 그를 다투어 추천하여 희녕(熙寧) 원년(1068)에 균주(筠州, 지금의 강서성(江西省) 고안시(高安市))의 추관(推官)으로 부름을 받았지만 사양하고 나가지 않았다. 60년간 은거하며 책을 손에서 놓지 않았다. 손수 베껴 쓴 책이 수백 권이나 되며 저서로 ≪서산문집(西山文集)≫ 60권, ≪시화보유(詩話補遺)≫ 1권이 전한다.

2 실제로는 ≪강서통지≫ 권 66에 있다.

3 골짜기의 작은 은자라는 뜻이다.

하였다. 그가 지은 시와 ≪시화보유≫는 세상에 전한다.(少穎異, 好學不倦, 淹貫經史百家之言, 師事黃庭堅, 尤工詩, 曾鞏知洪州, 乞錄輿嗣後, 尙書左丞黃履復以淳爲請, 補授建昌縣尉. 陳瓘劾蔡京, 言者目淳爲瓘親黨, 坐奪官, 不以介意, 歸, 自稱谷口小隱, 所著詩幷≪詩話補遺≫傳世)

그의 생애 가운데 상고할 수 있는 것은 이것뿐이다. 이지의(李之儀)의 ≪고계거사후집(姑溪居士後集)·자진에게 주는 시(贈子眞詩)≫에 "그대의 문장은 밝은 거울로 만물을 드러내 듯 하고, 그대의 시구는 칩거하고 있다 봄 우레에 놀라는 것 같네.(文章明鏡現諸相, 句律蟄戶驚春雷)"라는 구절이 있으니, 그의 시풍 역시 강서시파의 시격이었다. ≪시화≫에 황정견에게 시에 대하여 묻는 내용이 있는데, ≪왕직방시화(王直方詩話)≫에도 그 말이 있으니, 그가 황정견에게 사사하였음을 알 수 있다. 시화를 가지고 말한다면 왕직방이나 이순(李錞)보다 나은데 여본중(呂本中)이 ≪강서시사종파도(江西詩社宗派圖)≫를 지을 때 왜 그를 빠뜨렸는지 모르겠다.

반순이 지은 시화는 ≪강서통지≫ 외에 다른 저록에는 보이지 않으니 아마도 당시에 그다지 유행하지는 않았던 듯하다. ≪강서통지·예문략(藝文略)≫에 반순의 조부 반흥사가 지은 ≪시화≫ 1권이 저록되어 있는데, 이 책을 ≪시화보유(詩話補遺)≫라 불렀지 "반자진시화(潘子眞詩話)"라 하지 않았다. 이 책은 사마광(司馬光)의 ≪속시화(續詩話)≫의 예[4]를 따랐기 때문에 ≪시화보유≫라 불렀다가 나중에 다른 책들이 "보유(補遺)"라는 이름으로 인용하면서 오해를 일으키자 제목을 "반자진시화"로 바꾸었을 가능성이 있다. 엄유익(嚴有翼)의 ≪예원자황(藝苑雌黃)≫에서 ≪시화보궐(詩話補闕)≫이라고 인용한 것으로 보아 당시에 이런 명칭이 있었음을 알 수 있다. 여악(厲鶚)의 ≪송시기사(宋詩紀事)≫에는

4 사마광은 〈자제(自題)〉에서 구양수(歐陽修)의 ≪육일시화(六一詩話)≫를 이어서 쓴다고 하였다.

반순의 시는 없고 23권에서 반흥사의 시를 수록하면서 반흥사에게 ≪시화보유≫가 있다고 하였는데 이는 거꾸로 된 것이다. 사료를 살펴보면, 반흥사의 자는 연지(延之)이고 자호는 청일거사(淸逸居士)이다. 지금 ≪반자진시화≫ 안에 또한 청일(淸逸)의 말을 인용한 대목이 있는데 이는 그의 조부의 말을 기술한 것이다. 이 말이 반흥사가 지은 ≪시화≫ 안에 있는지의 여부는 알 수 없다. ≪송시기사≫에서는 ≪반자진시화≫에 근거하여 반흥사의 〈곽공보를 희롱하는 시(戲郭功父詩)〉를 수록하고 있다. 그러나 ≪반자진시화≫에는 또 반흥사가 임대중(任大中)에게 준 대구(對句)도 실려 있는데 ≪송시기사≫에서 왜 그것을 빠뜨렸는지는 알지 못하겠다.

이 책은 옛날에 ≪설부(說郛)≫본이 있어 모두 네 조목으로 나뉘어 있었다. 첫째 '고악부(古樂府)', 둘째 '산곡(山谷)', 셋째 '시다시(試茶詩)', 넷째 '현관어(弦管語)'가 그것이다. 이 네 조목 중 '시다시'는 ≪서청시화(西淸詩話)≫에 보이고 '현관어'는 ≪중산시화(中山詩話)≫에 보이는데, '산곡' 한 조목은 빠진 문장이 있다. 나는 일찍이 그 일문을 모아 보충하고 또한 교정도 하여 ≪송시화집일(宋詩話輯佚)≫에 넣어 두었다.

홍구보시화(洪駒父詩話)

1권, 홍추(洪芻) 지음, 집일본이 있음.

홍추(洪芻, ?~?)는 북송 예장(豫章, 지금의 강서성(江西省) 남창시(南昌市)) 사람으로, 자는 구보(駒父)이다. 소성(紹聖) 원년(1094)에 진사에 급제하였다. 정강(靖康) 연간(1126~1127)에 관직이 간의대부(諫議大夫)에 이르렀다. 나중에 사문도(沙門島)에 폄적되었다가 그곳에서 죽었다. 황정견(黃庭堅)의 외조카로, 형제들이 모두 시문에 뛰어나 형 홍붕(洪朋), 동생 홍염(洪炎), 홍우(洪羽)와 함께 '예장사홍(豫章四洪)'이라 불렸다. 저서로 ≪노포집(老圃集)≫ 1권, ≪예장직방승(豫章職方乘)≫ 등이 있었으나 일실되었다.

홍추(?~?)의 자는 구보(駒父)이고, 예장(豫章, 지금의 강서성(江西省) 남창시(南昌市)) 사람이다. 소성(紹聖) 원년(1094)에 진사가 되었고, 숭녕(崇寧) 3년(1104)에 원우당적(元祐黨籍)에 들어갔으며, 정강(靖康) 연간[1]에 간의대부(諫議大夫)가 되었다. 변경(汴京)이 함락되고 금나라 사람을 위해 재물을 모았던 일에 연루되어 사문도(沙門島)에 유배되어 죽었다. 저서로 ≪예장직방승(豫章職方乘)≫, ≪노포집(老圃集)≫, ≪향보(香譜)≫가 있고 ≪초한일서(楚漢逸書)≫ 약간 권을 편집하였다.

홍추가 죄를 얻어 유배되었을 때는 이미 남송에 접어들었을 때이지만, 그가 지은 ≪시화≫는 일찍이 엄유익(嚴有翼)의 ≪예원자황(藝苑雌黃)≫에 인용되어 있으므로 이 책은 북송 말엽에 완성되었을 것이다. 홍씨의 형제는 네 명으로 형 홍붕(洪朋)은 자가 귀보(龜父)이고 동생 홍염(洪炎)의 자는 옥보(玉父)이며 홍우(洪羽)의 자는 홍보(鴻父)로, 황정견

1 ≪강서통지(江西通志)≫ 권134에 따르면 정강 원년(1126)이다.

(黃庭堅)의 조카이고 재주와 명성이 있어서 '사홍(四洪)'이라 불렀다. 홍붕, 홍추, 홍염은 강서종파도에 들어가 이들을 '삼홍(三洪)'이라 불렀다. 그러므로 이 책에서 논하고 있는 내용 역시 강서시파 시인과 관련된 것이 많다.

이 책은 일찍이 일실되었는데, ≪강서통지(江西通志)·예문략(藝文略)≫과 ≪수초당서목(遂初堂書目)≫에는 저록되어 있다. 명나라 이후에는 오직 ≪천경당서목(千頃堂書目)≫과 ≪담생당서목(澹生堂書目)≫, 초횡(焦竑)의 ≪국사경적지(國史經籍志)≫에만 보일 뿐이다. ≪천경당서목≫에는 ≪고금휘설(古今彙說)≫본이 있다고 하였으나 찾아볼 수 없다. ≪담생당서목≫에는 ≪백천학해(百川學海)≫본이 있다고 하였으나, ≪백천학해≫를 살펴보면 홍추의 ≪향보(香譜)≫는 있지만 시화는 없으니 아마도 잘못된 것일 것이다. 초횡의 ≪국사경적지≫에 기재되어 있는 것은 일실된 것이 꽤 많아 이 책이 명나라 이후로도 전해졌다는 증거로 삼기에는 부족하다. 그 일실된 문장은 내가 ≪송시화집일(宋詩話輯佚)≫에 편집해두었다. 이 책의 오류는 오증(吳曾)의 ≪능개재만록(能改齋漫錄)≫에서 많이 바로 잡아놓아 ≪송시화집일≫에서도 이를 참고하여 수록하였다.

금옥시화(金玉詩話)

1권, 손상됨, 옛 판본에는 채조(蔡絛)가 지었다고 되어있음.

채조(蔡絛, ?~?)는 북송 선유(仙游, 지금의 복건성(福建省) 선유현(仙遊縣)) 사람으로, 자는 약지(约之)이고 호는 백납거사(百衲居士)이다. 채경(蔡京)의 둘째 아들로, 정확한 생졸년은 알려져 있지 않다. 휘종(徽宗) 선화(宣和) 7년(1125)에 진사(進士)가 되었으나 얼마 되지 않아 중신들의 탄핵을 받아 파면되었고, 이듬해인 흠종(欽宗) 정강(靖康) 원년(1126)에 소주(邵州)로 유배되었다가 백주(白州)로 옮겼다. 고종(高宗) 소흥(紹興) 말엽까지 생존했던 것으로 여겨진다. 저서로 ≪서청시화(西淸詩話)≫ 3권, ≪철위산총담(鐵圍山叢談)≫ 6권이 있으며, ≪송사(宋史)≫ 권472에 전(傳)이 있다.

채조(?~?)는 ≪서청시화(西淸詩話)≫도 지었는데, 이미 앞에서 살펴보았다. 이 책은 오직 ≪설부(說郛)≫본에만 보이며 여기에 채조가 지었다고 되어 있다. 일본 사람 근등원수(近藤元粹)가 이에 근거하여 ≪형설헌총서(螢雪軒叢書)≫에 편집하면서 이름을 공란으로 비워두었는데, 이것이 타당한 것 같다. ≪설부≫본은 겨우 10조목이고, ≪고금시화(古今詩話)≫본은 9조목으로 되어 있는데, 제2 조목과 제3 조목을 하나로 합했기 때문이지 삭제된 것이 있는 것은 아니다. ≪형설헌총서≫본 역시 이를 따르고 있으나 근등원수가 "두보는 마땅히 별도의 한 조목으로 삼아야 할 듯하다.(杜少陵似宜別爲一條)"라 평한 것으로 보아 이 몇몇 판본들은 동일한 데서 나왔지만 그것이 이미 완전한 판본이 아니었음을 알 수 있다.

여기에는 10조목만이 보존되어 있는데 내가 편집한 ≪서청시화≫와 대조해 살펴보면 '약명을 사용하다(用藥名)', '집구(集句)', '동정호를 읊은 시(咏洞庭詩)', '봉정사 시(峯頂寺詩)', '봉자(鳳子)' 등의 조목은 모두 ≪유설(類說)≫본 ≪서청시화≫에 보인다. 그 외 '두보의 용사의 묘미(杜甫用事之妙)' 조목, '사자 압운(押䇝字)' 조목, '천품(天禀)' 조목은 ≪초계어은총화(苕溪漁隱叢話)≫ 전집(前集)에 모두 ≪서청시화≫로 인용되어 있는데, ≪금옥시화≫에도 모두 이 내용이 있다. 이 ≪금옥시화≫에 실려 있는 것은 ≪서청시화≫와 거의 동일하다. 다만 '중운(重韻)' 한 조목만이 ≪금옥시화≫에만 보인다. 내가 예전에 ≪송시화집일≫을 편집할 때, ≪서청시화≫에 이 조목을 수록하지 않았다. 내가 나중에 초본 ≪서청시화≫를 보고서야 비로소 이 조목이 그 안에 있다는 것을 알게 되었고, 마침내 ≪서청시화≫와 ≪금옥시화≫가 동일한 책이었기 때문에 ≪설부≫본 ≪금옥시화≫에 채조가 지은 것으로 되어 있었던 것이라 여겼다.

그러나 나는 여전히 의혹을 지울 수 없는데, 이 조목에 "나는 일찍이 문정 숙부에게 그것을 물었다.(余嘗質之叔父文正)"라는 말이 있다는 점이다. 송나라 채씨 가운데 시호가 문정인 자로는 오직 채침(蔡沈)[1]뿐인데, 채침은 채원정(蔡元定)[2]의 아들로, 어려서 주자의 문하에 있었고 채조가 활동하던 시대나 배분(輩分)[3]과도 부합되지 않는다. 또한 채침의 시호 '문정(文正)'은 명나라 때 거슬러서 붙인 시호로, 당시에 이 칭호를 썼을 리가 없으므로 '문정'이 시호가 아니라 숙부의 자라고 의심

1 채침(蔡沈, 1167~1230)은 남송 건주(建州) 건양(建陽, 지금의 복건성(福建省) 건양시(建陽市)) 사람으로, 자는 중묵(仲默)이고 호는 구봉(九峰)이며 채원정(蔡元定)의 둘째 아들이다. 오로지 학문에 뜻을 두어 관직에 나가지 않았다. 젊어서 주자를 좇아 공부를 하였고, 나중에는 구봉산(九峰山)에 은거하였다. ≪상서(尙書)≫에 주를 달았고, 저서로 ≪서집전(書集傳)≫이 있다.

2 채원정(蔡元定, 1135~1198)은 남송 건주(建州) 건양(建陽, 지금의 복건성(福建省) 건양시(建陽市)) 사람으로, 자는 계통(季通)이며 사람들이 서산선생(西山先生)이라 불렀다. 채발(蔡發, 1089~1152)의 아들이다. 당시의 저명한 이학가(理學家)이자 율려학가(律呂學家)이다. 어려서 아버지에게 학문을 배우다 성장해서는 주자에게 사사하였다. 일생 동안 벼슬에 나가지 않고 저서에 전념하였다. 저서로 ≪율려신서(律呂新書)≫, ≪서상공집(西山公集)≫ 등이 있다.

3 배분(輩分)은 가족이나 친척, 친구 사이에서 나이의 선후에 따라 가지는 지위를 이른다. 주로 고조배(高祖輩), 증조배(曾祖輩), 조배(祖輩), 부모배(父母輩), 평배(平輩), 왜배(矮輩)로 나뉜다.

된다. 그렇지 않다면 시호 '문정' 아래에는 응당 '공(公)'자를 붙여야 당시 칭호의 관습에 부합될 것이다. 이에 대한 의문은 잠시 유보해두고 나중에 다시 고찰하기로 한다.

송강시화(松江詩話)

권수 미상, 주지화(周知和) 지음, 일실됨, 지금 집일본이 있음.

주지화(?~?)는 전당(錢塘, 지금의 절강성(浙江省) 항주시(杭州市)) 사람으로 오강현위(吳江縣尉)를 지낸 적이 있으나, 나머지 사적은 미상이다. 주휘(周煇)[1]는 ≪청파잡지(淸波雜志)≫에서 그를 종숙(從叔)[2]이라 불렀는데, 주휘가 주방언(周邦彦)[3]의 아들이므로 주지화는 마땅히 주방언의 친척 동생일 것이다. 주방언은 선화(宣和) 3년(1121)에 죽었으며, ≪청파잡지≫는 소희(紹熙) 4년(1193)에 간행되었는데, 책에서는 주지화가 일찍 죽었다고 하였으니 그가 활동했던 시대를 대략 추정할 수 있다.

이 책은 다른 저록에는 보이지 않으며, 다만 왕무(王楙)의 ≪야객총서(夜客叢書)≫에 자주 인용되고 있다. 당시에는 겨우 초본만 전해졌기

1 【원주】 '휘(煇)'는 '천(燀)'이라 되어 있기도 하다.

2 종숙은 아버지의 사촌 형제를 이른다.

3 주방언(周邦彦, 1056~1121)은 북송 전당(錢塘, 지금의 절강성(浙江省) 항주시(杭州市)) 사람으로, 자는 미성(美成)이고 호는 청진거사(淸眞居士)이다. 어려서부터 문재(文才)가 뛰어났으나 방종한 성격 때문에 고향 사람들로부터 소외당하였다. 원풍(元豐) 연간(1078~1085)에 수도로 올라가 변도부(汴都賦)를 헌상하여 신종(神宗)으로부터 인정받고 태학제생(太學諸生)에서 태학정(太學正)으로 승진하였다. 그 뒤 휘종조(徽宗朝)에 이르러 대성부(大晟府)의 제거(提擧)에 오르고, 순창부(順昌府) 처주(處州) 지사(知事)를 역임하였다. 남송의 강기(姜夔)와 함께 북송의 대표사인으로 꼽힌다. 저서로 ≪편옥사(片玉詞)≫, ≪청진집(淸眞集)≫ 등이 있다.

때문에 잘 알려져 있지 않았고, 왕무가 비록 이 책을 빈번히 인용하고 있기는 하지만 그 의도가 교정하려는 데에 있었기 때문에 잘못을 지적하는 내용이 많다. 예를 들어 장문잠(張文潛)이 진문혜(陳文惠)공의 〈송강에 지은 시(題松江詩)〉의 "서풍이 지는 해에 부니 농어가 향기롭네.(西風斜日鱸魚香)" 구절을 두고 마땅히 '향(鄉)'자를 사용해야 한다고 여기고는 "물고기로는 국을 끓이지 않는다. 비록 좋은 생선이라도 그저 비릴 뿐이니 어찌 향기로울 수 있겠는가?(魚未爲羹. 雖嘉魚, 直腥耳, 安得香哉)"라 하였다. 주지화는 '향(香)'자가 잘못된 것이 아님을 말하고 "물고기는 그자체로 향기롭지는 않지만 생강과 등자로 국을 끓이면 그 향기를 종종 멀리서 맡을 수 있다.(魚雖不香, 作羹芼以薑橙, 而往往馨香遠聞)"라 하였다. 왕무는 다시 주지화의 견해가 잘못되었다고 여기고 장선(張先)의 시구인 "무지개 배 홀연 뭍에 대니 농어가 향기롭네.(霓舟忽艤鱸魚香)"[4]를 들어 반박하였다. 실제로 '향(香)'과 '향(鄉)' 두 글자는 뜻은 다르지만 모두 사용할 수 있는 것이므로 시구가 의미하는 바를 살펴 표준으로 삼아야 할 것이다.

한 글자를 두고 서로 다투는 것은 송나라 사람이 시를 논할 때 자주 저지르는 병폐였다. 소식(蘇軾)은 "감히 시율로 심오함과 엄격함을 다투네.(敢將詩律鬬深嚴)"[5]라 하며 심오하면서도 엄격하게 글자를 골라 한 글자도 경솔하게 쓰지 않는다고 하였다. 그러나 "시율은 엄격해지면 자칫 생각이 부족하게 된다.(律傷嚴近寡思)"는 당경(唐庚)의 말도 일리가 있으므로 깊이 생각하지 않을 수 없다. 또한 왕무는 주지화의 ≪시화≫에서 거론한 〈송붕시(松棚詩)〉의 "달빛이 땅에 가득하고 금빛으로 반짝이네.(月明滿地金鈿鈿)"를 빼어난 구라 여겼는데, 왕무는 '지(地)'자는

4 이 시는 제목이 전하지 않고 단지 구절만 전한다.
5 이 시의 제목은 〈다른 사람이 내가 예전에 지은 시 두 수에 화답한 것에 감사하여(謝人見和前篇二首)〉이다.

응당 '가(架)'자로 바꾸어야[6] 훨씬 낫다고 여겼다. 이는 합리적이라 할 수 있으나 역시 지나치게 세세함을 추구한 면이 없지 않다.

≪야객총서≫ 권20에서 든 ≪시화≫의 시에 대한 논의 중 '중운(重韻)' 한 조목은 채조(蔡條)의 ≪서청시화(西淸詩話)≫에서 이미 언급하였고, ≪직재서록해제(直齋書錄解題)≫에서는 ≪서청시화≫에 "채조가 그의 객에게 이것을 짓게 하였다.(蔡條使其客爲之)"는 내용이 있다고 논하였다. 지금 ≪서청시화≫[7]에는 다른 시화를 인용한 부분이 상당히 많은데, 만약 ≪서청시화≫가 이 책을 채집하였거나 이 책의 영향을 받아 그의 견해를 추연한 것이라 한다면, 주지화가 일찍 죽었고 이 책이 이루어진 시대도 아마 북송 말엽이었을 것이다.

주지화에게는 별도로 ≪수홍시화(垂虹詩話)≫가 있는데 이 책과 같은 책인지는 알 수 없다. 이 책의 일실된 문장은 지금 ≪송시화집일(宋詩話輯佚)≫에 모아 넣어 두었다.

6 이와 같이 하면 '달빛이 시렁에 가득하고 금빛으로 반짝이네.'가 된다.
7 원문에는 ≪사청시화(四淸詩話)≫라 되어 있으나 맥락에 맞게 ≪서청시화≫로 바로 잡는다.

수홍시화(垂虹詩話)

1권, 주지화(周知和) 지음, 일실됨, 지금 집일본이 있음.

주지화(?~?)의 ≪송강시화(松江詩話)≫는 겨우 왕무(王楙)[1]의 ≪야객총서(野客叢書)≫에만 인용되었고, ≪수홍시화≫도 황순(黃䇤)의 ≪산곡선생연보(山谷先生年譜)≫와 ≪산곡시외집(山谷詩外集)≫ 권2 사용(史容)의 주에만 인용된 것으로 보아 널리 전해지지는 않은 것 같다.

≪오군지(吳郡志)≫의 "오강에 수홍정이 있어서 새 다리의 이름을 이것으로 붙였다.(吳江有垂虹亭, 以新橋得名)"는 구절을 보건대, 책 이름이 '수홍'이므로 주지화가 오강현위(吳江縣尉)일 때 지은 것으로 보인다. 당시에 주지화는 〈수홍부(垂虹賦)〉를 지어 사람들에게 찬상을 받은 적이 있는데, 이 때문에 '수홍'을 시화 이름으로 했을 것이다. ≪송사(宋史)·예문지(藝文志)≫에서 이 책을 소설류(小說類)로 분류한 것은 내용이 일의 서술에 치우쳐 있기 때문이었다. 황순의 ≪산곡선생연보≫에서는 이 책에 있는 "황정견(黃庭堅)의 시가 왕안석(王安石)의 인정을 받았다.(山谷詩受王荊公知)"는 내용을 인용하면서 "이 설은 역사서나 본전에 모두 부합되지 않는다.(此說與國史及本傳皆不合)"라 하였으니, 일을 서술한 것만을 가지고 말한다면 근거가 희박한 것들이었다.

1 원문에는 '왕무(王懋)'로 잘못되어 있어, '왕무(王楙)'로 바로 잡았다.

또 ≪수홍시화≫에 다음과 같은 기록이 있다.

> 황정견이 엽현위일 때 〈새 성채〉시를 지었는데, '속된 학문 때문에 고개 돌리기에 이미 늦었다는 것 근래에 알았고, 병든 몸이라 허리 숙이기 어렵다는 것 깨달았네.'라는 구절이 도읍에 전해지자 반산노인[2]이 그것을 보고 마디를 두드리며 감탄을 하면서 황 아무개는 맑은 재주를 지닌 자라 세속의 관직에 달려 나가지 않을 것이라 하였는데, 결국 북도교수에 제수되었다. 바로 노공(潞公)[3]에 의해 인정받았던 것이다.(山谷尉葉縣日, 作〈新寨〉詩有'俗學近知回首晩, 病身全覺折腰難'之句, 傳至都下, 半山老人見之, 擊節稱歎, 謂黃某淸才, 非奔走俗吏, 遂除北都敎授. 卽爲潞公所知)

그런데 지금 이 시는 ≪산곡시집(山谷詩集)≫에 보이지 않는다. 송나라 사람의 필기(筆記)는 종종 시비가 전도되어 믿을 수 없는 경우가 많은데 시화도 그러하여 위태(魏泰)[4]가 지은 것도 그 예이다. 이 책에 이 조목을 실은 것은 날조된 것임을 몰랐거나 혹은 그저 전해들은 것을 실은 것이 아니었을까? 아니면 원우당쟁(元祐黨爭) 때문에 황정견의 이 시를 없애버린 것일까? 주지화가 주방언(周邦彦)의 사촌동생이고 또 일찍 죽었으며 황순이 또 순희(淳熙) 연간(1174~1189) 사람이므로, 이 책이 완성된 것은 마땅히 북송 말엽이나 남송 초엽일 것이다. 일실된 문장은 지금 ≪송시화집일(宋詩話輯佚)≫에 편집해 두었다.

---

2 왕안석(王安石)을 가리킨다. 퇴임 후 자호를 반산노인(半山老人)이라 하였다.

3 문언박을 가리킨다. 문언박(文彦博, 1006~1097)은 북송 분주(汾州) 개휴(介休, 지금의 산서성(山西省) 개휴시(介休市)) 사람으로, 자는 관부(寬夫)이다. 진사에 급제하여 지현(知縣), 통판(通判) 등의 지방관을 역임하였다. 서하(西夏) 대책에 공을 세우고, 1047년 추밀부사(樞密副使), 참지정사(參知政事)가 되었다. 1048년 패주(貝州) 왕측(王則)의 난을 평정하고, 그 공으로 동중서문하평장사(同中書門下平章事)가 되었으며, 태사(太師)를 배수 받아 노국공(潞國公)에 봉해졌다. 저서로 ≪노공집(潞公集)≫ 40권이 있다.

4 위태(魏泰, ?~?)는 북송 양양(襄陽, 지금의 호북성(湖北省) 양양현(襄陽縣)) 사람으로, 자는 도보(道輔)이다. 많은 책을 두루 보았지만 벼슬에 나갈 생각이 없었다. 항간의 재미난 이야기를 좋아하여 ≪지괴집(志怪集)≫, ≪괄이지(括異志)≫ 등을 썼고, 그 외 저서로 ≪임한은거집(臨漢隱居集)≫ 등이 있다.

한고시화(漢皐詩話)

권수 미상, 장(張) 아무개 지음, 손상됨, 발췌본과 집일본이 있음.

≪수초당서목(遂初堂書目)≫ 문사류(文史類)에 있는 ≪한고시화≫는 권수나 지은이 모두 미상이다. ≪초계어은총화(苕溪漁隱叢話)≫ 후집(後集) 권33에 인용된 ≪복재만록(復齋漫錄)≫에서는 '한고장군시화(漢皐張君詩話)'라 하였고, 조금 뒤 오증(吳曾)의 ≪능개재만록(能改齋漫錄)≫ 권3에서는 이 책이 인용한 '포고안(鮑孤雁)'시를 변증하면서 역시 '장군(張君)'이 썼다는 것만을 밝히고 그 이름을 말하지 않았다.

주휘(周煇)의 ≪청파잡지(淸波雜志)≫에 이르기를, "근래에 시화 한 권을 얻었는데, 제목이 '한고(漢皐)'라 되어 있다. 계고 왕단조[1]가 일찍이 빌려가 바로잡았는데 역시 누가 지었는지 알지 못한다고 하였다.(頃得詩話一編, 目曰漢皐, 王季羔端朝[2]嘗借去爲是正, 亦言不知何人作)"라 하였다. 이 말을 통해 당시에 이미 이 책의 작자를 상고하기 어려웠음을 알 수 있다. 책 내용 중 '포고안(鮑孤雁)' 조목에서는 "무릇 사물이 소리를 내면서 외로운 것은 모두가 그러하니 어찌 다만 기러기 뿐이랴!(凡物有聲而

1 왕단조(王端朝, 1123~1166)는 북송 단연(澶淵) 사람으로, 자는 계고(季羔), 혹은 계고(季高)이다. 소흥(紹興) 18년(1148)에 진사가 되었다. 소흥 29년에 강남동로안무사(江南東路安撫司)가 되었고 제거양절시박(提擧兩浙市舶)을 거쳐 지영주(知永州)를 지냈다.

2 원문에는 '조(朝)'가 빠져있으나 ≪청파잡지교주(淸波雜志校註)≫에 근거하여 보충하였다.

孤者皆然, 何獨雁乎)"라 하였는데, 오증은 이에 "이 사람이 시를 논함은 마치 왕군경이 임화정[3]의 매화시를 도리화나 살구꽃을 읊은 시로 본 것과 마찬가지이다.(此人論詩, 正如王君卿以林和靖梅花詩亦可作桃李杏花之類)"[4]라 하였다. 오증은 또한 ≪강남야록(江南野錄)≫을 읽고 "이에 장군이 기록한 것은 남당 사람의 시임을 알겠다.(乃知張君所記是南唐人詩)"라 하였으니, 이 책의 논시는 한쪽으로 치우쳐 있었고 오류도 있었음을 알 수 있다. 따라서 세상에 알려지지 못한 것은 당연할 것이다.

그러나 ≪초계어은총화(苕溪漁隱叢話)≫에서 이미 이 책을 언급하며 인용하고 있으니, 이 책은 북송 말엽에서 늦어도 남송 초엽에 완성되었을 것이다. 또한 이 책은 대부분이 고증과 주석에 치우쳐져 있고 특히 두보(杜甫) 시를 교정하는 내용이 많다. 예를 들어 그 '탕선(蕩船)' 한 조목에서는 주자지(周紫芝)의 ≪죽파시화(竹坡詩話)≫를 보면 다음과 같이 말하고 있다.

> 동래의 채백세가 ≪두소릉집정이(杜少陵集正異)≫를 짓는 데 퍽 애를 썼지만, 때때로 의심할 만한 것이 있다. 예를 들어 '골짜기의 구름은 작은 나무를 감싸고 호수의 해는 밝은 배를 흔드네' 구절에서 '낙(落)'자를 '탕(蕩)'자로 여기면서, 또한 '강호에 오래 머문 자가 아니면 이 글자가 얼마나 뛰어난지

---

3 임포를 가리킨다. 임포(林逋, 967~1028)는 북송 전당(錢塘, 지금의 절강성(浙江省) 항주시(杭州市)) 사람으로, 자는 군복(君復)이고 시호는 화정선생(和靖先生)이다. 풍화설월(風花雪月)을 평담(平淡)한 표현으로 읊은 시가 많다. 청신 담백한 시풍은 송시(宋詩)의 선구(先驅)라고 할 수도 있다. 매화시인으로 불릴 정도로 매화를 노래한 작품에 걸작이 많이 있다. 저서로 ≪임화정집(林和靖集)≫이 있다.

4 이 비유는 ≪왕직방시화(王直方詩話)≫에 나온다. "전승군이 다음과 같이 말하였다. 왕군경이 양주에서 손거원, 소식과 만났다. 왕군경이 술을 놓고 이르기를, '성긴 그림자는 맑고 얕은 물에 비껴 있고, 그윽한 향기가 황혼의 달빛 속에 떠오르네.'는 임포의 매화시인데 살구꽃이나 도리를 읊는 것에도 모두 괜찮다고 하였다. 소식이 이르기를, '되긴 되겠지만, 다만 살구꽃이나 도리가 (이런 멋진 표현을) 감당할 수 있을까 모르겠다.'라 하자, 좌중이 크게 웃었다.(田承君云, 王君卿在揚州, 同孫巨源·蘇子瞻相會. 君卿置酒曰, 疏影橫斜水淸淺, 暗香浮動月黃昏. 此和靖梅花詩, 然爲詠杏與桃李皆可用也. 東坡曰, 可則可, 但恐桃杏李不敢承當. 一座大笑)"

알지 못할 것이다.'라 한 것이다.(東萊蔡伯世作≪杜少陵集正異≫甚有功, 亦時有可疑者, 如'峽雲籠樹小, 湖日落船明', 以落爲蕩, 且云'非久在江湖者不知此字之爲工也')

지금 이 책에서 말한 것을 살펴보면, 주자지가 채백세의 견해를 인용한 것과 일치한다. 주자지와 호자(胡仔)는 시대적으로 가까워서 두 사람이 인용한 책도 그 시대가 당연히 멀지 않다. 이 ≪한고시화≫가 채백세의 견해를 답습한 것인지, 아니면 채백세의 저서가 ≪한고시화≫를 근본으로 삼고 있는지는 알 수 없다. 지금 비록 논증하여 결정을 내릴 수는 없지만, 이 책이 두보 시에 대해 일정한 공헌이 있다는 점은 단언할 수 있다. 청나라 주학령(朱鶴齡)이 두보 시에 주석을 달았는데, 비록 이 책을 인용했다고 분명히 말하지는 않았지만 그가 말한 바를 살펴보면 종종 이 책과 부합된다.

이 책에는 글자를 거꾸로 쓰는 것을 논한 조목이 있는데, 엄유익(嚴有翼)의 ≪예원자황(藝苑雌黃)≫에서도 그것을 언급하고 있다. ≪사고전서총목제요(四庫全書總目提要)≫의 ≪임한은거시화(臨漢隱居詩話)≫ 조목을 보면, "왕유의 시에서 거꾸로 쓴 글자들을 상고하였는데, 모을 수 있는 것이 꽤 많았다.(考王維詩中顚倒之字亦頗有可採)"라고 하였는데, 실제 ≪임한은거시화≫에서는 이와 같은 말이 없다. ≪사고전서총목제요≫에서 '한고(漢皐)'를 '임한(臨漢)'으로 잘못 기록했던 것이다. 장종태(張宗泰)의 ≪노암소학집(魯巖所學集)≫에서는 이를 알고 ≪사고전서총목제요≫의 오류를 변설하였으나, 그것이 잘못 기록한 데서 나온 것임은 알지 못하였다.

지금 전하는 ≪설부(說郛)≫본은 겨우 11조목으로, 나는 일찍이 그 일실된 문장을 모아 ≪송시화집일(宋詩話輯佚)≫에 넣어 두었는데, ≪설부≫본에 실린 것과 합해도 겨우 15조목뿐이다.

만수시화(漫叟詩話)

권수와 지은이 모두 미상, 이공언(李公彦)의 잠당시화(潛堂詩話)라 의심됨,
손상됨, 발췌본과 집일본이 있음.

지금 전하는 ≪만수시화≫는 ≪설부(說郛)≫본으로, 1권 12조목으로 되어 있고, 지은이가 미상이다. 일본 사람 근등원수(近藤元粹)의 ≪형설헌총서(螢雪軒叢書)≫에 수록된 것은 ≪설부≫본에 근거한 것으로, 아마도 이 책은 ≪설부≫본 외에는 다른 판본이 없는 듯하다. 청나라 강희(康熙) 연간(1662~1722) 오함분(伍涵芬)이 편집한 ≪설시락취(說詩樂趣)≫ 권3에 ≪만수시화≫ 한 조목이 인용되어 있는데, 그 문장은 ≪설부≫본과 ≪초계어은총화(苕溪漁隱叢話)≫ 등에는 보이지 않는다. 따라서 강희 연간까지는 여전히 전해지는 판본이 있었던 듯하나, 무엇을 근거로 한 것인지 알 수 없는 것이 아쉽다. ≪설시락취≫ 권수(卷首)에 기재되어 있는 채용서목에 이 책이 있음을 말하지 않고 있는 것도 역시 의문이다.

만수(漫叟)가 누구인지는 알 수 없다. 지금 책 내용을 통해 그의 생애를 추적해보면, 대략 북송 말엽에서 남송 초엽 무렵에 태어났던 것 같다. ≪무주부지(撫州府志)·예문지(藝文志)≫에서는 이 책을 저록하면서 사일(謝逸)[1]이 지었다고 하였다. 그런데 사일의 호는 계당(溪堂)으로, 만수(漫叟)라는 호가 있다는 것은 들어본 적이 없다. ≪무주부지≫가

무엇을 근거로 그런 말을 했는지 모르겠다. 또한 ≪초계어은총화≫ 전집(前集) 52권에서는 ≪만수시화≫를 인용하며 "사일은 옛 것을 배워 고고하고 깊이가 있었고, 문사를 단련하여 작품마다 옛 뜻이 있었으며, 시에 특히 뛰어나 내가 일찍이 그의 〈동원달을 전송하며〉 시를 아꼈다.(謝無逸學古高深, 文詞煅煉, 篇篇有古意, 尤工於詩, 予嘗愛其送董元達詩)"라 하였으니, 이 책은 사일이 지은 것이 아님은 분명할 것이다. 조공무(晁公武)의 ≪군재독서지(郡齋讀書志)≫ 소설류(小說類)에 ≪만수견문록(漫叟見聞錄)≫ 1권이 있는데, "지은이를 알지 못하나 건염 연간(1127~1130)에 지은 것이다.(不知撰人, 建炎中所撰也)"라 하였다. ≪만수시화≫에 "나는 건중정국 연간(1101)에 흥국사에서 지냈다.(予建中靖國中寓興國寺)"와 "나는 숭녕 연간(1102~1106)에 흥국군에 갔다.(予崇寧間往興國軍)"란 말을 참고하여 그 시대를 추정해보면 ≪만수견문록≫과 비슷하다. 그러므로 두 책은 한 사람에게서 나온 것이니, 혹시 이 책은 ≪만수견문록≫에서 편집되어 따로 유행된 것이 아니었을까?

만수의 이름은 이미 송나라 때 쉽게 상고할 수 없었다. 근래에 장방기(張邦基)의 ≪묵장만록(墨莊漫錄)≫ 권9에 '동선가(洞仙歌)' 한 조목이 실려 있는 것을 보았는데, 이 때문에 ≪만수시화≫가 이공언(李公彦, 1079~1131)이 지은 것이 아닐까 의심하게 되었다. 아래에 그 문장을 기록해 본다.

> 소식이 장단구 〈동선가(洞僊歌)〉를 지었는데, 이른바 "얼음 같은 피부 옥 같은 뼈 절로 청량하여 땀조차 흘리지 않네."라 한 것에 대해 소식은 스스로 자서를 지어 다음과 같이 말하였다. "내가 어려서 한 노인을 뵈었는데, 나이가 90여세여서 맹촉주(孟蜀主)[2] 때의 일을 이야기할 수 있었다. 그 노인

1 사일(謝逸, 1066?~1113)은 북송 임천(臨川, 지금의 강서성(江西省) 무주시(撫州市)) 사람으로, 자는 무일(無逸)이고 호는 계당(溪堂)이다. 몇 번 과거에 응시했으나 급제하지 못하자 관직에 뜻을 접고 시문을 즐거움으로 삼고 은거하였다. 저서로 ≪계당집(溪堂集)≫ 10권이 있다.

이 이르기를, 촉주는 화예부인(花蕊夫人)과 밤에 일어나 마가지(摩訶池) 가에서 시원한 바람을 쐬면서 〈동선가령(洞僊歌令)〉을 지었다고 하였는데, 그 노인은 그것을 부를 수 있었다. 나는 다만 첫 두 구만을 기억하였는데, 힘써 이를 완성시켰다."

근래 이공언의 ≪계성시화(季成詩話)≫를 보았는데, "양원소가 지은 〈본사곡(本事曲)〉(원래는 '곡'자가 빠져있다)에 〈동선가〉의 '얼음 같은 피부 옥 같은 뼈 절로 청량하여 땀조차 흘리지 않네.'가 기록되어 있으며, 전당의 늙은 비구니가 후주(後主)의 시 첫 장의 두 구절을 읊을 수 있었는데, 후대 사람이 그 의미를 가지고 이 사를 지었다."라 하였다. 여기에서 보듯 이 두 내용이 서로 다르다.

내 친구인 진흥의 조덕소가 이르기를, "근래 시화 하나를 보았는데, 제목에 이계성이 지었다고 되어 있고 맹촉주의 시 전체를 실어놓았다. 그 시는 '얼음 같은 피부 옥 같은 뼈 청량하여 땀 흐르지 않고, 물가 전각에 바람 부니 암향이 가득하네. 주렴 사이로 밝은 달은 홀로 사람을 엿보니, 침상에 기댄 비녀는 비스듬하고 구름 같은 머리 어지럽네. 삼경의 정원은 쓸쓸하여 아무 소리 없는데, 때때로 성긴 별이 은하수 건너는 것 보네. 서풍은 언제나 불까 하고 손가락 꼽으며 그저 흐르는 세월 남몰래 바뀔까 두려워하네.'였다."라 하였다. 또한 이르기를, "소식이 젊어서 미인을 만났는데 그녀가 동선가를 좋아하였고, 또 만난 곳의 경치가 은근히 비슷했던 까닭에 개작을 하고 약간 운율을 맞추어서 그녀에게 준 것이다."라 하였다.

나는 이 견해가 사실에 가깝다고 생각한다. 이 말에 따르면 노래가 아니라 시일 따름이다. 그러나 소식은 자서에서 이를 〈동선가령〉이라 하였으니, 이는 소식이 자서를 써서 자기 자신을 감추고 싶었던 듯하다. '동선가'라는 곡조는 근래에 나온 것으로, 오대와 송대 초에는 아직 없었다.(東坡作長短句〈洞僊歌〉, 所謂"冰肌玉骨自淸涼無汗"者, 公自敍云: "予幼時見一老人, 年九十餘, 能言孟蜀主時事, 云: 蜀主嘗與花蕊夫人夜起納涼於摩訶池上, 作〈洞僊歌令〉, 老人能歌之. 予但記其首兩句, 乃爲足之." 近見李公彦≪季成詩話≫乃云"楊元素作〈本事曲〉(原脫'曲'字)記〈洞仙歌〉'冰肌玉骨自淸涼無汗', 錢唐有老尼能誦後主詩首章兩句, 後人爲足其意以塡此詞." 其說不同. 予友陳興祖德昭云, 頃見一詩話, 亦題云李季成作, 乃全載孟蜀主一詩: "冰肌玉骨淸無汗, 水殿風來暗香滿. 簾間明月獨窺人, 敧枕釵橫雲鬢亂. 三更庭院悄無聲, 時見疏星度河漢. 屈指西風幾時來, 只恐流年暗中換." 云: 東坡少年遇美人喜洞僊歌, 又邂逅處景色暗相似, 故檃括稍協律以贈之也. 予以謂

2 맹촉주는 맹창(孟昶; 919~965)으로, 오대십국 시대 후촉의 마지막 황제(제위 934~965)이다. 후주(後主) 또는 후촉 초왕(後蜀 楚王)이라 칭해진다

此說乃近之. 據此乃詩耳. 而東坡自敘乃云是洞僊歌令, 蓋公以此敘自晦耳. 洞僊歌腔出近世, 五代及國初未之有也)

이 문장에서 인용된, 양원소가 지은 〈본사곡〉이니 맹촉주의 시니 하는 것들은 모두 ≪초계어은총화≫ 전집 권60에서 인용한 ≪만수시화≫와 대체로 일치한다. ≪무주부지·예문지≫에서 이공언에게 ≪잠당시화(潛堂詩話)≫가 있다고 한 것을 보건대, 혹시 만수가 이공언의 별호일 수도 있겠다.

≪강서통지(江西通志)≫ 권151 무주부열전(撫州府列傳)에서는 다음과 같이 말하고 있다.

이공언의 자는 성과(成科)이고(부지에는 '과(科)'가 '덕(德)'으로 되어 있다), 임천 사람이다. 원부(元符) 연간(1098~1100)에 진사가 되었으며 여러 관직을 거쳐 종정경을 역임하였다. 평소에 주승비(朱勝非)와 여이호(呂頤浩)에게 인정을 받았는데, 그들이 집권하게 되자 이공언은 자청하여 관직에서 물러났다가 절동·절서발운사에 제수되었으며 내직으로 들어와 이부시랑이 되었다. 평소에 사일(謝逸)과 증계리(曾季貍)와 창화하였고 궁사 100여 편과 ≪잠당시화≫, 문집이 있다.(李公彦字成科(府志科作德), 臨川人, 元符進士, 累官宗正卿. 素爲朱勝非呂頤浩所知, 及當國, 公彦引退, 除兩浙發運使, 入爲吏部侍郞. 平居與謝逸曾季貍相倡和, 有宮詞百餘篇及≪潛堂詩話≫、文集)

이는 ≪송시기사보유(宋詩紀事補遺)≫ 권31의 내용과 대동소이한데, 다만 그가 "자는 원덕이고, 선화 3년(1121)에 박학굉사과에 급제하였으며 관직은 공부시랑에 이르렀다.(字元德, 宣和三年中博學宏詞科, 官至工部侍郎)"라 한 부분만 약간 다르다. 요약하자면, 두 책 모두 사무일과 창화하였다고 하였고, 이는 이 책에서 사무일의 시를 거론하고 있는 것과 잘 부합된다.

지금 전하는 사일의 ≪계당집(溪堂集)≫에는 비록 이공언과 화답한 작품이 없으나 그의 〈잠심당에 제하여(題潛心堂)〉시는 ≪만수시화≫에서 말한 잠심재(潛心齋)에 대한 시이고, 그의 〈작은 방에 제하여(題丈軒)〉시는 ≪만수시화≫에서 말한 작은 방에 대한 것이다. 또한 문집에 고언응(高彦應), 첨존중(詹存中) 등과 창화한 시가 있는데, 이 몇 사람 역시 ≪만수시화≫에 보이므로, 이 사람들은 모두 동시대에 창화한 사람임을 알 수 있다. 또한 사과(謝薖)[3]의 ≪유반집(幼槃集)≫을 살펴보면, 이성덕(李成德), 오민재(吳民載)와 창화한 시가 많은데, 이성덕이 바로 이공언이고, 오민재 역시 ≪만수시화≫에 보인다. 이는 이공언의 이름이 비록 ≪계당집≫에 보이지 않지만 사씨 형제, 즉 사일과 사과와 창화한 적이 없다고 할 수는 없는 것이다. 지금 전하는 ≪계당집≫은 본래 완전한 판본이 아니어서 근거로 삼기에 부족하다. 나는 이공언의 자호가 '만수'인데 ≪잠당시화≫라 한 것은 혹시 '만수잠심당'의 준말이 아닐까 의심하고 있지만, 이에 근거해 추론해보더라도 의혹이 다 해소되지는 않는다.

근래에 ≪송원학안보유(宋元學案補遺)≫ 권45의 소씨(蕭氏) 문인 중 현위(縣尉) 나량필(羅良弼) 조목을 보았는데, 다음과 같이 말하였다.

> 나량필은 자가 장경이고 여릉 사람이다. 박학하고 기억력이 좋았으며 상하 수천 년간의 역사의 성패와 득실을 줄줄이 훤히 알고 있었다. 젊어서 호전(胡銓)[4]과 과거에 응시하였는데, 호전이 시를 지어 이르기를, '촛불에 드리운 그림자에 봄바람 비웃고, 바람 앞에서 술잔 놓고 눈물 씻네.'라 하였

3 사과(謝薖, ?~1116)는 북송 임천(臨川, 지금의 강서성(江西省) 무주시(撫州市)) 사람으로, 자는 유반(幼槃)이고 호는 죽우거사(竹友居士)이다. 사일(謝逸)의 사촌 동생으로, 이 둘을 '임천이사(臨川二謝)'라 이른다.

4 호전(胡銓, 1102~1180)은 남송 여릉(廬陵, 지금의 강서성(江西省) 길안시(吉安市)) 사람으로, 자는 방형(邦衡)이고 호는 담암(澹庵)이다. 고종에게 상소하여 주화파를 척결하고 진회(秦檜)를 참수할 것을 주장하였으나 이 때문에 폄적되었다. 이후에 여러 관직을 지냈는데 시종 화의를 반대하였다. 시호는 충간(忠簡)이다. 저서로 ≪관훈제경(管訓諸經)≫, ≪담암집(澹庵集)≫ 등이 있다.

다. 아직 시를 다 읊지 않았는데, 나량필은 '어느 어느 권에 나온 말이다'라 하였다. 호전은 그의 박학함에 굴복하였다. 그는 회창위를 지내었는데, 청렴하고 결백한 태도를 스스로 지키며 의복과 음식, 기물을 모두 집에서 가지고 왔다.(羅良弼, 字長卿, 廬陵人. 博學强記, 上下數千載間成敗利鈍, 灼見如縷. 少與胡澹庵肆舉業, 澹庵賦詩云: '笑春燭底影, 澒泪風前杯.' 吟未畢, 先生曰: '出某某卷.' 澹庵服其博洽. 官會昌尉, 廉潔自持, 服食器用悉取于家)

이 책의 저자인 왕재재(王梓材)는 이에 대해 다음과 같이 말하고 있다.

호전이 선생의 묘지를 썼는데, 문집 30권, ≪구양삼소연보≫ 1권이 있고, ≪흔회록≫ 10권, ≪논화≫ 20권, ≪문서≫ 7권을 지었으나 다 끝마치지 못하였다고 하였다. 벼슬길 역시 때와 어긋나 순탄치 않았으니 일찍이 탄식하며 이르기를, '내가 은거하면 사람들은 나를 곧다고 여기고 내가 벼슬에 나가면 거친 음식에 물렸나보다고 여긴다. 내 어찌 그런 마음이 없겠는가만, 나는 세상에서 마음대로 다니며 붕새나 메추라기처럼[5] 노닐겠도다.'라 하고는 스스로 '만수'라 불렀다 한다.(胡澹庵爲先生墓誌, 稱其有文集三十卷, ≪歐陽三蘇年譜≫一卷, 著≪欣會錄≫十卷, ≪論話≫二十卷, ≪聞書≫七卷, 皆未卒業, 而仕逕亦蹇蹇與時左, 嘗喟然曰: '吾隱乎, 人以吾爲矯; 吾仕乎, 芋魁豆饜, 我豈無哉! 吾其漫浪於人間作鵬鷃游乎!' 因自謂漫叟云)

위에서 보듯 만수라는 사람은 있었지만 그에게 시화가 있었다는 말은 없다. 또한 ≪논화(論話)≫는 시화의 오기이며, ≪문서(聞書)≫는 견문록의 오기일 것이라 의심되기는 하지만, 이것은 또 다른 사안이다. 하나의 설은 시화는 있지만 자호를 만수라 한 이에 대해서는 들어본 적이 없으며, 또 하나의 설은 인명에는 문제가 없지만 시화를 지었다는 것을 들어보지 못한 것이니, 지금 이 두 가지 설은 잠시 유보해 두

5 붕새와 메추라기는 ≪장자(莊子)・소요유(逍遙遊)≫에 나온다. 붕새는 어마어마하게 큰 새로 남쪽 바다로 옮아갈 때에는 물을 쳐 올리되, 그 높이가 3천리나 되고, 회오리바람을 타고 9만리나 올라가 유월의 거센 바람을 안고 날아간다. 그런데 메추라기는 그것을 비웃었다. 이를 두고 붕새와 메추라기는 사물의 큰 것과 작은 것을 대표하여 그 성격이 현저히 다른 것을 의미하게 되었다.

고 훗날 다시 고찰하기로 한다.

또 이 책이 다른 책에서 인용된 경우 어떤 것은 음을 잘못 읽어 '매수(邁叟)'라 하였고, 어떤 것은 글자 형태에 오류가 있어 '온수(溫叟)'라 하였다. ≪공계시화(砻溪詩話)≫에서는 출처를 밝히지 않고 자기의 것인 척 쓰고 있다. 황철(黃徹)의 논시는 도학자의 풍모로 고고하게 우뚝 솟아 있는데 그의 시화를 보면 매번 옛 저서에서 베낀 부분이 많으니, 어찌된 영문인가? 혹 이 책이 세상에 알려지지 않았기 때문에 쉽게 다른 사람의 것을 훔쳐오려 했던 것은 아니었을까? 나는 그 일실된 문장을 모아 ≪송시화집일(宋詩話輯佚)≫에 넣어 두었다.

고재시화(高齋詩話)

권수 미상, 증조(曾慥) 지음, 일실됨, 집일본이 있음.

증조(曾慥, ?~?)는 북송 진강(晉江, 지금의 복건성(福建省) 천주시(泉州市)) 사람으로, 자는 단백(端伯)이고, 호는 지유자(至游子), 지유거사(至游居士)이다. 생졸년은 미상이다. 정강(靖康) 연간 초(1126)에 창부원외랑(倉部員外郎)을 역임하였다. 금나라가 수도를 함락시킨 후, 그는 금에 항복하고 사무관을 지냈다. 소흥(紹興) 9년(1139)에 진회(秦檜)가 권력을 잡자 호부원외랑(戶部員外郎)에 기용되었고 11년(1141)에 대부정경(大府正卿)에 발탁되었다. 얼마 후에 봉사(奉祠)로 비각수찬(秘閣修撰)에 제수되었고 제거홍주옥륭관(提擧洪州玉隆觀)을 지내며 은봉(銀峰)에 은거하였다. 만년에 양생을 배우며 도교와 신선설을 믿었다. ≪집신선전(集神仙傳)≫을 편찬하였고, 저서로 ≪유설(類說)≫ 50권, ≪고재만록(高齋漫錄)≫ 1권 등이 있다.

증조(?~?)는 자가 단백(端伯)이고, 자호는 지유거사(至游居士)이며, 진강(晉江, 지금의 복건성(福建省) 천주시(泉州市)) 사람이다. 상서랑(尙書郎)을 지냈으며 보문각(寶文閣)에 재직하였고 봉사(奉祠)[1]하며 집에 거하였다. ≪백가유설(百家類說)≫에는 모두 620여종의 책이 모아져 있는데, 소흥(紹興) 6년(1136)에 완성된 이 책 때문에 송나라 시화가 보존된 경우가 많았다.

이 책은 여러 저록에는 보이지 않으나, 일찍이 ≪초계어은총화(苕溪漁隱叢話)≫, ≪야객총서(野客叢書)≫, ≪운어양추(韻語陽秋)≫ 및 ≪시인옥설(詩人玉屑)≫, ≪죽장시화(竹莊詩話)≫ 등에서 모두 인용하였다. ≪초계어은총화≫ 전집(前集)은 소흥 18년(1148)에 완성되었으므로, 필시 그 해 이전에 지어졌을 것이다. 처음에는 지은이가 누구인지 알지 못하였으나 ≪운어양추(韻語陽秋)≫ 권16에 있는 "증단백의 고재시화(曾端伯高齋詩

1 봉사(奉祠)는 대신이 파직되어 도교의 궁관 등을 관리하게 하여 예우를 보이는 것을 이른다. 맡은 일은 특별히 없으면서 단지 관직명을 빌어 봉록을 받는다.

話)"란 말 때문에 비로소 증조가 지은 것임을 알게 되었다. 증조는 ≪고재만록(高齋漫錄)≫을 지었는데, 이 책도 '고재'라고 이름 붙인 것으로 보아 그가 지은 것임이 틀림없다. 진진손(陳振孫)의 ≪직재서록해제(直齋書錄解題)≫에서는 ≪고재만록≫ 2권이 있다고 하였는데, 지금 ≪학해류편(學海類編)≫본은 겨우 5쪽만 보존되어 있고, ≪묵해금호(墨海金壺)≫본은 사고전서본에 근거하여 ≪영락대전(永樂大典)≫에서 편집한 것이어서 역시 완질이 아니다. ≪고재만록≫은 시를 논한 부분이 많지만, 이 책이 ≪고재만록≫에서 편집되어 별도로 통용된 것인지는 알 수 없다. 또한 ≪옥당시화(玉堂詩話)≫, ≪주정국시화(朱定國詩話)≫의 예와 같이 본래 정해진 명칭이 없었는데, 인용하는 이가 마음대로 이름을 바꾸어서 결국 별도의 한 책이 된 것이리는 추측도 아예 불가능한 것은 아니다. ≪역대사화(歷代詞話)≫에서 이 책을 인용하면서 ≪고재사화(高齋詞話)≫라고 한 것은 더욱 근거가 없다.

또한 손적(孫覿)의 ≪홍경거사집(鴻慶居士集)≫ 권12의 〈증단백에게 주는 편지(與曾端伯書)〉를 보면, "또한 급히 하사하신 ≪백가신선≫ 한 질을 받았는데, 상자를 열어 읽어 보면서 매번 전에 들어보지 못했던 것을 보았습니다. …저는 스스로 삼가 공손히 받아 저술하신 59권과 ≪습유시화≫ 1권을 엿새 동안에 다 읽었습니다. 이후 편지를 써서 사자를 통해 보내드리니, 당시에 꼼꼼하게 읽은 것을 따로 갖추어 기록하였습니다.(又蒙馳賜≪百家新選≫一集, 發函開讀, 每得所未聞, …某自拜賜, 凡六日讀盡所著五十九卷與拾遺詩話一卷, 而後修書拜送使者, 尙當細讀別具記)"라 하였으니, 이 책은 아마도 ≪백가신선≫ 뒤에 덧붙인 것이 아니었을까? 아니면 ≪고재시화≫는 이전에 이미 간행되었으며, ≪백가신선≫ 뒤에 덧붙인 것은 전편에 이어 말한 것이기 때문에 '습유'라고 이름 붙였던 것은 아닐까? ≪송사(宋史)·예문지(藝文志)≫ 총집류(總集類)에 증조의 ≪송백가시선(宋百家詩選)≫ 20권이 있고, 또 ≪속선(續選)≫ 20권이 있는데, 이것이 이른 바 ≪백가신선≫일 것이다.

이 책의 일실된 문장은 내가 이미 ≪송시화집일(宋詩話輯佚)≫에 모아 넣어 두었다. 근래 해염(海鹽)의 장씨(張氏)가 영인한 원나라 대덕(大德) 간본인 이벽(李壁)의 ≪왕형문공시전주(王荊文公詩箋注)≫ 권40의 〈못가에서 금사화를 보며 지은 시(池上看金沙花詩)〉 주에 ≪고재시화≫ 한 조목이 인용되어 있는데, 이것도 보충해 모아 둔다.

동강시화(桐江詩話)

권수와 지은이 미상, 손상됨, 발췌본과 집일본 있음.

이 책의 지은이는 미상이다. 책에 있는 "정진도는 소흥 연간(1131~1162) 초에 민 지역을 다스렸다.(程進道紹興初帥閩中)"는 말에 근거해 보면 지은이는 이미 남송시대 사람임을 알 수 있다. 또한 ≪초계어은총화(苕溪漁隱叢話)≫ 전집(前集)에 이 책이 인용된 것으로 보아 이 책은 필시 소흥(紹興) 18년(1148) 전에 완성되었고, 책에 ≪서청시화(西淸詩話)≫가 인용된 것으로 보아 ≪서청시화≫ 후에 완성되었음을 알 수 있다.

이 책은 지금 ≪설부(說郛)≫본 1권이 있는데 겨우 5조목만 있으니 아마도 발췌본인 듯하다. 다만 이 5조목 가운데 ≪초계어은총화≫에 보이는 것은 겨우 3조목이다. 즉 이 책은 원나라 말엽에도 전하는 판본이 있었을 것인데, 다른 저록들에는 보이지 않으니 무슨 까닭인가?

송나라 사람의 저작 중 ≪초계어은총화≫에서 이 책을 인용한 것 외에, ≪시인옥설(詩人玉屑)≫, ≪시림광기(詩林廣記)≫, ≪죽장시화(竹莊詩話)≫ 및 ≪산곡연보(山谷年譜)≫, ≪청상잡기(靑箱雜記)≫ 등에서도 인용하고 있어, 이 책이 남송 때에 익히 알려져 있었음을 알 수 있다. 다만 그 인용들이 ≪초계어은총화≫에서의 인용에서 벗어나지 않으니, 위경지(魏慶之) 등이 실제로 이 책을 보았는지는 여전히 의문이다. 혹시 이 책이 전초본(傳鈔本)만 있었기 때문에 널리 전해지지 않았던 것은 아닐까? 지금 ≪송시화집일(宋詩話輯佚)≫본이 있다.

시설준영(詩說雋永)

권수와 지은이 미상, 호종급(胡宗伋)이 지은 것으로 의심됨,
산일됨, 지금 집일본이 있음.

이 책은 전하는 판본이 보이지 않는다. 다만 ≪초계어은총화(苕溪漁隱叢話)≫ 후집에 많이 인용되어 있으니, 남송 초 사람이 지은 것일 것이다. 그러나 ≪초계어은총화≫ 전집에는 인용되지 않았으니, 책이 완성된 것은 소흥(紹興) 18년(1148) 이후임을 알 수 있다. ≪초계어은총화≫ 후집 권33에 이 책이 인용된 부분을 살펴보면 다음과 같다.

> 처도 진담[1]이 한응주[2]를 위해 〈나뭇가지의 둥지〉 시를 지었는데, 건염 연간(1127~1130)에 회계에 있을 때 어느 날 급에게 이르기를 먼저 두 구절을 얻었다며, '매우 뛰어난 상산의 노인들[3], 하나의 귤나무에 함께 살고 있구

1 진담(秦湛, ?~?)은 북송 고우(高郵, 지금의 강소성(江蘇省) 고우시(高郵市)) 사람으로, 자는 처도(處度)이고 호는 제천(濟川)이다. 진관(秦觀)의 아들이다. 소흥(紹興) 2년(1132)에 상주통판(常州通判)을 지냈고, 4년(1134)에 관직을 마쳤다. 어려서부터 학문을 좋아하였고 산수화를 잘 그렸다.

2 한응주(韓膺胄, 1096~1176)는 북송 상주(相州) 안양(安陽, 지금의 호남성(湖南省) 안양시(安陽市)) 사람으로, 자는 면부(勉夫)이다. 북송이 망한 후 형 한초주(韓肖胄)와 함께 모친을 모시고 남도하여 남송에서 벼슬을 하였다. 진회(秦檜)가 권력을 잡자 그의 화의정책에 반대하여 결국 병을 핑계로 사직하고 산수를 유람하였다. 시호는 장선(莊宣)이다.

3 상산의 노인은 상산사호(商山四皓)를 의미한다. 진(秦)나라 말기에 난리를 피하여 상산(商山)에 살던 동원공(東園公), 하황공(夏黃公), 녹리선생(甪里先生), 기리계(綺里季)를 가리킨다. 이들이 모두 눈썹과 머리카락이 하얬기 때문에 붙여진 명칭이다. 여기서는 한응주와 그 동료들

> 나. 아슬아슬 위태로운 성루에, 높이 솟아 있는 둥지 속의 새끼 새.'라 하였다. 나중에 시를 완성했는지는 모르겠다.(秦湛處度爲韓膺冑作〈枝巢〉詩, 建炎間在會稽, 一日語伋云, 先得兩句: '大勝商山老, 同居一木奴, 杌隉危中壘, 高聳堞中雛.' 未知後成篇否)

이 문장에서 스스로를 급(伋)이라 칭하였으니, 작자의 이름이 급(伋)임을 알 수 있다. 처음에는 그를 사급(謝伋)이라 생각하였으나, 책에 사급이 지은 ≪사륙담주(四六談麈)≫를 인용한 부분이 있어 매우 의문이 들었다.

남송 초에 이름이 급인 사람으로는 증급(曾伋)이 있는데 자는 언사(彦思)이고 남풍(南豐, 지금의 강서성(江西省) 남풍현(南豐縣)) 사람이며, 시는 ≪송시기사(宋詩紀事)≫ 권52에 보인다. 자세히 고찰해보니 이 사람이 아니었다. 이어 계속 찾다보니 ≪초계어은총화≫ 후집 권36에 다음과 같은 조목이 인용되어 있었다.

> 숙용 조충지는 악부가 가장 명성이 있었는데, 시는 세상에 적게 알려졌다. 정화 연간(1111~1117) 말에 선공께서는 어사(御使)였고 주심명은 낭관(郎官)이었는데, 조충지는 〈선공께서 차를 보내준 것에 감사하고 겸하여 주심명에게 보내는 서간 시〉에서 다음과 같이 말하였다.(晁冲之叔用樂府最有名, 詩少見於世. 政和末, 先公爲御史, 朱深明爲郎官, 其〈謝先公寄茶兼簡深明詩〉云云)

≪구자집(具茨集)≫에 따르면, 이 시는 〈호어사가 차를 보낸 것에 감사하고 겸하여 주낭중에게 보내는 서간 시(謝胡御史寄茶兼簡朱郎中詩)〉임을 알 수 있다. 따라서 이 책의 지은이의 성이 호(胡)씨임은 의심할 나위 없다. ≪송사(宋史)≫ 388권을 살펴보면 호종급(胡宗伋)은 호가 순유(醇儒)이고 소흥(紹興) 여요(餘姚, 지금의 절강성(浙江省) 여요시(餘姚市)) 사람이

을 가리키는 것으로, 귀하고 아름다운 귤나무에 둥지를 틀고 함께 살고 있는 새끼 새들에 비유한 것이다.

며, 그의 사적은 아들 호기(胡沂)[4]의 전(傳)에 덧붙여 있다. 호기는 소흥 5년(1135) 진사에 급제하였고 호종급은 남송 초 사람이므로, 책에서 진담이 건염 연간에 회계에 있었다는 내용과 시간과 장소가 일치한다. 따라서 이 책은 호종급이 지은 것이 아니겠는가?

명나라 월창도인(月窗道人)이 교정, 판각한 ≪시화총귀(詩話總龜)≫ 후집에도 이 책이 인용되어 있다. 대부분의 내용이 ≪초계어은총화≫에도 보이지만, 하균보(夏均父)에 대한 한 조목은 ≪초계어은총화≫에 보이지 않는다. ≪시화총귀≫는 남송 때 몇 차례 개찬을 거치면서 ≪초계어은총화≫ 외의 것을 인용하고 있고, ≪시림광기≫에 인용된 것은 간혹 ≪시설≫이라 줄여 인용하고 있으니, 이 책이 남송 말엽에도 전해지고 있었음을 알 수 있다. 이후에는 장서가의 저록에 보이지 않으니 이 책이 이미 오래 전에 일실되었음을 알 수 있다. ≪초계어은총화≫나 ≪시화총귀≫에서는 ≪시화준영(詩話雋永)≫이라 인용하기도 하고 어떤 경우는 ≪시설준영(詩說雋永)≫이라 부르기도 하였으니, 동일한 책을 다르게 부른 것임을 알겠다. 우무(尤袤)의 ≪수초당서목(遂初堂書目)≫ 문사류(文史類)에는 ≪시화준영≫이 있는데 지은이와 권수가 쓰여 있지 않지만 분명히 이 책일 것이다. 원나라 유정기(喩正己)에게도 ≪시화준영≫이 있는데, 지금 ≪설부(說郛)≫에 수록된 것은 이 책과는 다른 책인 듯하다. 유정기의 책은 이 책을 이어 지은 것이기 때문에 여전히 그 이름을 쓴 것이 아니겠는가? 이 책의 일실된 문장은 내가 편집한 ≪송시화집일(宋詩話輯佚)≫에서 볼 수 있다.

---

4 호기(胡沂, 1107~1174)는 북송 여요(餘姚, 지금의 절강성(浙江省) 여요시(餘姚市)) 사람으로, 자는 주백(周伯)이다. 소흥(紹興) 5년(1135)에 진사가 되었고, 교서랑(校書郞), 종정소경(宗正少卿), 중서사인(中書舍人), 이부시랑(吏部侍郞), 예부상서(禮部尙書) 등을 지냈다. 시호는 헌숙(獻肅)이다.

시론(詩論)

1권, 승려 보문(普聞) 지음, 손상됨.

보문(?~?)는 남송 초 승려인데, 그 외는 알려진 바가 없다. 이 책은 ≪설부(說郛)≫본이 있으며, 겨우 2조목만 남아있어 완전하지 못하다. ≪송사고궐서목(宋四庫闕書目)≫ 문사류(文史類)에 기재된 ≪시론≫ 1권은 지은이가 적혀있지 않으나 분명 이 책일 것이다. 이 책에서 시를 논할 때 '의구(意句)'와 '경구(境句)'로 나누어서 "경구는 조탁하기 쉽고 의구는 주조하기 어렵다.(境句易琢, 意句難鑄)"라 하였는데, 역시 탁월한 식견이다. 다만 '파제함련(破題頷聯)'이란 용어에 대해 함련은 의미로 대를 맞춘 대우를 써야 하는 것이라 여겼으니, 이는 융통성이 없는 견해이다. 대개 스님이 시를 논할 때는 이런 병폐가 있으니 그저 그의 잘못이라고만 할 수는 없다.

이군옹시화(李君翁詩話)

권수 미상, 이군옹(李君翁) 지음, 일실됨, 집일본이 있음.

이군옹은 누구인지 알 수 없다. 이 책 역시 여러 저록에는 보이지 않고, 다만 요관(姚寬)[1]의 ≪서계총어(西溪叢語)≫ 권상(卷上)에 인용되어 있는데, 그 내용이 천박하다며 배척하고 있으니 아마 이 책은 취할 만한 것이 없었던 듯하다. 요관과 섭적(葉適)[2]은 동시대 사람이기 때문에 이군옹은 마땅히 남송 초 사람일 것이다. 나는 그 일실된 문장을 모아 ≪송시화집일(宋詩話輯佚)≫에 넣어 두었다.

1 요관(姚寬, 1105~1162)은 남송 승현(嵊縣, 지금의 절강성(浙江省) 승현(嵊縣)) 사람으로, 자는 영위(令威)이고 호는 서계(西溪)이다. 음서로 관직에 올랐다. 저서로 ≪서계거사집(西溪居士集)≫ 5권, ≪서계총어(西溪叢語)≫ 2권 등이 있다.

2 섭적(葉適, 1150~1223)은 남송 온주(溫州) 영가(永嘉, 지금의 절강성(浙江省) 온주시(溫州市)) 사람으로, 자는 정칙(正則)이고 호는 수심(水心)이다. 순희(淳熙) 5년(1178)에 진사가 되었다. 정치적 실무에 있어 공리적인 것을 강조했고, 실제사물에 대한 연구를 중시했다. 영가학파(永嘉學派)의 중심인물이다. 저서로 ≪수심집(水心集)≫, ≪습학기언(習學記言)≫ 등이 있다.

휴재시화(休齋詩話)

5권, 진지유(陳知柔) 지음, 일실됨, 집일본이 있음.

진지유(陳知柔, ?~1184)는 남송 영춘(永春, 지금의 복건성(福建省) 영춘현(永春縣)) 사람으로, 자는 체인(體仁)이고 호는 휴재거사(休齋居士)이다. 소흥(紹興) 12년에 진사가 되었고, 태주판관(台州判官), 건주(建州)와 장주(漳州) 교수를 역임하였다. 그 후에 순주(循州)와 하주(賀州)의 지주를 지냈다. 저서로 ≪시성보(詩聲譜)≫ 2권, ≪휴재시화(休齋詩話)≫ 5권 등이 있다.

진지유(?~1184)의 자는 체인(體仁)이고 호는 휴재(休齋)이며, 영춘(永春, 지금의 복건성(福建省) 영춘현(永春縣)) 사람이다. 소흥(紹興) 12년(1142)에 진사가 되었으며 지순주(知循州)를 지내다 하주(賀州)로 옮겼다.

이 책은 장서가의 저록에는 보이지 않는다. ≪시인옥설(詩人玉屑)≫, ≪시림광기(詩林廣記)≫ 등의 책에서 인용하고 있지만 지은이의 이름은 밝히지 않았다. 오직 도광중(道光重)이 중찬(重纂)한 ≪복건통지(福建通志)·경적지(經籍志)≫에만 진지유의 ≪휴재시화≫ 5권이라 되어 있어서 비로소 진지유가 지은 것임을 알게 되었다.

진지유는 송나라의 유생이어서 시를 논할 때에는 도연명(陶淵明)[1]과 두보(杜甫)[2]를 추숭하였고 기상(氣象)과 자유로운 뜻을 중시하였으며 사

1 도연명(陶淵明, 365?~427)은 도잠(陶潛)의 자이다. 도잠은 동진(東晉) 여강(廬江) 심양(尋陽) 시상(柴桑, 지금의 강서성(江西省) 구강시(九江市)) 사람이다. 이름이 연명(淵明)이고, 자가 원량(元亮)이라는 주장도 있다. 자호 때문에 '정절선생(靖節先生)' 또는 '정절(靖節)'로도 불린다. 저서로 ≪도연명집(陶淵明集)≫이 전한다.

2 두보(杜甫, 712~770)는 당나라 시인으로, 본적은 양양(襄陽)이지만 출신지는 공현(鞏縣)이다. 중국 최고의 시인으로서 시성(詩聖)이라 불렸다. 장편의 고체시(古體詩)에서 주로 사회성을

물의 이치, 순정한 유가의 학문을 중시하였다. 그러나 지나치게 구애받지는 않았으니, 도학자와 시인을 겸한 사람이었다고 하겠다. 이 책은 오래 전에 일실되었는데, 내가 그 일실된 문장을 모아 ≪송시화집일(宋詩話輯佚)≫에 넣어 두었다.

근래에 방회(方回)의 ≪문선안포사시평(文選顏鮑謝詩評)≫ 권4에 있는 한 조목을 보았는데 "근래 ≪휴재시화≫라는 것이 있는데, 여기서 사령운의 〈업중집을 모의하여(擬鄴中集)〉 8수[3]는 한 마디도 언급할 만한 것이 없다고 하였다.(近世有≪休齋詩話≫者, 謂靈運擬鄴中八首無一語可稱)"라 하였다. 이 말은 내가 전에 편집하면서 미비되었던 것을 보충해 줄 수 있다.

발휘하였으므로 시로 표현된 역사라는 뜻으로 시사(詩史)라 불린다.

3 〈업중집을 모의하여(擬鄴中集)〉는 사령운이 ≪업중집(鄴中集)≫을 모방해서 쓴 조시(組詩)이다. 모두 8수로 되어 있고, 조비(曹丕), 조식(曹植)과 공융(孔融)을 제외한 건안육자(建安六子)를 모의한 작품으로, 각각 읊고 있는 사람의 이름을 제목으로 삼고 있다. 시 앞에는 총서가 있어 조비를 대신하여 여러 사람들이 업중에 모여서 즐거운 생활을 하다가 영락한 후의 처량한 심정을 펼친 것에 대해 서술하였다. 그 외에 각각의 사람에 대해 시를 쓰기 전에 소서(小序)가 있는데, 그 사람의 신세, 풍모와 풍격에 대해 말하였다.

진일화시화(陳日華詩話)

1권, 진엽(陳曄) 지음, 사본(寫本) 있음, 찾을 수 없음.

진엽(陳曄, ?~?)은 남송 복주(福州, 지금의 복주시(福州市) 장락시(長樂市)) 사람으로, 자는 일화(日華)이다. 경원(慶元) 2년(1196)에 지정주(知汀州)를 지냈다. 이때 치적이 많은데 이에 관해서는 ≪정속론(正俗論)≫에 기록되어 있다. 나중에 광동헌사(廣東憲使)로 승진하였다. 일생 동안 저술에 전념하여 ≪임정지(臨汀志)≫, ≪가장경험방(家藏經驗方)≫ 등을 편집하였다. 저명한 사인이기도 하여 그의 작품이 ≪전송사(全宋詞)≫에 보인다.

진엽(?~?)의 자는 일화(日華)이고, '엽(曄)'자는 '엽(燁)'이라 된 판본도 있다. 육심원(陸心源)의 ≪송시기사보유(宋詩紀事補遺)≫ 권54에는 '진엽(陳燁)'이라 되어 있고, 권60에는 '진엽(陳曄)'이라 되어 있는데, 같은 사람이 다른 글자로 중복된 것이다.

진엽은 복주(福州, 지금의 복건성(福建省) 복주시(福州市)) 사람으로, 순희(淳熙) 5년(1178)에 순안령(淳安令)이 되었고 경원(慶元) 연간(1195~1200) 초에 지정주(知汀州)를 지냈는데, 백성들을 면밀하고 공평하게 잘 다스렸다. 강기(姜夔)와 면식이 있어서 ≪백석도인시집(白石道人詩集)≫에 〈진일화가 아이를 데리고 책을 읽다.(陳日華侍兒讀書)〉라는 시가 있다. 또한 진진손(陳振孫)의 ≪직재서록해제(直齋書錄解題)≫ 권8에 있는 ≪은강지(鄞江志)≫ 하(下)에 "군수인 고령의 일화 진욱이 소무사인 이고로 하여금 이를 만들게 하였는데, 이때가 경원 무오년(1198)이다.(郡守古靈陳昱日華, 俾昭武士人李皐爲之, 時慶元戊午)"라 하였다. 은강은 바로 정주(汀州, 지금의 복건성(福建省) 장정현(長汀縣))로, 진욱과 진엽은 동일한 사람임을 알 수 있다.

이 책은 지금 남아 있지 않다. ≪절강채집유서총록(浙江採集遺書總錄)≫

경집(庚集) 설가류(說家類)에 근거하면 사본(寫本) 1권이 남아 있는데, 천일각(天一閣) 소장본에서 나온 것인 듯하다. ≪천일각서목≫에 남사란(藍絲欄)[1] 초본이 있다고 하였는데, 바로 이 책이다. ≪사고전서존목제요(四庫全書存目提要)≫에 "이 책에 기록된 것은 외설적이며 비루하고 해학적인 글이 많아 대아와 상당히 거리가 있다.(是編所記多猥鄙詼諧之作, 頗乖大雅)"[2]고 하였으니, 그 내용이 설부(說部)[3]에 가까웠던 듯하다. 아마도 ≪이견삼지(夷堅三志)≫에서 일찍이 진엽이 편집했다고 언급한 ≪선학시사(善謔詩詞)≫와 거의 동일한 책인 것 같다. 다만 ≪사고전서존목제요≫에서 또한 기록하기를, "황정견은 사람들에게 시를 배우게 할 때에는 먼저 경전을 읽게 하였다고 하였다. …또한 송기의 말을 기록하여 시인은 반드시 스스로 일가를 이루어야 후세에 영원히 전해진다고 하였으니, …모두 분명한 논의이다.(所記黃庭堅教人學詩先讀經…又記宋祁語云, 詩人必自成一家, 然後傳不朽…. 則皆確論也)"라 하였다. 또한 ≪사고전서존목제요≫의 진일화의 ≪담해(談諧)≫에 대한 제요에서 "별도로 ≪시화≫ 1권이 있는데 주자의 말이 많이 인용되어 있다.(別有詩話一卷, 多引朱子之語)"고 하였다. 이로 보건대 이 책은 해학적인 것과 함께 옛 견해도 함께 수록하고 있어, 전혀 취할 게 없는 책은 아니었던 것이다.

진엽은 ≪선학시사≫에서 다소 무거운 내용을 시화에 수록하였고, 조잡하고 난잡한 것은 ≪담해≫에 실어두었던 듯하다. 요약하자면 시화 중 설부로 전락한 것 가운데 이 책이 가장 정도가 심할 것이다.

---

1 남사란(藍絲欄)이란 푸른색으로 그은 계선이다. 사본에 사용된다.

2 ≪사고전서총목제요(四庫全書總目提要)·집부(集部) 50·시문평류존목(詩文評類存目)≫에 실려 있다.

3 설부는 소설(小說)이나 소문, 자질구레한 이야기와 관련된 저작을 의미한다.

오기지시화(敖器之詩話)

1권, 오도손(敖陶孫) 지음, 손실됨.

오도손(敖陶孫)은 남송 복청(福清, 지금의 복건성(福建省) 복청시(福淸市)) 사람으로 자는 기지(器之)이고, 호는 구옹(臞翁)이며 스스로 동당(東塘) 사람이라 하였다. 남송의 저명한 학자이자 시론가이다. 오도손은 시로 이름이 알려지기도 하여 ≪구옹시집(臞翁詩集)≫을 남겼으나 망실되었다. 저서로 그의 남은 시들을 모은 ≪강호집(江湖集)≫, ≪강호후집(江湖後集)≫ 등이 있다.

오도손(1154~1227)의 자는 기지(器之)이고, 호는 구옹(臞翁)(다른 판본에는 구암(臞菴)이라 되어 있기도 함)이며, 복주(福州) 복청(福淸, 지금의 복건성(福建省) 복청시(福淸市)) 사람이다. 순희(淳熙) 7년(1180)에 향천(鄕薦)[1]에서 1등으로 추천되었다. 경원(慶元) 5년(1199)에 진사가 되었고, 천주첨판(泉州簽判)을 역임하였으며 봉의랑(奉議郎)으로 관직을 마치면서 화주(華州) 서악묘(西嶽廟)를 주관하였다. ≪구옹집(臞翁集)≫이 있고, 보경(寶慶) 3년(1227)에 죽었으니 향년 74세였다. 유극장(劉克莊)의 ≪후촌대전집(後村大全集)≫ 권148에 〈구암 오선생 묘지명(臞菴敖先生墓誌銘)〉이 있다.

섭소옹(葉紹翁)의 ≪사조문견록(四朝聞見錄)≫에 다음과 같은 내용이 있다.

경원 연간 초에 한탁주가 충정공 조여우(趙汝愚)를 쫓아내자[2] 태학제생이

1 향공(鄕貢)으로 추천되는 것을 가리킨다. 주현(州縣)의 학관을 거치지 않고 먼저 주현에서 실시하는 시험에 합격하고 난 후 상서성(尙書省)으로 가서 회시에 응시하는 사람을 향공(鄕貢)이라 한다.

었던 오도손은 삼원루에서 시를 지었는데, '구천에서 만약 조상인 한충헌을 만나거든 지금 마지막 자손이 있다고 말하지 마시오.'라는 구절이 있었다. 오도손은 체포하려는 자가 올 것을 알고 급히 도망하여 민 지역으로 돌아갔다. 나중에 을축년 과거에 급제하였다.[3](慶元初, 韓侂[4]胄旣逐趙忠定, 太學諸生敖陶孫賦詩於三元樓, 有'九原若遇韓忠獻[5], 休說如今有末孫'之句. 陶孫知捕者至, 亟亡命歸走閩, 後登中乙丑第)[6]

유극장이 지은 〈구암 오선생 묘지명〉에는 "승상 조여우가 폄적되어 죽자 선생께서는 〈갑인년의 노래〉를 지어 애통해하였는데 권신에 대한 내용은 없었다. …경조윤이 이 시에 풍자하는 뜻이 있을 것이라 추측하여 급히 체포하려 하자 선생께서는 변복을 하고 이름을 바꾸어 도망하였다.(趙丞相謫死, 先生爲〈甲寅行〉以哀之, 語不涉權臣也.… 京尹承望風旨, 急逮捕, 先生微服變姓名去)"라 하였다. 이는 한탁주에 대한 일을 가리킨다. 또한 "선생의 시명이 더욱 중해지자 선생의 명성에 의탁하여 행세하는 자가 더욱 많아졌고, 이에 ≪강호집≫이 출간되었다. 이 책을 없애라는 조칙이 내려지자, 선생도 결국은 어쩔 수 없게 되었다.(先生詩名益重, 托先生以行者益衆, 而≪江湖集≫出焉. 會有詔毁集, 先生卒不免)"라 하였는데, 이는 사미원(史彌遠)[7]에 대한 일을 가리킨다. 아울러 "진짜 시는 선생

2 소희내선(紹熙內禪)에서 권력을 얻게 된 한탁주(韓侂胄)는 자신이 권력의 자리에 가까이 다가가게 될 것이라 생각했지만, 그의 인격을 좋아하지 않았던 재상 조여우(趙汝愚)는 그를 멀리했다. 이것에 원한을 품은 한탁주는 조여우를 몰아내어 1195년에 조여우는 재상직에서 물러났고, 곧 조여우 편에 섰던 주필대(周必大), 유정(留正), 왕란(王藺), 주희(朱熹), 팽귀년(彭龜年) 등 59명이 금고에 처해졌다. 자세한 것은 ≪송사(宋史)·조여우열전(趙汝愚列傳)≫을 참조할 것.

3 **【원주】** 을축년은 개희(開禧) 원년(1205)으로, 경원 5년(1199)보다 6년 뒤이다.

4 원문에는 '차(侘)'로 잘못되어 있어 '탁(侂)'으로 바로 잡았다.

5 한충헌(韓忠獻)은 한억(韓億)으로, 한탁주의 조상이다.

6 ≪사조문견록≫ 권3 〈충정공 조여우를 추도하는 시(悼趙忠定詩)〉에 실려 있다.

7 사미원(史彌遠, 1164~1233)은 남송(南宋) 명주(明州) 은현(鄞縣, 지금의 절강성(浙江省) 영파시(寧波市)) 사람으로, 자는 동숙(同叔)이다. 개희(開禧) 3년(1207)에 권신 한탁주(韓侂胄)가 정권을 잡고서 북벌을 감행했다가 실패하자 금나라는 주모자를 찾는 명분으로 침입해 왔고 어쩔 수 없이 송은 강화를 신청하였다. 이때 사미원이 전쟁의 주역인 한탁주를 살해하고 그

에게 복이 되지 못하였고, 가짜 시가 매번 선생에게 화가 되었다.(眞詩未爲先生之福, 而贋詩每爲先生之禍)"라 하였다. 이 역시 섭소옹이 말한 것과 다소 차이가 있다.

유극장의 이 묘지명은 소정(紹定) 2년(1229)에 지어졌는데, 이때는 시금(詩禁)이 아직 풀리지 않았으며, 소정 6년(1234) 사미원이 죽고 나서야 시금이 해제되었다. 어찌하여 유극장은 당시에 정세에 밀려 사실을 왜곡시키고 숨겼단 말인가? 하지만 유극장은 여전히 그의 시가 "바른 성정과 의리에서 발한 것(發於情性義理之正)"이라 하였으니, 이는 당시의 공론(公論)이었다.

오도손은 별도로 ≪구옹시평(臞翁詩評)≫이 있는데 문집에 덧붙여 있다. 도광(道光) 연간(1821~1850)에 다시 편찬한 ≪복건통지(福建通志)·경적지(經籍志)≫에 ≪구옹시화(臞翁詩話)≫라 고쳐져 있는데, 이 책이 아니다. 이 ≪구옹시화≫ 1권은 옛 저록에는 없고, 지금은 ≪설부(說郛)≫본만 전한다. 이 외에 ≪고금시화(古今詩話)≫본이 있는데, 이는 서적상이 ≪설부≫의 시화 부분을 다시 인쇄하여 만든 것이어서 사실상 동일한 책이다. 이 책은 겨우 5조목인데, 그 가운데 '도연명시(陶詩)' 한 조목은 ≪구옹시평≫에도 있어 어떠한 이유로 중복되게 되었는지 알 수가 없다. 이 ≪구옹시화≫는 후대 사람이 거짓으로 의탁한 것인데, 어찌하여 이 조목만을 집어넣어 사람들에게 그럴듯하게 보이고자 하였는가?

시평(詩評)의 체제는 멀리로는 원앙(袁昂, 461~540)[8]의 서평에 근본을

의 머리를 금에 보내는 것으로 화의가 성립되었다. 사미원은 이로 인해 조정의 실세가 되어 정권을 독단했다.

8 원앙(袁昂, 461~540)은 남조 양나라의 부락(扶樂) 사람이다.(일설에는 진군(陳郡) 양하(陽夏) 사람이라고도 한다.) 자는 천리(千里)이고, 원의(袁顗)의 아들이다. 제(齊)나라 때 오흥태수(吳興太守)를 지냈는데, 양무제(梁武帝)는 그를 이부상서(吏部尙書)로 기용하였다. 시호는 목정(穆正)이다. 그는 임금의 명을 받아 ≪고금서평(古今書評)≫ 1권을 지어 모두 25명을 평가하였다. 양무제의 ≪서평≫은 이 책을 바탕으로 하여 내용을 늘려 만든 것이다.

두고 있으며 가깝게는 장열(張說)이 당시의 문사들과 황보식(皇甫湜)의 ≪유업(諭業)≫을 논한 것에서 나왔다. 주로 상징적인 수법을 사용해 작자의 풍격을 묘사하는 것이니, 이는 사실 시화 중의 별도의 체제로, 본디 논의의 범주에 속하지는 않는다. 그러나 다음과 같은 이유에서 덧붙여 논해도 무방할 듯하다.

첫째, 송나라 사람 가운데 시평을 한 이는 적지 않았다. 예를 들어 장순민(張舜民)의 ≪운수시평(芸叟詩評)≫과 채조(蔡絛)의 ≪백납시평(百衲詩評)≫이 있는데 모두 오도손 이전 것으로, ≪초계어은총화(苕溪漁隱叢話)≫ 후집에 모두 보인다. 또한 유량능(喩良能)의 ≪유량능평시(喩良能評詩)≫가 있는데 당대(唐代) 시인을 논하면서 인물을 서로 비교한 것으로, 오사도(吳師道)의 ≪경향록(敬鄕錄)≫ 권10에 보이며, 그 성격은 다소 다르다. 유량능은 소흥(紹興) 정사년(1137)에 진사가 되었으니 그 역시 오도손 이전 사람이다. 이 외에 낙뢰발(樂雷發)의 ≪설기시평(雪磯詩評)≫과 같이 전하지 않는 것들은 작자가 너무나도 많으니, 또한 덧붙여 논해도 무방할 듯하다.

둘째, 이 책 안에서 이미 ≪구옹시평≫의 말을 언급하고 있으며, 동일한 이의 저작에서 나온 것이므로 응당 함께 논해야 할 것이다. 송나라 때 시평을 짓는 이는 비록 많았지만, 오도손의 저작만이 명성이 자자하였으니, 이는 그의 감식안이 정밀하고 언사가 빼어나며 절묘하였기 때문이다. 그러므로 위경지(魏慶之)의 ≪시인옥설(詩人玉屑)≫ 권1, 왕응린(王應麟)의 ≪옥해(玉海)≫ 권59, 조여강(趙與峕)의 ≪빈퇴록(賓退錄)≫ 권2 및 약간 뒤의 유훈(劉壎)의 ≪은거통의(隱居通議)≫ 권6에서 모두 이 책을 인용하였고, 허인방(許印芳)의 ≪시법췌편(詩法萃編)≫에서는 또한 별도로 단행본으로 출간하였던 것이다.

명나라 양신(楊愼)은 이 책을 ≪단연록(丹鉛錄)≫에 인용해 넣으면서 "손기지가 시를 평함(孫器之評詩)"이라 써놓았는데, 이는 오도(敖陶)를 지역으로, 손(孫)을 성씨로, 기지(器之)를 이름으로 오인한 것이다. 유잠(游潛)의 ≪몽초시화(夢蕉詩話)≫에서 ≪구옹시평≫을 인용하면서 역시 작자를 손기지(孫器之)라 칭하였는데, 이 역시 제대로 바로잡지 못한 것이다.

호씨평시(胡氏評詩)

권수 미상, 호(胡) 아무개 지음, 일실됨, 집일본이 있음.

이 책은 여러 저록에는 보이지 않고 호씨 또한 어떤 사람인지 알 수 없다. 다만 ≪시화총귀(詩話總龜)≫ 후집 권5에 인용되어 있는데, ≪시화총귀≫의 채용서목에는 ≪호씨시화(胡氏詩話)≫라 되어 있고 ≪호씨평시≫라는 명칭은 없다. 의미상 이 책을 가리키는 것일 것이다.

이 책이 ≪시화총귀≫ 전집이 아니라 후집에 인용된 것을 보건대, 이 사람은 필시 남송 때 사람일 것이다. 양만리(楊萬里)의 ≪성재집(誠齋集)≫ 권118 〈송나라 고 자정전학사 호공 행장(宋故資政殿學士胡公行狀)〉에서 시화 2권이 있다고 하였는데, 이는 호전(胡銓)[1]에게 시화가 있었다는 것이다. 또 ≪성재집≫ 권128 〈호영언 묘지명(胡英彦墓誌銘)〉에서도 그에게 시화 약간권이 있다고 하였는데, 이는 호공무(胡公武)[2] 역시 시화가 있었다는 것이다. 지금 이 두 책은 모두 산일되어 이른바 ≪호

1 호전(胡銓, 1102~1180)은 남송 길주(吉州) 여릉(廬陵, 지금의 강서성(江西省) 길안시(吉安市)) 사람으로, 자는 방형(邦衡)이다. 정치가이자 문학가이며 애국적인 신하로 여릉의 '오충일절(五忠一節)' 중 한 사람이다.

2 호공무(胡公武, 1125~1179)는 남송 여릉(廬陵, 지금의 강서성(江西省) 길안시(吉安市)) 사람으로, 자는 영언(英彦), 혹은 언영(彦英)이다. 시는 원진(元稹)과 백거이(白居易)를 배웠고 소식(蘇軾)과 황정견(黃庭堅)을 종주로 삼았다. 만년에 호를 학림거사(學林居士)라 하였다. 저서로 ≪논어집해(論語集解)≫가 있다.

씨평시≫라고 하는 것이 이 두 책인지 여부는 알 수 없다. 나는 일찍이 그 일실된 문장을 모아 ≪송시화집일≫에 넣어 두었다.

우재시화(迂齋詩話)

1권, 지은이 미상, 손상됨.

이 책은 여러 저록에는 보이지 않고 ≪설부(說郛)≫에만 있는데, 지은이도 미상이며 겨우 5조목만 있어 온전한 판본이 아니다. 여악(厲鶚)의 ≪송시기사(宋詩紀事)≫ 권30에 유부(劉郛)의 〈해학시(諧謔詩)〉가 수록되어 있는데, "자리에 만약 한 점 붉은 꽃 같은 그대가 있다면 작은 술잔으로 10만 말의 술을 마실 터이나, 자리에 만약 빗 장식 꽂은 그대가 없다면 용을 삶고 봉황을 잡아 요리를 한들 모두가 헛것이네.(坐上若有一點紅, 斗筲[1]之器飲千鍾[2]. 坐上若無油木梳[3], 烹龍庖鳳都成虛)" 구절에 대한 주석에서 ≪우재시화≫라 말하고 있다. 이는 ≪설부≫본에는 없는 내용이다.

송나라에 '우재'가 호인 사람은 두 사람이 있는데, 하나는 이저(李樗)[4]로, 그의 자는 약림(若林)이고 여본중(呂本中)에게 수업을 받았으며

---

1 두소(斗筲)는 두(斗)와 소(筲)를 이른다. 두는 10승(升)이고, 소는 대나무로 된 기물이다. 양이 작은 용기를 뜻한다.

2 종(鍾)은 용량 단위로, 10곡(斛)이다. 곡(斛)은 10두(斗), 즉 열 말이다.

3 유목소(油木梳)는 여자들이 머리에 꽂는 빗의 일종이다. 주로 장식용으로 많이 사용되었고, 가기(歌妓)를 일컫는 말이기도 하다.

4 이저(李樗, ?~?)는 남송 민현(閩縣, 지금의 복건성(福建省) 복주시(福州市)) 사람으로, 자는 약림(若林)이다. 임지기(林之奇, 1112~1176)와 함께 여본중(呂本中)을 스승으로 삼았다. 그의 학

남송 초 사람이다. 다른 하나는 누방(樓昉)[5]으로, 자는 양숙(暘叔)이고 고문(古文)으로 보전(莆田, 지금의 복건성(福建省) 보전시(莆田市)) 동쪽 지방에서 이름이 났으며 ≪표주고문(標注古文)≫이 있다. 유극장(劉克莊)의 ≪후촌집(後村集)≫에 〈우재의 표주고문 서문(迂齋標注古文序)〉이 있으니, 시대는 약간 뒤이다. 이 두 사람은 도학적인 풍도가 비교적 짙으므로 〈해학시〉 같은 것은 수록하지는 않았을 것이다. 또한 ≪설부≫본에 있는 '시를 주다(貽詩)' 조목은 ≪시화총귀(詩話總龜)≫ 후집 권19에 ≪우수시화(迂叟詩話)≫라 되어 있다. 이 조목은 ≪온공속시화(溫公續詩話)≫에도 보인다. 온공[6]은 호가 우수(迂叟)이므로 이 조목을 ≪우수시화≫라 한 것은 합당하다. 그 외 다른 조목들은 ≪온공속시화≫에는 없다.

문은 궁경역행(窮經力行)을 주로 하였으며, 문하의 선비들 또한 지조 있고 고결한 사람들이 많았다. 학자들은 그를 우재선생(迂齋先生)이라 불렀고, 저서로 ≪모시해(毛詩解)≫가 있다.

5 누방(樓昉, ?~?)은 남송 은현(鄞縣, 지금의 절강성(浙江省) 영파시(寧波市)) 사람으로, 자는 양숙(暘叔)이고 호는 우재(迂齋)이다. 일찍이 여조겸(呂祖謙)에게 학문을 배웠고, 소희(紹熙) 4년(1193)에 진사가 되었으며 종사랑(從事郎)에 제수되었다. 가정(嘉定, 1208~1224) 연간에 태학박사(太學博士)가 되었다. 그의 문장은 호탕하고 광박하며 사학에도 뛰어났다. 저서로 ≪송십조강목(宋十朝綱目)≫, ≪중흥소전백편(中興小傳百篇)≫, ≪동한조령(東漢詔令)≫ 등이 있다.

6 온공은 사마광을 가리킨다. 사마광(司馬光, 1019~1086)은 북송 속수향(涑水鄉, 지금의 산서성(山西省) 운성시(運城市) 지역) 사람으로, 자는 군실(君實)이고 호는 우부(迂夫) 혹은 우수(迂叟)이다. 시호는 문정(文正)이다. 신종(神宗) 때 왕안석의 신법당(新法黨)과 대립하다 관직에서 물러났으며, 신종이 죽고 철종(哲宗)이 즉위하자 다시 조정으로 가서 '원우(元祐)의 재상(宰相)'이 되었다. 재상으로 있으며 신법을 폐지하고 구법(舊法)으로 대체하여 구법당(舊法黨)의 수령 역할을 하였다. 사후에 철종의 친정이 시작되어 신법당이 세력을 얻자 '원우당적(元祐黨籍)'에 올라 냉대를 받았다. 사후에 온국공(溫國公)에 봉해져 사마온공(司馬溫公)이라고 불린다. 저서로 ≪자치통감(資治通鑑)≫, ≪속수기문(涑水紀聞)≫, ≪사마문정공집(司馬文正公集)≫ 등이 있다.

모재시화(茅齋詩話)

권수 미상, 조순흠(趙舜欽) 지음, 일실됨, 집일본이 있음.

조순흠(?~?)은 고향과 관직 이력 모두 미상이다. 이 책 또한 여러 저록에는 보이지 않으니 일실된 지 오래된 듯하다. 사온(史溫)의 ≪산곡시별집주(山谷詩別集注)≫에서 일찍이 이 책을 인용한 적이 있다. 산곡시의 내집(內集)에는 임연(任淵)의 주가 있는데, 소흥(紹興) 25년(1155)에 책이 완성되었다. 외집(外集)에는 사용(史容)의 주가 있는데, 가정(嘉定) 원년(1208)에 책이 완성되었다. 별집(別集)은 사온(史溫)의 주석이 있고, 어느 때 완성되었는지는 알 수 없다. 책 끝에 있는 소정(紹定) 임신년(1232)에 쓴 황정견(黃庭堅)의 손자 황부(黃埒)의 발문에 근거하면, 이 책은 소정 5년(1232) 이전에 완성되었을 것이므로 ≪모재시화≫가 남송시기의 책인 것은 틀림없지만, 자세한 내용은 더 고찰해야 한다. 이 조목은 지금 ≪송시화집일≫에 모아 넣어 두었다

여곽야인시화(藜藿野人詩話)

지은이와 권수 모두 미상, 일실됨, 집일본이 있음.

이 책은 여러 저록에는 보이지 않고 지은이의 이름도 미상인데, 오직 위경지(魏慶之)의 ≪시인옥설(詩人玉屑)≫ 권3과 권7에 2조목이 인용되어 있다. 그 뒤 진수명(陳秀明)의 ≪동파시화록(東坡詩話錄)≫ 권하(卷下)와 오함분(伍涵芬)의 ≪설시락취(說詩樂趣)≫ 권6에 인용된 것은 모두 ≪시인옥설≫ 권7의 내용과 같다. 이 책은 산일된 지 오래되어 진수명과 오함분이 인용한 것도 필시 그 원서를 본 것이 아니었음을 알 수 있으니, 그저 ≪시인옥설≫에 근거하여 전록한 것에 불과할 뿐이었다. ≪설시락취≫에는 ≪여곽시화(藜藿詩話)≫라 되어 있으나 그 채용서목에서는 ≪여곽노인한화(藜藿老人閒話)≫라 하여 마음대로 이름을 쓰고 있으니 그 근거한 바를 알 수 없다. 지금 그 일실된 문장을 모아 ≪송시화집일(宋詩話輯佚)≫에 넣어 두었다.

옥림시화(玉林詩話)

권수 미상, 황승(黃昇) 지음, 일실됨, 집일본이 있음.

황승(黃昇, ?~?)은 남송 건안(建安, 지금의 복건성(福建省) 건구시(建甌市)) 사람으로, 자는 숙양(叔暘)이고 호는 옥림(玉林) 또는 화암사객(花庵詞客)이다. 생졸년은 미상이나, 그의 사(詞) 〈목란화만(木蘭花慢)·을사년 병중에(乙巳病中)〉에서 '생각하니 어려서는 책에 파묻혔고 중년에는 술에 빠졌으며 만년에는 시 때문에 시름겹네.(念少日書癖, 中年酒病, 晚歲詩愁)"라 하였으니, 을사년인 순우(淳祐) 5년(1245) 무렵까지도 생존하였던 것으로 여겨진다. 시로 명성이 있었으며, 동향 사람인 위경지(魏慶之, ?~?)와 수창하였다. 저서로 ≪화암사선(花庵詞選)≫ 20권이 있다.

황승(?~?)의 자는 숙양(叔暘)이고 호는 옥림(玉林), 혹은 화암사객(花庵詞客)인데, 그의 거처에 옥림(玉林)과 산화암(散花庵)이 있어 이와 같이 부른 것이다. 옛날에는 황승(黃曻)이라고 썼는데, 아마 전서체를 사용한 듯하고, 혹은 황측(黃昃), 자는 숙양(叔陽)이라 되어 있기도 한데 이는 잘못이다. ≪사고전서총목제요(四庫全書總目提要)≫의 '산화암사(散花庵詞)' 조목에서 이미 이를 변증하였다. ≪사고전서총목제요≫에서는 ≪매간시화(梅磵詩話)≫에 의거해 그를 민(閩) 지방 사람이라고 하였는데, 틀리지 않다.

이 책은 여러 저록에는 보이지 않고 오직 위경지(魏慶之)의 ≪시인옥설(詩人玉屑)≫에 가장 많이 인용되어 있는데, 이 책을 ≪옥림중흥시화보유(玉林中興詩話補遺)≫라 부르고 있다. 따라서 일반적으로 ≪옥림시화(玉林詩話)≫라 부르는 것은 이것을 줄여 말한 것이다. 황승은 일찌감치 과거시험을 포기하고 시를 읊는 데 뜻을 두었고, 위경지와 교분이 두터웠기 때문에 ≪시인옥설≫에서 이 책을 인용했을 가능성이 있다. 혹 위경지가 본 것은 이 책의 원고상태였고, 이후에 간행되지 않아 널리 전해지지 못했기 때문에 여러 저록에 보이지 않은 것이 아니었을까?

황승에게는 ≪화암사선(花庵詞選)≫ 20권이 있는데, 앞의 10권을 ≪당송제현절묘사선(唐宋諸賢絶妙詞選)≫이라 하고, 뒤의 10권을 ≪중흥이래절묘사선(中興以來絶妙詞選)≫이라 하므로, 이른바 ≪옥림중흥시화보유≫도 ≪화암사선≫의 체례와 같이 당송의 제현과 중흥이래의 시인에 대해 나누어서 논술했던 것이 아니었을까? 지금 ≪시인옥설≫에 인용된 것을 살펴보면, 모두가 남도한 이후의 시인을 논하고 있지만, ≪시림광기(詩林廣記)≫에 인용된 것에는 한유(韓愈)[1], 곽상정(郭祥正)[2], 진여의(陳與義)[3] 등 여러 사람이 있으니 나의 추측이 책의 당시 정황과 맞다는 것을 알 수 있다. 아쉽게도 사선은 널리 퍼졌으나 시화는 전해지는 것이 없어 그 일실된 문장을 모아 ≪송시화집일(宋詩話輯佚)≫에 넣어 두었다.

---

1 한유(韓愈, 768~824)는 당나라 등주(鄧州) 남양(南陽, 지금의 하남성(河南省) 수무현(修武縣)) 사람으로, 자는 퇴지(退之)이다. 792년 진사에 급제한 후 선무절도사(宣武節度使)의 하급관리로 벼슬살이를 시작하였다. 803년에 감찰어사(監察御使)가 되었을 때 수도의 장관을 탄핵하였다가 좌천되었고, 이후 형부시랑(刑部侍郎)이 되었다가 다시 좌천되었으며, 후에 이부시랑(吏部侍郎)까지 올랐다. 유종원(柳宗元) 등과 함께 변려문(駢儷文)에 반대하는 고문운동(古文運動)을 전개하였으며, 송대 시문혁신운동(詩文革新運動)에 많은 영향을 주었다. 그의 저서는 모두 ≪한창려선생문집(韓昌黎先生文集)≫에 수록되어 있다.

2 곽상정(郭祥正, 1035~1113)은 북송 당도(當塗, 지금의 안휘성(安徽省) 당도현(當塗縣)) 사람으로, 자는 공보(功父)이고 호는 사공산인(謝公山人) 또는 장남랑사(漳南浪士)이다. 황우(皇祐) 5년(1053) 진사가 되어 비서각교리(秘書閣校理), 태자중사(太子中舍), 조청대부(朝請大夫) 등을 지냈으며, 왕안석을 반대하다 벼슬을 버리고 은거하였다. 일생 동안 1,400여 수의 시를 썼으며, 저서로 ≪청산집(青山集)≫ 30권이 있다.

3 진여의(陳與義, 1090~1138)는 북송 낙양(洛陽, 지금의 하남성(河南省) 낙양시(洛陽市)) 사람으로, 자는 거비(去非) 또는 간재(簡齋)이다. 북송말 남송초의 걸출한 시인이자 사인이다.

속재시화(粟齋詩話)

권수와 지은이 모두 미상, 일실됨, 집일본이 있음.

이 책은 여러 저록에는 보이지 않고, 지은이 또한 미상이다. 오직 주준도(周遵道)의 ≪표은기담(豹隱紀談)≫에 속담 한 쌍이 실려 있으며, 나머지는 고찰할 것이 없다. 이 조목 또한 ≪송시화집일(宋詩話輯佚)≫에 넣어 두었다.

중권의 하(中卷之下)

옥호시화(玉壺詩話)

1권, 옛 판본에 승려 문영(文瑩)이 지었다 함, 보존됨.

문영(文瑩, ?~?)은 북송 전당(錢塘, 지금의 절강성(浙江省) 항주시(杭州市)) 사람으로, 자는 도온(道溫)이다. 생졸년은 미상이나, 대략 인종(仁宗) 가우(嘉祐) 연간(1056~1063)에 생존했던 것으로 여겨진다. 소순흠(蘇舜欽)의 시우(詩友)였으며, 그의 소개로 저주(滁州)로 가 구양수(歐陽修)를 만나기도 하였다. 저서로 ≪상산야록(湘山野錄)≫ 3권, ≪옥호야사(玉壺野史)≫ 10권 등이 있다.

문영(?~?)의 자는 도온(道溫)이고, 전당(錢塘, 지금의 절강성(浙江省) 항주시(杭州市)) 사람이며, 저서로 ≪상산야록(湘山野錄)≫, ≪옥호야사(玉壺野史)≫ 등이 있다. ≪옥호야사≫가 곧 ≪옥호시화≫인데, 모두 10권이다. 그의 자서(自序)에 따르면 책이 완성된 것은 원풍(元豊) 무오년(1078)인데, 책에서 희녕(熙寧) 정사년(1077)에 치아가 이미 많이 흔들리고 빠졌다고 말한 것으로 보아, 그의 만년에 지은 것임을 알 수 있다. 시화라는 체제가 유행하자 후대 사람이 ≪옥호야사≫ 안에서 시를 논한 내용을 뽑아 이 책을 만들었다. 지금 ≪학해류편(學海類編)≫본이 있다.

≪사고전서존목제요(四庫全書存目提要)≫에서 다음과 같이 말하고 있다.

> ≪송사・예문지≫에는 ≪옥호청화(玉壺淸話)≫ 10권이 기재되어 있고 지금도 이 책은 보존되어 있다. 어떤 것은 ≪옥호야사≫로 되어 있기도 한데, 이른바 ≪옥호시화≫라고 하는 것은 없다. 이 책은 ≪학해류편≫에 실린 것으로, 다만 몇 쪽에 불과하다. ≪옥호청화≫와 대조하여 보면, 아마도 서적상이 ≪옥호청화≫에서 시에 대한 논의를 뽑아내어 한 권으로 정리하고는 거짓으로 이런 제목을 만든 것 같다. 조용(曹溶)[1]은 이런 사실을 분별해

내지 못하였다.(考≪宋史・藝文志≫, 載≪玉壺清話≫十卷, 今其書猶存. 或題曰≪玉壺野史≫, 無所謂≪玉壺詩話≫者. 此本爲≪學海類編≫所載, 僅寥寥數頁, 以≪玉壺清話≫校之, 蓋書賈摘錄其有涉於詩者, 裒爲一卷, 詭立此名. 曹溶不及辨也)[2]

이와 유사한 예는 송나라 때 이미 있었다. 예를 들어 ≪용재시화(容齋詩話)≫는 ≪용재오필(容齋五筆)≫[3]에서 편집해 낸 것으로, 송원(宋元) 이래로 이러한 편집은 일찍이 있어 왔다. ≪옥호시화≫의 편집도 아마 이와 유사한 것일 것이다. 다만 이 책을 시화라고 이름 붙인 것은 시대로 보아 오히려 ≪육일시화(六一詩話)≫ 이전인 듯하니 납득되지 않는다. 청나라 장종태(張宗泰)의 ≪노암소학집(魯巖所學集)≫ 권11에 〈승려 문영의 옥호청화에 대한 발문(跋僧文瑩玉壺淸話)〉이라는 글이 있는데 그 논시의 오류를 바로 잡고 있으므로, 이를 이 책의 발문이라 보아도 무방할 것이다.

1 조용(曹溶, 1613~1685)은 청나라 수수(秀水, 지금의 절강성(浙江省) 가흥현(嘉興縣)) 사람으로, 자는 추악(秋岳)이고 호는 권포(倦圃) 또는 서채옹(鉏菜翁)이다. 숭정(崇禎) 10년(1637)에 진사가 되었고, 관직은 어사(御史)에 이르렀다. 저서로 ≪정척당집(靜惕堂集)≫이 있으며, ≪학해류편≫을 편찬하였다.

2 ≪사고전서총목제요・집부(集部) 50・시문평류존목(詩文評類存目)≫에 실려 있다.

3 ≪사고전서총목제요≫에 ≪용재시화(容齋詩話)≫는 홍매(洪邁)의 ≪용재오필≫의 내용 가운데 논시에 관한 것을 모아 만든 것이라 하였다.

한거시화(閑居詩話)

권수와 지은이 모두 미상, 일실됨,
지금 집일본이 있음.

이 책은 여러 저록에 보이지 않으니 이미 오래전에 일실된 듯하다. ≪시화총귀(詩話總龜)≫ 전집(前集)에 비교적 많이 인용되어 있는데, 그 문장이 ≪온공속시화(溫公續詩話)≫와 ≪중산시화(中山詩話)≫에 많이 보이므로 북송 때 사람들이 표절한 것으로 의심된다. 완열(阮閱)이 ≪시총(詩總)≫를 편집할 때 사마광(司馬光)[1]과 유반(劉攽)[2]의 저작을 보지 않았을 리 없고 이와 같은 잘못이 있을 턱이 없을 것이니, 분명 후대 사람들이 ≪시화총귀≫를 개찬하면서 함부로 끼워 넣은 것일 것이다.

오함분(伍涵芬)의 ≪설시락취(說詩樂趣)≫에 인용된 것은 대략 이것과

1 사마광(司馬光, 1019~1086)은 북송 속수향(涑水鄕, 지금의 산서성(山西省) 운성시(運城市) 지역) 사람으로, 자는 군실(君實)이고 호는 우부(迂夫) 혹은 우수(迂叟)이다. 시호는 문정(文正)이다. 신종(神宗) 때 왕안석의 신법당(新法黨)과 대립하다 관직에서 물러났으며, 신종이 죽고 철종(哲宗)이 즉위하자 다시 조정으로 가서 '원우(元祐)의 재상(宰相)'이 되었다. 재상으로 있으며 신법을 폐지하고 구법(舊法)으로 대체하여 구법당(舊法黨)의 수령 역할을 하였다. 사후에 철종의 친정이 시작되어 신법당이 세력을 얻자 '원우당적(元祐黨籍)'에 올라 냉대를 받았다. 사후에 온국공(溫國公)에 봉해져 사마온공(司馬溫公)이라고 불린다. 저서로 ≪자치통감(資治通鑑)≫, ≪속수기문(涑水紀聞)≫, ≪사마문정공집(司馬文正公集)≫ 등이 있다.

2 유반(劉攽, 1023~1089)은 북송 임강(臨江) 신유(新喩, 지금의 강서성(江西省) 신여시(新餘市)) 사람으로, 자는 공부(貢夫)이고 호는 공비(公非)이다. 사학자이며 유창(劉敞)의 동생이다. 유창과 함께 경력(慶曆) 6년(1046)에 진사가 되어 국자감직강(國子監直講), 비서소감(秘書少監), 중서사인(中書舍人) 등을 역임하였다. 사마광과 함께 ≪자치통감≫을 편수하기도 했으며, 저서로 ≪중산시화(中山詩話)≫, ≪공비집(公非集)≫ 등이 있다.

비슷한데, 관휴(貫休)[3]와 혜숭(惠崇)[4]의 시를 논한 두 조목은 ≪시화총귀≫에서는 그 출처에 대해 주석을 달지 않았다. 그러나 그 문장이 ≪시화총귀≫에서 인용된 ≪한거시화≫ 뒤에 있는 까닭에 아마도 오함분은 이에 근거하여 ≪한거시화≫의 문장이라고 정한 듯하다. 이 책은 일찌감치 일실되었으므로 오함분이 본 것은 원본이 아니었을 것이다.

≪송시기사(宋詩紀事)≫ 권91에 이르기를, "승려 지원(976~1022)의 자는 무외이고, 전당(지금의 절강성(浙江省) 항주시(杭州市)) 사람인데, 속성은 서씨였다. 자호는 중용자이고 고산 마뇌원에서 기거하며 처사 임포와 이웃 친구로 지냈다. ≪한거편≫이 있다.(釋智圓字無外, 錢塘人, 俗姓徐, 自號中庸子, 居孤山瑪瑙院, 與處士林逋爲隣友, 有≪閑居編≫)"라 하였다. 책 제목이 '한거'라 이 책의 제목과 같다. ≪한거편≫은 본래 필기(筆記)에 속하는 것이어서 시인의 숨겨진 이야기를 다루어도 무방하다. 지금 이 책의 일실된 문장을 모아 놓은 것을 보면, 비록 12조목밖에 안되지만 승려의 시를 논한 4조목과 임포의 시를 논한 1조목은 ≪온공속시화≫나 ≪중산시화≫와는 다르다. 아마도 지원(智圓)의 ≪한거편≫ 안에 있는 말인 듯하다.

다만 지원의 생존 시대가 비교적 이르고 시화라는 명칭은 구양수(歐陽修)에서 시작되었으므로, 이 책 또한 구양수 이후 승려가 편집하여 별도로 간행한 것이라 생각된다. 게다가 ≪시총≫은 후대 사람의 개찬을 거쳤으니, 다른 시화의 말이 섞여 들어간 것도 이상할 것이 없다. 이 책은 지금 ≪송시화집일≫본이 있다.

---

3 관휴(貫休, 832~912)는 당말 오대 무주(婺州) 난계(蘭溪, 지금의 절강성(浙江省) 난계시(蘭溪市)) 사람으로, 속성(俗姓)은 강(姜)이고, 자는 덕은(德隱)이다. 시승(詩僧)으로 시와 서예에 뛰어났다. 저서로 ≪선월집(禪月集)≫ 25권과 ≪보유(補遺)≫ 1권이 있다.

4 혜숭(惠崇, 965~1017)은 북송 건양(建陽, 지금의 복건성(福建省) 건양시(建陽市)) 사람이다. 시승(詩僧)으로 시와 그림에 뛰어났다. 시에 있어 음률을 중시하였고 전고(典故)의 사용을 기피하였으며, 그림은 자연경물들을 즐겨 그렸으며 백묘(白描)의 수법을 숭상하였다.

동파시화(東坡詩話)

2권, 지금 판본은 1권, 옛 판본에는 소식(蘇軾)이 지었다고 되어 있음, 또 보유(補遺) 1권이 있음, 일본인 근등원수(近藤元粹) 편집, 보존됨.

원문에서는 소식의 출생년도를 음력을 기준으로 하여 1036년이라 하였다. 소식은 인종(仁宗) 경우(景祐) 3년(1036) 12월 19일 생으로, 서기력으로 환산하면 1037년 1월 8일이다.

소식(蘇軾, 1037~1101)은 북송 미주(眉州) 미산(眉山, 지금의 사천성(四川省) 미산시(眉山市)) 사람으로, 자는 자첨(子瞻) 혹은 화중(和仲)이고 호는 동파거사(東坡居士)이며 시호(謚號)는 문충(文忠)이다. 북송의 저명한 문학가이자 서화가, 산문가이며 시인이다. 호방사파(豪放詞派)의 대표 인물로, 아버지 소순(蘇洵), 동생 소철(蘇轍) 등과 함께 이름을 떨쳐 세칭 '삼소(三蘇)'라 불렸다. 저서로 ≪동파칠집(東坡七集)≫, ≪동파악부(東坡樂府)≫ 등이 있다.

소식(1036~1101)의 자는 자첨(子瞻)이고, 자호는 동파거사(東坡居士)이며, 미산(眉山, 지금의 사천성(四川省) 미산시(眉山市)) 사람으로, ≪동파칠집(東坡七集)≫이 있다. ≪송사(宋史)≫ 338권에 전(傳)이 있다.

이 책은 소식이 직접 지은 것이 아니다. ≪군재독서지(郡齋讀書志)≫ 소설류(小說類)에 "시와 관련한 소식의 여러 글을 호사가들이 모아 2권으로 만들었다.(軾雜書有及詩者, 好事者因集成二卷)"고 하였으니 이것이 책으로 만들어 진 것이 비교적 일찍이었음을 알 수 있다. ≪시화총귀(詩話總龜)≫ 전집 권24에 인용된 책에 ≪소공시화(蘇公詩話)≫라는 서목이 있는데, 즉 이 책이다. ≪통지(通志)·예문략(藝文略)≫[1] 시평류(詩評類)에서 또 "≪소자첨시화≫ 1권(≪蘇子瞻詩話≫一卷)"이라 하였는데, 권수가

1 ≪통지(通志)≫는 남송 정초(鄭樵)가 쓴 기전체(紀傳體) 역사서로, 총 200권이다. 본기(本紀) 18권, 세보(世譜)와 연보(年譜) 4권, 이십략(二十略) 52권, 세가(世家) 3권, 열전(列傳) 115권, 재기(載紀) 8권 등 총 여섯 부분으로 이루어져 있다.

다른 것으로 보아 당시에 이미 여러 판본이 있었던 듯하다. ≪초계어은총화(苕溪漁隱叢話)≫에 소식이 시에 대해 논한 말이 인용되어 있는데, 모두 “동파가 이르기를(東坡云)”이라 하였지 ≪동파시화≫라 되어 있지 않다. 어찌 호자(胡仔)가 이 책을 보지 못했거나 혹은 이 책이 무식한 서적상의 손에서 나온 것이었기 때문에 이를 언급하지 않았던 것은 아니었을까? 원나라 진수명(陳秀明)의 ≪동파시화록(東坡詩話錄)≫은 다른 책이다.

지금 전하는 ≪동파시화≫는 ≪설부(說郛)≫본만 있다. 일본 사람 근등원수는 이를 근거로 하여 ≪형설헌총서(螢雪軒叢書)≫ 속에 편집해 넣었다. 근등원수는 이것이 “겨우 30여 조목뿐이라 사람들의 뜻에 흡족치 않으므로 ≪동파지림≫에서 시에 관련된 내용을 베껴 ≪동파시화보유≫라 명명하였다.(僅僅三十餘條不足以飽人意, 因就≪東坡志林≫中鈔出其係于詩者, 命曰≪東坡詩話補遺≫)”라 하고, 역시 ≪형설헌총서≫에 넣어 간행하였다.

기시(紀詩)

권수와 지은이 모두 미상, 일실됨, 지금 집일본이 있음.

≪시화총귀(詩話總龜)≫ 전집(前集)에 이 책이 인용되어 있는데, 그 인용서목에는 지은이가 밝혀져 있지 않다. 다만 인용된 몇몇 조목을 보면, 권33의 '왕평보가 꿈에 영지궁에 이르러 쓴 시(王平甫夢至靈芝宮詩)' 조목이 소식(蘇軾)과 무관한 것을 제외하면 '계정을 지나며(過溪亭)', '거문고를 들으며 지은 시(聽琴詩)', '시로 장천기를 희롱하며(詩戲張天驥)', '소식은 백거이와 비슷하다.(東坡似樂天)'의 4조목은 모두 소식의 시에 대해 쓰고 있다.

내 생각에 이 책을 '기시(紀詩)'라고 이름 붙인 것은 아마도 소식이 자신의 시를 지은 동기를 자술했기 때문인 듯한데, 소식이 손수 권질을 만들었으므로 내용이 때로 ≪동파제발(東坡題跋)≫에도 보인다. 이 책은 본래 수필식의 글이라 자유롭고 정해진 순서가 없었는데, 후대 사람이 여기에다 다시 여러 내용들을 더하였고, 어느 누군가가 잘 살피지 않고 마침내 소식이 지은 시화라 여겨버린 것이다.

왕십붕(王十朋)이 편찬한 ≪집주분류동파선생시(集注分類東坡先生詩)≫ 권12의 〈현명한 스승의 거문고 소리를 들으며(聽賢師琴)〉 시 주석에서 '조차공이 선생의 시화를 인용하기를…(趙次公卽引先生詩話)'이라 하였는데,

그 문장은 이 책의 '금을 들으며 지은 시(聽琴詩)' 조목과 같다. 따라서 옛 사람들은 ≪기시≫를 ≪동파시화(東坡詩話)≫로 여겼음을 알 수 있다. 사실 ≪기시≫는 소식의 미완성 작품으로, 후대 사람이 증보한 것과 뒤섞여 있어 소식이 지은 것으로 보기엔 더욱 어렵다. 이 책의 일실된 문장은 지금 ≪송시화집일(宋詩話輯佚)≫에 모아 넣어 두었다.

고금시화(古今詩話)

이기(李頎)가 지은 ≪고금시화록(古今詩話錄)≫ 70권으로 여겨짐,
일실됨, 발췌본과 집일본이 있음.

≪고금시화≫라는 명칭은 여러 저록에는 보이지 않으며 다만 때로 ≪시화총귀(詩話總龜)≫, ≪초계어은총화(苕溪漁隱叢話)≫, ≪전당시화(全唐詩話)≫ 및 ≪우고당시화(優古堂詩話)≫, ≪죽파시화(竹坡詩話)≫ 등에 인용되어 있으므로 이 책은 북송 말엽에 나왔을 것이다. ≪송사(宋史)·예문지(藝文志)≫ 문사류(文史類)에 있는 이기(李頎)의 ≪고금시화록≫ 70권을 살펴보면, 채조(蔡絛)[1]의 ≪서청시화(西淸詩話)≫ 뒤에 있으므로 이기와 채조는 시대적으로 가까운 듯하다. ≪고금시화≫가 혹시 ≪고금시화록≫을 줄여 말한 것인지 여부는 알 수 없다. 지금 남아 있는 여러 일실된 문장의 내용을 보면 이 책에 실린 것이 대체로 옛 사람의 옛 견해를 수록하고 있으므로 ≪고금시화록≫이라 부르는 것이 더욱 실제에 맞는 것이라 여겨진다.

1 채조(蔡絛, ?~?)는 북송 선유(仙游, 지금의 복건성(福建省) 선유현(仙遊縣)) 사람으로, 자는 약지(約之)이고 호는 백납거사(百衲居士)이다. 채경(蔡京)의 둘째 아들로, 정확한 생졸년은 알려져 있지 않다. 휘종(徽宗) 선화(宣和) 7년(1125)에 진사(進士)가 되었으나 얼마 되지 않아 중신들의 탄핵을 받아 파면되었고, 이듬해인 흠종(欽宗) 정강(靖康) 원년(1126)에 소주(邵州)로 유배되었다가 백주(白州)로 옮겼다. 고종(高宗) 소흥(紹興) 말엽까지 생존했던 것으로 여겨진다. 저서로 ≪서청시화(西淸詩話)≫ 3권, ≪철위산총담(鐵圍山叢談)≫ 6권이 있으며, ≪송사(宋史)≫ 권472에 전(傳)이 있다.

대체로 이 책이 수록하고 있는 책은 아래 나열한 범위를 넘지 않는다. 첫째, 정사(正史)류로, ≪구당서(舊唐書)·문원전(文苑傳)≫, ≪신당서(新唐書)·문예전(文藝傳)≫ 등이다. 둘째, 별집(別集)류로, ≪창려집(昌黎集)≫, ≪향산집(香山集)≫, ≪운대집(雲臺集)≫ 등이다. 셋째, 지지(地志)류로, ≪수경주(水經注)≫ 등이다. 넷째, 야사(野史)류로, ≪국사보(國史補)≫, ≪강표지(江表志)≫, ≪강남야록(江南野錄)≫, ≪오월비사(吳越秘史)≫, ≪남당근사(南唐近史)≫ 등이다. 다섯째, 소설(小說)류로, ≪장대류전(章臺柳傳)≫, ≪홍선전(紅線傳)≫, ≪미루기(迷樓記)≫ 및 ≪유양잡조(酉陽雜俎)≫, ≪두양잡편(杜陽雜編)≫, ≪청쇄고의(靑瑣高議)≫ 등이다. 여섯째, 필기(筆記)류로, ≪북몽쇄언(北夢瑣言)≫, ≪몽계필담(夢溪筆談)≫, ≪귀전록(歸田錄)≫, ≪춘명퇴조록(春明退朝錄)≫ 및 ≪국로담원(國老談苑)≫, ≪옥호청화(玉壺淸話)≫, ≪상산야록(湘山野錄)≫ 등이다. 일곱째, 유서(類書)류로, ≪태평광기(太平廣記)≫ 등이다. 여덟째, 시화류로, ≪본사시(本事詩)≫, ≪중산시화(中山詩話)≫, ≪온공속시화(溫公續詩話)≫, ≪왕직방시화(王直方詩話)≫ 등이다. 그가 인용을 할 때에는 원문을 직접 수록하거나 발췌하였고, 또는 성질이 비슷한 문장을 합쳐 하나로 만들기도 하였다. 요컨대 스스로 지은 것은 매우 적었으므로 ≪고금시화록≫이라 부르는 것이 실제로 비교적 타당하다.

이 책은 판본이 전하지 않고 증조(曾慥)의 ≪유설(類說)≫에 59조목만 채록되어 있다. ≪천경당서목(千頃堂書目)≫에 사마태(司馬泰)의 ≪광설부(廣說郛)≫본이 있는데, 보이지 않는다. 아마도 완정한 판본은 아닌 듯하다. 지금 여러 책에 인용된 것에서 400조목을 대략 얻어 ≪송시화집일(宋詩話輯佚)≫에 모아 넣어두었다.

이기의 생애와 사적에 대해서는 고찰 할 수 없다. 이 책은 일을 서술하는 시화의 체례에다 이것저것이 더해져 있어 설부(說部)[2]나 야사(野史)에서 채집하여 다과나 술자리에서의 한담 자료로 삼은 것이라 이해해도 무방할 것이다. ≪시림광기(詩林廣記)≫에 인용된 ≪시화≫는 ≪고금시화≫와 같은 곳이 많고 내용의 성격도 매우 유사하여 동일한 책인 듯싶다. 내가 ≪송시화집일(宋詩話輯佚)≫을 편집할 때 이를 신중히 살펴보고 헤아려서 채록해 넣지 않았다. ≪시림광기≫에 "시주(詩注)", "시화(詩話)"라 한 것은 ≪시림광기≫의 작자인 채정손(蔡正孫)의 말이라 간주해도 무방하다. 그러나 "내 생각에는…"이라 한 부분도 있으니, 내 판단이 꼭 옳다고 단정할 수도 없다.

---

2 설부(說部)는 소소한 이야기나 자질구레한 소문 같은 것을 이른다.

후청시화(侯鯖詩話)

1권, 조령치(趙令畤) 지음,
일본인 근등원수(近藤元粹) 편집, 보존됨.

조령치(趙令畤, 1051~1134)의 자는 덕린(德麟)이고, 자호는 요복옹(聊復翁)이다. 원우(元祐) 연간(1086~1093)에 첨서영주공사(簽書穎州公事)였는데, 당시 소식(蘇軾)이 지주(知州)를 지내면서 그의 재주를 높이 사서 조정에 천거하였다. 나중에 원우당적에 연루되어 10년간 폐위되었다. 고종(高宗)이 남도하자 그를 좇아갔으며, 소흥(紹興) 연간 초에 안정군왕(安定郡王)에 습봉되었다. 영원군승선사(寧遠軍承宣使)로 옮겨졌다가 소흥 4년(1134)에 죽었으며, 개부의동삼사(開府儀同三司)가 추증되었다. 저서로 ≪후청록(侯鯖錄)≫ 8권과 양만리(楊萬里)가 편집한 ≪요복집(聊復集)≫ 사(詞) 1권이 있다.

조령치(1051~?)의 자는 덕린(德麟)이고, 자호는 요복옹(聊復翁)이며, 태조의 차남 연왕(燕王) 조덕소(趙德昭)의 현손이다[1]. 소식(蘇軾)과 교유한 것에 연루되어 당적에 들어갔는데, 나중에 고종(高宗)이 남도한 것을 좇아가서 안정군왕(安定郡王)에 습봉(襲封)되었다. 저서로 ≪후청록(侯鯖錄)≫ 8권이 있는데, 지금은 ≪패해(稗海)≫본과 ≪지부족재총서(知不足齋叢書)≫본이 전한다. ≪지부족재총서≫본은 포정박(鮑廷博)이 교주(校註)한 것인데 오류가 비교적 적다.

일본 사람 근등원수가 ≪형설헌총서(螢雪軒叢書)≫를 편집할 때, ≪후청록≫에서 시를 논한 내용을 ≪지부족재총서≫본에 근거하여 ≪후청시화≫로 편집한 뒤 총서에 편입시켰다. 또한 근등원수는 ≪지부족재총서≫본의 원주(原註)를 수록하면서 틈나는 대로 교정을 했는데, 매우 조심스럽고 신중하였다. 다만 교정이 미진한 부분이 있는데, 예를 들

1 곽소우는 졸년이 불확실하다고 하였으나 소흥(紹興) 4년(1134)으로 알려져 있다.

어 "채지정[2]이 신주에 폄적되었을 때 시종이 따라갔는데 비파를 잘하였다.(蔡持正謫新州, 侍兒從焉, 善琵琶)"에서 이 '선(善)'자는 ≪초계어은총화(苕溪漁隱叢話)≫전집 권60에 인용된 것이 나오므로, '명(名)'자로 바꾸는 것이 비교적 타당하다. 비파는 시종의 이름이지 그가 비파를 잘 타는 것을 이른 것이 아니기 때문이다. '녹침창(綠沈槍)'[3] 조목의 경우 여러 사람의 견해가 덧붙여져 있는데, 비록 베껴 쓴 것이고 자신의 견해를 서술하고 있지 않지만 참고로 삼기에 충분하니 또한 독자에게 도움이 된다.

2 채지정(蔡持正)은 채확을 가리킨다. 채확(蔡確, 1037~1093)은 북송 천주(泉州, 지금의 복건성(福建省) 천주시(泉州市)) 사람으로, 자는 지정(持正)이다. 가우(嘉祐) 4년(1059)에 진사가 되어, 빈주사리참군(邠州司理參軍), 지제고(知制誥), 지간원(知諫院), 어사중승(御史中丞), 참지정사(參知政事) 등을 지냈다. 원우(元祐) 원년(1086)에 파직되어 관문전학사(觀文殿學士), 지진주(知陳州) 등을 지냈다. 누차 폄적되어 영주별가(英州別駕)가 되었고, 신주(新州)에 안치(安置)되었다가 그곳에서 죽었다. 시호는 충회(忠懷)이다. 왕안석 신법당의 중견인물로, 권모술수에 뛰어나 ≪송사(宋史)·간신(奸臣)≫에 전(傳)이 있다.

3 녹침창(綠沈槍)에 대해서는 여러 설이 있으나 ≪후청시화≫에서는 녹침이라는 대나무로 만든 창이라 여겼다.

시사(詩事)

권수와 지은이 모두 미상, 일실됨, 집일본이 있음.

이 책은 여러 저록에는 보이지 않고 지은이의 이름도 미상이다. 오직 ≪죽장시화(竹莊詩話)≫에만 이 책이 여러 번 인용되어 있는데 모두 북송시대의 일에 관한 것이다. 따라서 이 책은 북송 말엽, 늦어도 남송 초에 완성된 듯하다. 우무(尤袤)의 ≪수초당서목(遂初堂書目)≫ 문사류(文史類)에 ≪서사시화(敍事詩話)≫가 있는데, 이 책인지는 알 수 없다. 오증(吳曾)의 ≪능개재만록(能改齋漫錄)≫ 권8에서 ≪여씨시사록(呂氏詩事錄)≫을 언급하였는데, 응당 이 책일 것이다. 다만 여씨가 누구인지 미상이라 애석할 따름이다. 요컨대 '록(錄)'으로 책 이름을 붙인 것은 역시 ≪고금시화록(古今詩話錄)≫류인 것으로, 여기저기에서 편집해 책을 만들었기 때문에 지은이의 이름이 드러나지 않은 것이다.

이 책의 일실된 문장은 지금 ≪송시화집일(宋詩話輯佚)≫에 모아 넣어 두었다. ≪능개재만록≫ 권9에 ≪시사록(詩事錄)≫ 한 조목이 인용되어 있는데, 전에 편집하면서 우연히 빠져 지금 보충하여 수록한다.

시담(詩談)

15권, 지은이 미상, 발췌본이 있음.

≪수초당서목(遂初堂書目)≫에 이 책이 있지만 지은이와 권수가 기재되어 있지 않다. ≪송사(宋史)・예문지(藝文志)≫ 문사류(文史類)에도 있어 15권이라 되어 있지만 지은이는 기재되어 있지 않다. 지금 ≪설부(說郛)≫본은 1권이고 7조목만 있는데다 두 조목을 잘못 합해 하나로 만들어 놓았다. "송나라 지은이 이름이 빠져있음(宋闕名撰)"이라 쓰여 있으니 아마도 이 책의 발췌본인 듯하다.

이 책은 여러 책들이 섞여 이루어져 있고 ≪시사(詩事)≫와는 성격이 다르다. ≪시사≫는 일을 논하는 데 중점을 두었으나, 이 책은 문사를 논하는 데 중점을 두고 있다. 혹시 ≪고금시화록(古今詩話錄)≫이 일과 문사를 구분하지 않고 권질이 방대한 채 너무 유행했기 때문에, 독자가 보기에 편하도록 쪼개어 편집한 것이 아닐까? 또한 동시에 이와 같이 찬술하여 편집하는 작업은 일가를 이룬다고 할 수 없기 때문에 찬술한 사람 역시 일실되어 전하지 않는 것이 아닐까?

지금 ≪설부≫에 기재된 7조목의 내용은 다음과 같다. 제1조목은 임방(任昉)의 ≪문장연기(文章緣起)≫, 제2조목은 백거이(白居易)의 〈원진에게 주는 편지(與元九書)〉, 제3조목은 심괄(沈括)의 ≪몽계필담(夢溪筆談)≫,

제4조목은 ≪당서(唐書)·문예(文藝)·송지문전(宋之問傳)≫, 제5조목은 이조(李肇)의 ≪국사보(國史補)≫, 제6조목은 ≪온공속시화(溫公續詩話)≫, 제7조목은 구양수(歐陽修)의 ≪귀전록(歸田錄)≫을 수록하였으니, 이는 시론을 모아 수록하는 풍조를 연 것들 중 비교적 이른 시기의 것이다.

동몽시훈(童蒙詩訓)

1책, 여본중(呂本中) 지음, 명나라 사람 편집,
일실됨, 지금은 집일본이 있음.

여본중(呂本中, 1084~1145)은 북송 수주(壽州, 지금의 안휘성(安徽省) 수현(壽縣)) 사람으로, 원명은 대중(大中)이고 자는 거인(居仁)이며 세칭 동래선생(東萊先生)이라 한다. 시와 사에 뛰어났고 도학에도 성취가 있다. 강서시파(江西詩派)의 유명한 시인으로, 황정견(黃庭堅)과 진사도(陳師道)의 영향을 깊이 받았고 또한 이백(李白)과 소식(蘇軾)을 학습하여 강서시파의 시풍을 계승 발전시켰다. 저서로 ≪춘추집해(春秋集解)≫, ≪자미시화(紫微詩話)≫, ≪동래선생시집(東萊先生詩集)≫ 등이 있다.

여본중(1084~1145)은 ≪자미시화(紫微詩話)≫도 지었는데 상권에서 살펴보았다. 이 책은 원래 ≪동몽훈(童蒙訓)≫이라 하였는데, 제목에서도 알 수 있듯이 가숙(家塾)의 교재여서 다루고 있는 범위도 상당히 광범위하다. 게다가 여본중은 북송의 명문가 출신이었고 원우(元祐)의 유로(遺老)를 본 적이 있으며 스승과 벗에게 학문을 전수 받는 등 깊은 연원을 갖추고 있었다. 이학(理學)에 대해서는 정이(程頤)와 정호(程顥)의 견해를 절충하고 있고 시문을 논함에 있어서는 소식(蘇軾)과 황정견(黃庭堅)에게서 시법을 취하고 있다.

정화(政和, 1111~1117)・선화(宣和, 1119~1125) 연간 사이에는 왕안석(王安石) 한 사람의 학문만이 추숭되었고 정이와 소식은 모두 배척되었는데, 여본중 홀로 독자적인 길을 가면서 사우(師友)의 강습을 받아 터득한 바가 있었다. 따라서 ≪동몽훈≫에서는 그저 왕안석과 입장을 달리하였을 뿐, 낙촉(洛蜀)[1] 두 학문에 대해서는 엄격히 구분하지 않았다. 이후 주희(朱熹)가 이치를 중시하면서 마음속에 한을 품고 때때로 소식의 논의를 비판하였는데, 그렇게 되자 이 책 역시 후대 사람에 의해 삭제되어 시문에 관한 논의와 글이 남아 있지 않게 되었다. 지금 세상에 전하는 ≪동몽훈≫ 3권은 바로 이런 사정을 지니고 있었다.

≪사고전서총목제요(四庫全書總目提要)≫에서는 다음과 같이 말하고 있다.

> 주희의 〈여조겸(呂祖謙)[2]에게 답하는 편지〉를 보면, '여본중이 지은 ≪동몽훈≫에는 시와 산문을 논할 때에는 소식(蘇軾)과 황정견(黃庭堅)을 모범으로 삼아야 한다'는 말이 나오는데, 현행본에는 이런 말이 없다. … 추측컨대, 낙학(洛學)과 촉학(蜀學)이 갈라선 후, 이 책을 전수해 준 사람들이 문학을 경시하고 도학을 중시했는데, 촉학[3] 계열의 문학에 대한 논의가 이 책에 섞여 들어가는 것을 원치 않아 문학에 대한 이야기들을 빼고 간행한 것이 바로 이 판본인 듯싶다. 이 책은 장사와 용계에서 처음 간행되었는데, 오류가 아주 많다. 가정 을해년(1215)에 무주태수 구수준이 교열하여 중간(重刊)했고, 누방이 중간본의 발문을 썼다. 뒤에 소정 기축년(1229년)에 미산의 이식이 군수를 지낼 때 제형 여조열에게서 책을 얻어 옥산당에서 다시 판각했다. 현재 전해지는 판본은 명나라 사람들이 송나라 판본에 의거하여 판각한 것이다.(考朱子〈答呂祖謙書〉有'舍人丈所著≪童蒙訓≫極論詩文必以蘇黃爲法'之語, 此本無之…. 以意推求, 殆洛蜀之黨既分, 傳是書者輕詞章而重道學, 不欲以眉山緒論錯雜其間, 遂刊除其論文之語定爲此本歟? 其書初刊於長沙, 又刊於龍溪, 譌舛頗甚. 嘉定乙亥婺州守邱壽雋

1 북송 때에는 학술과 정치 파벌이 셋이 있었다. 하나는 정호(程顥), 정이(程頤) 형제를 우두머리로 하는 낙당(洛黨)이고, 또 하나는 소식(蘇軾), 소철(蘇轍)을 우두머리로 하는 촉당(蜀黨)이었다. 또 다른 하나는 유지(劉摯)를 우두머리로 하는 삭당(朔黨)이었다. 사마광이 죽자 소식과 부수파 사이에는 격렬한 싸움이 있었다. 특히 도학자였던 정이와는 사사건건 어긋났고 문하생들도 그러하였다. 당시 정세는 낙당과 촉당 양대 파벌이 조성하였다.

2 여조겸(呂祖謙, 1137~1181)은 남송 수주(壽州, 지금의 안휘성(安徽省) 봉대현(鳳臺縣)) 사람인데, 출생지는 무주(婺州, 지금의 절강성(浙江省) 금화시(金華市))이다. 자는 백공(伯恭)이며, 저명한 이학가 중 하나이다. 당시 사람들은 여조겸의 큰할아버지인 여본중(呂本中)을 '동래선생(東萊先生)'이라 불렀고 여조겸을 '소동래선생(小東萊先生)'이라 불렀다. 저서로 ≪여씨가숙독시기(呂氏家塾讀詩記)≫, ≪동래문집(東萊文集)≫, ≪동래박의(東萊博議)≫가 있다.

3 본문에는 '미산(眉山)'으로 되어 있다. 미산은 지금의 사천성(四川省) 지역으로 소식(蘇軾)의 출신지인 까닭에 소식을 '미산 소식'이라고 칭하기도 한다. 따라서 여기에서 '미산'은 촉학(蜀學)을 지칭하는 말로 보인다.

重校刋之, 有樓昉所爲跋. 後紹定已丑眉山李𡎊守郡, 得本於提刑呂祖烈, 復鋟木於玉山堂. 今所傳本, 卽明人依宋槧翻雕)[4]

그러므로 삭제된 이유가 낙학과 촉학의 견해차이 때문이고, 이렇게 삭제된 판본이 송나라 때에도 이미 있었음을 알 수 있다.

내 생각에 낙당과 촉당은 당시에 신구(新舊) 당쟁처럼 격렬하지도 않았고 모두가 학술 논쟁과 관련된 것도 아니었다. 여본중이 지으면서 본래 그들의 장점을 모두 취하였으나 나중에 학술적으로 갈라지면서 도학과 문학이 물과 기름 같아졌을 뿐이니, 주희가 사실 그 여파를 발양하였던 것이다. 그러나 주희는 소식을 공격하면서도 황정견에 대해서는 언급하지 않았으니, 이는 그가 황순(黃簹)의 학문을 따랐기 때문이었다. 그러나 이렇게 의론한다면 그것이 어찌 공정할 수 있겠는가? 주희가 이미 이와 같았기 때문에 그 후학들이 그 기풍을 이어받아 더욱 극단으로 치닫게 되었으니, 심지어 이 책에서 시문을 논한 부분을 삭제하는 데에까지 이르게 된 것 또한 이상할 것이 없다.

지금 ≪초계어은총화(苕溪漁隱叢話)≫를 살펴보면 ≪여씨동몽훈(呂氏童蒙訓)≫이라 하고 있으니 호자(胡仔)가 본 것은 원본이었음을 알 수 있다. 여본중에게는 비록 ≪자미시화≫가 있었으나 주로 일에 대해 서술하였고, 시에 대한 논의는 ≪동몽훈≫에서 하였다. 이후 주자학이 성행하면서 시문을 논한 부분이 삭제되었으나, 공정한 도리는 사람들의 마음에 남아있는 법이라 다시 그 삭제된 부분을 전록하여 ≪동몽시훈≫으로 만들게 되었다. 명나라 섭성(葉盛)의 ≪녹죽당서목(菉竹堂書目)≫ 권4에 ≪동몽시훈≫ 1책이 있고, 또 양사기(楊士奇) 등이 편집한 ≪문연각서목(文淵閣書目)≫ 권10에도 이것이 있는데, 모두 송인의 시화 속에 넣어 두고 있다. 이로 미루어 보면 ≪동몽훈≫ 원본이 원명(元明)

---

4 ≪사고전서총목제요·자부(子部) 2·유가류(儒家類) 2·동몽훈≫에 실려 있다.

시기에도 이미 널리 전해지고 있었으며 따라서 시를 논한 내용만을 다시 수록하여 제목을 ≪동몽시훈≫이라 고쳐서 별도로 간행한 것이다.

여본중의 시론은 또 〈증길보에게 주는 논시제첩(與曾吉父論詩第帖)〉에도 보이는데, 그 요지는 '오입(悟入)'을 중시하는 것이어서 ≪동문훈≫의 내용과 함께 참고할 만하다. 대개 강서종파(江西宗派)라는 명칭이 비록 여본중에게서 시작된 것이기는 하지만, 그의 시에 대한 조예는 스스로 터득한 바가 있었으니 강서파에 국한되지는 않았다. 따라서 그의 의론은 오입(悟入)과 활법(活法)을 중시하였고 강서파로 시작했으나 강서파로 끝나지 않았으며 심지어 남송 초기의 일반적인 기풍이 되기도 하였으니, 모두가 여본중의 시론이 이끌어낸 것이다. 송시는 서곤파(西崑派)나 강서파(江西派), 소식이나 황정견을 막론하고 모두 만당(晚唐)의 지나치게 매끄러운 병폐를 교정하는 데 힘썼으므로, 결국은 하나인 것이다. 강서파는 비록 황정견을 시조로 삼아 스스로 소식의 시와 차별을 두었지만, 사실은 같은 근원을 가진 다른 물줄기여서 길은 다르지만 결국 같은 데로 귀결되는 것이라 여겨도 무방하다.

대체로 소식의 시는 자연스러움에서 나온 것이 많은데 반해 황정견은 인위적인 것에 치우쳐 있다. 그러나 인위적인 것이 극에 달하면 저절로 천연에 가깝게 되니, 이것이 환골탈태의 설이 한번 변하여 오입의 시론이 되는 이유이다. 따라서 소식과 황정견의 시풍 역시 결국 융합되어 간극이 없게 되는 것이다. 그러므로 여본중의 시학은 소식과 황정견을 절충한 것이라 하여도 가능한 것이다.

≪동몽시훈≫은 이미 찾아볼 수 없어 나는 별도로 수집하여 ≪송시화집일(宋詩話輯佚)≫에 넣어 두었다. 다만 당시에는 장자(張鎡)의 ≪사학규범(仕學規範)≫을 보지 못하였는데 지금 이 책을 보고 약간의 조목을 보충하도록 한다.

시문은 억지로 짓지 않고 먼저 대의를 세워야 한다.(詩文不强作, 應先立大意)

황정견이 이르기를, "시문은 오직 헛된 것을 깎아 억지로 짓지 말아야 한다. 의경이 생기기를 기다려 쓰게 되면 저절로 공교해질 따름이다."라 하였다. 황정견이 진관(秦觀)에게 이르기를 "무릇 처음 시를 배울 때에는 한 편을 지을 때마다 먼저 대의를 세워야 하고, 장편의 경우는 반드시 곡절하여 세 번 의미를 다하여야 작품이 완성된다."라 하였다.(山谷云 : "詩文唯不造恐[5]强作, 待境而生, 便自工耳." 山谷謂秦少章云 : "凡始學詩, 須要每作一篇, 先立大意, 長篇須曲折三致意, 乃能成章.") (≪사학규범(仕學規範)≫ 39)

시의 어구는 학문에서 나와야 한다.(詩詞要從學問中來)

또한 이르기를, "시의 어구가 고상하고 깊으려면 학문에서 나와야 한다. 후대에 시를 배우는 자가 비록 간혹 절묘한 구절을 얻는다하더라도, 이를 비유하자면 눈을 감고 코끼리를 만져서 손 가는대로 물체를 더듬어 우연히 한 부분을 얻은 것과 같다. 이것은 사실 그대로를 그리지 않은 것은 아니지만 그 핵심인 것은 또한 아니다. 만약 눈을 뜬다면 그 전면모를 얻게 될 것이니, 그것이 옛사람과 합치되는 곳을 증명할 필요도 없다."라 하였다.(又云[6] : 詩詞高深要從學問中來, 後來學詩者雖時有妙句, 譬如合眼摸象, 隨所觸體, 得一處, 非不即似, 要且不是, 若開眼, 全體也. 之[7]合古人處, 不待取證也) (≪사학규범(仕學規範)≫ 39)

긴 시를 지을 때에는 차례와 본말이 있어야 한다.(作長詩須有次第本末)

반대림(潘大臨)[8]이 요절(饒節)[9]에게 이르기를, "긴 시를 지을 때에는

---

5 【원주】 조공(造恐)은 응당 착공(鑿空)이라 해야 할 것이다.
6 【원주】 이는 또한 마땅히 황정견의 말이다.
7 【원주】 지(之)는 기(其)라 해야 할 것이다.
8 반대림(潘大臨, ?~?)은 북송 황강(黃岡, 지금의 호북성(湖北省) 황강시(黃岡市)) 사람으로 원적은 절강(浙江)이다. 자는 빈로(邠老) 혹은 군부(君孚)이고, 반경(潘鯁)의 아들이다. 생졸년

차례와 본말이 있어야 시를 완성시킬 수 있다. 비유컨대 손님이 주인을 만나려면 먼저 대문으로 들어가야 하고, 주인을 만나서는 섬돌을 올라 자리에 앉아 이야기를 하고 물러나는 것과 같다. 지금 사람은 시를 지을 때에 본말이나 차례가 없으니 이는 이러한 이치를 알지 못해서이다."라 하였다.(潘邠老語饒德操云: "作長詩須有次第本末, 方成文字, 譬如做客, 見主人須先入大門, 見主人升階就坐說話乃退. 今人作文字都無本末次第, 緣不知此理也") (≪사학규범(仕學規範)≫ 39)

시를 지음에 그저 옛사람만을 모범으로 삼아서는 안 된다.(作詩不應只規摹古人)

두보(杜甫)의 시에 "시가 맑으려면 세운 뜻이 새로워야 하네."[10]라 하였는데, 시를 지을 때 가장 힘을 들여야 하는 부분은 진부한 말을 따라 쓰거나 옛 작품을 그대로 모의하지 않는 것이다. 황정견이 이르기를 "다른 사람을 따라 시를 지으면 끝내 다른 사람 뒤에 있게 된다."라 하였고, 또 "문장은 다른 사람의 뒤를 좇아 짓는 것을 꺼려야 한다."라 하였다. 이와 같은 견해는 황정견으로부터 나온 것이다. 근래 사람 가운데 두보를 학습하는 이가 많아 다투어 본받으면서도 새로운 뜻을 내지 못하니 결국 집 아래 집을 지은 격이 되어 장점으로 취할 만한 것이 없다. 다만 황정견은 글을 씀에 이전 사람과 같지 않았으면서도 마침내 그들과 합치되었으니, 이것이 바로 제대로 배운 것이다. 진사도(陳師道)[11]와 같은 이는 힘을 다해 본받으려 하였지만 변화가 이미 적

은 미상이다. 동생 반대관(潘大觀)과 함께 시로 명성이 있었다. 시문에 능하고 서예를 잘하였다. 소식, 황정견, 장뢰(張耒)와 교유하였다. 저서로 ≪가산집(柯山集)≫ 2권이 있으나 일실되었다.

9 요절(饒節, 1065~1129)은 북송 시승(詩僧)으로, 자는 덕조(德操) 또는 차수(次守)이다. 강서시파의 시인 중 한 사람으로 여본중(呂本中) 등과 교유하였으며, 조가(祖可), 선권(善權) 등과 함께 '삼승(三僧)'으로 불렸다.

10 이 시의 제목은 〈엄중승의 '서역에서 저녁에 바라보며'라는 시에 화답한 10운(奉和嚴中丞西城晩眺十韻)〉이다.

었다.(老杜詩云 : "詩淸立意新", 最是作詩用力處, 蓋不可循習陳言, 只規摹舊作也. 魯直云 : "隨人作詩終後人", 又云 : "文章切忌隨人後", 此自魯直見處也. 近世人學老杜多矣, 左規右矩, 不能稍出新意, 終成屋下架屋無所取長. 獨魯直下語, 未嘗似前人而卒與之合, 此爲善學. 如陳無己力盡規摹, 已少變化) (≪사학규범(仕學規範)≫ 39)

한유는 사마천을 배워 익혔다.(韓愈學習司馬遷)

구양수(歐陽修)는 한유(韓愈)가 지은 〈번종사 묘지〉가 번종사(樊宗師)[12]의 문장과 비슷하다고 하였는데, 그 시초는 사마천(司馬遷)에게서 나왔다. 사마천이 지은 사마상여(司馬相如)의 전은 사마상여의 문장과 비슷하다. 다만 그에 대한 천착이 지나쳐서 그의 경향을 따르게 된 것이다.(歐陽公謂退之爲〈樊宗師墓誌〉便似樊文, 其始出於司馬子長, 爲長卿傳如其文. 惟其過之, 故兼之也) (≪사학규범(仕學規範)≫ 37)

손자의 문장의 오묘함(孫子文章之妙)

≪손자(孫子)≫ 13편은 전투와 방어의 순서와 산천의 험난함과 장단점, 크기의 상태를 논하고 있는데, 절묘함을 다하면서 장점을 발양하고 숨긴 것을 드러내어 사물의 정을 남김없이 표현하였으니, 이것이 특히 문장의 묘처이다.(≪孫子≫十三篇論戰守次第與山川險易長短小大之狀, 皆曲盡其妙, 摧高發隱, 使物無遁情, 此尤文章妙處) (≪사학규범(仕學規範)≫ 35)

---

11 진사도(陳師道, 1053～1101)는 북송 팽성(彭城, 지금의 강소성(江蘇省) 서주시(徐州市)) 사람으로, 자는 이상(履常) 혹은 무기(無己)이고 자호는 후산거사(後山居士)이며 세칭 후산선생(後山先生)이라 한다. 젊어서 증공에게서 배웠고 뒤에 소식(蘇軾)의 추천을 받아 태학박사(太學博士) 비서성정자(秘書省正字)로서 일하였다. 그의 시는 두보를 본보기로 하였고 슬픔과 애수에 잠긴 시가 많았다. ≪후산거사문집(後山居士文集)≫, ≪후산선생집(後山先生集)≫ 등이 전한다.

12 번종사(樊宗師, ?～?)는 당나라 등주(鄧州) 남양(南陽, 지금의 하남성(河南省) 수무현(修武縣)) 사람으로, 자는 소술(紹述)이고 당의 대신인 번역(樊澤, 748～798)의 아들이다. 한유(韓愈) 등과 함께 고문운동(古文運動)에 참가하였다. 그의 문장은 생경(生硬)하고 간삽(艱澁)한 표현에 힘을 쏟아 괴벽(怪僻)한 데로 흘러 당시 '삽체(澁體)'라고 불렸다.

삼소의 진책(三蘇進策)

삼소[13]의 진책[14]을 읽어서 나의 기운을 함양한다. 그러면 훗날 글을 쓸 때 문자는 자연스럽게 성대해지고 인색한 곳이 없게 된다.(讀三蘇進策涵養吾氣. 他日下筆, 自然文字雱霈, 無吝嗇處) (≪사학규범(仕學規範)≫ 35)

장뢰가 진한 이전의 문장을 숙독하였음을 말하다(張文潛言熟讀秦漢前文)

장뢰(張耒)[15]가 일찍이 이르기를, "다만 진한 이전의 문장을 숙독하게 되면 자연스럽게 도도하게 흐르는 물줄기 같게 된다."고 하였다. 또한 "근래에 마땅히 배워야 하는 이로는 오직 소식뿐이다."라 하였다.(張文潛嘗云 : "但把秦漢以前文字熟讀, 自然滔滔地流也." 又云 : "近世所當學者惟東坡.") (≪사학규범(仕學規範)≫ 35)

고상하고 예스러운 기미가 있는 시를 고르다(選詩有高古氣味)

옛 사람의 문장은 한 구절이 그 자체로 한 구절이어서 구절마다 모두 제목으로 삼을 수 있다. 그 예를 ≪상서≫에서 찾아볼 수 있다. 후

---

13 중국 북송(北宋)시대의 문장가이며 정치가였던 소순(蘇洵), 소식(蘇軾), 소철(蘇轍) 삼부자(三父子)를 함께 부르는 말.

14 진책(進策)은 대책(對策)의 일종이다. 대책은 문체(文體)의 명칭으로 한대(漢代)에 관리 등용 시험에서 주로 실제 정사(政事)와 관련한 내용이나 유교 경전의 의미와 관련한 내용을 토대로 하여 문제를 내어 응시자(應試者)로 하여금 자신의 의견을 피력하면서 이에 답하게 한 것을 이른다. 책(策)에는 임금이 정책(政策)을 묻는 제책(制策)과 관련, 부처가 정책을 묻는 시책(試策), 그리고 사대부가 개인적인 정견(政見)을 올리는 진책(進策)의 세 가지가 있었다.

15 장뢰(張耒, 1054~1114)는 북송 초주(楚州) 회음(淮陰, 지금의 강소성(江蘇省) 회안시(淮安市)) 사람으로, 자는 문잠(文潛)이고 호는 가산(柯山)이다. 신종(神宗) 희녕(熙寧) 6년(1073)에 진사가 되었고, 철종(哲宗) 때에 기거사인(起居舍人), 지윤주(知潤州) 등을 지냈다가 원우당적(元祐黨籍)에 연루되어 선주(宣州)로 유배되었다. 휘종(徽宗) 때에 태상소경(太常少卿)으로 복귀했다 다시 지영주(知潁州) 등의 외직으로 좇겨났고 숭녕(崇寧, 1102~1106) 초에 또다시 당적(黨籍)에 연루되어 관직에서 물러났다. 소문사학사(蘇門四學士) 가운데 한 사람으로, 시(詩)는 평담(平淡)을 추구하여 백거이(白居易)를 본받았고, 악부(樂府)는 장적(張籍)을 배웠다. 저서로 ≪완구집(宛丘集)≫, ≪명도잡지(明道雜志)≫, ≪시설(詩說)≫ 등이 있다.

대 사람의 문장은 수백 수천 마디 말이라도 한 구절도 사리를 담지 못했다. 다만 고상하고 예스러운 기미가 있는 시를 골라야 하는데 당나라 이후 이러지 못하였다. 이를 모두 알지 않으면 안 된다.(古人文章, 一句是一句, 句句皆可作題目, 如≪尚書≫可見. 後人文章累千百年[16]不能就一句事理. 只如選詩有高古氣味. 自唐以下, 無後[17]此意. 此皆不可不知也.) (≪사학규범(仕學規範)≫ 35)

문장은 서한을 종주로 삼는다(文章宗西漢)

문장은 반드시 서한을 종주로 삼아야 하니, 이것은 사람들이 가능한 바이다. 앞 사람과 같아지려면 반드시 자신의 재주와 수준을 살펴야 하니, 억지로 힘써서 지을 수 있는 것이 아니다. 예를 들어 진관(秦觀)[18]의 재주는 평생토록 소식의 발걸음과 순서를 좇으면서 위로 서한을 종주로 삼았는데 제대로 배운 것이라 이를 만하다.(文章大要須以西漢爲宗, 此人所可及也. 至於上面一等, 則須審己才分, 不可勉强作也. 如秦少遊之才, 終身從東坡步驟次第, 上宗西漢, 可謂善學矣) (≪사학규범(仕學規範)≫ 35)

의서에서 맥을 논하다(醫書論脈)

의서(醫書)에서는 맥의 형상과 병의 징험을 논할 때 한 글자도 함부로 쓰지 않으니, 사물을 빌어 비유하는 것에서 더욱 그 노력이 보인다. 무릇 견해가 분명하면 이를 말로 드러내었을 때 저절로 분명해지게 되니, 이는 이러한 책들을 보면 알 수 있다.(醫書論脈之形狀, 病之證驗, 無一字妄發, 乃於借物爲喩, 尤見工夫. 大抵見之既明, 則發之於言語, 自然分曉. 觀此等書可見) (≪사학규범(仕學規範)≫ 35)

---

16 【원주】 년(年)은 응당 언(言)이라 해야 할 것이다.

17 【원주】 후(後)는 응당 부(復)라 해야 할 것이다.

18 진관(秦觀, 1049~1100)은 북송 양주(揚州) 고우(高郵, 지금의 강소성(江蘇省) 고우시(高郵市)) 사람으로, 자는 소유(少游)이고 호는 회해거사(淮海居士)이다. 고문과 시사에 뛰어났으며, 소문사학사(蘇門四學士)의 한 사람이다. 저서로 ≪회해집≫, ≪회해장단구(淮海長短句)≫가 있다.

용재시화(容齋詩話)

6권, 홍매(洪邁) 지음, 편집자 미상, 보존되어 있음.

홍매(洪邁, 1123~1202)는 남송 요주(饒州) 파양(鄱陽, 지금의 강서성(江西省) 상요시(上饒市) 파양현(鄱陽縣)) 사람으로, 자는 경로(景盧)이고 호는 용재(容齋)이며, 홍호(洪皓)의 셋째 아들이다. 곽소우는 홍매의 졸년을 1203년이라 보았으나 대체로 1202년으로 본다. 또한 홍매의 자를 경려(景廬)라 하였으나, 경로(景盧)가 맞다. 소흥(紹興) 15년(1145)에 진사가 된 이후 벼슬이 계속 올라 재상에 이르렀다. 방대한 독서력을 바탕으로 상당히 해박하였다. 저서로 ≪용재수필(容齋隨筆)≫, ≪이견지(夷堅志)≫, ≪사기법어(史記法語)≫ 등이 있다.

홍매(1123~1203)의 자는 경려(景廬)이고, 파양(鄱陽, 지금의 강서성(江西省) 상요시(上饒市) 파양현(鄱陽縣)) 사람이다. 소흥(紹興) 연간(1131~1162)에 박학굉사과(博學宏詞科)에 합격하여 여러 관직을 거쳐 환장각학사(煥章閣學士)를 지냈으며, 지소흥부(知紹興府)로 관직을 그만두었다. 죽은 뒤에 광록대부(光祿大夫)에 추증되었고, 시호는 문민(文敏)이다. ≪송사(宋史)≫ 373권 홍호(洪皓)[1]의 전기에 덧붙여져 있다.

홍매에게는 ≪용재수필(容齋隨筆)≫ 16권, ≪속필(續筆)≫ 16권, ≪삼필(三筆)≫ 16권, ≪사필(四筆)≫ 16권, ≪오필(五筆)≫ 10권이 있는데, ≪용재오필(容齋五筆)≫이라 총칭한다. 이 시화는 후대 사람이 ≪용재오필≫에서 시를 논한 부분을 편집하여 별도의 책으로 완성한 것이다. 이 외에 ≪용재사륙총담(容齋四六叢談)≫이 있는데 역시 이와 같이 사륙문만

1 홍호(洪皓, 1088~1155)는 북송 요주(饒州) 파양(鄱陽, 지금의 강서성(江西省) 상요시(上饒市) 파양현(鄱陽縣)) 사람으로, 자는 광필(光弼)이다. 홍매(洪邁)의 아버지이다. 정화(政和) 5년(1115)에 진사가 되었으며, 태주녕해주부(台州寧海主簿), 수주록사참군(秀州錄事參軍) 등을 역임하였다. 시호는 충선(忠宣)이다. 문집 50권이 있었으나 일실되었다.

편집한 것이다.

≪용재시화≫는 조용(曹溶)이 ≪학해류편(學海類編)≫에 수록해 넣었지만, 이것과 ≪옥호시화(玉壺詩話)≫의 상황은 다르다. ≪옥호시화≫는 조용이 서적상의 속임수에 넘어갔는데도 알아채지 못했던 듯하다.[2] 이 책은 ≪사고전서존목제요≫에 근거해보면 “다른 서목에 그 이름이 기재되어 있지 않고 다만 ≪문연각서목≫에만 있다. ≪영락대전≫에서 시자운 아래에 전부 수록되어 있으니, 송원 이후로 이미 이와 같은 편찬이 있었던 것이다.(諸家書目皆不載其名, 惟≪文淵閣書目≫有之, ≪永樂大典≫亦於詩字韻下全部收入, 則自宋元以來已有此編)”[3]라 하였다. 그러므로 ≪학해류편≫에 수록된 것은 옛날 사람이 편집한 판본을 근거로 간행한 것일 뿐이다.

등방술(鄧邦述)의 ≪군벽루선본서록(群碧樓善本書錄)≫ 권6에 ≪용재시화≫초본이 있는데, 여기서 “베껴 쓴 것이 너무 오래 되었고, 장서인이 찍혀있지 않은 것이 애석하다.(鈔手極舊, 惜無藏印)”라 하였으니, 이것이 조용이 본 판본이었는지는 알 수 없다. 장종태(張宗泰)의 ≪노암소학집(魯巖所學集)≫ 권7에 〈용재오필 발문(跋容齋五筆)〉 문장이 12편이 있는데, 이 책을 읽는 이에게 참고가 될 것이다.

---

2 ≪옥호시화≫는 ≪학해류편≫에 겨우 몇 쪽이 실려 있는데, 이는 서적상이 ≪옥호청화(玉壺淸話)≫ 10권에서 시와 관련된 것을 발췌하여 이름을 가짜로 만들어 한 권으로 펴낸 것이다. 조용은 그 상황을 분별하지 못하고 ≪학해류편≫에 수록했다. 여기서는 그것을 지적한 것이다.

3 ≪사고전서총목제요・집부(集部) 50・시문평류존목(詩文評類存目)≫에 실려 있다.

예원자황(藝苑雌黃)

원래는 20권, 엄유익(嚴有翼) 지음, 일실됨.
지금은 10권본 있음, 엄유익이 지은 것이라 되어 있으나 거짓임.
별도로 집일본이 있는데, 시문을 논한 내용만을 편집한 것임.

엄유익(?~?)은 건안(建安, 지금의 복건성(福建省) 건녕현(建寧縣)) 사람인데, 생애가 미상이다. ≪직재서록해제(直齋書錄解題)≫에 근거하면 천군(泉郡)과 형군(荊郡)의 교관(教官)을 지낸 적이 있음을 알 수 있다.

진진손(陳振孫)의 ≪직재서록해제≫에서는 그의 책에 대해 "오류를 바로잡고 있으므로 '자황(雌黃)'[1] 이라 한 것이다. 명목으로 자사, 전주, 시사, 시서, 명수, 성화, 기용, 지리, 동식, 신괴, 잡사가 있다. 20권으로 400여개의 조목이 있다.(大抵辨正訛謬, 故曰雌黃. 其目: 子史, 傳注, 詩詞, 時序, 名數, 聲畫, 器用, 地理, 動植, 神怪, 雜事. 卷爲二十, 條凡四百條餘)"[2]라 하였다. 여기에서 보듯 이 책은 본래 시를 논한 것이 아니므로 진진손이 자부(子部) 잡가류(雜家類)에 둔 것도 당연하다.

≪송사(宋史)·예문지(藝文志)≫에는 20권으로 저록되어 있는데, 이 책이 시문의 오류를 많이 논하고 있기 때문에 집부의 문사류(文史類)로 바꾸어 넣었다. 지금은 원본이 산일되었다. 홍매(洪邁)의 ≪용재오필(容齋五筆)≫에 따르면, 엄유익의 ≪예원자황≫에는 소식(蘇軾)을 비판한

1 자황(雌黃)은 옛날에 잘못 쓴 글씨를 고칠 때 칠하는 안료(顔料)이다.
2 ≪직재서록해제≫ 권10 〈잡가류(雜家類)〉에 실려 있다.

부분이 있는데, 그 문장 이름을 '변파(辨坡)'라 붙였다고 하였다. 지금은 비록 그 상세한 내용을 알 수는 없지만, ≪초계어은총화(苕溪漁隱叢話)≫ 후집 권27에 인용된 것과 ≪용재사필(容齋四筆)≫ 권16에 바로잡은 내용에 근거해보면, 이 문장의 대략적인 면모를 알 수 있다. 이 책은 마땅히 고종(高宗) 소흥(紹興) 연간(1131~1162)에 완성되었을 것이다.

이 책은 비교적 일찍 산일되었다. 지금 ≪사고전서존목(四庫全書存目)≫에 저록된 것은 이미 겨우 10권으로, 이 역시 얻기가 쉽지 않다. ≪사고전서존목제요(四庫全書存目提要)≫에서는 다음과 같이 말하고 있다.[3]

> 송나라 때 설부의 여러 책, 예를 들어 호자의 ≪초계어은총화≫, 채몽필의 ≪초당시화≫, 위경지의 ≪시인옥설≫류는 대부분 ≪예원자황≫의 글을 참고하고 인용하고 있다. 지금 이 책을 참고하여 검토, 교감해보니 앞 3권은 비록 대체로 부합하지만, ≪초계어은총화≫에 기록된, '노귤(盧橘)'[4] · '아침 구름(朝雲)' · '그네(鞦韆)' · '옥으로 만든 꽃(瓊花)' 등 10여 조목, ≪초당시화≫에 기록된 '옛 사람이 운을 중복해서 사용한 경우(古人用韻重複)' 조목과 같은 것은 이 책에 모두 실려 있지 않다. 또 호자가 반박하고 변증하는 말은 행을 달리 하여 어지럽게 삽입되어 있어 헷갈리며 착오가 심하다. 제4권 이후는 갈립방의 ≪운어양추≫를 모두 수록하였는데, 순서가 뒤바뀌어 있다…. 아마도 엄유익의 원서가 이미 없어지자 호사가들이 ≪초계어은총화≫에 인용된 것을 수집하여 옛 판본인 것처럼 꾸미려 하였으나, 권수를 채울 수가 없어 별도로 ≪운어양추≫에서 덜어내어 덧붙여 늘린 듯하다.(宋時說部諸家, 如胡仔≪苕溪漁隱叢話≫, 蔡夢弼≪草堂詩話≫, 魏慶之≪詩人玉屑≫之類多徵引≪藝苑雌黃≫之文. 今以此本參互檢勘, 前三卷內雖大概符合, 而與≪漁隱叢話≫所錄'盧橘' '朝雲' '鞦韆' '瓊花' 等十餘條, ≪草堂詩話≫所錄'古人用韻重複'一條, 此本皆不載. 又如…胡仔駁辨之語, 而亦概行闌入, 舛錯特甚. 至其第四卷以後則全錄葛立方≪韻語陽秋≫, 而顚倒其次序… 蓋有翼原書已亡, 好事者摭拾≪漁隱叢話≫所引以僞託舊本, 而不能取足卷數, 則別攘≪韻語陽秋≫以附益之)

3 ≪사고전서총목제요 · 집부(集部) 50 · 시문평류존목(詩文評類存目)≫에 실려 있다.
4 노귤(盧橘)은 민간에서 약재에 쓰이는 열매로 비파(枇杷)라고도 한다.

이 논의는 매우 정확하다. ≪만권당서목(萬卷堂書目)≫ 잡문류(雜文類)를 살펴보면, ≪예원자황≫ 10권이 있는데 엄유익이 지었다고 되어 있다. 그러므로 이것저것을 모아서 책으로 완성시킨 것은 명나라 때임을 알 수 있다.

20권본은 이미 망일되었고 10권본 또한 위작으로, 지금 남아 있는 것은 다만 ≪설부(說郛)≫본뿐이다. 일본 사람 근등원수(近藤元粹)가 이를 근거로 ≪형설헌총서(螢雪軒叢書)≫에 수집해 두었다. ≪설부≫본은 발췌된 부분이 많아 원문에 있는 자구가 떨어져 나가거나 의미가 분명치 않은 곳이 있다. 내가 일찍이 일실된 문장 84조목을 얻어 ≪송시화집일(宋詩話輯佚)≫에 넣어 두었다.

노학암시화(老學庵詩話)

1권, 육유(陸游) 지음. 일본인 근등원수(近藤元粹) 편집,
보존됨, ≪방옹시화(放翁詩話)≫에 덧붙여 있음.

육유(陸游)는 남송(南宋) 월주(越州) 산음(山陰, 지금의 절강성(浙江省) 소흥시(紹興市)) 사람으로, 자는 무관(務觀)이고, 호는 방옹(放翁)이다. 후세에 육유는 '애국시인'이라는 평가를 받는다. 저서로 ≪방옹사(放翁詞)≫, ≪위남사(渭南詞)≫, ≪노학암필기(老學庵筆記)≫ 등이 있다.

육유(1125~1210)의 자는 무관(務觀)이고, 호는 방옹(放翁)이며 산음(山陰, 지금의 절강성(浙江省) 소흥시(紹興市)) 사람이다. 음서로 등사랑(登仕郎)[1]이 되었고, 관직은 보장각대제(寶章閣待制)에 이르렀다. ≪송사(宋史)≫ 395권에 전이 있다.

육유의 ≪노학암필기(老學庵筆記)≫ 10권은 전체가 시를 논하는 내용은 아니다. 일본 사람 흑기박재(黑琦璞齋)와 반촌악록(飯村岳麓)이 이 필기에서 시를 논한 내용을 베껴내어 출판하여 ≪방옹시화≫라 이름 붙였는데, 이 책은 보이지 않는다. 그 후에 근등원수가 ≪형설헌총서(螢雪軒叢書)≫에 편입시키면서 교정하고 보충하여 제목을 ≪노학암시화≫라 고쳤다.

1 문관(文官)의 품계명. 당대에는 정구품하(正九品下), 송대에 정구품(正九品)에 해당하였다.

섬계시화(剡溪詩話)

1권, 고사손(高似孫) 지음, 보존됨, 초본이 있음.

고사손(高似孫, 1158~1231)은 남송 여요(餘姚, 지금의 절강성(浙江省) 여요시(餘姚市)) 사람으로, 자는 속고(續古)이고 호는 소료(疎寮)이다. 일설에는 은현(鄞縣, 지금의 절강성(浙江省) 영파시(寧波市)) 사람이라고도 한다. 순희(淳熙) 11년(1184)에 진사가 되었으며, 회계현주부(會稽縣主簿), 교서랑(校書郎), 지휘주(知徽州), 수처주(守處州), 휘주통판(徽州通判), 저작좌랑(著作佐郎), 지처주(知處州)를 지냈다. 만년에 월(越) 지역에 집을 정하였다. 저서로 ≪소료소집(疎寮小集)≫, ≪섬록(剡錄)≫ 등이 있다.

고사손(1158~1231)의 자는 속고(續古)이고, 호는 소료(疎寮)이며 여요(餘姚, 지금의 절강성(浙江省) 여요시(餘姚市)) 사람이다. 순희(淳熙) 11년(1184)에 진사가 되었고, 교서랑(校書郎)을 역임하였으며 외직으로 나가 휘주(徽州)를 맡았고 처주(處州)의 수령으로 옮겼다. ≪소료소집(疎寮小集)≫이 있다.

이 책은 송대 사람들의 저록이나 인용이 보이지 않으며, 이후에도 여러 서목에 거의 저록되지 않았다. 다만 ≪철금동검루서목(鐵琴銅劍樓書目)≫ 시문평류(詩文評類)에 유변(兪弁)의 발문과 함께 수록되어 있는데, "내 생각에 이 책은 고사손이 지은 것 같지 않다. 그 필치를 보면 ≪위략≫과 다르니, 임시로 이렇게 써 두고 박학한 자의 분별을 기다린다.(愚意此書似非似孫所著, 觀其筆意與≪緯略≫不同, 姑書此以俟博洽者辨之)"라 하였다. 내가 이 책의 초본(鈔本)을 구하여 살펴보니, 장계(張戒)의 ≪세한당시화(歲寒堂詩話)≫와 함께 합본되어 있었고, 역시 유변의 발문이 있어 유변의 자가 자용(子容)임을 알 수 있었다. 책에 석암(石庵) 유용

(劉墉)[1]의 인장이 있으니, 이 판본은 아마도 철금동검루본에서 전록한 것인 듯하다.

진진손(陳振孫)의 ≪직재서록해제(直齋書錄解題)≫에서는 "고사손은 책을 읽으면서 심오하고 편벽된 것을 박학하다고 여기고 괴이하고 난삽한 것을 기이하다고 여겼으니, 심지어 매우 가소로운 것까지 있다.(似孫讀書以奧僻爲博, 以怪澀爲奇, 至有甚可笑者)"라 하였다. 그러나 ≪사고전서총목제요(四庫全書總目提要)≫에서는 ≪섬록(剡錄)≫에 대해 논하면서 "책 전체가 순서와 서술에 있어 법도가 있고 간결하며 고아하니, 후대 나온 ≪무공≫의 여러 지[2]보다 훨씬 낫다. 더욱이 괴이하고 난삽하며 가소로운 것은 찾아볼 수 없으니 진진손이 말한 것은 이해할 수 없다.(全書皆序述有法, 簡潔古雅, 迥在後來≪武功≫諸志之上, 殊不見其怪澀可笑. 陳振孫云云, 殆不可解)"[3]라 하였다. 아마도 고사손은 문장을 지을 때 괴이하고 난삽한 것과 평이한 것 두 가지 문체를 편의에 따라 구사하였으니, 애초부터 정해진 규칙은 없었다. 그런데 유변은 필치(筆致)를 가지고 진위를 구별하고자 하였으니, 이는 근거가 될 수 없는 것이다.

고사손의 저작은 매우 많다. 문학비평과 관련된 것으로 ≪선시구도(選詩句圖)≫ 1권이 있는데, 임오년 11월에 완성되었으니 이때는 영종(寧宗) 가정(嘉定) 15년(1222)에 해당한다. 지금은 ≪백천학해(百川學海)≫본, ≪시학지남(詩學指南)≫본이 있다. 여기서 뽑은 빼어난 구절은 대구

1 유용(劉墉, 1719~1804)은 청나라 고밀(高密, 지금의 산동성(山東省) 고밀시(高密市)) 사람으로, 조적(祖籍)은 서주(徐州) 풍현(豐縣, 지금의 강소성(江蘇省) 풍현(豐縣))이다. 자는 숭여(崇如)이고 호는 석암(石庵), 청원(青原), 향암(香岩), 동무(東武), 목암(穆庵), 명화(溟華), 일관봉도인(日觀峰道人) 등이다. 저명한 서화가이자 정치가이다. 건륭(乾隆) 16년(1751)에 진사가 되었고, 관직은 내각대학사(內閣大學士)에 이르렀다. 시호는 문청(文淸)이다.

2 ≪무공지(武功志)≫ 3권은 명나라 강해(康海)가 지은 것이다. 이는 일곱 편으로 나누어지는데, 각각의 명목은 다음과 같다. 지리(地理), 건치(建置), 사사(祠祀), 전부(田賦), 관사(官師), 인물(人物), 선거(選擧)이다.

3 ≪사고전서총목제요・사부(史部) 24・지리류(地理類) 1≫에 실려 있다.

(對句)가 많았으니, 구도(句圖)[4]라는 체례의 한계 때문에 고시 중에 자연스럽고 생동적인 구절은 거의 뽑히지 못했다. ≪담생당장서목(澹生堂藏書目)≫에는 ≪선시도구(選詩圖句)≫로 되어 있고, ≪사고전서총집류존목(四庫全書總集類存目)≫에는 ≪문선구도(文選句圖)≫라 되어 있다. 구도와 시화의 체례는 다르므로, 더 논술하지 않고 여기서 덧붙여 언급한다.

이 책은 비록 시화라고 되어 있으나 고사손에게 이 책이 있었다는 말이 없는 것으로 보아 의심스럽다. 고사손의 ≪섬록≫에 대해 ≪사고전서총목제요(四庫全書總目提要)≫에서는 "이 책의 앞머리에는 현의 기년이 있고, 그 다음에는 성의 경계도가 있으며 …그 다음에는 편지, 그 다음에는 문장, 그 다음에는 시가 있다.(其書首爲縣紀年, 次爲城境圖, … 次爲書, 次爲文, 次爲詩)"고 하였는데, 이 책은 ≪섬록≫에서 편집되어 따로 통행된 판본이 아닌가 싶다. 대체로 ≪섬록≫은 고사손이 지은 승현지(嵊縣志)[5]인 듯하니, 승(嵊) 지역은 한나라 때 섬현(剡縣) 땅이었다.

이 책에 첫머리에는 왕휘지(王徽之)[6]가 눈 오는 밤 홀로 술을 마시는데 좌사(左思)의 〈초은(招隱)〉 시를 읊다가 홀연 대규(戴逵, 326~396)를 떠올리고는 바로 배를 타고 그를 방문하는 이야기가 실려 있다. 그리고는 좌사, 육기(陸機), 왕강거(王康琚), 장화(張華), 장재(張載), 장협(張協) 등의 초은시를 수록하고 있는데, 이는 섬계의 고사와 관련이 있는 것이다. 그 다음으로는 허순(許詢), 손작(孫綽)과 장승(張嵊)의 시를 수록하면

4 구도(句圖)는 아름다운 시구를 모아 놓은 것을 이른다.
5 승현(嵊縣)은 지금의 절강성(浙江省) 동쪽으로, 섬계(剡溪) 등의 명승고적이 있다.
6 왕휘지(王徽之, 338?~386)는 동진(東晋) 낭야(琅邪) 임기(臨沂, 지금의 산동성(山東省) 임기시(臨沂市)) 사람으로, 자는 자유(子猷)이다. ≪세설신어(世說新語)≫에 조아강(曹娥江)의 상류 섬계(剡溪)에 살고 있던 대규(戴逵)를 왕휘지가 방문했다는 고사가 전한다. 눈 오는 날 밤, 술을 마시며 시를 읊던 왕휘지는 갑자기 대규가 생각나 작은 배를 타고 그의 집 문 앞에까지 갔으나 만나지 않고 돌연 되돌아갔다. 사람들이 그 이유를 물으니 본래 흥이 나서 갔지만 그것이 다해 버린 이상 만날 필요가 없다고 답하였다 한다.

서 "장승의 시는 많이 보이지 않지만 그가 승정에서 태어났으므로[7] 그의 작품을 채집한다.(嵊詩不多見, 且生於嵊亭, 因采之)"라 하였으니, 그는 승현(嵊縣)과 관련이 있어서였다.

그 다음으로는 이덕유(李德裕)가 섬계의 홍계수(紅桂樹)를 얻어 쓴 시를 수록하였는데, 이는 섬(剡) 지역의 산물이다. 그 다음으로는 진계(秦系)의 시를 수록하였는데, 진계는 회계(會稽, 지금의 절강성(浙江省) 소흥시(紹興市)) 사람이다. 그 다음으로는 백도유(帛道猷)가 도일상인(道一上人)을 초대한 시를 수록하였는데, 시에 "닭이 울어 사람이 있음을 알겠네(鷄鳴知有人)" 구절과 후대 사람이 모의한 작품을 함께 언급하였으니, 백도유 역시 산음(山陰, 지금의 절강성(浙江省) 소흥시(紹興市)) 사람이다.

그 다음으로는 배통(裵通)의 금정관(金庭觀) 시를 수록하였다. 그의 "거위가 왕희지(王羲之)의 못가를 밟고 있네.(鵝踏右軍池)" 구절과 이를 답습하고 변화시킨 작품을 서술하였는데, 금정관은 섬 지역의 금정산(金庭山)에 있다. 그 다음으로는 왕찬(王纘)의 시 "공순이 북해와 작별하였고 육창은 중랑을 사직하였네.(孔淳辭北海, 陸昶謝中郎)"를 수록하였는데, 공순(孔淳)은 공순지(孔淳之)로 일찍이 섬 지역에 산 적이 있다.

그 다음으로는 조당(曹唐)의 〈대유선시(大遊仙詩)〉를 수록했는데, 시에서 유신(劉晨)과 완조(阮肇)의 천태(天台)고사[8]를 읊었고, 섬계의 수원이 천태산에서 나온다. 그 다음으로는 온정균(溫庭筠)의 〈규봉의 종밀선사의 정려에서 다시 노닐며(重遊圭峰宗密禪師精廬)〉 시와 고황(顧況)과

---

7 ≪송서(宋書)≫에 "장직의 아들 장승은 자가 사산인데, 장직이 처음에 섬령을 지낼 때 승정에 이르러 그를 낳았으므로, 이름을 장승이라 하였다.(張稷子嵊, 字四山, 稷初爲剡令, 至嵊亭生之, 因名嵊)"라 하였다.

8 유의경(劉義慶)의 ≪유명록(幽明錄)≫에 나오는 이야기이다. 유신(劉晨)과 완조(阮肇) 두 사람은 모두 동한(東漢)의 섬현(剡縣) 사람인데, 영평(永平) 연간에 천태산에 들어가 약초를 캐다 두 여자를 만나게 되었다. 반년 간 머물다 헤어져 돌아오니, 고향에는 자손이 이미 7세대나 지나 있었다. 나중에 다시 고향을 떠났는데, 그들이 어떻게 되었는지는 알지 못한다.

조하(趙嘏) 등의 〈갈홍의 단정(葛洪丹井)〉시를 수록하였는데, 여기서 읊은 것 모두 섬 지역의 빼어난 경관이다. 마지막으로 이신(李紳)의 시를 수록하였는데, 이신은 섬 지역에서 헌신적으로 일하였고 후에 다시 월(越) 지역의 수령이 되었다.

이를 통해 이 책은 후대 사람이 ≪섬록≫에서 편집해 내어 만든 책으로, 고사손이 원래 지은 책이 아님을 알 수 있다. 명대 풍유눌(馮惟訥)의 ≪시기별집(詩紀別集)≫ 권4에 일찍이 이 책이 인용되어 있으니, 이 책은 오래 전에 이미 위작에 속하였던 것이다.

청수각론시(淸邃閣論詩)

1권, 주희(朱熹) 지음, 그의 후예인 주옥(朱玉) 편집, 보존됨.
부록 ≪회암시설(晦庵詩說)≫ 1권,
그의 제자인 진문울(陳文蔚) 등이 수록함, 보존됨.

주희(朱熹, 1130~1200)는 남송 휘주(徽州) 무원(婺源, 지금의 강서성(江西省) 무원현(婺源縣)) 사람으로, 자는 원회(元晦) 또는 중회(仲晦)이고, 호는 회암(晦庵), 회옹(晦翁), 운곡노인(雲谷老人), 둔옹(遯翁)이다. 유학자로 경학에 정통하여 도학(道學)과 이학(理學)을 합친 이른바 송학(宋學)을 집대성하였다. '주자(朱子)'라고 높여 이르며, 그의 학문을 주자학이라고 한다. 저서로 ≪시전(詩傳)≫, ≪사서집주(四書集註)≫, ≪근사록(近思錄)≫, ≪자치통감강목(資治通鑑綱目)≫ 등이 있다.

주희(1130~1200)의 자는 원회(元晦)이고, 호는 회암(晦庵)이며, 때때로 자칭 운곡(雲谷)이라 하였고, 회옹(晦翁)이라고도 하였으며, 만년에는 창주(滄洲)에 집을 지어 창주병수(滄洲病叟) 혹은 둔옹(遯翁)이라 불렀다. 휘주(徽州) 무원(婺源, 지금의 강서성(江西省) 무원현(婺源縣)) 사람인데 건양(建陽, 지금의 복건성(福建省) 건양시(建陽市))에 기거하였고, 관직은 보문각대제(寶文閣待制)에 이르렀다. ≪송사(宋史)≫ 429권 도학(道學)에 전이 있다.[1] 주희는 도학으로 저명하였고, 저작도 매우 많다. 청나라 이광지(李光地) 등이 ≪주자전서(朱子全書)≫를 편집하였고, 그의 후예인 주옥(朱玉)이 ≪주자문집대전류편(朱子文集大全類編)≫을 편집하였는데, ≪청수각론시≫는 그 안에 있다.

송나라 때에는 시화를 쓰는 것이 유행이었다. 그러나 주자는 시에 대해 많은 말을 하기는 했지만 시화를 지은 적은 없다. 이 책은 그의

1 ≪송사·열전(列傳) 188·도학(道學) 3≫에 실려 있다.

후예가 편집한 것으로, 그 본래의 면모를 보존하고 있는지 여부는 알지 못하겠다. 주자의 문집은 그의 막내아들이 편집한 것이 가장 이른데, 당시에 시를 논한 부분에서 이러한 명칭을 썼는지는 알 수 없다. 지금 이 책은 문집 안에 편집되어 있으므로, 이를 주로 하여 ≪회암시화≫를 덧붙였다.

이 책의 앞머리에는 "문공이 이르기를(文公曰)" 세 글자가 쓰여 있어서 이 책이 근거로 삼은 것은 당시 어록이었음을 알 수 있다. 그러나 편차가 당시의 여러 책과는 달랐다. 주자의 어록은 대부분 문하의 제자가 분별하여 기록하고 편집하였다. ≪사고전서총목제요(四庫全書總目提要)≫의 ≪주자어류(朱子語類)≫ 조목에서는 다음과 같이 말하고 있다.

> 처음에는 주희와 그의 문인들이 묻고 대답한 말들을 문인들 각자가 기록하고 편찬하였다. 그러다가 가정 을해년(1215)에 이도전(李道傳)[2]이 요덕명(廖德明)[3] 등 32명이 기록한 것을 편집하여 43권으로 만들고, 다시 속편으로 장흡(張洽)[4]의 기록 1권을 증보하여 지주(池州, 지금의 안휘성(安徽省))에서 판각했다. 이것을 '지록(池錄)'이라고 한다. 가희 무술년(1238)에는 이도전의 동생 이성전(李性傳)이 황간(黃幹)[5] 등 42명의 기록을 추가로 수집하여 46권으로

2 이도전(李道傳, 1170~1217)은 남송 융주(隆州) 정연(井研, 지금의 사천성(四川省) 악산시(樂山市)) 사람으로, 자는 관지(貫之)이고 시호는 문절(文節)이다. 정씨 형제와 주희의 학문을 연구했다. 저서로 ≪강동십고(江東十考)≫가 있다.

3 요덕명(廖德明, ?~?)은 남송 남검주(南劍州) 순창(順昌, 지금의 복건성(福建省) 남평시(南平市)) 사람으로, 자는 자회(子晦)이다. 1169년 진사가 되어 보전현령(莆田縣令), 이부좌선랑(吏部左選郎) 등을 역임하였다. 저서로 ≪춘추회요(春秋會要)≫, ≪문공어록(文公語錄)≫ 등이 있다.

4 장흡(張洽, 1161~1237)은 남송 청강(淸江, 지금의 강소성(江蘇省) 청강시(淸江市)) 사람으로, 자는 원덕(元德)이고 호는 주일(主一)이며 시호는 문헌(文憲)이다. 비서랑(秘書郎), 저작좌랑(著作佐郎) 등을 지냈다. 주희의 문인으로 백록동서원의 주강을 지냈다. 저서로 ≪춘추집전(春秋集傳)≫, ≪춘추집주(春秋集注)≫, ≪좌씨몽구(左氏蒙求)≫ 등이 있다.

5 황간(黃幹, 1412~?)은 명나라 고우(高郵, 지금의 강소성(江蘇省) 고우시(高郵市)) 사람으로, 자는 정신(廷臣)이고 호는 난파(蘭坡)이다. 1442년 진사가 되어 시강학사(侍講學士), 한림원학사(翰林院學士) 등을 지냈다. 저서로 ≪서경집해(書經集解)≫, ≪종고정문(從古正文)≫ 등이 있다.

만들고는 요주(饒州, 지금의 강서성(江西省))에서 간행했다. 이것을 '요록(饒錄)'이라고 한다. 순우 기유년(1249)에 채항(蔡杭)[6]이 또다시 양방(楊方) 등 23명이 기록한 것을 수집하여 26권으로 만들고는 역시 요주에서 간행했다. 이것을 '요후록(饒後錄)'이라고 한다. 함순 을축년(1265)에는 오견(吳堅)[7]이 앞의 세 기록 가운데 나머지 29가의 설을 채집하고 아직 간행되지 않은 4가의 설을 더 집어넣어 20권으로 하여 건안(建安, 지금의 복건성(福建省))에서 간행했다. 이것을 '건록(建錄)'이라 한다.(初, 朱子與門人問答之語, 門人各錄爲編. 嘉定乙亥李道傳輯廖德明等三十二人所記爲四十三卷, 又續增張洽錄一卷, 刻於池州. 曰'池錄'. 嘉熙戊戌道傳之弟性傳續搜黃幹等四十二人所記爲四十六卷, 刋於饒州. 曰'饒錄'. 淳祐己酉, 蔡杭又裒楊方等二十三人所記爲二十六卷, 亦刋於饒州. 曰'饒後錄'. 咸淳乙丑吳堅採三錄所餘者二十九家, 又增入未刋四家爲二十卷, 刋於建安. 曰'建錄')

이를 보건대 당시에 어록이 많았지만 시화와는 무관함을 알 수 있다. ≪제요≫에서 또 다음과 같이 말하고 있다.

분류하고 편집한 것으로 가정 기묘년(1219)에 황사의(黃士毅)[8]가 모두 140권으로 편집한 것이 있는데 사공열(史公說)이 미주(眉州, 지금의 사천성(四川省))에서 간행하였다. 이것을 '촉본(蜀本)'이라고 한다. 또 순우 임자년(1252)에는 왕필(王佖)[9]이 (이 촉본에) 이어 40편으로 편집하여 휘주(徽州, 지금의 안휘성(安徽省))에서 간행했는데 이것을 '휘본(徽本)'이라고 한다. 여러 판본이 이미 내용이 들쑥날쑥하고, 또 후에 번각한 것이 동일하지 않아 잘못된 부분이 매우 많았다. 그래서 여정덕(黎靖德)이 그것을 모아 편집하면서 중복되는 1,150

---

6 채항(蔡杭, 1193~1259)은 남송 건양(建陽, 지금의 복건성(福建省) 건양시(建陽市)) 사람으로, 자는 복지(復之)이고 호는 복재(復齋)이다. 문림랑(文林郞), 양절운간(兩浙運幹) 등을 지냈다. 저서로 ≪춘추오론(春秋五論)≫, ≪춘추연의(春秋衍義)≫ 등이 있다.

7 오견(吳堅, 1213~1276)은 남송 태주(台州) 천태(天台, 지금의 절강성(浙江省) 천태현(天台縣)) 사람으로, 자는 언개(彦愷)이다.

8 황사의(黃士毅, ?~?)는 남송 보전(莆田, 지금의 복건성(福建省) 보전시(莆田市)) 사람으로, 자는 자홍(子洪)이고 호는 호산(壺山)이다. 주희를 사사했다. ≪의례(儀禮)≫에 주를 달았으며 주희의 저술을 편집하였다.

9 왕필(王佖, ?~?)은 남송 무주(婺州) 금화(金華, 지금의 절강성(浙江省) 금화시(金華市)) 사람으로, 자는 원경(元敬)이고 호는 경암(敬岩)이다. 복건전운부사(福建傳運副使) 등을 역임했다. 저서로 ≪주문공어후록(朱文公語後錄)≫이 있다.

조목을 삭제하고 26부문으로 정리하였으니, 깔끔하게 정리되어 보기에도 쉬웠다.(其分類編輯者, 則嘉定己卯黃士毅所編凡百四十卷, 史公說刋於眉州. 曰'蜀本'. 又淳祐壬子王佖續編四十卷, 刋於徽州, 曰'徽本'. 諸本旣互有出入, 其後又翻刻不一, 訛舛滋多, 黎靖德乃裒而編之, 刪除重複一千一百五十餘條, 分爲二十六門, 頗淸整易觀)

그러나 전체 책이 140권이므로 그 중에 시문과 관련된 부분 또한 매우 많다. 청나라 장백행(張伯行)이 ≪주자어류≫를 다시 정정하여 ≪주자어류집략(朱子語類輯略)≫이라 하였는데, 모두 8권이었다. 권8에 문장을 논한 한 명목이 있는데, 따로 책으로 출간하지 않았다.

별도의 책으로 출간된 것으로 진문울 등이 기록한 ≪회암시설≫이 있는데, 1권으로 되어 있다. 지금 ≪담예주총(談藝珠叢)≫본이 있다. 이 책은 뒤에 나와서, 그 이전 장서가의 저록에는 보이지 않는다. 비록 "송나라 진문울 등이 수록함(宋陳文蔚等錄)"이라 쓰여 있지만, 후대 사람이 ≪주자어류≫에 근거하여 편집한 것인 듯하니, 진문울 등이 집록하여 간행한 것은 아닐 것이다. 이 책은 매 조목 아래 기록자의 이름이 갖추어져 있는데, 두 사람이 함께 기록한 것은 두 사람 모두 나열하고 있다. 주자의 문인이 매우 많았으므로 그 중에 같은 이름을 가진 사람이 항상 있었음에도 그저 이름만을 기록했으니, 당시 이른바 '지록(池錄)', '요록(饒錄)'이라고 하는 것에 있어 이는 본래 문제가 되지 않았다. 분류와 편찬 역시 ≪주자어류≫의 편찬 체례 안에서 설명할 수 있어서 혼돈되지 않았다. 지금 ≪담예주총≫본에는 이름은 있지만 성이 없어 기록한 자가 누구인지 알 수 없는 경우가 있다. 예를 들어 진문울의 자는 재경(才卿)이고 호는 극재(克齋)이며 광신(廣信) 상요(上饒) 사람이다. 그러나 당시에 따로 허문울(許文蔚)이란 사람이 있었는데, 그의 자는 형보(衡甫)이고, 호는 환산(環山)이며 휘주(徽州) 휴녕(休寧) 사람이다. 그가 비록 책에 쓰인 "송나라 진문울 등이 수록함"에는 해당되지 않는다 하더라도, 주석에 있는 '문울' 두 글자만 본다면, 역시 진문울인지 허문울인지 판별하기 어렵다.

지금 이름이 적혀 있는 사람들에 대해 순서대로 아래에서 상고해보겠다.

기손(夔孫)의 성은 임(林)이고, 자는 자무(子武)이며 고전(古田) 사람이다.

덕명(德明)의 성은 요(廖), 자는 자회(子晦)이고 호는 사계(槎溪)이며 연평(延平) 순창(順昌) 사람이다.

방자(方子)의 성은 이(李), 자는 공회(公晦), 혹은 정숙(正叔)이고 소무(邵武) 광택(光澤) 사람이다.

치(雉)의 성은 오(吳), 자는 화중(和中)이고, 연평 건양(建陽) 사람이다.

인걸(人傑)의 성은 만(萬), 자는 정순(正淳)이고 호는 지재(止齋)이며 무창(武昌) 흥국(興國) 사람이다.

의강(義剛)의 성은 황(黃), 자는 의연(毅然)이고, 무주(撫州) 임천(臨川) 사람이다.

좌(佐)의 성은 소(蕭)이고, 남창(南昌) 사람이다.

인(璘)의 성은 등(滕), 자는 덕수(德粹)이고 호는 계재(溪齋)이며 휘주 무원 사람이다.

자가 원질(元質)인 서린(舒璘)은 영파(寧波) 봉화(奉化) 사람인데, 누구인지 모르겠다.

사(賜)의 성은 임(林)이고 자는 문일(聞一)인데 거주지가 미상이다.

도부(道夫)의 성은 양(楊), 자는 중사(仲思), 연평 포성(浦城) 사람이다.

필대(必大)의 성은 오(吳), 자는 백풍(伯豐)이고, 무창 흥국 사람이다.

수창(壽昌)은 두 사람이 있다. 하나는 성이 오(吳), 자는 대년(大年)이고 남무(南武) 사람이다. 또 하나는 성이 동(董), 자가 인중(仁仲), 파양(鄱陽) 사람인데, 누구인지 모르겠다.

자몽(子蒙)의 성은 임(林)이고 형양(衡陽) 사람이다.

순(淳)은 세 사람이다. 하나는 성이 진(陳), 자는 안경(安卿)이고 북계 선생(北溪先生)이라 불리는데, 장주(漳州) 용계(龍溪) 사람이다. 또 첨순(詹淳)과 노순(盧淳)은 거주지가 미상이고 누구인지 모르겠다.

강(剛)의 성은 진(陳), 자는 정기(正己), 광신(廣信) 건창(建昌) 사람이다.

광(廣)의 성은 보(輔), 자는 한경(漢卿)으로 전이선생(傳貽先生)이라 불리는데, 가흥(嘉興) 숭덕(崇德) 사람이다.

지(至)의 성은 양(楊), 자는 지지(至之)이고 천주(泉州) 진강(晉江) 사람이다.

경중(敬仲)의 성은 유(游), 자는 연숙(連叔)이고 연평(延平) 순창(順昌) 사람이다.

도(燾)의 성은 여(呂), 자는 덕소(德昭)이고, 호는 월파(月波)이며 광신(廣信) 건창(建昌) 사람이다.

상고할 수 없는 자로는 경(庚)과 여몽자시(黎矇子詩)가 있는데, ≪주자문집대전류편≫에 기록된 "문공의 문인(文公門人)"가운데 보이지 않는다.

이후에 명나라 심약(沈爚)이 ≪회암선생시화(晦庵先生詩話)≫ 1권을 모아 엮었는데, ≪야시원서목(也是園書目)≫, ≪담생당서목(澹生堂書目)≫, ≪술고당서목(述古堂書目)≫, ≪근고당서목(近古堂書目)≫등의 서목에 모두 저록되어 있으며 내가 얻은 것은 초본이다. 앞의 두 개에 기재된 내용이 더욱 상세한데, 어록으로 제한하지 않고 문집에서 시를 논한 저작까지 모두 채록하고 있기 때문이다. 심약의 자는 세명(世明), 혹은 백원(伯遠)이고, 가정(嘉定, 지금의 사천성(四川省) 낙산(樂山)) 사람이다. 문징명(文徵明)의 ≪보전집(甫田集)≫ 권17에 〈회암시화 서문(晦庵詩話序)〉이 있는데, "연천의 심문도가… 주자가 평소에 시에 대해 논한 말을 취하여 모아 책으로 만들었는데, 회암시화라 하였다.(練川沈文韜氏…取凡朱子平日論詩之語, 萃而爲書, 曰晦庵詩話)"고 하였다. 마땅히 이 책이겠지만 내가 소장한 판본에는 이 서문이 없다. 오기창(吳其昌)의 ≪주자저술고(朱子著述考)≫에서 이 책을 일실되었다고 여기고 또 ≪청수각론시≫가 별도로 간행된 것이라 여긴 것은 잘못된 것이다.

≪담생당서목≫에 있는 ≪주자양시문훈략(朱紫陽詩文訓略)≫1권은 문식문평(文式文評) 항목에 열거되어 있으며 시화 항목에는 들어가 있지 않다. 또한 ≪천경당서목(千頃堂書目)≫에 있는 여우(余祐)의 ≪유예지론(遊藝至論)≫ 1권은 주석에 "주자어류에서 문장을 논한 말을 편집했다.(輯朱子語類論文之語)"라 하였는데, 이에 대해서는 모두 논술하지 않겠다.

시학규범(詩學規範)

1권, 장자(張鎡)가 편집한 ≪사학규범(仕學規範)≫에 있음,
단행본으로 편집된 것은 보이지 않음.

장자(張鎡, 1153~?)는 남송 서진(西秦, 지금의 감숙성(甘肅省) 서남쪽) 사람으로, 임안(臨安)에 거주하였다. 자는 공보(功甫)이고 호는 약재(約齋)이다. 융흥(隆興) 2년(1164)에 대리사직(大理司直)이 되었고, 순희(淳熙) 5년(1178)에 직비각통판무주(直秘閣通判婺州)를 지냈다. 개희(開禧) 3년(1207)에 사농소경(司農少卿)을 지냈는데, 병란이 실패하자 사미원(史彌遠)과 모의하여 한탁주(韓侂冑)를 주살하였다. 나중에 제명이 되었고, 상주(象州)에 유배되어 폄적지에서 죽었다. 매우 부유한 생활을 하였고 그림도 잘 그렸고 시사에도 조예가 깊었다. 저서로 ≪남호집(南湖集)≫, ≪사학규범(仕學規範)≫ 등이 있다.

장자(1153~?)의 자는 공보(功甫), 혹은 시가(時可)이고, 호는 약재(約齋)이며 서진(西秦, 지금의 감숙성(甘肅省) 서남쪽) 사람이다. 임안(臨安, 지금의 절강성(浙江省) 항주시(杭州市))에 거주하였고 순왕(循王)[1]의 손자이다. 봉의랑(奉議郎), 직비각(直秘閣)을 지냈고, ≪남호집(南湖集)≫이 있다.

옛 사람의 저록에는 장자에게 이 책이 있다는 말을 하지 않았으니, 아마도 장자가 지은 ≪사학규범≫ 40권에서 후대 사람이 시를 논한 부분을 편집하여 별도로 책으로 만든 것인 듯하다. 그러므로 여러 저록에서 이 책을 언급하지 않았던 것이다. 〈사학규범 서문(仕學規範序)〉에서는 다음과 같이 말하고 있다.

1 순왕(循王)은 장준을 가리킨다. 장준(張俊, 1086~1154)은 남송의 장군으로, 자는 백영(伯英)이다. 출신은 빈천했지만 어려서부터 무공에 힘써 남만(南蠻)과 서하(西夏)를 정벌하고, 금나라 군사를 방어하여 전공을 세웠다. 무공대부(武功大夫)에 제수되었고, 죽은 뒤에 순왕(循王)에 추증되었다.

장자의 타고난 자질은 평범하고 소박한데 독서하는 법을 대략 알고서는 날마다 사색하여 부귀한 습관을 씻어내었다. 현명한 사대부를 좇아 이전의 현인을 갈망하고 옛 이야기를 채집하였다. 말과 행동거지가 순정하여 도에 맞아 법규로 삼을 만한 것은 모두 분별하고 배열하여 모아서 대단한 책을 만들어내어 스스로 열람하기에 편하도록 하였다. 대저 '앎에 이르는 것(致知)'은 반드시 배움에서 나오기 때문에 배우는 것을 우선으로 삼아야 한다. 배움은 행함보다 위에 있으므로 어떤 일을 행하는 것은 그 다음이다. 일을 행하고 여력이 있다면 다른 사람에게 미루어 적용할 수 있으니, 벼슬을 하는 것은 그 다음이다. 다스리는 일은 덕보다 중한 것이 없으니 음덕[2]은 그 다음이다. 덕이 있는 자는 반드시 말이 있게 되므로 시문이 덕의 끝이다. 이것들은 모두가 평생의 법도로 삼을 만하니, 마침내 이것의 제목을 ≪사학규범≫이라 하였다. 내용을 나누어 40권으로 하였으니, 입으로 읊고 마음으로 새겨 정진하여 나아감에 잘못이 없길 바란다.(鎡天資庸樸, 麤知讀書, 日思放滌膏粱之習, 以從賢士大夫後, 是以寤寐前哲, 採摭舊聞, 凡言動擧措粹然中道, 可按爲法程者, 悉派分鱗次, 萃爲鉅編, 自便省閱. 夫致知必由學, 故先之以爲學. 學, 行之上也, 故次之以行己. 行己有餘, 斯可推以及人, 故次之以涖官. 爲政莫如德, 故次之以陰德. 有德者必有言, 故以詩文終焉. 謂其皆可爲終身法, 遂目之曰≪仕學規範≫, 且析爲四十卷, 庶幾口詠心維, 趣向弗謬)

그러므로 이 책은 채집하여 편집한 것이지 스스로 저술한 것이 아니다. 그가 작시(作詩)에 대하여 논의한 부분은 36권에서 시작하여 40권까지로 모두 4권이다. ≪사고전서총목제요(四庫全書總目提要)≫에서는 "원문을 인용함에 각각 출전이 쓰여 있어 역사서에서 빠진 부분을 보충할 수 있다.(徵引原文, 各著出典, 可補史書遺缺)"라 하였는데 진실로 그러하다. 시문을 논한 부분에는 일실된 문장이 많이 채집되어 있다. 내가 ≪송시화집일(宋詩話輯佚)≫을 편찬할 때 이 책을 보지 못한 것이 애석하다.

이 책이 별도로 책으로 만들어진 것은 명나라 때였다. ≪담생당서목(澹生堂書目)≫에서는 ≪시법통종(詩法統宗)≫ 중에 ≪시학규범≫ 1권

2 음덕은 남모르는 선행이나 덕을 의미한다.

이 있다고 하였는데, 이것이 별도로 집록되어 나온 것 중 최초의 것일 것이다. 그러므로 이것은 편집본 중에서 다시 또 편집해 낸 판본인 것이다.

속광본사시(續廣本事詩)

5권, 섭봉선(聶奉先) 모음, 발췌본이 있음.

섭봉선(?~?)의 자, 호와 본관은 모두 미상이다. 진진손(陳振孫)의 ≪직재서록해제(直齋書錄解題)≫ 문사류(文史類)에 "≪속광본사시≫ 5권은 섭봉선이 지었다. 비록 맹계[1]의 옛 책을 확장했다고 하나 사실은 시화를 모은 것일 뿐이다.(≪續廣本事詩≫五卷, 聶奉先撰, 雖曰廣孟啓之舊, 其實集詩話耳)"라 하였다. ≪통고(通考)·경적고(經籍考)≫의 내용도 같다. ≪송사(宋史)·예문지(藝文志)≫ 집부(集部) 총집류(總集類)에 ≪속본사시(續本事詩)≫ 2권이 있는데, 주석에 "이름을 모르겠다.(不知名)"라 되어 있다. 내 생각에 이 두 책의 권수가 달라 반드시 한 책으로 볼 수는 없고, 아마도 먼저 속편이 있었는데 섭봉선이 다시 확장해서 '속광'이라 했던 것 같다. 지금 ≪설부(說郛)≫본으로 ≪속본사시≫ 1권이 있는데, 이미 완전한 것이 아니어서 이 책이 '속본사시'인지 아니면 '속광본사시'인지 알 수 없다.

지금 ≪설부≫본에 인용된 여러 조목을 가지고 말하자면, 예를 들어 '시어(市語)' '연홍(軟紅)' '빙청(冰廳)' '홍국주(紅麴酒)' '포도주(葡萄酒)' '검실(芡實)' '도미(酴醾)' '시매(詩媒)' '해당(海棠)' 등의 조목은 모두 ≪왕직방시화(王直方詩話)≫에 보인다. '필관시(筆管詩)' '백안(白雁)' 등의 조목은 ≪고금시화

1 맹계는 당나라 사람으로 당시의 여러 고사나 전고를 모아 ≪본사시(本事詩)≫를 지었다.

(古今詩話)≫에 보이므로, 진진손이 "시화를 모은 것"이라 한 것도 틀린 것은 아니다.

또한 손도(孫濤)의 ≪전당시화속편(全唐詩話續編)≫ 상권에서는 ≪속본사시≫를 인용하여 다음과 같이 말하고 있다.

> 제기(齊己)[2]의 〈소나무〉 시에 '천둥 번개에 감히 베지 못하고 신령한 기세에 나무좀은 어지럽네. 버섯은 마른 가지에 의지해 죽어가고 뱀은 썩은 뿌리로 들어가 똬리를 틀고 있네. 축축한 그림자는 참선하는 스님에 스미고 차가운 바람은 꿈꾸는 학에 불어오네. 늘 그렇듯 비바람 치는 밤, 귀신이 보고 있는 듯하구나.'라 하였다. 〈작은 소나무〉에 이르기를 '땅에서 겨우 한 척이 될까 말까 해도 굽이굽이 박힌 뿌리 이미 신령스럽네. 혹독한 서리에 모든 풀 죽어도 깊은 정원에 있는 소나무 한 그루는 푸르네. 깊은 밤 쓸쓸히 바람 불어 잎사귀 흔들리고, 빈 섬돌에는 귀뚜라미 소리만 들리네. 누가 천년 후에 늙은 용의 모습을 읊으랴.'라 하였다.(齊己松詩曰 '雷電不敢伐, 靈勢蠹萬端[3], 鬣[4]依枯節死, 蛇入朽根盤. 影浸僧禪濕, 風[5]吹鶴夢寒. 尋常風雨夜, 疑有鬼神看'. 〈小松〉云: '發地纔盈尺, 蟠根已有靈. 嚴霜百草死[6], 深苑一株靑[7]. 後夜蕭騷動, 空階蟋蟀聽. 誰於千歲外, 吟倚老龍形')

이 시는 ≪설부≫본에는 없으니, 그 근거한 바를 알지 못하겠다.

---

2 제기(齊己, 863~937)는 당나라 호남(湖南) 장사(長沙) 사람으로, 속명이 호득생(胡得生)이다. 어려서 가난하였는데 6, 7세에 부모가 모두 죽자 후에 출가하였다. 60세 이전의 대부분은 형악(衡岳)의 도림사(道林寺), 여산(廬山)의 동림사(東林寺)에서 지냈다. 만년에 석형(錫荊)의 남쪽 용흥사(龍興寺)에서 지냈다. 시가 창작에도 뛰어나 중만당 시기의 교연(皎然), 관휴(貫休)와 함께 삼대시승으로 꼽힌다. 저서로 ≪백련집(白蓮集)≫, ≪풍소지격(風騷旨格)≫, ≪현기분별요람(玄機分別要覽)≫ 등이 있다.

3 **【원주】** ≪전당시(全唐詩)≫에 '인추세만단(鱗皺勢萬端)'으로 되어 있다.

4 **【원주】** ≪전당시(全唐詩)≫에 '균(麕)'이 '두(蠹)'로 되어 있다.

5 **【원주】** ≪전당시(全唐詩)≫에 '풍(風)'이 '성(聲)'으로 되어 있다.

6 **【원주】** ≪전당시(全唐詩)≫에 '사(死)'가 '백(白)'으로 되어 있다.

7 **【원주】** ≪전당시(全唐詩)≫에 '심원일림청(深院一林靑)'으로 되어 있다.

이재시설(履齋詩說)

1권, 손혁(孫奕) 지음, 일본인 근등원수(近藤元粹) 편집, 보존되어 있음.

손혁(孫奕, ?~?)은 남송 길주(吉州) 여릉(廬陵, 지금의 강서성(江西省) 길안시(吉安市)) 사람으로 자는 계소(季昭)이고 호는 이재(履齋)이다. 생졸년 미상이다. 일찍이 시종(侍從) 벼슬을 지낸 적이 있는데 춘화루(春華樓)에서 연회를 할 때 승상 주필대(周必大)의 의론을 들었다고 한다. 저서로 ≪시아편(示兒編)≫ 23권이 있다.

손혁(?~?)의 자는 계소(季昭)이고, 호는 이재(履齋)이며 여릉(廬陵, 지금의 강서성(江西省) 길안시(吉安市)) 사람이다. 영종(寧宗, 1194~1224) 때 시종(侍從)을 지낸 적이 있고, ≪이재시아편(履齋示兒編)≫이 있다. 이 책은 ≪시아편≫ 중 권(中卷) 9와 10 두 권에서 시를 논한 말을 별도로 수록해 낸 것이다. ≪시아편≫은 지부족재본(知不足齋本)이 있는데, 근등원수(近藤元粹)가 뽑아 편집할 때 근거로 삼은 것은 마땅히 이 판본일 것이다. 이 편집본은 지금 ≪형설헌총서(螢雪軒叢書)≫에 들어가 있다. 손혁은 시를 논할 때 어휘의 용례를 중시하였는데, 이는 옛날 사람들이 그다지 주의하지 않았던 것으로, 어법 수사 방면에 도움이 될 수 있는 것이다.

≪사고전서총목제요(四庫全書總目提要)≫에서는 ≪시아편≫ 조목에서 이 책에 대해 "근거로 든 것이 번잡스럽고 때때로 잘못 쓰인 것이 있다. …시설류에서 두보를 답습했다고 한 백거이 시는 …모두 잘못 고증한 것이다.(徵據既繁, 時有筆誤, …詩說類中以杜甫襲用白居易詩, …皆失於考訂)"라 하였다.[1] 이 책을 읽는 이는 이 점을 주의하지 않으면 안 될 것이다.

1 ≪사고전서총목제요(四庫全書總目提要)·자부(子部) 31·잡가류(雜家類) 5≫에 실려 있다.

오씨시화(吳氏詩話)

2권, 오자량(吳子良) 지음, 편집자 미상, 보존되어 있음.

오자량(吳子良, 1198—1257?)은 남송 임해(臨海, 지금의 절강성(浙江省) 임해시(臨海市)) 사람으로, 자는 명보(明輔)이고 호는 형계(荊溪)이다. 처음에 진기경(陳耆卿)에게 학문을 배웠다가 나중에 섭적(葉適)에게 배웠다. 보경(寶慶) 2년(1226)에 진사가 되었고, 관직은 호남운사(湖南運使), 대부소경(太府少卿)에 이르렀다. 저서로 ≪형계집(荊溪集)≫이 있었으나, 지금은 망일되었다.

오자량(1198~1257?)의 자는 명보(明輔)이고 호는 형계(荊溪)이며 임해(臨海, 지금의 절강성(浙江省) 임해시(臨海市)) 사람이다. 보경(寶慶) 2년(1226)에 진사가 되었고, 관직은 호남전운사(湖南轉運使) 태부소경(太府少卿)까지 이르렀다가 사숭지(史嵩之)[1]를 거역하여 파직되었다. 섭적(葉適)[2]에게 학문을 배웠다. 섭적의 ≪수심집(水心集)≫에 〈오자량에게 답하는 편지(答吳明輔書)〉가 있다.

그러나 오자량의 〈융흥부학 삼현당기(隆興府學三賢堂記)〉에서는 다음과 같이 말하고 있다.

주희(朱熹)・장식(張栻)・여조겸(呂祖謙)・육구연(陸九淵)의 견해를 합해 거

1 사숭지(史嵩之, 1189~1257)는 남송 은현(鄞縣, 지금의 절강성(浙江省) 영파시(寧波市)) 사람으로, 자는 자유(子由)이다. 우승상(右丞相)에 재임할 때 전권을 휘둘러 백성들의 원망을 많이 받았다. 사씨 삼대, 즉 사호(史浩), 사미원(史彌遠)과 사숭지가 집권하며 나라를 그르쳤다.

2 섭적(葉適, 1150~1223)은 남송 온주(溫州) 영가(永嘉, 지금의 절강성(浙江省) 온주시(溫州市)) 사람으로, 자는 정칙(正則)이고 호는 수심(水心)이다. 순희(淳熙) 5년(1178)에 진사가 되었다. 정치적 실무에 있어 공리적인 것을 강조했고, 실제사물에 대한 연구를 중시했다. 영가학파(永嘉學派)의 중심인물이다. 저서로 ≪수심집(水心集)≫, ≪습학기언(習學記言)≫ 등이 있다.

슬러 올라가면 주돈이(周敦頤)·장재(張載)·정호(程顥)·정이(程頤)로 요약되고, 주돈이·장재·정호·정이의 견해를 합쳐 거슬러 올라가면 안연(顔淵)·증자(曾子)·자사(子思)·맹자(孟子)로 요약된다. 안연·증자·자사·맹자의 견해를 합해 거슬러 올라가면 공자(孔子)로 요약되니, 공자의 도는 곧 요(堯)·순(舜)·우(禹)·탕(湯)·문왕(文王)·무왕(武王)의 도이고, 공자의 학문은 바로 고요(皐陶)·이윤(伊尹)·부열(傅說)·기자(箕子)·주공(周公)·소공(召公)의 학문이다. 많은 성인이 결국은 한 사람이고, 오랜 세월이 결국은 한 시대이니, 어찌 서로 간에 문파의 차별이 있겠는가!(合朱張呂陸之說溯而約之於周張二程, 合周張二程之說溯而約之於顔曾思孟, 合顔曾思孟之說於孔子, 則孔子之道卽堯舜禹湯文武之道, 孔子之學卽臯益伊仲傅箕周召之學, 百聖而一人, 萬世而一時, 尙何彼此戶庭之別哉!)

따라서 오자량은 호남전운부사(湖南轉運副使) 시절에 주희(朱熹)의 재전(再傳) 제자인 구양수도(歐陽守道)를 초빙하여 악록서원(嶽麓書院)의 부산장(副山長)으로 삼았으니, 학파와 문호가 다르다고 꺼려하지 않았던 것이다.

구양수도의 ≪손재문집(巽齋文集)≫ 권26에 〈오형계강의 발문(跋吳荊溪講義)〉과 〈오형계점이핵시집 발문(跋吳荊溪點李核詩集)〉 두 문장이 있는데, 이를 통해 오자량의 시문평론이 섭적에게 영향을 받았으나 또한 스스로의 탁월한 식견으로 작품을 감상하고 평가할 수 있었음을 알 수 있다. ≪사고전서총목제요(四庫全書總目提要)≫에서는 오자량의 ≪임하우담(林下偶談)≫에 대하여 "이 책에 기록된 섭적의 〈서도휘 묘지〉, 〈왕목숙시 서문〉, 〈유잠부시권 발문〉에서는 모두 만당을 높이지 않는 견해가 있다. 대체로 그가 만년에 스스로 후회했었던 의론들이 여기에 매우 상세하게 기록되어 있으니, 오자량의 식견은 당시의 여러 사람보다 훨씬 높았다.(所記葉適作〈徐道暉墓志〉, 〈王本叔詩序〉, 〈劉潛夫詩卷跋〉皆有不取晩唐之說, 蓋其暮年自悔之論, 獨詳錄之, 其識高於當時諸人遠矣)"라 하였다. 이것이 바로 오자량의 따라갈 수 없는 뛰어난 부분이다.

그의 문인인 낭풍(閬風) 서악상(舒嶽祥)[3]은 은둔하며 글을 지었는데,

오자량의 학문을 다 파악하지 못하였고 시의 경우 만당을 높이는 견해에 집착하여 벗어나지 못하였다. 서악상은 유사원(劉士元)의 시에 대한 서문에서 방악(方岳)의 ≪국전집(匊田集)≫은 영가시파(永喜詩派)[4]의 옹권(翁卷)[5]과 서조(徐照)[6]를 좇아 요합(姚合)과 가도(賈島)에게로 나아갈 수 있었고 소리가 맑고 조화로운 경지를 얻었다고 크게 칭찬하였는데, 이는 편파적인 견해로, 오자량의 두루 통하는 견해만 못한 것이다.

≪형계림하우담(荊溪林下偶談)≫은 옛날에 8권이었으나 지금은 4권으로 되어 있으며, 아마도 요사린(姚士粦)이 합친 듯하다. 요사린의 발문이 있으며 대부분 시문을 논평한 내용이다. ≪보안당비급(寶顔堂秘笈)≫본이 있으며, 따로 ≪당송총서(唐宋叢書)≫본도 있는데 1권으로 되어 있다.

이 ≪오씨시화≫ 2권은 조용(曹溶)이 ≪학해류편(學海類編)≫에 편입해 두었는데, 송나라 오씨가 지었다고만 했을 뿐 이름과 자는 미상이라 하였다. ≪사고전서존목제요(四庫全書存目提要)≫에서는 "지금 그 문장을 살펴보면 오자량의 ≪임하우담≫에서 시를 논한 내용을 가려낸 것으로, 별도의 다른 책이 아니다.(今核其文, 卽吳子良≪林下偶談≫中摘其論詩之語, 非別一書也)"라 하였다. 따라서 ≪용재시화(容齋詩話)≫와 동일한 성

---

3 서악상(舒嶽祥, 1219~1298)은 남송 영해(寧海, 지금의 절강성(浙江省) 영해현(寧海縣)) 사람으로, 자는 경설(景薛) 또는 순후(舜侯)이다. 재주가 뛰어나 가사도(賈似道)가 기용하려 하였으나 거부하고 고향으로 돌아갔다. 송나라가 망한 후 낭풍리(閬風里)에 은거하며 시문창작에 몰두하여 낭풍선생이라 불렸으며, 왕응린(王應麟)에 비견되었다. 저서로 ≪사술(史述)≫, ≪한폄(漢砭)≫ 등이 있다.

4 영가시파는 영가사령(永嘉四靈)이라고도 하는데, 영가(永嘉, 지금의 절강성(浙江省) 온주시(溫州市))에서 태어난 네 시인을 이른다. 남송의 서조(徐照), 서기(徐璣), 옹권(翁卷), 조사수(趙師秀) 등이 그들이다. 이들은 만당(晩唐)의 가도(賈島)와 요합(姚合)의 시를 모범으로 삼았다.

5 옹권(翁卷, ?~?)은 남송 낙청(樂淸, 지금의 절강성(浙江省) 낙청시(樂淸市)) 사람으로, 자는 속고(續古) 혹은 영서(靈舒)이다. 영가사령(永喜四靈) 중 한 사람으로, 평생 벼슬을 하지 않고 사대부들과 시로써 교유하였다. 생졸년은 미상이다.

6 서조(徐照, ?~1211)는 남송 영가(永嘉, 지금의 절강성(浙江省) 온주시(溫州市)) 사람으로, 자는 도휘(道暉), 혹은 영휘(靈暉)이고 자호는 산민(山民)이다. 영가사령(永喜四靈) 중 한 사람으로, 평생 벼슬을 하지 않고 사대부들과 시로써 교유하였다. 호남(湖南), 강서(江西), 강소(江蘇), 사천(四川) 등지를 두루 유람하였으며, 영종(寧宗) 가정(嘉定) 4년(1211)에 세상을 떠났다.

격의 책임을 알겠다. ≪사고전서총목제요≫를 살펴보면, ≪형계림하우담≫에 지은이의 이름이 기재되어 있지 않으나 여러 고증을 거쳐 오자량이 지은 것임을 비로소 알 수 있다고 하였으니, 조용이 그 이름과 자를 알지 못한 것도 그리 이상한 일이 아니다. 이 책은 ≪학해류편≫본 외에 ≪예포수기(藝圃搜奇)≫본이 있다.

또한 ≪설부(說郛)≫에 ≪임하시담(林下詩談)≫ 1권이 있는데, 지은이의 이름이 기재되어 있지 않다. 책 제목만 놓고 말하자면 ≪임하우담≫에서 시를 논한 내용을 편집하여 책을 만든 듯하지만, 내용을 살펴보면 여성의 시만 논하고 있어 이 책과는 다르다. ≪태주경적지(台州經籍志)≫에서는 이를 합하여 같은 책으로 보았는데, 잘못된 것이다.

변양시화(弁陽詩話)

1권, 주밀(周密) 지음, 일본인 근등원수(近藤元粹) 집정,
보존되어 있음, ≪호연재시화(浩然齋詩話)≫에 부록됨.

주밀(周密, 1232~1298?)은 남송 사람으로, 조적(祖籍)은 제남(濟南, 지금의 산동성(山東省) 제남시(濟南市))이나 오흥(吳興, 지금의 절강성(浙江省) 호주시(湖州市))에 옮겨 살았다. 자는 공근(公謹)이고, 호는 초창(草窗), 사수잠부(泗水潛夫), 변양노인(弁陽老人), 화부주산인(華不注山人)이다. 덕우(德右) 연간에 의오현령(義烏縣令)을 지냈으며, 원나라로 들어와서는 벼슬하지 않았다. 그는 시문에 모두 성취가 있었고 그림과 음률에도 뛰어났으며 저술도 매우 풍부하다.

주밀(1232~1298?)의 자는 공근(公謹)이고 호는 초창(草窗)이며 제남(濟南, 지금의 산동성(山東省) 제남시(濟南市)) 사람이다. 오흥(吳興, 지금의 절강성(浙江省) 호주시(湖州市))으로 옮겨 살다 변산(弁山)에 기거하였다. 호는 변양소옹(弁陽嘯翁), 혹은 소재(蕭齋)이며, 원나라로 들어와서는 벼슬을 하지 않고 자호를 사수잠부(泗水潛夫)라 하였다.

주밀의 저서는 매우 많은데,[1] 이 책은 ≪호연재아담(浩然齋雅談)≫에서 편집되어 별도로 나온 것이다. ≪호연재아담≫본은 전하는 판본이 없으며, 지금 세상에 전하는 것은 사고관신(四庫館臣)이 ≪영락대전(永樂大典)≫에서 집록하여 편집한 것이다. ≪사고전서총목제요(四庫全書總目提要)≫에서는 다음과 같이 말하였다.

1 주밀의 저서 가운데 지금 전하는 것만 해도 10여 종이나 된다. ≪무림구사(武林舊事)≫10권, ≪제동야어(齊東野語)≫20권, ≪계신잡식(癸辛雜識)≫ 6권, ≪호연재야담(浩然齋雅談)≫ 3권, ≪운연과안록(雲煙過眼錄)≫ 4권, ≪지아당잡초(志雅堂雜鈔)≫ 1권, ≪징회록(澄懷錄)≫ 2권 등과 작품집인 ≪초창운어(草窗韻語)≫ 6권, ≪평주어적보(萍洲漁笛譜)≫ 2권, ≪초창사(草窗詞)≫ 2권, ≪납극집(蠟屐集)≫, ≪변양시집(弁陽詩集)≫ 등이 있다.

> 이 ≪호연재아담≫은 ≪영락대전(永樂大典)≫에 흩어져 보인다. 이 책의 체제는 설부(說部)[2]와 유사한데, 실제로 시문에 관한 평이 대부분이다. 경사에 대한 고증과 문장에 대한 평론을 모아 상권으로 삼고, 시화를 중권으로 하였으며, 사화를 하권으로 하였다. 각각 종류별로 묶어서 정리하여 권질을 이루었다. 주밀은 본래 남송의 유로(遺老)로, 옛 사람과 사건에 대하여 지식이 풍부하였다. 그러므로 그가 기록하고 있는 없어진 문장이나 일부분만 남은 작품은 9할이 다른 책에는 기재되어 있지 않은 것들이다…. 송나라 사람의 시화는 숲과 같이 많이 전해지지만 대체로 상호 답습하거나 인용하는 폐단이 있었다. 반면 이 책은 뛰어난 혜안을 갖추고 있었지만 오랫동안 묻혀 있었다. 숨어 있다가 다시 나와서 문단의 이목을 일신 할 수 있었으므로 마땅히 널리 전해야 할 것이다.(此書散見≪永樂大典≫中. 其書體類說部, 所載實皆詩文評. 今搜輯排纂, 以考證經史評論文章者爲上卷, 以詩話爲中卷, 以詞話爲下卷. 各以類從, 尙裒然成帙. 密本南宋遺老, 多識舊人舊事. 故其所記佚篇斷闕, 什九爲他書所不載… 宋人詩話, 傳者如林, 大抵陳陳相因, 輾轉援引. 是書頗具鑒裁, 而沈晦有年. 隱而復出, 足以新藝苑之耳目, 是固宜亟廣其傳者矣)

그래서 일본 사람 양천성암(梁川星巖)과 관로산(菅老山) 두 사람은 이 책의 중권(中卷)에서 시를 논한 부분을 편집하여 ≪호연재시화(浩然齋詩話)≫로 간행하였다. 그런데 지금은 이 판본은 찾을 수 없다. 나중에 근등원수가 다시 ≪변양시화≫로 고쳐 부르고는 ≪형설헌총서(螢雪軒叢書)≫에 넣으면서 교어(校語)를 달았다. ≪호연재아담≫은 노포경(盧抱經)의 교본(校本)이 따로 있는데, 역시 참고로 할 만하다.

2 설부(說部)는 소소한 이야기나 자질구레한 소문 같은 것을 이른다.

하권(下卷)

정조시화(靜照詩話)

권수와 지은이 미상, 일실됨.

이 책은 다른 책에는 인용된 것이 보이지 않고 다만 ≪수초당서목(遂初堂書目)≫ 문사류(文史類)에만 보이는데, 일찍이 일실되었다. ≪송사(宋史)·예문지(藝文志)≫ 총집류(總集類)에 육경(陸經)의 ≪정조당시(靜照堂詩)≫ 1권이 있는데, 역시 찾아볼 수 없다. 이른바 ≪정조시화(靜照詩話)≫라 하는 것이 정조당(靜照堂)에서 창화한 일을 서술한 것으로서, 마침내 총집(總集)의 성격을 띤 저작에서 문사류(文史類)로 바뀌게 된 것인지 알 수 없다.

육경(陸經)의 자는 자리(子履)이고 월주(越州, 지금의 절강성(浙江省) 지역) 사람으로, 인종(仁宗) 조에 집현전수찬(集賢殿修撰)으로 구양수(歐陽修)와 교유하여 지금 ≪육일집(六一集)≫에는 육경과 창화한 작품이 많이 남아 있다. 정조당에서 창화할 때에는 '시화'라는 명칭이 없었는데, 혹시 후대 사람이 시화라는 명칭이 정해진 후 이 책 내용에 따라 시화라 이름 붙인 것은 아닐까?

왕우옥시화(王禹玉詩話)

1권, 왕규(王珪) 지음, 일실됨.

왕규(王珪, 1019~1085)는 북송 화양(華陽, 지금의 사천성(四川省) 성도시(成都市)) 사람으로, 자는 우옥(禹玉)이다. 북송의 명재상이자 저명한 문장가이다. 경력(慶曆) 2년(1042)에 갑과(甲科) 2등으로 진사에 급제하여 처음에는 양주통판(揚州通判)으로 나갔다가, 조정으로 돌아와 집현전직반(集賢殿直班)이 되었다. 이후 지제고(知制誥), 한림학사(翰林學士) 등을 지냈으며, 신종(神宗) 때 동중서문하평장사(同中書門下平章事), 집현전대학사(集賢殿大學士)를 지냈다. 신종이 병이 들자 황태후에게 주청하여 연안군왕(延安郡王, 훗날의 철종(哲宗))을 태자로 삼았다. 사후 기국공(岐國公)에 봉해졌으며, 시호는 문공(文恭)이다.

왕규(1019~1085)의 자는 우옥(禹玉)이고, 성도(成都) 화양(華陽, 지금의 사천성(四川省) 성도시(成都市)) 사람으로, 왕기(王琪)[1]의 종제(從弟)이다. 경력(慶曆) 2년(1042)에 진사에 급제하였다. 신종(神宗) 조에 상서좌복야(尚書左僕射)에 제수되어 문하시랑(門下侍郎)을 지냈다. 철종(哲宗)이 즉위하자 기국공(岐國公)에 봉해졌고, 죽은 뒤 시호는 문공(文恭)[2]이라 하였다. ≪화양집(華陽集)≫이 있으며, ≪송사(宋史)≫ 312권에 전이 있다.

이 책은 ≪통지(通志)·예문략(藝文略)≫[3] 시화류(詩話類)에만 저록되어 있고 판본은 전하지 않는다. 초횡(焦竑)의 ≪국사경적지(國史經籍志)≫에

1 왕기(王琪, ?~?)는 북송 화양(華陽, 지금의 사천성(四川省) 성도시(成都市)) 사람으로, 자는 군옥(君玉)이다. 대리평사(大理評事), 관각교감(館閣校勘), 집현교리(集賢校理), 지제고(知制誥) 등을 역임하였다. 호방파(豪放派) 사인(詞人)으로 저명하며, ≪전송사(全宋詞)≫에 그의 사 11수가 전한다. 사적이 ≪송사(宋史)≫ 312권 왕규(王珪)의 전에 덧붙여져 있다.

2 원문에는 '공(恭)'자가 빠져 있다. ≪송사(宋史)≫에 근거하여 보충하였다.

3 ≪통지(通志)≫는 남송 정초(鄭樵)가 쓴 기전체(紀傳體) 역사서로, 총 200권이다. 본기(本紀) 18권, 세보(世譜)와 연보(年譜) 4권, 이십략(二十略) 52권, 세가(世家) 3권, 열전(列傳) 115권, 재기(載紀) 8권 등 총 여섯 부분으로 이루어져 있다.

서는 이에 근거하여 시문평류(詩文評類)에 넣고 있으나 역시 그 책을 보지 못했기 때문에 명대에까지 전해졌었다는 증거로 삼기에는 부족하다.

조령치(趙令畤)의 ≪후청록(侯鯖錄)≫과 육유(陸游)의 ≪노학암필기(老學庵筆記)≫에서는 모두 왕규의 시가 전고를 잘 사용했다고 말하고 있는데, 그 시화를 볼 수 없어 그의 의론이 어떠하였는지 알 수 없는 것이 아쉽다. 왕규에게 필기가 있었으나 책으로 만들어지지 못하였다. 아마도 이 책은 후대 사람이 그 흩어진 원고를 얻어 제목을 바꾸어 시화라 한 것일 것이다.

반흥사시화(潘興嗣詩話)

1권, 반흥사(潘興嗣) 지음, 일실됨.

반흥사(潘興嗣, 1023?~1100)는 북송 남창(南昌) 신건(新建, 지금의 강서성(江西省) 신건현(新建縣)) 사람으로, 자는 연지(延之)이다. ≪반자진시화(潘子眞詩話)≫를 쓴 반순(潘淳)의 조부이다. 어려서 가정교육을 잘 받아 경사에 통달하였고, 시문도 뛰어나 왕안석(王安石), 증공(曾鞏)과 교분이 있었다. 덕화위(德化尉)를 지냈는데 강주자사(江州刺史)를 뵙는 문제 때문에 불만을 품고 귀향하였다. 예장성(豫章城) 남쪽에 집을 짓고 매일 그 안에서 책을 읽었으며 자호를 청일거사(清逸居士)라 하고 그 누각의 이름을 '한운루(閑雲樓)'라 하였다. 주변 사람들이 그를 다투어 추천하여 희녕(熙寧) 원년(1068)에 균주(筠州, 지금의 강서성(江西省) 고안시(高安市))의 추관(推官)으로 부름을 받았지만 사양하고 나가지 않았다. 60년간 은거하며 책을 손에서 놓지 않았다. 손수 베껴 쓴 책이 수백 권이나 되며 저서로 ≪서산문집(西山文集)≫ 60권, ≪시화보유(詩話補遺)≫ 1권이 전한다.

반흥사(1023?~1100)의 자는 연지(延之)이고, 호는 청일거사(清逸居士)이며 남창(南昌) 신건(新建, 지금의 강서성(江西省) 신건현(新建縣)) 사람이다. 왕안석(王安石), 증공(曾鞏), 왕회(王回), 원척(袁陟)과 교우를 맺었다. 처음에 덕화위(德化尉)에 있으면서 상관을 대하는 데 불만을 품고 관직을 버리고 고향으로 돌아갔다. 희녕(熙寧) 연간 초[1] 균주추관(筠州推官)으로 기용되었으나 사양하고 나가지 않았다.

이 책은 다른 장서가의 저록에는 보이지 않으며, 오직 여악(厲鶚)의 ≪송시기사(宋詩紀事)≫ 권23에서 반흥사가 "문집과 시화보유가 있다.(有文集及詩話補遺)"고 하였다. 광서(光緒) 연간(1875~1908)에 중수된 ≪강서통지(江西通志)·예문략(藝文略)≫ 시문평류에 저록되어 있는데, ≪반흥사시화≫라고만 되어 있지 '보유(補遺)'라 하지 않았다. 내 생각에 ≪강서

1 희녕(熙寧) 원년(1068)의 일이다.

통지≫가 고친 것이 맞을 것이다.

반흥사는 관직을 버리고 귀향한 뒤에 예장성(豫章城) 남쪽에 집을 짓고 60여 년간 그곳에서 매일 책을 읽었다. 시화는 이 때 지어진 것이다. 나중에 그의 손자인 반순(潘淳)에게 ≪시화보유(詩話補遺)≫가 있었는데, 즉 후대 사람이 ≪반자진시화(潘子眞詩話)≫라 부르는 것이다. 그러나 ≪반자진시화≫는 모을 일문이라도 있었지만 이 책은 일문조차도 없으므로 아마도 당시에 이미 일찌감치 일실되었던 듯하다.

당시사(唐詩史)

권수 미상, 범사도(范師道) 지음, 일실됨.

범사도(范師道, 1005~1063)는 북송 장주(長洲, 지금의 강소성(江蘇省) 소주시(蘇州市)) 사람으로, 자는 관지(貫之)이다. 진사에 급제한 후 무주판관(撫州判官)이 되었으며, 후에 지광덕현(知廣德縣), 허주통판(許州通判), 도관원외랑(都官員外郞) 등을 지냈다. 성격이 강직하여 직언을 서슴지 않았다. ≪송사(宋史)≫ 302권에 전이 있다.

범사도(1005~1063)의 자는 관지(貫之)이고, 장주(長洲, 지금의 강소성(江蘇省) 소주시(蘇州市)) 사람으로, 범중엄(范仲淹)[1]의 생질이다. 이 책은 다른 장서가의 저록에는 보이지 않으며 오직 ≪소주부지(蘇州府志)·예문지(藝文志)≫에만 있는 것으로 볼 때, 아마도 책으로 완성되거나 또는 간행되지 않았을 것이다. 따라서 다만 방지(方志)에만 기록되어 있을 뿐, 그 외 상고할 만한 것은 없다. 이름이나 뜻으로 살펴보건대 아마도 ≪당시기사(唐詩記事)≫나 ≪전당시화(全唐詩話)≫와 같은 부류일 것이다.

1 범중엄(范仲淹, 989~1502)은 북송 오현(吳縣, 지금의 강소성(江蘇省) 소주시(蘇州市)) 사람으로, 자는 희문(希文)이다. 이름난 관료이자 정치가, 문학가이다. 몇 차례 당시의 재상을 비판하였다가 세 번이나 귀양을 갔다. 인종(仁宗) 때 벼슬이 참지정사(參知政事)에 이르렀다. 여러 분야에서 개혁을 꾀하였으나 보수파의 반대로 무산되었다. 시호는 문정(文正)이고, 저서로 ≪범문정공문집(范文正公文集)≫이 있다.

심존중시화(沈存中詩話)

권수와 편집자 모두 미상, 심괄(沈括) 지음,
찾아볼 수 없음.

심괄(沈括, 1031~1095)은 북송 전당(錢塘, 지금의 절강성(浙江省) 항주시(杭州市)) 사람으로, 자는 존중(存中)이고 호는 몽계장인(夢溪丈人)이다. 북송의 과학자이자 정치가이다. 진사시에 합격한 후 제거사천감(提擧司天監), 한림학사(翰林學士) 등을 역임하였고, 신종 때 왕안석의 변법운동에 참여하였다. 지연주(知延州)를 지내면서 서하(西夏)에 대한 방어를 공고히 하였지만, 서하에 패한 일 때문에 누차 폄적을 당하였다. 천문, 수학, 물리학, 화학, 생물학, 지리학, 농학과 의학 등 많은 방면에 매우 박학하였다. 저서로 오늘날의 백과사전류인 ≪몽계필담(夢溪筆談)≫ 26권이 있다.

심괄(1031~1095)의 자는 존중(存中)이고 전당(錢塘, 지금의 절강성(浙江省) 항주시(杭州市)) 사람으로, 가우(嘉祐) 연간[1]에 진사에 급제하여 한림학사(翰林學士)를 지냈으며, 외직으로 나가 선주(宣州)의 수령이 되었다. 심괄은 박학하고 문장을 잘하였으며 천문(天文), 방지(方志), 율력(律曆), 음악, 의약, 복산(卜算)[2]에 정통하였다. 저서로 ≪장흥집(長興集)≫, ≪몽계필담(夢溪筆談)≫, ≪소심량방(蘇沈良方)≫이 있다. ≪송사(宋史)≫ 311권 종형인 심구(沈遘)의 전에 덧붙여져 있다. 만년에 자호를 몽계옹(夢溪翁)이라 하였다.

이 책은 여러 저록들에는 보이지 않고 오직 ≪절강통지(浙江通志)·예문지(藝文志)≫ 문사류(文史類)와 ≪항주부지(杭州府志)·예문지(藝文志)≫ 시문평류(詩文評類)에 저록되어 있는데, ≪속문헌통고(續文獻通考)≫를 근거로 삼고 있다. 아마도 이 책은 심괄의 ≪몽계필담≫에서 편집해 낸 것인 듯하다. 호자(胡仔)의 ≪초계어은총화(苕溪漁隱叢話)≫ 또한 ≪몽계필담≫의 내용을 많이 인용하고 있다.

1 가우(嘉祐) 8년(1063)의 일이다.
2 복산(卜算)은 길흉을 점을 치는 것을 이른다.

유함림시화(劉咸臨詩話)

수십 편임, 책으로 엮이지 않음, 유화숙(劉和叔) 지음, 일실됨.

유화숙(?~?)의 자는 함림(咸臨)이고 남강(南康, 지금의 강서성(江西省) 남강시(南康市)) 사람으로, 불과 25세에 요절하였다. 황정견(黃庭堅)의 ≪예장황선생문집(豫章黃先生文集)≫ 권23에 있는 〈유함림 묘지명(劉咸臨墓誌銘)〉에서 "그의 시를 보면 힘써 다듬어 생각이 깊고, 그의 문장을 보면 은하수처럼 끝이 없다.(觀其詩刻厲而思深, 觀其文河漢而無極)"라 하였으니, 재주가 뛰어난 젊은이였던 듯하다. ≪동파제발(東坡題跋)≫ 권1에 〈유함림묘지 발문(跋劉咸臨墓誌)〉이 있다.

이 책은 겨우 수십 편이며 책으로 엮이지 못했다. ≪시화총귀(詩話總龜)≫ 전집(前集) 권8에 왕직방(王直方)의 ≪귀수시화(歸叟詩話)≫에 있는 한 조목을 인용하고 있는데, 그 내용은 다음과 같다.

> 유화숙이 취중에 시화 수십 편을 지은 적이 있었는데, 술에서 깨어서는 뒤에다가 다음의 네 구를 썼다. '우물 속에 앉아 하늘을 보고는 하늘에 대한 논의를 지었네. 객이 하늘이 네모난지 둥근지를 물으니 고개 숙이며 객의 물음에 부끄러워하네.' 아마도 자신이 경솔했음을 후회한 듯하다.(劉咸臨醉中嘗作詩話數十篇, 既醒, 書四句於後曰 : '坐井而觀天, 遂亦作天論. 客問天方圓, 低頭慚客問.' 蓋悔其率爾也)

따라서 이 시화는 성숙되지 않은 글이었으며, 유화숙 또한 스스로도 이를 후회했던 것이다.

왕언보시화(王彦輔詩話)

왕득신(王得臣) 지음, 책으로 엮이지 않은 듯함.

왕득신(王得臣, 1036~1115)은 북송 안륙(安陸, 지금의 호북성(湖北省) 안륙시(安陸市)) 사람으로, 자는 언보(彦輔)이고 호는 봉대자(鳳臺子) 혹은 봉정자(鳳亭子)이다. 왕소소(王昭素)의 후예로 어려서 고향 사람인 정해(鄭獬)와 호원(胡瑗)에게 사사했으며 정이(程頤)와도 교분이 있었다. 학문이 광범위하여 문학으로 당시 이름을 날렸다. 악주파릉령(嶽州巴陵令), 비서승(秘書丞), 제거개봉부계상평사(提擧開封府界常平事), 개봉부판관(開封府判官) 등을 역임하였다. 나중에 외직으로 나와 당주(唐州), 인주(鄰州), 악주(鄂州), 황주(黃州)의 지주(知州)를 지냈고, 복건전운부사(福建轉運副使)를 지냈다. 저서로 ≪강하변의(江夏辨疑)≫ 1권, ≪봉대자화두시(鳳臺子和杜詩)≫ 3권, ≪강하고금기영집(江夏古今紀詠集)≫ 5권, ≪주사(麈史)≫ 3권 등이 있다.

왕득신(1036~1115)의 자는 언보(彦輔)이고 자호는 봉정자(鳳亭子)[1]이다. 안륙(安陸, 지금의 호북성(湖北省) 안륙시(安陸市)) 사람으로, 가우(嘉祐) 4년(1059)에 진사에 급제하여 관직은 사농소경(司農少卿)에 이르렀으며, ≪주사(麈史)≫ 3권이 있다.

왕득신에게 시화가 있다는 말은 들어보지 못하였지만 채정손(蔡正孫)의 ≪초당시화(草堂詩話)≫에 인용이 되어 있다. 채정손이 ≪주사≫ 안의 내용을 채록하면서 시화라 제목을 바꾼 것인지, 혹은 당시 사람들이 이미 ≪주사≫에서 시를 논한 내용을 편집하여 시화로 만들었던 것인지는 알 수 없다. ≪사고전서총목제요(四庫全書總目提要)≫에서는 다음과 같이 말하고 있다.

≪주사≫가 책으로 엮였을 때 "소술(紹述)[2]의 견해가 막 성하였을 때여

1 【원주】 ≪군재독서지(郡齋讀書志)≫에는 봉대자(鳳臺子)라 되어 있다.

서 다른 사람은 관직이나 자(字), 시호를 쓰면서 오직 왕안석(王安石)만은 이름만을 썼으니, 아마도 지조가 강직한 선비였던 듯하다. 그의 자술을 살펴보면, 처음에는 정해(鄭獬)[3]에게 학문을 배웠고, 또 호원(胡瑗)[4]에게 학문을 배웠다. 그의 '명의(名義)' 한 조목에서는 다시 정호(程顥)와 묻고 답하고 있어 아마도 그가 낙당(洛黨)[5]에 속할 것이라 여겨지지만, 시문을 평론할 때에는 소식(蘇軾)과 황정견(黃庭堅)에 대해 한 글자도 언급하지 않았으며, 또한 소식과 황정견을 한 글자로도 공격하지 않았다. … 역시 탁월하게 우뚝 솟아 세상의 풍습에 물들지 않은 자라 할 만하다.(紹述之說方盛, 而書中於他人書官書字書謚, 惟王安石獨書名, 蓋亦耿介特立之士. 考所自述, 初受學於鄭獬, 又受學於胡瑗, 其'明義'一條復與明道程子問答, 疑爲洛黨中人, 然評詩論文, 無一字及蘇黃, 亦無一字攻蘇黃…可謂卓然不染者矣)

그의 논시 경향은 이 몇 마디 말에서 알 수 있다.

---

2 소술(紹述)은 일반적으로 선인들이 행한 바를 계승하는 것을 의미한다. 여기의 소술은 특히 신종(神宗, 1067～1085)이 실행했던 신법(新法)에 대한, 송 철종 연간(1085～1100)의 계승을 가리킨다. 역사적으로 신종 때는 신법당이 주도권을 쥐었다. 그런데 신종이 38살로 사망하고(1085) 아들 철종이 뒤를 이었지만 아직 10세의 어린 나이여서 황태후 고씨(高氏)가 정권을 쥐고 섭정을 했다. 이때가 원우(元祐) 연간(1086～1093)으로서 구법당이 부활하고 신법당이 차츰 배척당함으로써 신법 자체가 차례로 폐지되었고, 신법당의 채경(蔡京)도 탄핵을 받아 실각하였다. 그 후 철종이 친정할 때의 정치는 부친 신종 정치에 대한 부활이었으므로 신종의 성덕을 계승한다는 의미로 연호를 소성(紹聖)이라고 했다.

3 정해(鄭獬, 1022～1072)는 북송 안륙(安陸, 지금의 호북성(湖北省) 안륙시(安陸市)) 사람으로, 자는 의부(毅夫) 혹은 의부(義夫)이며 호는 운곡(雲谷)이다. 어려서부터 재주로 명성이 있었고 문학작품은 호방하며 뛰어났었다. 황우(皇祐) 5년(1053)에 1등으로 진사시에 급제한 후 여러 관직을 거쳤다. 벼슬을 하며 꼿꼿한 생활을 하여 백성의 고통을 호소한 작품을 썼다. 저서로 ≪운계집(鄖溪集)≫ 50권이 있다.

4 호원(胡瑗, 993～1059)은 북송 태주(泰州) 해릉(海陵, 지금의 강소성(江蘇省) 태주시(泰州市)) 사람으로, 자는 익지(翼之)이다. 안정(安定)에 거주하여 세칭 안정선생(安定先生)이라 하였다. 경력(慶曆) 2년(1042)에서 가우(嘉祐) 원년(1056) 사이에 태자중사(太子中舍), 광록시승(光祿寺丞), 천장각시강(天章閣侍講) 등을 지냈다. 후에 태상박사(太常博士)로 관직을 그만 두고 집에 돌아가 노후를 보냈다. 유가의 경술에 정통하여 손복(孫復), 석개(石介)와 함께 송초 이학 성립기의 중요한 인물이다. 저서로 ≪주역구의(周易口義)≫, ≪홍범구의(洪範口義)≫ 등이 있다.

5 낙당(洛黨)이란 원우삼당(元祐三黨) 중 하나를 가리킨다. 사마광(司馬光) 등 보수 세력은 왕안석(王安石) 등의 신세력에 구법당(舊法黨)을 중심으로 뭉쳐 반대했는데, 사마광이 죽은 후 낙(洛)・촉(蜀)・삭(朔) 3파로 나뉘었고 이들을 원우삼당이라 하였다. 낙당은 낙양(洛陽) 사람 정이(程頤) 일파를 말하는 것이고, 촉당은 촉(蜀) 사람인 소식(蘇軾) 일파, 삭당은 삭(朔) 출신인 유지(劉摯)의 일파이다.

황산곡시화(黃山谷詩話)

권수와 편집자 모두 미상, 황정견(黃庭堅) 지음, 일실됨.

황정견(黃庭堅, 1045~1115)은 북송 홍주(洪州) 분녕(分寧, 지금의 강서성(江西省) 수수현(修水縣)) 사람으로, 자는 노직(魯直)이고 호는 부옹(涪翁) 또는 산곡도인(山谷道人)이다. 시인으로서의 명성이 높았으며, 스승인 소식(蘇軾)과 나란히 송대를 대표하는 시인이자 강서시파(江西詩派)의 시조로 꼽히는 인물이다. 그의 시는 학식에 의한 전고(典故)와 수련을 거듭한 조사(措辭)를 특색으로 한다. 저서로 ≪예장황선생문집(豫章黃先生文集)≫ 등이 있다.

황정견(1045~1115)의 자는 노직(魯直)이고, 홍주(洪州) 분녕(分寧, 지금의 강서성(江西省) 수수현(修水縣)) 사람으로, 자호는 산곡도인(山谷道人) 혹은 부옹(涪翁)이라 한다. 치평(治平) 연간[1]에 진사가 되었고, 교서랑(校書郎)에서 저작랑(著作郎)으로 옮겼다. 소성(紹聖) 연간(1094~1097) 초 신종(神宗) 실록이 사실에 위배된 일에 연루되어 부주별가(涪州別駕)로 폄적되어 검주(黔州)에 안치(安置)되었다. 나중에 조정으로 소환되었다가 의주(宜州)에 편관(編管)[2]되었다. 저서로 ≪예장집(豫章集)≫이 있으며, ≪송사(宋史)≫ 444권 문원(文苑)에 전(傳)이 있다.

황정견은 강서파(江西派)를 개창한 자로, 논시(論詩)에 대한 언술이 매우 많지만 시화가 있다는 말은 들어본 적이 없다. 채몽필(蔡夢弼)의 ≪초당시화(草堂詩話)≫에서 인용한 책에 ≪황산곡시화(黃山谷詩話)≫라는 서목이 있으니, 이는 당시 사람이 편집해서 만든 것이지 황정견 자신이 지은 것이 아닐 것이다. 지금 이 책 역시 전하지 않는다.

1 치평(治平) 4년(1067)에 진사에 급제하였다.

2 편관(編管)이란 송나라 때의 형법의 하나로 죄인의 얼굴에 먹물로 죄명을 찍지 않고 변방의 고을로 귀양 보내어 그 고을의 수령이 편호(編戶 : 호적이 없는 사람이나 외국인을 호적에 올려 일반인으로 만드는 것)로서 관장하도록 하는 것이다.

진소유시화(秦少游詩話)

권수와 편집자 모두 미상, 진관(秦觀) 지음, 일실됨.

진관(秦觀, 1049~1100)은 북송 양주(揚州) 고우(高郵, 지금의 강소성(江蘇省) 고우시(高郵市)) 사람으로, 자는 소유(少游) 호는 회해거사(淮海居士)이다. 1085년 진사로 문과에 급제하여 벼슬길에 나아갔으며, 뒤에 소식(蘇軾)의 천거로 태학박사(太學博士)가 되어 국사원편수관(國史院編修官)을 겸임하였으나 당파싸움으로 소식이 실각됨과 동시에 유배되었다가 휘종(徽宗)이 즉위하자 사면되어 돌아오는 도중에 죽었다. 고문(古文)과 시에 능하였고 특히 사(詞)에 뛰어났는데, 소식의 문하에 있으면서 황정견(黃庭堅), 장뢰(張耒), 조보지(晁補之) 등과 함께 '소문사학사(蘇門四學士)'로 일컬었다. 사(詞)에서는 스승 소식과는 달리 이른바 '완약파(婉約派)'라는 서정적인 작품으로 유명하다. 저서로 시문집 ≪회해집(淮海集)≫ 40권과 그 ≪후집(後集)≫ 6권, 사집(詞集) ≪회해장단구(淮海長短句)≫ 3권 등이 있다.

진관(1049~1100)의 자는 소유(少游), 혹은 태허(太虛)이고, 호는 회해거사(淮海居士)이다. 고우(高郵, 지금의 강소성(江蘇省) 고우시(高郵市)) 사람으로, 일찍이 비서성정자(秘書省正字)를 역임하였고, 국사원편수관(國史院編修官)을 겸하였다. ≪회해집(淮海集)≫이 있으며, ≪송사(宋史)≫ 444권 문원(文苑)에 전(傳)이 있다.

진관 역시 시화를 짓지 않았지만 채몽필(蔡夢弼)의 ≪초당시화(草堂詩話)≫에는 인용되어 있으니, 아마도 ≪회해집≫에서 두보(杜甫)의 시에 대해 논한 내용을 편집해 임의로 제목을 바꾼 것인 듯하다.

유진지시화(劉眞之詩話)

권수를 알지 못함, 유진지(劉眞之) 지음, 일실됨.

≪사고전서총목제요(四庫全書總目提要)≫에서는 강소우(江少虞)의 ≪사실류원(事實類苑)≫ 조목에서 다음과 같이 말하고 있다.

> 이 책은 소흥 15년(1145)에 완성되었다. …인용된 책은 모두 종류별로 원문을 전부 수록하면서 더하거나 빼지 않았다. 조목 아래에 각각의 책 이름을 주로 명시하였는데 모두 60여개이다. …북송 한 시대의 유문과 일사가 대략 여기에 갖추어져 있다. …중간에 ≪유진지시화≫ 같은 책은 지금 전적이 사라진 지 오래되었는데, 여기에서 그 일부를 살펴볼 수 있다.(其書成於紹興十五年. …所引之書, 悉以類相從, 全錄原文, 不加增損, 各以書名注條下, 共六十餘家. …北宋一代遺文逸事, 略具於斯, …其間若…≪劉眞之詩話≫…等書, 今皆久佚, 藉此尙考見一二)

지금 알 수 있는 것은 겨우 이것뿐이다.

왕신민시화(汪信民詩話)

1권, 왕혁(汪革) 지음, 일실됨.

장태래(張泰來)의 ≪강서시파종사도록(江西詩派宗社圖錄)≫에 이르기를, "왕혁의 자는 신민이고, 임천(지금의 강서성(江西省)) 사람이다. 예부시에서 으뜸을 차지하였고 장사에 파견되어 가르쳤다…. ≪청계류고≫, ≪논어직해≫와 ≪시화≫ 1권이 있다.(革字信民, 臨川人, 試禮部第一, 分教長沙…有≪清谿類稿≫≪論語直解≫幷≪詩話≫一卷)"라 하였는데, 그가 근거로 삼은 것이 무엇인지 모르겠고, 그의 시화 역시 찾아볼 수 없다. ≪직재서록해제(直齋書錄解題)≫에서 왕혁에게 ≪청계집(淸溪集)≫ 10권, ≪부록(附錄)≫ 1권이 있다고 하였는데[1], ≪부록≫이 그의 시화인 듯하다.

1 ≪직재서록해제≫ 권17 별집류(別集類) 중(中)에 실려 있다. 여기 주에 ≪문헌통고(文獻通考)≫에는 '청(淸)'자가 '청(靑)'으로 되어 있다고 하였다.

왕명지시화(王明之詩話)

권수 미상, 왕명지(王明之) 지음, 일실됨.

왕명지가 어떤 사람인지는 알지 못한다. 이 책은 인용된 적이 없고, 다만 ≪수초당서목(遂初堂書目)≫ 문사류(文史類)에 보인다. ≪송사기사(宋史紀事)≫ 권29에 "왕중보의 자는 명지이고, 왕기공의 조카이다. 어려서 사부로 과거에 급제하였다.(王仲甫字明之, 岐公之從子, 少年以詞賦登科)"라 하였는데, 혹시 이 사람을 가리키는 것이 아닐까? 공명지(龔明之)의 ≪오중기문(吳中紀聞)≫에 "왕중보는 풍류와 작품으로 당시에 명성이 자자하였다.(仲甫風流翰墨, 名著一時)"라 하였는데, 오건(吳騫)의 ≪배경루시화(拜經樓詩話)≫ 권1에서도 이 내용을 싣고 있다. 즉 그의 재주가 뛰어났으니, ≪시화≫를 지었을 가능성 또한 있다.

요계집(瑤谿集)

≪요지집(瑤池集)≫으로 되어 있기도 함,
10권, 곽사(郭思) 지음, 일실됨.

곽사(郭思, ?~?)는 북송 온현(溫縣, 지금의 하남성(河南省) 맹현(孟縣)) 사람으로, 자는 득지(得之)이다. 원풍(元豐) 5년(1082)에 진사에 급제하였고, 여러 그림에 뛰어났는데 특히 말을 잘 그렸다. 숭녕(崇寧)・대관(大觀) 연간(1102~1110)에 응제로 산해경도(山海經圖)를 그렸다. 제거성도부로다사(提擧成都府路茶事), 제거섬서로매마감목(提擧陝西路買馬監牧), 진봉로경략안무사(秦鳳路經略安撫使) 등을 지냈다. 저서로 ≪요지집(瑤池集)≫, 또는 ≪요계집(瑤谿集)≫이 있으나 이미 일실되었다.

곽사(?~?)의 자는 득지(得之)이고, 온현(溫縣, 지금의 하남성(河南省) 맹현(孟縣)) 사람이다. 원풍(元豐) 5년(1082)에 진사가 되었고 관직은 휘유각대제(徽猷閣待制), 진봉로경략안무사(秦鳳路經略安撫使), 지진주(知秦州)에 이르렀다.

이 책은 ≪통지(通志)・예문략(藝文略)≫[1] 시평류(詩評類)와 ≪송사(宋史)・예문지(藝文志)≫ 문사류(文史類)에 모두 저록되어 있다. ≪통지≫에는 지은이가 기재되어 있지 않지만 두 책 모두 ≪요계집≫이라 되어 있다. 그러나 방회(方回)의 ≪동강집(桐江集)≫ 권7에 〈요지집고(瑤池集考)〉가 있어 곽사의 이 책을 가리키고 있으니, 어떤 잘못으로 두 가지 명칭으로 불리게 되었는지 알 수 없다. ≪초계어은총화(苕溪漁隱叢話)≫ 전집(前集) 권9와 권13에 모두 ≪요계집≫이 인용되어 있다. 하나는 두보(杜甫) 시에서의 "≪문선≫의 이치를 자세히 잘 안다.(熟精文選理)"[2]는

1 ≪통지(通志)≫는 남송 정초(鄭樵)가 쓴 기전체(紀傳體) 역사서로, 총 200권이다. 본기(本紀) 18권, 세보(世譜)와 연보(年譜) 4권, 이십략(二十略) 52권, 세가(世家) 3권, 열전(列傳) 115권, 재기(載紀) 8권 등 총 여섯 부분으로 이루어져 있다.

2 이 시의 제목은 〈종무의 생일(宗武生日)〉이다.

것에 대한 견해를 편 것이고, 다른 하나는 부비흥(賦比興)의 관계에 대해 논하면서 시인 가운데 이를 모두 갖춘 자로는 오직 두보뿐이라 여긴 것이다. 그 논한 바에 대해서는 방회가 오류를 잘 지적한 듯하다. 또한 방회는 "남도 후에 여러 시화에서 이 책을 언급한 이가 한 사람도 없었다.(南渡後諸家詩話未有一人拈出此集者)"고 하였는데, 어찌하여 방회는 ≪초계어은총화≫에서 인용한 것을 보지 못했단 말인가? 아니면 ≪요지집≫은 곽사가 지은 것이고, ≪요계집≫은 별도의 다른 책이란 말인가?

그러나 ≪송사·예문지≫에서는 "곽사의 ≪요계집≫ 10권(郭思≪瑤谿集≫十卷)"이라고 분명히 말하고 있으며 이름이나 권수가 모두 같으니, 또 어찌된 일인가? ≪송사·예문지≫ 총집류(總集類)를 살펴보면 채성풍(蔡省風)의 ≪요지집≫ 1권이 있는데, 이 책은 ≪당서·예문지≫에 실린 채성풍(蔡省風)의 ≪요지신영(瑤池新詠)≫과 같은 책이다. 곽사가 지은 책의 원래 이름이 ≪요지집≫이었는데, 이후에 채성풍의 책과 혼동될까봐 ≪요계집≫이라고 이름을 바꾼 것은 아니었을까? 같은 책이 두 가지 이름을 갖게 된 것은 아마도 이 때문일 것이다. 그러므로 호자(胡仔)가 본 것은 이름을 바꾼 판본이고 방회가 본 것은 원래 이름을 사용한 판본이었으므로, 남도 후 아무도 이 책을 언급하지 않았다고 여긴 것이다.

이 책은 ≪송사≫ 이후 다른 장서가의 저록에는 보이지 않으니, 일찍이 산일되었던 것이다. 초횡(焦竑)의 ≪국사경적지(國史經籍志)≫에 비록 저록되어 있지만 근거로 삼기에는 부족하며, 또 1권이라고 잘못 표기되어 있다. 방회의 ≪요지집고≫에서는 권수를 말하지 않고 다만 "첫째는 시의 육의를 말하였고, 둘째는 시의 여러 명칭을 말하였으며, 셋째는 시의 여러 체제를 말하였고, 넷째는 시의 여러 격식을 말하였으며, 다섯째는 시의 경물을 말하였고, 이후 열다섯째까지는 시에 대한 여러 견해를 말하였다.(一曰詩之六義, 二曰詩之諸名, 三曰詩之諸體[3], 四曰詩之諸式[4], 五曰詩之景, 以至十五曰詩之諸說)"라 하였다. 이 말에서 이 책의 대강의 내용이 어떠한지 알 수 있을 것이다.

≪요지집고≫에서는 또한 다음과 같이 말하고 있다.

> 구양수(歐陽修)와 왕안석(王安石)을 비교하여 언급하고 있는데, '구양영숙(歐陽永叔)은 성정이 진실하고 재주가 뛰어나니, 그의 문장은 재주로 완성되었다. 왕서왕(王舒王)은 뜻을 성실하게 하면서 순수하고 성숙하니, 그의 문장은 도에서 완성된 것이다.'라 하였다. 나는 이 글을 읽고서 그의 편협함을 알게 되었다. 원우 연간(1086~1093)의 황정견(黃庭堅), 진사도(陳師道), 조보지(晁補之), 장뢰(張耒), 진관(秦觀), 이방숙에 대해서는 한 마디도 언급하지 않고 오직 소식의 '연포'와 '흑첨'[5] 한 연만을 인용하였으니, 그는 이와 같은 서술을 통해 많은 함의를 나타내었다.[6] 구양수와 소식은 모두 자로 지칭하고 왕안석만 홀로 '왕(王)'으라 불렀으니 아마도 선화(宣和, 1118~1125)·정강(靖康, 1126~1127) 연간이었을 것이다.(擧歐陽公與王荊公對言, 而曰'歐陽永叔情實而葩華, 此文之全於才者也. 王舒王誠意而粹熟, 此文之全於道者也.' 予一讀此語便見其繆. 元祐黃陳晁張秦少游李方叔無一語及之, 惟引蘇長公軟飽黑甛一聯, 及筆頭上挽得數萬斤語. 於歐蘇皆字之, 而於荊公獨王之, 皆宣靖間時好)

따라서 이 책은 북송 말엽에 완성된 것으로, 그 논시에서 원우 연간의 여러 사람을 은근히 폄하한 것이다.

방회는 이 책을 얻게 된 정황에 대해 "전당의 서점에서 이를 얻었

---

3 【원주】 원주에 "이숙의 ≪시격≫과 비슷하여 모두 81체이니, 기술하지 않아도 된다.(與李叔≪詩格≫相類, 凡八十一體, 可無述)"라 하였는데 '숙(叔)'은 마땅히 '숙(淑)'이라 해야 한다.

4 【원주】 원주에는 "모두 29개의 격식이다.(凡二十九式)"라 되어 있다.

5 소식의 〈광주를 출발하며(發廣州)〉에 "세 잔 술을 마신 후에 베개에서 잠을 자네.(三杯軟飽後, 一枕黑甛餘)"라는 구절이 있다. 이에 대해 소식 자신이 주를 붙였는데, "절강 사람들이 술을 마시는 것을 연포라 하고, 잔다는 뜻을 속어로 흑첨이라 한다.(浙人謂飮酒爲軟飽, 俗謂睡爲黑甛)"고 하였다.

6 원문에서는 '글에 함의를 담아 드러낸다.'는 의미를 '붓 끝에 수만 근의 말을 끌어당긴다.(筆頭上挽得數萬斤語)'는 말로 표현하고 있다. 이 말은 ≪왕직방시화(王直方詩話)·동파논문(東坡論文)≫에 나오는 말이다.

는데 사대부가에서 초록한 판본이었다.(得之錢塘書肆, 乃士夫家錄本)"라 기술하고 있으니, 이 책은 간행되지 않았으며 송나라 때에도 이미 그다지 알려져 있지 않았음을 알 수 있다. 내가 전에 ≪송시화집일(宋詩話輯佚)≫을 편집할 때는 그 명칭이 시화 같지 않아서 수록하지 않았는데, 지금 방회의 이 문장을 읽고는 시화임이 틀림없음을 알게 되었다. 이에 다시 ≪초계어은총화≫에 인용된 두 조목을 수록하여 이전에 빠뜨린 것을 보충한다.

또한 오증(吳曾)의 ≪능개재만록(能改齋漫錄)≫ 권2의 '구호(口號)' 조목에서 이르기를, "곽사의 시화에서 '구호(口號)의 시초'로서 두보의 〈기쁨에 구호를 외친 절구〉[7] 12수를 인용하며 이르기를, '그의 시어를 살펴보면 지금의 통속적인 승리의 노래와 같으니 군인의 말을 노래한 것이다.'라 하였다.(郭思詩話, 以口號之始, 引杜甫〈歡喜口號絶句〉十二首, 云, 觀其辭語, 殆似今通俗凱歌, 軍人所道之辭)"고 하였다. 여기서 말한 곽사의 시화는 ≪요계집≫을 가리키는 것일 것이다. 오증은 양나라 간문제(簡文帝)에게 이미 〈위위신투후가 순성할 때 구호에 화답하여(和衛尉新渝侯巡城口號)〉가 있고, 장열(張說)에게도 〈십오야에 어전에서 부른 구호 답가사(十五夜御前口號踏歌辭)〉 2수가 있다고 하였으니, 역시 구호의 시초를 두보로 보는 곽사의 고증이 허술했음을 알 수 있다.

또한 ≪죽장시화(竹莊詩話)≫ 14, 15 두 권에서는 ≪요계집≫에서 "시의 경물은 다 같지 않아도 되니 지금 시에서 보이는 것을 따르면 작자의 대강을 알 수 있다.(詩之景不一而足, 今隨詩出之, 觀作者之梗槪.)"라 한 것을 인용하고 있는데, 이 또한 ≪요계집≫의 일문이다. ≪죽장시화≫에서는 또 "≪요계집≫에서는 체제와 격식을 많이 세워 여러 시를 품평하였으며, 억지로 분파를 세우면서도 확실한 논거가 없었으니, 지금

---

7 이 시의 원 제목은 〈하북의 여러 절도사가 입조하여 기쁨에 구호를 외쳤다는 소식을 듣고 쓴 절구(承聞河北諸節度入朝歡喜口號絶句)〉이다.

은 이를 취하지 않는다. 다만 시의 경물을 논하고 있는 것은 견해가 비록 뛰어나지는 않지만 그 안에 이전 사람들에게 칭찬받고 후대 사람들에게 회자된 것이 많이 있다. 따라서 가려 뽑아 59편을 수록하였다.(≪瑤溪集≫多立體式, 品題諸詩, 强立分別, 初無確論, 今並不取. 獨所論詩之景者, 爲說雖泛, 然其間編類多前輩所稱美而後人所膾炙, 故頗加刪錄, 得五十九篇)"라 하였다. 이는 방회의 ≪요지집고≫에서 말한 "다섯째는 시의 경물을 말하였다(五曰詩之景)"인 것으로, 대체적인 것은 ≪죽장시화≫에 보인다. 이를 통해 비록 그 원문을 상고하여 알 수는 없지만 대략적으로나마 그 내용을 살펴볼 수 있다.

여대유시화(呂大有詩話)

이 책은 없는 듯함.

굴복[1](屈復, 1668~1745)의 ≪전주옥계생시의(箋注玉溪生詩意)≫의 부록 ≪옥계생제가시평(玉溪生諸家詩評)≫에 ≪여대유시화≫ 한 조목이 인용되어 있다. "이상은(李商隱)의 시 '봄 내내 꿈결 같은 가랑비에 항상 기와장이 흔들려도 종일 부는 신령한 바람은 깃발을 날리지 못한다.'[2]를 여본중(呂本中)[3]이 무척 좋아하였는데 다하지 않는 운미(韻味)가 있다고 여겼다.(義山詩'一春夢雨常飄瓦, 盡日靈風不滿旗', 東萊公極愛此聯, 以爲有不盡之味)"

---

1 굴복(屈復, 1668~1745)은 청나라 포성(蒲城, 지금의 섬서성(陝西省) 포성현(蒲城縣)) 사람으로, 자는 견심(見心)이고 호는 회옹(晦翁), 포옹(逋翁), 금속노인(金粟老人)이다. 세칭 관서부자(關西夫子)라 하였다. 저서로 ≪약수집(弱水集)≫이 있다. 원문에서는 굴복을 '회옹(悔翁)'으로 잘못 칭하고 있다.

2 이 시의 제목은 〈다시 성녀사를 지나며(重過聖女祠)〉이다.

3 여본중(呂本中, 1084~1145)은 북송 수주(壽州, 지금의 안휘성(安徽省) 수현(壽縣)) 사람으로, 원명은 대중(大中)이고 자는 거인(居仁)이며 세칭 동래선생(東萊先生)이라 한다. 휘종(徽宗) 선화(宣和) 6년(1124)에 추밀원편수관(樞密院編修官)이 되었고 후에 직방원외랑(職方員外郎)으로 옮겼다. 고종(高宗) 소흥(紹興) 6년(1136)에 진사(進士)를 하사받고 중서사인(中書舍人), 권직학사원(權直學士院)을 지냈으며, 진회(秦檜)에 반대하여 파직되었다. 강서시파(江西詩派)의 유명한 시인으로, 황정견(黃庭堅)과 진사도(陳師道)의 영향을 깊이 받았고 또한 이백(李白)과 소식(蘇軾)을 학습하여 강서시파의 시풍을 계승 발전시켰다. 저서로 ≪동래시집(東萊詩集)≫, ≪자미시화(紫微詩話)≫, ≪강서시사종파도(江西詩社宗派圖)≫와 후인이 편찬한 ≪자미사(紫微詞)≫가 있다.

그러나 이 말을 상고해보면 ≪자미시화(紫微詩話)≫에서 나온 것이므로, 굴복이 잘못 기재한 듯싶다.

≪자미시화≫에서 여대유를 언급한 대목은 두 군데이다. 하나는 "숙조[4] 대제공께서 일찍이 빈객과 술을 마셨는데, 그때 여대유는 나이가 어렸으나 옆에서 시중을 들고 있었다. 숙조께서 여대유에게 명하여 4구를 짓게 하자 여대유는 응하여 '가랑비가 눈으로 바뀌었네'라 하였다.(叔祖待制公嘗與賓客飮酒, 時大有尙幼, 侍側. 叔祖令大有作四聲, 大有應聲云: '微雨變雪.')"고 하였는데, 이는 각 판본에 모두 있는 내용이다. 또 하나는 "종숙인 여대유가 젊어서 시를 지어 '범저[5]의 재주는 양후[6]의 등을 어루만졌고, 채택[7]은 그것을 듣자 다시 진나라로 들어갔네.'라 하였으니 왕안석(王安石)이 득의했을 때의 시보다 못하지 않았다.(從叔大有少時詩云: '范雎才拊穰侯背, 蔡澤聞之又入秦', 不減王荊公得意詩也)"이다. 이는 ≪백천학해(百川學海)≫본에만 있을 뿐 어디에도 여대유에게 시화가 있다는 기록은 찾아볼 수 없다.

---

4 숙조(叔祖)는 부친의 숙부를 이른다.

5 범저(范雎, ?~B.C. 255)는 전국시대 위(魏)나라 사람으로 정치가이자 군사전문가이다. 상앙(商鞅), 장의(張儀), 이사(李斯)와 더불어 진나라의 승상이 되어 나라를 부강하게 하고 중국을 통일시키는 데 활약하였다.

6 양후(穰侯, ?~?)는 진(秦)나라 소왕(昭王)의 외삼촌으로 양(穰)땅에 봉해졌으며 네 번이나 정승에 올라 진나라를 강성하게 하였다.

7 채택(蔡澤, ?~?))은 전국시대 연(燕)나라 사람으로 제후에게 유세하다 진소왕(秦昭王)이 그를 객경(客卿)으로 삼았고, 재상으로 크게 출세하였다. 그는 재상 범저에게 공을 세운 후에는 물러나는 것이 최상의 도라고 설득하여 사퇴하게 한 후 다음 재상이 되었다.

당송명현시화(唐宋名賢詩話)

20권, 저자는 미상, 일실됨.

≪송사(宋史)·예문지(藝文志)≫ 문사류(文史類)에 ≪당송명현시화≫ 20권이 있는데, 작자의 성명이 없다. 그러나 여러 사람이 인용하거나 저록하면서 그때마다 이 책을 ≪명현시화(名賢詩話)≫ 혹은 ≪당송시화(唐宋詩話)≫라 불렀으며, 이 책의 온전한 이름을 쓴 경우는 드물었다. 지금은 이 둘을 ≪당송명현시화≫의 줄임말이라고 여긴다.

이 책은 송대 시화 모음집 중 가장 이른 것이다. ≪시총(詩總)≫에 인용된 책에 ≪고금시화(古今詩話)≫가 있는데, ≪고금시화≫에 인용된 책에 ≪명현시화≫가 있으니, 필기(筆記)와 설부(說部)를 모아 시화라고 여긴 것은 이 책이 가장 처음일 것이다. 대체로 ≪당송명현시화≫와 ≪고금시화≫는 시대적 차이가 다소 있지만 실제로는 모두 남송에 접어들기 전이다. 대개 북송시화는 "한담거리로 삼는 것(以資閑談)"에 중점을 두었으나, 남송에 들어오면서부터 엄정함을 추구하게 되었으니, 시화 모음집에서도 이러한 흔적을 발견할 수 있다. 완열(阮閱)의 ≪시총≫은 한담거리의 자료인데 반해, 호자(胡仔)의 ≪초계어은총화(苕溪漁隱叢話)≫는 학술 연구의 자료가 되었다. 사물의 변화란 대체로 거친 것에서 정밀한 것으로 나아가기 마련이다. 이 두 저작 이전에는 ≪당송명현시화≫와 ≪고금시화≫가 무명작가의 대표작이라 할 수 있다. ≪고금시화≫의 집록자를 어떤 이는 이기(李頎)라 하였는데, 이기는 애초에 시로 이름나지 않았기 때문에 시에 소양이 있었던 완열이나 호자만 못하였다. 이기는 대개 문자를 잘 알지 못하던 부류여서 무명작가와 같다고 할 수 있을 것이다. 중국문학사상 문학의 체제의 변화는 종종 무명작가가 그 단초를 열고 이름 있는 작가가 그것을 발양시킨다. 이는 시체의 변화에 있어서 더욱 분명하게 드러나지만, 시화 모음집의 경우도 예외일 수 없다. 북송의 편집자는 대부분 그 이름을 모르지만 남송의 편집자는 그 이름이 반드시 기재되어 있으니, 기풍이 변화하는 것에도 어떤 규칙성이 있는 것 같아 역시 기이할 뿐이다.

≪명현시화≫라고 칭하며 인용한 것으로는 예를 들어 엄유익(嚴有翼)의 ≪예원자황(藝苑雌黃)≫에서 고황(顧況)이 오동잎에 시를 쓴 일을 인용하면서 ≪명현시화≫에서 나왔다고 하였고, 황조영(黃朝英)의 ≪상소잡기(緗素雜記)≫ 권1에서 왕인유(王仁裕)가 번대(繁臺)에 올라 시를 지은 일을 말하면서 ≪명현시화≫에 근거한 것이라 하였다. 엄유익과 황조영 두 사람은 모두 북송 말엽 사람이니 이 책이 만들어 진 것이 비교적 이르다는 것을 증명해 준다. 장자(張鎡)의 ≪사학규범(仕學規範)≫ 권37과 39에 모두 ≪명현시화≫의 내용을 수록한 ≪고금류총시화(古今類總詩話)≫를 인용하고 있는데, 그 한 조목에서는 황정견(黃庭堅)이 검남(黔南)에서 돌아와 이전 시체를 변화시켰고, 또 당(唐)의 시율(詩律) 속에 활구(活句)를 만들어야 시를 말할 수 있다고 하였음을 말하고 있다. 또 다른 한 조목에서는 시를 쓰면서 전고를 활용하는 것은 불가(佛家)에서 말하는 '물에 소금이 들어 있는 것(水中著鹽)'과 같이, 물을 마셔야 비로소 소금의 맛을 알 수 있게 되어야 함을 말하고 있다. 이 두 조목은 모두 ≪서청시화(西淸詩話)≫에 보이니, 이 책이 비록 이른 시기에 나온 것이라 하더라도 필시 ≪서청시화≫ 이후라 생각된다. 시화 편집자들

은 때때로 다른 사람의 말을 가져다 자신의 것으로 삼았으니, 이러한 흔적을 근거로 추론해보면 이 책의 시대를 알 수 있다.

이 외에 ≪황조사실류원(皇朝事實類苑)≫에서도 이 책을 인용하였는데, 지금 ≪송시화집일(宋詩話輯佚)≫에 보충하여 넣는다.

≪당송시화≫라고 칭하며 인용한 것으로는 방심도(方深道)의 ≪집제가노두시평(集諸家老杜詩評)≫권2에서 많이 인용하고 있다. ≪수초당서목(遂初堂書目)≫ 문사류에 ≪당송시화≫는 있으나 ≪명현시화≫는 없는 것을 보면, 이 두 책은 사실 하나일 것이라 생각된다. 방심도는 선화(宣和) 6년(1124)에 진사가 되었으므로 이 책은 북송시대 사람에 의해 편집되었으며, 대체로 ≪서청시화≫의 작자인 채조(蔡絛)와 동시대 사람일 것이다. 이 역시 ≪명현시화≫와 원래 한 책이라는 증거가 된다.

청쇄시화(青瑣詩話)

1권, 유부(劉斧) 지음, 편집자 미상.

유부(劉斧, ?~?)는 북송 사람으로, 자, 고향, 생졸년 모두 알려져 있지 않다. 다만 신종(神宗) 희녕(熙寧) 연간(1068~1077)에 활동했던 듯하다. 생애와 사적도 상고할 수 없다.

유부(?~?)는 ≪청쇄고의(青瑣高議)≫ 전집(全集) 10권, 후집(後集) 10권을 지었는데, 조공무(晁公武)의 ≪군재독서지(郡齋讀書志)≫와 ≪송사(宋史)·예문지(藝文志)≫에 18권이라 저록되어 있으니 2권은 후대 사람들이 증보한 것으로 생각된다. 채조(蔡絛)의 ≪철위산총담(鐵圍山叢談)≫에서는 이 책을 ≪청쇄소설(青瑣小說)≫이라 불렀다. 지금 도종의(陶宗儀)가 편집한 ≪설부(說郛)≫에 ≪청쇄고의≫ 외에 따로 ≪청쇄시화≫가 나오니, 아마도 모두 임의로 이름을 정한 것일 것이다. ≪군재독서지≫에서는 ≪청쇄고의≫의 문의(文意)가 격이 낮고 천박하다고 하였고, ≪사고전서총목제요(四庫全書總目提要)≫에서도 마을에서 유행하는 속된 책이라 하였다. 요약컨대, 이 책은 시화 가운데 가장 가치가 없다고 할 만하다.

나는 본래 이 책을 수록하려 하지 않았다. 그러나 이 책이 시화라고 이름 붙여져 있고 또한 ≪설부≫에 이 책이 있는 까닭에, 일부러 하권에 배열해두어 ≪후청시화(侯鯖詩話)≫나 ≪노학암시화(老學庵詩話)≫와는 구별되는 것임을 보였다.

전신중시화(錢伸仲詩話)

권수 알지 못함, 전신(錢伸) 지음, 일실됨.

전신(?~?)의 자는 신중(伸仲)이며, 신중(申仲)이라 하기도 한다. 무석(無錫, 지금의 강소성(江蘇省) 무석시(無錫市)) 사람이며, 대관(大觀) 기축년(1109)에 진사가 되었고 지주(知州)를 지내었다. 진암초(陳巖肖)의 ≪경계시화(庚溪詩話)≫에서는 "전신이 은퇴해서 살았던 칠당에 빼어난 정자가 있었다. 당시 저명한 사대부들, 예를 들어 진여의[1], 갈승중[2], 왕조[3], 손

1 진여의(陳與義, 1090~1138)는 북송 낙양(洛陽, 지금의 하남성(河南省) 낙양시(洛陽市)) 사람으로, 자는 거비(去非)이고, 호는 간재(簡齋)이다. 휘종(徽宗) 정화(政和) 3년(1113)에 상사갑과(上舍甲科)에 급제하였다. 개덕부교수(開德府教授)에 제수되어 태학박사(太學博士)를 역임하였다. 남도 후에는 병부원외랑(兵部員外郎), 한림학사(翰林學士), 지제고(知制誥) 등을 지냈고, 참지정사(參知政事)에까지 이르렀다. 시로 저명한데, 원래는 강서시파(江西詩派)에 속한다. 송나라의 남도 이후에 시풍이 분명히 바뀌어 개인생활의 정취에서 애국 사상을 발휘하게 되었고, 풍격도 청신하고 명징한 데서 침울하고 비장한 데로 바뀌었다. 저서로 ≪간재집(簡齋集)≫, ≪무주사(無住詞)≫가 있다.

2 갈승중(葛勝仲, 1072~1144)은 송나라 단양(丹陽; 지금의 강소성(江蘇省) 단양시(丹陽市)) 사람으로, 자는 노경(魯卿)이다. 소성(紹聖) 4년(1097) 진사에 급제하였고, 또 원부(元符) 3년(1100) 학관급사과(學官及詞科) 시험에서도 1등을 하였다. 벼슬은 화문각대제(華文閣待制)와 지호주(知湖州)에 이르렀다. 소흥(紹興) 원년(1131)에 걸사(乞祠)로 귀향하였고, 14년(1144)에 죽었으며, 시호는 문강(文康)이다. 저서로 ≪단양사(丹陽詞)≫가 있다.

3 왕조(汪藻, 1079~1154)는 송나라 덕흥(德興, 지금의 강서성(江西省) 덕흥시(德興市)) 사람으로 자는 언장(彥章)이다. 숭녕(崇寧) 연간에 진사에 급제하여 한림학사(翰林學士)를 지냈다. 그의 시는 처음에는 강서시파를 배웠다가 나중에 소식(蘇軾)을 배웠다. 변려문에 뛰어났으며,

적[4] 같은 이들이 모두 이에 대한 시를 지었다.(退居漆塘, 有園亭之勝, 一時知名士大夫, 如陳去非葛勝仲汪彦章孫仲益諸人, 皆爲之賦詩)"라 하였다. 홍적(洪適)의 ≪반주문집(盤洲文集)≫ 권10에 〈전신중 만시(錢伸仲挽詩)〉 2수가 있는데, 여기에 "젊었을 때 기꺼이 관직을 사양하였고 도서를 흘겨보며 업신여겼네.(甘向黑頭辭印綬, 肯將白眼對圖書)"라는 내용이 있다. 권72에는 또 〈전신중의 제문(祭錢伸仲文)〉이 있는데, 여기서 그의 문사에 대해 "맹교(孟郊)[5]와 가도(賈島)[6]를 하인으로 부리고, 왕포(王褒)[7]와 양웅(揚雄)[8]과는 우열을 다투었네.(輿臺郊島, 甲乙淵雲)"라 하였으니, 아마도 시문에 탐닉하였으나 벼슬에 나가는 것은 즐기지 않았던 사람으로 여겨진다. ≪양계시초(梁溪詩鈔)≫에도 그의 〈혜산을 유람하며(游惠山)〉, 〈청산사에 제하여(題青山寺)〉 등의 시가 실려 있다.

저서로 ≪부계집(浮溪集)≫이 있으나 이미 산일되었다.

4 손적(孫覿, 1081~1169)은 송나라 진릉(晉陵, 지금의 강소성(江蘇省) 상주시(常州市)) 사람으로, 자는 중익(仲益)이고 호는 홍경거사(鴻慶居士)이다. 대관(大觀) 3년(1109)에 진사가 되었다. 비서성교서랑(秘書省校書郎), 지화주(知和州)를 역임하였고, 고종이 즉위하자 중서사인(中書舍人)이 되었다. 그 후 급사중(給事中), 이부시랑(吏部侍郎)등을 지냈다. 나중에 태호(太湖)에서 20여년간 거하였다.

5 맹교(孟郊, 751~814)는 당나라 호주(湖州) 무강(武康, 지금의 절강성(浙江省) 덕청현(德淸縣)) 사람으로, 자는 동야(東野)이다. 젊은 나이에 숭산(嵩山)에 은거하다가, 진사에 합격하여 속양현위(溧陽縣尉)를 역임했고, 원화(元和) 연간에는 하남수륙전운종사(河南水陸轉運從事)를 역임했다. 죽은 이후 그의 벗이 사시(私諡)를 정요선생(貞曜先生)이라 하였다. 그의 시는 대부분 어렵고 가난한 삶을 읊은 내용이 많다.

6 가도(賈島, 779~843)는 당나라 범양(范陽, 지금의 하북성(河北省) 탁주시(涿州市)) 사람으로, 자는 낭선(浪仙), 또는 낭선(閬仙)이다. 처음에는 승려가 되어서 무본(無本)이라 불렸고, 나중에는 다시 세속으로 돌아와 여러 번 진사시험을 보았으나 합격하지 못하였다. 이후 한유와 포의교(布衣交)를 맺고 환속하여 장강(長江)의 주부(主簿)를 지냈다. 저서로 ≪장강집(長江集)≫이 있다.

7 왕포(王褒, ?~?)는 한나라 사람으로, 자는 자연(子淵)이다. 생졸년은 알 수 없다. 저명한 사부가(詞賦家)이다.

8 양웅(揚雄, B.C. 53~A.D. 18)은 서한(西漢) 촉군(蜀郡) 성도(成都) 사람으로, 자는 자운(子雲)이다. 다른 곳에서는 성이 양(楊)으로 되어 있다. 여러 서적들을 두루 살펴보았으며, 사부(詞賦)에 뛰어났다. 성제(成帝) 시기에 급사황문랑(給事黃門郎)의 관직을 지냈다. 후에 왕망(王莽)에게 벼슬하여 대부(大夫)가 되었다. 저서로 ≪태현경(太玄經)≫, ≪법언(法言)≫, ≪방언(方言)≫ 등이 있다.

이 책은 여러 저록에 보이지 않으니, 간행되지 못했던 듯하다. ≪경계시화≫에 이르기를, "건염 기유년(1129)에 황제의 수레가 건강에 멈추었을 때 비릉의 전신이 황제의 부름을 받아 부임하였다. 나 역시 일 때문에 그곳에 갔다가 그와 함께 지냈는데, 전신은 시에 능하다고 자부하였고 일찍이 시화를 지었는데 매우 상세하였다.(建炎己酉歲車駕駐蹕建康, 毘陵錢申仲紳赴召命, 僕亦以事至彼, 與之同邸, 伸仲以能詩自負, 嘗作詩話甚詳)"고 하였다. 이 글의 뜻이 불분명하지만 "황제의 수레가 건강에 멈추었다."라는 것과 관련하여 말한다면, 그가 지은 시화는 당시의 사실을 기록하는 것에 중점을 둔 것이다. 따라서 비록 ≪취경시화(取經詩話)≫ 같은 저작까지는 안 되었더라도 당시 사람들이 어떤 사건에 대해 노래한 작품에 대해 논술한 것이니, 일반 시화와는 결국 구별이 되는 것이다. "시에 능한 것으로 자부하였다."라 말한 것으로 보아 이른바 "일찍이 시화를 지은 적이 있다"라 한 것은 예전에 지은 논시 저작을 가리키는 것으로, 완전히 당시의 일을 서술한 것과는 또한 다르다. 요컨대 이 책은 남송 초엽에 이미 쓰기 시작한 것이었음은 의심할 나위가 없으니, 지금 고증하여 알 수 있는 것은 이것뿐이다.

고금류총시화(古今類總詩話)

50권, 임주(任舟) 편집, 일실됨.

임주(?~?)의 출신지는 상고할 수 없고, 이 책에 자신이 서명한 것에 근거하여 그가 좌선교랑(左宣教郎)을 지냈다는 것을 알 수 있을 뿐이다. 책에 소흥(紹興) 병인년(1146)에 쓴 서문이 있으므로 대략 남송 초 사람일 것이다. 이 책은 여러 저록에 보이지 않으니, 그다지 널리 알려지지는 않았던 듯하다. 방회(方回)의 ≪동강집(桐江集)≫ 권7에 〈고금류총시화고(古今類總詩話考)〉라는 문장이 있어 그 대략을 알 수 있다. 그 문장은 다음과 같다.

> ≪고금류총시화≫ 50권에는 "좌선교랑 임주의 집록"이라 쓰여 있다. 소흥 병인년(1146)에 쓴 서문이 있고 무주에서 판각하였다. 서문은 시에 대하여 깊은 이해가 있는 것 같지는 않다. 제1권은 시체, 제2권은 시론, 제3권은 시평인데, 제4권 시선 이하로는 대부분 출처를 언급하지 않았으며, 부득이한 경우에는 어떤 이가 말하였다 정도로만 쓰여 있다. 다른 것은 자신이 말한 것처럼 하였으므로, 호자(胡仔)의 ≪초계어은총화(苕溪漁隱叢話)≫가 출처를 명확히 적어 사람들에게 알려준 것만 못하였다.(≪古今類總詩話≫五十卷, 題曰"左宣教郎任舟集錄". 錄有紹興丙寅年序, 婺板也. 序文似非深於詩者. 其第一卷曰詩體, 二曰詩論, 三曰詩評, 至四卷詩仙以下多不涉出處, 必不得已曰某人云, 他則若出於己所云者, 不如胡元任≪叢話≫明寫出處以告人也)

이 책의 분류는 완열(阮閱)의 ≪시총(詩總)≫과 호자의 ≪초계어은총화≫와는 다르지만, 대개 둘의 장점을 겸하고 있어 ≪시인옥설(詩人玉屑)≫의 선하를 열어주었다. 만약 출처를 명확하게 하고 그 분류를 다시 수정하였다면 학자들에게 도움이 되었을 것이니, 이런 부족한 점이 애석할 뿐이다. 왕구(王構)의 ≪수사감형(修辭鑑衡)≫에 이 책을 인용한 곳이 많으나 명나라 이후로는 인용한 경우가 드무니, 이 책이 원나라 때까지 전해지다 그 이후로 산일되었음을 알 수 있다.

≪수사감형≫에서 이 책을 인용한 대목이 8조목인데, 그중 7조목은 장자(張鎡)의 ≪사학규범(仕學規範)≫ 37권에서 39권에 보인다. 오직 '체시(體詩)' 한 조목만 ≪사학규범≫에 인용되지 않았다. 두 책에 인용된 문장이 모두 같지는 않은데 그 차이가 나는 부분은 모두가 ≪사학규범≫에 인용된 것이 더 낫다. 아마도 두 책이 인용하고 있는 것이 비록 같은 책이지만 같은 판본은 아닌 듯하니, ≪수사감형≫이 근거로 삼은 것이 어찌 전초본(傳鈔本)이었지 않겠는가? ≪수사감형≫ 권1에 인용된 '용사(用事)' 조목의 주에서 '≪시화총류(詩話總類)≫'라 하였는데, 이것이 바로 이 책일 것이다. 대개 ≪사학규범≫과 ≪수사감형≫은 이 책을 ≪고금총류시화≫라 불렀지 '유총(類總)'이라 부르지 않았다. 내가 전에 ≪송시화집일≫을 편집할 때는 방회의 글을 보지 못하였고, ≪사학규범≫에 인용된 글도 보지 못하여 수록하지 못했는데 차후에 보충하여 넣을 수 있게 되었다.

분문시화(分門詩話)

지은이와 권수 모두 미상.

이 책은 여러 저록에는 보이지 않는데, 시화의 문목을 나누어 고찰한 것은 완열(阮閱)로부터 시작된다. 완열의 ≪시총(詩總)≫ 이후 ≪고금류총시화(古今類總詩話)≫, ≪시해유주(詩海遺珠)≫ 등에서도 문목을 나누고 있는데 책 이름을 '분문(分門)'으로 하지는 않았다. 장자(張鎡)의 ≪사학규범(仕學規範)≫ 권36의 한 조목에서는 다음과 같이 말하고 있다.

> 유반(劉攽)[1]이 다음과 같이 말하였다. 시는 뜻을 주로 하나니 문사는 그 다음이다. 혹 뜻이 깊고 높으면 비록 문사가 평이하다 하더라도 절로 빼어난 작품이 된다. 세상 사람들이 옛 사람의 어구가 평이한 것을 보고 그것을 흉내 내지만 뜻을 제대로 얻지 못하고 결국 비속하고 거칠어져 웃음거리가 된다. 노동의 시에 "세밀하지 못한 아둔한 사람"[2]이라는 구절이 있는데, 이 작품의 앞뒤 뜻을 알지 않으면 절로 입을 가리고 웃게 될 것이니, 어찌 그것을 본받을 수 있겠는가?(劉貢父云 : 詩以意義爲主, 文詞次之. 或意深義高,

1 유반(劉攽, 1023~1089)은 북송 임강(臨江) 신유(新喩, 지금의 강서성(江西省) 신여시(新餘市)) 사람으로, 자는 공부(貢夫)이고 호는 공비(公非)이다. 사학자이며 유창(劉敞)의 동생이다. 유창과 함께 경력(慶曆) 6년(1046)에 진사가 되어 국자감직강(國子監直講), 비서소감(秘書少監), 중서사인(中書舍人) 등을 역임하였다. 사마광과 함께 ≪자치통감≫을 편수하기도 했으며, 저서로 ≪중산시화(中山詩話)≫, ≪공비집(公非集)≫ 등이 있다.

2 이 시의 제목은 〈양주에서 백령을 전송하며(揚州送伯齡)〉이다.

雖文詞平易, 自是奇作. 世人見古人語句平易, 倣效之而不得其意義, 隨人[3]便入鄙野可笑, 盧仝詩有不唧溜[4]鈍漢, 非其篇前後意義, 自可掩口矣, 寧可效之耶?)

이 문장의 주에 "≪분문시화≫에서 나왔다.(出≪分門詩話≫)"라 하였다. 이 조목은 ≪중산시화(中山詩話)≫에 보이는데, 하필 ≪분문시화≫에서 인용한 것이라 하였는지 의아하다. 장자의 〈사학규범 자서(仕學規範自序)〉가 효종(孝宗) 순희(淳熙) 3년 병신년(1176)에 지어졌으니 ≪분문시화≫가 책으로 된 것은 이 해 이전이었을 테지만 여러 저록에는 보이지 않으니 또 어찌된 일인가? 어찌 마음대로 이름을 정해 ≪시총≫이나 ≪고금류총시화≫를 가리키는 것으로 말한단 말인가? ≪사학규범≫ 권38에도 이 조목이 있는데, 그 뒤에 ≪중산시화≫에서 한유(韓愈)의 시를 논한 내용을 다시 수록하면서 이 조목에 대해 ≪고금류총시화≫에서 인용하였다고 분명히 말하였으니 ≪분문시화≫가 어찌 ≪고금류총시화≫를 가리킨단 말인가? 아니면 ≪분문시화≫가 별도의 다른 책이어서 반복해서 나타나는 것인가?

요컨대, 장자가 이 조목을 집록하면서 ≪중산시화≫를 살피지 않아 잘못 어긋나게 되었으니, 지금 ≪분문시화≫를 ≪고금류총시화≫ 뒤에 배열해 놓는다.

---

3 【원주】 '수인(隨人)'은 '수성(遂成)'이라 해야 할 듯싶다.

4 원문에는 '嚠'로 되어 있으나 '류(溜)'가 맞으므로 수정하였다.

정우시화(程瑀詩話)

1권, 정우(程瑀) 지음, 일실됨.

정우(程瑀, 1087~1152)는 북송 요주(饒州) 부량(浮梁, 지금의 강서성(江西省) 경덕진(景德鎭)) 사람으로, 자는 백우(伯寓)이고 호는 우옹(愚翁)이다. 정화(政和) 6년(1116)에 상사시(上舍試)에서 1등을 하였고 교서랑(校書郎)을 지냈다. 흠종(欽宗) 때 좌우정언(左右正言)에 제수되었으며, 제점강동형옥(提點江東刑獄), 지무주(知撫州), 지엄주(知嚴州), 병부시랑겸시독(兵部侍郎兼侍讀) 등을 역임하였다. 저서로 ≪포산집(飽山集)≫ 60권이 있으나 일실되었다.

정우(1087~1152)의 자는 백우(伯寓)이고 요주(饒州) 부량(浮梁, 지금의 강서성(江西省) 경덕진(景德鎭)) 사람이다. 선화(宣和) 연간(1119~1125)에 태학시(太學試)에서 1등을 하였고, 고종(高宗) 때 누차 병부상서(兵部尙書), 용도각학사(龍圖閣學士)에 제수되었으며 ≪포산집(飽山集)≫이 있다.

이 책은 장서가의 저록에는 보이지 않고 다른 책에도 인용되어 있지 않아 일찍이 일실된 듯하다. 지금은 다만 ≪휘주부지(徽州府志)·예문지(藝文志)≫ 권15에 저록되어 있는데, 주에 "우는 흡(지금의 안휘성(安徽省) 지역) 지방 사람이다.(瑀, 歙人)"라 하였는데 동일인인지 알지 못하겠다.

개실시화(芥室詩話)

권수와 지은이 모두 미상, 일실됨.

이 책은 저록에는 보이지 않는다. 다만 오증(吳曾)의 ≪능개재만록(能改齋漫錄)≫ 권5에 "황제염곡의 염(炎)자는 염(鹽)이라 해야 함(黃帝炎曲炎當作鹽)" 조목에 "≪개실시화≫에 소금이란 것은 맛을 내게 하는 것을 이른다.(≪芥室詩話≫以鹽者有味之謂)"[1]란 말이 있다. 나머지는 상고할 수 없다.

1 ≪능개재만록≫ 권5 〈변오(辨誤)〉에 실려 있다.

시화집록(詩話集錄)

권수와 지은이 모두 미상, 일실됨.

이 책의 지은이와 권수는 알 수 없다. 우무(尤袤)의 ≪수초당서목(遂初堂書目)≫ 문사류(文史類)에 이 책이 있다. 해산선관본(海山仙館本) ≪수초당서목≫에는 '집록(集錄)'이 '집류(集類)'라 되어 있으니, 그렇다면 어찌 이것이 ≪고금류총시화(古今類總詩話)≫이지 않겠는가? 섭성(葉盛)의 ≪녹죽당서목(菉竹堂書目)≫과 ≪문연각서목(文淵閣書目)≫에 모두 이 책이 저록되어 있으니 어찌 명대까지 전하는 판본이 있었지 않겠는가?

신집시화(新集詩話)

15권, 지은이 미상, 일실됨.

이 책은 ≪송사(宋史)·예문지(藝文志)≫ 문사류(文史類)에만 보이는데, 주석에 "저자의 이름을 모른다.(著者不知名)"라 하였다. ≪수초당서목(遂初堂書目)≫을 살펴보면 ≪시화집록(詩話集錄)≫이 있는데, 이 책과 같은 책인지는 알 수 없다. 혹시 이 책은 ≪시화집록≫을 이어 새로 편집된 것인가? 지금으로서는 고증할 수 없다.

설계시화(雪溪詩話)

권수와 지은이 모두 미상, 일문(佚文) 겨우 1조목.

이 책은 여러 저록에는 보이지 않고 지은이의 이름도 미상이다. 오직 채정손(蔡正孫)의 ≪시림광기(詩林廣記)≫ 권3에 인용된 '노시(鷺詩)' 한 조목만 보이는데, 저자가 시를 논함에 있어 원운(遠韻)[1]이 있어야 함을 주장한 것으로 보아 시를 모르는 자가 쓴 것 같지는 않다. 그러나 글에서 '옹도(雍陶)'[2]를 '도옹(陶雍)'이라 잘못 썼고, 채정손 또한 고치지 않았으니, 어찌된 일인가? 이 조목은 지금 ≪송시화집일(宋詩話輯佚)≫에 모아 넣어 두었다.

왕질(王銍, ?~?)은 자가 성지(性之)이고, 여음(汝陰, 지금의 안휘성(安徽省) 부양시(阜陽市)) 사람이며, 자칭 여음노민(汝陰老民)이라 하였다. 남도 후에 섬(剡) 지역에서 우거하였고 소흥(紹興) 연간(1131~1162)에 추밀원편수관(樞密院編修官)이 되었으며 ≪설계집(雪溪集)≫이 있다. 이 책을 '설계'라

---

1 원운은 고원(高遠)한 운미(韻味)를 의미한다.

2 옹도(雍陶, 789?~873?)는 당나라 성도(成都) 사람으로, 자는 국균(國鈞)이다. 대화(大和) 8년(834) 진사가 되었으며 대중(大中) 6년(852)에 국자모시박사(國子毛詩博士)가 되었다. 후에 간주자사(簡州刺史), 아주자사(雅州刺史) 등을 지냈으며, 만년에 여산(廬山)에 은거하며 살았다. 사부(詞賦)에 뛰어나 명성이 있었지만, 자신의 재주를 믿고 다소 오만하여 친한 사람들이 드물었다. 저서로 ≪당지집(唐志集)≫ 5권이 있다.

한 것으로 보아 아마도 왕질이 지은 것에 후대 사람이 멋대로 이름 붙인 것이라 여겨지니, ≪왕언보시화(王彦輔詩話)≫나 ≪진소유시화(秦少游詩話)≫와 같은 예이다.

송나라 때 '설계'를 책 이름으로 삼은 경우를 살펴보면, 왕질 외에 두 사람이 더 있다. 한 사람은 조차성(趙次誠)으로 ≪설계집≫이 있으며, ≪송원학안(宋元學案)≫ 권45와 ≪송원학안보유(宋元學案補遺)≫ 권65에 보인다. ≪송원학안보유≫에 이르기를 "선생은 경전의 뜻을 배워 통달한 후 고향에서 학생들을 가르쳤는데, 정이(程頤)의 말뜻을 사용하여 시가 10편을 지었고, 또 성현이 전해준 요체로 이어 썼으니 위로는 복희씨로 거슬러 올라갔고 아래로는 주자에까지 언급하여 하나의 종파도를 이루어 내었다.(先生學通經旨, 授徒於鄉, 用伊川語意作歌詩十篇, 又歷敍聖賢傳心之要, 上溯伏羲, 下及朱子, 纂成一圖)"라 하였으니, 그가 남송의 주희(朱熹) 이후 도학을 하는 사람 가운데 시에 능한 이였음을 알 수 있다.

다른 한 사람은 상선손(常詵孫)으로 ≪설계고(雪溪稿)≫ 등이 있다. ≪송원학안보유≫ 권19에 따르면 "상선손의 자는 직경이고, 임공(臨邛, 지금의 사천성(四川省) 공래시(邛崍市)) 사람이다. 상동지의 손자로 가흥(嘉興, 지금의 절강성(浙江省) 가흥시(嘉興市))에 살았는데, 누차 벼슬에 초빙되었으나 나가지 않았다… 문인들이 그를 설계선생이라 불렀다.(常詵孫, 字直卿, 臨邛人, 同之孫, 居嘉興, 累辟不就, …門人稱雪溪先生)"라 하였다. 이 두 사람 역시 참고로 삼을 만하다.

남궁시화(南宮詩話)

1권, 섭개(葉凱) 지음, 일실됨.

섭개(?~?)의 출신지와 벼슬 이력은 모두 미상이다. 이 책은 ≪송사(宋史)・예문지(藝文志)≫에 처음으로 저록되어 있는데 소설류(小說類)에 편입되어 있다. 초횡(焦竑)의 ≪국사경적지(國史經籍志)≫에는 시문평류(詩文評類)로 바뀌어 들어가 있으나 그렇다고 해서 초횡이 이 책을 본 뒤 바로잡아야 한다고 여겨 시문평류로 바꾼 것이라 할 수는 없다. 옛날 사람들의 시화는 늘 문사(文史)와 설부(說部) 사이를 오가는 경우가 많았으니 비단 이 책만 그런 것만은 아니었다. 조여시(趙與旹)의 ≪빈퇴록(賓退錄)≫ 권9에서 일찍이 이 책을 인용한 적이 있는데, 이를 섭몽득(葉夢得)[1]이 지은 것으로 여겨 ≪석림시화(石林詩話)≫와 잘못 합쳤다.

1 섭몽득(葉夢得, 1077~1148)은 북송 소주(蘇州) 오현(吳縣, 지금의 강소성(江蘇省) 소주시(蘇州市) 지역) 사람으로, 자는 소온(少蘊)이며 호는 석림거사(石林居士)이다. 문인세가 출신으로, 북송 말과 남송 초에 걸쳐 생존하였다. 소성(紹聖) 4년(1097) 진사가 되어 단도위(丹徒尉)에 임명되었으며, 휘종(徽宗) 때 한림학사(翰林學士)를 지냈다. 남송 고종(高宗) 건염(建炎) 2년(1128)에 호부상서(戶部尙書)에 임명되었고 상서좌승(尙書左丞)으로 옮겼다. 이후 강동안무대사(江東安撫大使) 겸지건강부(兼知建康府), 강동안무제치대사(江東安撫制置大使) 겸지건강부(兼知建康府), 행궁유수(行宮留守) 등을 지냈으며 지복주겸복건안무사(知福州兼福建按撫使)로 관직 생활을 마쳤다. 만년에는 호주(湖州) 변산(弁山)의 석림곡(石林谷)에 은거하며 스스로를 석림거사라 하였으며, 사후에 검교소보(檢校少保)에 추증되었다. 저서로 ≪석림시화≫ 5권, ≪춘추전(春秋傳)≫ 20권, ≪춘추고(春秋考)≫ 16권, ≪석림주의(石林奏議)≫ 15권, ≪석림

지금 ≪석림시화≫를 살펴보면 이 문장이 없고 ≪송사·예문지≫는 섭개에 대해 분명히 말하고 있으므로, 이 책의 작자는 섭개라 보는 것이 타당할 것이다.

그러나 ≪빈퇴록≫에서 인용한 문장을 살펴보면 의심이 들지 않을 수 없다. 그 문장은 다음과 같다.

> 위응물(韋應物)의 시율은 깊고 오묘하여 백거이(白居易)의 무리가 모두 그를 존경하고 칭찬하였으나 행적이 소략하여 당나라 역사서에 보이지 않는 것이 한스럽다. 그의 작품을 통해 보건대 그 사람됨 역시 고상하여 비범할 것이다. 유우석의 문집 가운데 대화 6년(832)에 쓴 〈소주자사를 제수 받고 중승 위응물을 천거하며 대신해서 쓴 장계(除蘇州擧韋中丞應物自代狀)〉가 있다. 그러나 위응물의 〈온천의 노래(溫泉行)〉에서는 다음과 같이 말하고 있다. "북풍이 근심스레 불어 온천에 투숙하니, 홀연 선왕께서 순행하던 때가 떠오르네. 몸은 말을 타고 천자의 의장을 이끌었고 곧바로 화청궁에 이르러 황제 앞에 도열하였지." 따라서 이는 일찍이 천보(742~756) 연간의 일을 이른 것으로 대화(827~835) 연간 때까지 미치지 않는다. 아마도 다른 사람이거나 혹은 문집의 오류일 것이다.(蘇州詩律深妙, 白樂天輩固皆尊稱之, 而行事略不見唐史爲可恨. 以其詩語觀之, 其人物亦當高勝不凡. 劉禹錫集中有大和六年擧自代一狀, 然應物〈溫泉行〉云 : "北風慘慘投溫泉, 忽憶先皇巡幸年. 身騎廐馬引天仗, 直至華淸列御前." 則嘗逮事天寶間也, 不應猶及大和時. 蓋別是一人, 或集之誤)

그러나 ≪초계어은총화(苕溪漁隱叢話)≫ 전집(前集) 권15에서는 위의 문장을 인용하면서 ≪채관부시화(蔡寬夫詩話)≫라 하였으니, 이 문장이 도대체 누가 지은 것에서 나온 것인지 크게 의문이 든다. 섭개는 관직 이력을 고증할 수 없고 그 생존 연대 역시 확정하기 어렵지만, 채거후(蔡居厚)[2]보다 앞선 것은 아닐 것이니, 그렇다면 필시 섭개가 채관부

연어(石林燕語)≫ 10권, ≪석림가훈(石林家訓)≫ 1권 등이 있다.

2 채거후(?~1125)는 북송 임안(臨安, 지금의 절강성(浙江省) 항주시(杭州市)) 사람으로, 자는 관부(寬夫)이다. 진사에 급제한 후 이부원외랑(吏部員外郞)을 거쳐 대관(大觀) 연간(1107~1108) 초에 우정언(右正言)에 제수되어 신종(神宗)의 신법에 찬성하는 상소를 올렸으며, 기거랑(起

의 말을 답습한 것일 것이다. 이로부터 ≪남궁시화≫의 학술적 가치는 역시 말을 하지 않아도 알 수 있을 것이다.

세상에는 배우지 않고 명성을 구하는 데에만 절박하여 종종 다른 사람이 말한 것을 훔쳐다 자기의 견해로 삼기도 하고, 그중 교활한 자는 안면을 바꾸어 그 뜻을 훔쳐서 문사를 바꾸어 자기가 만들어낸 견해라고 여기기도 한다. 하물며 이 책은 다른 사람의 말을 바꾸어 직접 수록하고 있으니 어떻겠는가? 이 책은 본래 배우지 못한 사람이 남의 말을 표절한 종류에 속한 것이었기 때문에 당시에 두드러질 수 없었던 것도 당연하다. ≪송사·예문지≫에서 이미 이 책을 소설류로 편입하였고, 지금은 그 외 편집할 다른 일문도 없으니, 설령 있다 하더라도 논하지 않는 것이 나을 것이다. ≪빈퇴록≫은 가정(嘉定) 17년(1224)에 완성되었으니 섭개는 남송 초 사람일 것이다.

居郎)으로 옮겼다가 우간의대부(右諫議大夫)로 승진하였으며, 호부시랑(戶部侍郎)을 지냈다. 일에 연루되어 파직되었다가 채경(蔡京)의 재상 복귀 후 창주(滄州), 진주(陳州)·제주(齊州)의 지주(知州)를 지냈다. 저서로 ≪채관부시화(蔡寬夫詩話)≫가 있다.

연계시화(練溪詩話)

권수를 알지 못함, 장순지(張順之) 지음, 일실됨.

장순지(張順之, ?~?)는 북송 무원(婺源, 지금의 강서성(江西省) 무원현(婺源縣)) 사람으로, 호는 연계거사(練溪居士)이다. 일찍이 시로 명성을 날렸는데, 구법(句法)은 오가(吳可)에게서 배웠고 정순(程洵)과도 교유가 있었다. 저서로 ≪연계집(練溪集)≫이 있으나 일실되었다.

장순지(?~?)는 무원(婺源, 지금의 강서성(江西省) 무원현(婺源縣)) 사람으로, 향교(鄉校)를 돌아다니며 시로 명성이 있었다. 육심원(陸心源)의 ≪송시기사보유(宋詩紀事補遺)≫ 권49에 "≪연계집≫이 세상에 전한다.(有≪練溪集≫傳世)"라 하였는데, 지금 그 문집은 보이지 않으니 시화가 문집에 부록되어 있었는지는 알 수 없다.

이 책은 여러 저록에는 보이지 않고 다른 책에 인용되어 있지도 않아 일문(佚文)을 고증할 수 없다. 다만 정순(程洵)의 ≪존덕성재소집(尊德性齋小集)≫ 권2에 〈연계시화 발문(練溪詩話跋)〉이 있어 다음과 같이 말하고 있다.

> 연계거사 장순지는 어려서부터 시 짓는 것을 좋아하였고 늙어서도 시 짓는 열정이 쇠하지 않았는데, 일찍이 구법을 금릉의 오가(吳可)[1]에게 배웠

1 오가(吳可, ?~?)는 북송 금릉(金陵, 지금의 강소성(江蘇省) 남경시(南京市)) 사람으로, 자는 사도(思道)이고 호는 장해거사(藏海居士)이다. 일설에는 구녕(甌寧, 지금의 복건성(福建省) 건구(建甌)) 사람이라 하기도 한다. 생졸년은 미상이다. 대관(大觀) 3년(1109)에 진사가 되어 변경(汴京)에서 벼슬을 시작하였고 단련사(團練使), 무절대부(武節大夫) 등의 관직을 지냈다. 선화(宣和) 연간 말에 사직하였다. 건염(建炎) 연간 이후에는 초(楚)와 예(豫) 등지를 돌아다

다. 오가는 소식(蘇軾)의 문하생인데, 소식은 여러 시체를 두루 아울러 그 내용이 광대하였으나 오가는 한 시체만을 터득하였고 장순지는 그 뒤를 이었으므로, 그 원류를 알 수 있다. 장순지는 만년에 편안하게 유람하다 연계(練溪) 가에 돌아가 쉬면서, 평소 오사도와 여러 뛰어난 선배들에게서 얻은 것들이 마침내 없어져 전해지지 않을 것을 애석해 하여 ≪시화≫ 한 편을 써서 이를 기록하였으니, 그 지취(旨趣)는 대체로 오가의 틀에서 벗어나지 않았다.(練溪居士張順之, 少好爲詩, 老而不衰, 嘗得句法於金陵吳思道, 思道蓋東坡先生門下士也, 東坡之詩幷包衆體, 天寬地大, 思道得其一體, 而順之承其後焉, 則其源流可知矣. 順之晩倦游, 歸休乎練溪之上, 惜其平日所得于思道及前輩諸名勝者將遂湮沒無聞, 乃錄≪詩話≫一編以記之, 而其旨趣大率不出思道機軸之外)

따라서 이 책은 비록 일실되었지만, 이 발문을 통해 그 대강의 내용을 알 수 있다.

오가(吳可)의 〈학시시(學詩詩)〉에 이미 "시를 배우는 것은 마치 참선을 배우는 것과 같다.(學詩渾似學參禪)"란 말이 있었는데, ≪사고전서총목제요(四庫全書總目提要)≫의 ≪장해시화(藏海詩話)≫ 조목에서는 오가가 명쾌하지 않은 말을 하기 좋아하여 선가(禪家)의 기봉(機鋒)[2]과 비슷한 것을 단점으로 꼽았다.[3] 장순지는 오가의 제자였기 때문에 논시의 취지 역시 그의 논리에서 벗어나지 않았다. 따라서 그의 책은 성령설(性靈說)[4]의 주장과 가깝지는 않았으나 선가(禪家)의 깨달음에 치우쳐져 있었으니 엄우(嚴羽)[5]의 선하를 열어준 것이다.

녔다. 저서로 ≪장해거사집(藏海居士集)≫ 2권이 있다.

2 기봉(機鋒)은 선림(禪林)의 용어로, 선기(禪機)라고도 한다. 선사(禪師)나 선승(禪僧)이 다른 사람을 대하여 가르침을 줄 때 종종 뜻이 애매모호하고 심오한 것에 의탁하거나 형체가 없는 것을 찾게 하여 비논리적인 언어로 자신의 경계를 표현하고 상대방을 시험하는 것을 의미한다.

3 ≪사고전서총목제요(四庫全書總目提要)·집부(集部)·시문평류 1(詩文評類一)≫에 "그는 시를 논할 때마다 명쾌하지 않은 언어로 말하여 마치 선가의 기봉과 같으니, 좋지 못한 습관을 면치 못하였다.(論詩每故作不了了語, 似乎禪家機鋒, 頗不免於習氣)"라 하였다.

4 성령설(性靈說)은 청대 원매(袁枚, 1716~1797)가 주장한 것으로, 복고주의적 풍조에 반대하면서 시는 성정(性情)에 따라 자유롭게 노래해야 하며, 고인(古人)이나 기교에 얽매여서는 안 된다는 것을 내용으로 한다.

5 엄우는 남송 소무(邵武, 지금의 복건성(福建省) 소무시(邵武市)) 사람으로, 자는 의경(儀卿)

또는 단구(丹邱)이고 호는 창랑포객(滄浪逋客)이다. 엄인(嚴仁), 엄참(嚴參)과 함께 이름을 날려 '삼엄(三嚴)'으로 불렸다. 평생 관직에 뜻을 두지 않고 은자로서의 지조를 고집하였고, 각지를 유람하며 많은 승려 · 도사들과 교유하였다. 저서로 ≪창랑집(滄浪集)≫, ≪창랑시화(滄浪詩話)≫가 있다. ≪창랑시화≫는 송대(宋代)에 배출된 시론 중에서 가장 뛰어난 체계를 정립한 시론서(詩論書)로서 선학적(禪學的)인 발상에 바탕을 두고, 시의 원리론적 소향성(遡向性)이 강하였다. 때문에 시학이론의 구상력과 분석력에 매우 탁월하였다. 그는 미적 감흥을 시의 제일의(第一義)로 삼았기 때문에 시를 교양학문으로 간주한 당시의 강서시파(江西詩派)의 시풍을 비판하였다. 흥취를 얻기 위해서는 무아경에 들어가야 하며, 무아경은 이백(李白), 두보(杜甫)의 시법(詩法)을 터득하는 데서 비롯된다고 하는 흥취를 중시한 시론이었다. 이는 청대 왕사정(王士禛)의 신운설(神韻說)의 원류이기도 하다.

담암시화(澹菴詩話)

2권, 호전(胡銓) 지음, 일실됨.

호전(胡銓, 1102~1180)은 남송 여릉(廬陵, 지금의 강서성(江西省) 길안시(吉安市)) 사람으로, 자는 방형(邦衡)이고 호는 담암(澹庵)이다. 건염(建炎) 2년(1128)에 진사가 되었다. 무주군사판관(撫州軍事判官), 추밀원편수(樞密院編修) 등을 지냈다. 소흥(紹興) 8년(1138) 고종에게 상소하여 주화파를 척결하고 진회(秦檜)를 참수할 것을 주장하였으나 이 때문에 폄적되었다. 진회가 죽은 뒤 효종이 즉위하여 복봉의랑(復奉議郎)으로 조정에 들어왔다. 이후에 여러 관직을 지냈는데 시종 화의를 반대하였다. 시호는 충간(忠簡)이다. 저서로 ≪관훈제경(管訓諸經)≫, ≪담암집(澹庵集)≫ 등이 있다.

호전(1102~1180)의 자는 방형(邦衡)이고 여릉(廬陵, 지금의 강서성(江西省) 길안시(吉安市)) 사람으로 건염(建炎) 2년(1128) 진사 갑과(甲科)에 합격하였고, 소흥(紹興) 5년(1135)에 추밀원편수관(樞密院編修官)에 제수되었다. 상주문을 올려 금나라와의 화의를 비판한 것 때문에 누차 폄적되어 길양군(吉陽軍, 지금의 해남도(海南島) 삼아시(三亞市))에 이르렀다가 효종(孝宗) 때에 권병부시랑(權兵部侍郞)으로 기용되어 자정전학사(資政殿學士)로 관직을 마쳤다. 죽은 뒤 시호는 충간(忠簡)이다. ≪송사(宋史)≫ 374권에 전이 있다.

이 책은 저록에 보이지 않으며 인용도 되어 있지 않아 모아놓을 일문도 없다. 오직 양만리(楊萬里)의 ≪성재집(誠齋集)≫ 권118에 있는 〈호공행장(胡公行狀)〉과 주필대(周必大)의 ≪성재문고(誠齋文藁)≫ 권30에 있는 〈호충간공 신도비(胡忠簡公神道碑)〉에 모두 이 책이 있다고 말하고 있다. 양만리의 글에서 들고 있는 호전의 저작을 살펴보면, "≪담암문집≫ 100권, ≪주역습유≫ 10권, ≪서해≫ 4권, ≪춘추집선≫ 30권, ≪주관해≫ 12권, ≪예기해≫ 30권, ≪경연이례강의≫ 1권, ≪주의≫ 3권, ≪학편례≫ 3권, ≪시화≫ 2권, ≪활국본초≫ 3권(≪澹庵文集≫一百卷, ≪周易拾遺≫十卷, ≪書解≫四卷, ≪春秋集善≫三十卷, ≪周官解≫十二卷, ≪禮記解≫三十卷, ≪經筵二禮講義≫一卷, ≪奏議≫三卷, ≪學編禮≫三卷, ≪詩話≫二卷, ≪活國本初≫三卷)"이 있다고 하였다. 그런데 ≪송사(宋史)·예문지(藝文志)≫에는 ≪담암집(澹庵集)≫, ≪역전습유(易傳拾遺)≫, ≪서해≫, ≪춘추집선≫, ≪주례전(周禮傳)≫, ≪예기전(禮記傳)≫, ≪이례강의(二禮講義)≫가 있고, ≪송사예문지보(宋史藝文志補)≫에는 ≪호전주의(胡銓奏議)≫가 있다고 되어 있다. 여기에 인용된 서목은 양만리가 든 것과는 조금 차이가 있는데, 혹시 양만리가 본 것은 전초본이어서 정해진 명칭이 없었던 것이 아니었을까? 아마도 이중 몇몇 책은 당시에 간행본이 있었을 것이다. ≪학편례≫ 이하 세 종류는 혹시 아직 간행되지 않았는데 갑자기 산일된 것인지 알 수 없다.

호영언시화(胡英彦詩話)

권수 미상, 호공무(胡公武) 지음, 일실됨.

호공무(胡公武, 1124~1179)는 남송 여릉(廬陵, 지금의 강서성(江西省) 길안시(吉安市)) 사람으로, 자는 영언(英彦), 혹은 언영(彦英)이다. 시는 원진(元稹)와 백거이(白居易)를 배웠고 소식(蘇軾)과 황정견(黃庭堅)을 종주로 삼았다. 만호(晩號)는 학림거사(學林居士)이다. 저서로 ≪논어집해(論語集解)≫가 있다.

호공무(1124~1179)의 자는 영언(英彦)이고, 여릉(廬陵, 지금의 강서성(江西省) 길안시(吉安市)) 사람으로 호전(胡銓)[1]의 조카이다. 시는 원진(元稹)와 백거이(白居易)를 배웠고 소식(蘇軾)과 황정견(黃庭堅)을 종주로 삼았으며, 만년에 자호를 학림거사(學林居士)라 하였다. 순희(淳熙) 6년(1179)에 죽었으니 향년 55세였다.

이 책은 저록에 보이지 않고 인용도 되어 있지 않는데 오직 양만리(楊萬里)의 ≪성재집(誠齋集)≫ 권128 〈호영언 묘지명(胡英彦墓誌銘)〉에서 그에게 "시가 약간 있었고 시화가 약간 권 있었으며 ≪논어총서≫ 3권, 또 ≪집언≫ 2권, ≪문수≫ 10권, ≪난대시≫와 ≪회해사≫에 주석을

1 호전(胡銓, 1102~1180)은 남송 여릉(廬陵, 지금의 강서성(江西省) 길안시(吉安市)) 사람으로, 자는 방형(邦衡)이고 호는 담암(澹庵)이다. 건염(建炎) 2년(1128)에 진사가 되었다. 무주군사판관(撫州軍事判官), 추밀원편수(樞密院編修) 등을 지냈다. 소흥(紹興) 8년(1138) 고종에게 상소하여 주화파를 척결하고 진회(秦檜)를 참수할 것을 주장하였으나 이 때문에 폄적되었다. 진회가 죽은 뒤 효종이 즉위하여 복봉의랑(復奉議郎)으로 조정에 들어왔다. 이후에 여러 관직을 지냈는데 시종 화의를 반대하였다. 시호는 충간(忠簡)이다. 저서로 ≪관훈제경(管訓諸經)≫, ≪담암집(澹庵集)≫ 등이 있다.

단 것 각각 약간 권이 있었다.(有詩若干篇, 詩話若干卷, ≪論語叢書≫三卷, 又≪集言≫二卷, ≪文髓≫十卷, 注≪蘭臺詩≫及≪淮海詞≫各若干卷)"라 하였다.

원우시화(元祐詩話)

1권, 작자 미상, 일실됨.

이 책은 오직 ≪송사(宋史)·예문지(藝文志)≫ 문사류(文史類)에만 저록되어 있는데, 그 작자는 알 수 없다. 이는 원우당금(元祐黨禁)[1]이 해제된 후 남송 초 때의 사람이 지은 것일 것이다.

1 원우당금이란 구법당(舊法黨)이 왕안석(王安石)의 신법(新法)을 폐지하고 보수적인 정책이었던 구법으로 대체하였으나 그 뒤로 신법당(新法黨)이 세력을 얻자, '원우(元祐)의 당적(黨籍)'이라는 일종의 블랙리스트를 만들어 많은 사람을 박해한 것을 이른다.

대은거사시화(大隱居士詩話)

1권, 지은이 미상, 일실됨.

이 책은 다른 책에 인용되어 있지 않고, 다만 ≪송사(宋史)·예문지(藝文志)≫ 자부(子部) 소설류(小說類)에 저록되어 있는데 주석에 "성명을 모른다.(不知姓名)"라 되어 있으니, 원나라 때 이미 지은이를 고증하기 어려웠던 것이다. ≪호주부지(湖州府志)·인물전(人物傳)≫에서는 주굉(朱肱)이 지었다고 하였는데 그 근거를 알 수 없다. ≪송시기사보유(宋詩紀事補遺)≫ 권25에서는 주굉이 원풍(元豐) 연간(1078~1085)에 병부낭중(兵部郎中)이 되었다고 하였는데, 그렇다면 그는 북송 때 사람인 것이다. 그러나 북송인의 시화저작은 호자(胡仔)가 ≪초계어은총화(苕溪漁隱叢話)≫를 편찬할 때 광범위하게 수집하여 잘 갖추어 놓았으니, 만약 취할 만한 점이 있었다고 한다면 호자가 채록하지 않았을 리 없다.

또한 ≪송사·예문지≫ 별집류(別集類)를 보면, '대은(大隱)'이라고 문집 이름을 붙인 것으로 이정민(李正民)의 ≪대은문집(大隱文集)≫ 30권이 있다. ≪사고전서총목제요(四庫全書總目提要)≫[1]에 "지금은 ≪영락대전≫에 기록되어 있는 것에 의거해 가려 모으고 편차를 정해 문 6권, 시 4

1 ≪사고전서총목제요·집부·별집류(別集類) 9·대은집(大隱集)≫에 실려 있다.

권으로 만들었다.(今據≪永樂大典≫所載, 掇拾編次釐爲文六卷, 詩四卷)"라 하였으니, ≪대은집≫은 10권이다. ≪사고전서총목제요≫에 "이정민은 일찍이 진주를 다스릴 때 금나라 사람에게 포로가 되었다가 화의가 성사되어 돌아오게 되었다.(知陳州時嘗爲金人所獲, 以和議成得還)"라 하였고, 또한 "조정에 있을 때 일찍이 급사중, 예부이부시랑이 되었다. 외직에 있을 때는 일찍이 길주·균주·홍주·호주·온주·무주·회녕부를 다스렸다. 관직 경력이 꽤 오래되었고, 만년에는 궁사를 받들기 위해 귀향했다.(在朝嘗爲給事中·禮部吏部侍郎. 在外嘗知吉州·筠州·洪州·湖州·溫州·婺州·淮寧府. 揚歷頗久, 晚予宮祠以歸)"라 하였다. 그러므로 그는 남송 초 사람으로 호자와 동시대거나 약간 이전 사람이니, 호자가 이 사람을 몰랐었을 리 없다. 또한 ≪송사·예문지≫를 편찬한 사람이 이정민에게 ≪대은문집(大隱文集)≫이 있음을 알아서 만약 이 시화가 이정민이 쓴 것이라 여겼다면 분명하게 "성명을 모른다."고 주석을 달았을 리도 없다.

또한 ≪사고전서총목제요≫ 권158 ≪등신백집(鄧紳[2]伯集)≫ 2권에서는[3] "원본은 그 이름을 기록하지 않았고 또한 시대를 기록하지 않았으며 여러 목록에도 모두 기재되어 있지 않다.(原本不著其名, 亦不著時代, 諸家目錄皆不載)"라 하였는데, 이에 문집에 실린 시 제목에 근거하여 그 이름이 등심(鄧深)[4]이라는 것을 알 수 있다. 또한 ≪영락대전≫의 등자운(鄧字韻) 아래 인용된 ≪고라지(古羅志)≫에 근거하여 그의 자가 자도(資道)이고 고종(高宗) 때 형주(衡州)를 다스렸으며 나중에 조산대부(朝散大夫)로 집에서 죽었다는 것을 알 수 있다. 또한 능적지(凌迪知)의 ≪만

2 원문에는 '신(伸)'으로 되어 있으나 ≪사고전서총목제요≫에 의거해 '신(紳)'으로 정정하였다.
3 ≪사고전서총목제요·집부·별집류 11≫에 실려 있다.
4 등심(鄧深)은 송나라 상음(湘陰) 사람으로 자는 자도(資道), 또는 신백(紳伯)이다. 생졸년이 불분명하다. 소흥(紹興) 연간에 진사가 되었다. 여러 관직을 거쳐 조산대부(朝散大夫)로 관직을 마쳤다. 동호(東湖)의 빼어난 경치를 좋아하여 그곳에 집을 짓고 살았다. 문집 10권이 있는데 지금 2권만 전한다.

성통보(萬姓通譜)≫에 따르면 그의 자가 신백(紳伯)이고, 소흥(紹興) 연간(1131~1162)에 진사가 되었음을 알 수 있는데, 따라서 그에게는 두 개의 자(字)가 있었던 것으로 여겨진다.

또한 황우직(黃虞稷)의 ≪천경당서목(千頃堂書目)≫에 원나라의 ≪정대은거사집(鄭大隱居士集)≫이 실려 있는데, 이 문집 안의 〈두우에게 답하여(答杜[5]友)〉 시에 "작은 방을 대은이라 이름 붙였다.(小軒名大隱)"[6]는 구절이 있고, 또 〈자부대은(自賦大隱)〉 율시[7]가 있는 것과 서로 부합된다. 따라서 대은은 등심(鄧深)의 별호이고, ≪대은거사시집≫은 이 문집의 별칭인 듯싶다. 황우직 등이 이리저리 옮겨 쓰다가 송나라를 원나라로 잘못 쓴 것이다.

≪사고전서총목제요≫에서 분명하게 규명하였고 근거가 있으니, ≪대은거사시화≫라는 것은 등심이 지은 것임을 알 수 있다. 아마도 이 책에 저자의 이름이 기재되어 있지 않았기 때문에 ≪송사·예문지≫에서 "성명을 모른다"라고 한 것일 것이다. 등심은 호자와 같은 시대 사람이기는 하지만, 지역이 가깝지 않았으므로 호자가 그의 책을 알지 못한 것 역시 이상한 일은 아니다. 게다가 등심은 문집에 이름을 기재하지 않았는데, 일을 서술하는데 치우쳐 다만 한담거리나 되는 시화에 대해서는 더욱이 이름을 써서 자신을 드러내려 하지 않았을 것이다. 이 책이 당시에 드러나지 않았던 것은 아마도 이 때문이 아니겠는가?

---

5 원문에는 '사(社)'로 되어 있으나 '두(杜)'가 맞으므로 정정하였다.

6 이 시의 원 제목은 〈차운하여 두우에게 답하여(次韻答杜友)〉이다.

7 이 율시는 다음과 같다. "사립문 달았지만 늘상 닫혀 있고 다만 거문고와 책만이 책상 사이에 있네. 집에는 번다한 것 없이 그저 시장 가까우며 먼지 미치지 못하는 깊은 산중이라네. 아득한 세상일은 이제 내 일이 아니고 그저 지나가는 한가로운 구름이 나의 한가로움이네. 세상에서 나오고 보니 도연명이 된 듯 하고, 게으른 것이 비로소 돌아갈 것을 아는 새 같구나.(柴門雖設日常關, 只有琴書几案間. 屋宇無多聊近市, 塵埃不到即深山. 悠悠世事非吾事, 往往雲閑是我閑. 出處尙疑陶靖節, 倦如飛鳥始知還)"

잠부시화(潛夫詩話)

권수 미상, 유잠부(劉潛夫) 지음, 일실됨.

이 책은 인용된 것만 보이고 저록에는 보이지 않으며 권수를 알 수 없다.

황순(黃罃)의 ≪산곡연보(山谷年譜)≫ 권5 '평여를 지날 때 당시 병주에 있던 자선을 그리워하며(過平輿懷子先時在幷州)' 조목 아래에 다음과 같은 말이 있다.

> ≪잠부시화≫에 '황정견(黃庭堅)이 사람들을 가르치면서 이르기를, 세상에 어찌 천리마가 없겠는가, 사람 가운데 구방고[1] 같은 이를 얻기가 어려울 뿐이니, 이것을 율시를 쓰는 법도로 삼을 수 있다고 하였다.'는 말이 실려 있는데, 바로 이 시이다.(按≪潛夫詩話≫載山谷敎人云, 世上豈無千里馬, 人中難得九方皐, 此可以爲律詩之法', 卽此詩也)

또한 원나라 황진(黃溍)의 〈황문헌공필기(黃文獻公筆記)〉에 다음과 같은 말이 있다.

1 구방고(九方皐)는 백락(伯樂)의 친구로 역시 말에 대해 안목이 있었다. 진(秦)나라의 목공(穆公)이 구방고에게 준마 한 필을 구해 오라고 하였다. 얼마 후 명마 한 필을 목공에게 데리고 왔는데 목공은 평범한 말이라고 생각하여 구방고를 내쫓으려고 하였지만 백락이 이를 말리고 "정말 훌륭한 말입니다."라고 하였다. 목공이 다시 자세히 살펴보니 명마 중의 명마였다.

도연명의 시에서 '옛날에 황자렴이 있었는데, 벼슬을 하여 이름난 고을을 보좌하였네.'라 하였는데, 탕백기가 이에 주석을 달아 '≪삼국지≫ 황개의 전기 주석에서 남양태수 황자렴의 후예이다'라 하였다. ≪유잠부시화≫에서도 이르기를, 황자렴의 이름은 황개의 전기에만 보인다고 하였다.(陶公詩'昔在黃子廉, 彈冠佐名州'[2]. 湯伯紀注云 :'≪三國志≫黃蓋傳注, 南陽太守黃子廉之後.' ≪劉潛夫詩話≫亦云 : 子廉之名僅見蓋傳)

이 책이 인용된 곳은 겨우 이 2조목뿐이다. 청나라 조익(趙翼)의 ≪구북시화(甌北詩話)≫ 권11에서 또한 비록 "천리마(千里馬)" 1연을 인용하기는 하였으나 이는 ≪산곡연보≫에서 재인용해 낸 것이므로 이 책을 반드시 보았다고 할 수는 없다.

남송 사람으로 성이 유(劉)씨이면서 자가 잠부(潛夫)인 사람은 두 사람이 있다. 하나는 유극장(劉克莊)[3]으로 ≪후촌시화(後村詩話)≫를 지었는데, 애초에 이 책이 ≪후촌시화≫의 별칭이 아닐까 의심되었지만, 이 두 조목이 모두 ≪후촌시화≫에 보이지 않으므로 다른 사람임을 알 수 있다. 또 다른 하나로 유염(劉炎)이 있는데, 자가 잠부이고 호는 휘당(撝堂)으로 소무(邵武, 지금의 복건성(福建省) 소무시(邵武市)) 사람이다. 황순과 함께 주자(朱子)에게서 학문을 하였는데 시에 능하였으므로 응당 이 사람이 맞을 것이다. 그의 시명이 그다지 뛰어나지 않아 시화까지도 세상에 알려지지 않는 것이 애석하다. 그러나 원나라 때까지 판본이 전해진 것은 의심할 나위 없다.

---

2 이 시는 도연명의 〈가난한 선비를 읊어(咏貧士)〉 7수 중 일곱 번째 시이다.

3 유극장(劉克莊, 1187~1269)은 남송 보전(莆田, 지금의 복건성(福建省) 보전시(莆田市)) 사람으로, 초명은 작(灼)이고 자는 잠부(潛夫)이며 호는 후촌거사(後村居士)이다. 시호는 문정(文定)이다. 영종(寧宗) 가정(嘉定) 2년(1207)에 음사로 관직에 들어섰으며, 도종(度宗) 함순(咸淳) 4년(1267)에 용도각직학사에 올랐다. 진덕수(眞德秀)에게 배웠고 평생 많은 작품을 남겼는데, 사후에 이를 정리한 ≪후촌선생대전집(後村先生大全集)≫ 196권이 편찬되었다. 유극장의 시는 강호파(江湖派)에 속하는데, 시사를 풍자한 내용이 많고 민생의 고초를 반영하고 있다. 또한 사(詞)는 애국적인 강개(慷慨)와 비통을 노래하는 작품이 많다.

내가 전에 ≪송시화집일(宋詩話輯佚)≫을 편집할 때는 이 책을 언급하지 않았다. 지금은 겨우 2조목만 알게 되었지만 이에 근거하여 모아 넣을 수 있을 것이다.

시해유주(詩海遺珠)

9권, 탕암기(湯岩起) 지음, 일실됨.

탕암기(?~?)의 자는 몽량(夢良)이고 지주(池州) 동릉(銅陵, 지금의 안휘성(安徽省) 동릉시(銅陵市)) 사람인데 그의 생애는 미상이다.

이 책 역시 여러 저록에는 보이지 않는다. 오직 방회(方回)의 ≪동강집(桐江集)≫ 권7 〈어은총화고(漁隱叢話考)〉에 "호자(胡仔)는 완열(阮閱)이 문목을 나눈 방식을 적당하다고 생각하지 않았다. 탕암기는 완열의 고향 사람으로 ≪시해유주≫를 지었는데 또 호자를 옳지 않다고 여겼다.(元任[1]以閎休[2]分門爲未然, 有湯岩起者, 閎休鄕人, 著≪詩海遺珠≫, 又以元任爲不然)"라 하였다. 그러므로 이 책은 찾아볼 수는 없지만 편찬체례에 대해서는 이 몇 마디 말로 어렵지 않게 알 수 있다. 완열(阮閱)의 ≪시총(詩總)≫은 당시 사람의 수요에 잘 맞아서 널리 유행한 이후에는 그 체례를 바꾸어 별도로 편집한 판본이 있게 되었는데 이것이 ≪초계어은총화(苕溪漁隱叢話)≫이다. 그 체례를 고수하면서 증보하고 개편한 판본도 있었는데, 저두남(褚斗南)이 편집한 ≪시화총귀(詩話總龜)≫가 그것이다. 이 책은 저두남의 판본 이전 것으로, ≪시총≫의 체례를 이어 보

1 【원주】 호자(胡仔)이다.

2 【원주】 완열(阮閱)이다.

충한 저작이었으므로 유주(遺珠)라 하였다.

《동강집》에는 〈시해유주고(詩海遺珠考)〉도 있는데, "《시해유주》 9권, 627조목은 구화의 몽량 탕암기가 담양에서 가르칠 때 모은 것이다. …탕암기의 자서가 있는데 대개 순희 13년 병오년(1186)에 완열의 집에 있는 책을 초록하여 만든 것이다.(《詩海遺珠》九卷, 六百二十七條, 九華湯岩起夢良分敎潭陽日所集也…夢良自序, 蓋淳熙十三年丙午取阮閎休家所有書抄錄而成)"라 하였다. 《초계어은총화》 전집(前集)의 자서(自序)는 소흥(紹興) 18년 무진년(1148)에 쓰였고, 후집의 자서는 건도(乾道) 3년 정해년(1167)에 쓰였으니, 이 책이 이루어진 것은 《초계어은총화》 전집과 33년 차이가 나고 후집과는 18년 차이가 난다.[3] 대체로 《초계어은총화》와 다른 견해를 가지고 있으며 《시총》의 유업을 잇고 있다.

〈시해유주고〉에서는 또한 "완열의 집은 지주 동릉현에 있었는데 탕암기가 동향사람이었다.(阮閎休家池州之銅陵縣, 夢良乃其鄕人)"라 하였다. 그런데 《시화총귀》에 있는 "용서완열(龍舒阮閱)"을 상고해보면, 용서는 지금의 서성현(舒城縣)이며, 호자의 《초계어은총화》의 자서에서도 "서성의 완열이 《시총》을 펴낸 적이 있다.(舒城阮閱嘗編詩總)"라는 말이 있다. 서성과 동릉은 같은 지역이 아닌데, 완열은 본적은 서성에 속하면서 동릉에서 살았던 것일까?

방회는 또 다음과 같이 말하였다.

> 탕암기는 호자의 《초계어은총화》가 잘못되었으며 자신의 저작을 그 속에 함께 넣은 것이 부당하다고 하였는데, 이는 진실로 그러한가? 완열은 선화 연간 말에 원우당금 때문에 원우의 여러 작가들을 빼버렸는데, 호자는 《초계어은총화》에 더 넣었으니, 이것을 어찌 아첨하기 위해서였다[4]고

3 계산에 오류가 있는 듯하다. 전집과는 38년, 후집과는 19년의 차이가 있다.
4 《논어 · 헌문(憲問)》: "공자가 이르기를, 감히 말 잘하는 것을 하려는 것이 아니라 고집불통함을 미워함이니라.(孔子曰非敢爲佞也, 疾固也)"

말 할 수 있겠는가?(夢良謂胡元任≪叢話≫爲非, 不當剛以己作, 說固然矣! 閎休在宣和末, 以時禁略去元祐諸公, 而元任益入≪叢話≫, 此豈可謂爲佞哉)

그렇다면 탕암기의 이 책에서는 어찌하여 "원우의 여러 작가(元祐諸公)"를 빼버렸단 말인가? 송인의 시화를 편집하면서 "원우의 여러 작가"를 빼버린다면, 그 책은 취할 만한 것이 없을 것이다. 탕암기가 활동할 때 편협한 견해가 다시 부활하여 당금(黨禁)에 대한 논의를 굳건히 유지하고 있었으니, 그의 사람됨 또한 취할 만한 것이 없는 것이다.

방회는 이 책에 대해 다음과 같이 평하고 있다.

송나라 시인 160여명 가운데 소태[5]는 있지만 소과[6]는 없고 강단우[7]는 있지만 강단본[8]은 없으며, 청강삼공[9]과 소덕의 여러 조씨들[10]은 모두 포함되지 않았다. 왕립의 부친인 왕역은 시인이 아니며, 장산인[11]이 지은 17자시

5 소태(蘇迨, 1070~1126)는 북송 미주(眉州) 미산(眉山, 지금의 사천성(四川省) 미산시(眉山市)) 사람으로, 소병(蘇昺), 소병(蘇炳), 혹은 소정(蘇鼎)이라고도 한다. 자는 중예(仲豫) 혹은 숙기(叔寄), 계명(季明)이다. 소식(蘇軾)의 차남이며, 저서로 ≪정몽서(正蒙序)≫, ≪낙양논의(洛陽論議)≫가 있다.

6 소과(蘇過, 1072~1123)는 북송 미주(眉州) 미산(眉山, 지금의 사천성(四川省) 미산시(眉山市)) 사람으로, 자는 숙당(叔黨)이고 자호는 사천(斜川)이다. 소식의 셋째 아들로, 사적은 ≪송사·소식전(蘇軾傳)≫에 부록되어 있다.

7 강단우(江端友, ?~?)는 북송 진류(陳留, 지금의 하남성(河南省) 개봉시(開封市)) 사람으로, 자는 자아(子我)이고 호는 칠리선생(七里先生)이다. 생졸년은 미상이다. 건염(建炎) 원년(1127)에 복건로무유사(福建路撫諭使)를 역임하였고 소흥(紹興) 2년(1132)에 강주숭도관(江州崇道觀)을 주관하였으며 온주(溫州)에서 죽었다. 강휴복(江休復)의 손자이며, 강서시파 시인 중의 하나이다. 저서로 ≪칠리선생자연재집(七里先生自然齋集)≫ 7권이 있다.

8 강단본(江端本, ?~?)은 북송 진류(陳留, 지금의 하남성(河南省) 개봉시(開封市)) 사람으로, 자는 자지(子之)이다. 생졸년은 미상이며 1100년 전후에 활동하였다. 강단우(江端友)의 동생이며, 저서로 ≪진류집(陳留集)≫ 1권이 있다.

9 공평중(孔平仲)과 그의 형 공문중(孔文仲), 공무중(孔武仲)을 합쳐 이른 것이다. 이들은 북송 임강(臨江, 지금의 강서성(江西省) 신여현(新余縣)) 사람으로, 모두 문장에 능하였다. 저서로 ≪청강삼공집(淸江三孔集)≫이 있다.

10 조씨(晁氏)는 대대로 수도의 소덕방(昭德坊)에 살았으므로 당시 사람들은 조씨들을 부를 때 '소덕'을 앞에 붙였다. 조형(晁逈), 조종각(晁宗慤) 등이 당시에 이름났었다.

11 장산인(張山人, ?~?)은 북송 연주(兗州, 지금의 산동성(山東省) 연주시(兗州市)) 사람으로 당

는 악공의 시인데도 모두 들어있다. 나는 처음에는 이 책이 어떤 사실이 있으면 바로 쓰고 사실이 없는 것은 쓰지 않았다고 생각하였다. 그러나 중간에 보면 없는 사실을 쓰고 있고 또 다른 사람의 시화에 대해서는 그 이름을 표기하지 않아 마치 자신이 말한 것처럼 굴었다. 어그러짐이 이와 같으니 탕암기는 호자를 경솔히 비난할 수 없다.(宋詩人一百六十餘人, 有蘇仲豫而無叔黨, 有江端友而無端本, 淸江三孔, 昭德諸晁皆不與. 王立之父王棫, 非詩人也, 張山人作十七字詩者, 詩之優伶也, 則皆書之. 予初疑是有其事卽書, 無者不書, 然中間亦各有其事. 且凡他人詩話, 皆不標出其名, 如以爲己所云者. 舛剌如此, 殆未可輕訾胡元任也)

따라서 이 책이 산일되게 된 것 또한 이유가 없지 않았다. ≪송사(宋史)·예문지(藝文志)≫에 "탕암기의 ≪시해유주≫ 1권(湯岩起≪詩海遺珠≫一卷)"이 소설류에 편입되어 있으니, 이 책은 원나라 때 이미 여덟 권이 산일되었던 것이다.

시 유명한 설화인(說話人)이었다. 본명은 장수(張壽)이다. 그가 설원화(說諢話)를 할 때 대개 배해체(俳諧体) 17자시, 즉 5언 3구이고 결미는 2자를 많이 썼다. 언어는 천속하나 날카로운 풍자가 있어 당시 사람들이 좋아하였다.

산음시화(山陰詩話)

1권, 육유(陸游) 지음, 일실됨.

육유(陸游, 1125~1210)는 남송(南宋) 월주(越州) 산음(山陰, 지금의 절강성(浙江省) 소흥시(紹興市)) 사람으로, 자는 무관(務觀)이고 호는 방옹(放翁)이다. 후세에 육유는 '애국시인'이라는 평가를 받는다. 저서로 ≪방옹사(放翁詞)≫, ≪위남사(渭南詞)≫, ≪노학암필기(老學庵筆記)≫ 등이 있다.

육유(陸游, 1125~1210)는 ≪노학암시화(老學庵詩話)≫도 지었는데 이미 앞에서 살펴보았다. 육유는 저작이 매우 풍부하고 시로 특히 명성이 있었지만 시화가 있다는 말은 듣지 못하였다. ≪노학암시화≫는 일본 사람이 ≪노학암필기(老學庵筆記)≫에서 편집해 낸 것이다. 이 책은 오직 ≪송사(宋史)·예문지(藝文志)≫에만 보이는데, 자부(子部) 소설류(小說類)에 들어가 있다. 아마도 산음 지방의 이야기가 주 내용이기 때문일 것이다. 이후에 ≪국사경적지(國史經籍志)≫와 ≪절강통지(浙江通志)·경적지≫에 모두 저록되어 있지만 근거로 삼기에는 부족하니 분명히 이 책을 보지는 못했을 것이다.

또한 ≪직재서록해제(直齋書錄解題)≫ 권22에 ≪산음시화≫ 1권이 있고 맹달(孟達) 이겸(李兼)[1]이 지었다고 되어 있다. 두 책은 제목이 같은데 동일한 책인지 여부는 모르겠다.

1 이겸(李兼, ?~1208)은 남송 영국(寧國) 선성(宣城, 지금의 안휘성(安徽省)) 사람으로, 자는 맹달(孟達)이고 호는 설암(雪巖)이다. 이굉(李宏)의 손자이다. 학문을 좋아하였고 한원룡(韓元龍)과 교유하였다. 적공랑(迪功郎), 현현승(賢縣丞) 등을 지냈다. 저서로 ≪설암집(雪巖集)≫이 있다.

산음시화(山陰詩話)

1권, 이겸(李兼) 지음, 일실됨.

이겸(李兼, ?~1208)은 남송 영국(寧國) 선성(宣城, 지금의 안휘성(安徽省) 영국시(寧國市)) 사람으로, 자는 맹달(孟達)이고 호는 설암(雪巖)이다. 이굉(李宏)의 손자이다. 학문을 좋아하였고 한원룡(韓元龍)과 교유하였다. 적공랑(迪功郎), 현현승(賢縣丞) 등을 지냈다. 저서로 ≪설암집(雪巖集)≫이 있다.

이겸(?~1208)의 자는 맹달(孟達)이고 영국(寧國, 지금의 안휘성(安徽省) 영국시(寧國市)) 사람인데 박학하고 시에 뛰어나 양만리(楊萬里)가 그를 칭찬하였다. 개희(開禧) 3년(1207)에 조청낭(朝請郎)으로 외직에 나가 지태주(知台州)가 되었는데, 관직에 있으면서 절조가 있어 다음해 9월 종정승(宗正丞)에 제수되었지만 관직에 나가지 못한 채 죽었다. 저서로 ≪설암집(雪巖集)≫이 있다. ≪직재서록해제(直齋書錄解題)≫에 ≪이맹달집(李孟達集)≫ 1권이 있다.

이 책은 ≪직재서록해제≫에 처음 저록된 이후 ≪문헌통고(文獻通考)·경적고(經籍考)≫, ≪안휘통지(安徽通志)·예문지(藝文志)≫에서 모두 그것을 따르고 있다.

웅장시화(熊掌詩話)

권수 미상, 정규(鄭揆) 지음, 일실됨.

정규(?~?)의 호는 몽천(蒙泉)이고 보전(莆田, 지금의 복건성(福建省) 보전시(莆田市)) 사람이다. 융흥(隆興) 원년(1163)에 진사가 되었다. 이 책은 권수를 알 수 없으며 다른 책에 인용된 것도 찾아볼 수 없다. 다만 도광(道光) 연간(1821~1850)에 중찬(重纂)된 ≪복건통지(福建通志)·경적지(經籍志)≫와 ≪흥화부지(興化府志)·예문지(藝文志)≫에 모두 저록되어 있는데, 그 근거를 알 수 없다.

청림시화(淸林詩話)

권수 미상, 왕명청(王明淸) 지음, 일실됨.

이 책은 찾아볼 수 없어 아마도 일실된 듯하다. 섭성(葉盛)의 ≪녹죽당서목(菉竹堂書目)≫과 양사기(楊士奇) 등의 ≪문연각서목(文淵閣書目)≫에 "≪청림시화≫ 1책은 누락되어 있다."고 말하면서 지은이를 말하지 않았다. 여악(厲鶚)의 ≪송시기사(宋詩紀事)≫ 권58의 왕명청의 소전(小傳)에서 이르기를, "왕명청(?~?)의 자는 중언이고, 여음(汝陰, 지금의 안휘성(安徽省) 부양시(阜陽市)) 사람이며 설계선생 왕질(王銍)[1]의 차남이다. 경원 연간(1195~1200)에 가흥에 살았고 태주에서 수령을 역임하였다. 저서로 ≪휘주삼록≫, ≪옥조신지≫, ≪투할록≫, ≪청림시화≫가 있다.(明淸字仲言, 汝陰人, 雪溪先生銍之次子. 慶元間寓居嘉興, 官泰州倅. 著有≪揮麈三錄≫, ≪玉照新志≫, ≪投轄錄≫, ≪淸林詩話≫)"라 하였다.

≪휘주삼록(揮麈三錄)≫ 등은 모두 사고전서에 저록되어 있지만 ≪청림시화≫만 저록되어 있지 않은데, 여악이 과연 무엇을 근거로 말하였는지 모르겠다. ≪가흥부지(嘉興府志)≫ 권51의 유우왕명청전(流寓王明

1 왕질(王銍, ?~?)은 북송 여음(汝陰, 지금의 안휘성(安徽省) 부양시(阜陽市)) 사람으로, 생졸년은 분명하지 않다. 자는 성지(性之)이다. 추밀원편수관(樞密院編修官)을 역임하였다. 저서로 ≪묵기(默記)≫, ≪보시아소명록(補侍兒小名錄)≫, ≪설계집(雪溪集)≫ 등이 있다.

淸傳)[2]을 상고해보면 여기에도 이 말이 있는데, 주석에서 "≪지원지≫는 ≪취리시계≫를 참고로 하였다.(≪至元志≫參≪檇李詩繫≫)"라 하였다. 그러므로 여악이 근거한 것은 아마도 이것과 같은 것이었을 것이다.

2 유우(流寓)란 지방지(地方志) 내용의 한 부분으로, 그 지방에 기거하는 명사를 기술한 것이다.

속노두시평(續老杜詩評)

5권, 방전(方銓) 지음, 일실됨.

방전(?~?)의 자는 숙평(叔平)으로 평숙(平叔)이라고도 하며, 호는 진교(眞窖)이고 보전(莆田, 지금의 복건성(福建省) 보전시(莆田市)) 사람이다. 순희(淳熙) 2년(1175)에 진사가 되었으며 방차팽(方次彭)[1]의 증손이다. 방심도(方深道)[2]와 방순도(方醇道)[3]는 모두 방차팽의 아들로[4] 두보에 관한 여러 시평(詩評)을 수집하였고 방전이 다시 이를 이었는데 두보의 시학을 한 가문에서 모았다는 점이 특이하다. 이 책은 ≪송사(宋史)・예문지

1 방차팽(方次彭, ?~?)은 북송 보전(莆田, 지금의 복건성(福建省) 보전시(莆田市)) 사람으로, 자는 공술(公述)이다. 황우(皇祐) 원년(1049)에 진사에 급제하였으며, 매주지부(梅州知府)를 역임하고 관직은 조청랑(朝請郎)에 이르렀다. 방안도(方安道), 방원도(方原道), 방심도(方深道)의 아버지이다.

2 방심도(方深道, ?~?)는 북송 보전(莆田, 지금의 복건성(福建省) 보전시(莆田市)) 사람으로, 생졸년은 분명하지 않다. 선화(宣和) 6년(1124)에 진사가 되었고 봉의랑(奉議郎)과 지천주진강현(知泉州晉江縣)을 지냈다. 방차팽(方次彭)의 셋째 아들로, 방안도(方安道), 방원도(方原道)가 형제이다. 방순도(方醇道)와 혼동하기도 하는데, 방순도는 방차팽의 조카로, 방심도와는 종형제 사이이다. 저서로 ≪유집두보시사(類集杜甫詩史)≫ 30권, ≪집제가노두시평(集諸家老杜詩評)≫ 5권, ≪필봉집(筆峰集)≫ 5권 등이 있다.

3 방순도(方醇道, ?~?)는 북송 흥화(興化, 지금의 강소성(江蘇省) 흥화현(興化縣)) 사람으로, 자는 온수(溫叟)이다. 방차팽의 조카이다. 지남검주(知南劍州)를 지냈는데 청렴하였다. 저서로 ≪두릉시평(杜陵詩評)≫ 10권, ≪유집시사(類集詩史)≫ 30권 등이 있다.

4 아들 항렬임을 말한 것이다.

(藝文志)≫에도 저록되어 있으나 '전(銓)'자가 '전(絟)'으로 잘못되어 있다. 지금은 ≪복건통지(福建通志)·경적지(經籍志)≫를 따라 수정하였다.

이 책은 채몽필(蔡夢弼)의 ≪초당시화(草堂詩話)≫와 같은 시기이거나 약간 이전에 편집되어 내용이 상당 부분 비슷했을 것이다. 지금 이 책은 일실되었으나 채몽필의 책은 전해지니 그나마 불행 중 다행이다. 중간(重刊)한 ≪흥화부지(興化府志)≫ 권26 〈예문지(藝文志)·시부류(詩賦類)〉에는 ≪속편두릉시평(續編杜陵詩評)≫이라 되어 있는데, 이 지방지에서 방순도가 편찬한 ≪두릉시평(杜陵詩評)≫ 1권을 언급한 적이 있으므로 이 책을 속편이라 한 것이다.

두시구발(杜詩九發)

권수 미상, 오경(吳逕) 지음, 일실됨.

오경(?~?)의 호는 필문(蓽文)이고, 보전(莆田, 지금의 복건성(福建省) 보전시(莆田市)) 사람인데 관직 이력은 미상이다. 이 책은 저록되거나 인용되지 않았으니 일찍이 산일되었을 것이다. 오직 이앙영(李昂英)의 ≪문계집(文溪集)≫ 권3 〈오필문의 두시구발 서문(吳蓽文杜詩九發序)〉에서 다음과 같이 말하며 이 책에 대하여 지극히 추숭하고 있다.

> 두보 시에 대해 이름난 이들이 모두 평하였는데, 이렇게 재차 연구하여 논리를 갖추어 책으로 만든 경우는 드물었다. 보전의 오경은 구절을 깊이 생각하여 의미를 언외에서 찾고 음향을 탐구하며 맥락을 헤아리고 강목을 들어 두보의 흉금과 기상을 곡진하게 묘사해 내었으니, 이 모두가 이전 사람이 도달하지 못한 경지였다.(草堂詩名輩商評盡矣! 反覆備論爲一書者蓋鮮. 莆田吳君逕思覃句中, 意索言外, 尋音響, 泝脉絡, 擧綱目, 工部胸襟氣象模寫曲盡, 皆前人所未到)

이앙영의 자는 준명(俊明)이고 번우(番禺, 지금의 광주시(廣州市) 남쪽) 사람으로, 순우(淳祐) 연간(1241~1252)에 이부시랑(吏部侍郎)을 지냈으므로, 이 책은 마땅히 이종(理宗, 1224~1264) 이전에 완성되었을 것이다. 송나라 때 두보를 논한 시화는 대부분 예전의 견해를 모은 것인데, 마음속에 터득한 것을 표현하여 전문적인 저작을 이룬 것으로는 이 책이 그 효시라 하겠다.

두시발휘(杜詩發揮)

1권, 두전(杜旃) 지음, 일실됨.

두전(杜旃, ?~?)은 남송 금화(金華, 지금의 절강성(浙江省) 금화시(金華市)) 사람으로, 무주(婺州) 난계(蘭溪, 지금의 절강성(浙江省) 난계시(蘭溪市)) 사람이라 하기도 한다. 자는 중고(仲高)이고 호는 벽재(癖齋)이다. 생졸년은 미상이며 대략 광종(光宗) 소희(紹熙) 연간(1190~1194)을 전후로 생존하였다. 형 백고(伯高) 두여(杜旟)를 비롯하여 동생들인 숙고(叔高), 계고(季高), 유고(幼高)와 함께 나란히 이름을 날려 세칭 '금화오고(金華五高)'라 칭송되었다. 사(詞)에 특히 뛰어났으며, 저서로 ≪두시발휘(杜詩發揮)≫, ≪벽재소집(癖齋小集)≫ 등이 있다.

두전(?~?)의 자는 중고(仲高)이고, 금화(金華, 지금의 절강성(浙江省) 금화시(金華市)) 사람으로, 형 백고(伯高) 두여(杜旟)와 동생 숙고(叔高) 두유(杜斿), 계고(季高) 두수(杜旞), 유고(幼高) 두괴(杜旝) 모두 박학하고 문장에 뛰어나 당시 사람이 그들을 '금화오고(金華五高)'라 불렀다. ≪벽재소집(癖齋小集)≫이 있다.

이 책은 찾아볼 수 없고 다만 ≪직재서록해제(直齋書錄解題)≫와 ≪문헌통고(文獻通考)・경적고(經籍考)≫에 모두 문사류(文史類)에 편입되어 있다. 섭성(葉盛)의 ≪녹죽당서목(菉竹堂書目)≫ 권4 시사집류(詩詞集類)에 ≪두시발미(杜詩發微)≫ 1책이 있는데, 뒤에서 지금은 없다고 말하고 있다. '휘(揮)'와 '미(微)'의 음이 비슷하니 마땅히 이 책일 것이다. 누약(樓鑰)의 ≪공괴집(攻媿集)≫ 권66의 〈두전에 대한 답서(答杜仲高書)〉에서는 다음과 같이 말하고 있다.

> 새로운 시를 부쳐 보여주시니 재빨리 읽고는 감탄을 합니다. ≪두시집주≫ 등의 책을 다 보지 못한 것이 한스럽습니다. ≪두시발미≫는 몇 번이

나 음송하였는데 어찌나 탁월하고 고매한지요! 현명한 부자께서 두보(杜甫)의 속뜻을 충분히 드러내셨으니 견식이 낮은 자는 결코 이르지 못할 것입니다.(寄示新詩, 快讀降歎. ≪杜詩集注≫等書恨未盡見. ≪發微≫一編, 誦之數過, 卓乎高哉! 賢父子眞足以發少陵之微意, 非淺識者所及)

그러므로 아마도 이 책의 원래 제목이 '발미(發微)'였던 듯하니, 섭성의 저록 역시 근거가 없는 것은 아니다.

창산증씨시평(蒼山曾氏詩評)

1권, 증원일(曾原一) 기술, 여애명(黎艾明) 편집, 일실됨.

증원일(曾原一, ?~?)은 남송 영도(寧都, 지금의 강서성(江西省) 영도현(寧都縣)) 사람으로, 자는 자실(子實)이고 호는 창산(蒼山)이다. 어려서부터 시로 명성이 있었다. 대복고(戴復古)와 강호음사(江湖吟社)를 조직하여 농촌의 풍경과 농가의 일상생활을 묘사하였다. 나중에 전란 때문에 고향으로 돌아온 뒤 가산을 기울여 집을 짓고 저술에 전력을 다하였다. 저서로 ≪창산시집(蒼山詩集)≫, ≪선시연의(選詩衍義)≫가 있다.

증원일(?~?)의 자는 자실(子實)이고 호는 창산(蒼山)이며 감주(贛州) 영도(寧都, 지금의 강서성(江西省) 영도현(寧都縣)) 사람이다. 향천(鄕薦)[1]을 받아 관직은 승봉랑(承奉郞), 지남창현(知南昌縣)에 이르렀고, 소정(紹定) 연간(1228~1233)에 대복고(戴復古)[2]와 함께 강호음사(江湖吟社)[3]를 결성하였다.

이 책은 증원일이 기술하였고 동향 사람인 여애명이 집록하였는데, 지금은 전하지 않는다. 오징(吳澄)의 ≪오문정공집(吳文正公集)≫ 권12 〈창산증씨시평 서문(蒼山曾氏詩評序)〉에서는 다음과 같이 말하고 있다.

1 향공(鄕貢)이라고도 한다. 주현(州縣)의 학관을 거치지 않고 먼저 주현에서 실시하는 시험에 합격하고 난 후 상서성(尙書省)으로 가서 회시에 응시하는 것을 가리킨다.

2 대복고(戴復古, 1167~?)는 남송 천태(天台) 황암(黃巖, 지금의 절강성(浙江省) 태주시(台州市)) 사람으로, 자는 식지(式之)이고 자호는 석병(石屛)이다. 저명한 강호파(江湖派) 시인으로, 일생 동안 벼슬하지 않고 강호를 떠돌다가 고향으로 돌아와 은거하였다. 육유(陸游)에게 시를 배웠고, 만당시풍(晩唐詩風)의 영향을 받았으며 강서시파(江西詩派)의 풍격도 갖추고 있다. 저서로 ≪석병시집(石屛詩集)≫,≪석병사(石屛詞)≫가 있다.

3 강호음사(江湖吟社)에서는 농촌의 풍광과 일상생활을 묘사하였는데, 작품이 청신하고 명쾌하여 송나라 육유(陸游)의 전원시의 유풍을 담고 있었다.

학식은 장공(章貢)4의 증원일이 여러 시인 가운데 으뜸이었고 ≪시평≫은 동향의 선비였던 여애명(黎艾明)이 편집하였는데 주자의 〈공중지에게 답하여〉라는 글과 함께 둘만 하다. 또 밝히지 못한 것을 밝히고 있어 여러 작가의 시를 갖추어 평한 것 가운데 이처럼 적절하고 두루 잘 아는 것이 없었다. 이것을 읽으면 이전 사람들이 책을 보던 안목을 알 수 있을 뿐 아니라 진실로 후진을 위한 다리가 될 만하다.(其學識則章貢曾子實爲諸詩人之冠, ≪詩評≫一篇乃其同鄕之士黎希賢所輯, 可與朱子〈答鞏仲至〉一書相並, 而又發其所未發, 備評諸家詩未有若是其的切周悉者也. 得此不惟可以見前輩觀書之眼目, 抑眞可以爲後進之階梯)

이에 근거해보면 이 책의 내용을 대충 알 수 있을 것이다. ≪강서통지(江西通志)·예문략(藝文略)≫ 시문평류(詩文評類)에 이 책이 저록되어 있고 양희민(楊希閔)의 ≪향시척담(鄕詩摭談)≫ 권10에서도 이 책을 논하고 있는데, 모두 오징의 서문에서 기록하고 있는 내용에서 벗어나지 않는다. 여애명의 자는 희현(希賢)이고 영도(寧都) 동소(東韶, 지금의 강서성 공주시(贛州市) 영도현 서북쪽) 사람이다.

4 장공(章貢)은 장수(章水)와 감수(貢水)를 병칭한 말로, 두 강물은 감주(贛州)에서 합류되어 감강(贛江)으로 불린다. 감강은 강서성(江西省) 최대의 하천으로 파양호(鄱陽湖)를 지나 장강(長江)으로 합류한다.

공회시평(公晦詩評)

권수 미상, 이방자(李方子) 지음, 일실됨.

이방자(李方子, ?~1223)는 남송 소무(昭武) 광택(光澤, 지금의 복건성(福建省) 광택현(光澤縣)) 사람으로, 자는 공회(公晦)이고 호는 과재(果齋)이다. 천주관찰추관(泉州觀察推官), 국자록(國子錄)을 역임하였고, 후에 '진덕수당(眞德秀黨)'이라는 이유로 탄핵되어 귀향하였다. 어려서부터 박학하고 문장을 잘 썼으며, 주희(朱熹)에게 학문을 배웠다. 주희는 그를 두고 "그대의 사람됨을 보니, 스스로 결점이 적고 다만 관대하면서도 규율이 있고, 온화하면서도 과단성이 있다.(觀公爲人, 自是寡過, 但寬大中要規矩, 和緩中要果斷)"고 칭찬하며 '과(果)'를 서재 이름으로 삼을 것을 권하였다. 주희의 학설을 평생 지키며 갈고 닦았다. 저서로 ≪주자연보(朱子年譜)≫, ≪우공해(禹貢解)≫, ≪전도정어(傳道精語)≫ 등이 있다.

이방자(?~1223)의 자는 공회(公晦)인데 정숙(正叔)이라고도 하며, 소무부(邵武府) 광택(光澤, 지금의 복건성(福建省) 광택현(光澤縣)) 사람이다. 가정(嘉定) 7년(1214) 진사가 되었고 주자(朱子)의 뛰어난 제자였다. 그는 일찍이 온화하고 느긋한 속에서도 과감하고 결단력이 있어야 한다고 여겨, 마침내 '과(果)'자를 자신의 서재 이름으로 삼았다. 천주관찰추관(泉州觀察推官)로 재직하면서 마침 진덕수(眞德秀)[1]가 천주를 관할하게 되자 사우(師友)의 예로 그를 대하였다. 국자학록(國子學錄)에 제수되었고 진주통판(辰州通判)을 지내다 죽었다.

유극장(劉克莊)의 ≪후촌대전집(後村大全集)≫ 권7에 〈이방자에 곡하여

1 진덕수(眞德秀, 1178~1235)는 남송 포성(浦城, 지금의 복건성(福建省) 포성현(浦城縣)) 사람으로, 자는 경원(景元)이고 호는 서산(西山)이다. 남송시대의 대신이자 학자이다. 벼슬이 참지정사(參知政事)에 이르렀는데 강직하기로 유명하였다. 주자학파(朱子學派)의 학자로서 저서로 ≪대학연의(大學衍義)≫, ≪당서고의(唐書考疑)≫, ≪독서기(讀書記)≫, ≪문장정종(文章正宗)≫, ≪서산갑을고(西山甲乙稿)≫, ≪서산문집(西山文集)≫ 등이 있다.

(哭李公晦)〉시 2수가 있는데 주석에 "진주에서 죽었다.(歿於辰州)"라 하였고, 진덕수의 ≪서산문집(西山文集)≫ 권34에 있는 〈이방자가 쓴 정백원 시 뒤에 제하여(題李果齋所書鄭伯元詩後)〉에서 이르기를, "나와 이방자는 천산에서 함께 관직을 지냈는데, 2년 동안 학문과 문장의 원류에 대해 거의 이야기하지 않은 것이 없었다. 다만 시에 대해서는 거의 말하지 않았으니, 생각해보니 생각을 말할 겨를이 없었다. 지금 이방자가 세상을 떠난 지 7년이 되었는데 비로소 그의 동생 이운자[2]의 집에서 그가 손으로 쓴 정백원 시와 태백의 묘에 올라 지은 것을 보았다.(子與公晦爲僚於泉山, 二年之間於學問文章源流幾亡所不講, 獨罕言詩, 意其未暇屬意也. 今公晦仙去已七年, 始於其弟耘叟處見其手寫鄭伯元詩及登太白墳所作)"라 하였다. 아래에 소정(紹定) 경인년(1230) 10월이라 쓰여 있으므로 이방자가 죽은 것은 가정(嘉定) 16년(1223)이었다.

이 책은 여러 저록에 보이지 않으며 다른 책에 인용되어 있지도 않다. 다만 유극장(劉克莊)의 ≪후촌제발(後村題跋)≫ 권2에 〈이운자가 소장한 그의 형의 ≪공회시평≫에 대한 발문(跋李耘子所藏其兄公晦詩評)〉이라는 문장이 있는데, 아마도 이 책이 간행된 것이 아니었기 때문에 묻혀서 세상에 알려지지 않은 것이 아니었을까? 유극장의 발문에서는 다음과 같이 말하고 있다.

> 옛날에 한유(韓愈)와 구양수(歐陽修) 두 공은 육조(六朝)와 오대(五代)의 문체가 비천하고 약한 것을 병폐로 여기고 이에 각자 일가의 말을 이루어 이것을 변화시켰으니, 이는 한 시대의 학자들만이 유행을 따르다가 없어져버리는 것이 아니다. 설령 서릉(徐陵), 유신(庾信), 양억(楊億), 유균(劉筠) 등과 같은 사람이 두 공과 같은 시대에 있다 하더라도 역시 북쪽을 바라보며 엎드

2 이운자(李耘子, ?~?)는 남송 소무(昭武) 광택(光澤, 지금의 복건성(福建省) 광택현(光澤縣)) 사람으로, 자는 운수(耘叟)이고 호는 방주(芳洲)이다. 생졸년은 미상이며, 사를 잘 써서 사집(詞集)이 있다.

> 리며 그들을 따랐을 것이다. 지금 온 세상이 만당의 시를 병폐라고 여기고 있으니 이는 한유와 구양수의 유지와 같다. 그러나 그저 병폐로만 여길 뿐 변화시키지는 못하며, 평가에는 가혹하면서도 가르침에는 소극적이니 어찌 그러한가? 공회(公晦)와 영숙(穎叔)은 근래 사람들의 시를 상세히 논하였는데, 나는 공회가 말한 맑고 담박하며 순박하고 예스러운 정취와 영숙이 말한 조화롭고 즐거운 소리가 만당의 기풍을 변화시킬 수도 가르칠 수도 있다고 생각한다. 그러나 나는 그들을 만나보지 못했다.(昔韓歐二公病六朝五季文體卑弱, 於是各爲一家之言以變之, 不獨一時學者從風而靡, 向使徐庾楊劉諸人及與二公同時, 亦必北面豎降矣. 今擧世病晩唐詩, 猶韓歐遺意也. 然徒病之而無以變之, 苛於評而謙於敎, 獨何歟? 蓋公晦及穎叔論近人之詩詳矣, 竊意公晦所謂沖澹淳古之趣, 穎叔所謂和樂之音, 可以變, 可以敎, 而余偶未之見也)

따라서 이 책의 논시의 주된 취지를 이 발문에서 볼 수 있다.

영숙(穎叔)은 왕수(王遂)로 자는 거비(去非)이고 금단(金壇, 지금의 강소성(江蘇省) 금단시(金壇市)) 사람이다. 가태(嘉泰) 2년(1202)에 진사가 되었고 일찍이 지소무군(知邵武軍)을 지냈으니 아마도 이방자와 더불어 시를 논하였으며 혹시 그의 시평에 발문을 쓴 사람이었을 것이다.

시법(詩法)

권수 미상, 조번(趙蕃) 지음, 일실됨.

조번(趙蕃, 1143~1219)은 남송 정주(鄭州, 지금의 하남성(河南省) 정주시(鄭州市)) 사람으로, 자는 창보(昌父)이고 호는 장천(章泉)이다. 조적(祖籍)은 정주인데, 남도 후에 신주(信州) 옥산(玉山, 지금의 강서성(江西省) 옥산현(玉山縣))에 거하였다. 이종(理宗) 소정(紹定) 2년(1229)에 직비각(直秘閣)으로 관직을 마쳤으며, 오래지 않아 죽었다. 시호는 문절(文節)이다. 어려서 유청지(劉淸之, ?~1190?)에게 학문을 배웠으며, 황정견(黃庭堅)을 종주로 삼아 간천(澗泉) 한표(韓淲, 1159~1224))와 더불어 이천선생(二泉先生)이라 불렸다. 저서는 이미 일실되었으며, ≪영락대전(永樂大典)≫에서 편집한 ≪건도고(乾道稿)≫ 2권, ≪순희고(淳熙稿)≫ 20권, ≪장천고(章泉稿)≫ 5권이 전한다. ≪송사(宋史)≫ 445권에 전(傳)이 있다.

조번(1143~1229)의 자는 창보(昌父)이고 그의 선조는 정주(鄭州) 사람인데, 남도 후 신주(信州)의 옥산(玉山, 지금의 강서성(江西省) 옥산현(玉山縣))에 살았다. 관직은 승의랑(承議郞)에 이르렀으며 직비각(直秘閣)으로 관직을 마쳤다. 시호는 문절(文節)이고 ≪장천집(章泉集)≫이 있다. 일찍이 주희(朱熹)에게 학문을 배웠고 태화주부(太和主簿)를 지낼 때 양만리(楊萬里)에게 인정을 받았다.

옛 사람은 조번에게 ≪시법≫이 있다고 하지 않았다. 위경지(魏慶之)의 ≪시인옥설(詩人玉屑)≫에서는 그의 말을 많이 인용하고 있으나 ≪시법≫이 있다고는 말하지 않았다. 오직 채정손(蔡正孫)의 ≪시림광기(詩林廣記)≫에서 왕유(王維)의 〈남산에서 흥을 달래며(南山遣興)〉 시 에서 '물이 다하고 구름이 인다.(水窮雲起)' 연[1]과 두보(杜甫)의 〈강가의 정자(江亭)〉의

1 그 연은 '물이 다하는 곳에 이르러 앉아서 구름 피어오르는 것을 보네.(行到水窮處, 坐看雲起時)'이다.

'물이 흐르고 구름이 머문다.(水流雲在)' 연[2]을 논하면서 조번의 ≪시법≫에서 나왔다고 하였다. 내가 보기에 조번에게는 〈시법시(詩法詩)〉가 있었는데, 이는 ≪시인옥설≫에 보인다. 조번에게 별도로 ≪시법≫이라는 저작이 있었는지 여부는 상고할 수 없어 그저 여기에 이것만 밝혀 둔다.

2 그 연은 '물은 흐르는데 마음은 조급하지 않고 구름 머문 곳에 뜻은 함께 느긋하네.(水流心不競, 雲在意俱遲)'이다.

시설(詩說)

권수 미상, 오릉(吳陵) 지음, 일실됨.

오릉(?~?)의 자는 경선(景仙)인데 관직 이력은 미상이다. 이 책 역시 저록에 보이지 않는다. 오직 엄우(嚴羽)의 ≪창랑시화(滄浪詩話)≫에 부록된 〈계숙 오릉의 편지에 답하여(答繼叔吳景仙書)〉에 다음과 같은 내용이 있다.

> 내 숙부[1]의 ≪시설≫은 그 문장이 매우 빼어나지만 다만 시를 논하는 원류와 시대 변화의 고하만을 다루고 있을 뿐이다. 비록 성당을 취하고 있기는 하지만 사람들로 하여금 지향하여 나아갈 바를 분명하게 제시하지 못하고 있다. 그 중 '집은 다르지만 가문이 같다(異戶同門)'는 설이 한 편의 요지이다.[2] 그러나 만당과 송나라를 이렇게 말하는 것은 가능하지만, 당나라 초엽 이래 대력 연간까지의 시를 집은 다르지만 가문이 같다고 말하는 것은 옳지 않다. 한・위・진・송・제・양의 시는 그 품격과 지위가 현격히 차이가 나는데도 그것을 한데 뭉뚱그려 통칭하면서 미세하게 따지면 실제로 다른 부분이 있기는 하지만 대체적으로 집은 다르지만 가문이 같다고 말하고 있으니, 어찌 그럴 수 있단 말인가? 또한 한유(韓愈)・유종원(柳宗元)

1 ≪창랑시화≫ 주에 따르면 표숙(表叔), 즉 외숙이라 하였다.

2 '근원은 같으나 흐름이 다르다(同源異流)', '길은 다르나 같은 곳으로 돌아간다(殊途同歸)' 등과 같은 의미로, 겉으로 드러나는 현상은 달라보이지만 내면의 공통점을 지니고 궁극적인 지향이나 귀결점 또한 크게 다르지 않는 것을 가리킨다.

은 성당이 될 수 없고 만당으로 떨어질 수도 없다고 말하고 있는데, 그 시기상으로 본다면야 옳은 것이다. 그러나 한유는 진실로 달리 논해야 한다. 유종원의 오언고시와 같은 것은 오히려 위응물(韋應物) 위에 있으니,[3] 어찌 원진(元稹)과 백거이(白居易)와 같은 동시대 작가들이 바라볼 수나 있었겠는가?[4](我叔≪詩說≫, 其文雖勝, 然只是說詩之源流, 世變之高下耳. 雖取盛唐, 而無的然使人知所趨向處. 其間異戶同門之說乃一篇之要領, 然晩唐本朝謂其如此可也, 謂唐初以來至大曆之詩, 異戶同門已不可矣. 至於漢魏晉宋齊梁之詩, 其品第相去高下懸絶, 乃混而稱之, 謂錙銖而較, 實有不同處, 大率異戶而同門, 豈其然乎? 又謂韓柳不得爲盛唐, 猶未落晩唐, 以其時則可矣. 韓退之固當別論. 若柳子厚五言古詩尙在韋蘇州之上, 豈元白同時諸公所可望耶?)

이 말을 보면 이 책에서 시를 논한 취지를 약간은 짐작할 수 있다.

또한 송나라의 시화 가운데 '시설(詩說)'이라 이름 붙여진 것으로 방도예(方道叡)가 지은 것이 있다. ≪절강통지(浙江通志)・경적지(經籍志)≫ 문사류(文史類)에서는 ≪엄릉지(嚴陵志)≫에 근거하여 모두 1권이라 하였는데, 지금 찾을 수 없으니 일실된 것이다.

≪시림광기(詩林廣記)≫ 권4[5]에 인용된 ≪시설≫을 살펴보면, 다음과 같이 말하고 있다.

시에는 시상(詩想)이라는 것이 있으니, 갑자기 떠오르면 막을 수 없지만, 어떤 사물이 그것을 해치게 되면 곧 잃게 된다. 그러므로 옛 사람이 '생각을 이르게 한다(覃思)', '생각을 드리운다(垂思)', '생각을 펼친다(抒思)'라고 말

---

3 소식(蘇軾)은 ≪동파제발(東坡題跋)≫ 권2 〈한유와 유종원의 시를 평하여(評韓柳詩)〉에서 "유종원의 시는 도잠 아래에 있으며 위응물 위에 있다. 한유는 호방하고 기험한 것에는 지나쳤고, 온화하고 평온한 것에는 미치지 못하였다.(柳子厚詩在陶淵明下, 韋蘇州上. 退之豪放奇險則過之, 而溫麗靖深不及也)"라 하였다. 엄우는 논시에 있어 소식과 황정견을 비판하였지만, 또한 많은 부분에서 이들의 견해를 인용하며 자신의 논리의 근거로 삼았으니, 이 문장 또한 이것의 한 예이다.

4 황정견(黃庭堅)은 〈유종원 시 발문(跋書柳子厚詩)〉에서 "유종원은 이처럼 도잠을 배워 도잠에 가까워질 수 있었으나, 백거이가 스스로 도잠을 본떴다고 말한 수십 편의 경우는 끝내 가까워질 수 없었다.(子厚如此學陶淵明, 乃爲能近之耳. 如白樂天自云效陶淵明數十篇, 終不近也)"라 하였으니, 엄우는 황정견과 같이 유종원을 높이고 백거이를 낮추었다.

5 이 내용은 실제로는 후집(後集) 권10에 실려 있다.

한 것들은 모두가 시상을 떠오르게 하고자 한 것이며, 이른바 '생각을 어지럽힌다(亂思)', '생각을 쓸어버린다(蕩思)'라고 한 것은 그것이 잃게 되기가 쉬움을 말한 것이다. 정계[6]의 시상은 눈보라 치는 파릉교의 나귀 위에 있었고[7] 당구[8]의 시는 돌아다닌 범위가 200리를 벗어나지 않았으니,[9] 이른바 시상이라는 것이 어찌 평범한 지척지간에서도 찾아 펴낼 수 있는 것이 아니겠는가?(詩之有思, 卒然遇之而莫遏, 有物敗之, 則失之矣. 故昔人言覃思垂思抒思之類, 皆欲其思之來. 而所謂亂思蕩思者, 言敗之易也. 鄭綮詩思在灞橋風雪中驢子上, 唐求詩所游歷不出二百里, 則所謂思者, 豈尋常咫尺之間所能發哉)

또한 ≪시화총귀(詩話總龜)≫ 후집 권43 아래 인용된 ≪시설≫에서는 다음과 같이 말하고 있다.

천주의 스님 경로가 시에서 '정을 나누는 것은 늙어가며 물처럼 담담해지고, 병든 몸은 가을 되며 소나무처럼 수척해지네.'라 하였으니, 이는 진실로 세속을 벗어난 방외의 말이다.(泉州僧慶老有詩云, '交情老去淡如水, 病骨秋來瘦作松', 眞方外語也)

이 두 책에서 인용한 ≪시설≫은 각각 다른 책이다. ≪시화총귀≫에서 인용한 것은 ≪시설준영(詩說雋永)≫ 속의 말이니, 이는 ≪시설준영≫을 줄여 말한 것일 뿐이다. ≪시림광기≫에서 인용한 것은 오릉

6 정계(鄭綮, ?~899)는 당나라 영양(滎陽, 지금의 하남성(河南省) 영양시(滎陽市)) 사람으로, 자는 온무(蘊武)이다. 예부시랑동평장사(禮部侍郎同平章事)를 역임하였다. 저서로 ≪개천전신기(開天傳信記)≫ 1권이 있다.

7 ≪북몽쇄언(北夢瑣言)≫ 권7에 실려 있는 고사이다. 정계는 "눈 내리는 날 나귀를 타고 파릉교를 건너면 시상이 절로 떠오른다."고 하였다.

8 당구(唐求, ?~?)는 당나라 촉주(蜀州) 청성(青城, 지금의 사천성(四川省) 숭주시(崇州市)) 사람으로, 당구(唐俅) 혹은 당구(唐球)라고도 한다. 산속에 은거하여 사람들이 당산인(唐山人) 또는 당은거(唐隱居)라 불렀다. 시를 잘 썼으나 마음에 드는 시는 항상 호리병 속에 넣어 두고 사람들에게 보여주지 않았으며, 만년에는 자신의 고심을 알아주기 바라며 표주박에 시를 담아 개울에 띄워 보내니, 사람들이 '일표시인(一瓢詩人)'이라 불렀다. 현재 ≪전당시(全唐詩)≫에 35수의 시가 전한다.

9 ≪시인옥설(詩人玉屑)≫ 권10에 실려 있다.

의 저작인 듯하나 저자의 이름이 기재되어 있지 않아 단언할 수는 없다. 방도예(方道叡)는 원나라 사람으로, 그의 시가 ≪원시선(元詩選)≫ 계집(癸集)에 보인다. 아마도 ≪절강통지≫가 송나라 사람으로 착각한 듯하다.

가언집(可言集)

전집(前集) 7권, 후집(後集) 13권, 왕백(王柏) 지음, 찾을 수 없음.

왕백(王柏, 1197~1274)은 남송 금화(金華, 지금의 절강성(浙江省) 금화시(金華市)) 사람으로, 자는 회지(會之)이고 시호는 문헌(文憲)이다. 하기(何基)에게 배웠으며, 경정(景定) 5년(1264) 여택서원강석(麗澤書院講席)에 임명되었다. 저서로 ≪시의(詩疑)≫, ≪서의(書疑)≫ 등이 있으나 지금은 일실되었다.

왕백(1197~1274)의 자는 회지(會之)이고 금화(金華, 지금의 절강성(浙江省) 금화시(金華市)) 사람인데, 처음 호는 장소(長嘯)였다가 후에 노재(魯齋)로 바꾸었다. 하기(何基)[1]의 문하에서 수업하였으며, ≪송사(宋史)≫ 438권에 전(傳)이 있다.

이 책은 ≪송사≫ 본전에서 ≪시가언(詩可言)≫이라 칭하기도 하고 ≪시가언집(詩可言集)≫이라 칭하기도 했는데, 오직 시평(詩評)에 대한 내용만 담고 있어 '가언(可言)'이라 한 것이다. ≪송사・예문지(藝文志)≫에는 경해류(經解類)에 들어있는데, 잘못된 것이다.

방회(方回)의 ≪동강집(桐江集)≫ 권7에 〈가언집고(可言集考)〉가 있는데 이 책은 "전집 7권 중 1, 2, 3권에서는 주희(朱熹)의 문집과 어록 등에서 ≪시경≫이 쓰인 까닭과 시의 가르침과 체제, 학문에 대해 논한 것을 담고 있으며, 초사(楚辭)까지 다루고 있다.(前集七卷, 一二三卷取文公文

1 하기(何基, 1188~1268)는 남송 금화(金華, 지금의 절강성(浙江省) 금화시(金華市)) 사람으로, 자는 자공(子恭)이고 시호는 문정(文定)이다. 북산(北山)의 반계(盤溪)에 은거하여 사람들이 북산선생(北山先生)이라고 불렀다. 여러 차례 관직에 제수되었으나 모두 사양하고 독서와 강학에만 전념하였다. 저서로 ≪하북산유집(何北山遺集)≫ 4권이 있다.

集語錄等所論三百五篇之所以作及詩之敎之體之學, 而及於騷)"고 말하였으니, 경해(經解)의 성격에 가까운 것이다. 또한 "4, 5, 6, 7권은 주희가 한나라 이후 송나라까지의 제발과 근래 여러 작가의 시에 대해 논한 것을 담고 있는데, 모두 반박할 수 없는 확실한 견해이다.(四五六七卷取文公所論漢以來至宋及題跋近世諸公詩, 皆攧撲不破之說也)"라 하였다. 그러므로 ≪청수각론시(淸邃閣論詩)≫, ≪회암시설(晦庵詩說)≫ 등의 책과 성격이 비슷하다. 요컨대 전집은 주로 주희의 말을 채집한 것이라 왕백이 스스로 지은 분량은 적다.

방회는 또 다음과 같이 말하고 있다.

> 후집 13권은 각각 한 종류만을 다루고 있는데 논하고 있는 시인은 23명이다. 주돈이[2] · 장재[3] · 양시[4] · 나종언[5] · 이동[6] · 서존[7] · 호안국[8] · 호인[9] ·

---

2 주돈이(周敦頤, 1017~1073)는 북송 도주(道州, 지금의 호남성(湖南省) 도영현(道營縣)) 사람으로, 자는 무숙(茂叔)이고 호는 염계(濂溪)이다. 만년에는 여산(廬山) 산기슭의 염계서당(濂溪書堂)에 은거하여 문인들이 염계선생이라 불렀다. 도가사상(道家思想)의 영향을 받아 새로운 유교이론을 창시하였다. 저서로 ≪태극도설(太極圖說)≫, ≪통서(通書)≫ 등이 있다.

3 장재(張載, 1020~1077)는 북송 대량(大梁, 지금의 하남성(河南省) 개봉시(開封市)) 사람으로, 후에 봉상(鳳翔) 미현(郿縣, 지금의 섬서성(陝西省) 미현(郿縣)) 횡거진(橫渠鎭)에 거주하였다. 자는 자후(子厚)이고 횡거선생(橫渠先生)이라 불렸다. 정호(程顥)와 정이(程頤)의 외숙이다. 이학(理學)의 창시자 중의 하나로 주돈이(朱敦頤), 소옹(邵雍), 정호, 정이와 함께 '북송오자(北宋五子)'로 불린다. 저서로 ≪횡거역설(橫渠易說)≫, ≪정몽(正蒙)≫, ≪경학리굴(經學里窟)≫ 등이 있으며, 모두 ≪장자전서(張子全書)≫ 안에 들어 있다.

4 양시(楊時, 1044~1130)는 북송 장락(將樂, 지금의 복건성(福建省) 장락현(將樂縣)) 사람으로, 자는 중립(中立)이고 호는 구산(龜山)이다. 정호(程顥)와 정이(程頤) 형제에게 배웠으며, 특히 형인 정호의 신임을 받았다. 저서로 ≪구산집(龜山集)≫ 42권, ≪구산어록(龜山語錄)≫ 4권 등이 있다.

5 나종언(羅從彦, 1072~1135)은 북송 남검(南劍, 지금의 복건성(福建省) 남평시(南平市)) 사람으로, 자는 중소(仲素)이고 학자들이 그를 예장선생(豫章先生)이라 불렀다. 시호는 문질(文質)이다. 동향(同鄕)의 선배 양시(楊時)의 가르침을 받았고, 정호(程顥)와 정이(程頤)의 학문을 동향의 후배 이동(李侗)에게 전하여 주자에 이르렀으므로, 이들과 함께 '남검의 세 선생(南劍三先生)'이라 불렸다. 1130년 광동(廣東) 박라(博羅)의 주부(主簿)로 임명되었으나, 관직에서 퇴직한 후에는 나부산(羅浮山)에 들어가 학문에 정진하여 마침내 구산문하(龜山門下)의 제1인자가 되었다. 저서로 ≪예장문집(豫章文集)≫ 16권, ≪준요록(遵堯錄)≫ 등이 있다.

6 이동(李侗, 1093~1163)은 북송 검포(劍浦, 지금의 복건성(福建省) 남평시(南平市)) 사람으로,

자는 원중(願中)이며 사람들이 연평선생(延平先生), 문연평(文延平)이라 불렀다. 양시(楊時), 나종언(羅從彦), 주희(朱熹)와 함께 '연평사현(延平四賢)' 혹은 '민학사현(閩學四賢)'으로 불렸다. 그의 조부와 부친 모두 유학으로 벼슬을 하였다. 이동은 24세에 나종언(羅從彦)에게 학문을 배웠으며, 세속의 일들과 절연을 하고 향리에서 가르치며 성인의 학문에 마음을 쏟았다. 저서로 ≪소산독서전(蕭山讀書傳)≫, ≪논어강설(論語講說)≫, ≪독역관견(讀易管見)≫ 등이 있고, 그의 어록으로는 주희가 편찬한 ≪연평문답(延平問答)≫이 있다.

7 서존(徐存, ?~?)은 북송 남당(南塘, 지금의 광동성(廣東省) 육풍시(陸豊市)) 사람으로, 자는 성수(誠叟)이고 호는 일평(逸平)이다. 생졸년은 미상이다. 북송 선화 연간에 양시(楊時)를 사사하여 정호(程顥)와 정이(程頤)의 재전제자(再傳弟子)가 되었다. 남송 초에 진회(秦檜)의 부름을 거절하고 남당(南塘)에 은거하며 서원을 열어 강학하니 제자들이 천 명에 이르렀다. 주희가 그를 방문하여 이학에 대해 토론하기도 하였다. 저서로 ≪육경강의(六經講義)≫, ≪서적의(書籍義)≫, ≪중용해(中庸解)≫, ≪논어해(論語解)≫, ≪맹자해(孟子解)≫ 등이 있었으나 모두 전하지 않고 ≪잠심실명(潛心室銘)≫만 남아있다.

8 호안국(胡安國, 1074~1138)은 북송 숭안(崇安, 지금의 복건성(福建省) 숭안현(崇安縣)) 사람으로, 자는 강후(康侯)이고 호는 청산(靑山)이다. 학자들은 그를 무이선생(武夷先生)이라 불렀고, 후세 사람들은 그를 호문정공(胡文定公)이라 불렀다. 저명한 경학가이자 호상학파(湖湘學派)의 창시자 가운데 한 사람이다. 저서로 ≪춘추전(春秋傳)≫이 있다.

9 호인(胡寅, 1098~1156)은 북송 숭안(崇安, 지금의 복건성(福建省) 숭안현(崇安縣)) 사람으로, 자는 명중(明仲), 중강(仲剛), 중호(仲虎)이고 호는 치당(致堂)이며 시호는 문충(文忠)이다. 1121년 진사가 되어 비서성 교서랑, 예부시랑 등을 지냈다. 호안국(胡安國)의 조카로, 정호와 정이의 제자 양시(楊時)에게서 수학하였다. 저서로 ≪논어상설(論語詳說)≫, ≪독사관견(讀史管見)≫, ≪숭정변(崇正辨)≫ 등이 있다.

10 호굉(胡宏, 1102~1161)은 북송 숭안(崇安, 지금의 복건성(福建省) 숭안현(崇安縣)) 사람으로, 자는 인중(仁仲)이고 호는 오봉(五峰)이며 사람들이 그를 오봉선생(五峰先生)이라 불렀다. 호안국의 아들이다. 호상학파(湖湘學派)의 창시자며 이정(二程)의 이학에 대해 깊은 통찰이 있었다. 서예에도 뛰어났으며 저서로 ≪지언(知言)≫, ≪황천대기(皇王大紀)≫, ≪역외전(易外傳)≫ 등이 있다.

11 주송(朱松, 1097~1143)은 북송 무원(婺源, 지금의 강서성(江西省) 무원현(婺源縣)) 사람으로, 자는 교년(喬年)이고 호는 위재(韋齋)이다. 주희(朱熹)의 부친이다. 정화(政和) 8년(1118)에 동상사출신(同上舍出身)의 자격을 얻었으며, 관직은 이부원외랑(吏部員外郎)에까지 이르렀다. 말과 행동이 진회(秦檜)를 거슬러 지요주(知饒州)에 임명되었으나 부임하지 않고 한직(閒職)을 청하여 주관태주숭도관(主管台州崇道觀)의 직책을 얻었다. 주희가 쓴 주송의 행장에 따르면, 저서로 ≪위재집(韋齋集)≫ 12권, ≪외집(外集)≫ 10권이 있다고 하였다.

12 유자휘(劉子翬, 1101~1147)는 북송 숭안(崇安, 지금의 복건성(福建省) 숭안현(崇安縣)) 사람으로, 자는 언충(彦沖)이다. 일찍이 흥화군통판(興化軍通判)을 지냈는데, 병을 핑계로 사직하고 고향에 돌아가 병산(屛山)에 집을 짓고 살다가 죽었다. 시호는 문정(文靖)이다. 저서로 ≪병산집(屛山集)≫ 20권이 있다.

13 여본중(呂本中, 1084~1145)은 북송 수주(壽州, 지금의 안휘성(安徽省) 수현(壽縣)) 사람으로, 자는 거인(居仁)이고 시호는 문청(文淸)이다. 동래(東萊)를 본으로 두었기 때문에 사람들은

그를 동래선생(東萊先生)이라 불렀다. 기거사인(起居舍人), 중서사인겸시강(中書舍人兼侍講), 권직학사원(權直學士院) 등을 역임하였다. 저서로 ≪자미시화(紫微詩話)≫, ≪동몽훈(童蒙訓)≫, ≪동래선생시집(東萊先生詩集)≫, ≪강서시사종파도(江西詩社宗派圖)≫ 등이 있다.

14 증기(曾幾, 1084~1166)는 북송 감주(贛州, 지금의 강서성(江西省) 감주시(贛州市)) 사람으로, 낙양(洛陽)에 옮겨가 살았다. 자는 길보(吉甫)이고 자호는 다산거사(茶山居士)이다. 비서소감(秘書少監), 예부시랑(禮部侍郞) 등을 역임했다. 강서시파의 마지막 계승자로서 학식이 깊고 넓었으며, 금(金)에 대한 절개와 지조로 육유를 비롯한 남송 시인들에게 많은 영향을 주었다. 저서로 ≪역석상(易釋象)≫과 ≪다산집(茶山集)≫이 있는데, 지금은 일실되었다.

15 주희(朱熹, 1130~1200)는 남송 휘주(徽州) 무원(婺源, 지금의 강서성(江西省) 무원현(婺源縣)) 사람으로, 자는 원회(元晦) 또는 중회(仲晦)이고, 호는 회암(晦庵), 회옹(晦翁), 운곡노인(雲谷老人), 둔옹(遯翁)이다. 유학자로 경학에 정통하여 도학(道學)과 이학(理學)을 합친 이른바 송학(宋學)을 집대성하였다. '주자(朱子)'라고 높여 이르며, 그의 학문을 주자학이라고 한다. 저서로 ≪시전(詩傳)≫, ≪사서집주(四書集註)≫, ≪근사록(近思錄)≫, ≪자치통감강목(資治通鑑綱目)≫ 등이 있다.

16 장식(張栻, 1133~1180)은 남송 광한(廣漢, 지금의 사천성(四川省) 광한시(廣漢市)) 사람으로, 자는 경부(敬夫), 또는 낙재(樂齋)이다. 장준(張浚)의 아들이다. 이부시랑(吏部侍郞) 등을 역임하였다. 나중에 형양(衡陽, 지금의 호남성(湖南省) 형양시(衡陽市))에 살았으며 호오봉(胡五峯)의 학문을 이어받아 성리학에 관한 지식이 깊었고 경(敬) 문제에 관해 주자와 자주 논쟁을 벌여 그의 학문에 많은 영향을 주었다. 저서로 ≪남헌역설(南軒易說)≫, ≪수사언인(洙泗言仁)≫, ≪논어설(論語說)≫, ≪맹자설(孟子說)≫ 등이 있다.

17 여조겸(呂祖謙, 1137~1181)은 남송 수주(壽州, 지금의 안휘성(安徽省) 봉태현(鳳台縣)) 사람인데, 출생지는 무주(婺州, 지금의 절강성(浙江省) 금화시(金華市))이다. 자는 백공(伯恭)이며, 저명한 이학가 중 하나이다. 당시 사람들은 여조겸의 큰할아버지인 여본중(呂本中)을 '동래선생(東萊先生)'이라 불렀고 여조겸을 '소동래선생(小東萊先生)'이라 불렀다. 저서로 ≪여씨가숙독시기(呂氏家塾讀詩記)≫, ≪동래문집(東萊文集)≫, ≪동래박의(東萊博議)≫가 있다.

18 황수(黃銖)는 남송 건안(建安, 지금의 복건성(福建省) 건구시(建甌市)) 사람으로, 자는 자후(子厚)이고 호는 곡성(谷城)이다. 손도현(孫道絢)이 모친으로, 젊어서부터 유자휘(劉子翬)에게 배웠으며 주희와 동문수학하였다. 과거에 실패한 후 마침내 은거하며 벼슬에 나가지 않았다. 저서로 ≪곡성집(谷城集)≫ 5권이 있다.

19 황간(黃幹, 1152~1221)은 남송 민현(閩縣, 지금의 복건성(福建省) 복주시(福州市)) 사람으로, 자는 직경(直卿)이고 호는 면재(勉齋)이다. 젊어서부터 주희(朱熹)에게 배웠고, 주희의 둘째 사위가 되었다. 주희의 사적을 정리한 ≪주자행장(朱子行狀)≫이 있고, 저서로 ≪오경강의(五經講義)≫, ≪사서기문(四書紀聞)≫, ≪회감아(誨監衙)≫ 등이 있다.

20 정단몽(程端蒙, 1143~1191)은 남송 파양(鄱陽, 지금의 강서성(江西省) 파양현(鄱陽縣)) 사람으로, 자는 정사(正思)이고 호는 몽재(蒙齋)이다. 주희에게 수업을 받았고, 후에 몽재서원(蒙齋書院)을 열어 강학하였다. 저서로 ≪성리자훈(性理字訓)≫이 있다.

21 서교(徐僑, 1160~1237)은 남송 무주(婺州) 의오(義烏, 지금의 절강성(浙江省) 의오시(義烏市)) 사람으로, 자는 숭보(崇甫)이며 시호는 문청(文淸)이다. 어려서부터 여조겸(呂祖謙)의 문인(門人) 섭규(葉邽)에게 배웠다. 상요(上饒)의 주부(主簿)로 옮겨가면서, 비로소 주희(朱熹)의 문

다. 덧붙여 보이는 이는 5명인데, 유청지[24] · 증극[25] · 조번[26] · 방사요[27] · 이방자[28]가 그들이다. 제13권은 본래 속집 1권으로 한나라 당산부인의 〈방중락〉을 싣고 있다. 그러므로 그의 입론이 엄격하다고 할 수 있을 것이다.

(後集十三卷, 各專一類, 而論其詩者二十三人, 曰濂溪 · 橫渠 · 龜山 · 羅豫章 · 李延平 · 徐逸平 · 胡文定 · 致堂 · 五峯 · 朱韋齋 · 劉屛山 · 潘默成 · 呂紫微 · 曾文清 · 文公 · 宣公 · 成公 · 黃谷城[29] · 黃勉齋 · 程蒙齋 · 徐毅齋 · 劉篁嵲 · 劉漫塘. 附見者五人, 曰劉靜春 · 曾景建 · 趙章泉 ·

하에 입문했다. 총명하고 강직하여 주희가 의(毅)로 재실(齋室)의 이름을 지어주기도 하였다. 단평(端平) 연간(1234~1236)에 관직이 공부시랑(工部侍郞)에 이르렀으며, 보모각대제(寶謨閣待制)로써 봉사(奉祠)하였다.

22 유자환(劉子寰, ?~?)은 남송 건양(建陽, 지금의 복건성(福建省) 건양시(建陽市)) 사람으로, 자는 기보(圻父)이고 호는 황률옹(篁栗翁)이다. 생졸년은 미상이며 송 영종(寧宗) 가정(嘉定, 1208~1224) 말엽 전후에 살았던 것으로 보인다. 일찍이 주희의 문하에 있었으며, 시사에 뛰어나 유극장(劉克莊)과 창화하였다. 저서로 ≪호암사(蒿庵詞)≫가 있으며, 유극장이 시집의 서문을 썼다.

23 유재(劉宰, 1167~1240)는 남송 진강(鎭江) 금단(金壇, 지금의 강소성(江蘇省) 금단시(金壇市)) 사람으로, 자는 평국(字平國)이고 호는 만당병수(漫塘病叟)이다. 그는 몇몇 관직을 지내다 은거하여 30년을 독서로 보냈다. 시호는 문청(文淸)이다. 저서로 ≪만당문집(漫塘文集)≫ 36권이 있다.

24 유청지(劉淸之, ?~1190?)는 남송 임강(臨江, 지금의 강서성(江西省) 임강시(臨江市)) 사람으로, 자는 자징(子澄)이다. 처음에 박학굉사과에 응시하려 할 때 주희(朱熹)를 만나고는 그때까지 익혔던 책을 다 태우고 비로소 의리의 학문에 뜻을 두었다. 저서로 ≪증자내외잡편(曾子內外雜篇)≫, ≪계자통록(戒子通錄)≫, ≪제의(祭儀)≫ 등이 있다.

25 증극(曾極)은 남송 임천(臨川, 지금의 강서성(江西省) 무주시(撫州市)) 사람으로, 자는 경건(景建)이다. 주희(朱熹)가 그의 저술과 시를 보고는 크게 놀라 그의 문장이 마치 소씨(蘇氏) 부자와 같다고 감탄한 적이 있다. 말년에 ≪강호집(江湖集)≫ 사건으로 죄를 얻어 도주(道州)에 폄적되었다가, 그곳에서 죽었다. 저서로 ≪용릉소집(舂陵小集)≫이 있었으나 지금은 전하지 않는다.

26 조번(趙蕃, 1143~1229)은 남송 정주(鄭州, 지금의 하남성(河南省) 정주시(鄭州市)) 사람으로, 남도 후에 신주(信州) 옥산(玉山)에 살았다. 자는 창보(昌父)이고 호는 장천(章泉)이며 시호는 문절(文節)이다. 어려서부터 유청지(劉淸之)에게 학문을 배웠다. 황정견(黃庭堅)을 종주로 삼아 한표(韓淲)와 더불어 이천선생(二泉先生)이라 불렸다. 저작은 이미 일실되었다.

27 방사요(方士繇, ?~1199)는 남송 보전(莆田, 지금의 복건성(福建省) 보전시(莆田市)) 사람으로, 자는 백모(伯謨)이다. 어려서 고아가 되어 외가에서 자랐으며, 후에 주희와 교유하였다. 과거를 포기한 후 강학에 전념하였는데 특히 ≪역(易)≫에 정통하였다. 저서로 ≪원암집(遠庵集)≫이 있다.

28 이방자(李方子, ?~1223)는 남송 소무(邵武) 광택(光澤, 지금의 복건성(福建省) 광택현(光澤縣)) 사람으로, 자는 공회(公晦) 또는 정숙(正叔)이고 학자들은 그를 과재선생(果齋先生)이라 불렀다. 주자(朱子)의 뛰어난 제자였고, 국자학록(國子學錄), 진주통판(辰州通判) 등을 역임하였다. 저서로 ≪우공해(禹貢解)≫, ≪청원문집(清源文集)≫ 40권 등이 있다.

方伯謨・李果齋. 其第十三卷, 本是續集一卷, 專取漢唐山夫人房中樂. 然則其立論可謂嚴矣)

위에서 보듯 후집은 시에 대한 비평이 주가 되는데 대개 도학자의 시만 논하고 있으니 작가 스스로 쓴 것이지 다른 사람의 말을 편집한 것이 아니다. 지금 이 책은 장서가의 저록에 보이지 않으니 아마도 일찍이 일실된 듯하다.

29 원문에는 '황곡성(黃穀成)'이라 잘못되어 있어 바로 잡았다.

시헌(詩憲)

권수와 지은이 모두 미상, 일실됨.

이 책은 여러 저록에는 보이지 않고 지은이도 알지 못한다. 황공소(黃公紹)의 ≪재헌집(在軒集)≫에 있는 〈시집대성 서문(詩集大成序)〉에서 시화에 대해 논하며, "성당 이후로 시평과 시화가 수없이 많았는데 근래 전해지는 것으로 ≪시총≫과 ≪시헌≫ 두 가지이다.(盛唐而降, 詩評詩話之且千, 近世所傳, ≪詩總≫≪詩憲≫之有二)"라 하였다. 이에 근거해보면 ≪수사감형(修辭鑑衡)≫에 실린 ≪시헌≫ 역시 송나라 사람의 시화임을 알 수 있다.

또한 황공소가 ≪시헌≫과 ≪시총≫을 대비시켜 말한 것으로 보건대 이 두 책의 성격이 다른 것으로 보인다. ≪시총≫은 일을 논한 시화를 대표하고 ≪시헌≫은 문사를 논한 시화를 대표하는 듯하다. 내가 전에 ≪송시화집일(宋詩話輯佚)≫을 편집할 때, 이 책의 시대를 확실히 알 수 없어 수록하지 않았다. 지금 황공소의 이 글에 근거해 남송 때의 책임을 확실히 알았으므로 다시 ≪수사감형≫에 실린 여러 조목을 집록하여 전에 빠뜨린 것을 보충한다.

춘대시화(春臺詩話)

권수 미상, 조언혜(趙彦慧) 지음, 일실됨.

조언혜(?~?)의 자는 응원(凝遠)이고 남안(南安, 지금의 복건성(福建省) 남안시(南安市)) 사람이다. 이 책은 오직 도광(道光) 연간(1821~1850)에 중찬(重纂)한 ≪복건통지(福建通志)·경적지(經籍志)≫에만 저록되어 있고 그 외는 상고할 수 없다. 조언혜는 ≪정절년보(靖節年譜)≫ 2권과 ≪고금낭시(古錦囊詩)≫도 있는데 이 역시 ≪팔민통지(八閩通志)≫에 보인다. 지금은 모두 상고할 수 없다.

금기시화(錦機詩話)

권수 미상, 황종(黃鍾) 지음, 일실됨.

황종(黃鍾, 1140~1217)은 남송 선유(仙遊, 지금의 복건성(福建省) 선유현(仙遊縣)) 사람으로, 자는 기지(器之)이고 호는 정재(定齋)이다. 옹원령(翁源令)을 지낸 황수(黃修)의 아들이다. 진소도(陳昭度)에게 학문을 배웠다. 건도(乾道) 5년(1169)에 진사가 된 후, 덕화위(德化尉), 장주부록사참군(漳州府錄事參軍)을 지냈다. 남송 이학의 대가로, 평생 저술하기를 좋아하였다. 저서로 ≪주례집해(周禮集解)≫, ≪두시주석(杜詩注釋)≫, ≪하암풍토기(何岩風土記)≫ 등이 있다.

황종(1140~1217)의 자는 기지(器之)이고 호는 정재(定齋)이며, 선유(仙遊, 지금의 복건성(福建省) 선유현(仙遊縣)) 사람이다. 건도(乾道) 5년(1169)에 진사가 되어 덕화현위(德化縣尉)를 지냈으며 임기를 마치고 장주부록사참군(漳州府錄事參軍)을 지내고 고향에 돌아와 죽었다.

≪복건통지(福建通志)·경적지(經籍志)≫에 정교(鄭僑)의 ≪금기시화≫가 있는데 책 이름은 이것과 같지만 지은이가 다르다. 중간(重刊)된 ≪흥화부지(興化府志)·예문지(藝文志)≫ 권26 시부류(詩賦類)에 황종의 ≪두시주(杜詩注)≫와 ≪금기시화≫가 있다. 또 권25 인물전(人物傳)에 "황종의 시는 특히 추밀사(樞密使) 정교가 칭찬하였다.(鍾詩尤爲元樞鄭僑所稱賞)"라 하였다. 정교(1144~1215)[1]의 자는 혜숙(惠叔)이고, 흥화(興化, 지금의 강소성(江蘇

1 정교(鄭僑, 1144~1215)는 남송 흥화(興化, 지금의 강소성(江蘇省) 흥화시(興化市)) 사람으로, 자는 혜숙(惠叔)이고 호는 회계(回溪)이다. 건도(乾道) 5년(1169) 전시(殿試)에서 장원을 하여 첨서진남군절도판관(簽書鎭南軍節度判官)에 제수되었다. 광종(光宗)과 영종(寧宗) 때 이부상서(吏部尙書)와 참지정사(參知政事)를 지냈으며, 지추밀원사(知樞密院事)에 이르렀다. 시호는 충혜(忠惠)이다. 성격이 강직하여 직언을 잘하였고 백성들을 긍휼히 여겼다. 서예에 능하였

省) 흥화시(興化市)) 사람인데, 건도 5년(1169) 진사시험에서 장원을 하였다. 광종(光宗) 때 권이부상서(權吏部尙書)를 지냈고 영종(寧宗) 때 참지정사(參知政事)에 제수되었으며 관문전학사(觀文殿學士)로 관직을 마쳤다. 따라서 이 두 사람은 동향 사람인데다가 같은 해 진사시험 출신이었다. 내 생각에 이 책은 황종이 썼고, 정교가 그를 칭찬하였으니 혹시 서문을 썼을 수도 있는데, 이 때문에 정교가 지은 것으로 와전된 것이 아니었을까?

으며, 특히 행서(行書)에 뛰어났다. 저서로 ≪서사회요(書史會要)≫가 있다.

시평(詩評)

5권, 왕호(王鎬) 지음, 일실됨.

왕호(?~?)의 자는 종주(從周)이고 길주(吉州) 영풍(永豐, 지금의 강서성(江西省) 강서성(永豐縣)) 사람으로, 벼슬은 충주(忠州)의 수령까지 이르렀다. 여악(厲鶚)의 ≪송시기사(宋詩紀事)≫ 권49에는 영가(永嘉, 지금의 절강성(浙江省) 온주시(溫州市)) 사람이라 되어 있으나, 잘못인 듯하다. ≪영풍현지(永豐縣志)≫와 ≪강서통지(江西通志)・예문략(藝文略)≫ 시문평류(詩文評類)에 모두 ≪시평≫ 5권이 있다고 하였으므로 영풍 사람으로 보는 것이 옳을 것이다.

이 책은 장서가의 저록에는 보이지 않으므로 일찍이 일실된 것 같다. 시평(詩評) 가운데 ≪구옹시평(臞翁詩評)≫이나 ≪백납시평(百衲詩評)≫ 같은 것은 그 성격이 시화와 달라 본래 논의의 범주에 들지 않는다. 그러나 이 책은 5권이나 되며 채조(蔡絛)나 오도손(敖陶孫) 등이 지은 것과는 그 지취(志趣)가 다른 듯하니 시화와 같은 종류로 봐야 할 것이다. 조여현(趙與虤)의 ≪오서당시화(娛書堂詩話)≫에서는 왕호가 시 짓기를 좋아하였고 또한 뛰어난 구절이 있다고 말하였으니, 그가 논한 것에 취할 만한 것이 없지는 않았을 것이다.

송나라 사람의 시화 가운데 시평(詩評)을 책 이름으로 삼은 경우는 왕호 외에 둘이 더 있다. ≪송사고궐서목(宋四庫闕書目)≫에 하후적(夏侯籍)의 ≪시평≫ 1권이 있으며, ≪직재서록해제(直齋書錄解題)≫와 ≪문헌통고(文獻通考)·경적고(經籍考)≫에 모두 ≪시평≫ 1권이 있다. 아마도 이 책일 것이라 여겨지지만, 지은이의 이름이 기재되어 있지는 않다. 또한 ≪직재서록해제≫와 ≪문헌통고≫에 따로 ≪시평≫ 1권이 있는데 스님인 □순(□淳)이 지었다고 되어 있다. ≪시학지남(詩學指南)≫ 권4에는 그 내용을 인용하며 계림순대사(桂林淳大師)가 지었다고 하였다. 그 내용을 살펴보면 시격(詩格)이나 시례(詩例)에 속하는 것이니, 따라서 시평에 대한 논의는 따로 덧붙인 정도이다.

시화□가승(詩話□家乘)

1권수 미상, 위거유(韋居有) 지음, 일실됨.

이 책은 저록되어 있지도, 인용되어 있지도 않다. 위거유의 생애 역시 상고할 수 없으며, 더구나 지은이의 이름이 '거(居)'인지 '거유(居有)'인지도 알 수 없다. 지금 다만 주밀(周密)의 ≪지아당잡초(志雅堂雜鈔)≫ 권하(下) 서사류(書史類)에 "위거유 시화□가승(韋居有詩話□家乘)"이라는 말이 있는 것에 근거하여 임시로 여기에 수록하여 둔다.

황초연시화(黃超然詩話)

10권, 황초연(黃超然) 지음, 일실됨.

황초연(黃超然, 1236~1296)은 남송 황암(黃巖, 지금의 절강성(浙江省) 태주시(台州市)) 사람으로, 자는 입도(立道)이고 호는 수운(壽雲)이다. 어려서부터 학문에 힘써 옛 전적에 정통하였다. 후에 경학가인 왕백(王柏)에게 성리학을 공부하였고, 특히 ≪주역≫을 공부하여 ≪주역통의(周易通義)≫ 20권을 저술하였다. 향공(鄕貢)으로 천거되었으나 송이 망하자 의숙(義塾)을 지어 교육하였다. 남송(南宋) 태주십대유(台州十大儒) 중 하나로 꼽힌다. 저서로 ≪서청문집(西清文集)≫, ≪시화필담(詩話筆談)≫ 등이 있다.

황초연(1236~1296)의 자는 입도(立道)이고 호는 수운(壽雲)이며 황암(黃巖, 지금의 절강성(浙江省) 태주시(台州市)) 사람인데, 향공(鄕貢)[1]으로 진사가 되었다. 역학(易學)에 정통하였고 원나라로 접어들자 벼슬하지 않았으며 지치(至治) 연간(1321~1323) 초에 죽었으니 향년 62세였다.

≪송원학안(宋元學案)≫ 권82에 그가 "지은 것으로는 ≪주역통의≫ 20권, ≪혹문≫ 5권, ≪발례≫ 3권, ≪석상≫ 5권이 있다.(所著有≪周易通義≫二十卷, ≪或問≫五卷, ≪發例≫三卷, ≪釋象≫五卷)"라 하였다. 이 책들은 모두 ≪원사(元史)·예문지(藝文志)≫에 보이는데 ≪시화≫가 있다는 말은 하지 않고 있다. 오직 ≪원시선(元詩選)≫ 계집갑(癸集甲)에 "그의 시화와 필기 및 회요력이 각각 10권이다.(其詩話筆記及會要歷各十卷)"라 하였다.

1 향천(鄕薦)된 것을 가리킨다. 당송대 과거 응시자는 생도(生徒)와 향공(鄕貢)의 두 부류가 있었다. 생도는 서울의 국자감, 홍문관, 숭문관 및 지방 주현의 학관 출신으로, 해당 학교의 선발 시험을 통과하고 난 후 상서성으로 가서 회시(會試)에 응시하는 사람이며, 향공(鄕貢)은 학관을 거치지 않고 먼저 주현(州縣)에서 실시하는 시험에 합격하고 난 후 역시 상서성으로 가서 회시에 응시하는 사람이다.

또한 ≪적성회통기(赤城會通記)≫에서도 그에게 시화 10권이 있다고 말하였다.

≪황암신지(黃巖新志)≫에서는 이 시화를 자부(子部) 소설가류(小說家類)에 넣었고, ≪절강통지(浙江通志)·경적지(經籍志)≫에서는 문사류(文史類)로 바꾸어 넣었다. 그러므로 이 시화는 주로 일을 서술하는 내용이 아니었을까? 또한 왕정규(王庭珪)의 ≪노계시문(瀘溪詩文)≫ 권1에 〈황초연과 이별하며 주는 시(贈別黃超然詩)〉가 있는데, 왕정규는 남송 초엽 사람이라 시대가 맞지 않으므로 여기서의 황초연은 마땅히 다른 사람일 것이다.

시화초(詩話鈔)

권수 미상, 진존(陳存) 지음, 일실됨.

진존(陳存, ?~?)은 남송 용천(龍泉, 지금의 절강성(浙江省) 용천시(龍泉市)) 사람으로, 안길주(安吉州, 지금의 절강성(浙江省) 호주시(湖州市))로 옮겨 살았다. 자는 체인(體仁)이고 호는 본재(本齋)이다. 순우(淳佑) 7년(1247)에 진사가 되었다. 회동제치대사사(淮東制置大使司), 비서랑(秘書郎), 저작좌랑(著作佐郎), 병부상서(兵部尙書) 등을 역임하였다. 송나라가 망하자 고향으로 돌아와 학생들을 가르쳤다.

진존(?~?)의 자는 체인(體仁)이고 호는 본재(本齋)이며 용천(龍泉, 지금의 절강성(浙江省) 용천시(龍泉市)) 사람인데, 이사하여 안길주(安吉州, 지금의 절강성(浙江省) 호주시(湖州市)) 관적을 가지고 있다. 순우(淳佑) 연간[1]에 진사가 되었고, 보우(寶祐) 5년(1257)에 사관교감(史館校勘)으로 소시(召試)를 보아 비서저작랑(秘書著作郎)에 제수되었으며 경헌부교수(景憲府敎授)도 겸하였다. 여러 관직을 거쳐 병부상서(兵部尙書), 단명전대학사(端明殿大學士), 지경원부연해제치사(知慶元府沿海制置使)를 역임하였으며 송나라가 망하자 벼슬하지 않았다.

이 책은 저록에 보이지 않으며, 오직 주밀(周密)의 ≪지아당잡초(志雅堂雜鈔)≫ 권하(卷下) 서사류(書史類)에서 요자경(姚子敬)에게 '진본재시화초(陳本齋詩話抄)'가 있다고 하였다. 그러나 이 말은 두 가지 다른 해석이 가능하다. 하나는 진존이 시를 논한 내용을 초록한 것으로 ≪당자서문록(唐子西文錄)≫ 등의 책과 같은 종류라는 것이며, 다른 하나는 진

1 순우 7년(1247)이다.

존이 다른 사람의 시화를 초록한 것으로 발췌하여 초록한 것이라는 것이다. 지금은 첫 번째 의미를 따르고 있지만 재고가 필요하다. 이 책의 같은 권에 따로 다음과 같은 한 조목이 있다.

> 진존, 마정란(馬廷鸞)[2], 고사득(高斯得)[3], 진성관[4]은 세상이 변한 후에 경서와 역사서에 뜻을 다하여 저술이 매우 풍부하였는데, 매일 만 자나 손으로 베껴 써 그 일이 일과와 같았다. 대개 한가로운 가운데 근심을 없앨 만한 것이 없었기 때문이었다.(陳本齋・馬碧梧・高恥堂・陳聖觀自世變後, 極意經史, 著述甚富, 而手抄之書, 日以萬字, 有類日課, 蓋閑中無以銷憂故也)

그러므로 이른바 ≪시화초(詩話鈔)≫라 한 것은 발췌하여 수록한 책이었기 때문인 듯하다.

그러나 "저술이 매우 풍부하다."고 하였으므로 그의 논시에 관한 내용을 선록하여 간행했을 가능성 또한 있다. 따라서 본 조목에서 "요자경의 거처에… 진존의 ≪시화초≫, 진진손(陳振孫)의 ≪서전≫, 설림의 ≪시가규무≫가 있었다.(姚子敬處…有陳本齋≪詩話抄≫, 直齋≪書傳≫, 雪林≪詩

2 마정란(馬廷鸞, 1222~1289)은 남송 요주(饒州) 낙평(樂平, 지금의 강서성(江西省) 낙평시(樂平市)) 사람으로, 자는 상중(翔仲)이고, 만년의 호는 완방병수(玩芳病叟)이다. 이종(理宗) 순우(淳祐) 7년(1247)에 진사에 급제하였고, 지주교수(池州敎授)를 거쳐 개경(開慶) 원년(1257)에 교서랑(校書郞)으로 조정에 들어왔다. 중서사인(中書舍人), 예부시랑(禮部侍郞), 첨서추밀원사(簽書樞密院事), 우승상겸추밀사(右丞相兼樞密使) 등을 역임하였다. 가사도(賈似道)와 불화하여 나중에 사직하였다. 저서로 ≪완방집(玩芳集)≫, ≪목심집(木心集)≫이 있었으나 산일되었다.

3 고사득(高斯得, ?~?)은 남송 공주(邛州) 포구(蒲丘, 지금의 사천성(四川省) 포강현(蒲江縣)) 사람으로, 자는 불망(不妄)이다. 소정(紹定) 2년(1229)에 진사가 되었다. 이심전(李心傳)이 불러 사관검열(史館檢閱)이 되었으며, 비각교감(秘閣校勘)으로 승진하였다. 단명전학사(端明殿學士)와 첨서추밀원사겸참지정사(簽書樞密院事兼參知政事) 등의 관직들을 지냈다. 가사도(賈似道)의 잘못된 국정을 논하다가 이를 비호한 승상 유몽염(留夢炎)에 의해 파직되었다. 송나라가 망하자 지금의 절강성(浙江省) 호주시(湖州市) 경내에 있는 초계(苕溪)와 삽계(霅溪) 사이에서 은거하여 생을 마쳤다. 저서로 ≪시부설(詩膚說)≫, ≪의례합초(儀禮合抄)≫, ≪증손간정두우통전(增損刊正杜佑通典)≫, ≪휘종장편(徽宗長編)≫, ≪효종계년요록(孝宗系年要錄)≫, ≪치당문집(恥堂文集)≫ 등이 있다.

4 누구인지 알 수 없다.

家糾繆≫)"라고 말하였으니, 손으로 베껴 쓴 것을 가리켜서 말한 것 같지는 않다. 내가 첫 번째 의미를 따른다고 말한 이유는 이 때문이다.

설림의 ≪시가규무≫라는 책이 만약 ≪예원자황(藝苑雌黃)≫과 비슷한 성격이었다고 한다면 시화에 편입시킬 수 있을 것이다. 그러나 그렇지 않다면 진존의 ≪시화초≫와 나란히 열거하지는 않았을 것이다. 이 책을 진진손의 ≪서전≫ 뒤에 열거한 것을 보면 이른바 ≪시가규무≫라는 것 또한 경학가가 ≪시경(詩經)≫의 오류를 논한 것임을 가리킨 것이라 할 수 있다. 혹 송나라 시화 중 일실된 책이라고 쉽게 생각할 수도 있겠으나, 반드시 그렇다고 할 수는 없을 것이다. 원서가 이미 일실되었으므로 의문은 일단 제외해도 될 것이다.

찾아보기

가

나

다

마

바

사

자

차

타

파

하

저자 소개

곽소우(郭紹虞, 1893~1984)는 중국 현대문학사 상의 대표적인 작가이자 문학비평가로서, 주작인·정진탁 등과 함께 1921년 문학연구회를 창립하였다. 신중국 건립 이후 동제대학문법학원원장, 복단대학중문과주임, 상해시문련부주석, 중국작가협회상해분회부주석, 상해사과원문학연구소명예소장, 전국인대대표, 전국정협위원 등을 지냈으며, 문혁시기 사인방의 집중적인 탄압을 받았다.

역자 소개

주기평(朱基平)

- 서울대학교 중어중문학과를 졸업하고 동 대학원에서 문학박사 학위를 취득하였다. 서울대학교 규장각한국학연구원의 책임연구원을 지내며 조선조 왕세자 관련 관청일기류를 번역하였으며, 현재 서울대·동국대 등에서 강의하고 있다.
- ≪육유시가연구≫, ≪육유시선≫, ≪잠삼시선≫, ≪역주 숙종춘방일기≫, ≪역주 소현심양일기≫(공역), ≪역주 소현동궁일기≫(공역), ≪당시삼백수≫(공역) 등이 있으며, 주요논문으로 〈중국 도망시의 서술방식과 상징체계〉, 〈남송 강호시파의 시파적 성격 고찰〉, 〈중국 만가시의 형성과 변화과정에 대한 일고찰〉 등이 있다.

이지운(李智芸)

- 이화여자대학교 중어중문학과를 졸업하고 서울대학교 대학원에서 문학박사 학위를 취득하였다. 성균관대학교 전임연구원을 지내며 ≪사고전서총목제요≫를 번역하였으며, 현재 서울대·이화여대 등에서 강의하고 있다.
- ≪전통시기 중국문인의 애정표현연구≫, ≪이청조사선≫, ≪온정균사선≫, ≪세계의 고전을 읽는다-동양문학편≫(공저), ≪당시삼백수≫(공역) 등이 있으며, 주요논문으로 〈이상은 영물시 시론〉, 〈당대 여성시인의 글쓰기-이야, 설도, 어현기를 중심으로〉, 〈심의수의 도녀시 연구〉 등이 있다.